सस्ता साहित्य मण्डल

# कुछ सत्य, कुछ सुंदर

# कुछ सत्य, कुछ सुंदर

कृष्ण कुमार

सस्ता साहित्य मण्डल प्रकाशन

**ISBN 978-81-7309-972-4 (HB)**



•

*प्रकाशक*

**सस्ता साहित्य मण्डल प्रकाशन**

एन-77, पहली मंजिल, कनॉट सर्कस, नई दिल्ली-110001

*Publisher*

**Sasta Sahitya Mandal Prakashan**

N-77, First Floor, Connaught Circus, New Delhi-110 001

फोन / Phone : 011-23310505, 011-41523565

Visit us at : www.sastasahityamandal.org

E-mail : sastasahityamandal@gmail.com

शाखा : कमला सदन, पटना साइंस कॉलेज के सामने, पटना-800 006 (बिहार)

फोन : 0612-2678025

•

प्रथम संस्करण : 2017

**मूल्य** : 350/-

•

आवरण सज्जा : सस्ता साहित्य मण्डल प्रकाशन

मुद्रक : यूनिटेक ग्राफिक पॉइंट, नवीन शाहदरा, दिल्ली-110 032

KUCHH SATYA, KUCHH SUNDAR

*by* Krishna Kumar

Price : Rs. 350/-

# प्रकाशकीय

जाने-माने शिक्षाविद् और समाज-संस्कृति-विचारक प्रो. कृष्ण कुमार द्वारा समय-समय पर पत्र-पत्रिकाओं के लिए लिखे गए लेखों और टिप्पणियों के संग्रह 'कुछ सत्य, कुछ सुंदर' का प्रकाशन सस्ता साहित्य मण्डल के लिए हर्ष का विषय है। इन लेखों में हमारे समय और समाज के जमीनी यथार्थ से जुड़े उन बुनियादी प्रश्नों और समस्याओं को उठाया गया है, जिनका निदान अपेक्षित है मगर किया नहीं जा रहा है। भाषा, संस्कृति, समाज, पर्यावरण, स्त्री, गाँव आदि से संबद्ध विविध पहलुओं पर विचार करते हुए कृष्ण कुमार जी लोक की भावभूमि पर खड़े होकर वैश्विक संदर्भों को देखते हैं, वैश्विक व्यवस्था को जन-संस्कृति पर चस्पा नहीं करते। इसलिए वे देख पाते हैं कि विज्ञान की उपलब्धियों, प्रगति, विकास, स्वराज की प्रबंध-व्यवस्था से आम जन ने क्या पाया है क्या खोया है। औपनिवेशिक मानसिकता, भूमंडलीकरण और बाजारवाद के प्रभाव-दबाव के चलते जन सामान्य की, किसान की, कारीगर की, स्त्री की, बच्चों की स्थितियाँ सुधरने के बजाय व्यवस्था और उद्योग-तंत्र के जाल में फँसी हैं, इस तथ्य को इन लेखों में विभिन्न कोणों से उभारा गया है। मध्य वर्ग को औपनिवेशिक विरासत में मिली श्रेष्ठता की वह भावना भी यहाँ लेखक के निशाने पर है, जिसके चलते वह जन को सुधारकर सभ्य बनाने की आत्मछवि बनाए रखता है। लेखक की निगाह में एक ओर दलाई लामा, और नेल्सन मंडेला का दीर्घकालीन अहिंसक प्रतिरोध है और गांधी की राह पर चलती मेधा पाटकर का नर्मदा बचाओ अभियान है, दूसरी ओर बनारस, कांजीवरम और कोयम्बटूर के बुनकरों की व्यथा-कथा है

जो वर्षों की श्रम साधना से अर्जित अपने क़ौशल के सॉफ्टवेयर में बदल जाने के कारण बेरोजगार होकर रिक्शा चलाने को मजबूर हैं क्योंकि उनका साड़ी व्यापार चीन के हाथों में चला गया है।

हिंदी को अपनी पहली पहचान मानने वाले कृष्ण कुमार जी इस भाषा की सिकुड़ती संवेदना से चिंतित हैं क्योंकि हिंदी भाषी इसे जीवन की विविध नई स्थितियाँ और बदलावों के अनुरूप ढालने में और निखारने में लगन के साथ सक्रिय नहीं दिखाई दे रहे।

पाठक इस पुस्तक से निश्चय ही प्रेरणा ग्रहण करेंगे ऐसी हमें आशा है।

**—सचिव**

# भूमिका

गद्य में बात को आकार देने की खुली गुंजाइश होती है। जीवन के लगातार घटते बदलावों और उनके समाचारों को प्रतिक्रिया की शक्ल गद्य ही देता है। कविता इस काम को पसंद नहीं करती, शायद इसलिए क्योंकि उसकी आकांक्षा ज्यादा ऊँची होती है। मुझे उस आकांक्षा का एहसास है, पर उसका आकर्षण कभी-कभार ही महसूस होता है। ज्यादातर सांसारिक परिस्थितियों और घटनाक्रम से पैदा हुई मनोदशाओं में मुझे गद्य का सहारा पर्याप्त लगता है। जहाँ तक इस सहारे की आकृति का सवाल है, वह हमारे समय में अखबारों और पत्रिकाओं ने लगभग तय कर दी है। कोई चाहे भी तो बहुत लंबी प्रतिक्रिया दे नहीं सकता। संक्षिप्त टिप्पणी के लायक जगह ही सार्वजनिक लेखन के माध्यमों में बची है। वह कितनी संक्षिप्त होगी, यह संपादकों की दृष्टि और कृपा पर निर्भर है। इस पुस्तक में एकत्र ज्यादातर रचनाएँ मूलत: टिप्पणी के रूप में लिखी गईं। इसी रूप में निबंध की विधा को गुजारे लायक जगह मिली पर वह भी निबंध के नाम से नहीं। इस बात पर दुख या अचरज व्यक्त करना व्यर्थ है। इससे कहीं बड़े दु:ख हमारी भाषा ने झेले हैं। पाठक बनने से पहले जो समाज दर्शक बन जाए, उसकी भाषा के कष्ट की कल्पना की जा सकती है। इस कष्ट को लेखक अभिव्यक्ति देता रहता है तो कष्ट सहनीय बना रहता है। इसीलिए वे संपादक जिन्होंने इन टिप्पणीनुमा निबंधों को कृपणतापूर्वक जगह दी, कृतज्ञता के पात्र कहे जाना चाहिए।

पुस्तक में शामिल कुछ निबंध इतने छोटे नहीं हैं तो मुख्यत: इस कारण कि वे अखबार की जगह किसी पत्रिका के लिए लिखे गए या व्याख्यान

के प्रारूप थे। इन रूपों में उनका जीवन बहुत छोटा था। पाठक उन्हें पढ़कर तय करेंगे कि उन्हें इस पुस्तक में लाकर अतिरिक्त जीवन देना कितना उचित था। अंततः यह निर्णय पाठक ही करता है कि समय की वेगवती धारा से खींचकर बाहर निकाली गई रचना में कितना जीवन और कितनी संजीवनी है। पाठक इस अर्थ में महाबली होता है कि वह रचना को उसके जन्म युग से मुक्ति दिलाता है। वह लेखक को भी उसके वाजिब अहंकार से मुक्ति दिलाता है। मुझे कई बार ऐसे पाठक मिलते हैं जिन्होंने मेरी एक ही रचना पढ़ी होती है। भले वह उन्हें अच्छी लगी हो, आज के युग में इतनी उत्सुकता नहीं जगा पाती कि वे कोई अन्य रचना ढूँढ़कर पढ़ें। उनसे मिलकर जीवन की आकस्मिकता का सत्य सुलभ हो जाता है, सर्जना के लिए जरूरी विनय तो मिलता ही है।

सुंदरता में प्रायः सत्य का स्थायित्व नहीं होता, फिर भी साहित्य सुंदर को पकड़ने की कोशिश करता है। जहाँ तक सत्य का सवाल है, वह अक्सर सुंदर नहीं होता। क्या ऐसा हमारे समय में ही है? कहना मुश्किल है। इस संग्रह में शामिल की गई रचनाएँ इस प्रश्न पर यत्किंचित प्रकाश डालेंगी कि सत्य का कटु होना आज क्यों लाजिमी हो गया है। जो फूहड़ है, उसमें सत्य ढूँढ़ना व्यर्थ है, सुंदरता का दावा वह कर भी नहीं रहा। मुझे संतोष है कि मुझे फूहड़ को जबरन सँवारने या सुंदर ठहराने की विवशता कभी महसूस नहीं हुई। यदि परिस्थितिवश ऐसा हुआ होता तो मैं गद्य लिखने से मिलने वाली स्वतंत्रता का सुख खो देता। मेरी समझ में स्वतंत्रता का भाव ही गद्य की जिंदगी और पहचान है। काव्य कभी-कभी सिर्फ कराह हो सकता है, गद्य नहीं हो सकता। उसकी हर विधा आजादी ढूँढ़ती है; निबंध तो सिर्फ आजादी ढूँढ़ता है, वह कितना ही छोटा हो। इत्मीनान के लिए जगह ही इस युग का सबसे बड़ा सत्य है। कोई आश्चर्य नहीं कि वह लगातार संघर्ष में जी रहा है।

कई पाठक इस पुस्तक को लेखक के नाम से पूर्व-परिचय के कारण खरीदेंगे या पढ़ेंगे। उनका यह पूर्व-परिचय संभवतः मेरे शिक्षा संबंधी लेखन से होगा। इस पुस्तक में शिक्षा का खंड अंतिम और बहुत छोटा है, पर शेष खंड उसे वृहत्तर संदर्भ देते कहे जा सकते हैं। मेरे एक शिक्षक कहते थे कि शिक्षा को अलग से समझा नहीं जा सकता, न ही अलग से बहुत

ज्यादा सुधारा जा सकता है। साहित्य की तरह शिक्षा भी समाज का दर्पण है। उसे किन्हीं शाश्वत मूल्यों या आदर्शों के चौखटे में जड़कर रखना नासमझी और निष्क्रियता को न्यौता देना है। हमारे समाज में बच्चों, प्रकृति, स्त्री और गाँव की दशा का समाचार शिक्षा की खबर पाने का सीधा रास्ता है, वरना आकाशवाणी का सरकारी सत्य क्या बुरा था। मुझे आशा है कि शिक्षा के प्रति चिंतित पाठक इस पुस्तक में उस बड़ी और निरंतर खुलती परिधि का स्पर्श पाएँगे जो शिक्षा के संस्थायी जीवन को, खासकर उसकी निष्प्राणता को, समझने में मदद दे सकती है।

30 मार्च, 2017 **—कृष्ण कुमार**

# अनुक्रम

**संस्कृति**

# संस्कृति

# मुश्किल में खाना

कोई अधिकारी भ्रष्टाचारी है, यह कहने के लिए हिंदी में 'खाता है' मुहावरे का प्रयोग ठीक-ठीक कब शुरू हुआ, कहना मुश्किल है। अन्य भाषाओं में क्या स्थिति है, मैं नहीं जानता, लेकिन रुपए-पैसे को खाने से जोड़ना किसी अज्ञात सांस्कृतिक प्रवृत्ति की ओर इशारा करता है। इस भाषाई आविष्कार से भ्रष्टाचार पर कोई असर पड़ा हो या नहीं, खाने की चीज़ों पर अवश्य पड़ा है। भाषा में आनेवाले परिवर्तन हमेशा जीवन के अन्य स्तरों में चल रही हलचल के संकेत देते हैं। संभवतः भोजन में हो रहे बदलाव और खाने को लेकर उत्तर भारतीय समाज की दृष्टि और समझ में दिखाई दे रहे परिवर्तन इस बात के द्योतक हैं कि एक तरह की ढील और विकृति को सहने की क्षमता बढ़ती चली गई है।

परवल जैसी सब्ज़ी को, जो पहले ही हरी है और हरा करके बेचने की ज़रूरत इसीलिए हो सकती है कि रंग का आकर्षण सनसनी पैदा करता है। वैसे सनसनी का अभाव हिंदी पत्रकारिता और टेलीविज़न की पुरज़ोर कोशिशों के चलते किसी के जीवन में पैदा नहीं हो सकता, मगर यह चीज़ ही ऐसी है कि जितना बढ़ती है, उतना ही उसकी ज़रूरत बढ़ जाती है। दालों के स्वाभाविक रंग स्वयं ही आकर्षक होते हैं, पर उनके असली नाम बड़े-बड़े होटलों में भुलाए जाने लगे हैं और अरहर को 'यलो दाल' और खड़ी मसूर को 'ब्लैक दाल' कहने के साथ ही दाल के दानों पर रंग चढ़ाने की प्रवृत्ति भी बढ़ी है। कौन नहीं जानता कि ये रंग ज़हरीले हैं? कहा जाता है कि कुछ प्रकार के रंग इतना नुक़सान नहीं करते कि उन्हें देखकर पैदा

होनेवाला आकर्षण छोड़ दिया जाए। इस तथ्य की श्रेणी में सबसे प्रचलित उदाहरण जलेबी और इमरती का है।

इन दो मिठाइयों को घर में बनाने की जगह आमतौर पर बाज़ार से मँगवाया जाता है। ऐसा नहीं है कि घर में बनानेवाली चीज़ों में रंग नहीं पड़ता, लेकिन जलेबी और इमरती को दुकान में सजाने की आवश्यकता इनमें रंग डालने की इच्छा को बल देती है। मिठाई का बाज़ारी चरित्र बर्फ़ी में सफ़ेदी और बूँदी में पीलापन लाते हुए कोई संकोच महसूस नहीं करता। इन मिठाइयों के ये रंग इतने समय से चले आ रहे हैं कि हमारी चेतना का अंग बन चुके हैं। कृत्रिम रंगों से परहेज़ का तर्क देनेवाले लोग प्राय: सारा दोष आधुनिकता पर मढ़ते हैं। उनके लिए जलेबी और इमरती में पारंपरिक रूप से डाले जानेवाले रंगों पर वे क्या कहेंगे?

बिना रंग की जलेबी ढूँढ़ने के लिए अब काफी संघर्ष करना पड़ता है। इस संघर्ष का वैचारिक पक्ष यह समझने की माँग करता है कि घर और बाहर मिठाई बनाने का काम लैंगिक विभाजन से ग्रस्त क्यों है। बीकानेर और लखनऊ जैसे शहरों में मिठाई के व्यवसाय का प्रभावशाली ढंग से आधुनिकीकरण हुआ है, मगर बड़ी-से-बड़ी दुकान की रसोई में बतौर हलवाई के किसी स्त्री की नियुक्ति अभी तक हुई नहीं जान पड़ती। तीन और पाँच सितारा होटलों में रसोइए के काम के लिए अच्छी-ख़ासी तनख़्वाह का प्रावधान रहता है। इस पद पर हमेशा पुरुष दिखाई देते हैं। यह पता लगाना दिलचस्प रहेगा कि वे घर जाकर स्वयं खाना बनाते हैं या बना-बनाया खाते हैं। जलेबी अगर घर पर पकने लगे तो शायद रंग से मुक्त हो जाए।

भोजन और सामाजिक संबंधों की बुनावट में छिपे हुए संवाद और परिवर्तन नई तरह की जीवनशैली के दबाव में अक्सर हमारी दृष्टि से ओझल रहते हैं। प्लास्टिक की बोतलों में बनाए और बेचे जानेवाले अचार इस बात का तीखा उदाहरण है। वैज्ञानिक अध्ययन बताते हैं कि प्लास्टिक की बोतल में बेचा जानेवाला पानी भी धूप में पड़े-पड़े जहरीला हो जाता है, क्योंकि प्लास्टिक की संरचना में व्याप्त रसायन तापमान बढ़ने से सक्रिय

# भाषा से आशा

गुवाहाटी से तीन सौ किलोमीटर दूर बानलुंग गाँव में एक पुराने बरगद के गिरने से कोई आठ सौ पक्षी मर गए और सैकड़ों अन्य घायल हो गए। इस घटना के दो-चार विवरणों पर विचार करने से पहले हिंदी भाषा और समाज के सामने उपस्थित संकट पर दो क्षण का आर्तनाद अनुचित न होगा।

हिंदी के इस्तेमाल का संकुचन होते-होते आज हम ऐसी स्थिति में पहुँच गए हैं जहाँ जलाशयों पर निर्भर पक्षियों की दर्जनों प्रजातियाँ हमें 'बगुला' दिखने लगी हैं। शिक्षित लोगों को रेल की खिड़की से खेतों की मेड़ पर जो भी सफ़ेद पक्षी नज़र आता है, वे अपने बच्चों को दिखाकर कहते हैं—'बगुला'। कुछ हफ़्तों बाद दिवाली आएगी और हर गाँव-कस्बे में आतिशबाज़ी और पटाखों की चकाचौंध से घबराए हज़ारों बगुले आकाश में चक्कर काट-काटकर, थककर गिर जाएँगे और अगली सुबह मरे मिलेंगे। 'बगुले' की लोकप्रियता का एक और कारण पंचतंत्र है जिसकी कुछ कहानियाँ नाना माध्यमों में प्रवेश कर भाषाई कौशलों से लगभग मुक्त हो चली हैं। इन कौशलों में इन दिनों सबसे दुर्लभ, सामान्यत: साँस लेते हुए सुनने, सुन लेने और टेबल टेनिसवाले अंदाज़ में प्रतिक्रिया देने से बचने का है। सुनना दरअसल कोई एक कौशल नहीं, कौशलों की एक प्रजाति है जो सारस की तरह दुर्लभ हो चली है।

ऊँचाई में बगुले छोटे होते हैं और सारस बड़े, और यही दो नाम अब हिंदी के दैनिक संसार और साहित्य में बच गए जान पड़ते हैं। बानलुंग गाँव में मारे गए पक्षी-समुदाय का नाम मैंने सालिम अली की किताब देखकर पता किया—गुँगला। इस शब्द से जुड़ी हुई कोई तस्वीर अब हिंदी के शिक्षित

हो जाते हैं। नींबू या आम का अचार डालक
बहुत पुराना है, लेकिन पहले के समर
इस्तेमाल होता था। परंपरा जारी है,
बर्नी चलन में आ गई है। अचार उद्य।
अतिरेक रहा है, ऊपर से प्लास्टिक की बो।
नया पहलू जोड़ता है। सर्वेश्वर दयाल सक्सेन।
'लड़ाई' में एक सरल वाक्य लिखा था जो इस पूर
आज भी मदद करता है। सत्य पर अडिग रहनेवाला
जब खोमचे से चाट खाते लोगों को देखकर चिंतित होता है
मिलता है—'खानेवाला खाता है। तुम्हें खाना है तो खाओ, नहीं
बढ़ो।' ज़ाहिर है, संस्कृति और भाषा दोनों में मिलावट, रंग और प्ला
से उत्पन्न स्थिति पचा ली है।

तबके के मन में नहीं बची हैं। जब शब्द जाते हैं तो तस्वीरें भी साथ जाती हैं। जब तस्वीरें जाती हैं तो जगत सिमटने लगता है, सरोकार और संस्कार कमज़ोर होते चले जाते हैं। जल्दबाज़ी, अधीरता, असहिष्णुता और हिंसा का बोलबोला होने लगता है। ज़ाहिर है, बानलुंग गाँव में अभी यह सिलसिला सान पर नहीं चढ़ा है। इसीलिए वहाँ पक्षियों की मृत्यु पर बौद्ध पूजा हुई। मरे हुए गुँगलों का अंतिम संस्कार किया गया और घायलों की रात-दिन सेवा-सुश्रूषा की गई। इंडियन एक्सप्रेस के समुद्रगुप्त कश्यप ने यह समाचार दो बार विस्तार से दिया। इस समाचार में दिए गए विवरण के अनुसार बानलुंग गाँव का यह वृक्ष उत्तरी बर्मा से आए मानताई समुदाय के लोगों ने 1865 ई. में लगाया था!

इस बरगद पर हर साल इसी मौसम में सैकड़ों गुँगले अपने घोंसले बनाते थे। जिस भाषा में हर सफ़ेद जलपक्षी बगुला हो चला हो और जो बगुला न हो उसे सारस मान लिया जाता हो (ऐसा ही सरल वर्गीकरण अब हिंसा के नक्सलवादी और आतंकवादी रूपों को लेकर प्रचलित हो गया है), उस भाषा में बुनियादी लक्षणों पर लौटना ज़रूरी है। सालिम अली ने गुँगले की पहचान उसकी लंबी चोंच में दिखनेवाले विलक्षण उभार से कराई है। इस उभार की वजह से चोंच के बीचवाले हिस्से में एक सँकरा छेद बन जाता है जिस कारण अंग्रेज़ी में इस पक्षी को 'ओपन बिल स्टार्क' कहते हैं।

जिस विशाल पेड़ पर वे अपने घोंसले प्रतिवर्ष बनाते चले आ रहे थे, वह बूढ़ा हो चला था, पर उसके गिरने का मुख्य कारण इतनी बड़ी संख्या में घोंसलों का बोझ और भारी वर्षा से ढीली पड़ गई मिट्टी थी। बानलुंग के निवासियों ने नए वृक्ष लगाना शुरू कर दिया है। घायल पक्षियों को गाँव के नागरिकों (इस शब्द की सीमा भी देखिए, इसके ढाँचे में नगर ही स्वीकृत है) द्वारा दी गई सेवा की सूचना जब इस इलाक़े के वन्य अधिकारी को मिली तो उसने इसे वाइल्ड लाइफ़ के संरक्षण में समुदाय की भागीदारी का मामला बताया और इसके लिए पुरस्कार या सम्मान, आदि के प्रबंधन की पेशकश की। पेड़ और पक्षी यदि 'वन्य-जीव' (वाइल्ड लाइफ की अनूदित हिंदी) मान लिए गए हों तो मनुष्य के समाज और उसके मूल्य-संरक्षण का काम भाषा-विभाग की ज़िम्मेदारी ठहरता है।

# कौशल का तबादला

जब किसी कौशल का तबादला मशीन में हो जाता है तो सामाजिक इतिहास एक बड़े मोड़ से गुज़रता है। बनारस जाइए और देखिए कि साड़ी बनानेवाले बुनकरों के कौशल का सॉफ़्टवेयर बन जाने से कैसी स्थितियाँ पैदा हुई हैं। बनारस का साड़ी उद्योग बहुत पुराना है और इसकी सृजनशीलता भारतीय हस्तकौशलों के इतिहास का गौरव मानी जाती रही है। इधर के वर्षों में यह सृजनशीलता कंप्यूटर के हवाले कर दिए जाने से कारीगरों के समुदाय में बेकारी और बेगानापन तेज़ी से फैलते चले गए हैं। कांजीवरम हो या बनारस, साड़ी की दुनिया में चीन का प्रभुत्व बाज़ार में साफ़ दिखाई देने लगा है।

मगर कौशल और मशीन के रिश्ते का आकलन करने के लिए कहीं दूर जाने की ज़रूरत नहीं, किसी भी स्थानीय ऑफ़िस में टाइपराइटर की जगह कंप्यूटर के आने से उत्पन्न प्रभाव को देखा और समझा जा सकता है। कोई भी कौशल मनुष्य की अस्मिता का भाग होता है। जैसे-जैसे उम्र और अनुभव के बढ़ने के साथ कौशल मजबूत होता जाता है, व्यक्ति की निजी पहचान में उसका योगदान भी बढ़ता जाता है। लेकिन जब कोई कौशल अपने पूर्ण रूप में किसी मशीन के हवाले कर दिया जाए तो उसका अस्मितादायी प्रभाव कमज़ोर पड़ जाता है। आज ऐसे किसी टाइपिस्ट का कोई महत्त्व नहीं रहा जो बहुत साफ़-सुथरे और सुंदर तरीक़े से, पत्र या आलेख के रूप का विन्यास रचना जानता हो, क्योंकि यह काम मशीनी पूर्णता के साथ अब कंप्यूटर कर रहा है।

इतिहास को एक धारा के रूप में देखनेवाले निश्चिंततावादी लोग अक्सर यह तर्क देते हैं कि विज्ञान और टेक्नोलॉजी के विकास के साथ मनुष्य

की रचनाशीलता का विकास भी होता है; इसलिए अगर कोई पुराना कौशल आज मशीन के हवाले किया जा रहा है तो आनेवाले समय में कई नए कौशल जन्म लेंगे। उर्सुला फ्रेंकलिन ने अपनी पुस्तक 'द रियल वर्ल्ड ऑफ़ टेक्नोलॉजी' में लिखा है कि मशीनों के इतिहास में कंप्यूटर एक नई तरह की मशीन है और इसका मनुष्य के श्रम से संबंध जाँच पाना इतना आसान नहीं है कि हम बिजली या इंजन के आविष्कार से पैदा होनेवाले सामाजिक प्रभावों को याद करके आज की परिस्थिति के प्रति निश्चिंत हो लें। इधर के वर्षों में दुनिया के कई विकसित कहे जानेवाले देशों में औद्योगिक उत्पादन के हर एक क्षेत्र में कंप्यूटर के प्रयोग से बेरोज़गारी बढ़ी है। हाल के महीनों में विश्व आर्थिक मंदी को लेकर होनेवाली चर्चा में यह पहलू कुछ-कुछ दबा रहा है, लेकिन किसी-न-किसी ढंग से उठाया भी जाता रहा है। कंप्यूटर का संबंध उस संचार प्रक्रिया से भी है जिसके तहत कई प्रकार के रोज़गार एक देश से उजड़कर दूसरे देश में या देश के ही एक प्रदेश से उजड़कर किसी अन्य प्रदेश में चले जाते हैं।

वैसे भी हमारे देश में औद्योगिक कौशलों के विकास के मामले में भारी क्षेत्रीय असंतुलन है। इस वर्ष दी गई अर्जुनसेन गुप्ता समिति की रिपोर्ट बताती है कि दक्षिण के राज्यों में प्रशिक्षित नौजवानों का प्रतिशत उत्तर के राज्यों से कहीं अधिक है। हिंदी पट्टी में औद्योगिक प्रशिक्षण संस्थानों का वैसे भी अभाव है और उद्योगीकरण की धीमी रफ़्तार के चलते कौशलों की कीमत बाज़ार में विशेष नहीं बढ़ सकी है। इधर कुटीर उद्योगों के कौशल लगातार बेरोज़गारी की चपेट में आते चले गए हैं। हस्तकलाओं पर आधारित सामग्री का निर्यात शायद कुछ बढ़ा है, पर देश के भीतर का बाज़ार जनरुचि के परिवर्तन के कारण संकुचित ही रहा है। इन विसंगतियों के बीच एक राष्ट्रीय कौशल विकास मंडल का गठन किया गया है जो आर्थिक और शैक्षिक नीतियों के संदर्भ में विभिन्न प्रकार के कौशलों के लिए ज़रूरी उपलब्ध प्रशिक्षण की जाँच करवा रहा है।

शिक्षा की दुनिया में यह पूरा प्रसंग व्यावसायिक पाठ्यक्रम के चौखटे में देखा जाता रहा है। साठ के दशक में कोठारी आयोग ने यह कल्पना की थी कि धीरे-धीरे लगभग एक चौथाई किशोर दसवीं पास करने के बाद

अकादमिक विषयों के स्थान पर व्यवसायों से जुड़े विषय पढ़ेंगे। ऐसा नहीं हुआ और व्यावसायिक विषयों का आकर्षण मुख्यतः ग़रीब बच्चों के लिए रहा। दो-तीन प्रांतों को छोड़ दें तो ज़्यादातर स्कूलों में व्यावसायिक विषय पढ़नेवाले किशोरों का प्रतिशत नगण्य है। दूसरी तरफ़ औद्योगिक प्रशिक्षण संस्थानों का विकास बहुत धीमी रफ़्तार से हुआ और इनमें पढ़ाए जानेवाले विषयों की संख्या भी बहुत कम रही। इधर के वर्षों में निजी संस्थान भी खुले, लेकिन कुल मिलाकर परिस्थिति आज भी ऐसी नहीं है कि भारत कौशलों के प्रशिक्षण की दृष्टि से चीन से स्पर्धा कर सके।

शिक्षा को रोज़गार से जोड़ने की बात एक नारे के तौर पर रह-रह कर उठती है, लेकिन विवरणों के स्तर पर इस संबंध में सोचनेवाले बहुत कर्मठ नहीं कहे जा सकते। रोजगार शब्द का अर्थ भी अब धीरे-धीरे बदल रहा है और आज भी इसे नौकरी के साथ जोड़ा जाता है। लड़के और लड़कियों के अंतर की दृष्टि से भी कौशल और रोज़गार एक अवरुद्ध सांस्कृतिक स्थिति की ओर इशारा करते हैं। इंजीनियरिंग की सबसे जानी-मानी संस्था आईआईटी की प्रवेश परीक्षा में भाग लेनेवाली लड़कियों का अनुपात बहुत कम रहता है। इस वर्ष प्रवेश पानेवाले छात्रों में लड़कियाँ दस प्रतिशत से भी कम थीं। जाहिर है, लड़कियों का जीवन आर्थिक और राजनीतिक विकास के दावों के बीच रसोई, सिलाई और करवाचौथ से घिरा बना हुआ है।

# कहने में मगन

विश्वास मत पर बहस के बाद लोकसभा में प्रधानमंत्री का वक्तव्य पढ़ा जाना था, लेकिन ऐसा हो नहीं सका। संसद की कार्रवाई के औपचारिक इतिहास में ऐसी स्थितियाँ आती ही रहती हैं। दैनिक जीवन में भी ऐसी स्थितियाँ इतनी सामान्य हो चुकी हैं कि अब उन्हें सांस्कृतिक परिवर्तन की माप के तौर पर देखना ज़रूरी नहीं लगता। यहाँ तक कि कवियों ने भी सुनने, सुन लेने, कहने न देने और कहे गए की अनसुनी कर देने के बीच फ़र्क़ पर कविता लिखना छोड़ दिया है। कवियों का यह निर्णय शायद इतना आश्चर्यजनक नहीं है, क्योंकि कविता का एक पक्ष ऊँघती हुई चेतना को जगाने का होता है। चेतना को मरणासन्न पाकर कवि भी उदास हो गए हैं। ग़ालिब से लेकर श्रीकांत वर्मा तक लगभग सौ–सवा सौ साल की अवधि में हुए अनेक कवियों को ऐसा लगा होगा कि सुनने की संस्कृति को किसी-न-किसी प्रकार जीवित रखना ज़रूरी है। आज का कवि संभवतः यह मान चुका है कि अब कह लेना ही बहुत है, कोई सुने न सुने। वैसे भी काव्यशास्त्र में अरण्यरोदन की मान्यता बहुत लंबे समय से रही है, और कवियों में समाज को अरण्य मान लेने की प्रवृत्ति साहित्य की अन्य विधाओं में लिखनेवालों से कुछ ज़्यादा ही रही है।

कहने में आत्मविश्वास की ज़रूरत होती है, यह मान लेना मुश्किल नहीं है, पर सुनने के लिए कहने से ज़्यादा आत्मविश्वास चाहिए, यह बात बहुत आसानी से नहीं पचती। एक तो सुनने की छवि अकर्मक क्रिया की है, यानी सुन रहा व्यक्ति इस तरह दिखाई देता है जैसे वह कुछ नहीं कर रहा हो। वैसे भी प्रकृति ने बंद हो जाने का विकल्प केवल आँखों को

दिया है, कानों को नहीं। इसलिए कान खुले रखने में केवल आलंकारिक सक्रियता की संभावना है। यह एक सांस्कृतिक प्रश्न है कि सुनते समय केवल हमारे कान खुले रहते हैं या दिमाग़ भी। इस प्रश्न का उत्तर बच्चों के लालन–पालन और शिक्षा की आचार–संहिता का ज़ायज़ा लिए बग़ैर देना व्यर्थ है।

पिछले वर्ष मांटेसरी द्वारा खोले गए मशहूर स्कूल की शताब्दी दुनिया भर में मनाई गई, पर भारत में इसे लेकर बहुत कम उत्साह दिखाई दिया, जबकि हमारे देश में दुनिया के किसी भी अन्य देश से ज़्यादा मात्रा में मांटेसरी को एक ब्रांड के रूप में बेचा जाता है। ऐसे स्कूल हज़ारों की तादाद में हैं जिनको मांटेसरी के दर्शन से कुछ भी लेना–देना नहीं है, बल्कि आमतौर पर अन्य स्कूलों की तरह ये स्कूल भी मांटेसरी के दर्शन की आत्मा को प्रतिदिन कुचलते हैं। कलाओं का प्रशिक्षण देनेवाली प्रख्यात संस्था कलाक्षेत्र ने मांटेसरी की सभी पुस्तकों का भारतीय संस्करण इस वर्ष प्रकाशित किया है। इनमें से कुछ किताबों के विदेशी संस्करण बाज़ार में उपलब्ध रहे हैं, लेकिन 'शिक्षा और शांति' पर मांटेसरी के भाषणों का संग्रह पहली बार भारत में उपलब्ध हुआ है। द्वितीय विश्वयुद्ध की विभीषिका से आहत मांटेसरी द्वारा दिए गए इन भाषणों में असहिष्णुता की जड़ों पर कई मार्मिक टिप्पणियाँ मिलती हैं। मांटेसरी के अनुसार छोटे बच्चों की आध्यात्मिक विराटता को नियंत्रित करके उसे एक आज्ञाकारी और स्वयं सोचने में संकोची मनुष्य बनाने में स्कूल की विशेष भूमिका होती है, हालाँकि इससे मिलता–जुलता काम स्कूल में दाख़िले से पहले बहुतेरे घरों में हो चुकता है। सुनकर आज्ञा का पालन करनेवाले बच्चों को लाखों की तादाद में गढ़नेवाली व्यवस्था ऐसा प्रबंध नहीं कर पाती कि सुनते समय दूसरे के बारे में जिज्ञासा बनी रहे और सुनी हुई बात अपने सोच पर ऐसा हमला न लगे जिससे बचने का एकमात्र उपाय अनसुनी कर देना हो या फिर कहनेवाले को आगे बढ़ने से रोक देना हो।

सभा, कक्षा, मीडिया और यहाँ तक कि संसद में कहने–सुनने का संस्कार चर्चा का विषय बने बग़ैर एक सांस्कृतिक क्षति के रूप में कैसे

पहचाना जाएगा? यह क्षति इतनी तेज़ी से हुई है कि उसका असर कुछ-कुछ एक आघात जैसा है, जिसे सहनेवाली सामाजिकता सुन्न हो गई जान पड़ती है। हिंदी में समालोचना की पत्रिकाएँ भले बहुत हों, विचारों और किताबों का सिलसिलेवार हिसाब रखकर लिखनेवाले समालोचक कम रह गए हैं, वरना शायद यह बात ध्यान में लाई जाती कि व्यंग्य लेखन की मात्रा और जगह पंद्रह-बीस वर्ष पहले के मुक़ाबले बहुत कम हो गई है। जो व्यंग्य लेखन आज हो रहा है, उसकी मात्रा इतनी कम है कि जो है वह मूल्यवान लगता है क्योंकि वह विलुप्तप्राय है, इसलिए उसकी गुणवत्ता पर विचार करने का मन नहीं होता। हिंदी की पाठ्यपुस्तक के लिए साहित्य का चयन करनेवालों के सामने यह मुश्किल लगातार रहती है कि ऐसी व्यंग्य रचना कैसे चुनें जो पुस्तक को किसी विवाद में न ले जाती हो। परसाई या शरद जोशी आज होते तो कहते कि व्यंग्य को बर्दाश्त करने की बढ़ती हुई असमर्थता से हमें निराश नहीं होना चाहिए क्योंकि यह समाज के संवेदनशील हो जाने का प्रमाण है।

# संस्कृति और स्वराज

लंबे संघर्ष के बाद आज़ादी का मिलना एक बड़ी घटना थी जिसे अब कायदे से याद रखना भी कम नहीं है। मगर स्वराज एक दैनिक रियाज है। वह कहाँ चल रहा है, कहाँ नहीं, यह विश्लेषण किसी औपचारिक अनुसंधान का मोहताज नहीं है। घंटावार प्रसारित समाचार बुलेटिन, बीच-बीच में बुरका जानेवाले संगीत, दिन की कैफ़ियत और शाम को इकट्ठा होनेवाले युवाओं की बातचीत से स्वराज की सेहत का अंदाज़ लगाया जा सकता है। ये सब संस्कृति के निर्माणाधीन पहलू हैं जिनसे आनेवाले कल का नज़ारा मिलता है। महादेवी वर्मा ने संस्कृति के निर्मित हो चुके पक्ष को क्षयमान इसीलिए बताया था क्योंकि जो बन चुका, उसे तो धीरे-धीरे नष्ट ही होना है, भले उसे डॉक्यूमेंट करने के लिए कोई कितनी ही बड़ी ग्रांट फोर्ड या किसी अन्य फाउंडेशन से ले ले। भविष्य की तस्वीर तो निर्माणाधीन पहलू में ही मिलती है, जैसे पिछले वाक्य से इस समय एक नई चाल में ढलती हुई हिंदी की। हिंदी मेरी सबसे पहली पहचान है, इस नाते जब भी सुनाई या दिखाई देती है तो उसकी सेहत पर ध्यान जाता है। हिंदी में आराम से बात करने, दूसरे का तर्क सुनने, अपनी बात दोहराए बग़ैर रखने सरीखे छोटे-छोटे सांस्कृतिक कर्त्तव्यों में स्वराज की भाषायी हालत का जायज़ा लिया जा सकता है। दूसरे के वाक्य का अंतिम हिस्सा सुने बग़ैर अपना तर्क तीसरी बार दाग देने की अनिवार्यता के पीछे यह दलील रहती है कि परला एक ही बात दुहराए जा रहा है और मेरे कहे पर ध्यान नहीं दे रहा।

इस द्वंद्व में स्वराज का 'स्व' सिकुड़कर निजी हो जाता है जबकि गांधी की कल्पना एक उदार, सहमतिया क़िस्म के सार्वजनिक 'स्व' की

थी। स्वराज की बात पर गांधीजी की गहरी छाप है क्योंकि उन्होंने अपनी 1909 में प्रकाशित पुस्तक *हिंद-स्वराज* में समाज और राष्ट्र से ज़्यादा बड़ी परिधि चुनते हुए भारत की सभ्यता को लेकर प्रश्न उठाए थे। गांधीजी की दृष्टि में ब्रितानी साम्राज्य से आज़ादी तो स्वराज पाने के लिए एक साधन भर थी, कोई मंज़िल नहीं। आज *हिंद-स्वराज* को छपे लगभग एक सदी होने को आई है। आज उसमें उठाए गए कई प्रश्नों पर हमारा सार्वजनिक मन आशंकित है। आशंका की अभिव्यक्ति के मुहावरे परिचित हैं, यद्यपि उनकी पड़ताल का समय आज की दौड़-भाग में बहुत कम लोग निकाल पा रहे हैं। सभी मुहावरों में विद्यमान है वशीकरण का ख़तरा जिसे कभी मुक्तमंडी तो कभी नव-साम्राज्यवाद का नाम लेकर जताया जाता है।

इस समय ग्रामीण आत्महत्या को लेकर कोई सुर्खीबाज़ अख़बार चाहे तो यह वाज़िब शीर्षक बना सकता है कि भारत में चल रहे गृहयुद्ध में पिछले दशक में चालीस हज़ार किसान मर चुके हैं। आत्महत्या एक शहरी घटना मानी जाती थी। कर्नाटक से पंजाब तक कई जगह लगातार हर हफ़्ते कर्ज़ में डूबे किसानों की आत्महत्या एक भयानक सामाजिक नवाचार है। इधर महानगरों में कुछ इलाक़ों में समृद्धि की धमक देखते ही बनती है। गाँव पहले सिर्फ़ उपेक्षित था, अब उसके मिटने की आशंका वाज़िब लगती है। विकसित मानी गई ग्रामीण पट्टियों से भागे किसानों की बीवियाँ और बहुएँ भीख माँगती मिलती हैं। धर्मशाला में मुझे महाराष्ट्र और आंध्र के भिखारी कई वर्षों से मिलते आ रहे थे, इस बार गंगानगर से आई दो औरतें मिलीं। नहर का पानी नियमित नहीं है, खेती से गुज़ारा नहीं हो रहा, इसलिए रेगिस्तान छोड़कर पहाड़ में भीख माँगने आ गईं। किताबों की दुकान के बाहर पर्यटकों के पीछे लगे हुए एक मराठी भाषी बच्चे ने बताया कि इम्तहान देकर वह अपने मज़दूर पिता के साथ भीख माँगने चला आया है। दलाईलामा के वार्षिक व्याख्यान सुनने लोग दुनिया भर से आते हैं, इसलिए तीन-चार सप्ताह भीख के लिए परिश्रम नहीं करना पड़ता। देश के अलग-अलग इलाक़ों से आए भिखमंगे स्वराज की हालत पर राष्ट्रीय सहमति बनाते हैं।

स्वदेशी की ध्वजा तले पश्चिम के प्रभाव और उपभोक्तावाद का विरोध स्वराजी विचार की ही एक समकालीन परछाईं है। जब हम इस परछाईं के घेरे में होते हैं तो लगता है, ख़राब चीज़ों को समझना और उनसे जूझना

आसान हो गया है। समस्या की जड़ हमें पश्चिम की भौंडी नकल में दिखने लगती है। रीठे को भुलाकर शैंपू के पीछे भागना परतंत्र होने का मुख्य लक्षण नज़र आता है। इस लक्षण की सबसे गाढ़ी छायाकृति हम उस आदिवासी लड़की में ढूँढ़ने लगते हैं जो पढ़ना नहीं जानती पर शैंपू के पाउच से बाल धोती है। हम, यानी इन विषयों पर बतियानेवाले, खुद कितने तारों से जुड़े हैं उस बृहत्तर दुनिया से जिसने शैंपू का एक पाउच आदिवासी लड़की की तरफ़ फेंक दिया है, यह याद रखना बहुत कठिन हो गया है। गरीबों का हल्का-सा उपभोक्तावाद हमें राष्ट्रीय स्तर का सांस्कृतिक संकट नज़र आता है; अपने कारोबार का वैश्वीकरण एक स्वाभाविक प्रक्रिया लगता है जिसे हम कभी-कभी दुःखद किंतु सत्य बताकर एक घूँट और पी लेते हैं। किसानों का मरना भी एक स्वाभाविक प्रक्रिया मान लें तो मुखर वर्ग के अंतर्विरोधों और प्रात:कालीन दुखों से निजात मिल जाती है।

आज़ादी का मतलब था पराये नियामकों को भगा देना; यदि स्वराज का अर्थ है अपना राज चलाना तो सबसे बड़ा सवाल है कि अपना राज किस पर? यदि आज़ाद हुए देश में हरेक अपना नहीं है तो फिर अवश्य ऐसे करोड़ों रह जाएँगे जिनकी भूमिका राज को सहने भर की होगी। ऐसा राज जिसे करने और सहने की भूमिकाएँ अलग वर्ग, जातियाँ, समुदाय, भाषाएँ या क्षेत्र निभाएँ, गांधी का हिंद स्वराज नहीं हो सकता। आज़ादी का लाभ उठाकर राज करनेवालों का स्व लगातार फैलता रहे, यह ज़िम्मेदारी शिक्षा पर थी, पर वह स्वयं विषमता और विभाजन की साधना बन गई। जिस शिक्षक पर आज़ादी की भावना को अक्षुण्ण बनाए रखने का ज़िम्मा था, आज वह स्वयं अपने पेशे के वजूद की लड़ाई में कमज़ोर सिद्ध हो रहा है। कहीं कंपनियाँ, कहीं कंप्यूटर, तो कहीं कमाऊ धंधेबाज़ शिक्षक को हटाने और मिटाने पर आमादा हैं। कला और साहित्य की भी कुछ-कुछ ऐसी ही गत बनी है। इन सांस्कृतिक कर्मों में सुधार की दिशा क्या हो, यह कोई परीक्षोपयोगी प्रश्न नहीं है जिसे कुंजी की दरकार हो। शिक्षा, साहित्य और पत्रकारिता समेत संवाद के जितने साधन हैं, उन सबके लिए चुनौती आज के परायों में यह उम्मीद जगाना है कि वे कल अपने होंगे। स्वराज आख़िर सबका राज है, यानी अपना राज अपने ऊपर। उसकी पूर्णता

हम परवीन सुल्ताना या लता मंगेशकर जैसे स्वर साधकों में देख सकते हैं जो मनचाहे ढंग से भाव और आवाज़ का विलय करती हैं। लिखनेवालों की दिक़्क़त यही है कि उनकी बात रिश्तेदारों के संसार में गूँजकर रह जाती है, सार्वजनिक नहीं बनती। साक्षरों में भी पढ़नेवाले विरले हैं और समझने का वक़्त निकालनेवाले और कम। संवेदी सिनेमा और नाटक देखनेवालों का अनुपात भी दो-तीन दशक से स्थिर बना हुआ है। संस्कृति का निर्माणाधीन पक्ष सक्रिय है, पर पहुँच की दृष्टि से कुछ ज़्यादा ही सँकरा है। वह जीवित है, इतने से संतोष कर लेना स्वराज के स्वप्न को छोड़ देने के बराबर होगा। इस सपने की रक्षा आज़ादी की रक्षा की तरह अमेरिका से नए हथियार और बमवर्षक विमान ख़रीदकर नहीं की जा सकती।

# सफ़ाई का साल

किसी वर्ष को इस या उस समस्या के नाम से जोड़ देने से कितना फ़र्क़ पड़ता है यह कहना तो मुश्किल है, पर इस परंपरा के तहत 2008 का नामांकन बेमानी नहीं है। कैंसर, एड्स, पर्यावरण और साक्षरता जैसे चर्चित संदर्भों की जगह इस बार संयुक्त राष्ट्र ने सफ़ाई सरीखा पुराना पड़ चुका, दरअसल विलुप्तप्राय विषय चुना है। वर्ष अभी-अभी शुरू हुआ, इसलिए यह अनुमान लगाना कठिन है कि सफ़ाई की चिंता का दायरा किस-किस बात को समेटेगा, किन चीजों को अदृश्य या अमूर्त मानकर छोड़ देगा। गंदगी की चिंता क्या सिर्फ़ ग़रीबों के प्रसंग में की जाएगी या अमीरों की गंदगी पर भी यत्किंचित ग़ौर किया जाएगा? गंदगी के इस वैश्विक वर्ग-विधान का खुलासा करने से पूर्व छोटी-सी राष्ट्रीय तलाशी ले लेना उचित रहेगा। राष्ट्रपिता कही जानेवाली शख़्सियत द्वारा अनुशंसित होने के बावजूद सफ़ाई भारत की राष्ट्रीय प्राथमिकताओं में शामिल नहीं हो सकी है। कारण खोजने के लिए कपड़े उतारकर सीवर के गड्ढ़े में घुसना ज़रूरी नहीं है। वर्णक्रम पर आधारित जातिप्रथा सीवर व्यवस्था की तरह भूमिगत और इस कारण अदृश्य नहीं है। सार्वजनिक सफ़ाई की संस्थायी यानी नागरिक व्यवस्था पर जातिप्रथा की परछाईं इतनी समग्र और घनी है कि आप एक भी अपवाद नहीं ढूँढ़ सकते। सड़क पर झाड़ू लगा रहे युवक से यह पूछने की ज़रूरत नहीं है कि उसकी जाति क्या है। सर पर मैले की टोकरी उठाए जा रही स्त्री हमारी राष्ट्रीय अपरिवर्तनीयता की सूत्रबद्ध घोषणा कर रही है, फिर भी हमें लगता है कि जाति और काम की संगति दरक रही है। यहाँ तक कि जाति के सबसे बड़े व्याख्याकार दिवंगत एम.एन. श्रीनिवास ने भी यह मान लिया था।

सामाजिक काम और ज़रूरतों के कुछ संदर्भों में ऐसा हुआ है। नई टेक्नोलॉज़ी और शहरी ज़िंदगी कपड़े साफ़ करने, लकड़ी और सिलाई जैसे कई कामों में जाति की छाया को सरकाने में थोड़ा-बहुत समर्थ हुई है (हालाँकि ऐसे कई प्रसंगों में जाति की छाया से ख़ाली हुई जगह मानो किसी स्वाभाविक बल के प्रभाव से लिंग-विभाजन की छाया तले आ गई है)। मगर सार्वजनिक सफ़ाई पर श्रीनिवास की संकल्पना लागू नहीं होती। अगर वे जीवित होते तो मैं उनसे अनुरोध करता कि वे इस अपवाद के कारणों की जाँच करें। अपनी नई पुस्तक में सुधीर कक्कड़ ने ऐसी कोशिश की है। चूँकि वे मूलतः एक मनोविज्ञानी हैं और मिथक में रुचि रखते हैं, इस कारण उनकी विवेचना समाजशास्त्र की परिचित राह से कुछ हटकर है। सुधीर कक्कड़ ने सफ़ाई और जाति के रिश्ते को लोककथा विशेषज्ञ एलन डंडिस का हवाला देकर उस जुगुप्सा से जोड़ा है जो हिंदू लोकमानस में पाखाने से जुड़ी हुई है। इस घृणा के संस्कार को कक्कड़ ने ऐसे भाव-ज्ञान की संज्ञा दी है जो शैशव-काल में ही अगली पीढ़ी को दे दिया जाता है।

इधर आई एक अन्य पुस्तक गंदे माने जानेवाले—यानी सफ़ाई से जुड़े—कामों और जाति के संबंध की पड़ताल पूरे देश से लिए गए ग्रामीण समाज के निदर्श की मदद से करती है। इस पुस्तक के लेखक मशहूर जाति विशेषज्ञ घनश्याम शाह हैं। वे बताते हैं कि एक चौथाई गाँवों में उन्हें ऐसे विवरण मिले कि दर्जी ने दलितों का माप लेने से मना कर दिया और डाकिये ने उनकी चिट्ठियाँ हाथ में सौंपना। भेदभाव के एक-न-एक रूप की उपस्थिति अस्सी प्रतिशत गाँवों में पाई गई। शिक्षा से अपेक्षा की जाती है कि वह मन का आयतन बढ़ाएगी, मगर इस अध्ययन के अनुसार स्कूलों में दलित बच्चों के लिए पानी का अलग घड़ा रखने की व्यवस्था आम है।

संयुक्त राष्ट्र द्वारा घोषित इस नए साल के विषय पर दुनिया के हरेक देश को अपने पिछवाड़े पर नज़र डालनी होगी। परमाणु ऊर्जा ख़र्च करनेवाले विकसित देश अपना आणविक कूड़ा ग़रीब देशों में फेंकते हैं। बहुराष्ट्रीय

कंपनियाँ अपने कचरा-उत्पादक काम-धंधे उन सुदूर देशों में कराती हैं जो विकास-मार्ग पर अभी-अभी अग्रसर हुए हैं और जहाँ नौकरी की इतनी तंगी है कि ख़तरनाक काम का भी स्वागत होता है। भारत के लिए सफ़ाई का एजेंडा इसलिए थोड़ा अलग और जटिल है, क्योंकि हमारे यहाँ इस विषय का संदर्भ सिर्फ़ आर्थिक विकास या जन-स्वास्थ्य नहीं है। भारत के लिए सफ़ाई का अर्थ एक पुरानी, बाहर से सुंदर सुराही की सफ़ाई है, जिसमें हाथ डालना मुश्किल है।

# विविध भारती

बांग्लादेश ने अपनी घड़ियाँ एक घंटा पीछे करने का निर्णय लेकर राष्ट्रीय विवेक का परिचय दिया है। इस निर्णय के पक्ष में पर्याप्त तर्क हैं। सबसे बड़ा तर्क सूरज की रोशनी का अधिक-से-अधिक लाभ उठाने का है और दूसरा बड़ा तर्क शाम के वक़्त बिजली बचाने का है। भारत के अधिकांश भागों की तरह बांग्लादेश में भी बिजली की कमी औद्योगिक और आर्थिक विकास के साथ-साथ बढ़ती गई है। राष्ट्रीय समय एक घंटा पीछे कर देने से संस्थायी काम रोज़ कुछ पहले शुरू हो सकेगा और शाम को बाज़ार और उद्योग कुछ बिजली बचा सकेंगे।

समय को लेकर भारत में कभी ऐसी चर्चा नहीं हो सकी जो सिर्फ़ भौतिक और तार्किक आधारों पर चले। उत्तर-पूर्व में आप किसी भी शहर की यात्रा करें तो इस अनुभव से नहीं बच सकते कि वहाँ सुबह जल्दी हो जाती है लेकिन कारोबार उसी समय शुरू होता है जब बाक़ी देश में शुरू होता है। यदि आपको सूरज के साथ या और पहले उठने की आदत है तो सरकारी काम पर जाने से पहले चार-पाँच घंटे इंतज़ार करना होगा। दूसरी तरफ़ शाम को अँधेरा पहले आता महसूस होगा, इसलिए ऑफ़िस बंद होने से पहले ही लोग अधीर दिखेंगे। इस समस्या का उत्तर कई बार ठीक उसी रूप में सोचा गया जैसा कि बांग्लादेश की सरकार ने सोचा है। लेकिन इस तरह का निर्णय लेने में सभी स्तरों पर या तो उदासीनता का सहारा लिया गया, या संकोच का।

समय को राष्ट्रीय अस्मिता से जोड़ने और पूरे देश के लिए एक मानक समय मानने का अपना एक भावनात्मक इतिहास है। जब आज़ादी के समय

भारत का विभाजन हुआ तो एकीकृत समय की भावना का भी विभाजन हो गया और पाकिस्तान ने अपने दो हिस्सों के लिए भारत से थोड़ा अलग समय चुनकर अपने स्वतंत्र और स्वायत्त वजूद का परिचय दिया। भारत में इलाहाबाद से गुज़रनेवाली देशांतर रेखा को समय के राष्ट्रीय मानक का निर्धारण करने के लिए इस्तेमाल किया गया था। औपनिवेशिक युग में हुए राष्ट्रीय एकीकरण के तकनीकी पक्ष का यह एक महत्त्वपूर्ण उदाहरण है। इस निर्णय का कोई राजनैतिक महत्त्व नहीं है और न ही होना चाहिए। औद्योगिक और आर्थिक विकास के साथ-साथ समय की क़ीमत बढ़ती जाती है, यह एक सार्वभौमिक सत्य है। सौ साल पहले मिनटों या घंटों की फ़िक्र तो दूर, दिनों की देरी भी किसी की चिंता का विषय नहीं बनती थीं। आज हर मिनट अलग-अलग संदर्भों में क़ीमती हो गया है और शायद ही कोई होगा जिसे घंटों की देरी आसानी से बर्दाश्त होती हो। वैसे भी, काम और क्षमता के प्रबंधन की दृष्टि से समय को विवेक और तर्क के आधार पर नियोजित करने का कोई विकल्प नहीं है।

इस नजरिये से चुनौती सिर्फ़ उत्तर-पूर्व की नहीं है। दिल्ली की तुलना में पटना का सूर्योदय और सूर्यास्त इस तर्क के लिए पर्याप्त आधार है कि पूर्वी भारत को अपना कारोबारी दिन थोड़ा पहले शुरू करना चाहिए। मुंबई की तुलना में कोलकाता कम चुस्त महसूस होता है तो इसके अनेक कारणों में से एक प्रतिदिन होनेवाला सूरज की रोशनी का अपव्यय ही है। गुवाहाटी या शिलांग पहुँचकर यह अपव्यय और अधिक असहनीय हो जाता है, इसलिए उत्तर-पूर्व के प्रांतों के लिए घड़ियाँ एक घंटा पीछे करने का विकल्प औपचारिक रूप से एकाधिक बार सोचा गया है। संभवत: उस पर अमल इस कारण नहीं किया गया कि समय अलग कर देने से पूर्वोत्तर में विविध कारणों से उपजी और अभी तक पनप रही बेगानेपन और अलगाव की भावना कुछ और पुष्ट न हो जाए। यह आशंका समझ के परे क़तई नहीं है, किंतु हमारे राष्ट्रीय विवेक का तक़ाज़ा भी है कि हम अपने मानव संसाधन के विकास से जुड़े हुए फ़ैसले राजनैतिक अनुभवों और कारणों से तटस्थ होकर ले सकें। आख़िर यह दलील नहीं दी जा सकती कि पूर्वोत्तर का बेगानापन समय के एकीकरण से कम हो सकता है।

जो समय बीत चुका है, उसमें लिए गए निर्णय और भुलाए गए वायदे या कर्त्तव्य वर्तमान में चुभते हैं तो यह कोई आश्चर्य नहीं है, किंतु इस चुभन का इलाज़ तो भविष्य ही कर सकता है। नीतियाँ चाहे भाषा की हों या संस्कृति की, इतिहास बताता है कि उनके लिए सबसे अच्छा और दृढ़ आधार भारत की विविधता का सम्मान करना है। यदि विविधता का दर्शन एकता बनाए रखने में लोकतंत्र के हर दायरे में मददगार सिद्ध हुआ है तो समय का निर्धारण इसका अपवाद नहीं होना चाहिए।

# आग में बचपन

कई बच्चों ने मुंबई का घटनाचक्र टी.वी. पर लगातार इस कारण देखा है कि उनके माता-पिता—ख़ासकर पिता—पूरी शाम और सुबह टी.वी. खोले थे। ऐसे असंख्य बच्चों की मानसिक बुनावट पर इस अनुभव—यानी टी.वी. का अनुभव, मुंबई का नहीं—के प्रभाव का अनुमान लगाना बहुत कठिन काम है।

इस कठिनाई का आभास मुझे हर बृहस्पतिवार को होता है। ऑफ़िस का काम शुरू करने से पहले, मैं पहली कक्षा के बच्चों को एक कहानी सुनाता हूँ। कहानी सुनाना युगों से सुनने का संस्कार विकसित करने का साधन रहा है। इस युग में एक बड़ा फ़र्क़ यह है कि कहानी को एक बड़ी और आक्रामक शक्ति से प्रतियोगिता करनी पड़ रही है। कहानी कहने की प्राचीन परंपरा में प्रतियोगिता का कभी कोई स्थान नहीं रहा, पर आज वह विवश है। वह चाहे न चाहे, टी.वी. से प्रतियोगिता करने को लाचार है। इस गहन प्रतियोगिता का अहसास मुझे हर बृहस्पतिवार को होता है। पिछली शाम बड़े-बड़े एंकरों और उनके मुँह से बहती तेज़-तर्रार दुनिया के आगे घंटों बैठ चुके बच्चे काफ़ी मुश्किल से कहानी के कोमल धागे में बँधते हैं।

पिछले हफ़्ते कहानी बृहस्पति की जगह शुक्रवार को हो पाई। इस बार लगा जैसे कहानी एक युद्ध लड़ रही हो। जैसे-तैसे लड़कर आख़िरकार कहानी जीत गई, पर बच्चे दुबारा युद्ध में धकेल दिए गए होंगे, यह ध्यान मुझे शाम को आया जब मैंने स्वयं टी.वी. खोला। बुधवार रात से शुरू हुआ हिंसानाट्य परदे पर अपनी चरम अवस्था में था। ताजमहल होटल

के कुछ हिस्सों में लगी लपटवाली आग बुझा दी गई थी, पर टी.वी. पर उसे जलता दिखाते रहने से बी.बी.सी. भी बाज नहीं आया, अन्य चैनलों की क्या बिसात। आधे परदे पर ख़ून, हथियार या लपटें रखकर ही शेष बचे परदे पर चीखते संवाददाता बोलते थे। उनमें से कुछ इतने प्रसिद्ध हैं कि बच्चों के रोल-मॉडल बन चुके हैं। कई किशोर अब उनकी तरह तमतमाकर बोलते हैं। फ़िल्मों में युवा चरित्र भी छर्रे या चाकू की तरह वाणी का इस्तेमाल करते हैं। बात-बात पर ताना कसने की जो बुनियाद सायरा बानो और शम्मी कपूर ने डाली थी, आज मुहावरों से निराश होकर आवाज़ की हिंसा के सहारे फल-फूल रही है। परदा छोटा हो गया है, पर दुनिया बड़ी हो गई है। उसमें अब सिर्फ़ प्यार का शोर और ईर्ष्या की हिंसा नहीं दिखाई जाती, कलह केवल कुटुंब की नहीं है। सड़क से संसद तक हर जगह सनसनी का सजीव ढेर है, जिसे उठा-उठा कर टी.वी. हम पर और हमारे बच्चों पर फेंकता है। हम इतने डरे-सहमे जीते हैं कि टी.वी. का बटन बंद करने की हिम्मत भी नहीं जुटा पाते।

मुंबई पर हुए हमले से भारत को क्या-क्या सीखना है, यह सरकार, सेना और समाज की मति से तय होगा। सहमति बनाने के लिए संवाद के उपलब्ध साधन स्वयं कितने हिंसक हैं, यह भी आँकना ज़रूरी है, वरना मुंबई का सबक़ अधूरा रह जाएगा। विचारधारा के रूप में आतंकवाद नया या अपरिचित नहीं है, पर उसकी हमारे बीच उपस्थिति और भूमंडलीकृत पहचान नई है। आतंकवाद से निपटने की बात करते समय लोग प्रायः भूल जाते हैं कि वे दरअसल शांति की बात कर रहे हैं। उनके वाक्य उनकी बात को इतना उलझा देते हैं कि सुननेवाला अपनी बुद्धि पर संदेह करने लगता है और सोचता है कि उसमें इतने विराट संकट से जूझने की शक्ति नहीं है। असहाय बनानेवाली आतंकवाद की विचारधारा को इस प्रकार अपने आलोचकों का सहयोग मिल जाता है। रही-सही कसर उनकी आवाज़ का पंचम स्वर पूरी कर देता है। करते-करते आतंकवाद सिर्फ़ एक विचारधारा या स्थिति नहीं, संस्कृति बन जाता है। हिंसा बंदूक़ की नली से निकलकर भाषा में घुस जाती है।

इस छानबीन के चलते एक सिफ़ारिश यह निकलती है कि पुलिस, सेना और राजनीति के अलावा इस बात की जाँच भी होनी चाहिए कि आतंकवाद से निपटने के लिए संस्कृति मंत्रालय कितना तत्पर है। अगर इस तरह की जाँच की आदत उसे नहीं है तो वह सूचना-प्रसार और शिक्षा के महक़मों से बात शुरू कर सकता है क्योंकि उन्हें भी आग में बड़े होते बच्चों की दृष्टि से सोचने की आदत नहीं है। अच्छा होगा, इन सभी को भविष्य मंत्रालय का दर्जा दे दिया जाए क्योंकि वर्तमान से निपटनेवालों के पास न सोचने का वक़्त बचा है, न सोच के औजार।

# आँधी में तुलसी

जाड़ा आ रहा है और सुबह की हवा नुकीली हो चली है। चाय में डालने के लिए चार-छह पत्तियाँ उदारतापूर्वक रोज़ देनेवाला श्यामा तुलसी का पौधा जाड़े की दस्तक सुनकर ठिठक चला है। तापमान थोड़ा और गिरेगा, सर्द हवा बहेगी और श्यामा तुलसी की पत्तियाँ यकायक मुरझाकर गिरने लगेंगी। संवेदनशील पौधा है। आप उसका कुछ नहीं कर सकते। वसंत की प्रतीक्षा ही एक उपाय है जब नए पौधों में नई-नई पत्तियाँ उसी गति से उगेंगी जिस गति से अभी कुछ हफ़्तों में सयानी पत्तियाँ गिरेंगी।

प्रकृति का यह क्रम यदि कला और साहित्य की दुनिया पर लागू होता तो कई चिंताओं का वजन घट जाता। जो संस्कार एक बार मिटता है, अपने आप दोबारा नहीं बनता। जिस गरिमा को ठोकर लगती है, वह नए सिरे से स्वस्थ होते-होते वर्षों क्या, दशकों का समय ले ले तो अचंभा नहीं होना चाहिए। टी.वी. धारावाहिक के रूप में रामायण दिखाए जाने की शुरुआत के समय कई पारखियों ने आगाह किया था कि इसके सांस्कृतिक फल मीठे नहीं होंगे। कल्पना और मूल्यबोध की क्षति होगी, व्यंजना जाती रहेगी, अभिधा का पिंजर भर बचेगा जो नए ज़माने की सर्द हवाओं से हमारी रक्षा नहीं कर सकेगा।

कितनी सही थी यह चेतावनी, मुझे पिछले सप्ताह श्रीराम भारतीय कला केंद्र की रामलीला देखकर समझ में आया। यह रामलीला मैंने कम-से-कम दस बार देखी है, मगर आख़री बार इसे देखे कई साल हो गए। अख़बार में विज्ञापन देखा तो आठ-दस वर्ष पुरानी यादें उमड़ आईं। अनिल बिस्वास के संगीत में पगी गोस्वामी तुलसीदास की चौपाइयाँ कानों में बजीं।

गाँव से आए मित्र और अपनी एक छात्रा को एक पुरानी, विश्वसनीय चीज़ दिखाने की उमंग में सपत्नीक जा पहुँचा।

फाटक पर सुरक्षा के पहले से अधिक इंतज़ाम के सिवाय इस बात का अन्य कोई संकेत न था कि इस शाम एक भावनात्मक हादसा होगा। अंदर जाने को अधीर परिवारों की भीड़ में बच्चों के चेहरे देखकर कहीं किसी अनिष्ट की छाया नहीं दिखी। छह बजे फाटक खुला तो दाख़िल होते ही एक मेज़ पर सी.डी. बिकता हुआ दिखा। सोचा, मेरे पास रखा पुराना कैसेट घिस गया है, अब सी.डी. पर सुनूँगा। कैसेट मैंने तब ख़रीदा था जब यह रामलीला फ़िरोज़शाह कोटला के सामनेवाले मैदान में होती थी। विशाल खुले रंगमंच पर संगीत, नृत्य, शब्द, प्रकाश और सूक्ष्म हाव-भावों का खेल एक दूसरी ही दुनिया में पहुँचा देता था। दुर्भाग्यवश उस मैदान में प्रदर्शन की मनाही हो गई और रामलीला को कोपरनिकस मार्ग पर स्थित भारतीय कला केंद्र के पिछवाड़े की सँकरी-सी जगह में दिखाया जाने लगा। यह एक दुखद लाचारी थी जिसे स्वीकार करने में मुझे कई साल लग गए। आख़िरी बार वहाँ रामलीला देखी तो जगह की कमी के कारण संगीत का स्वर बहुत ऊँचा लगा। इसलिए जाना छोड़ दिया।

मगर इस बार प्रश्न स्वर की ऊँचाई का न था। कार्यक्रम शुरू हुआ तो सहसा विश्वास ही न हुआ कि यह वही कार्यक्रम है। पोशाक़ें साफ़-साफ़ बॉलीवुड से प्रभावित, संगीत इलेक्ट्रॉनिक उखाड़-पछाड़ में सना, और शब्द? नाम तुलसीदास का अवश्य लिया गया, पर ज़्यादातर चौपाइयाँ ग़ायब थीं। उनकी जगह खड़ी बोली में की गई तुकबंदी ने ले ली थी। एक के बाद एक मार्मिक प्रसंग गुज़रने लगे और हृदय जिस शांत-सुंदर अनुभूति की उम्मीद में था, उसके स्थान पर लाचारी और निरर्थक नाराजी के धक्के सताने लगे। अनिल बिस्वास के संगीत में हर दृश्य के भावों में पिरोई हुई रागनियाँ थीं। नए संगीत में इलेक्ट्रॉनिक वाद्ययंत्रों की हिंसक टंकार थी जो ताक़तवर स्पीकरों के ज़रिये छोटे-से परिसर में फँसे दर्शकों पर अनवरत बरस रही थी। पटकथा और संगीत में आया भूचाल पात्रों के अभिनय और निर्देशन में भी स्पष्ट था। धनुर्विद्या का दृश्य हो या कैकेयी के रूठने का या पुष्प-वाटिका का; हर जगह ऐसा देह-संचालन था जिसके बारे में कम ही कहना बेहतर है। सबसे दुखद शायद मंथरा-प्रसंग का रूपांतरण था।

पुराने रूप में मंथरा अपनी एकनिष्ठता में सूक्ष्म संप्रेषण का प्रतीक बन जाती थी। नए रूप में वह ईर्ष्या और विनाशेच्छा की सपाट अभिव्यक्ति भी नहीं कर पाती।

मध्यांतर की घोषणा सुनकर लगा जैसे बाढ़ से घिरे गाँव पर भोजन से भरे बोरे फेंक दिए गए हों। मन में एक ही संदेश गूँज रहा था—'बंधु, बच लो। कला को, तुलसी को बचाने की धुन छोड़ो, खुद को बचा लो, भागो।' बाहर आया तो वह सिरदर्द जो काफ़ी देर से अभिव्यक्ति पाने को मचल रहा था, एकाएक उभर आया। रास्ते भर सोचता रहा कि क्या ऐसा कोई मंच है जहाँ एक श्रोता या दर्शक अपने टिकट की वापसी के लिए आवेदन कर सकता है। यदि ऐसा कोई मंच है भी तो क्या वह मेरी वित्तीय क्षति का मुआवज़ा भी देगा। इस प्रश्न-शृंखला से जूझते हुए तुलसी का स्मरण हो आया। आज हर नागरिक को कुछ बुनियादी अधिकार मिले हुए हैं। क्या तुलसी को भी ऐसा कोई अधिकार मिला है कि वे अपनी साहित्यिक रचना के सार्वजनिक बिगाड़ से बच सकें? तुलसी ने हम सबकी संवेदना और रुचि को सँवारा है। आज तुलसी स्वयं उपभोक्तावादी संस्कृति की आँधी में खड़े हैं। क्या उनका हश्र भी श्यामा तुलसी के पौधे सरीखा होगा? यदि ऐसा होता है तो हमें उस भविष्य की तैयारी में जुट जाना चाहिए जब तुलसी के इर्द-गिर्द वसंत की ऊष्मा फैलेगी। आख़िर उन्होंने स्वयं लिखा है—'दिवस जात नहिं लागत बारा।'

# हुनर का भविष्य

अस्मिताओं के संघर्ष और उभार को पिछले दो दशकों में कई राजनैतिक और सांस्कृतिक घटनाओं से जोड़कर देखने की कोशिश की गई है, मगर कम ही लोग इन्हें टैक्नोलॉज़ी में आए परिवर्तन के संदर्भ में देखते हैं। ब्रितानी अर्थशास्त्री उर्सुला ह्यज ने नई सूचना प्रौद्योगिकी की पृष्ठभूमि में अस्मिता पर पड़े नए क़िस्म के दवाबों का विश्लेषण किया है। इंटरनेट के सबसे बड़े विश्लेषक मैनुअल कैस्टेंल्स ने कई खंडों में प्रकाशित अपने प्रबंध में मनुष्य के मन और व्यक्तित्व को नई टैक्नोलॉज़ी के दायरे में रखकर देखा है। उनका मानना है कि परिवार, समुदाय और देश जैसी बड़ी अस्मिताएँ इंटरनेट के जंगल में कमज़ोर पड़ गई हैं और अपनेपन की तलाश करते-करते आज का व्यक्ति अंततः अपने अंदर के एकांत और कल्पना के साहचर्य के बीच निवास करता है।

विषय सिर्फ़ इतना नहीं है कि अपनेपन को परिभाषित करनेवाली इकाइयाँ कमज़ोर पड़ गई हैं। ये तो पहले ही कमज़ोर हो रही थीं। मशीनी उत्पादन प्रणाली के विकास के साथ-साथ शहरीकरण और आधुनिकता के साथ जोड़े जानेवाले कई अन्य परिवर्तन अस्मिता की तलाश को तीव्रता देते रहे हैं। मगर यह भी सच है कि मशीन से जुड़े कामों में अपनी शारीरिक क्षमताओं को विस्तार देने की सामर्थ्य के अलावा इन क्षमताओं को लगातार विकसित करने की गुंजाइश थी। इसी गुंजाइश के चलते काम के साथ-साथ अपनी शख़्सियत का विकास संभव था। हालाँकि हर मशीनी काम के बारे में ऐसा नहीं कहा जा सकता था, लेकिन कई कामों में आदमी या औरत के हुनर की बारीक़ी की दरकार रहती थी, जो आज काफ़ी

तेज़ी से जा रही है। वर्षों के अनुभव से मिलनेवाला कौशल एक बार सॉफ़्टवेयर में तब्दील हो जाने पर बिक्री की स्वतंत्र वस्तु बन जाता है और अनुभवी कारीगर की ज़रूरत नहीं रह जाती।

यह सिलसिला बनारस से कोयंबटूर तक आज किसी भी ऐसी बस्ती में देखा जा सकता है जहाँ कौशलों का विकास कई सौ वर्ष में हुआ और शहर को एक पहचान दे गया। आज जब बनारसी या कांजीवरम् की साड़ी सस्ते दाम पर चीन से बनकर आती है और हमारा कारीगर रिक्शा चलाता है तो हमें लगता है कि यह घटना चीन की अर्थ-व्यवस्था के विकास के कारण हुई है। कंप्यूटर इतना आकर्षक और सुविधाजनक यंत्र है कि हम उसे इन कष्टप्रद सामाजिक और आर्थिक परिवर्तनों का दोष नहीं देना चाहते। वैसे भी विज्ञान और टैक्नोलॉज़ी का इतिहास दिखाता है कि मशीन को दोष देना व्यर्थ है, दोष तो उसके प्रबंधन को ही देना चाहिए, वरना चुस्त लोग आपको गांधीवादी आदि कहना शुरू कर देते हैं। प्रश्न है कि मशीन के साथ काम करके अपने कौशल के विकास से पुष्ट होनेवाली अस्मिता और गरिमा आज करोड़ों लोग कहाँ ढूँढ़ें। हज़ारों सांस्कृतिक आंदोलन और कट्टरपंथी धार्मिक प्रवृतियाँ इसी छटपटाहट की प्रतिबिंब है। इसी माह प्रकाश्य एक पुस्तक व्यक्तिगत स्तर पर इसी छटपटाहट को भोगनेवाले एक अमरीकी लेखक का बयान पेश करती है जो पी-एच.डी. करने के बाद कई तरह के कामों का अनुभव लेकर अंततः मोटरसाइकिल की मरम्मत में एक शांतिदायी पहचान ढूँढ़ पाया है।

उसने जितनी तरह के कामों का अनुभव किया, उनमें से एक आज की शब्दावली में ज्ञानकर्मी का था। अकादमिक पत्रिकाओं में प्रकाशित शोध लेखों का सार छापनेवाली एक कंपनी ने उस जैसे अनेक ज्ञानकर्मी रख लिए थे। वे हर विषय के शोध लेखों को पढ़कर एक निश्चित रफ़्तार से उनका सार निकालने में दक्ष बनाए गए थे। दक्षता की एक शर्त यह थी कि जिन लेखों का सार निकाल रहे हैं उन्हें समझने में वक़्त बर्बाद न करें। सारकर्मियों का समय-समय पर मुआयना करनेवाला व्यक्ति स्वयं भी इस बात का ध्यान रखता था कि वह किसी लेख के अर्थ पर ध्यान न दे। कंपनी का सारा ज़ोर इस बात पर था कि लेखों को संक्षेप में प्रस्तुत कर देने की क़वायद ज़्यादा-से-ज़्यादा तेज़ी से चलती रहे और ग्राहकों को,

जो विश्वविद्यालय के प्रोफ़ेसर हैं, यह संदेश मिलता रहे कि इतने मौलिक संक्षेप किसी और स्रोत से उपलब्ध नहीं हो सकते।

कोई आश्चर्य नहीं कि पुस्तक के लेखक को अंत में मोटरसाइकिल सुधारने के काम में शांति और अपनी अस्मिता महसूस करने का सुख मिला। उसने लिखा है कि मरम्मत के लिए आनेवाली हर मोटरसाइकिल अपनी एक ख़ास समस्या और चलानेवाले की ज़िंदगी का इतिहास लिए उसके पास आती है। समस्या को पहचानकर और दिल से हाथ लगाकर, मोटरसाइकिल को वापस स्वस्थ हालत में चलते देख ऐसा सुख मिलता है जो ज्ञानकर्म में दुर्लभ था।

# चीनी खिलौने

चीन से खिलौनों का आयात फिलहाल छह मास के लिए बंद किए जाने की घोषणा हुई है। इतनी छोटी अवधि खिलौने जैसे महत्त्वपूर्ण, लेकिन गंभीर रूप से उपेक्षित उद्योग की समस्याओं पर विचार करने के लिए पर्याप्त नहीं है, लेकिन आत्म-निरीक्षण के लिए काफ़ी है। चीनी खिलौनों के आयात पर प्रतिबंध ठीक-ठीक किस कारण लगाया गया है, यह स्पष्ट नहीं है, लेकिन कुछ अंदाज़ा लगाया जा सकता है। इधर के वर्षों में कई बार चीन से भारी संख्या में आनेवाले खिलौनों में इस्तेमाल किए जानेवाले जहरीले रसायनों पर चर्चा होती रही है। इस चर्चा में मातेल जैसी बहुराष्ट्रीय कंपनियों ने भी भाग लिया है। मातेल अपने कई खिलौनों का निर्माण चीन में करवाती रही है और पिछले वर्ष ऐसे कई लाख खिलौनों को उसने बाज़ार से वापस ले लिया था। ऐसा नहीं है कि खिलौनों के निर्माण में ख़तरनाक पदार्थों का उपयोग हमारे यहाँ नहीं होता, मगर चीनी खिलौनों के संदर्भ में यह चर्चा ज़ोर पकड़ चुकी थी और संभव है कि सरकार का निर्णय इससे प्रभावित हुआ हो।

एक अन्य संभावित कारण चीन से भारी मात्रा में आ रहे खिलौनों का भारत के खिलौना उद्योग पर दुष्प्रभाव हो सकता है। भारत के खिलौना उद्योग का एक बहुत बड़ा हिस्सा असंगठित क्षेत्र में है और यही हिस्सा आयात किए गए खिलौनों की सस्ती क़ीमतों के कारण कमज़ोर पड़ता गया है। चीन में बने खिलौनों ने ऐसे करोड़ों माता-पिताओं की इच्छा और ज़रूरत पूरी की है जो अपने बच्चों को खिलौने देना चाहते हैं, लेकिन महँगी क़ीमत नहीं दे सकते। उनके लिए चीनी खिलौनों में जहरीले पदार्थों की उपस्थिति

चिंता का विषय इसलिए नहीं बन पाती, क्योंकि इस संबंध में उन्हें कोई जानकारी नहीं मिली है। सुदर्शन खन्ना और अरविंद गुप्ता भारत के अनोखे खिलौना वैज्ञानिक कहे जा सकते हैं जिन्होंने पिछले दो-तीन दशकों में छोटे बच्चों की खेल संबंधी स्वाभाविक ज़रूरतों को ध्यान में रखकर तकनीक और संस्कृति के मेल की निराली मिसाल रखी है।

पारंपरिक खिलौनों को आधार बनाकर इन दोनों अन्वेषकों ने एक नई तरह का विमर्श रचा है। अरविंद गुप्ता की एक पुस्तक का शीर्षक है 'कबाड़ से जुगाड़' जो इस नए विमर्श के आविष्कारी चरित्र और लक्ष्य का संकेत देता है। सुदर्शन खन्ना अमदाबाद के राष्ट्रीय डिजाइन संस्थान में पढ़ाते हैं और वहाँ उन्होंने एक खिलौना केंद्र की स्थापना की है जहाँ युवा प्रशिक्षणार्थी कुटीर खिलौनों का बारीकी से अध्ययन करके नई आकृतियों और क्षमताओं वाले खिलौनों का निर्माण करते हैं। कुछ प्रशिक्षणार्थी अब खिलौना उद्योग में काम कर रहे हैं, मगर इस उद्योग के आकार और उसमें लंबे समय से चली आ रही उदासी को देखते हुए यह शुरुआत बहुत छोटी ही कही जाएगी। इससे कुछ भिन्न तरह का प्रयास लैला तैयबजी की संस्था 'दस्तकार' ने खिलौना समेत भारत की विभिन्न धरोहर हस्तकलाओं के क्षेत्र में किया है। यह संस्था व्यक्तिगत या छोटे स्तर पर काम करनेवाले पारंपरिक दस्तकारों को अपनी बनाई चीज़ों के लिए बाज़ार तलाशने में मदद देती है जिससे उनकी आजीविका इतनी फैल सके कि वे सुरक्षित और निश्चिंत मन से नई रचना कर सकें। दिल्ली के राष्ट्रीय हस्तकौशल संग्रहालय और कुटीर उद्योग इंपोरियम में उत्तर प्रदेश या कर्नाटक में बनी लकड़ी की गाड़ियाँ या दिल्ली में बननेवाली मिट्टी की सारंगी देखकर यह आश्चर्य होता है कि भारत का खिलौना उद्योग चीन से इतना पीछे और आतंकित क्यों है।

सच यह है कि खिलौनों के कुटीर उद्योग में आधुनिक कहे जानेवाले मशीनी खिलौनों के बीच न कोई पुल बन सका है, न कोई संवाद होता है। दोनों की रचनाशीलता एकदम विपरीत दिशाओं में बढ़ रही है। वैसे भी यह आशा कैसे की जा सकती है कि काग़ज़ की लुगदी से बनी हुई शांत बैठी गुड़िया एक मिनट में सौ गोलियाँ चलानेवाली मशीनगन से बात कर सकेगी।

हालाँकि यह सच है कि पिछले कुछ वर्षों में टैंक और तोप जैसे हथियारों की आकृति खिलौनों के कुटीर उद्योग में भी दिखने लगी है, लेकिन इसका मुक़ाबला मशीनी खिलौनों की दुनिया में फैली हुई हिंसा के प्रतीकों से नहीं किया जा सकता।

चीनी खिलौनों का आयात शुरू होने से बहुत पहले से यह प्रवृत्ति भारत के खिलौना उद्योग में स्थापित हो चुकी थी। चीनी खिलौनों ने इसे और बढ़ा दिया है। यह सोचना बेकार है कि छह महीनों के प्रतिबंध से यह प्रवृत्ति घट जाएगी। खिलौने आख़िर संस्कृति के दर्पण हैं। भले उनकी रचना और बिक्री छोटे बच्चों की खेल ज़रूरतों के लिए होती है, लेकिन उनमें निहित कल्पना वयस्क समाज की दृष्टि और प्राथमिकताओं का ही प्रतिबिंब होती है।

# ख़बर दिवस

विशेष दिन पहले ही भतेरे थे; ऊपर से विश्व संगठनों ने जीवन के नाना पक्षों को ग्रसनेवाली आम चिंताओं के नाम अलग-अलग ख़ास दिन मुकर्रर कर दिए हैं। अक्सर इनका पता अख़बार में आधे-पूरे पृष्ठ के विज्ञापन देखकर लगता है। दिन को नाम देने से रोज़ाना की किल्लतों में फँसी चेतना कितना फैलती है, कहना मुश्किल है, मगर उस दिन के लिए नियत धनराशि ख़र्च करने में मदद अवश्य मिलती है।

नामधारी दिनों की भीड़ में 26 मार्च का 'समाचार दिवस' के रूप में जाना जाना कुछ इसलिए चौंकाता है क्योंकि जीवन का ऐसा कौन-सा कोना या समय बचा है जिसमें समाचारों का दख़ल न हुआ हो? मगर इस तारीख़ का महत्त्व पूरी दुनिया के लिए नहीं, सिर्फ़ ब्रिटेन के कई सौ स्कूलों के लिए है जहाँ बी.बी.सी के सहयोग से रेडियो और टी.वी. की पत्रकारिता का एक वार्षिक कार्यक्रम चलता है और 26 मार्च को संपन्न होता है।

बी.बी.सी की वेबसाइट पर उपलब्ध वे तमाम कार्यक्रम सुन या देखकर आश्चर्य इस बात पर नहीं होता कि इन्हें बच्चों ने बनाया है, बल्कि इन कार्यक्रमों की विषय विविधता देखकर होता है। अर्थ और राजनीति के विषयों से लेकर खेल और विज्ञान के परिचित विषयों के अलावा ऐसे कई सवाल बच्चों ने पत्रकारिता की नाना विधाओं में उठाए थे जो खुद उनके जीवन से लिए गए थे। एक लड़की ने किशोरों के संसार में फैली नायकधर्मी संस्कृति पर एक मशहूर हस्ती का इंटरव्यू लिया था। इंटरव्यू इतना साफ़-सुथरा था कि पेशेवर लोग भी उससे कुछ सीख सकें। ज़ाहिर था कि इस

लड़की ने प्रश्नों की रचना काफ़ी सोच-समझ और पृष्ठभूमि की तलाश के बाद की थी। एक अन्य कार्यक्रम स्कूल में खाने के वितरण को नियंत्रित करने के लिए उँगली का निशान जाँचनेवाली बिजली की मशीन के इस्तेमाल की नैतिकता पर था।

दो बातें साफ़ थीं। एक यह कि इन कार्यक्रमों की रचना में शिक्षकों का सहयोग बच्चों के कौशल विकसित करने में इस्तेमाल हुआ था, न कि विषय-निर्धारण या उसका रुझान तय करने में, जैसा कि हमारे यहाँ वाद-विवाद जैसे कार्यक्रमों में आए दिन होता है और किसी को नहीं खलता। हम लोग बच्चों को अपना विचार बनाने का न मौक़ा देते हैं, न प्रशिक्षण। ख़ासकर लड़कियों को ऐसे अवसर नहीं के बराबर दिए जाते हैं, जिनमें वे अपनी स्वतंत्र राय बना और बता सकें।

दूसरी ख़ास बात थी कि इन कार्यक्रमों की रचना करनेवाले बच्चे आज की असली दुनिया से जूझ रहे थे, किसी नाटकीय या शिक्षाप्रद अनुकृति से नहीं। हमारे यहाँ खेल-संसद जैसे आयोजन में भी ऐसे विषय या सवाल उठने नहीं दिए जाते जिनमें बड़ों के विवाद छिपे हों। इस परंपरा के बिरले अपवादों में से एक मैंने कुछ माह पूर्व देहरादून के वैलहेम स्कूल में देखा था। उन्होंने मूक अभिनय की पटकथा में एक कन्या शिशु की हत्या की कोशिश दिखाई थी। कथा में हिजड़े उसे बचाते और पालते हैं। कितने स्कूल ऐसी पटकथा को गंभीरता से खोल सकते हैं?

# देश

# अहिंसक प्रतिवेदन

इराक पर अमेरिकी और ब्रिटिश हमले के बीच मुझे बुद्ध के अनात्मवाद पर दलाई लामा का व्याख्यान सुनने का सुख मिला। दलाई लामा हर वर्ष मार्च के दूसरे पखवाड़े में अपने सार्वजनिक व्याख्यान देते हैं। कुछ लोग इन व्याख्यानों को प्रवचन की संज्ञा देते हैं। इस संज्ञा में दिक्क़त इतनी ही है कि दलाई लामा एक धर्मगुरु के अलावा बौद्ध मत के एक बड़े विद्वान की हैसियत से बोलते हैं। उनकी शैली ऐसे अध्यापक की होती है जो अपने विषय की पकड़ के अलावा विवेचना की एक लंबी परंपरा लिए हमारे सामने खड़ा होता है।

'मैं' की सत्ता हमारी चेतना में कैसे बनती है, उसका विश्लेषण करने के लिए किन श्रेणियों का उपयोग किया जाए, इन सवालों पर नागार्जुन और शांतिदेव से लेकर स्वयं अपने शिक्षकों की राय का ज़िक्र करते हुए दलाई लामा एक संसार रचते हैं। दो-तीन घंटे के लिए हम अपने कानों के ज़रिए उस संसार में रहने की खुशी हासिल करते हैं। सुननेवालों की संख्या हज़ारों में होती हैं जो अधिकांशत: तिब्बती समझते हैं। भारत और दुनिया के अन्य देशों से आए भिक्षुओं के अलावा इस दैनिक सभा का बहुलांश हर उम्र के सामान्य तिब्बतीभाषियों का होता है। मैक्लोडगंज के विशाल बौद्ध मंदिर की सीढ़ियों पर बैठकर मध्यांतर के दौरान इस जन समुदय का नज़ारा लेना ज़िंदगी के समूचे क्रम की कहानी देखने सरीखा होता है। लाठी के सहारे एक-एक सीढ़ी हिफ़ाज़त से उतरते बूढ़े स्त्री-पुरुष, बच्चे की उँगली पकड़े या उसे गोद में लिए युवा माता-पिता, जींस पहने किशोर दस-पंद्रह मिनट के लिए बाहर जाते हैं। भाषण दुबारा शुरू

होने पर वही पहलेवाली शांति फैल जाती है। भिक्षुओं के लिए व्याख्यान परिचित प्रश्नों को नए सिरे से टटोलने का मौक़ा देता है, पर सामान्य स्त्री-पुरुष भी विद्वत्ता की धारा में अपनी निष्ठा दर्ज कराते हैं।

उस मंदिर के अहाते और पिछवाड़े में मेरे जैसे लोगों के लिए, जिन्हें तिब्बती नहीं आती, दलाई लामा के व्याख्यान का समांतर अनुवाद एफ.एम. रेडियो पर उपलब्ध था। अनुवादक की आवाज़ दलाई लामा की भाषा के साथ-साथ, उससे थोड़ा ऊपर सुनाई देती थी। समझाने, टीका करने की शैली में खुद-ब-खुद खुलती जानेवाली वाक्य रचना अनुवाद के ज़रिए कई बार कुछ ज़्यादा ही विशृंखल हो जाती थी, पर अनुवादक का अंग्रेज़ी पर अधिकार चकित करनेवाला था। पास के एक अन्य मीटर पर अनुवाद इतावली में भी उपलब्ध था। यह इंतज़ाम जितना पुख़्ता था और जितनी बारीकी से उसकी सफलता सुनिश्चित की गई थी, उसके बारे में सोचकर भी हैरत होती थी। दिल्ली में चाम्स्की आएँ या महाश्वेता देवी, मैंने आज तक किसी आयोजक को इस बात की फ़िक्र या तैयारी करते नहीं पाया कि अंग्रेज़ी में दिक्कत महसूस करनेवालों के लिए हिंदी में अच्छा समांतर अनुवाद मुहैया कराया जाए। हिंदी से सरोकार रखनेवाले आयोजनों में भी अब अंग्रेज़ी के भाषण होते हैं और उनका अनुवाद नहीं होता। अंत में संक्षेप देना भी ज़रूरी नहीं माना जाता।

उस दिन का व्याख्यान जिस पुराने आलेख की टीका थी, वह पिछवाड़े की दुकान में बिक रहा था। कई श्रोता उसे ख़रीदकर आए थे और दलाई लामा के साथ-साथ पन्ने पलट रहे थे। बीच-बीच में श्रोताओं को चाय, लड्डू या संतरा बाँटनेवाले स्वयंसेवी आते-जाते रहते थे। ये लोग पेशेवर स्वयंसेवी नहीं, आम लोग ही थे जो व्याख्यानों के उत्सव में ज़िंदगी के नन्हें सुखों का वितरण अपनी इच्छा से कर रहे थे।

इस उत्सव का तिब्बत से भारत आए शरणार्थियों के लिए ज़ाहिराना महत्त्व है। उनके लिए भारत में शरण अब केवल अस्तित्व का संघर्ष नहीं रही, एक ज़्यादा बड़ी नैतिक चुनौती बन गई है। दलाई लामा ने अहिंसा और धैर्य के रास्ते पर आधी सदी टिके रहकर जितनी ऊँची मिसाल रखी है, उसे अपने दिलों में शायद चीन के नेता भी सराहते होंगे। तिब्बत में अपनाई गई सांस्कृतिक घुटन की राजनीति का प्रगतिशील, उदारपंथी

विश्लेषण अभी शायद कोसों दूर है। यह कहते हुए शायद ही किसी को संकोच हो कि तिब्बत का दुर्भाग्य बीसवीं सदी में चली विचारधाराओं की लड़ाई से परे, अपने आप में भारत और शेष संसार की चिंता का विषय बनता है। चिंता में तिब्बत की संस्कृति व भाषा के तिरस्कार और पीढ़ी-दर-पीढ़ी अन्याय व यातना का शिकार बने लोगों के अलावा वहाँ की प्रकृति के अनाचारी दोहन को भी शामिल किया जाना चाहिए।

धर्मशाला से रात की बस पकड़ने के पहले मैंने एक रेस्तराँ में तिब्बती स्त्रियों के संगठन द्वारा जारी पोस्टर की इबारत पढ़ी। हल्की रोशनी में ओलंपिक खेलों के छल्ले चमक रहे थे। उनके नीचे पदक पानेवाले विजेताओं से अपील की गई थी कि वे अपने तमगों में इस्तेमाल सोने और चाँदी की चमक में तिब्बत की उस धरती को भी याद करें जिसे उजाड़कर ये धातुएँ निकाली जा रही हैं। इस धरती पर आण्विक कूड़ा डाले जाने का प्रश्न एक अरसे से अवरुद्ध पड़ा है। चीन में धीरे-धीरे पुष्ट हो रही लोकतांत्रिक चेतना के लिए तिब्बत के साथ न्याय करने की ज़रूरत एक बड़ी चुनौती है। आज का चीन जिन आश्चर्यजनक रुकावटों को पार कर एक ताक़तवर आधुनिक देश बन सका है, उन्हें याद करके यह आशा बनाए रखना कोई नादानी नहीं है कि देर-सवेर वहाँ की सरकार और जनता दलाई लामा के धीर, उदात्त संघर्ष का सम्मान करेगी। यह जब भी होगा, जैसा भी होगा, बुद्ध के क्रांतिकारी दर्शन के सत्य का सबूत होगा। उस दर्शन की नज़र से देखें तो आधुनिक राष्ट्र-राज्यों में चल रहा अस्मिताओं का हिंसक युद्ध भ्रांत सोच की परिणति है। सीढ़ियों पर कान से रेडियो सटाए बैठकर दलाई लामा की टीका में अमेरिका और ब्रिटेन के इराक पर आक्रमण की समीक्षा भाँपना मुझे क़तई दूर की कौड़ी नहीं लगा।

# दो तरह की आज़ादी

रोबेन द्वीप को हम काले पानी की संज्ञा दे सकते हैं यद्यपि वह केपटाउन से उतना दूर नहीं है जितना चेन्नई से अंडमान है। एक और फ़र्क़ यह है कि रोबेन द्वीप की धरती में चूना है, शायद इस कारण वृक्ष बौने रह जाते हैं और संभवतः इसी वजह से टापू की हरियाली के बीच घूमते हुए घुटन महसूस होती है। नेल्सन मंडेला ने ज़िंदगी के जो सत्ताईस वर्ष कारावास में काटे, उनमें से अट्ठारह साल रोबेन द्वीप की जेल में व्यतीत किए। वैसे तो अट्ठारह गणित की अन्य संख्याओं की तरह एक संख्या भर है और हम भारतीयों को चौदह वर्ष का अनुभव है तो अट्ठारह की कल्पना हमारे लिए इतनी मुश्किल नहीं है। पर मंडेला की कहानी में यह संख्या दो कारणों से कुछ असाध्य बन जाती है और एक तीसरे कारण से अगम।

पहला कारण वह कमरा है जहाँ मंडेला अट्ठारह साल यानी सोलह हज़ार दिनों से ज़्यादा समय रहे। लोहे के दरवाज़ेवाला वह कमरा मुश्किल से आठ–नौ फ़ुट लंबा और चार या साढ़े चार फ़ुट चौड़ा है। यह नाप मैं अंदाज़ से बता रहा हूँ और संभव है, स्मृति मुझे धोखा दे रही हो। दो-चार मिनट बिताकर कोई उस कमरे को उन सुबह–शामों और रातों में तब्दील नहीं कर सकता जिनमें एक मनुष्य होने के नाते मंडेला को वहाँ जीना था। पर एक दूसरा कारण भी है जो मंडेला के इन जेल–वर्षों को हमारे लिए असाध्य बनाता है। जेल से थोड़ी दूर चूने की एक खदान। कई अन्य बड़े क़ैदियों की तरह मंडेला ने इस खदान में चूने का पत्थर खोदा। तेज़ धूप में सफ़ेद पत्थर चंद क्षणों में ही आँखों को चौंधिया देता है। सज़ा के तहत क़ैदी चूने का पत्थर खोदकर तसले में भरते थे और खदान के

परली तरफ़ ले जाकर पटकते थे। कुछ समय बाद वहाँ का ढेर जब ऊँचा हो जाता था तो उसे ढोकर वापस लाते थे। चूने की खदान सभी की आँखों को अनिवार्य रूप से घायल कर देती थी। स्थायी चोट खाने के बाद ही मंडेला को गाढ़ा काला चश्मा पहनने दिया गया।

अफ्रीकी राष्ट्रीय कांग्रेस के जिस कार्यकर्त्ता ने मुझे रोबेन द्वीप की सैर कराई, वह भी आँखों को स्थायी रूप से गहरे काले चश्मे से ढँके रहता था! उसने इस जेल में दस वर्ष बिताए थे। मंडेला और उनके राजनैतिक साथियों की ज़ेल-ज़िंदगी जिस तीसरे कारण से अगम बनती है, वह दक्षिण अफ्रीका नाम के देश का स्वातंत्र्योत्तर चेहरा और मन है। स्वतंत्रता का अर्थ दक्षिण अफ्रीका के लिए इस तरह के सरल कथन में नहीं समेटा जा सकता कि मंडेला के नेतृत्व में इस देश ने विदेशी या औपनिवेशिक सत्ता को खदेड़ दिया। खदेड़ने की कोशिश में युगांडा और ज़िंबाब्वे जैसे देश खुद को जर्जर बना चुके हैं। इस नियति से दक्षिण अफ्रीका को बचाकर मंडेला सुलह और सहजीवन की राह पर ले गए, इस तथ्य ने उनकी राजनीति को आध्यात्मिक गहराई दी। उनका देश नस्ली अलगाव की प्रशासनिक नीति से क्षत-विक्षत हो चुका था और आज लोकतंत्र के बीस शुरुआती वर्ष बीत जाने के बाद भी आंतरिक हिंसा से उबर नहीं पाया है। मगर इस देश को इंद्रधनुष का रूप देकर, प्रतिशोध की जगह सुलह और विविधता के विधान को अपनाकर नेल्सन मंडेला ने जो कुछ हासिल किया, वह एक आश्चर्य से कम नहीं है। रोबेन द्वीप की यातना उनकी कल्पना को कुंद नहीं कर सकी। नस्ली अलगाव की बर्बर व्यवस्था के विरुद्ध उनके गहन संघर्ष ने सत्याग्रह के इतिहास में एक बड़ा अध्याय जोड़ा। पर सत्याग्रह का ज़्यादा बड़ा प्रयोग नस्ली हेलमेल का अभ्यास है जो अभी शुरू भर हुआ है।

दक्षिण अफ्रीका का ज़िक्र अनिवार्यत: गांधी-स्मृति को उकेरता है। गिरिराज किशोर का उपन्यास 'पहला गिरमिटिया' इस स्मृति को विस्तार से टटोल चुका है। अब रामचंद्र गुहा ने 'गांधी बिफ़ोर इंडिया' लिखकर इस स्मृति को अनेक नए आयाम दिए हैं। इनमें से कुछ की चर्चा उन्होंने पिछले सप्ताह अपने बलराम नंदा स्मृति व्याख्यान में की। राम गुहा ने कई साक्ष्यों और दृष्टांतों से सिद्ध किया कि गांधी के बहुधर्मी संस्कार को उनके

दक्षिण अफ्रीका प्रवास में गहरा पोषण मिला। गुहा का यह विचार गांधी की सत्याग्रही छवि में एक ज़रूरी मगर अक्सर भुला दिया जानेवाला पहलू जोड़ता है। शोषित और दमित भारतीय मज़दूरों की आवाज़ को राजनैतिक संघर्ष में तब्दील करनेवाले युवा गांधी की दैनिक जीवन-शैली में यहूदी, पारसी, ईसाई और मुस्लिम सहयोगी कितनी आत्मीयता से जुड़े थे, यह बात राम गुहा ने भारत में गांधी के भावी जीवन की दृढ़ भूमिका की तरह देखी है। विचारों के प्रचार और प्रसार के लिए लगातार लेखन का इस्तेमाल और हत्या के दो प्रयासों को झेलकर मिला निडरता का अभ्यास भारत वापसी के बाद गांधी के नाम आया। यह विडंबना भी राम गुहा ने स्वीकारी कि लंबे प्रवास के बावजूद गांधी दक्षिण अफ्रीका के अश्वेतों से नहीं जुड़ सके, भले वे बाद में अश्वेतों के सत्याग्रह की प्रेरणाओं में शामिल कर लिए गए।

दक्षिण अफ्रीका की संघर्ष-कथा का नायक जेल से छूटकर सरकार के सर्वोच्च पद पर पाँच साल रहा। सत्ता सँभालकर मंडेला भले एक कुशल प्रशासक सिद्ध न हो सके, लेकिन देश की अखंडता को नस्ली सुलह के रास्ते बचाने में उनकी प्रतीक-सत्ता निश्चित काम आई। विभाजन से भारत किसी तरह बच जाता, तो भी यह निश्चित था कि गांधी स्वयं सत्ता और प्रशासन से दूर रहेंगे। प्रशासन को एक झंझट मानने की प्रवृत्ति भारत के मानसिक ढाँचे और इतिहास में रही है। वैसे भी विधान के तौर पर गांधी स्वराज को आज़ादी से बहुत पहले अपना चुके थे। मंडेला इस रास्ते पर चलते तो अपने देश को इंद्रधनुषी विधान नहीं दे पाते। इधर स्वराज का विधान भारत के लिए लगातार चुनौती बना हुआ है। यह भी स्पष्ट नहीं है कि भारत की जनता ने इसे चुनौती की तरह देखना गवारा किया है अथवा नहीं। आज दक्षिण अफ्रीका और भारत दोनों औद्योगीकरण और पूँजीवाद के अनिवार्य पाठों को सीखने के कष्टमय अनुभव से गुजर रहे हैं। तीखी सामाजिक विषमता और दैनिक हिंसा इस पाठ में शामिल हैं। इतिहास की दिशा और गति देखकर लगता है कि यह साहचर्य लंबा चलेगा, भले गांधी और मंडेला सरीखे संदेशवाहक दुबारा नसीब न हों।

# मध्यवर्ग के दो चेहरे

लोकपाल की स्थापना के लिए अप्रैल से अभी तक हुई कोशिश लोकस्मृति में सरकार और सिविल सोसायटी नाम की दो टीमों के बीच रस्साकशी के रूप में दर्ज होगी। कभी सरकार प्रबल होती दिखी तो कभी सिविल सोसायटी। यदि आप ज़िला मुख्यालय में रहते हैं तो संभव है कि आपके बच्चे यह पूछें कि सिविल लाइन में रहनेवाले तो खुद सरकार होते हैं, फिर यह रस्साकशी क्यों हो रही है? अण्णा हजारे के साथ टी.वी. पर हुई किसी बहस में 'चार-पाँच लोगों की सिविल सोसायटी' का ज़िक्र इस तरह हुआ गोया वह उस प्रकार की ग्रुप हाउसिंग सोसायटी हो जिसमें उच्च शिक्षा प्राप्त लोग सभ्य ढंग से रहते हैं और ग़रीब लड़कियाँ बर्तन माँजती हैं। भ्रष्टाचार क्या है, शुद्धाचार क्या है, यह तय करने में मध्यवर्ग की भूमिका की छानबीन किए बग़ैर ऐसे लोकपाल की रचना कठिन है जो खुद राजनीति नहीं करेगा।

अण्णा हजारे भ्रष्टाचार को समूल नष्ट कर देना चाहते हैं, वह भी एक सर्वशक्तिमान लोकपाल के सहारे। उनकी गांधीवादी मूलगामिता और मध्यवर्ग में व्याप्त निरंकुशता की चाह के बीच एक स्वाभाविक समानता है। जो भी होना या किया जाना है, जल्दी हो, इस आग्रह में भी शहरी मध्यवर्ग की उस व्यग्रता का रिश्ता बैठता है जो भूमंडलीकृत अर्थव्यवस्था के तहत हर दरवाज़ा और खिड़की खोलने की माँग में नज़र आती है। कोई आश्चर्य नहीं कि अप्रैल के शुरू में अण्णा हजारे के अनशन के समर्थन में यकायक एक (अभि) जनज्वार मोबाइल और ई-मेल के ज़रिए उमड़ा और सरकार को बदहवास करने में कामयाब रहा। इस ज्वार में छिपे स्वरों

की आत्मकेंद्रित मासूमियत को ध्यान से सुना–समझा जाए तो साफ़ हो जाएगा कि ये स्वर उसी वर्ग के हैं जो नई आर्थिक नीतियों से फला–फूला है लेकिन इन नीतियों को भ्रष्टाचार से जोड़कर नहीं देखता। भ्रष्टाचार–विरोधी आंदोलन के नेतृत्व का दम भरते हुए इस वर्ग ने राज्य को भ्रष्ट क़रार दिया है और खुद को सिविल सोसायटी का नाम देकर एक रोमांचक टकराव की रचना की है।

'सिविल सोसायटी' के जुमले से मेरा वास्ता पहली बार अस्सी के दशक में पड़ा जब मैं उन्नीसवीं सदी के समाज में आधुनिक शिक्षा की औपनिवेशिक जड़ें टटोल रहा था। इस बात का यत्किंचित संज्ञान मुझे था कि इतालवी मार्क्सवादी चिंतक ग्राम्शी ने सिविल सोसायटी को उस चेतना या अंतरात्मा की तरह प्रस्तुत किया था जो राज्यशक्ति के ढाँचे के बाहर रहकर शासन की रीति–नीति पर अंकुश रखती है। ग्राम्शी की इस संकल्पना में मार्क्स का सपना और गांधी की कामना ढूँढ़ना मुश्किल नहीं था। दिक़्क़त मुझे इस बात को लेकर आई कि औपनिवेशिक औज़ारों से आधुनिक बनाए गए भारत में सिविल सोसायटी की तलाश कहाँ की जाए—उस जनमानस में जिसे अंग्रेज़ों ने 'मासेज़' की संज्ञा दी थी या उस प्रभुवर्ग में जो स्वयं को सत्ता का प्राकृतिक अधिकारी मानता है? ग्रामीण जनता को 'मासेज़' या जनपिंड की तरह देखने की आदत भारत के पढ़े–लिखे मध्यवर्ग को अंग्रेज़ों की विरासत के रूप में मिली। जन और अभिजन में विभाजन तो पहले भी था पर अभिजनों की यह आत्मछवि—कि वे जन को सुधारकर सभ्य बनाएँगे—एक औपनिवेशिक भाव है। खुद को सभ्य समझने की प्रवृत्ति प्रभुवर्ग की मानसिक बुनावट में निहित है जिसे वृहतर मध्यवर्ग ने अपना लिया है।

लोकतंत्र के सपने का एक अर्थ यह था कि जन और अभिजन के बीच का फ़ासला घटेगा। आज़ादी के बाद के शुरुआती दशकों में इस दिशा में कुछ प्रगति हुई भी, पर अस्सी का दशक आने तक दिशा बदलने लगी थी और भारत का सामाजिक विभाजन तेज़ी पकड़ने लगा था। अब रोज़–रोज़ ऐसी घटनाएँ होने लगी हैं जो दिखाती हैं कि विभाजन किस क़दर तीखा हो चुका है। आंध्र प्रदेश में कई हज़ार आदिवासी लड़कियों को एक बड़े चिकित्सा–प्रयोग के तहत कैंसर का टीका लगाए जाने की घटना इसी

श्रेणी में आती है। टीका बनानेवाली बहुराष्ट्रीय कंपनी उसका परीक्षण करना चाहती थी। इसके लिए आंध्र की सरकार ने अपनी आश्रमशालाओं में पढ़नेवाली लड़कियों को उपलब्ध कराया। इस घिनौने प्रयोग में भारतीय चिकित्सा परिषद की सहमति थी। डॉक्टरों को सिविल सोसायटी का महत्त्वपूर्ण अंग माना गया है, पर वे स्वयं आज कन्या-भ्रूण हत्या जैसे सांस्कृतिक दुष्कर्मों के साधन बने हुए हैं। आंध्र के प्रयोग में कुछ लड़कियों की मृत्यु हो जाने के बाद सभ्य समाज को चिंता हुई कि अब मामले को दबाया कैसे जाए। ख़बर बहुत दिन न टिकती यदि एक महिला सांसद, वृंदा करात, ने व्यवस्थित जाँच के लिए दबाव नहीं बनाया होता। हज़ारों आदिवासी लड़कियों के साथ हुए इस अन्याय के ख़िलाफ़ अनशन करने कोई अण्णा हजारे सामने नहीं आया।

इसी तरह का एक ज़्यादा विस्तृत प्रसंग प्रारंभिक शिक्षा के अधिकार का है। इस आशय का संवैधानिक संशोधन हुए लगभग एक दशक होने को आया, और संशोधन पर अमल के लिए बनाया गया क़ानून बने भी एक साल से ऊपर हो चुका, मगर महाराष्ट्र समेत किसी राज्य में इस क़ानून को यथार्थ में बदलने की जल्दी नहीं दिखाई देती। महाराष्ट्र का उल्लेख इसलिए उपयोगी है क्योंकि शिक्षा प्रणाली की जड़ता के लिहाज़ से वह देश के अग्रणी राज्यों में से है और अण्णा हजारे वहीं के रहनेवाले हैं। जैसा दबाव उन्होंने दिल्ली में लोकपाल विधेयक का लेकर बनाया, वैसा दबाव वे मुंबई में शिक्षा के अधिकार को अमल में लाने के लिए बना सकते थे। उस स्थिति में मुंबई के उन लाखों बच्चों के दैनिक जीवन की रंगत बदल सकती थी जो नए क़ानून में दर्ज बुनियादी सुविधाओं और शिक्षण की गुणवत्ता के स्थायी अभाव से ग्रस्त स्कूलों में पढ़ते हैं। एक बार सुधार प्रक्रिया शुरू होती तो शायद वह महाराष्ट्र के गाँवों के स्कूलों में भी ढाँचागत परिवर्तन लाती और पाठ्यक्रम की नीतियों को नए क़ानून के अनुरूप बनाए जाने के लिए ज़रूरी बौद्धिक हलचल पैदा करती। पर शायद अण्णा हजारे यह जानते हैं कि प्रारंभिक शिक्षा के अधिकार को लेकर शुरू किए किसी संघर्ष में उन्हें शहरी मध्यवर्ग का सहयोग नहीं मिलता। इस कानून के तहत महँगे निजी स्कूलों में एक चौथाई सीटों पर ग़रीब बच्चों के आरक्षण का सक्रिय विरोध वही वर्ग कर रहा है जो भ्रष्टाचार को ख़त्म करने के लिए

सिविल सोसायटी का चेहरा लिए नज़र आता है। वकालत का पेशा सिविल सोसायटी की संकल्पना की रीढ़ है। कई बड़े वकील इस समय शिक्षा के अधिकार के क़ानून से पच्चीस प्रतिशत आरक्षण के प्रावधान को हटाने की लड़ाई लड़ रहे हैं। क्या वे और उनके मुवक्किल यह नहीं जानते कि शिक्षा का लोकव्यापीकरन भारत की समृद्धि के लिए ज़रूरी है? अवश्य जानते हैं पर शिक्षा के विस्तार की गति और शैली को लेकर उनमें कोई व्यग्रता नहीं है।

आंध्र की आदिवासी लड़कियों पर प्रयोग की तरह शिक्षा का अधिकार मध्यवर्ग के हितों से जुड़े हुए मुद्दों में शामिल नहीं है। भ्रष्टाचार के सवाल को मध्यवर्ग ने अपना सबसे प्रिय सार्वजनिक विषय बनाया है, इसका कारण ढूँढ़ते हुए हमें भ्रष्टाचार की उस समझ पर भी ग़ौर करना चाहिए जिसके तहत लोकपाल की रचना का संघर्ष सिविल सोसायटी और सरकार के बीच टकराव का नाटकीय रूप ले सका है। 'करप्शन' शब्द सुनते ही ड्राइंग रूम में विराजे मेहमान स्पंदित हो उठते हैं। एक के बाद एक कहानियाँ कही जाने लगती हैं और डिनर के शुरू होने तक भ्रष्ट भारत की झाँकी पूरी तरह सज चुकी होती है। इस झाँकी में मंत्री और अफ़सर से लेकर लाइनमैन, डाकिया और अध्यापक व सफ़ाई कर्मचारी तक हर कोई भ्रष्ट या बेईमान दिखाया गया होता है। इस झाँकी को सजाने में आनंद इसी बात से आया है कि भ्रष्टाचार की कथाएँ सुनानेवाले स्वयं को इस ब़ीमारी से मुक्त महसूस करते हैं। भ्रष्टाचार के अनुभव बाँटने को रस स्वयं को शुद्ध महसूस कराता है। जहाँ यह बताना होता है कि स्वयं 'मैंने अपना काम कैसे करवाया', वहाँ भी कथानक का फ़ोकस घूस लेनेवाले के लालच और अपनी लाचारी पर रहता है। भ्रष्टाचार एक ऐसा विमर्श है जो हमें मध्यवर्ग की सुख-साधना को निर्धनों के शोषण से जोड़कर नहीं देखने देता। इसीलिए भ्रष्टाचार की कहानियाँ हमारा मनोरंजन करती हैं और मीडिया को इतनी प्रिय हैं। भूमंडलीकरण और निजीकरण की नीतियों के तहत निचली आय-श्रेणियों से सरकार का ध्यान हटा है और ठेकेदारी बढ़ी है; राज्य की कल्याणकारी भूमिका कमज़ोर पड़ी है और विलासी तबक़ों का वर्चस्व बढ़ा है। ऐसे दौर में सरकार के कामों में भ्रष्टाचार की भर्त्सना करके हम एक ऐसी व्यवस्था के साँझीदार बन जाते हैं जो विषमता के दैनिक पोषण

और प्रजनन के बग़ैर नहीं चल सकती। भ्रष्टाचार को देश की सबसे बड़ी समस्या बताकर उसका ख़ात्मा करने का दावा एक ऐसी विचारधारा की ओर संकेत करता है जो शोषण और उत्पीड़न पर पर्दा डालने में मदद करते हैं। यह विचारधारा अपनी मरजी का लोकपाल बनवाने के लिए भले कितना प्रयास करे, वह जनमानस की अंतरात्मा का प्रतिनिधित्व नहीं कर सकती।

# चीन के बाद चैन

चीन से लौटकर रोज़ की तरह सुबह घूमने गया तो रास्ते में साथ चलती मंडली में हो रहा संवाद सुनाई दिया। एक व्यक्ति किसी बड़े की बुराई कर रहा था। समग्र निंदा में भीगे वाक्य, शब्द और स्वर सुबह के धुँआरे (धुँआ+कोहरा) में फैल रहे थे। मंडली के अन्य सदस्य इस निंदा प्रस्ताव से सहर्ष सहमत थे। उनमें से एक ने कहा—'उसे कौन बैठे रहना है। इसी साल रिटायर हो जाएगा।' इस बात पर सब थोड़ा हल्के होकर हँसे। निंदा करनेवाले ने कहा—'हमें भी कौन बैठे रहना है। एक दिन सबको जाना है, हम भी चले जाएँगे।' इस निष्कर्ष पर हाँ-जी, हाँ-जी इतनी अधिक मात्रा में हुई कि अंत में खाँसने के बाद कई थूकने लगे।

चीन जितने बड़े देश को एक यात्रा में जानने की बात हास्यास्पद मानी जाएगी। आकार के अलावा इतिहास का भी प्रश्न है। बीसवीं सदी में चीन इतने विराट परिवर्तनचक्र से गुज़रा है कि आज उसे एक टिकाऊ दिखनेवाली व्यवस्था के ढाँचे में देखकर सहसा विश्वास नहीं होता। फिर भी कुछ बातें विश्वसनीय ढंग से प्रभावित करती हैं। साधारण लोगों के व्यवहार में पिछले पैरा का वीतराग नहीं दिखता। युवा हों या वृद्ध, सभी लोग अपने में मगन और जो भी वे कर रहे हैं उसके प्रति गंभीर नज़र आते हैं। सार्वजनिक गुसलख़ाने में तैनात सफ़ाईकर्मी खुश और बतियाते रहते हैं, गुसलख़ाने भी एकदम साफ़ रखते हैं।

दूसरी बड़ी बात जो भारतीय आँख और कान में सीधे घुसती है, आम लोगों की सेहत है। बेजिंग में दिल्ली से कहीं ज़्यादा प्रदूषण है, पर खाँसते या थूकते नागरिक मुश्किल से मिलते हैं। मुझे अपनी इच्छानुसार एक ग्रामीण

स्कूल में आधा दिन बिताने का मौक़ा मिला, जिसमें थोड़ी देर तीसरी कक्षा में बैठना शामिल था। बच्चे यूनीफ़ार्म में नहीं थे, क्योंकि नियम सिर्फ़ सोमवार को स्कूल की पोशाक पहनने का है। गाँव के बच्चों में एक भी नहीं था, जिसके बाल सूखे या भूरे हों, आँखों में स्वास्थ्य की चमक न हो। खाँसी या जुकाम से परिचित लक्षण भी दुर्लभ थे।

ज़ाहिर है, चीन भले मानवाधिकारों को भूला हो, मानव जीवन की बुनियादी भौतिक आवश्यकताओं को नहीं भूला है। ज़रूर वहाँ भी अनेक कमियाँ होंगी, पर प्राथमिकताओं को लेकर ऐसा नहीं लगता कि स्वास्थ्य और शिक्षा को सर्वोच्च राष्ट्रीय महत्त्व देने में कोई चूक हुई है। हमारे यहाँ यह चूक क्यों हुई, यह एक बड़ा और गहन प्रश्न है। बड़ा इसलिए है क्योंकि सेहत और शिक्षा की अवहेलना का असर भारतीय जीवन के हर पहलू पर पड़ा है। गहन इसलिए है क्योंकि इस अवहेलना की तहों में राज्य, समाज और उसकी संस्कृति के ऐतिहासिक चरित छिपे हैं। इनकी पड़ताल करने के प्रयास में हम अक्सर दोषी की खोज में भटक जाते हैं। अंत में खीझकर विश्लेषण के फल में रुचि खो बैठते हैं। विकल्प के तौर पर खाँसी और चाय रह जाती है।

चीन और भारत में सबसे बड़ी समानता पर्यावरण का विनाश है। इस मामले में चीन आगे है या हम, कहना मुश्किल है। कभी वह आगे दिखता है, कभी हम। बेजिंग में पहली और आख़िरी शाम हवा इस क़दर प्रदूषित थी कि दिल्ली बेहतर लगती थी। ओलंपिक के सिलसिले में हुए विकास और लाखों कारों का धुआँ देखकर बेचैनी होती थी। दिल्ली लौटकर आया तो कॉमनवेल्थ खेलों के लिए हो रहे निर्माण की धूल ने जकड़ लिया। आधुनिकता का एक अर्थ यह भी है कि कहीं चैन नहीं।

चीन से लौटकर तीन दिन बाद ही मुझे बनारस जाना था। बनारस भी धूल से ढँका था। इसलिए विमान छूटने में पाँच घंटे की देरी हुई। अगली सुबह मुझे बनारस के पास स्थित नियामताबाद नाम के क़स्बाते हुए गाँव जाना था। वहाँ के कस्तूरबा गांधी विद्यालय में छठी और सातवीं कक्षा की लड़कियों के बीच बैठकर हिंदी और विज्ञान की पढ़ाई देखी।

प्राथमिक कक्षाओं में स्कूल से बहिष्कृत इन लड़कियों को जब एक आवासीय स्कूल की सुरक्षा और महिला समाख्या की दृष्टि मिलती है तो उनमें चंद महीनों में ही नामी-गिरामी शहरी स्कूलों के लड़के-लड़कियों से स्पर्धा में पहुँच जाने की सामर्थ्य के लक्षण दिखने लगते हैं। इस बात से कुछ संतोष और चैन मिल सकता है, मगर ये लक्षण विकसित होने दिए जाएँगे या नहीं, यह प्रश्न गहरे सामाजिक और राजकीय संशय का विषय है। इस संशय से उपजा संकोच चारों तरफ़ धूल की तरह फैला है। शायद पंत की अमर पंक्ति में इतना ही अर्थ विस्तार हुआ है कि 'मिट्टी की प्रतिमा उदासिनी' टूट-फूट रही है और उसकी टूटन से निकली धूल हर तरफ़ फैल रही है।

# घिरता हुआ पड़ोस

लोकतंत्र की व्यस्तता में हम इस क़दर मगन हैं कि पड़ोस की आहट नहीं सुन पा रहे। कुछ कारण इतिहास में हैं, कुछ भूगोल में। दोनों से खुराक पाकर भारत की बेख़बरी उस खीझ को ढाँपे रखती है जो पाकिस्तान के साथ कभी बोलकर, कभी निःशब्द चालू रहनेवाले अधूरे संवाद से निरंतर पैदा होती है। उधर की ख़बरें आती हैं, पर बग़ैर कोई मायना पैदा किए मीडिया महासागर में विलीन हो जाती हैं।

मना करने पर भी शाम को बाहर निकलनेवाली लड़की को कोड़े मारे जाने की ख़बर इसी तरह आई और चली गई। उसका मुँह ज़मीन पर दबाए रखा गया था। यह वीडियो देखकर पाकिस्तान की जनता विचलित अवश्य हुई पर हज़ारों लोग सड़कों पर नहीं निकले। कहीं पचास तो कहीं अस्सी लोगों ने तालिबान के विरोध में प्रदर्शन किया। उधर केंद्र की सरकार ने तालिबान के साथ शांति का समझौता किया, जिसके तहत शरियत की कठोर व्यवस्थाएँ स्वात घाटी में लागू करने की औपचारिक इजाज़त तालिबान को मिल गई। बदले में, वायदे के अनुसार हथियार छोड़ने की जगह उसने राजधानी के पास एक ज़िले पर अपनी सत्ता स्थापित करना शुरू कर दिया।

यह घटनाचक्र ताज़ा है, पर प्रक्रिया नई नहीं है। सुरेशचंद्र शुक्ला स्मृति व्याख्यान देने दिल्ली आईं पाकिस्तानी शिक्षाविद् रुबीना सैगोल ने जनवरी में कहा था कि चीज़ें तेज़ी से पटरी से उतरती जा रही हैं। वे पाकिस्तान की मशहूर शिक्षा-वैज्ञानिक भर नहीं हैं, नारीवादी आंदोलन की जुझारू कार्यकर्त्ता भी हैं और इधर के वर्षों में लोकतंत्र की बहाली के लिए कई

बार सड़कों पर उतरी हैं। जनवरी की मुलाक़ात में वे थकी हुई दिख रही थीं। व्याख्यान उन्होंने पूरे जोश से दिया और इस्लाम में विवेचना की परंपरा पर अपनी पैनी नज़र का परिचय दिया। लेकिन चाय पर बातचीत के दौरान वे चिंतित दिखीं। उन्होंने बताया कि लाहौर जैसे शहर में अब पंद्रह घंटे बिजली नहीं रहती।

पाकिस्तान कुछ वर्ष पहले तक बिजली का निर्यात करने की स्थिति में था। अमेरिका से आई भारी आर्थिक मदद के बावजूद पाकिस्तान की आंतरिक व्यवस्था कमज़ोर पड़ती गई है। रुबीना सैगोल जैसे शिक्षित लोगों का प्रतिरोध सैनिक शासन को हटाने में कामयाब हुआ और इसके साथ ही बिजली-पानी जैसी बुनियादी सेवाओं में रहनेवाली चुस्ती भी जाने लगी। पाकिस्तान में सैनिक शासन का हटना और चुनावी लोकतंत्र की बहाली शेष दुनिया समेत भारत में भी स्वागत का विषय बनी। इस बदलाव की नाटकीयता और पिछले तीस वर्षों के इतिहास की अवहेलना के परदे में यह भूल जाना आसान था कि लोकतंत्र एक छिड़काव नहीं है जिससे हवा यकायक शुद्ध हो जाएगी।

इतिहास के साथ जीने की समस्या है कि वह सोचने-समझने के लिए अलग से समय नहीं देता। पाकिस्तान में कट्टरपंथी इस्लाम के प्रचारक तालिबान का साया इतनी तेज़ी से बढ़ रहा है कि दूरदृष्टि का इस्तेमाल अब न अतीत के संदर्भ में संभव है, न भविष्य के। अमेरिका वैसे भी स्मृति का धनी नहीं माना जाता; पाकिस्तान को लेकर उसकी यह स्मृति अब केवल कुछ विद्वानों के पास सुरक्षित बची है कि ज़िया-उल-हक़ के शासनकाल में अफ़गानिस्तान से सोवियत सेना को हटाने के लिए कट्टरपंथी मुजाहिदीन के रूप में तालिबान का पोषण अमेरिका ने ही किया था। हमेशा की तरह आज अमेरिका में यही प्रश्न प्रासंगिक माना जा रहा है कि अब जो परिस्थिति सामने आई है, उसमें क्या करना है। इतिहास और भूगोल दोनों की दृष्टि से भारत के लिए यह एक बड़े संकट की आहट का समय है, भले हमें आहट सुनने की आदत न हो।

# इतिहास यात्रा में दो देश

कुछ समाज अपना स्वर्णयुग अतीत में देखते हैं तो कुछ भविष्य में। भारत पहली क़िस्म का समाज है और अमेरिका दूसरी क़िस्म का। हमारी कल्पना में इन दिनों कलियुग चल रहा है, इसलिए कोई अच्छी बात देखकर सबसे पहले हमारे मन में यह शक पैदा होता है कि इसमें ज़रूर कोई पोल है। आख़िर कलियुग में कोई अच्छा विचार भला कैसे साकार हो सकता है? कलियुग तो अधोगति का समय माना गया है। प्रगति का संदेश देने का ज़िम्मा राज्य का है। समाज के कानों में पड़ते ही इस संदेश का बड़ा हिस्सा एक तरह के स्थायी संदेह का शिकार हो जाता है; बाक़ी हिस्सा दिमाग़ में पहुँचता है, मगर चिपकता नहीं। गांधी, श्री अरविंद, कृष्णमूर्ति और अन्य दार्शनिकों ने भारत के भविष्य को अनेक उज्ज्वल रूपक दिए, लेकिन कलियुग की मान्यता को ये रूपक तोड़ नहीं पाए हैं।

इधर अमेरिका से आ रहे समाचार एक नए इतिहास की शुरुआत का दावा कर रहे हैं। जिन उत्तर-आधुनिकतावादियों ने इतिहास का अंत हो जाने का दावा कुछ ही वर्ष पहले किया था, वे भी कुछ-न-कुछ हैरान हुए हैं। बहुत से भारतवासियों के लिए अमेरिका में घटी घटना की ऐतिहासिकता का अनुभव कर पाना मुश्किल है। इस मुश्किल के कई कारणों में से एक-दो आसानी से समझे जा सकते हैं। अब्राहम लिंकन और मार्टिन लूथर किंग जैसे नाम हमारे बच्चों की जुबान पर इसलिए चढ़ गए क्योंकि पुरातनपंथी शिक्षा समझने की जगह रटने पर ज़ोर देती है। इन नामों के पीछे का संघर्ष और उसका संदर्भ हमसे अछूता रहा, भले नेल्सन मंडेला और दक्षिण अफ्रीका में महात्मा गांधी के व्यक्तिगत इतिहास ने रंगभेद के ख़िलाफ़ संघर्ष का एक बड़ा-सा स्पर्श हमें दिया था।

बात स्पर्श से ज़्यादा इसलिए नहीं बढ़ सकी क्योंकि रंगभेद हमारे अंतस में विराजमान है और स्त्रियों को लेकर रोज़ प्रगट होता है। ओबामा की जीत

के बाद उनकी दो बेटियों और पत्नी को टी.वी. पर देखकर हल्की–सी सनसनी मन में उठी कि क्या अब हमारी सभ्यता में भी स्त्री के संदर्भ में अपमान और क्रूरता की हदों तक रोज़ पहुँचनेवाला रंगभेदी रवैया कुछ कमज़ोर पड़ेगा। 'गोरी-गोरी गाँव की गोरी रे' जैसे अनगिनत फ़िल्मी गाने क्या कभी अपना आकर्षण खोएँगे, जब त्वचा का रंग बदलने का दावा करनेवाली क्रीम गाँव के बाज़ार में आक्रामक ढंग से फैल रही है। बात अगर सिर्फ़ गोरों की गुलामी की होती तो शायद इतनी गहरी न होती, मगर रंग को लेकर हमारी मानसिक रुकावट प्राचीन है। उसे लेकर कोई संवाद भी नहीं चला है।

अमेरिका के उत्सव में शामिल महसूस न कर पाने की एक अन्य बड़ी वजह यह भी है कि हम एक संकीर्ण मानस की सीमाओं से उबरने की जगह उन सीमाओं पर ही लहूलुहान होने में व्यस्त हैं। ओडीशा, असम, महाराष्ट्र और कर्नाटक में सामाजिक समरसता ठिठुर रही है। कई अन्य राज्यों में सौहार्द्र की ठिठुरन स्थायी बन चुकी है। उसका क़ानूनी हल ढूँढ़ने की कोशिश होती रहती है, सांस्कृतिक उपाय ढूँढ़ पाने की आशा धूमिल हो चुकी है। प्रसार माध्यमों के पूर्ण बाज़ारीकरण के चलते ऐसे मंच तलाशना मुश्किल हो गया है जहाँ बात शुरू होने से पहले ही मन न भड़क जाए।

भारत का एक अंतरिक्षयान चंद्रमा पर उतरने जा रहा है, इधर छत्तीसगढ़ की राजधानी के पास एक गाँव में पचहत्तर वर्ष की महिला कुछ सप्ताह पहले सती हुई है। शिक्षितों के समाज में इस तरह के अंतर्विरोधों को सहजतापूर्वक स्वीकार कर लेने की परंपरा बन गई है। यह मान लिया गया है कि भारत के समाज को किसी एक नैतिक ढाँचे में रखकर देखने की ज़रूरत नहीं है, भले उस ढाँचे को संविधान में राजनीतिक वैधता दे दी गई हो। संविधान एक बहुत बड़ा स्वप्न था जो भारत के स्वाधीनता आंदोलन की खलबली से जन्मा था। उस स्वप्न में मन रमाए रखने और उसे साकार करने के लिए संघर्ष जारी करने का विचार अनेक लोगों को उत्साहित नहीं करता। ज़ाहिर है, हमारी इतिहास-यात्रा अमेरिका से भिन्न है। वहाँ यकायक एक पुराना, असंभव मान लिया गया सपना पूरा हुआ है, इसलिए कई नए सपने पैदा हो गए हैं।

# करुणा हस्त

बाबुओं के बारे में हमारे समाज की धारणा अंग्रेज़ी राज में इस क़दर पुष्ट हो गई कि अभी तक बदली नहीं है। हिसाब-किताब से संबंध रखनेवाले पेशों को लेकर संभवत: और पहले से जातिगत दुर्भावना बनी चली आई हो जिसे औपनिवेशिक शासन ने विस्तार और मजबूती दी। कहना मुश्किल है। मगर इतना तय है कि क्लर्क के जीवन और व्यवहार के प्रति दयादृष्टि रखनेवाले ढूँढ़ने से ही मिलेंगे। साथ में यह भी सच है कि हर ऑफ़िस में एक-दो मददगार बाबुओं का होना तय माना जाता है। कई बार जब कोई आगंतुक किसी टेढ़े काम की उम्मीद में ऑफ़िस पहुँचता है और दो-चार चक्कर लगाकर थकने लगता है तो अन्य बाबू स्वयं बता देते हैं कि ऐसा काम कौन करा सकता है।

छोटे बाबू की ज़िंदगी के दैनिक सच और संघर्ष जितनी करुणा से विनोद कुमार शुक्ल ने 'नौकर की कमीज़' में चित्रित किए हैं; वह वास्तविक जीवन में कम ही देखने को मिलती है। अन्य, ख़ासकर विकसित कहे जानेवाले समाजों में भी, क्लर्क की उदारता के उदाहरण साहित्य में कभी-कभार ही अंकित होते हैं। शायद इसी कारण पिछले हफ़्ते फ्रांस के अख़बार 'ल माँद' से ली गई 'गार्डियन वीकली' में प्रकाशित एक कथा मुझे अनोखी और मर्मस्पर्शी लगी।

यह कथा है मरियम बेनामोर नामक एक क्लर्क की जो पेरिस के उत्तर-पूर्वी ज़िले में काम करती हैं। यह ज़िला पिछले वर्ष बेरोज़गारी और आप्रवासियों के ख़िलाफ़ हुए दंगों की वजह से ख़बरों में आया था। आगज़नी और लूटपाट की सिलसिलेवार घटनाओं के चलते कई अधिकारियों ने

अपने तबादले दूसरी जगहों पर करवा लिए। पर मरियम अपने ऑफ़िस में बनी रहीं। अफ्रीका, मध्य पूर्व और अन्य देशों से आए ग़रीब आप्रवासियों की मदद वे अपने रोज़ाना के काम के संदर्भ में करती हैं, अलग से नहीं। अपनी शिकायत की सुनवाई के लिए बड़े अधिकारी को पत्र किस तरह लिखना है, किसी अधिकारी को फ़ोन पर क्या बताना है, फँसे हुए काम की जानकारी कैसे और किससे लेनी है, ऐसी छोटी-छोटी बातों में कम पढ़ी-लिखी, मुसीबत की मारी महिलाओं की मदद करके मरियम ने एक विशेष प्रकार की मशहूरी कमा ली है।

वे ऐसे लोगों की बात इत्मीनान से, विस्तार से सुनती हैं। पूरे विवरण समझकर उन्हें एक औपचारिक पत्र या अर्जी का रूप देती हैं और उसे स्वयं अपने कंप्यूटर पर टाइप कर देती हैं। कौन से दस्तावेज़ का क्या महत्त्व है, बताती हैं और सलाह देती हैं कि दंगों में नष्ट हुए सामान या नौकरी, मकान अथवा कर्ज़ लेने के लिए आगे क्या करना चाहिए। 'गार्डियन वीकली' के लंबे लेख में ऐसे कई वृत्तांत पढ़कर मुझे लगा कि हमारे यहाँ ऐसे क्लर्क क्या, यदि दो-चार अध्यापक भी रोशनी में आ जाएँ तो संत मान लिए जाएँ। होंगे अवश्य पर उन्हें कौन जानता है?

अध्यापक की बात मैं यहाँ इसलिए जोड़ रहा हूँ क्योंकि ग़रीब वर्ग के बच्चों के लिए हमारे स्कूल भी किसी ऑफ़िस से कम नहीं। आंध्र प्रदेश में एम.वी. फाउंडेशन ने लाखों ग्रामीण बच्चों को स्कूल पहुँचाकर जो क्रांतिकारी काम किया है, उसका एक महत्त्वपूर्ण पहलू दाख़िले की औपचारिकताएँ पूरी कराना है। ग़रीब, ख़ासकर दलित और आदिवासी बच्चे और उनके माता-पिता पहले दर्जों में प्रवेश के समय किस-किस तरह के अवरोध और अपमान सहते हैं, यह कोई प्रो.फ़ेसर शांता सिन्हा से सुने तभी ठीक से समझ सकेगा। शांता जी एम.वी. फाउंडेशन की संस्थापक हैं और आजकल राष्ट्रीय बाल अधिकार आयोग की अध्यक्ष हैं। उन्होंने पहले दर्जों में प्रवेश को 'स्कूल के समर' की संज्ञा दी है।

इस समर की शुरुआत जन्म के प्रमाण-पत्र की माँग के साथ होती है। निरक्षर माता-पिताओं के लिए ऐसा प्रमाण जुटाना आसान काम नहीं होता। राजधानी दिल्ली में ही आप सत्र शुरू होने के दिनों में जन्म और आयु के प्रमाण-पत्र के लिए कचहरियों में भटकते ग्रामीण माता-पिताओं

को सैकड़ों की तादाद में देख सकते हैं। एक बार प्रमाण-पत्र हाथ में आने पर अध्यापक कोई नई उलझन डाल देता है, जैसे दाख़िले की उम्र में आगा-पीछा होने की समस्या। फिर आती है वर्दी और बस्ते की क़वायद। इस सबसे निपटने के बाद बच्चा स्कूल जाना शुरू करता है। मगर यह तो उसे समर की शुरुआत भर होती है। घर का काम न कर पाने पर या वर्दी पहनकर आने में कोताही करने पर अथवा पिता के साथ कुछ दिनों के लिए गाँव चले जाने पर शिक्षा व्यवस्था इतनी नाराज़ हो जाती है कि बच्चा स्कूल में लौट ही नहीं पाता। हर स्कूल में एक मरियम सेनामोर और हर ज़िले में शांता सिन्हा हों, तब शायद परिस्थिति बदले।

# दिल की चमड़ी

भारत नाम का गणराज्य नेल्सन मंडेला का नब्बेवाँ जन्मदिन खुशी से मनाए, यह बात समझ में आती है, पर क्या यह अधिकार भारत नाम के समाज को भी है? हमारे गणराज्य के पास यह अधिकार इस नाते है कि दक्षिण अफ्रीका के रंगभेदी प्रशासन को चुनौती देनेवाले राष्ट्रों में भारत अग्रणी था। अफ्रीकी राष्ट्रवादी कांग्रेस के जनांदोलन को नैतिक और राजनैतिक दोनों तरह का बल भारत की सरकार ने दिया, यह एक ऐतिहासिक सच है। इस सच की गहराइयों में वह लंबा प्रशिक्षण है जो हमारी आज़ादी की लड़ाई के सबसे बड़े नेता बनने से पहले गांधीजी ने दक्षिण अफ्रीका में पाया।

इस लंबी पृष्ठभूमि के चलते हम कह सकते हैं कि मंडेला की मुक्ति और अफ्रीकी राष्ट्रवाद को भारत से मिला बल और समर्थन कोई आश्चर्य की बात नहीं है। इतना कहकर अगली साँस लेने से पहले अश्वेत अफ्रीका के बलदाता भारत के समाज को याद कर लें तो आपको इस बात पर अवश्य आश्चर्य होगा कि हमने रंगभेद का विरोध किया। हिंदी 'आउटलुक' के ताज़े अंक में भाषा सिंह की रिपोर्ट न भी छपती तो भी दैनिक जीवन में इस बात के पर्याप्त प्रमाण थे कि हमारी सामाजिक आत्मा में रंगभेद घुसा हुआ है।

भाषा सिंह बिहार के आरा ज़िले के गाँव में 'फ़ेयर एंड लवली' क्रीम बनानेवाली कंपनी की मुहिम देखकर आई हैं। 'आउटलुक' में प्रकाशित उनकी रिपोर्ट बताती है कि यह कंपनी छोटी उम्र की लड़कियों को समझाती है कि क्रीम लगाने से कुछ समय में उनका चेहरा गोरा होने लगेगा। ग़रीब

और कुपोषित लड़कियाँ पहले क्रीम की बिंदी लगाने की प्रतियोगिता में भाग लेती हैं, फिर धीरे-धीरे गोरी त्वचा के प्रचार के प्रलोभन का शिकार बनकर 'फ़ेयर एंड लवली' की ग्राहक बन जाती हैं। ज़ाहिर है कि यह मुहिम प्रचारतंत्र से सुरक्षित रखे जाने के बाल अधिकार के ख़िलाफ़ है। यह भी स्पष्ट है कि चेहरा गोरा बनाने की कामना का प्रचार शिक्षा नीति के भी ख़िलाफ़ है क्योंकि शिक्षा का उद्देश्य आत्म-सम्मान की रक्षा है, उसे ठेस पहुँचाना नहीं। इन तर्कों सहित, कोई कारगर क़दम उठाने की अपील बिहार के मुख्यमंत्री से करते समय मन में यह सवाल बना रहा कि सरकारी बल समाज को कितना और कहाँ-कहाँ सुधार सकता है।

कोई अट्ठारह साल पहले नेल्सन मंडेला जब आज़ाद हुए तो दुनिया के कई देशों की तरह भारत में भी खुशी की लाक्षणिक लहर देखी गई थी। कहना कठिन है कि उस लहर में कितना पानी था और कितना उछाल। यदि पानी होता तो अफ्रीका की ख़बरों में रुचि के चिह्न हमारे मीडिया में कहीं-न-कहीं बने रहते। अंगोला, लाइबेरिया, मोज़ांबिक और इथोपिया जैसे आधे-अधूरे, विकृत राष्ट्रीय कार्यक्रम बन चुके देश ही नहीं, नाइजीरिया, तंजानिया, केन्या और स्वयं दक्षिण अफ्रीका जैसे अपेक्षाकृत कामयाब राष्ट्रों की नई व्यथाएँ अब हम भारतीयों की संवेदना और स्मृति के दायरों से बहिष्कृत हो गई लगती हैं। सरकार की प्रगतिशील दृष्टि और अश्वेत विश्व-एकता की साम्राज्यवाद-विरोधी नीति एक ऐसे समाज में जड़ें नहीं जमा सकी है जहाँ साँवले रंग का मतलब ज़्यादा दहेज बना हुआ है।

नेल्सन मंडेला नब्बे के हो जाएँ या सौ के, भारत की अंतरात्मा में गोरी त्वचा का आकर्षण घटने की जगह फैल रहा है। अंग्रेज़ों की गुलामी एक कारण हो सकता है, पर गोरेपन से जुड़े सांस्कृतिक रुझान बहुत पुराने हैं और अभी तक विवेक या तर्क के प्रकाश में नहीं आए हैं। उधर स्त्री को लेकर हमारे दिल का अँधेरा भी पूँजीवाद की चकाचौंध ने बढ़ा दिया है। आख़िर मामला उसी की चमड़ी का है।

# बच्चे पर उठा हुआ हाथ

किसी छोटे बच्चे या बच्ची को बड़ों के हाथों पिटते हुए देखना एक दारुण अनुभव होता है। पीटनेवाला व्यक्ति अध्यापक हो या माँ-बाप और पिटनेवाला बच्चा हो या किशोर, हिंसा का यह नज़ारा देखनेवाला संवेदनशील व्यक्ति मन-ही-मन कष्ट पाकर रह जाता है।

मैंने कई बार स्कूल के प्राचार्य के कमरे में बच्चों को पिटते देखा है। वे उस कमरे में भेजे ही इसलिए गए थे कि सीधे प्राचार्य के हाथों पिटें। शारीरिक शिक्षा का अध्यापक जब सामूहिक व्यायाम के समय अथवा वार्षिकोत्सव की तैयारी के बीच में किसी लड़की के बाल खींचकर उसके गालों पर चाँटे या पीठ पर घूँसे मारता है तो आस-पास खड़े अन्य बच्चों का दिल दहल जाता है।

कक्षा में डंडे की मार खा रहा लड़का अपने चेहरे पर एक असहाय जीव के भाव लिए दिखता है। जिस किसी ने भी बच्चों का मनोविज्ञान समझा है, वह जानता है कि पिटते हुए बच्चे की असहायता के पीछे एक प्रतिहिंसा छिपी रहती है। वह कितने वर्ष बाद प्रकट होगी और किस पर बरसेगी, कोई नहीं कह सकता। जो बच्चा नर्सरी में पीटा गया है, उसके भीतर धधकी प्रतिहिंसा उसके स्वयं पिता, अध्यापक या अधिकारी बनने तक आराम से इंतज़ार कर सकती है।

शिक्षक द्वारा बच्चे को शारीरिक दंड दिए जाने के विचार को सामाजिक स्वीकृति प्राप्त है। इसलिए वह नया क़ानून, जो बच्चों को शिक्षा पाने का अधिकार देता है, और उनके पीटे जाने पर प्रतिबंध लगाता है,आसानी से सफल नहीं हो सकेगा। सरकार ने इस क़ानून के अमल का जिम्मा राष्ट्रीय

बाल अधिकार सुरक्षा आयोग को सौंपा है। यह आयोग कितना ही सक्रिय हो जाए, स्कूलों में बच्चों पर बरस रही हिंसा एकाएक थम नहीं जाएगी। समाधान खोजने के लिए हमें आज की स्थिति को कई पहलुओं से देखना होगा।

एक पहलू सामाजिक इतिहास का है, जिसमें अध्यापक को पिता के बराबर मानने की परंपरा रही है। स्वयं पिता के अधिकारों में, संतान को शारीरिक रूप से दंडित करना शामिल रहा है। पितृसत्ता के चलते माँ भी अपनी पिटती हुई संतान को पति के हाथ से छीनना ठीक नहीं समझती और कई माताएँ स्वयं बच्चों को पीटने की आदी हो जाती हैं। आज के अध्यापक से समाज और सरकार भले कितना ही असंतुष्ट हों, लोकमन में अध्यापक की जो छवि स्थापित है उसमें आज भी अभिभावक के कई रंग विद्यमान हैं।

स्कूल में पढ़ाना एक पेशा माना जाता है, मगर एक आम शिक्षक में अपने पेशे का आत्मगौरव बहुत कम मात्रा में होता है। स्कूल में अध्यापक की नौकरी के लिए ज़रूरी प्रशिक्षण भी महज एक डिग्री बनकर रह गया है, जिसकी पढ़ाई किसी तरह की विशेषज्ञता या गंभीरता अध्यापक को नहीं दे पाती। उसका सतही प्रशिक्षण न तो उसे बाल-हृदय और बाल-मानस की गहराइयों का स्पर्श करा पाता है, न उन विषयों में आनंद लेने की क्षमता उसमें उत्पन्न करा पाता है जो उसे प्रतिदिन स्कूल में पढ़ाने होते हैं।

किसी भी सामान्य नागरिक या अभिभावक की तरह, शिक्षक भी यही मानकर चलता है कि परीक्षा में ज़्यादा-से-ज़्यादा अंक पाना सबसे ज़रूरी बात है। इसके अलावा, बच्चों को स्वभाव से ही उद्दंड मानने की प्रवृत्ति पर भी अध्यापकों का प्रशिक्षण कोई विशेष प्रभाव नहीं डाल पाता।

इस परिदृश्य के चलते शिक्षक अपनी पारंपरिक छवि में जीता है। इस छवि में पिता की भूमिका शामिल है। पिता से यह अपेक्षा नहीं की जाती कि वह बच्चे का मनोविज्ञान समझे और बच्चे से संवाद स्थापित करे। चंद पिता ऐसा करने लगे हैं, यह खुशी की बात है। मगर परंपरा के अनुसार, पिता का काम बच्चों को अनुशासित रखना और माँ की ममता का विकल्प प्रस्तुत करना है।

पिता की हैसियत और भूमिका के निर्धारण में पितृसत्ता का महत्त्वपूर्ण योगदान है, जिसके अनुसार पुरुष को भावनाशीलता और कोमलता से बचना चाहिए। बच्चे के कोमल अंतर्मन को भाँपकर उसके क्रिया-कलापों को समझना—जो कि आधुनिक बाल-मनोविज्ञान का आधार है—पुरुष और पिता की पारंपरिक अवधारणा से मेल नहीं खाता।

शिक्षक के पद पर आज अनेक स्त्रियाँ नियुक्त हैं। यद्यपि अध्यापक की भूमिका में स्त्री और पुरुष के व्यवहार का तुलनात्मक अध्ययन करनेवाला कोई बड़ा सर्वेक्षण नहीं हुआ है, पर बच्चों को शारीरिक दंड देने के मामले में स्त्रियाँ अपने पुरुष सहकर्मियों से कुछ ही पीछे नज़र आती हैं। यदि शिक्षा से समाज की मुख्य अपेक्षा यही है कि बच्चे के स्वभाव पर कठोर नियंत्रण रखा जाए तो इससे कोई विशेष फ़र्क़ नहीं पड़ सकता कि नियंत्रण रखने की नौकरी किसी स्त्री को दी जाती है या पुरुष को। स्कूल और कक्षा की परिस्थिति भी दोनों को एक जैसे व्यवहार के लिए विवश कर देती है।

कल्पना कीजिए कि एक कमरे में जहाँ तीस बच्चों के बैठने लायक़ जगह है, पचास बच्चे भरे हुए हैं और उन्हें पढ़ानेवाला शिक्षक सबको एक साथ कुछ बता रहा है क्योंकि उसे छोटी टोलियों में किसी गतिविधि की मदद से पढ़ाने का अभ्यास नहीं है और न वैसी गतिविधि कराने के लिए आवश्यक सामग्री, स्थान व समय ही उपलब्ध है। ऐसी स्थिति में इस बात से कितना अंतर पड़ेगा कि पुरुष पढ़ा रहा है या स्त्री पढ़ा रही है?

भीड़ की तरह उसके सामने बैठे बच्चे बार-बार विचलित होंगे और वह उन्हें डाँटेगी, डराएगी और जब नहीं मानेंगे तो पिटाई करेगी। संभव है कि महिला-शिक्षक डंडे से मारने की जगह हाथ से मारे या बाल खींचे, कान मरोड़े अथवा धूप में खड़ा कर दे, या मुर्गा बना दे। लेकिन केवल स्त्री होने की वजह से वह अपनी शांति और सहजता बनाए रख पाएगी, यह सोचना व्यर्थ है।

सवाल अंततः गरिमा का है। संविधान बड़े स्पष्ट शब्दों में बच्चों की मानवीय गरिमा के सुरक्षित किए जाने की बात करता है। संविधान में अभिव्यक्त की गई दूसरी उम्मीदों की तरह इस उम्मीद की पूर्ति

का जिम्मा भी राज्य का है और राज्य के पास इसका सबसे बड़ा साधन स्कूल है। और स्कूल के भीतर चलें तो स्कूल का नियामक शिक्षक है। प्रश्न है कि यदि शिक्षक स्वयं गरिमा से वंचित है तो वह बच्चे की गरिमा की रक्षा कैसे करेगा? जाहिर है कि इस प्रश्न में ही समस्या का समाधान छिपा है।

हमें उन कारणों को दूर करना होगा जो अध्यापक की मानवीय गरिमा छीनकर उसे रह-रहकर दानव की तरह व्यवहार करने के लिए ठेलते हैं। कुछ कारणों की तरफ इशारा किया जा चुका है और अब तक की चर्चा से यह निष्कर्ष निकलता है कि शिक्षक की सामाजिक हैसियत के साथ यदि उसके प्रशिक्षण की गंभीरता बढ़ेगी, तभी फर्क पड़ेगा।

हैसियत की दृष्टि से देखें तो लगता है कि इस समय हवा उलटी चल रही है। शिक्षा के व्यापारीकरण के साथ-साथ अध्यापक की हैसियत कमजोर होती जा रही है। प्राइवेट स्कूलों के मालिक शिक्षक से अपेक्षा करते हैं कि वह परीक्षाफल में स्कूल का नाम ऊँचा रखें और इस लक्ष्य की पूर्ति के लिए कोई भी तरकीब इस्तेमाल करें।

बच्चों को डरा-धमकाकर और नियमित रूप से दंडित करके उनके परीक्षाफल को ऊँचा रखना मध्यम-वर्ग के माता-पिता को भी भाता है। वे तभी कोई विरोध दर्ज कराते हैं जब बच्चा मार खाकर गंभीर रूप से घायल हो जाए।

शिक्षा का व्यापारीकरण सरकारी स्कूलों को भी प्रभावित कर रहा है। स्वयं भारत सरकार द्वारा चलाए जानेवाले केंद्रीय विद्यालयों में भी नंबरों की साधना का उतना ही दबाव रहता है जितना किसी प्राइवेट स्कूल में होता है। केंद्रीय विद्यालयों ने शिक्षक की गरिमा को चोट पहुँचाने में कोई कसर नहीं छोड़ी है। कक्षा में शिक्षक के लिए कुर्सी नहीं रखी जाती, ताकि वह सारे समय खड़ा रहे और लगातार चौकस रहे। जिस शिक्षक के बच्चे अच्छे नंबर नहीं ला पाते उसका तबादला कर दिया जाता है।

इस तरह के उदाहरणों से समझा जा सकता है कि बच्चों को शारीरिक दंड देने की प्रवृत्ति पर अंकुश लगाने का रास्ता शिक्षक की गरिमा की बहाली है। और यह रास्ता उतना ही लंबा है, जितना प्रशिक्षण में सुधार का रास्ता।

इस बीच अगर कोई छोटा रास्ता निकाला जाना है तो वह व्यवस्था के स्तर पर नहीं, बल्कि प्रत्येक स्कूल के अर्थात् स्थानीय स्तर पर ही निकाला जा सकता है। माता-पिता और स्कूल के प्राचार्य व अध्यापकों के बीच इस बात की सहमति बने कि बच्चे को स्नेह और करुणा के वातावरण में पढ़ाया जाएगा और उनके आत्मगौरव को ठेस नहीं पहुँचाई जाएगी, तो हिंसा की संभावना काफी मात्रा में घटाई जा सकती है।

बच्चे को अनुशासित करने व रखने का अर्थ क्या है और इसके लिए जरूरत पड़ने पर अगर कोई सजा दी जाती है, तो वह किस किस्म की हो और सामान्य रूप से उसकी मात्रा कितनी हो, यह सवाल भी स्कूल और समाज के बीच संवाद के दायरे में लाया जाना चाहिए।

# खिड़की के दायरे से

अंबेडकर स्टेडियम से निकलते ही बस राजघाट से गुज़री। लाहौर जानेवाली पाकिस्तानी बस की खिड़की से राजघाट गुज़रते हुए देखना मेरे लिए उन तमाम हृदय-विदारक अनुभवों में से एक था जो अगले सातों दिन मेरे भाग्य में लिखे थे। आम तौर पर हृदय-विदारक अनुभव क्षणिक नहीं होते। लेकिन भारतीय हृदय का वह हिस्सा जो पाकिस्तान, वह भी लाहौर, जाने के ख़याल से स्पंदित होता है, कुछ विशेष या कुछ अजीब ही है। वह और भी अजीब हो जाता है यदि आप आज़ादी के बाद आराम से जन्मे एक ऐसे भारतीय के दिल की बात कर रहे हों जिसके माता-पिता लाहौर में रहे हों और विभाजन के करोड़ों शरणार्थियों में शामिल रहे हों। वह पूरा दुःस्वप्न मेरे लिए एक कहानी ही है और रहेगा, मगर राजघाट के पास से गुज़रकर पाकिस्तानी बस में लाहौर के लिए सुबह की ताज़ा हवा में प्रस्थान एक बड़ा रोमांच था जो दिल की अनेक अनजानी और कुछेक जानी सतहों को थोड़ा सख्ती से छूता था। इसीलिए उसे हृदय-विदारक कहना एकदम ग़लत नहीं है हालाँकि यह सच है कि हृदय-विदारक अनुभवों को क़ायदे से जीने के लिए वक़्त चाहिए होता है जो अब आज़ादी के पचास लंबे सालों के बाद न भारत के पास है, न पाकिस्तान के पास। इतना लंबा अरसा दुश्मनों की तरह जीकर दो मूर्ख पड़ोसी उनतालीस सीटोंवाली बस चलाकर कहें कि हमने कमाल कर दिया, तो इस दावे को एक अभिमानी मज़ाक मान लेना ही उचित है।

ऐसी और कोई यात्रा मैंने पहले नहीं की जो इतिहास को इस तरह कुरेद-कुरेदकर दिखाती हो—लो, इसे नीचे तक सहन करो। राजघाट के

बाद लालक़िला, क़िले के बाद बस-अड्डा, जिसका नाम अब राणा प्रताप कर दिया गया है, बस-अड्डे के बाद मजनूँ का टीला—जैसे हर जगह का, हर नाम का संबंध इस बस से है, उस लंबी कहानी से है जिसका हिस्सा मैं इस बस में बैठकर बना हूँ और हथियारबंद पुलिस की उस जीप से है जो बस की सुरक्षा के लिए लगातार आगे-आगे चलेगी। इंशाअल्ला हम नाश्ते के लिए पिपली, लंच के लिए सरहंद शरीफ, चाय के लिए करतारपुर और शाम तक अटारी से गुज़रकर वाघा चौकी रुकेंगे, और वहाँ रुक नहीं जाएँगे। लगता है जैसे पूरी सड़क आँसुओं से पखारी गई। दिल इस तरह बैठा है कि उठना नहीं चाहता। मैं शायद बस में अकेला हिंदू हूँ। अल्पसंख्यक शब्द कहने से कोई गंध नहीं आती, कोई बेचैनी महसूस नहीं होती। न ही सांप्रदायिकता नाम के शब्द से होती है। हमने अपनी भाषा को अपना सामाजिक दिल टटोलने के लिए इतना अक्षम क्यों बना डाला? बस में पाकिस्तान के शहरों पर एक वीडियो के बाद एक लंबी कॉमेडी शुरू हो गई थी जिसकी भाषा मैं समझ सकता था और जिसका हास्य चौंका देनेवाली आज़ादी और ताज़गी भरा था। एक चुटकुला था कि कराची में डेढ़ लाख लोगों ने नेत्रदान की घोषणा की है जिससे बिजली और नल का मीटर पढ़नेवालों को बेहतर आँखें दी जा सकें।

आप कह सकते हैं कि पूरा सफ़र क्या, पूरा सप्ताह इसी तरह रोते-हँसते बीत गया। लेकिन वाघा के पार जाते वक़्त न हँसी आती है, न रुलाई। वहाँ तो दम घोंटनेवाला शून्य है जिसे रोज़ सूर्यास्त के समय दोनों देशों की तरफ़ से की जानेवाली भोंडी क़वायद भरती है। कहते हैं, रात भर की विदाई लेने को सैनिक एक-दूसरे की तरफ़ हिटलरी चाल से बढ़ते हैं, बैंड बजता है, झंडे उतारे जाते हैं, दर्शक—जो तीस किलोमीटर दूर लाहौर से आए होते हैं—खुश होते हैं। यह नाटक बस गुज़रने के थोड़ी देर बाद हुआ होगा। मेरे लिए फाटक के दोनों तरफ़ चमकते पीतल के अक्षरों से अंग्रेज़ी में लिखे उन दो देशों के नाम ही बहुत थे जिनके बन जाने पर लाखों लोग इसी रास्ते पर मारे गए। अटारी और वाघा के बीच की पट्टी को सैनिक जुबान में 'नो मैंस लैंड' यानी आदमी वर्जित क्षेत्र

कहते हैं। साहित्य ने इस रक्तरंजित जगह को एक बेहतर नाम दिया है। मंटो की एक कहानी में विभाजन के बाद दोनों देशों के पागलख़ानों में बंद लोगों की अदला-बदली का प्रसंग है। टोबा टेकसिंह नाम के गाँव का एक पागल लगातार इस फ़िक्र में है कि उसका गाँव भारत को मिलेगा या पाकिस्तान को। कहानी के अंत में अदला-बदली के समय वह वाघा को ही टोबा टेकसिंह बताते हुए वहीं ढेर हो जाता है। उसकी याद में अटारी और वाघा के बीच की निर्जन पट्टी पर दोनों देशों की सरकारें मिलकर 'टोबा टेकसिंह शांति संग्रहालय' बनाएँ तो पोकरण से उठी गर्म हवा कुछ ठंडी पड़नी शुरू हो।

जो देखो, यही जानना चाहता है कि भारत ने परमाणु बम क्यों फोड़ा। आम लोग ख़ासकर बच्चे, बम और बस का जटिल समीकरण समझने से इंकार करते हैं। संयोग से जिस दिन मैं पाकिस्तान की सीमा में घुसा उसी दिन हमने, यानी भारत ने, यानी भारत सरकार ने अग्नि का सफल परीक्षण कर डाला। मैं एक आम यात्री था, पर विदेश में हर नागरिक राजदूत हो जाता है। अग्नि की गर्मी मुझे तब झेलनी पड़ी जब तक गोरी का परीक्षण न हो गया। उस दिन के अख़बारों में हमारे नेताओं और अधिकारियों का जाना-पहचाना जुमला उद्धृत था कि हम दक्षिण एशिया में हथियारों की दौड़ नहीं चाहते। दोनों देशों का राष्ट्रवाद इस हद तक सामरिक हो चुका है कि उसे चैतन्य रखने के लिए लगातार महँगे धमाके चाहिए। वरना पश्चिम का चौंधियाता मीडिया, बहरा बना देनेवाला संगीत वहाँ भी है, यहाँ भी। इस हमले का जवाब धार्मिक राष्ट्रवाद से देने का आत्मघाती प्रयास वहाँ भी है, यहाँ भी।

सद्भाव की कसौटी ली जाए तो माधुरी दीक्षित और अजय देवगन ने हमारे राजदूतों और नेताओं से बेहतर काम किया है। मेरे होटल का युवा नौकर येन-केन प्रकारेण मुंबई जाना चाहता है तो इसीलिए कि अजय से मिल सके। अजय के बहाने उसे हिंदुस्तान से प्रेम हो गया है। एक और दो रुपए के भारतीय सिक्के मुझसे माँगकर बोला कि इन्हें कयामत के दिन तक अपने पास रखूँगा। फ़िल्मों के वीडियो और गानों के गैरक़ानूनी व्यापार

ने जो करिश्मा आम लोगों के स्तर पर कर दिखाया है, बौद्धिक स्तर पर उसकी कोई परछाईं नहीं दिखती। विश्वविद्यालयों और किताबों की दुकानों में अमेरिकी-ब्रितानी किताबें और पत्रिकाएँ ही नज़र आती हैं। विज्ञान और वाणिज्य जैसे विषयों में भारत की सस्ती पाठ्य-पुस्तकें पढ़ी जाती हैं, पर समाज-विज्ञानों, साहित्य और पत्रकारिता के मामले में दोनों सरकारों द्वारा डाला गया लोहे का पर्दा अभेद्य सिद्ध हुआ है। यह सोचकर हैरानी और मासूम-सी बेचैनी होती है कि लाहौर की माल रोड पर या अपने कनॉट प्लेस में आप 'टाइम' या 'न्यूज़वीक' ख़रीद सकते हैं, पर 'इंडिया टुडे' या 'हेरल्ड' की सूरत भी नहीं देख सकते। आज़ादी के बावजूद औपनिवेशिक विश्वतंत्र क़ायम रहने का इससे सरल सबूत क्या होगा? मगर यह विधान जनता का नहीं है, सरकारों का है, अफ़सरशाही और राजनीति का है, यह कहकर पल भर की तसल्ली उन्हें भी मिलती है, हमें भी। शायद इसी तसल्ली का एक रूप वह शोर है जो फ़ैज़ की ग़ज़लों के कैसेट में दर्ज है। इकबाल बानो की स्वाधीन आवाज़ में लोग जब 'ताज उछाले जाएँगे और तख़्त गिराए जाएँगे, हम देखेंगे...' सुनते हैं तो दिल को सँभाल नहीं पाते। लाहौर में यह बात कहते हुए मुझे एक निराला गर्व महसूस हुआ कि आपके यहाँ फ़ैज़ के नाम पर कुछ नहीं है, दिल्ली में एक सड़क है।

फ़िल्मी क़रिश्मे का एक दूसरा पहलू भी है। वे लौहे के पर्दे के पार जाती हैं और हमारे ख़ूबसूरत चेहरे और उनकी अदाएँ ले जाती हैं। मगर साथ में हिंसा और अश्लीलता से मढ़ी हमारे समाज की एक निहायत भ्रामक तस्वीर भी ले जाती हैं। शायद अनेक पाकिस्तानी दर्शकों को उस तस्वीर के केंद्र में अधनंगी लड़कियाँ नज़र आती हैं। क्या भारत में ऐसी लड़कियाँ आम हैं? वापसी की यात्रा में बगल की सीट पर बैठे एक युवा व्यापारी ने मुझसे यह सवाल पूछा। उसकी समझ का फ़ोकस इतना सँकरा था कि वहाँ एक विशाल, विविध, ग़ैर-सरकारी समाज की नेक छवि चंद घंटों में बना देना नामुमकिन था। भारत में सेक्स खुला है, बाल ठाकरे की चलती है, हिंदू मस्जिदें गिराते हैं, ग़रीबी सर्वत्र फैली है, बिजली-पानी की तंगी है, इतनी सारी बातों में छुपी बातें एक ऐसे परदेसी को समझाना मुश्किल है जो टी.वी. के बिंबों और ख़बरों के शब्दों के घेरे से निकलकर दो हफ़्ते में भारत की असलियत समझने आया है। हमें उसकी जिज्ञासा का स्वागत

करना चाहिए और शाम को बस जब अंबेडकर स्टेडियम पहुँचे और अधनंगी लड़कियाँ नाचकर उसका स्वागत करने को उपस्थित न हों तो उसकी निराशा का मज़ाक उड़ाने से बचना चाहिए। आख़िर यह सच है कि उसके देश में शराब आम नहीं और मीडिया व विज्ञापन की सम्मोहक दुनिया में स्त्रीदेह का इस्तेमाल नहीं किया जाता।

लाहौर में अपने हफ़्ते में मैंने कुल एक औरत बुरके में देखी। लेकिन सार्वजनिक जीवन में स्त्री की उपस्थिति वैसी नहीं है जैसी अपने यहाँ है। लाहौर के नवधनिक बाज़ारों की बात और है। उस वर्ग का पश्चिमीकरण किसी मायने में हमारे नवधनिकों से कम नहीं है। उनके लड़के-लड़कियाँ कहने को ही पाकिस्तान में रहते हैं; उनकी कल्पना के संदर्भ लंदन और न्यूयार्क में हैं। ये भारत-पाक शत्रुता को अपनी ज़िंदगी के लिए प्रासंगिक नहीं मानते यद्यपि 'बार्डर' जैसी फ़िल्म देखकर चौंकते ज़रूर हैं। उनसे कई क़दम नीचे वह वृहत्तर समाज है जिसके बच्चों के दिमाग़ बाकायदा बंद किए जाते हैं। पर यह शिकायत करनेवाले हम कौन होते हैं जब हम भी शिक्षा का इस्तेमाल मन की खिड़कियाँ बंद करने के लिए करने में माहिर हैं। दरअसल हम दोनों ही अतीतजीवी देश हैं।

# धर्मनिरपेक्ष राज्य

धर्मनिरपेक्षता जिस शब्द का अनुवाद है, वह 1976 में किए गए संशोधन के ज़रिए संविधान में आया पर उस शब्द की भावना संविधान में शुरू से थी। शब्द है 'सैकुलरिज़्म'। चालीस साल से यह शब्द विवाद का विषय रहा है। विवाद मुख्यत: दो व्याख्याओं के बीच है। एक व्याख्या इस शब्द की यूरोपीय जड़ों को स्वीकारती है। इस व्याख्या के समर्थकों में रवींद्रनाथ ठाकुर और जवाहरलाल नेहरू हुए। उनके तमाम लेखन में बहनेवाली अंतर्धारा कहती है कि नए भारत का निर्माण करने के लिए राजनीति को पारंपरिक धर्मों से निरपेक्ष रहना होगा। दूसरी व्याख्या के समर्थकों में राधाकृष्णन थे जो 'सर्वधर्मसमभाव' को ही भारत के लिए उपयोगी 'सैकुलर' नीति मानते थे। यह व्याख्या सामान्य व्यवहार में काफ़ी लोकप्रिय हुई है। राष्ट्रपति का मंदिरों और मसजिदों में जाना इसी व्याख्या के तहत संभव बनता है। वरना पहली व्याख्या के अनुसार देश के हरेक नागरिक के साथ-साथ राष्ट्रपति को भी अपने व्यक्तिगत और सार्वजनिक जीवन के बीच स्पष्ट अंतर क़ायम रखना चाहिए। यह उनका हक है कि वे अपनी धार्मिक आस्था का पालन करें, पर अपने सार्वजनिक जीवन में—यानी राष्ट्रपति होने के नाते—उन्हें अन्य धार्मिक आस्थाओं के अवसरानुकूल पालन से दूर रहना चाहिए।

चालीस वर्षों में ऐसी ढेरों घटनाएँ घटी हैं जो धर्मनिरपेक्षता की पहली व्याख्या को ज़्यादा उपयोगी ठहराती हैं। साथ ही ये घटनाएँ दिखाती हैं कि भारत में राज्य नीति धर्मनिरपेक्षता की इस व्याख्या के रास्ते से किस क़दर भटकी है। पहली व्याख्या के गुण तो तभी स्पष्ट होने लगे थे जब धर्म की आड़ लेकर भाषा के या भाषा की आड़ लेकर धर्म के आधार

पर राजनीतिक माँगें उठाई जाने लगीं। धीरे-धीरे प्रांतीयता के बहाने धर्म पर आधारित दलों की शक्ति बढ़ने लगी। राज्य के पास इस प्रक्रिया से निबटने का कोई औज़ार न था। राज्य की धर्मनिरपेक्षता संविधान में मुख्यतः इसी रूप में स्पष्ट की गई थी कि किसी नागरिक को अपने धर्म की ख़ातिर ग़ैर-बराबरी न सहन करनी पड़े। पर इस बुनियादी अर्थ में भी राज्य नीति उस वक़्त धर्मनिरपेक्षता की पहली व्याख्या से एकदम हट गई जब धर्म के ही नाम पर मुस्लिम स्त्री को ग़ैर-बराबरी स्वीकार करानेवाला क़ानून राज्य ने बना डाला। इस क़दम से धर्मनिरपेक्षता की दूसरीवाली व्याख्या पुष्ट हुई जो कहती है कि राज्य को हर धर्म का बराबर आदर करना चाहिए।

यह दूसरी व्याख्या कितनी अव्यावहारिक और ख़र्चीली है, इस बात का एक सुलभ प्रमाण सरकारी छुट्टियों की सूची है। राज्य चाहता तो सरकारी छुट्टी की पात्रता सिर्फ़ स्वाधीनता और गणतंत्र दिवस को देता, पर वह चल निकला हरेक धर्म से जुड़े पवित्र दिनों या त्योहारों को मान्यता देने। परिणाम यह है कि राजकाज साल में पंद्रह दिन सिर्फ़ इसलिए बंद रहता है कि उन दिनों कोई-न-कोई त्योहार पड़ता है। छुट्टियों का यह विस्तृत इंतज़ाम दिखाता है कि हमारी राज्य नीति एक ख़ास क़िस्म के दबाव ने गढ़ी है। यह दबाव था 'अल्पसंख्यक' कहे जानेवाले धार्मिक समूहों को यह एहसास दिलाने का कि उनकी पहचान भारतीय गणराज्य में सुरक्षित है। पर इस एहसास की ज़रूरत का संदर्भ यह था कि राज्य बहुसंख्य जनता की धार्मिक पहचान से आँखें मूँदने को तैयार नहीं था।

बुनियादी कमज़ोरी यह रह गई कि एक पूर्णतः लौकिक राज्य नीति चलाने के लिए ज़रूरी परिस्थितियों और अवयवों की ओर आज़ादी के बाद के दशकों में सरकार ने ध्यान नहीं दिया। धर्मनिरपेक्षता की संवैधानिक राह पर चलने के लिए आवश्यक था कि लोगों के सामान्य जीवन में धार्मिक विश्वासों की पैठ कुछ घटे। खास तौर पर जीवन के उन क्षेत्रों में धर्म का संबल लेने की प्रवृत्ति घटे जो मनुष्य को उसकी असुरक्षा का बोध कराते हैं। ऐसा एक महत्त्वपूर्ण क्षेत्र है बीमारी, जो मृत्यु को जीवन की एक बड़ी चिंता बनाए रखती है। मृत्यु की व्याख्या करने में धर्म खूब व्यस्त रहा है, बल्कि सच यह है कि धर्म का संबल लोक जीवन में फैला ही बहुत कुछ इस कारण कि मनुष्य को मृत्यु के डर और रहस्य से निबटने

की ज़रूरत बराबर सताती रही। एक ऐसे समाज में जहाँ एक पिता के तीन–चार बच्चे मरने के बाद एक बच्चा जीवित रह पाता हो, मृत्यु की लीला से गहरा सरोकार बराबर बना रहना स्वाभाविक है। भारतीय राज्य नीति यदि स्वास्थ्य सेवाओं को इतना पुख़्ता बना देती कि मृत्यु की बालग्रासी छाया कुछ सिमटती तो धार्मिक विश्वासों की एक परिधि भी काफ़ी सिमट जाती।

पर ऐसा न हुआ। बल्कि इसका उलटा हुआ। राज्य ने स्वास्थ्य, मकान और शिक्षा जैसे क्षेत्रों पर सबसे कम ध्यान देकर लोक जीवन में धर्म की प्रासंगिकता और उपयोगिता का एक बहुत बड़ा इलाका बना रहने दिया। इस इलाक़े में धर्म की ऊर्जा कला और भाषा की जड़ें सींचने में नहीं, मनुष्य के अकेलेपन का मिथ्या भाव और उसके बहाने उत्पीड़न और शोषण की जड़ें सींचने में लगती हैं। जातियों में बँटे और औरत का शोषण करने के आदी समाज में तो यह इलाक़ा और भयानक रूप से उर्वर हो उठता है। इस इलाक़े में जड़ें जमाए धर्म की पकड़ राज्य की लौकिक शक्ति को उठने ही नहीं देती। राज्य शक्ति विकृत होकर कभी छटपटाती है, कभी झूठे वादे देती है, और अंततः तमाम लोकतंत्री आग्रहों के बावजूद चंद ताक़तवर वर्गों के हाथों में पड़ी रहती है। मातृत्व पाने की सहज लालसा में मौत का शिकार बनी औरत व जन्म के बाद के महीनों में साधारण दस्त से मृत्यु का शिकार बना शिशु समाज में रहस्य और उसकी व्याख्या के वर्चस्व पर आधारित धर्म के शहीद बनते चले जाते हैं। भारत में यही तो हुआ है।

धर्मनिरपेक्षता की दुहाई खूब दी गई, क़ानून बनाने में उसका प्रयोग भी किया गया, पर उसके पनपने के लिए ज़रूरी ज़मीन तैयार नहीं की गई। जमीन शिक्षा और संचार माध्यमों की मदद से नरम बनाई जा सकती थी। पर इन दोनों साधनों को लेकर भी भारतीय राज्य नीति ढुलमुल रही। निरक्षरता फैलने दी गई। स्कूल ऐसी हालत में रहने दिए गए जिनमें जिज्ञासा और खोज की क्षमताएँ कुचल दी जाती हैं। विज्ञान भी पढ़ाया जाता है तो इस तरह जैसे श्लोक। अपने इर्द–गिर्द के संसार को स्वयं जाँचने की प्रेरणा देना एक धर्मनिरपेक्ष समाज की रचना में बेहद उपयोगी भूमिका निभा सकता था। धर्मनिरपेक्षता का एक सिद्धांत यह है कि इस दुनिया की

समस्याओं, जैसे ग़रीबी और कष्ट, के स्रोत और हल इसी दुनिया के संदर्भ में ढूँढ़े जाएँ, किसी और दुनिया में नहीं। इस सिद्धांत का प्रसार केवल व्यवहार और अनुभव से हो सकता है, प्रचार से नहीं। एक तरफ़ राज्य से जुड़े अनेक व्यक्तियों का व्यवहार इस कसौटी की अवमानना करता रहा। दूसरी तरफ़ संचार माध्यमों ने सर्वधर्मसमभाव वाली व्याख्या का प्रसार किया।

बहुत से लोग सर्वधर्मसमभाव वाली व्याख्या से गांधी को जोड़ते हैं। उनका आग्रह है कि गांधी की परिकल्पना का भारतीय राज्य यूरोप की 'सैकुलर' नीति से भिन्न होता। इस आग्रह के पीछे दलील यह रहती है कि गांधी ने राजनीति को धर्म से तोड़ने की जगह जोड़ने का प्रयास किया। कुछ प्रसंगों में गांधी ने भले ऐसा किया हो पर अपने कई बड़े कामों में गांधी ने पारंपरिक धर्मों की धार को भोथरा बनाने का प्रयास किया। 'ईश्वर अल्ला तेरे नाम' के सामूहिक गायन का एक ध्येय ऐसा माहौल बनाना था जिसमें भगवान की अवधारणाओं के तीखे भेद मंद पड़ जाएँ। पर गांधी का सबसे बड़ा प्रयास, जिससे धर्मनिरपेक्षता की पहली व्याख्यावाली धारा पुष्ट होती, बुनियादी शिक्षा को लेकर था। इस कार्यक्रम में शिक्षा की प्रक्रिया को बच्चे के सक्रिय अनुभवों पर निर्भर बनाने की व्याख्या थी। नैतिक मूल्य सिखाने का जिम्मा भी सक्रिय अनुभवों पर छोड़ दिया गया था। गांधी का प्रस्ताव था कि ये अनुभव स्थानीय उत्पादन प्रक्रियाओं से निकलें। स्कूल में समाज के उत्पीड़ित वर्गों को जीवित रखनेवाले कौशल और ज्ञान को स्थान मिले। बुनियादी शिक्षा की अवधारणा पूरी तरह लौकिक ज्ञानार्जन पर बल देती थी। टैगोर के उपक्रम के बाद यह पहली योजना थी जो बच्चे के शरीर और हाथों से ज्ञान का संबंध बिठाती थी। इन सूक्ष्म आयामों के अलावा बुनियादी शिक्षा की धर्मनिरपेक्षता का सबसे बड़ा प्रमाण यह था कि उसमें धर्म की शिक्षा के लिए स्थान नहीं था। महात्मा गांधी अपने वास्तविक ध्येय का इससे बड़ा क्या इशारा छोड़ सकते थे?

# प्रकृति

# डरानेवाला पानी

बारिश में ऐसा क्या है जो हमें एक समाज के रूप में परास्त कर देता है? बारिश हर साल आती है और कई अन्य देशों की तुलना में एक निश्चित समय पर आती है। उसकी मात्रा में होनेवाली घट-बढ़ पिछले सौ से अधिक वर्षों के, व्यवस्थित रूप से दर्ज अनुभव के आधार पर आज हमें ज्ञात है। बहुत कम या बहुत ज़्यादा पानी बरसने से पैदा होनेवाली समस्याएँ अच्छी तरह जानी-समझी जाती हैं, और उन समस्याओं के प्रांतीय व क्षेत्रीय संस्करण भी अज्ञात नहीं हैं। देश के हर एक ज़िले में स्थापित मौसम कार्यालय के यंत्र और आकाश में उड़ते हुए उपग्रह कुछ-न-कुछ पूर्वानुमान लगातार देते रहते हैं कि बारिश कितनी और कहाँ होगी। इस पूरे ज्ञानचक्र के बावजूद राजधानी से लेकर सुदूर गाँव तक एक प्रकार की विवशता अगस्त-सितंबर के महीनों में छाई रहती है। दिल्ली जैसे महानगरों में सड़कें गड्ढ़ों से भर जाती हैं और शहरों को जोड़नेवाली सड़कें भी उत्तर भारत के अनेक हिस्सों में बदहाल हो जाती हैं। जाड़े का इंतज़ार होने लगता है जब डामर पिघलाकर बारिश की विभीषिका से त्रस्त सड़कों पर मलहम पट्टी की जाएगी।

सड़क को लेकर यह उम्मीद की जा सकती है लेकिन पूर्णिया और कटिहार जैसे इलाक़ों में इस बार आई प्रलय कई लाख ज़िंदगियों को कितने सालों तक प्रभावित करेगी, यह अंदाज़ लगाना मुश्किल है। यदि उत्तरी बिहार और पूर्वी उत्तर प्रदेश के कुछ इलाक़ों को अपनी आँखों देखने का मौक़ा मुझे न मिला होता तो भी रेणु के 'मैला आँचल' से बनी क्षेत्रीय तस्वीर इस बात की कल्पना करने के लिए पर्याप्त थी कि बाढ़ मानव

जीवन के संदर्भ में कोई मौसमी बीमारी नहीं है, एक जीवन शैली बन चुकी है, जिसका इलाज आधुनिक इंजीनियरी को करना था पर नहीं कर सकी। अनुपम मिश्र लगातार कहते रहे हैं कि बाढ़ से निपटने और उसके साथ जीने के उपाय उत्तरी बिहार के समाज ने विकसित किए थे, मगर आधुनिक राज्य की कार्यशैली और कल्पनाशैली ने उन उपायों को दुरदुराकर बेमानी बना दिया। रेणु का 'मैला आँचल' पढ़ते समय ऐसा लगता है कि उन्हें आधुनिक इंजीनियरी न सही, तो कम-से-कम डॉक्टरी से यह आशा थी कि बाढ़ और पानी के ज़माव से पैदा होनेवाली बीमारियाँ घटेंगी। प्रशांत के ज़रिए रेणु ने ऐसा चरित्र गढ़ा था जो आधुनिक शिक्षा को जागृति और संवेदना से जोड़ता था। रेणु अगर आज जीवित होते तो सिर्फ़ पूर्णिया की भयानक स्थिति से विचलित न होते, इस बात से भी बहुत निराश महसूस करते कि 'मैला आँचल' के लिखे जाने की आधी सदी के बाद भी उनके ज़िले और समूचे क्षेत्र की असहायता बदली नहीं है।

सावन गुज़र चुका है, पर झूले की कल्पना और स्मृति देश के कई हिस्सों की दशा का रूपक बनी हुई है। कदंब के पेड़ पर डाले जानेवाले झूले के बारे में लोकगीतों में कहा जाता था कि उस पर ज़ोर से नहीं झूलना चाहिए, वरना कदंब की डाली लचक जाएगी। इस बार के सावन और भादों में देश अपने कई हिस्सों में कदंब के पेड़ जैसा हो गया है। कश्मीर, उड़ीसा, बिहार और पूर्वी उत्तर प्रदेश अलग-अलग तरह की व्यथाओं से ग्रस्त है। झूला इतना तेज़ है कि यह तय करना मुश्किल हो गया है कि डाली का ध्यान रखा जाए या झूले में बैठे लोगों का। कश्मीर और उड़ीसा में उत्पन्न स्थितियाँ काफ़ी मिलती-जुलती हैं और अगर भिन्न है तो इस अर्थ में कि कश्मीर एक सीमावर्ती क्षेत्र है जिसका आंतरिक स्वास्थ्य हमारे पड़ोसी देश की स्थायी बीमारियों से प्रभावित होता है। इन बीमारियों को लेकर भी भारत में एक अजीब क़िस्म का अज्ञान और उसमें उत्पन्न बेमानी आशा हर बार हमें चौंकाती है कि जो हुआ, उससे बेहतर क्यों नहीं हुआ।

कश्मीर का संकट कई दशकों से चली आ रही गंभीर स्थिति के यकायक और गहरा जाने का संकेत है, पर इस बार भी विषम हालात के गुज़र जाने और बेहतर समय आने के इंतज़ार के सिवा कोई सक्रिय मनोदशा देश में नहीं दिखाई देती। इंतज़ार भी नहीं, सिर्फ़ आरजू है कि चीज़ें बिना

बदले ठीक हो जाएँ। उड़ीसा इस अर्थ में कहीं ज़्यादा ग़ंभीर ख़बरें ला रहा है। वहाँ पैदा हुई अशांति और सामुदायिक प्रतिहिंसा तार्किक रूप से समझी जा सकती है, और इसीलिए बहुत से लोगों को निरुपाय और निश्चेष्ट बनाती है। केवल बिहार की बाढ़ है जिसको लेकर हम इत्मीनान से कह पा रहे हैं कि यह एक ऐसी विभीषिका है जो परिचित उपायों के अनदेखा किए जाने का फल है, कोई नई स्थिति नहीं है। कहीं-कहीं यह स्वर भी सुनाई देता है कि कोसी के चरित्र को विज्ञान और इंजीनियरी के साँचे में लाने के रास्ते में भारत और नेपाल के बीच सघन और सक्रिय संवाद का अभाव दोषी है। विश्लेषण जो भी हो, चारों तरह राहत का विमर्श ही सुनाई दे रहा है जिसकी मियाद आमतौर पर अक्टूबर-नवंबर में आनेवाले त्योहारों द्वारा गढ़ी जाती रही है। अभी हाल में लखनऊ से सीतापुर जाते हुए दोनों तरफ़ पानी से लबालब भरे बड़े-बड़े पोखर देखकर यह प्रश्न मन में उठा था कि क्या दीवाली में भी इतनी रोशनी नहीं होती कि हम बारिश के बाद बदस्तूर आनेवाली बीमारियों में अपने सामाजिक संस्कार देख सकें।

# सहनशील पेड़

स्पेन की सरकार ने फ़ैसला किया है कि वह साढ़े चार करोड़ पेड़ लगवाएगी। यह संख्या इस आधार पर तय की गई है कि देश में कम-से-कम उतने पेड़ हों जितनी संख्या है। अगर ऐसा निर्णय उत्तर प्रदेश, राजस्थान और हरियाणा की सरकारें कर लें तो इन राज्यों ही नहीं, देश के सामने खड़े कई प्रश्न चुपचाप भाग जाएँ। इन प्रश्नों में हवा-पानी यानी पर्यावरण के सवाल तो होंगे ही, कई सामाजिक और सांस्कृतिक सवाल भी होंगे।

इनमें शायद सबसे जटिल सवाल हिंसा का है। पेड़ों के पास हिंसा का कोई आसान या अचूक हल नहीं है, मगर वे आदमी की हिंसक प्रवृत्ति को घटाने की कोशिश ज़रूर करते हैं। पेड़ों की इस कोशिश का एक महत्त्वपूर्ण भाग बच्चों की हिंसा स्वयं सहकर उन्हें इस प्रवृत्ति से उबार लेने का है। प्रेमचंद ने अपनी 'ईदगाह' कहानी में पत्थर फेंककर आम गिराते लड़कों का वर्णन किया है। कुछ ऐसा ही वर्णन जापान से लौटकर जवाहरलाल नेहरू ने लोकसभा में जापानी बच्चों का किया था।

नेहरू इस बात से प्रभावित हुए थे कि जापान में बच्चों का थैला उनके कंधों पर नहीं लटका था, न ही वे थैले को एक हाथ से पकड़े थे। नेहरू ने देखा था कि जापानी बच्चे स्कूल जाते और घर लौटते समय अपना थैला पीठ पर लटकाए थे, इस कारण उनके दोनों हाथ ख़ाली थे। इस चीज़ पर टिप्पणी करते हुए प्रधानमंत्री ने कहा था कि दोनों हाथ ख़ाली रहने से पेड़ पर पत्थर मारने में आसानी होती है। बच्चों की स्वतंत्रता को इस बेबाकी से चित्रित करना नेहरू युग में ही संभव था। आज का जमाना

आर्थिक रूप से भले उदारवादी हो, वैचारिक दृष्टि से इतना अनुदार है कि नेहरू जैसी बात अब नेहरू भी नहीं कर पाएँगे। यहाँ तक कि कविता में भी बालोचित वृत्तियों का चित्रण बर्दाश्त नहीं किया जाता। कुछ वर्ष पहले दिवंगत निरंकारदेव सेवक के सह-संपादन में तैयार और 'नेशनल बुक ट्रस्ट' से प्रकाशित हिंदी के ललित बालकाव्य (ललित इसलिए कहना ज़रूरी है क्योंकि हिंदी में लालित्यविहीन बालकाव्य भी विपुल मात्रा में है) का संकलन 'महके सारी गली-गली' में शामिल श्रीधर पाठक की कविता 'तीतर' की आलोचना इस पुस्तक के लोकार्पण में ही सुना दी गई थी। आलोचना का निशाना पाठक जी की वह पंक्ति थी जो झाड़ी के भीतर छिपे हुए तीतर को 'ढेला मार निकालो बाहर' की सलाह देती थी।

ऐसी पंक्ति को पढ़कर वे पाषाण-हृदय अधेड़ भी एकदम पिघल गए जो अपने जीवन में कभी किसी कविता से नहीं पिघले थे। उन्होंने सोचा कि श्रीधर पाठक कोई युवा कवि है, जिसे अभी तक पर्यावरणवादिता का गर्जन सुनाई नहीं पड़ा है। कवि को धिक्कारते हुए इन आलोचकों ने ढेलेवाली पंक्ति को तत्काल निकालने की माँग की, जिससे देश के करोड़ों कविता प्रेमी बालक 'नेशनल बुक ट्रस्ट' से पुस्तक खरीदकर कोई पत्थर ढूँढ़कर ऐसी झाड़ी ढूँढ़ने न निकल पड़े जहाँ आज भी कोई तीतर छिपा हो।

पंडित नेहरू और श्रीधर पाठक अवश्य इस कटु सत्य से परिचित थे कि बच्चों, खासकर लड़कों, द्वारा पत्थर फेंककर या टहनी तोड़कर बरपाई गई हिंसा सहकर पेड़ दुनिया को और बड़ी हिंसा से बचाते हैं। बीज बोने, अंकुर से पौधा बनते वृक्ष का पालन-पोषण करने में बहुत-सा दुलार लगता है। अगर हर बच्चे को बीज बोने और पौधे को पेड़ बनाने का स्थान और मौक़ा मिले तो दुलार का छोटा-सा पोखर उसके दिल में भी बनेगा। ऐसा नहीं हुआ, तो भी थोड़ा बड़ा होकर पेड़ों पर ढेला मार कर या तने पर चढ़कर कच्चे फल नीचे फेंककर वह अपनी अवरुद्ध आक्रामकता से निजात पा लेगा। यह भी नहीं होगा तो हिंसा की अभिव्यक्ति जीवन भर होगी।

# प्रकृति क्या करे

बर्मा और चीन में आई प्राकृतिक आपदाओं को लेकर पिछले सप्ताह आज की विकसित दुनिया की प्रबंधन क्षमताओं पर काफ़ी विचार हुआ है। देखते-ही-देखते इधर के वर्षों में पर्यावरण से जुड़े कई महत्त्वपूर्ण विमर्श आपदा प्रबंधन में तब्दील हो गए। इस रूपांतरण का एक चिंताजनक पहलू प्रकृति और मनुष्य के रिश्तों पर पिछले तीन दशकों के दौरान थोड़ा-बहुत विकसित हुई बहस का यकायक सिमट जाना है। ऊँची विकास दर और पूँजी के निवेश की चर्चा में शामिल बहुत से लोगों ने ऐसा मान लिया लगता है कि इतिहास के इस दौर में हमें प्रकृति या पर्यावरण की बहुत ज़्यादा चिंता नहीं करनी चाहिए, वरना एक राष्ट्र के रूप में हम आर्थिक प्रभुत्व की विश्व-दौड़ में पिछड़ जाएँगे।

इस मान्यता के इर्द-गिर्द बनती हुई सर्वानुमति का प्रमाण मीडिया से ऐसी ख़बरों का चुपचाप हट जाना है, जो प्रकृति के विनाश और इसके घातक परिणामों की ओर इशारा करती हो। मिसाल के तौर पर 'क्रिश्चियन साइंस मॉनीटर' के सिवाय किसी अख़बार में इस ख़बर को स्थान नहीं दिया कि हाल में अमेरिकी राष्ट्रपति ने कई हज़ार टन आणविक कूड़ा नेवादा प्रांत के पर्वतों में छिपाने की इजाज़त आख़िरकार दे दी है। इसी प्रकार ध्रुवीय क्षेत्र की बर्फ़ के पूर्वानुमान से कहीं अधिक पिघल जाने का समाचार हमारे अख़बारों में कोई जगह नहीं पा सका। नर्मदा की प्रमुख नहर में दरार पड़ने की ख़बर भी हत्याओं और उनकी जाँच में रोज़ाना आनेवाले उलझावों के आकर्षण के चलते बड़ी मुश्किल से थोड़ा-बहुत स्थान पा सकी।

जब यह स्थिति आँखों से दिखाई देनेवाली प्रकृति के साथ हो रहे अत्याचारों की है तो उस प्रकृति की अवहेलना समझी जा सकती है जो हमारे शरीर के भीतर है। पिछले दिनों मोबाइल टेलीफ़ोन सेवाओं को लेकर दो महत्त्वपूर्ण समाचार प्रकाशित हुए। इनमें से एक का संदर्भ बच्चों और गर्भवती महिलाओं पर मोबाइल फ़ोन के दुष्प्रभाव का है। फ़ोन को कान से लगाकर बात करने से मस्तिष्क की बारीक कोशिकाओं में चुंबकीय विकिरण से आनेवाले विकार चूँकि बच्चों और गर्भवती महिलाओं में ज़्यादा आसानी से देखे जा सके हैं, इस कारण समाचार कुछ इस तरह छपा मानो शेष उपभोक्ताओं को कोई ख़तरा न हो। दूसरी ख़बर मोबाइल फ़ोन सेवाओं के लिए जगह-जगह लगाए जानेवाले टावरों से होनेवाली विद्युत चुंबकीय विकिरण के दुष्प्रभावों की थी। एक ग़ैरसरकारी संगठन की याचिका पर उच्चतम न्यायालय ने यह माना कि रिहायशी इमारतों, स्कूलों और भीड़वाले स्थानों में मोबाइल टावर नहीं लगाए जाने चाहिए और हर कंपनी द्वारा अपना अलग टावर लगाए जाने की प्रवृत्ति पर रोक लगाई जानी चाहिए।

लाउडस्पीकरों के शोर पर न्यायालय के आदेशों के असर का इतिहास देखते हुए आशंका वाज़िब ठहरती है कि मोबाइल फ़ोन के लिए देश के कोने-कोने में लग रहे टावरों की संख्या और स्थिति में शायद ही कोई विशेष परिवर्तन आए। यह प्रसंग सुविधा और दूरगामी नुक़सान के बीच रहनेवाली दुविधा का है जो आधुनिक टेक्नोलॉज़ी के अनेक क्षेत्रों में महसूस की गई है। इन सभी प्रसंगों ने अंततः विजय सुविधा की हुई है। यह बात न बहुत अचरज करने की है, न निराशा महसूस करने की। आख़िर टेक्नोलॉज़ी के विकास की चर्चा की सबसे बड़ी परिधि भौतिक सुविधा ही रही है। विज्ञान का वह पक्ष जो मनुष्य को बौद्धिक रूप से जिज्ञासु बनाता है, केवल आलंकारिक महत्त्व पा सका है।

विज्ञान का वह पक्ष जो हमें उदार और सहनशील बनाता है, और भी ज़्यादा आलंकारिक यानी महत्त्वहीन होता चला गया है। इसका एक कारण वैज्ञानिकों द्वारा सामाजिक और राजनीतिक विषयों में अरुचि दिखाना

है और दूसरा कारण विज्ञान को समाज और उसकी आंतरिक बुनावट से जोड़कर देखनेवाले समाज वैज्ञानिकों का अभाव है। प्रेस और टी.वी. तो विज्ञान को चमत्कार के रूप में देखते हैं। विज्ञान का यह रूप जो उसे अंधविश्वासों की श्रेणी में ला खड़ा करता है, अख़बारों और टी.वी. कार्यक्रमों के निर्माताओं को इतना प्रिय है कि वे सिर्फ़ उन्हीं आविष्कारों और घटनाओं को महत्त्व देते हैं, जिनमें चकाचौंध या सनसनी फैलाने की गुंजाइश हो; वह मनुष्य की अंतरिक्ष विजय से संबंधित हो या सिर्फ़ दस से पंद्रह साल पहले किसी बीमारी का इलाज मानी गई दवा के अब पहचाने गए घातक प्रभावों से हो। विज्ञान के इस सार्वजनिक व्यक्तित्व ने इस संभावना को बहुत धूमिल कर दिया है कि प्रकृति और मनुष्य के संबंधों में लगातार पसरती विकृति और अशांति को समझने और सुलझाने में विज्ञान की शब्दावली हमारी कोई विशेष मदद कर सकती है। हमारी सभ्यता विज्ञान-विज्ञान का जाप करते-करते प्रकृति को लगातार असहाय बनाती चली गई है। निरुपाय प्रकृति अगर मनुष्य से बदला लेने लगते तो क्या आश्चर्य।

# रेल की खिड़की

रेल हमें कहाँ-से-कहाँ ले जाती है, इसका भान आज के तेज़ रफ्तार युग में वैसा नहीं रहा जैसा पचास या सौ बरस पहले लोगों को होता होगा। उतना ही दुर्लभ इस बात का आभास है कि रेल व्यवस्था खुद कहाँ से कहाँ आ पहुँची है। संस्कृति में आनेवाले परिवर्तन खुद रेल की खिड़की में आ चुके हैं। जब तक प्रथम श्रेणी रही, तब तक उसमें बैठनेवाले बड़े लोगों को बाहर का दृश्य साफ़ दिखाई देता था और बाहर और भीतर के तापमान में कोई फ़र्क़ नहीं था।

वातानुकूलन बहुत पुरानी घटना नहीं है और शुरू के एअर कंडीशनर में इतनी ताक़त भी नहीं होती थी। पिछले चार दशकों में वातानुकूलन एक तरह का राष्ट्रीय व्यसन बन गया है और अब थोड़ी भी गरमी अभिजनों या उनके आसपास के लोगों को बर्दाश्त नहीं होती। पाँच सितारा होटलों में साल भर रहनेवाले वातानुकूलन के मायने ही हैं कि वसंत और शरद जैसी ऋतुएँ बेमानी हो जाएँ और बारिश की बौछार भी सुनाई न दे। रेल व्यवस्था के सामने कोई ऐसा वैकल्पिक नमूना नहीं रहा, जिससे वह भारत के ऋतुचक्र के क़रीब रहने की प्रेरणा पा सके। वातानुकूलित दर्जों का तापमान मार्च से लेकर अक्तूबर तक इतना नीचे रहता है कि आराम से बैठने के लिए ऊनी कपड़े पहनना ज़रूरी हो जाता है। मगर तापमान घटाने जितनी बड़ी घटना से भी बड़ा परिवर्तन खिड़की के काँच का रंग बदलने से हुआ है। इस परिवर्तन में रेल के बाहर की दुनिया से भीतर बैठनेवालों का रिश्ता तो बदला ही है, दोनों की दृष्टि भी बदली है।

वातानुकूलन का आराम अब अभिजनों की दुनिया से कुछ नीचे उतरकर जन सामान्य कहे जानेवाले शहरी वर्ग के बीच धीरे-धीरे फैलता जा रहा है। दिल्ली की मैट्रो सेवा में दिखाई देनेवाली भारी भीड़ एक तरफ तेज़ रफ़्तार के आकर्षण का संकेत देती है तो दूसरी तरफ एअर कंडीशनर के आराम में छोटा-सा सफ़र संभव होने से पैदा हुई मन:स्थिति का नज़ारा भी दिखाती है। अब लंबी दूरी की गाड़ियों में राजधानी और शताब्दी एक्सप्रेस के क्रम में दुरंतो एक्सप्रेस गाड़ियाँ शुरू की जा रही हैं, जिनमें सामान्य स्लीपर डिब्बों से भी अधिक जन-घनत्व के बीच वातानुकूलन की सुविधा रहेगी। मगर उन गाड़ियों में केवल ऐसे यात्री सफ़र करेंगे जिन्हें बीच के स्टेशन पर नहीं उतरना है। एक शहर से दूसरे शहर के बीच कहीं न रुकनेवाली रेल न केवल रेलवे के इतिहास में एक नया अध्याय जोड़ती है, भारत के सामाजिक भूगोल में भी एक ऐसा पहलू बढ़ाती है, जिस पर आज की तारीख़ में केवल कल्पना की मदद से विचार किया जा सकता है।

कल्पना का यह क्षेत्र वह बीच का भारत है, जिसे भुला देने या अनदेखा करने का मानस चुपचाप और अनायास गहराता चला गया है। जिसे शहरी मध्यवर्ग कहा जाता था, वह केवल एक वर्ग नहीं रहा, कई उच्चतर वर्गों के समूह के तौर पर उभरा है। उनके बीच वर्गीय सामूहिकता से कहीं ज़्यादा रफ़्तार से अनुभूति और अनुभव के साझे दायरे बढ़ रहे हैं। बीच की जगहों में घुस आनेवाले लोगों से परेशानी उन अनुभूतियों में ही है, जिनसे छुटकारा दिलाने का दावा तेज़ रफ़्तार रेलगाड़ियाँ करती आ रही हैं। दुरंतो रेल इस दावे को पूर्णता के स्तर पर ले जाने का वादा करती है। अब बड़े शहर में एक बार डिब्बे में घुसकर लेटकर सो जानेवाले यात्री रात भर इस विश्वास के साथ सो सकेंगे कि छोटे-छोटे स्टेशनों पर चढ़नेवाले लोग खिड़की के बाहर ही रहेंगे और किसी धीमी ट्रेन का इंतज़ार करेंगे।

कुछ वर्ष पहले राजधानी एक्सप्रेस से गुवाहाटी जाते हुए वातानुकूलित ट्रेन की काली खिड़की पर पत्थर फेंके जाने का अनुभव अंदर बैठकर हुआ था। दो-तीन दशक पहले एक साधारण ट्रेन की खिड़की से पत्थर सीधे

किसी यात्री के कान पर आ पहुँचा था। इन दोनों ही घटनाओं में किशोर होते लड़के ज़िम्मेदार थे। फ़र्क़ बस इतना था कि पुरानी घटना में वे दिखाई दे रहे थे; जबकि हाल की घटना में वे काले काँच में छिप गए थे। अभी इस सप्ताह उस शताब्दी एक्सप्रेस पर पत्थर फेंके जाने की घटना इस कारण प्रकाश में आई क्योंकि राहुल गांधी उसमें सफ़र कर रहे थे। घटना की जाँच हो रही है और संभव है, इस जाँच से इस विशेष घटना का स्वरूप स्पष्ट हो, मगर देश के समाज में रेलगाड़ी को लेकर सौ-डेढ़ सौ बरसों में लगातार विकसित होती अलग-अलग तरह की चेतनाओं के संदर्भ में कुछ नया नहीं मालूम चलेगा।

रेलगाड़ी हमारी बस्तियों में जितनी गहराई से आती-जाती है, उतनी ही सामान्य उसकी मौजूदगी हमारे सामूहिक मन में हो चुकी है। वह इतनी सामान्य हो चुकी है कि अब उसकी खिड़की हमें अपने दिल और दिमाग़ की खिड़कियाँ खोलने में कोई मदद नहीं करती। वरना हम कम-से-कम इतना अवश्य कहते कि खिड़की इतनी कसकर बंद न करो कि उसे थोड़ी देर के लिए भी खोलना संभव न हो। ऐसा होने से खिड़की का आशय बदल जाता है और खुलने के लिए सिर्फ़ दरवाज़ा रह जाता है। राजधानी एक्सप्रेस में अब काली खिड़की के बाहरवाली सतह पर विज्ञापन इस तरह लगाए गए हैं कि अंदरवाले की नज़र में बाहर की कोई बात न आ सके। बाहरवाला अब सिर्फ़ विज्ञापन देखेगा और अंदर की दुनिया की उस सीमित झलक से भी वंचित रहेगा जो काँच से मिल जाती थी। इस नुक़सान का मुआवजा सूचना के अधिकार जैसी पारदर्शिता नहीं दे सकती।

# गहरे में शाम

नेहरू पार्क दिल्ली के उन बाग़ों में से नहीं है जहाँ इस शहर का लंबा, जटिल इतिहास अगस्त के बादलों की तरह छाया रहता हो। रौशनआरा बाग़ और कुदसिया बाग़ जैसी जगहें काल की धारा के रेतीले मोड़ों में फँस गई हैं। बुद्ध जयंती पार्क सुंदर अवश्य है, पर ऐसी जगह है जहाँ चारों ओर जंगल है। वन के बीच कोई उपवन भला कैसे अपनी अस्मिता रचे? लोदी गार्डन को यही सुख है। शहर के आधुनिक इलाक़े के बीच लेटा, मध्य युग की इमारतों से सजा यह बाग़ दिल्ली की गरिमा का प्रतीक है। इसकी स्पर्धा नेहरू पार्क के बूते में नहीं। वह एक नई, संक्षिप्त रचना है; आज़ादी के बाद बनी दिल्ली के उलझे हुए अरमान और अंतर्विरोधों से घिरी रचना।

आम दिन या शाम नेहरू पार्क व्यस्त सड़कों से घिरी हुई जगह की तरह बैठा रहता है। वहाँ इंडिया गेट जैसी चहल-पहल नहीं, न लोदी गार्डन-सा विस्तार। मगर इस शुक्रवार की शाम वहाँ ऐसा माहौल था जैसा किसी और बाग़-बग़ीचे में कभी नहीं होता। आसमान में छठे दिन का चाँद था जो कभी-कभी हल्के बादलों में छिप जाता था और थोड़ी देर बाद निकलकर दुबारा रात को एक गहरा नीला घेरा देने की कोशिश करता था। नीचे कोई हज़ार-बारह सौ लोग भक्ति-संगीत के वार्षिक उत्सव के पहले दिन की प्रस्तुतियाँ सुन रहे थे।

'सहर' एक अनोखी कोशिश है। उपेक्षा, असुरक्षा, दबाव और दिखावे में जीते शहर को भक्ति काव्य और स्वरों का मरहम लगाने का साहस करनेवाली यह नन्ही-सी संस्था कहाँ-कहाँ से भक्ति-गायन की जानी-अनजानी प्रतिभाओं को ढूँढ़कर कैसे नेहरू पार्क पहुँचाती है, यह शोध

कोई प्रबंध-विज्ञानी करेगा। मेरा वास्ता 'सहर' के रास्ते उस विधि से दुबारा जुड़ सका है जो मैंने बचपन में एक छोटे शहर में पाई थी, मगर दिल्ली में खो दी थी। वैसे भी लोकतंत्र के विकृति-सागर में भक्ति का अर्थ गहरे डूब चुका है। अब इस शब्द को लोग या तो कट्टर मूलगामिता से जोड़ते हैं, या राजनीति के साथ सामाजिक जीवन के हर क्षेत्र में फैल गई अनुसरण और चाटुकारी की मुद्रा से।

भाषा के दैनिक क्षय के इस युग में पद्मा तलवलकर के मुँह से रघुपति राघव राजा राम और बांबे जयश्री के स्वर में नाम-जाप सुनना किसी व्यक्तिगत वरदान से कम नहीं। बांबे जयश्री कर्नाटक संगीत की आज सबसे प्रसिद्ध आवाज़ों में से एक हैं। स्वरों को विस्तार देने में उनका कोई सानी नहीं। साँस की साधना ही ममता बन जाती है। शुक्र की शाम पूरी प्रस्तुति में वे लगभग लगातार आँखें बंद किए रहीं। उनके साथ बैठे वायलिन और मृदंग के वादक कई बार एक झालर का काम करते महसूस होते थे। झालर के बीच शांति का ऐसा प्रकाश था जिसमें कहीं से कोई विरक्ति या संन्यास नहीं ढूँढ़ सकता था।

कुछ ऐसा ही चैन और उत्साह पाकिस्तान से आए सूफ़ी गायक जावेद बशीर की प्रस्तुति में था। उनकी मंडली ने बुल्लेशाह की रचनाएँ गाईं। सत्रहवीं सदी के आख़िर में युवा हुए बुल्लेशाह की कविता कभी कबीर जैसी फटकार लगाती है, कभी मीरा का प्रेम बन जाती है। पंजाबी, सिंधी और सिरैकी के मिश्रित मुहावरे में स्वच्छंद घूमनेवाली उनकी कविता में खुली प्यार की कभी न हटनेवाली बेचैनी और मिलने की उत्कंठा। दो सौ बरस बाद के दबावों को रात-दिन झेल रहे शहरी मन को गोदी में उठा लेती है। शायद इसी अनुभव का नाम भक्ति है। ज्ञान-विज्ञान की भौतिक बाढ़ में डूबे युग में रहस्य की साधना खुलेआम करने का न किसी के पास समय है न साहस। भक्ति का ही बस है कि हमें शब्दों के जंगल से हाथ पकड़कर निकाले और एक प्राचीन कुंड में निस्संकोच नहलवाए।

# चौपाटी और मैदान

हिंदी राज्यों में से किसी की सीमा समुद्र से नहीं मिलती, शायद इसी कारण हिंदी में समुद्र से जुड़े अनुभवों के लिए शब्दावली और मुहावरों का निर्माण बहुत कम हुआ है और कहावतें तो नहीं के बराबर सुनने को मिलती हैं। साहित्य में भी समुद्र से जुड़े अनुभव कच्ची हालत में पढ़ने को मिलते हैं। यहाँ तक कि प्रसाद और निराला जैसे महाकवियों की क़लम से निकले समुद्र के विवरणों में भी छोटे-छोटे अंतर्विरोध देखने को मिल जाते हैं।

हिंदी क्षेत्र मैदानों से परिचित हैं, चौपाटी से नहीं और चौपाटी शब्द भी मुंबई की मेहरबानी से हमारी भाषा को मिला है। अभी उसे हिंदी मानस में रचने-बसने में काफ़ी समय लगेगा और यह भी तभी होगा जब साहित्य में यात्रा-वृत्तांत की विधा का इस समय दिख रहा अभाव कालांतर में दूर किया जाए। यह तभी संभव होगा जब लोग यात्रा करने निकलें—अपनी सुविधा और इच्छा से, ताकि सरकारी या रिश्तेदारी यात्रा की तरह की जल्दबाज़ी या चिंताएँ न हों।

हर बंदरगाह की चौपाटी का अपना अलग चरित्र होता है, हालाँकि दूर से देखने पर सिर्फ़ एक रेतीला विस्तार और समुद्र की लहरों की आवाज़ हम तक पहुँचती है। मुंबई में शाम क्या, दिन के समय भी चौपाटी पर निडर होकर बैठना या चलना मुमकिन नहीं होता। वैसे अब दिल्ली भी छोटे-बड़े अपराधों में पीछे नहीं रही, पर उत्तर भारत से मुंबई जानेवालों को शायद वे तमाम बिंब घेर लेते हैं, जो पिछली पौन सदी से सिनेमा में दिखाए जा रहे हैं।

उधर चेन्नई की चौपाटी है जहाँ पहुँचते ही लगता है कि किसी तरह की असुरक्षा का यहाँ कोई मायने नहीं है। शहर के पास भी ऐसा कोई इतिहास नहीं है, जिसमें बड़े पैमाने पर हिंसा या लूटपाट दर्ज हो। दिल्ली से मुक़ाबला करें तो चेन्नई पहुँचकर आश्चर्य होता है कि इस शहर के पास न विभाजन की पीड़ा की कोई स्मृति है, न चौरासी के दंगों की। ऐसी विशाल बस्ती को एक चुस्त महानगर के रूप में देखना अपने आप में सुख देता है, मगर चौपाटी तो एकदम अनोखी है।

कई किलोमीटर लंबा पक्के सीमेंट का एक चौड़ा गलियारा मोटर-गाड़ियों से भरी हुई सड़क के समांतर चलता है, जिससे सैर करनेवालों को परेशानी न हो। इस गलियारे के बीच में एक स्केटिंग-रिंग है जहाँ बच्चे एक प्रशिक्षक की मदद से पहियोंवाले जूते पहनकर तेज़ रफ़्तार से फिसलने का मज़ा लेते दिखाई देते हैं। गलियारे से निकलकर समुद्र की तरफ़ बढ़ें तो आइसक्रीम या नमकीन बेचनेवाले खोमचे कुछ क़दमों के बाद पीछे रह जाते हैं और शेष चौपाटी सिर्फ़ चलनेवालों के लिए रह जाती है। शाम के समय हज़ारों लोग बैठे या घूमते हुए उस दिन की स्मृति से आक्रांत नहीं दिखते जब सुनामी की लहर ने अचानक सैकड़ों लोगों को मार डाला था। जिस समय हवा तेज़ नहीं होती, लहरों की आवाज़ बहुत हल्की होती है, चेन्नई में समुद्र का नजारा किसी भी दूसरे बंदरगाह से ज़्यादा सुंदर और शांति देनेवाला होता है।

यहाँ बैठकर कल्पना भी नहीं की जा सकती कि कोवलम और गोवा के समुद्र तट बाल-मज़दूरी और यौन-शोषण के लिए कुख्यात हो चुके हैं। समुद्र की लहरों के एकदम पास बैठने पर यदा-कदा सिर पर रखकर कॉफी बेचनेवाला या बुढ़िया के बाल बेचने के लिए घंटी बजानेवाला कोई युवक क्षणभर के लिए ध्यान खींचता है, वरना चारों तरफ़ फैली हुई भीड़ के बावजूद शांति ही महसूस होती है।

ऐसी सुविधा और शांति कभी हिंदी प्रांतों के ज़िला मुख्यालयों के मैदानों में भी होती थी, अब गाँव के मैदानों में भी दुर्लभ है। मैदानों का अतिक्रमण तरह-तरह के वाहनों और क्रियाकलापों ने इस क़दर कर लिया है कि मैदान

का खुलापन महसूस ही नहीं होता। जहाँ इस अतिक्रमण को रोका गया है, ऐसे स्थान जलियाँवाला बाग़ की तरह ऊँची दीवार से घेर दिए गए हैं। मैदान है, लेकिन मैदान की परिभाषा बदल गई है। मैदान खुली हुई जगह को कहें या घिरी हुई जगह को? साथ में एक सवाल यह भी है कि मैदान उस जगह को कहें जहाँ किए जानेवाले कई काम पहले से निर्धारित नहीं हैं, या उस जगह को कहें जहाँ किए जानेवाले कई काम पहले से निर्धारित नहीं हैं, या उस जगह को कहें जहाँ अब केवल बड़े आयोजन हो सकते हैं, बच्चे खेल नहीं सकते। मैदान रहें न रहें, उसकी स्मृति उन लोगों के स्वभाव के ज़रिये जीवित रहेगी जो खुले मन से सोचते हैं, नए तरह से काम करते हैं, इस कारण मैदानी कहलाते हैं।

# शहर में बारिश

भीषण गर्मी के बाद मानसून की पहली बारिश हालाँकि भारत के प्राचीन इतिहास में कभी कोई नई घटना नहीं रही, फिर भी हर साल एक ख़बर बनती है। आश्चर्य होता है कि राजनैतिक, आर्थिक और सामाजिक परिधियों में घट रही हज़ारों घटनाओं के बीच मौसम की एक वार्षिक रस्म को किस तरह अख़बारों में जगह मिल जाती है। शायद एक वजह यह हो कि घटनाओं को ख़बर का रूप देनेवाले स्वयं गर्मियों में थक जाते हों और बारिश का समाचार रचकर कुछ राहत पाते हों। आख़िर बाकी समाचारों में बल और हिंसा का इतना ज़ोर रहता है कि भाषा पर अच्छी-से-अच्छी पकड़ रखनेवाले भी ऊब जाएँ। वैसे भी मीडिया हमेशा जल्दी में चलनेवाला उद्योग है। प्रकृति के जीवन की सामान्य गति मीडिया की दैनिक सनसनी से मेल नहीं खाती। इसीलिए जब गर्मी और बारिश का सनसनीख़ेज़ संधिकाल आता है, तभी अख़बारों में प्रकृति के लिए थोड़ी जगह निकलती है।

सामाजिक जीवन के अन्य दायरों में भी इस संधिकाल का महत्त्व लंबे समय से रहा है। परिवार की दुनिया में छुट्टियों के बाद स्कूल का खुलना और युवाओं की दुनिया में परीक्षाफल आने के बाद आगे की शिक्षा या काम के लिए चिंतित होना जुलाई के महीने के स्वभाव में शामिल हैं। जिस तरह वसंत पर परीक्षा के आतंक का राज रहता है, उसी तरह वर्षा पर प्रवेश पानेवालों की आशंकाओं का। लेकिन प्रवेश भी एक सामाजिक कर्म है और उस पर छाया विषमता का साया अब लगभग हर किसी को महसूस होने लगा है। वे जो पीढ़ियों से नामी प्राइवेट स्कूलों में शिक्षा के आदी रहे हैं इस बात से परेशान हैं कि अब आनेवाले वक़्त में उनका आधिपत्य

बना रह पाएगा या नहीं। दिल्ली में कई वर्षों से पब्लिक स्कूलों में एक-चौथाई आरक्षण की क़ानूनी व्यवस्था डगमगाते क़दमों से फैलती रही है किंतु ऐसे पब्लिक स्कूल कम ही मिलते हैं जो इस व्यवस्था से खुश हैं और इसका असली महत्त्व समझते हैं। ज़्यादातर की धारणा है कि इस आरक्षण से चंद ग़रीब बच्चों को एक विशेष अवसर मिलता है। यह बात बहुत कम को समझ में आती है कि कक्षा में आर्थिक और सामाजिक पृष्ठभूमियों की विविधता हर विषय की पढ़ाई को समृद्ध बनाती है। केवल धनी वर्गों के या किसी एक तरह की पारिवारिक या सांस्कृतिक पृष्ठभूमि के दायरे में चलनेवाली कक्षा में की जानेवाली पढ़ाई कुछ बहुत नया नहीं रच सकती।

दूसरी तरफ़ समाज का एक बड़ा वह वर्ग है जो पब्लिक स्कूल के जीवन की टाई, स्कर्ट और अंग्रेज़ी जैसे चंद लक्षणों से ही पहचानता है और अपने सांस्कृतिक इतिहास में पहली बार अपने बच्चों को इन लक्षणों से लैस पाकर आंतरिक सुख और स्पर्धा में बने रहने का संतोष पाता है। महानगर ही नहीं, प्रांतीय शहरों और बड़े गाँवों में भी इस वर्ग ने सरकारी स्कूल का साथ छोड़ दिया है। सरकारी स्कूलों की आम स्थिति का एक बड़ा कारण यह भी है। इस वर्ग में अभी यह संज्ञान ज़्यादा नहीं गहराया है कि पब्लिक स्कूल की शिक्षा की भी कई क़िस्में हैं। टाई और अंग्रेज़ी जैसे लक्षण भले सब जगह फैल गए हों, मगर उच्च वर्गों जैसी अंग्रेज़ी में महारत देने का दावा चंद स्कूल ही कर सकते हैं। जो लोग यह बात समझ चुके हैं, वे नामी पब्लिक स्कूलों में अपने बच्चों को प्रवेश दिलाने के लिए इस तरह कटिबद्ध हैं मानो किसी युद्ध में जीतने की बात हो। किसी-न-किसी प्रकार की जुगत से प्रवेश दिलाने के बाद वह बच्चों पर भी युद्ध में जीतने जैसा दबाव लगातार बनाए रखते हैं। देश में यदि बचपन की मनोदशा का हवाई सर्वेक्षण लिया जाना संभव होता तो एक तरफ़ बाल-मज़दूरी और बाल-विवाह से पैदा हुई दारुण स्थितियाँ नज़र आतीं तो दूसरी ओर माता-पिता की महत्त्वाकांक्षा का आतंकी दबाव सहते पब्लिक स्कूल के बच्चे।

उत्तर भारत में मानसून का प्रवेश बहुत-सी और चीज़ों के साथ होता है। उनके लिए दुकानों और घरों में कुछ-न-कुछ जगह बनी हुई है, लेकिन

दिल्ली में घटती जा रही है। संभव है एकाध जगह इसका अपवाद हो, लेकिन आमतौर पर दिल्ली में बिकनेवाला घेवर इस क़दर चिपचिपा और मीठा होता है कि यह बात याद रखना संभव नहीं रह जाता कि यह बारिश के मौसम की मिठाई है और इसलिए उसे चिपचिपाहट के मामले में प्रकृति से स्पर्धा नहीं करनी चाहिए। छोटे शहरों में अभी शायद किसी-किसी के पास इतना वक़्त बचा है कि बारिश का नज़ारा देखे, चाय पिए और घेवर खाए। महानगर में यह कल्पना या तो मनोविलास कही जाएगी या फिर एक असामाजिक काम। याद रखने लायक़ बात यह है कि सामाजिक काम का अर्थ अब अपने हित की चिंता में लीन रहना है। जिसे नवउदारवादी आर्थिकी कहते हैं, उसका मतलब ही है कि यदि हर आदमी बचपन से ही पूरी तरह अपने स्वार्थ के लिए काम करे तो राज्य की ज़रूरत ही न रह जाए! कई लोगों को यह दर्शन इतना आकर्षक और आसान प्रतीत होने लगा है कि वे भूल गए हैं कि समाज की आधी आबादी यानी स्त्रियों में यह संस्कार बचपन से डाला जाता है कि वे हमेशा दूसरों की चिंता करें, अपने बारे में न सोचें।

# मेधा पाटकर के सच की कठिनाई

सच दो प्रकार का होता है—सरल और कठिन। भारत की आज़ादी पहली श्रेणी का सच थी। हर कोई समझता है कि आज़ादी क्या होती है। इस सरल सच को गांधी ने मंज़िल तक पहुँचाया। सरदार सरोवर जितना ऊँचा, विशाल बाँध नर्मदा पर बनना चाहिए अथवा नहीं, यह प्रश्न सरल नहीं है, ख़ासकर जब बाँध बनना शुरू हो चुका हो और उसे पूरा करने का काम तेज़ी से आगे बढ़ रहा हो। वैसे भी बीच राह में किसी को रोककर सोचने के लिए मजबूर करना विघ्न डालना माना जाता है। नर्मदा के बड़े बाँधों के निर्माण पर यही बात अच्छी तरह लागू होती है, इसका एक और कारण खेती के लिए, सिंचाई के लिए, नहर के लिए बाँध का लंबा तार्किक सिलसिला आज़ादी और विकास के वैचारिक साँचे में बहुत पहले स्थायी प्रवेश पा चुका था। यह साँचा ही ग़लत है, इसलिए बनता हुआ बाँध रोक दिया जाए, डूब से जंगल, आदिवासी और किसान को होनेवाले नुक़सान का हिसाब लगाया जाए, ऐसा आग्रह कठिन सच की श्रेणी में रखा जा सकता है। जिस शाम मैंने तीन मूर्ति पुस्तकालय में लकड़ी के फर्श पर बैठी मेधा पाटकर को पहली बार सुना, मुझे तुरंत यक़ीन हो आया कि यह व्यक्ति सच्चाई बोल रहा है। इसीलिए मैंने उस भाषण पर लिखी अपनी टिप्पणी को शीर्षक दिया था—'मेधा पाटकर का कठिन सच'।

बाद में मुझे सरदार सरोवर की यात्रा करने, मेधा पाटकर के अगुआ साथियों से मिलने और अंततः स्वयं मेधा से लगातार दो दिन लंबी बात करने के अवसर मिले। तब मैंने उनके सच की कठिन गहनता को समझा और अपने मन में उतारा। मेरे एक विदेशी परिचित ने अपने विद्यार्थियों के सामने मुझे 'एक्टिविस्ट प्रोफ़ेसर' के रूप में पेश किया। यह चिप्पी स्वयं एक व्यापक

सोच का प्रमाण था जिसके तहत ज्ञान को अपने दायरे में रहने की सलाह दी जाती है। मेधा पाटकर एक बड़े सवाल के सहारे अनुभव और ज्ञान को जोड़ने में लगी रही हैं। उनका नेतृत्व और संघर्ष ऐसे लोगों को अवश्य 'एक्टिविज़्म' दिखता होगा जो ज्ञान को कवच या कपड़े की तरह पहनते हैं और ज़रूरत या मौसम के अनुसार उतारते-बदलते रहते हैं। नर्मदा बचाओ आंदोलन मेरे लिए यदि एक शैक्षिक परिघटना बन सका तो इसीलिए कि उसमें भारत के विकास को लेकर उठाई गई शंकाएँ कई बिखरे हुए अनुभवों को जोड़कर एक दर्शन बनती हुई दिखीं। इस दर्शन की मानवीयता मेधा की नेतृत्व शैली में झलकी। उनकी मानवीयता ने मेरे जैसे अनेक लोगों को उद्वेलित किया। दूसरी तरफ़ इसी मानवीचता का दुरुपयोग भी कई लोगों ने, संभवत: अनजाने में, किया। अवश्य इस झलक की कई सतहें थीं।

आंदोलन का अर्थ ही है मंथन। उसमें से हर वह चीज़ निकलकर सतह पर आती है जो समाज और संस्कृति के अंतस में होती है। आज से लगभग सात वर्ष पूर्व जंतर-मंतर की पटरी पर मेधा ने लंबा उपवास किया। जिस समय मैं उन्हें देखने गया, वे कृशकाय पड़ी थीं। एक पतली रज़ाई उन पर पड़ी थी। आस-पास खड़े-बैठे युवकों की भीड़ नारा लगा रही थी—'मेधा तुम कुर्बानी दो, हम तुम्हारे साथ हैं।' नारा सुनकर मेरे स्तब्ध मन को लगा जैसे मैं प्राचीन या मध्य युग की किसी बर्बर अनुष्ठान का गवाह होने जा रहा हूँ।

आधुनिकता का परिष्कार करने निकला मेधा का आंदोलन नई दिल्ली के उस प्रदर्शन—तिराहे पर उसी पानी में डूबने जा रहा था जिसे वह पिछले कुछ वर्षों से साहसपूर्वक मथ रही थी। मेधा गांधी की परंपरा में उपवास कर रही थीं, पर शिक्षित युवक उनकी कुर्बानी लेने को आमादा दिखते थे। भाषा की कुर्बानी वे पहले ही दे चुके थे, तभी यह नारा इतने जोश से लगा रहे थे। कुर्बानी की माँग कर रहे उत्साही युवकों की भीड़ अवश्य इस बात से अनभिज्ञ रही होगी कि उपवास के रास्ते मृत्यु का वरण करना कुर्बानी नहीं कहला सकता। उपवास एक अहिंसक संघर्ष है जिसका उद्‌देश्य प्रतिपक्षी के मन में प्रश्न पैदा करना है। उपवास पर बैठनेवाला व्यक्ति शारीरिक रूप से कमज़ोर होता जाता है और नैतिक रूप से मज़बूत होता जाता है। कुर्बानी एक क्षण में दी जाती है, इसलिए उसके ज़रिए प्राप्त होनेवाला अंत हिंसक ही कहला सकता है। हिंसा में संवाद की उत्तरोत्तर सघनता संभव नहीं है, इसलिए हिंसा

या आत्महिंसा भले किसी नैतिक ध्येय के लिए की जाए, वह सोचने का अवसर नहीं देती। गांधी की हत्या सोच-सोचकर निराश और उग्र हो चुके मानस का निर्णय थी। हत्या के रास्ते मरना गांधी की जीवन-शैली से मेल नहीं खाता, अतः यदि वह कुर्बानी थी तो जबरन ली गई। गांधी स्वयं लंबा जीवन जीना चाहते थे। वे बार-बार उपवास करते थे तो कुर्बानी देने के लिए नहीं। मेधा ने भी गांधी की शैली में बार-बार उपवास किए। हर बार उद्‌देश्य देश और उसके सत्तासीनों की चेतना जगाना था। उपवास कर रहे व्यक्ति से कुर्बानी की माँग करना उसका उपहास है। इस वीभत्स माँग के शोर में उस दोपहर मुझे नर्मदा के आंदोलन से निराशा महसूस हुई। कुर्बानी की माँग का नारा लगा रहे युवक—उनमें कोई स्त्री नहीं थी—नर्मदा आंदोलन के समर्थक कहने भर को थे। वे एक जटिल संघर्ष के तमाशबीन कहे जा सकते हैं।

महादेवी ने लिखा है—'हार भी तेरी बनेगी मालिनी जय की पताका।' यह पंक्ति मेधा पाटकर के आंदोलन और व्यक्तित्व दोनों को चरितार्थ करती है। कल्पना कीजिए कि नर्मदा बचाओ आंदोलन सफल हो जाता। सरदार सरोवर बाँध के निर्माण को रोकने का आदेश सुप्रीम कोर्ट दे देता। इस सफलता से हमारे समाज की वही प्रवृत्ति और उत्साहित होती जिसके चलते मेधा को देश के तमाम अन्य विस्थापनों के विरोध के नेतृत्व देने बुलाया जाता रहा है। मेधा एक प्रतीक बना दी गई हैं। यदि वे सरदार सरोवर का निर्माण रोक देने में सफल हो जातीं तो ब्रांड बना दी जातीं। प्रतीक बनकर समाज ने पहले ही उन्हें एक मूर्ति की तरह क़ैद कर दिया था। कोई कितना ही ओजस्वी हो, मूर्ति बनकर लगातार चढ़ाए जाते जल से ठंडा पड़ जाता है। वह न तो खुलकर बहस कर सकता है, न अपने विचारों का विकास कर सकता है। इत्मीनान और आज़ादी से जी भी नहीं सकता, उसे तो लगातार दूसरों को प्रेरित करने का कर्त्तव्य सौंप दिया जाता है। प्रेरणास्रोत बनने को यह राष्ट्रीय व्यसन अच्छे-अच्छे दिमाग़ों को कुतर देता है। पर इससे भी ज़्यादा दुःखद परिणति सफलता के ब्रांड बननेवालों की होती है। वे बाक़ायदा व्यापार की वस्तु बन जाते हैं, लगातार मुस्कुराते रहते हैं और अपने सामने हो रहे घटना-चक्र से बेगाने बने रहने के लिए विवश कर दिए जाते हैं। मेधा इस नियति से बच सकीं, यह बात मुझे व्यक्तिगत संतोष देती है। वे समर्पण का प्रतीक बना दी गईं, यह बात मुझे चकित नहीं करती, कुछ कष्ट अवश्य देती हैं। कष्ट की बात यह इस कारण है कि मेधा पाटकर

का मौलिक और चिंतनशील मानस विचारों की जगह सिर्फ़ प्रेरणा का स्रोत रह गया। प्रेरणा भी महत्त्वपूर्ण होती है, पर प्राय: एक भ्रम सिद्ध होती है। एक ऐसे समाज में जहाँ बच्चे की प्रतिभा को क़ैद में रखने के असंख्य सांस्कृतिक उपकरण सक्रिय हों, प्रेरणा का वितरण ज़्यादा कुछ प्रभावी नहीं दिखा सकता।

हमारे समाज ने मेधा पाटकर को मुख्यत: प्रेरणा देनेवाले की भूमिका में बाँध दिया, इसके बावजूद मेधा पाटकर एक बड़े विचार को जीवित रख सकी हैं। इस विचार को भारत के ग्रामीण समाज के जीवन का सिद्धांत कहा जाए तो ग़लत न होगा। सिद्धांत कहने में यह गांधी एक सार्वभौमिक प्रश्न को पूरब-पश्चिम के युग्म में फँस जाने से बचा नहीं सके। उनकी इतिहास-दृष्टि सही थी, पर वह उस विश्व-दृष्टि को सामने लाने के लिए पर्याप्त नहीं थी जो गांधी की निराशाओं और चिंताओं में आगे चलकर झलकी। उसे नई अभिव्यक्ति देते रहना ज़रूरी है क्योंकि गांधी सिर्फ़ प्रतीक नहीं, ब्रांड बनाए जा चुके हैं। मेधा पाटकर को मैंने एक जीवित विवाद की तरह देखा और जाना। मैंने उन्हें अपने लिए प्रतीक नहीं बनने दिया और ब्रांड बनने से वे खुद बच गईं। यदि वे स्वयं अपने कृतित्व का विश्लेषण करने का समय निकालें तो शायद वे भी उस शब्दावली की खोज में महत्त्वपूर्ण मदद दे सकेंगी जो हमारी इतिहास-दृष्टि को गांधी के राष्ट्रवादी साँचे से निकालकर आगे बढ़ाए और युद्ध पर टिकी एकछत्रता की औद्योगिक सभ्यता को चुनौती दे।

ख़तरा है कि इसे उसमें निहित विविधता को नज़रअंदाज़ कर दिया जाए। गाँव के जीवन-दर्शन में निहित विविध संभावनाओं को समेटने की कोशिश किए बग़ैर हम कह सकते हैं कि वहाँ मनुष्य को जीवन के बुनियादी इंतज़ाम स्वयं करने होते हैं। कुछ काम अपने बूते पर करने होते हैं, कुछ में सहयोग की संभावना रहती हैं, पर आत्मनिर्भरता गाँव के जीवन का सामान्य दर्शन है। सीमित साधनों के कारण कुछ आत्मनिर्भरता तो विवशता बन जाती है, पर गाँव का जीवन बहुत-सी निराशाओं और कठिनाइयों को स्वयं झेलने का प्रशिक्षण देता है। गाँव को एक इकाई के रूप में देखना ऐसी विश्व-दृष्टि की माँग करता है जो औद्योगीकरण के युग में एक बीती हुई या पराजित सभ्यता मान ली गई है। हम जब गाँव के बारे में सोचते हैं तो अनिवार्यत: गाँव और शहर के युग्म के तहत सोचते हैं जिसमें एक इकाई दूसरे का विलोम बनी हुई दिखाई देती है। यह व्याकरण हमारी नज़र को ढाल देता है। ढली हुई नज़र आत्मनिर्भरता

जैसे विचार को राष्ट्रीय परिप्रेक्ष्य भर में देख पाती है, स्थानीय या व्यक्तिगत परिप्रेक्ष्य में नहीं। राष्ट्र की परिधि में सोचने पर आत्म-निर्भरता का अर्थ पूरी तरह बदल जाता है। उसमें तोपों और मिसाइलों की ताक़त आ जाती है, भले तोपें और मिसाइलों की निर्माण-सामग्री विदेशों से ख़रीदी गई हो। सैन्य आत्मनिर्भरता औद्योगिक आत्मनिर्भरता का ही अंग है। दोनों में आत्म से आशय उपभोग से है, रचना या कल्पना से नहीं। यह बात मेधा पाटकर के द्वारा छेड़े और वर्षों चलाए गए नर्मदा आंदोलन में झाँककर देखी जा सकती है। उसे मात्र कुछ बाँधों को बनाए जाने से रोकने का आंदोलन कहना एकदम ग़लत है। मेधा ने अपने नेतृत्व के हर पहलू में लगातार इस विचार को अभिव्यक्ति दी कि नर्मदा के बाँधों से डूब रहे गाँवों को जीने का हक़ है और इस हक़ में अपने ढंग से जीना शामिल है। यही बात आदिवासी समाज पर लागू होती है। उनका विस्थापन सिर्फ इसलिए बुरा नहीं है कि वह जबरन किया जा रहा है, बल्कि इसलिए बुरा या अनैतिक है क्योंकि इतनी ज़मीन, जंगल और गाँव डुबाकर औद्योगिक विकास करना जिस नीति की अभिव्यक्ति है, वह स्वयं अनैतिक है क्योंकि वह स्वतंत्रता और विविधता के मानव दर्शन का उल्लंघन है। यदि वही गांधी का दर्शन होता तो मैं कह सकता कि मैंने गांधी को जितना भी देखा या समझा, मेधा में देखा।

इस विवेचना से ऐसा लग सकता है कि मैं मेधा पाटकर को वैकल्पिक विकास-नीति का प्रतीक मानता हूँ। ऐसा सोचना घूम-फिरकर उसी जगह पहुँच जाता है जहाँ हमारा मन मेधा को प्रतीक बनाकर ही दम लेता है। हमारा ज़माना ही ऐसा है कि हम युग्मों में सोचते हैं, इसलिए विकास की सरकारी नीति का आलोचक हमें वैकल्पिक विकास का प्रणेता नज़र आता है। रघुवीर सहाय ने 'स्वतंत्र व्यक्ति' शीर्षक कविता में लिखा था—

*लोग खंडन चाहते हैं या कि मंडन*
*लसलसाता भक्ति से।*
*स्वाधीन इस देश में चौंकते हैं लोग*
*एक स्वाधीन व्यक्ति से।*

यदि हम मेधा पाटकर को वैकल्पिक विकास के समर्थकों की सूची में डाल दें तो यह मेधा के कठिन सच के साथ काफ़ी बड़ा अन्याय होगा। यह सही है कि स्वयं मेधा ने वैकल्पिक विकास की शब्दावली में बोलने की

लाचारी स्वीकारी है, पर यह एक ऐसे व्यक्ति की लाचारी है जो सामूहिक कर्म और नेतृत्व की उलझनों में जकड़ा है। इस जकड़न को पहचानकर हम देख सकते हैं कि मेधा सिर्फ़ लड़ नहीं रही हैं। वे किसी बड़ी लड़ाई को अभिव्यक्ति भी दे रही हैं। उनका आकर्षक व्यक्तित्व और उसके गुण हमें इतने भा जाते हैं कि हम मेधा की लड़ाई को उनकी लड़ाई मान बैठते हैं और इसी क्रम में उन्हें एक प्रेरक प्रतीक बना बैठते हैं। यदि हम उस ज़्यादा बड़ी लड़ाई पर ध्यान केंद्रित करें, जिसे मेधा का जीवन और व्यक्तित्व अभिव्यक्त कर रहा है, तो हम मेधा पाटकर को बेहतर ढंग से समझ सकेंगे। उनके व्यक्तित्व के गुण—जिनमें उनकी हिम्मत और साधना ही नहीं, भाषा और शैली भी शामिल है—एक सभ्यता की अभिव्यक्ति हैं, जो एक अर्से से लगातार दबाव में है। आप चाहें तो इसे कोई नाम दे सकते हैं, पर हर नाम अपना जोखिम लेकर ही सुलभ होता है। इस सभ्यता को देशज कहने में उतनी ही बड़ी भ्रांति का ख़तरा है जितना उसे लोकतांत्रिक कहने में है। ऐसे सभी शब्द रूढ़ हो चुके हैं और कोई भी नया शब्द गढ़कर संवाद का रास्ता बनाना समय लेगा। संभव है, आज से पचास वर्ष बाद कोई उपयुक्त शब्द निकल आए, पर आज हम क्या करें? उस सभ्यता को क्या नाम दें जो मेधा के व्यक्तित्व और दृष्टिकोण में अभिव्यक्ति पाती है? यही तो मेधा पाटकर का कठिन सच है। हमें उनके जैसे उत्साह के साथ इस खोज में लगे रहना चाहिए कि भारत के साथ शेष दुनिया में कौन-कौन सी मानव-पूँजी नष्ट हो रही है क्योंकि उसका दम घोंटकर हिंसक शक्ति की एकछत्र सभ्यता का विस्तार हो रहा है। इस सभ्यता की एकछत्रता उतनी ही बड़ी समस्या है जितना उसकी मशीनों पर निर्भरता। आप कहेंगे, यह तो वही बात हो गई जिसे गांधी ने 'हिंद स्वराज' में अभिव्यक्ति दी थी। ऐसा आभास पूर्णतः ग़लत नहीं है, पर 'हिंद स्वराज' में राष्ट्रीय भावना का पुट था, इस कारण चाहते हुए भी गांधी मशीन और श्रम के संबंधों की समीक्षा को पूरी सार्वभौमिकता नहीं दे सके।

# औरत

# विरेचन का दौर

समय के हिसाब से चलें तो नया साल शुरू हो गया है और नई सदी का पहला दशक पूरा होने को है। चेतना के हिसाब से गिनें तो पिछली सदी के आख़िरी दो दशकों में शुरू हुए प्रसंग सरकारी फ़ाइलों की तरह खुले हुए हैं। बाबरी मस्जिद के ध्वंस की जाँच अब जाकर पूरी हुई है, पर चौरासी के दंगों की जाँच अधूरी पड़ी है। जाँच और न्याय के औज़ार सामूहिक उन्माद के इन महाप्रसंगों के सामने कमज़ोर पड़ गए। मगर रुचिका नाम की चौदह साल की बच्ची पर एक पुलिस अधिकारी के क्रूर हमले को किस तरह देखें, जिसकी क़ानूनी पड़ताल में उन्नीस वर्ष लग गए हैं? अब जैसे अचानक हरियाणा का समाज जागा है और चारों तरफ़ न्याय के लिए हाय-हाय मचती जान पड़ रही है। इस घटनाक्रम पर टिप्पणी पढ़ने की इच्छा 'अर्थात्' स्तंभ की याद दिला रही है, जिसमें रघुवीर सहाय चीज़ों और ख़बरों के अर्थ समझाया करते थे। उनका निधन इसी हफ़्ते अट्ठारह साल पहले हुआ था।

रघुवीर सहाय मानते थे कि अगर ज़िंदगी को सँभालना है तो भाषा को सँभालो। उनकी नज़र से देखें तो रुचिका के साथ हुई बर्बरता, उसकी आत्महत्या और स्कूल से लेकर पुलिस और कचहरी तक फैली अनैतिकता के बीज भाषा में ढूँढ़े जा सकते हैं और ढूँढ़े जाने चाहिए। आकाशवाणी हो या बीबीसी की हिंदी सेवा, और हर कोटि के राष्ट्रीय-प्रांतीय अख़बारों ने रुचिका की कथा को 'छेड़छाड़' का मामला क़रार दिया। हिंदी के जिन अख़बारों में अब व्यापार के लिए 'बिजनेस' और 'वर्गीकृत' विज्ञापनों के लिए 'क्लासीफ़ाइड' का प्रयोग होता है, वे भी रुचिका के साथ हुई घटना

को अंग्रेजी के 'मोलस्टेशन' शब्द की मदद से वर्णित करने से सकुचा गए। 'छेड़छाड़' शब्द इस्तेमाल करने के पीछे उनका दमित हिंदी-प्रेम देखा जाए या हिंदी की विपन्नता? अस्सी के दशक में माया त्यागी नाम की महिला के साथ हुए अत्याचार पर 'दिनमान' का संपादकीय लिखते हुए रघुवीर सहाय ने इस घटना को बलात्कार बताने में संकोच करनेवाले अख़बारों पर टिप्पणी की थी। पुलिस और न्याय-व्यवस्था की तर्ज़ पर अखबारों ने भी बलात्कार को एक तकनीकी मामला मान लिया था।

प्रश्न सिर्फ हिंदी का नहीं है। रुचिका प्रसंग में अंग्रेजी के उन बड़े अख़बारों का पाखंड भी देखने लायक़ बन पड़ा है जो स्त्री के जीवन और शरीर का अपमान करने में कोई दिन नहीं जाने देते। नब्बे के दशक की शुरुआत के साथ अर्थव्यवस्था और राजनीति में चिंघाड़ कर प्रविष्ट हुई बाज़ारवादी विचारधारा के तहत इन अख़बारों ने स्त्री को लगातार चौराहे पर खड़ा रखने का अभियान चलाया है। टी.वी. पर यह अभियान पूरी आक्रामकता के साथ चौबीस घंटे जारी रहता है और हिंसा को जीवन के यथार्थ की तरह परोसता है। ऐसा लगता है कि दर्शकों के एक बड़े वर्ग ने हिंसा को—और विशेषकर स्त्री पर बरपाई गई हिंसा को—मनोरंजन का साधन मान लिया है। बाल-विवाह और बहुपत्नी प्रथा के कथानक औरत की पीड़ा को किसी अनावश्यक बदबू की तरह उड़ाकर पारिवारिक उपभोग के लिए पेश किए जाते हैं।

समाज में स्त्री के प्रति क्रूरता और घृणा को रात-दिन फैलाने में लगा मीडिया इन दिनों रुचिका प्रसंग में संवेदना जगाने का श्रेय पाकर अवश्य गद्‌गद होगा। जल्दी ही कुछ इसी तरह का भाव पुलिस-तंत्र और न्यायपालिका के दिल में पैदा होगा। महानिदेशक का पद पाने में समर्थ हो चुके अधिकारी के कृत्यों की असली जाँच शुरू होने को है। यहाँ तक कि उस स्कूल को भी सवालों के घेरे में लाया जाएगा, जिसने रुचिका की पढ़ाई रुकवा दी थी। उस समय का प्राचार्य भले सेवा से निवृत्त हो चुका हो, जिम्मेदारी से निवृत्त नहीं हो सकता, क्योंकि समाज आख़िरकार जाग उठा है। अब हर किसी को पश्चाताप का मौक़ा मिलेगा, निष्पक्षता और साहस की तूती बोलेगी, नाबालिग लड़कियों से छेड़छाड़ करनेवाले कठघरे में पहुँचेंगे।

भारत की लड़कियाँ इस सामूहिक विरेचन को देखकर हतप्रभ हों तो कोई आश्चर्य नहीं। नए साल में उनसे कितना कुछ मनवाया जाएगा? कि वे आतंक में जीना छोड़ दें? कि वे बसों और रेलगाड़ियों में, बाज़ारों और बग़ीचों में चैन और सम्मान के साथ चलने की आदत डालें, अपमान के घूँट पीना छोड़ दें? कि फ़िल्म उद्योग ने फ़ैसला कर लिया है कि अब अकेली लड़की को युवकों की भीड़ द्वारा घेर लिए जाने के दृश्य नहीं दिखाए जाएँगे, मुजरे और डिस्को के लिए पटकथा में जगह नहीं रहेगी? कि परिवार में लड़की की प्रतिष्ठा होगी और उसे एक के बाद एक लड़के के माता-पिता और अन्य रिश्तेदारों द्वारा मुआयना किए जाने के लिए मजबूर नहीं किया जाएगा? कि उद्योगतंत्र ने यह फ़ैसला कर लिया है कि कपड़े धोने की मशीन से लेकर कार बेचने के लिए स्त्री-देह को चित्रित करनेवाले विज्ञापन नहीं दिए जाएँगे?

यह फ़ंतासी आज की लड़कियों को क्षण भर के लिए भी नहीं छल सकती, क्योंकि वे नवयुग की हिंसा के चक्र में अपनी केंद्रीय स्थिति जान गई हैं। उन्हें पता है कि पढ़-लिख जाने, अपने पैरों पर खड़े होने और पूरी साँस लेकर बोलने का सिलसिला अभी तो बस शुरू हुआ है और समाज को इस सबकी आदत नहीं है। वह समय अभी दूर है जब पुरुष-प्रधान व्यवस्था कमज़ोर पड़ेगी और स्त्री सचमुच की बराबरी का जीवन जिएगी। अभी तो उस युग की कल्पना करने में समर्थ भाषा का निर्माण भी नहीं हुआ है।

# माँ-बहनों का पर्दा

क्रिकेट का खेल देखकर पैदा होनेवाली उत्तेजना बढ़ाने के लिए स्त्री देह के प्रयोग पर बेमन से की गई टीका-टिप्पणियों के बीच उद्धृत एक मुहावरा बचपन की याद दिला गया। मैच के पहले और चौके-छक्के पर नाचने के लिए भाड़े पर विदेशों से लाई गई 'चीयरलीडर्स' टी.वी. पर भी दिखेंगी, इस गूढ़ आशंका से ग्रस्त एक मंत्री ने कहा कि यह नाच माँ-बेटियों के देखने लायक़ नहीं है। जब मैं छोटा था, शहर का सिनेमा हॉल नया-नया खुला था। रजत पट पर दिखाई जा रही फ़िल्म की मुनादी ताँगे से होती थी। दोनों तरफ़ पोस्टर लगे रहते थे, घोड़ा सजा होता था। ग्रामोफ़ोन पर नेहरू युग के लोकप्रिय गाने बजाता ताँगा सारे शहर में घूमता था। मुनादी करनेवाला पुरुष स्वर फ़िल्म के निर्देशक, हीरो-हीरोइन और गीतकार-संगीतकार का नाम बताता जाता था। जो फ़िल्म मैटिनी शो में भी दिखाई जाती थी, उसकी मुनादी में प्राय: यह वाक्यांश जुड़ा रहता था—'माँ-बहनों के देखने लायक़ फ़िलिम'। अंत में उद्घोषक कहता था—'पूरे परिवार के साथ आनंद लें।'

आज लगभग पचास वर्ष बाद चीयरलीडर्स की भंगिमाओं से उत्पन्न विवाद की बदौलत मैं उस आख़िरी दावत का अर्थ समझ सका हूँ। मैटिनी शो वाली फ़िल्में 'पूरे परिवार के साथ' देखने लायक़ थीं तो बाक़ी कौन-सी थीं? ज़ाहिर है, ये फ़िल्में पुरुषों से माँग करती थीं कि वे इन्हें अपने परिवार से पर्दा करके देखें। आख़िर कौन-सी मजबूरी थी महाबली पुरुष की जो उसे सिनेमा देखने के वास्ते माँ-बहनों और बेटियों से डराती थी? वही डर है जो आज के रोबदार पूँजीवाद की तेज़ रोशनी में स्टेडियम में टिकट लेकर बैठे पुरुषों को सता रहा है। अगर मैच टी.वी. पर साथ-

साथ न दिखाया जा रहा होता तो डर कुछ कम लगता। मैच अगर चीयरलीडर्स के नाचवाले अंश संपादित करके कुछ मिनट की देरी से प्रसारित किया जा सकता तो डर और भी घट जाता और विवाद इस लायक़ नहीं रह जाता कि जनता के निर्वाचित प्रतिनिधि उसमें पड़ें। डर इस बात का है कि लाखों घरों में बैठी माँ-बहनें और बेटियाँ टी.वी. के ज़रिए यह जान जाएँगी कि स्टेडियम में बैठकर उनके मर्द, भाई और बेटे क्या देख रहे थे।

टी.वी. ने वह पर्दा फाड़ दिया है जिसके पीछे छिपकर पुरुष वह सब देखता-करता था जिससे दूर रखने के लिए उसने अपनी औरत और लड़कियों को घर पर बंद कर रखा था। कहने की ज़रूरत नहीं कि यह पर्दा पचास या सौ नहीं, हज़ारों वर्ष पुराना है। अपनी अमर कृति 'शृंखला की कड़ियाँ' में महादेवी वर्मा ने जिसे 'जीवन का व्यवसाय' बताया है, वही इस पर्दे के पीछे पुरुष करता आया है। स्त्री जिस पर्दे में रखी गई, वह तो कपड़े का था, मगर यह पर्दा जिसके पीछे रहकर पुरुष अपनी परिचित औरतों से बचता आया है, कुंठाओं के ताने-बाने से बुना एक अदृश्य कवच है जिसे अपने सीने पर पहने पुरुष स्वभाव से वीर और आज़ाद होने का दम भरता है।

डरानेवाली ये लड़कियाँ किन देशों की हैं, इसका अंदाज़ा लगाना कठिन नहीं है। विश्व पूँजीवाद की उत्खनन क्षमता के चलते श्रेष्ठ जूते अब बांग्लादेश और विएतनाम में बनकर अमेरिका जाते हैं, यानी जहाँ ग़रीबी और बदहाली सबसे ज़्यादा है, वहीं का श्रम सबसे सस्ता है। इस पूँजी-विवेक के चलते 'चीयरलीडर्स' के चेहरों में सोवियत संघ और पूर्वी यूरोप के साम्यवादी अवशेष पहचानना आसान है। सोवियत संघ के विघटन के बाद वे तमाम अस्मिताएँ वैसा ही बर्बर शोषण और दोहन सहने के लिए विवश हो गई हैं जैसा वे सोवियत सपने के पहले सहती थीं। पर एक फ़र्क़ है। उनके शोषण में स्त्री-देह का भूमंडली व्यापार शामिल नहीं था।

# उत्पीड़नीयता की जंजीर

स्त्री के बारे में विचार और लेखन का एक बड़ा संदर्भ उत्पीड़न और हिंसा का रहा है। इस संदर्भ का विस्तार लगातार होता रहा है, पर विस्तार में न उतनी रफ़्तार है, न समेट कि वह स्त्री को लेकर समाज में बढ़ती बर्बरता का मुक़ाबला कर सके। इस पिछले वाक्य में 'समाज' शब्द का प्रयोग एक तरह की लाचारी का प्रतीक है जिसे स्त्री-विमर्श ने चिह्नित अवश्य किया है, पर तोड़ा नहीं है। ज़ाहिर है, 'समाज' से आशय पुरुष-केंद्रित, पितृसत्तात्मक व्यवस्था से है। बढ़ती हुई बर्बरता का स्रोत यह व्यवस्था अकेले नहीं है, कई और मूलभूत व्यवस्थाओं के साथ है जो आज के ऐतिहासिक दौर में फल-फूल रही हैं; बल्कि विकास और प्रगति मान ली गई हैं।

हर सप्ताह आनेवाली ख़बरों के अनवरत क्रम में इस हफ़्ते भी कई मर्मकंपी समाचार छपे। इनमें से एक में तीन बच्चों की माँ बनाई जा चुकी पत्नी को तेज़ाब पिलाकर मार दिया गया था। कारण दहेज की अपूर्ण माँग थी। इस तरह की घटनाओं में परिवार के अन्य सदस्यों, जिनमें स्त्रियाँ भी होती हैं, व पड़ोसियों की भूमिका भी रहती है। इस भूमिका का दायरा इतना विशाल और निर्वाह इतना अचेतन है कि हम इसे सामान्य जीवन का हिस्सा कह सकते हैं। हिस्सा भी क्यों कहें? सामान्य जीवन कह सकते हैं। स्त्री को उत्पीड़नीय मान लेना बचपन में होनेवाली समाजीकरण का एक आयाम है जिसका स्पर्श लड़के और लड़कियों दोनों को मिलता है। जिस मातृत्व को स्त्री की गरिमा बताया जाता है, वही स्त्री की उत्पीड़नीयता की सबसे सामान्य परिधि बन जाता है।

कोख में कन्या-भ्रूण की हत्या मातृत्व की सामाजिक रचना के इसी पहलू के चलते संभव होती है। यह घटना अब घटना नहीं रही क्योंकि इसकी छाया में एक करोड़ लड़कियाँ इधर के वर्षों में मार डाली गई हैं। कस्बों के बाज़ार में वह मशीनरी उपलब्ध है जो लिंग-निर्धारण करके यह निर्णय पति पर छोड़ देती है कि संतान को जन्म लेने देना है या ख़त्म कर देना है। इस निर्णय में स्त्री की सहमति शायद उतनी भी नहीं होती जितनी माँ बनने में रही होगी—बशर्ते कि 'सहमति' शब्द में हम मति पर उतना ही ज़ोर दें जितना भौतिक अर्थ में सह पर देते हैं और दोनों के योग से बने शब्द में बुद्धि के साहचर्य से उत्पन्न विवेक की ऐसी परिभाषा गढ़ें जो आज के शहरी और क़स्बाई परिवारों के जीवन की समीक्षा करने के काम आए।

यह सारा सांस्कृतिक गणित हम ठीक से कर भी लें, तो भी विज्ञान और टेक्नालॉज़ी की देन उस मशीन का हिसाब करना आसान नहीं होगा जिसने लड़कियों की इतने बड़े पैमाने पर हत्या संभव बनाई है। एम्नीयोसैंटीसिस नामक परीक्षण मूलतः इसलिए ईजाद हुआ बताते हैं जिससे आनुवंशिक विकलांगता का पता लग सके। लिंग-निर्धारण इस परीक्षण से मिलनेवाली जानकारी का आनुषंगिक या दीगर पहलू था। मगर देखते-ही-देखते यह पहलू फैलता गया और आज हमारे देश में लिंग-निर्णय और कन्या-भ्रूण हत्या का बाज़ार इसी पहलू की बदौलत इतना बढ़ा-चढ़ा है। जैसा कि विज्ञान और टेक्नालॉज़ी के इतिहास में लगातार होता आया है, इस प्रसंग में भी एम्नीयोसैंटीसिस का आविष्कार करनेवाले वैज्ञानिक इत्मीनान से कह सकते हैं कि भारत में उनके काम का दुरुपयोग हो रहा है; इसके लिए वे स्वयं ज़िम्मेदार नहीं हैं। लिंग-निर्धारण से संबंधित मशीनरी के विक्रेता तो बाक़ायदा यह कहकर पल्ला झाड़ सकते हैं कि मशीन के इस्तेमाल से उनका कोई लेना-देना नहीं। तर्क भी वजनी है—कि चाकू ख़रीदनेवाला आलू काटता है या किसी का गला, इससे चाकू के दुकानदार को क्या मतलब।

शेष रहे डॉक्टर, हमारे अतिशिक्षित डॉक्टर। भारत की शिक्षा व्यवस्था के बेहतरीन उत्पाद। उनका तर्क और भी साफ है। वे अपनी सेवाओं के लिए पैसा लेते हैं। यही उनकी आजीविका है। कोई खाँसी का इलाज

कराता है, कोई लिंग-निर्णय, कोई कन्या-भ्रूणपात। सभी हमारे डॉक्टरों की पेशेवर सेवाएँ हैं। इनको सामाजिक या सांस्कृतिक संदर्भ अकादमिक मसला है। बाज़ार में दुकान लगाकर बैठे डॉक्टर को ज़मीर या अंतरात्मा जैसे चौखटों की याद दिलाना भी कठिन है। वह पलटकर पूछेगा कि अंतरात्मा का प्रश्न उसी से क्यों पूछा जा रहा है। इस संवाद-सीमा के भीतर स्त्री के उत्पीड़न की लंबी बहस कहाँ से शुरू हो और कौन शुरू करे?

# अमर घूँघट

लंबे घूँघट में चेहरा छिपाए वोट देने जाती राजस्थान के एक गाँव की औरतों का चित्र अख़बार में देखकर अपने देश के लोकतंत्र के स्वरूप और योगदान दोनों की समझ मिलती है। स्वरूप एक प्रणाली का है, जिसके इस्तेमाल से सत्ता बग़ैर हिंसा के एक पक्ष से दूसरे के हाथों में आती-जाती रहती है। सामाजिक दैनंदिनी को आगे बढ़ाते रहने में यह कोई छोटा योगदान नहीं है, मगर है मशीन जैसा। इस मशीन का काम है हर पाँच साल बाद कुर्सियों का शांतिपूर्ण बँटवारा करना। मशीन न हो तो क्या हालत होगी, यह हम अफ्रीका के कई देशों से समझ सकते हैं और मशीन अगर ठीक से काम न करे तो जो हालत होती है और होती चली जाती है, इसे समझने के लिए पड़ोसी पाकिस्तान पर नज़र डालना पर्याप्त है। मुंबई पर हमले के संदर्भ में लिए गए बी.बी.सी. के इंटरव्यू में वहाँ के राष्ट्रपति की मुद्रा और भाषा  तीन दशक से बढ़ते चले आ रहे आंतरिक तनाव की तस्वीर थी।

हमारे तनाव हर पाँच साल में ढीले होकर दुबारा कसे जाने का अवसर पाते हैं। सवाल इस बात से पाई जा सकनेवाली वाज़िब तसल्ली की मात्रा का है। वह देश में यक़ीन और भविष्य में आस्था बनाए रख सके तो ठीक है, पर तसल्ली इतनी बढ़ जाए कि हमें घूँघट में मताधिकार दिखने लगे तो परेशानी की बात है। मताधिकार छोड़िए, क्या घूँघट में मानवाधिकार भी सुरक्षित माना जा सकता है? पिछले सप्ताह मानवाधिकारों के घोषणा-पत्र की साठवीं वर्षगाँठ थी और अब चार-पाँच हफ़्ते बाद छब्बीस जनवरी से संविधान की बदौलत मिले नागरिक अधिकारों का साठवाँ वर्ष लग जाएगा। इस बात की उम्मीद

करना फ़िलहाल पूर्णतः व्यर्थ है कि इन बरसियों का कोई असर घूँघट पर पड़ने जा रहा है।

संभव है, कई लोग कहें कि घूँघट का मताधिकार से कोई अंतर्विरोध नहीं है। उनका तर्क होगा कि घूँघट सांस्कृतिक मामला है, उसका राजनीति से कोई लेना-देना नहीं है। इस तर्क के हिसाब से लोकतंत्र एक मशीन है, उसका हमारे जीवन से कोई संबंध नहीं। बहुतेरे बुद्धिजीवी इस तर्क की शीतल आड़ में धर्म और राजनीति का अलगाव सुरक्षित पाते हैं वे नहीं देख पाते कि संस्कृति से डरनेवाला लोकतंत्र भले सेक्युलर हो ले, औपनिवेशिक ही रहेगा।

तर्क करना छोड़ सड़क पर निकलें, जहाँ आंध्र प्रदेश की छात्रा के मुँह पर तेज़ाब फेंका गया है। मामला उलझ गया है, क्योंकि पुलिस ने तेज़ाब फेंकनेवालों को गोली मार दी। मानवाधिकारों की बहस में स्त्री का चेहरा प्रायः दिखाई नहीं देता, इस बार भी यही आशंका है। पर यह घटना अनोखी नहीं है और हमें याद दिलाती है कि राजस्थान की औरतें वोट देने जाते समय भी क्यों घूँघट में रहती हैं। आंध्र की लड़की स्कूटर चला रही थी, घूँघट में नहीं थी। साक्षरता आदि को लेकर आंध्र और राजस्थान में काफी फ़र्क़ बताया जाता है। यह फ़र्क़ कितना पुख्ता है, इसकी एक माप घूँघट हटाने के जोखिम से मिलती है।

अनगिनत फ़िल्मी गीतों से अलंकृत घूँघट कई ऐसे दृश्यों और प्रसंगों को सँजोए है, जिनकी याद करके तर्कप्रधान लोग भी भावुक हो उठते हैं। घूँघट जिस चेहरे को छिपाए है, उसकी भावनाओं को तब तक नहीं पढ़ा जा सकता, जब तक वह घूँघट में छिपा है। यह एक ज़बर्दस्त तार्किक घेराबंदी है, जिसके चलते यह कहना भी मुश्किल है कि घूँघटवाली औरतों ने जो वोट दिया, वह उनका अपना वोट भी था या नहीं। उनका घूँघट हटाने का अधिकार जितना आरक्षित, उनका वोट उससे कम आरक्षित कैसे हो सकता है? यह कहना सही है कि घूँघट या बुर्के के भीतर सिर्फ़ चेहरा नहीं, दिमाग़ भी है, मगर इस बात को एक बच्चा भी जानता है कि चेहरा उठाकर सामने देखना

डरते समय मुश्किल होता है, इसलिए ज़रूर चेहरे और दिमाग़ में गहरा संबंध होगा। सिर उठाकर चलने जैसे मुहावरों ने भाषा पर भी घूँघट डाल दिया है, वरना हमें यह समझने में साठ बरस न लगते कि मुखौटे की शिकायत मर्द करते हैं।

# 'पाकीज़ा' स्मृति

रूपकों का निवास हमारी सामूहिक चेतना की जड़ों में, उनके भीतर होता है, इसीलिए वे हमारी सोच और संस्कृति को लगातार प्रभावित करते रहकर भी बुद्धि और विवेक अदृश्य बने रहते हैं। मुंबई पर हुए हमले के बाद केंद्र सरकार के व्यवहार पर टिप्पणी करते हुए गुजरात के मुख्यमंत्री ने कहा कि सरकार पाकिस्तान के सामने मुजरा कर रही है। इस टिप्पणी में प्रयुक्त रूपक इतना परिचित है कि उसका इस्तेमाल, बग़ैर उसमें निहित बर्बरता और पीड़ा की ओर ध्यान खींचे, करना संभव है।

स्त्री का इतिहास मुजरे के रूपक में इस तरह जड़ा है जैसे कोई तस्वीर अपने फ्रेम में जड़ी होती है। जब महादेवी वर्मा ने स्त्री के रोम-रोम को घेरनेवाली श्रृंखला की कड़ियों का ज़िक्र किया था, वे स्त्री के इतिहास को मुजरे के संस्थायी फ्रेम से निकालकर दिखाने की कोशिश कर रही थीं। कई मशहूर फ़िल्मों ने भी ऐसा करने का प्रयास किया, मगर हर प्रयास अंततः एक भ्रम सिद्ध हुआ। कोई बात है जो सिनेमा और इतिहास के गठबंधन के हर घोषित प्रयत्न को प्रवंचना में बदल देती है। दर्शक को लगता है कि उसने इतिहास जाना, स्त्री का इतिहास जाना; जबकि होता यह है कि फ़िल्म देखकर दर्शक के मानस में रहनेवाली स्त्री और मज़बूती से अनैतिहासिक बन जाती है, इतिहास से बेदख़ल रहने के लिए अभिशप्त। ऐसा क्या है इस कला में जो दर्शक की चेतना को छूने और जगाने के बहाने बुद्धि को सुला देता है?

'अनारकली', 'मुगले-आज़म', 'पाकीज़ा' और 'उमराव जान' उन विख्यात फ़िल्मों में गिनी जाती हैं जिनमें कैमरे का फ़ोकस मुजरे पर था।

वैसे तो मुजरा लगभग हर हिंदी फ़िल्म में मौजूद रहता है, पर इन कृतियों में वह विषय-वस्तु का संपूर्णत्व था। अनारकली की प्रणय-कथा का इतिहास संदिग्ध माना जाता है, पर सिनेमा में वह न केवल साकार हुआ, बल्कि इस कदर सुनिश्चित रूप लेकर साकार हुआ कि उसकी आड़ में एक म्रियमाण संस्कृति को नया जीवन पाने का मौक़ा मिल गया। आज, यानी इक्कीसवीं सदी के पहले दशक में, जब मुजरा महानगरीय अभिजनों की वैवाहिक रस्मों में शामिल हो रहा है और उसकी वीभत्स सामाजिकता पर कोई उँगली नहीं उठा रहा, तो इस विस्मयकारी पुनरोदय में 'मुगले आज़म' और 'उमराव जान' जैसी फिल्मों की सफलता का योगदान देखना ज़रूरी है।

यह योगदान केवल मुजरे के संदर्भ में नहीं है, एक समग्र अर्थ में नए आर्थिक और राजनैतिक ढाँचे में स्त्री के सामंती संस्करण की आश्चर्यजनक पुनर्रचना के संदर्भ में है। दरअसल मामला और विस्तृत है। जब 'मुगले आज़म' के एक बहुचर्चित दृश्य में हज़ारों दर्पणों के बीच 'प्यार किया तो डरना क्या...' कहनेवाला गाना नाचा जाता है तो नाचनेवाली के रूप में स्त्री के अलावा प्यार और डर जैसी आधारभूत मानवीय भावनाओं की भी नई पैकेजिंग होती है, जिसके भीतर उनका सड़ा-गला पुराना अर्थ नए लोकतांत्रिक, संवैधानिक युग के लिए बिक्री योग्य बनाए रखने की महँगी तैयारी छिपी है। मार्क्स ने सोचा और कहा था कि जब आर्थिक संबंधों का ढाँचा बदलता है तो पिछले ढाँचे में निहित सामाजिक मूल्य सूखे पत्तों की तरह वृक्ष की टहनियों से गिर पड़ने के लिए विवश हो जाते हैं। अच्छा सार्वभौमिक सिद्धांत है। मगर कोशांबी ने याद दिलाया था कि भारत की समाज व्यवस्था में कोई उत्पादन या आचार-पद्धति पूर्णतः नष्ट या विलुप्त नहीं होती, उसके ऊपर एक नई पद्धति की परत चढ़ जाती है, यानी पुरानी पद्धति नए वातावरण में जीवित बनी रहती है। स्त्री को लेकर सिनेमा की आर्थिक और सांस्कृतिक ताक़त ने इसी सत्य का उदाहरण प्रस्तुत किया है।

'मुगले आज़म' के उस गाने ने जो पुनरुज्जीवन प्यार के अनर्थ-अर्थ को दिया था, वह कमाल अमरोही की कालजयी कृति 'पाकीज़ा' में अपनी पूर्णता को प्राप्त हुआ। 'पाकीज़ा' इतनी लुभावनी और सफल सिद्ध हुई कि उसे सिर्फ़ एक कृति कहना अधूरा लगता है। उसके एक

दृश्य में अपने दुपट्टे की ओर संकेत करके नर्तकी बनी मीना कुमारी जब लता की मधुर आवाज़ में दर्शकों की भूमिका में विराजमान 'इन्हीं लोगों' की तरफ़ अपनी दाहिनी बाँह का संचालन करती है, तो वह कलात्मक षड्यंत्र का शिकार बन जाती है। वह उन मुजराछाप पुरुषों की आँखों में समाई घृणा और कामुकता को उजागर करना चाहती है, पर स्वयं ऐसी ताक़त नहीं बन पाती जो इतिहास का संदर्भ देकर उससे मुक्ति की माँग कर सके। स्त्री के प्रति डर और घृणा के बीज तो मनु में भी मिलते हैं, पर इन बीजों को दो सहस्राब्दियों के विराट सत्ता-परिवर्तनों के बीच संरक्षित करना और उनके सक्षम जीनबदल संस्करण पेश करते रहना तो साहित्य और कला के ज़रिए ही संभव हुआ। इस क्रम में सिनेमा की उपलब्धि पहले के किसी भी अन्य माध्यम से ज़्यादा महान् और सनसनीख़ेज़ कही जाने योग्य है, मुख्यतः इस कारण कि सिनेमा का संदर्भ एक ऐसी संवैधानिक राजनैतिक व्यवस्था थी जिसमें गहरे-से-गहरे ढाँचों में गड़ी विषमता को छूने और बदलने का वायदा और माद्दा दिखलाई देता था।

भारत की स्त्री का संज्ञाहीन (यह विशेषण महादेवी का दिया हुआ है) जीवन इस वायदे की परिधि में आता था। वायदे की रोमांचक आभा में बाल-विवाह और सती या विधवा-पीड़न जैसी रीतियाँ ही नहीं, चूड़ी, सिंदूर, दुपट्टे और मेहँदी जैसी उन सूक्ष्मतर सांस्कृतिक औज़ारों का अहिंसक विनाश भी संभव लगता था जिनकी महीन मार से भारत की लड़कियों को खपत के लायक़ औरत में बदला जाता है। सिनेमा ने इन औजारों को ख़ारिज करनेवाली मुक्तिदायी स्त्री की जगह इन औज़ारों को रूमानियत और वैधता दी। चूड़ी हो सिंदूर या दुपट्टा, प्रगतिशील कहे जानेवाले निर्देशकों, पटकथा लेखकों और गीतकारों ने भी इनका इस्तेमाल परंपरा और स्त्री-विरोधी संस्कृति को अक्षुण्ण बनाए रखने के लिए किया। सिनेमा की व्यावसायिक ज़रूरतों से कोई न बच सका। स्त्री को नए आर्थिक युग में उत्पीड़ित रखने के लिए हर तरह की प्रतिभा काम आई।

'इन्हीं लोगों ने ले लीन्हा दुपट्टा मेरा...' के दृश्यांकन को ध्यान से याद करें। 'याद करने' की बात इसलिए महत्त्वपूर्ण है क्योंकि 'पाकीज़ा' पुरानी हो चुकी है, हमारी सामूहिक स्मृति का अंग बन चुकी है और यह

लेख उसकी समीक्षा नहीं है। इस गाने का दृश्य कई बिंब लेकर उभरता है, पर सबसे नाटकीय और लगभग दहला देनेवाला बिंब छत पर लगे फ़ानूस को एक झटके से गिराकर, फ़र्श पर बिखरे काँच के असंख्य टुकड़ों पर नाच ज़ारी रखकर तलवों को लहूलुहान करती हुई मीना कुमारी का है। आज की शब्दावली में कुछ-कुछ 'रिएलिटी टेलीविज़न' का मामला था, पर चूँकि दृश्य सिनेमा का था अतः उसमें नर्तकी की पीड़ा के अलावा उसे देख रही भूखी आँखें शामिल थीं। इन तमाम मर्दानी आँखों में वह सांस्कृतिक पिंजरा चमक रहा था जिसके भीतर स्त्री को क़ैद करके महादेवी के शब्दों में तिल-तिल गलाया जाता है। कहने को और प्रत्यक्ष रूप से 'इन्हीं लोगों ने' की कोरियोग्राफ़ी एक पेशेवर नाचनेवाली के जीवन का चित्रण करने का प्रयास है, पर नाखून के बराबर गहराई में जाएँ तो भी स्पष्ट हो जाएगा कि यह नाचनेवाली हर भारतीय स्त्री की प्रतिनिधि है— सिर्फ़ एक रूढ़ लोकतांत्रिक अर्थ में नहीं, जीवन के दार्शनिक धरातलवाले अर्थ में प्रतिनिधि है। लेकिन 'पाकीज़ा' इस छल को बनाए रखती है कि हम एक मुजरेवाली की जीवन-कथा देख रहे हैं, हर स्त्री की नहीं, भले अस्तित्व की सँकरी दैनंदिनी और निर्णयों की बेबसी के संदर्भ में दोनों में कोई फ़र्क़ न हो।

'पाकीज़ा' ऐसा कर भी नहीं सकती थी, क्योंकि फ़िल्म एक उद्योग है, सिर्फ़ कला नहीं जो सामाजिक क्रांति का जोखिम ले सके। मुज़रा एक सिनेमाई ज़रूरत और संसाधन है। उसे ज़िलाए रखने में ही फ़िल्म उद्योग का हित है। इधर के दशकों में स्त्री को यौनवस्तु बनाने में कई उद्योग सामने आए हैं मगर उनमें से किसी की दृष्टि और संस्कृति के रसातल में पहुँच इतनी गहरी नहीं है, जितनी सिनेमा उद्योग की शुरू से रही है। हाँ, इस बात की परीक्षा ज़रूर होनी चाहिए कि पचास के दशक के कुछ निर्देशक अपने सामाजिक सरोकारों के गिर्द पैसा जुटाने में कैसे सफल हुए और क्या कमाल अमरोही जैसे फिल्मकार भी संस्कृति के क़िलों को फ़तह करने में दिलचस्पी रखते थे। ऐसी परीक्षा से आज़ादी के बाद बने-बिगड़े भारत पर नई रोशनी पड़ेगी। मगर इस बीच अपनी दर्शकीय यादों के सहारे हम यह जाँच और जान सकते हैं कि सिनेमा ने स्त्री के दमन के सांस्कृतिक औज़ारों और प्रतीकों को चुनौती देने की जगह लगनपूर्वक इस्तेमाल में

बनाए रखना ज़्यादा उपयोगी पाया। 'पाकीज़ा' और 'उमराव जान' जैसी फ़िल्मों ने उभरते हुए शहरी मध्यमवर्ग और बड़े गाँवों व कस्बों के अपेक्षाकृत संपन्नतर तबक़ों में लड़कियों के समाजीकरण के नए मानकों को हतोत्साह करनेवाले अन्य कारकों को महत्त्वपूर्ण मदद दी। इन फ़िल्मों की उदासी स्कूली ज्ञान में शामिल 'अबला जीवन हाय तुम्हारी यही कहानी' जैसी उक्तियों के साथ मिलकर ऐसा सामाजिक माहौल रचने में समर्थ हुई जिसमें पुरानी मान्यताएँ जीवित बनी रह सकती थीं। 'मुगले आज़म' में तो बाक़ायदा इतिहास होने का दावा था, पर 'पाकीज़ा' और 'उमराव जान' भी इतिहास की परछाईं का भ्रम पैदा करती थीं। एक ऐसे समाज में जहाँ शिक्षा से अपेक्षित बौद्धिक औज़ार बहुसंख्य लोगों के लिए कुंद रहते हैं, इन फ़िल्मों ने स्त्री के गिर्द बनी पतनशील संस्थाओं और उन्हें संचालित रखनेवाली दृष्टि को आकर्षण और वैधता दी। 'पाकीज़ा' के आकर्षण में उसकी नायिका की व्यक्तिगत ज़िंदगी के कथानक में शामिल होने की चर्चा का भी योगदान रहा। प्रवंचना का हर संभव इंतज़ाम था—कैमरा, रंग, संगीत, बोल, अभिनय और इन सबकी क़रीने से की गई महँगी पैकेजिंग। 'पाकीज़ा' एक लंबा, रंगीन उच्छ्वास बनकर आई जिसे सिनेमा हॉल की वातानुकूलित हवा में छोड़कर मध्यमवर्गीय, आधुनिक होते शहरी नर-नारी इस अपराध-बोध से मुक्ति महसूस कर सकते थे कि उनके हृदय और मानस में लड़कियों और स्त्री के प्रति कोई नई दृष्टि नहीं है। नाच-गाना आज भी जारी है और ऐसी अनेक रस्में व सोचने और देखने के तरीक़े जो उन्नीसवीं सदी के उत्तरार्ध में कमज़ोर पड़ने लगे थे, दमखम के साथ लौट आए हैं।

# रीति के घेरे में लड़की

जब मैंने पाँच वर्ष की एक बच्ची से पूछा कि अच्छी औरत कौन होती है तो उसने जवाब दिया, ''जो रसोई में चुपचाप खाना बनाती रहे।'' आप सोचेंगे कि अवश्य यह बच्ची बहुत टी.वी. देखती होगी और टी.वी. के सीरियल देख-देखकर ही उसने यह धारणा बनाई होगी। सच्चाई यह नहीं है। टी.वी. का प्रभाव बच्चों की सोच पर ज़रूर काफ़ी गहराई से पड़ रहा है, लेकिन अगर किसी प्रकार लड़कियों का टी.वी. देखना पूरी तरह बंद करा दिया जाए, तो भी नारी की भूमिका और जीवन के उद्‌देश्य पर उनके विचार आमतौर पर संकीर्ण ही रहेंगे।

सौ में से पाँच-छह अपवादों को छोड़ दें तो शेष लड़कियों का मानस शैशवकाल से ही एक तंग दायरे में विकसित होने के लिए विवश कर दिया जाता है। समाज और परिवार मिलकर छोटी बच्ची के स्वभाव और सोच को रीति-रिवाज़ों की रस्सियों से बाँधना शुरू कर देते हैं। बच्ची की उम्र बढ़ने के साथ-साथ रस्सियों की जकड़ बढ़ती जाती है। बच्ची का प्राकृतिक व्यवहार और व्यक्तित्व समाज के मान्य साँचे में ढल जाता है।

ज़ाहिर है कि यह कोई घटना नहीं है, जिसे हम किसी एक दिन घटित होते देख सकें। न ही यह कोई षड्‌यंत्र है, जिसका विरोध करने के लिए हम किसी अधिकारी, नेता या संपादक का ध्यान खींच सकते हों। यह तो एक ऐसी सहज प्रक्रिया है, जिसमें हम सब स्वाभाविक उत्साह से शामिल रहते हैं। माँ-बाप बनकर हमारी चिंता और कोशिश समाज में पहले से स्थापित समझ की दिशा पकड़ लेती है। रीति-रिवाजों का पालन करते चलने की इच्छा रोज़मर्रा की ज़िंदगी की जंग बनकर अभिव्यक्त होती

चलती है। इस इच्छा के बल से हमारी बच्ची का व्यक्तित्व किस तरह प्रभावित हो रहा है, यह हम अलग से महसूस नहीं कर पाते। हर परिवर्तन स्वाभाविक ही लगता है।

रीति-रिवाजों की चर्चा करने के लिए हमें कुछ उदाहरण लेने होंगे। संभव है, इनमें प्रांतीय या आंचलिक भिन्नताएँ हों। सोमवार का व्रत अथवा बृहस्पतिवार को बाल धोने की मनाही बचपन से ही लड़कियों पर लागू कर दिए जानेवाले रिवाज़ हैं। इनके पीछे अलग-अलग तरह की मान्यताएँ प्रचलित हैं। सोमवार का व्रत अच्छे पति की कामना से किया जाता है और शिव को प्रसन्न रखता है, ऐसा बताया जाता है। बृहस्पतिवार को बाल धोना भाई पर भारी पड़ेगा, ख़ासकर अकेला भाई हो, ऐसा तर्क दिया जाता है।

ये अत्यंत साधारण उदाहरण देने का प्रयोजन यह स्पष्ट करना है कि छोटी बच्ची के मानस में सप्ताह के दिनों की सामान्यता या बालों को साफ़ रखने की बुनियादी ज़रूरत भी नारी-जीवन की रूढ़ छवि और प्रचलित मूल्यों से जुड़ जाती है। दिन और रात, भोजन और पानी, यहाँ तक कि नाक, कान और पैर भी अपनी सामान्यता खो देते हैं। चार-पाँच साल की बच्ची जान जाती है कि पैर की किस उँगली में पहनी जानेवाली बिछिया किस रिश्ते के लिए शुभ होती है।

छुटपन से मिलनेवाला यह ज्ञान मामूली दिखनेवाली रोज़मर्रा की बातों के अलावा बड़े त्योहारों को मनाने के तौर-तरीक़ों और उनसे जुड़ी हुई कहानियों के ज़रिए भी बच्ची को संप्रेषित किया जाता है। सावन के आरंभ से लेकर कार्तिक की समाप्ति तक का समय इस संप्रेषण की दृष्टि से बहुत सघन होता है। सामान्य स्कूलों में लड़कियों की उपस्थिति इस दौर में अनियमित हो जाती है। छोटी-बड़ी हर आयु की लड़की इन महीनों में आयोजित होनेवाले अनुष्ठानों में दर्शक या भागीदार के रूप में उपस्थित रहती है और कुछ एक गतिविधियों में तो वह केंद्रीय भूमिका निभाती है।

नवरात्र ऐसा ही समय है जब कुँआरी लड़कियों की पूछ पूरे पड़ोस में बनी रहती है। जो बच्ची किशोर वय में प्रवेश कर चुकी हो, उसे नवरात्र के भोजन से चुपचाप हट जाना होता है। उसके इस विस्थापन से छोटी लड़कियाँ यह सीख लेती हैं कि वे छोटी होने के कारण एक ऐसे अर्थ में 'पवित्र' हैं जो कालांतर में अपने आप बदल जाएगा और तब वे भी

‘अपवित्र’ हो जाएँगी। मासिक धर्म के प्राकृतिक क्रम को गंदगी अथवा एक बड़े अनुष्ठान के लिए अशुद्धता का लक्षण बना देनेवाली यह घटना बाल-मनोविज्ञान की दृष्टि से चौंकानेवाले निहितार्थ लिए हुए है, जिन्हें खोलकर देखना ज़रूरी है।

मनोविज्ञान की दृष्टि से बच्चों के विकास-क्रम में अस्मिता का उद्‌भव बड़ा महत्त्व रखता है। अस्मिता का आशय है—स्वयं की चेतना। इस बात का आभास कि ‘मैं कौन हूँ’, बच्चों के मन में विवेक की बुनियाद का काम करता है। निर्णय लेना और अपने निर्णय के नतीजों के लिए खुद को ज़िम्मेवार मानना बच्चों के बौद्धिक और भावनात्मक विकास की नींव है। यह नींव लड़कियों के मामले में कमज़ोर पड़ जाती है जब वे अपनी अस्मिता को अशुद्धता और प्राकृतिक दुर्बलता से जोड़ना सीख लेती हैं। वैसे भी वे बात-बात पर टोकी और हराई जाती रहती हैं। ऊपर से उन्हें ऐसे तमाम रीति-रिवाज़ों में सक्रिय भागीदारी निभानी होती है, जो उन्हें नारी की परनिर्भरता और किसी स्थायी न्यूनता का संदेश देते रहते हैं।

इस तरह के घातक संदेश का संप्रेषण भाषा का मोहताज नहीं होता। लड़की अपने जन्म से पैदा हुए असंतोष और क्षोभ को माँ की गोद में ही भाँप लेती है। वाणी का विकास होने से बहुत पहले वह अपने प्रति माता-पिता और रिश्तेदारों की दृष्टि का आकलन कर लेती है। शैशव की समाप्ति तक उसकी अस्मिता उस साँचे में ढलने के लिए तैयार हो चुकी होती है और जिसे अगले दस-बारह वर्ष में रीति-रिवाज़ों और कर्मकांडों के जंजाल से ताक़त दी जानेवाली है। इस साँचे में अपने व्यक्तित्व का विलय ही उसका प्रारब्ध है।

बचपन में ही लड़कियाँ इस जीवन-दर्शन को आत्मसात् कर चुकी होती हैं कि उनका शरीर और जीवन दूसरों को प्रसन्न करने के लिए है। इस परपोषी आत्मबोध को पनपाने में चेहरे की सुंदरता से जुड़े हुए रिवाज़, मुहावरे और व्यवहार दैनंदिन मदद पहुँचाते हैं।

स्वस्थ और सुंदर महसूस करना एक सहज मानवीय भाव या चाह है, पर लड़कियों के लालन-पालन की रीति इस भाव को कुंठा में बदल देती है, जो छुटपन से उन्हें शृंगार के सामान और गहनों के घेरे में बने रहने का संस्कार देती है। चार-पाँच वर्ष की बच्ची काजल, लिपस्टिक

और नाखूनों की पॉलिश को सजने के ज़रूरी साधन मान लेती है। अपनी त्वचा के रंग को लेकर चिंतित रहना किसी भी दृष्टि से बाल-सुलभ व्यवहार नहीं है। मगर इसे हम आज बड़े पैमाने पर छोटी-बड़ी हर आयु की लड़कियों में देख सकते हैं। कान और नाक छिदवाने, बिंदी लगाने व चूड़ी पहनने की ललक उस समग्र तैयारी के हिस्से हैं जो बच्चियों को शादी की साधना में रम जाने की तरफ़ ठेलते हैं।

जाहिर है, यह लक्ष्य कई तरह के विधानों और उपायों से हासिल होता है, जिनमें परंपरागत रीति-रिवाज़ और आधुनिक सौंदर्य-उद्योग व प्रसार-माध्यम मिल-जुलकर हाथ बँटाते हैं।

विवाह मनुष्य के सामाजिक जीवन की एक सहज घटना है और माँ या पिता बनना इस क्रम में प्रकट होनेवाली सामान्य भूमिकाएँ हैं। इन्हें जीवन का लक्ष्य मान लिया जाए तो शिक्षा और संस्कृति की जरूरत और जिम्मेवारी बहुत घट जाएगी। लड़कियों के बाल्यकाल और उनकी किशोरावस्था की प्रचलित रीति-नीतियाँ शादी और मातृत्व सरीखी आम घटनाओं को रात-दिन चलनेवाली उधेड़बुन का विषय बना देती है।

इसमें शक नहीं कि लड़कियों के पारिवारिक जीवन और शिक्षा के उद्देश्यों के बीच लगातार तनाव-टकराव बना रहता है। शिक्षा का काम है बच्चे को उसकी क्षमताओं और संभावनाओं का परिचय करवाना। अपनी क्षमताओं से परिचित हो जाने के बाद बच्चे इन क्षमताओं को क्रमशः बढ़ाते जाने और इनकी अभिव्यक्ति से मिलनेवाले संतोष व सुख को बढ़ाने के अवसर भी शिक्षा के रास्ते ही प्राप्त करते हैं।

मानव-जीवन में शिक्षा का यह सर्वोपरि महत्वपूर्ण योगदान लड़कियों के जीवन में शुरू से अवरुद्ध हो जाता है। रीति-रिवाजों के दकियानूसी अनुष्ठानों और श्रृंगार-सामग्री की रासायनिक चमक-दमक में जकड़ा हुआ लड़कियों का बचपन अपनी प्राकृतिक स्फूर्ति और सुषमा खो बैठता है। उनका जीवन पूर्व-निश्चित लक्ष्यों की तरफ चुपचाप खिसकता जाता है और शिक्षा के प्राणदायी स्पर्श में उपजे अरमान पीछे छूटते जाते हैं।

# गाँव

# खुद-सा होने का साहस

कुछ लोगों के लिए भारतीय बनने का अर्थ एक स्मृति के पीछे पड़ जाना है, कुछ के लिए एक कल्पना में जीना है। ये दोनों रास्ते आज़ादी के आंदोलन के दौरान प्रतिस्पर्धी विचारधाराओं का रूप ले चुके थे। इन दो तटों के बीच भारतीय होने की चाह स्वाधीन होते चले जाने की शैली के रूप में आगे बढ़ती रही। आत्म-भाव या पहचान कोई भी हो, अंततः हर पहचान स्वतंत्र होने की इच्छा का विस्तार होती है। पराधीन बनानेवाले माहौल में पहचानों के संघर्ष फूटते रहते हैं। स्वाधीनता चीज़ ही ऐसी है कि वह या तो लगातार बढ़ती महसूस होती है, या फिर घटते-घटते पराधीनता में विसर्जित हो जाती है।

जिस तरह स्वतंत्र 'बनने' का कोई अर्थ नहीं है, इसी तरह भारतीय 'बनने' की बात भी मात्र एक शाब्दिक रचना या भ्रम है। जिस अर्थ में भारत 1947 में आज़ाद हुआ, वह अर्थ मेरे लिए हर उस क्षण में साफ़ या ताज़ा हो जाता है जब मैं किसी को स्वतंत्रतापूर्वक जीते, बोलते या लिखते पाता हूँ और उससे प्रेरित होता हूँ। ऐसे क्षणों में वह व्यक्ति किसी और सरीखा बर्ताव करने की कोशिश और चिंता छोड़कर खुद जैसा नज़र आता है—कुछ अलग, कुछ अनोखा और अपने अनोखेपन के संकोच और डर से मुक्त। ऐसा एक संवाद मैंने सपने में सुना। सड़क के बीचो-बीच मैंने अपने दिवंगत दोस्त का मकान देखा। उसमें घुसा तो देखा, वह खाने की मेज़ पर बैठा है और मेरे लिए भी एक थाली सजी हुई है। बैठकर मैंने जैसे ही रोटी का एक टुकड़ा तोड़ा कि मेरे दोस्त की पत्नी एक ताज़ी रोटी हाथ में लिए हुए दरवाज़े पर खड़ी दिखी और बोली—'वह रोटी छोड़ दीजिए,

मैंने आपके लिए यह रोटी बनाई है।' रोटी का टुकड़ा हाथ में लिए हुए मैंने कहा—'अब शुरू कर दी है, खा लेने दीजिए।' वह बोली—'मैं कह रही हूँ ना? उसे छोड़ दीजिए।' उसके आग्रह में इतना आत्म-विश्वास था कि सपना वहीं टूट गया और मुझे याद आया कि मैं विदेश में हूँ, वह भी एक ऐसे देश में जिसकी भाषा मुझे नहीं आती। संक्षिप्त मगर लंबी यात्रा से होनेवाली थकान में लगातार अनुवाद पर निर्भरता की थकावट जुड़ गई थी। एक स्पष्ट लेकिन आत्मीय आदेश के स्वर में अपनी भाषा सुनाकर सपने ने मेरी थकान कुछ घटा दी थी।

पिछले बीस वर्षों में जिस डर का विस्तार होते हुए मैंने देखा है, उसे 'पीछे छूट जाने का डर' कहा जाए तो वैश्वीकरण की एक सहज परिभाषा हाथ आ जाएगी। प्रधानमंत्री बनते ही नरसिंह राव ने अपने पहले प्रसारण में कहा था कि देश यदि नई आर्थिक नीति (जिसे ग़लती से हिंदी में 'उदारपंथ' कहा जाता है) नहीं अपनाता तो दूसरों से पीछे छूट जाएगा। नई आर्थिकी क्या है, कितनी नई है, वह कैसे आई या लाई गई, ये प्रश्न दीगर हैं, इन पर चर्चा जारी रहनी चाहिए। मुख्य बात है कि राज्य की अर्थनीति और उसमें निहित समाजनीति में बदलाव को सही ठहराने व स्वीकृति दिलाने के लिए डर का इस्तेमाल किया गया। पीछे छूट जाने का डर औपनिवेशिक काल से प्रचलन में था, उसे दोबारा बड़े पैमाने पर पैदा किया गया। राज्य और समाज के बीच यह रिश्ता, कि राज्य नेतृत्व देता है और समाज पीछे चलता है, उपनिवेश बनने की अनुभव की देन है। यह विरासत क्षीण होना शुरू हुई थी, पर वैश्वीकरण के विमर्श के प्रचलन के साथ मजबूत हुई है। बात इंटरनेट की हो या अंग्रेज़ी की, यहाँ तक कि बच्चों को बड़ा 'करने' और पढ़ा देने की रफ़्तार के संदर्भ में भी, पीछे छूट जाने का डर स्थापित कर दिया गया है।

आगे कौन चल रहा है, पीछे रह जाने के क्या मायने हैं, ऐसे प्रश्न पूछना वैश्वीकरण के दौर में भारतीय रहकर जीने के लिए ज़रूरी है। वे देश जो आगे बताए जाते हैं, दूसरों पर बम बरसाकर उन्हें क़ाबू में रखना उचित समझते हैं। ऐसे अगड़ों में अमेरिका अग्रतम है और उस जैसा बनना इस समय भारत में फैला हुआ एक मज़बूत शहरी मध्यवर्गीय विचार है। अमेरिका और यूरोप जैसी हिंसक शक्ति हमारे पास हो, यह कामना प्रभुवर्ग

की एकता का आधार बन गई है। इसे कामना की दृष्टि से देखें तो भारतीयता को एक स्मृति माननेवालों और उसे एक कल्पना की तरह देखनेवालों के बीच कोई बड़ा फ़र्क़ नहीं नज़र आता। आगे बढ़ने की भाँति पीछे रह जाने के मायने भी युद्ध में हार या जीत जाने से जुड़ गए हैं। मान लिया गया है कि हम यदि ठीक उन्हीं लक्षणों से लैस नहीं दिखते जो अमेरिका, चीन और यूरोपीय देशों के तौर-तरीक़ों और सोच में नज़र आते हैं तो हम पीछे छूट जाने का जोखिम मोल लेंगे। चतुर सुजान लोग बता रहे हैं कि मौलिकता का चक्कर हमें महँगा पड़ेगा; अतः जिस तरह चीन ने मौलिकता का मार्ग छोड़ा, हमें भी छोड़ देना चाहिए।

इस क़िस्म की सोच के दायरे में अन्य देशों के प्रति हमारी दृष्टि की तरह अपने समाज के दमित या कमज़ोर घटकों के प्रति हमारी दृष्टि भी आ गई है। मान लिया गया है कि आदिवासी लोग इतना पिछड़ गए हैं कि उनकी लड़कियों को कैंसर के टीके की आज़माइश की ख़ातिर एक बहुराष्ट्रीय कंपनी के लिए उपलब्ध कराने में कोई हर्ज़ नहीं है। ऐसा एक बड़ा प्रयोग आंध्र की सरकार और भारतीय चिकित्सा परिषद् की सहमति से शुरू हुआ और कुछ हज़ार लड़कियों के टीकाकरण के बाद रुका केवल इसलिए क्योंकि छह-सात लड़कियों की मृत्यु ने प्रयोग को कुछ विवादास्पद बना दिया था। ज़ाहिर है, ताक़त और ज्ञान के साधनों का स्वामी प्रभुवर्ग आदिवासी समाज और उसकी लड़कियों को स्वाधीन नहीं मानता। बहुराष्ट्रीय कंपनियों की छत्रछाया में राष्ट्रीय विकास का स्वप्न देख रहा प्रभुवर्ग ग्रामवासी भारतीयों को अपने अधीन मानता है। देश के कई हिस्सों की परिस्थिति को देखकर कहा जा सकता है कि मानसिक रूप से पराधीन अभिजन निर्धनों की स्वाधीनता बेचने में लगे हैं। ऐसा संभव ही इस कारण हुआ है कि देश का दूसरा विभाजन हो चुका है। यह विभाजन मूलतः
… है और इसमें एक तरफ़ पूँजीपति, शहरी मध्यवर्ग और राजनीति
… या व्यापारिक किसान हैं, तो दूसरी तरफ़ ग्रामीण
… किसान और आदिवासी हैं। भारतीय
…की एकता से निकला करता था।
… ख़ास तरह की एकता देती है, यह
…ती है, समझ भले कुछ ही को आती

है। मगर विषमता की धुरी पर सामाजिक दूरियाँ मापने की आदत कम ही लोगों को है, इसलिए वैश्वीकरण के तहत चली नीतियों से फला-फूला सामाजिक और आर्थिक विभाजन 'मेरा भारत महान' की नारेबाज़ी के बीच ओझल रहा है।

आज़ाद होते चले जाने के संदर्भ में भारतीयता का एक और अर्थ परिवर्तन की स्वीकृति, आशा और उसमें हिस्सेदारी है। संविधान केवल रूपांतरण का नक़्शा नहीं है, परिवर्तन का निर्णय भी है। परिवर्तन का सबसे महत्त्वाकांक्षी पक्ष सांस्कृतिक है और इस पक्ष के केंद्र में है स्त्री। औपनिवेशिक शासन से मुक्ति के लिए विविध धर्मों, भाषाओं और जातियों के लोग एकजुट होकर लड़े और इस तरह भारतीयता की पहचान उभरी, मगर स्त्री की कहानी इतनी सरल नहीं है। इतिहासकार सही कहते हैं कि स्त्री की दासता और निरुपायता का संज्ञान भारतीय समाज को उपनिवेश बनकर हुआ। शिक्षा और सार्वजनिक जीवन में स्त्री की भागीदारी का इतिहास बहुत छोटा है और आज अपने जटिलतम दौर से गुज़र रहा है। पहले लड़कियाँ शैशव में मार डाली जाती थीं; आज उन्हें कोख में ढूँढ़कर साफ़ किया जाता है। पहले बाल विवाह का प्रचलन था और वह अभी तक रुका नहीं है, पर अब वयस्क वधू से भी यह अपेक्षा की जाने लगी है कि वह बच्ची की तरह जिए—जेवर और रेशम से सजे, ससुराल में खप जाए, सेक्स, सौंदर्य और प्रजनन में अपनी प्राचीन भूमिका को नए सिरे से पहचानकर स्वीकारे। अवश्य इस हश्र का एक दूसरा पक्ष भी है, पर देखते-ही-देखते वैश्वीकृत हो रहे धनी भारत ने स्त्री के लिए एक नया संविधान रचकर लागू भी कर दिया है।

स्वतंत्रता के लिए भारतीय लड़की और स्त्री का संघर्ष अभी वैध बना ही था कि उसे विकृति की दिशा में मोड़ने की तैयारी ज़ोर पकड़ने लगी है। अंकुर को कुचलने अथवा आत्म-विकृति में ढालने के लिए वीरता की ज़रूरत नहीं होती; थोड़ी-सी क्रूरता, मद और मस्ती पर्याप्त है। दासी रूप में शिक्षित स्त्री कैसी दिखेगी, कैसा व्यवहार करेगी, किस तरह नि में लाई जाएगी, ये रणनीतियाँ आज पितृसत्ता के प्रबंधन का हिस्स इस उपक्रम में परिवार, बिरादरी व जाति से लेकर आधुनिक शक्तिशाली संस्थाएँ शामिल हैं। कोहनी तक चूड़ियाँ पहने,

सिंदूर और नाक में नकेल सरीखी नथ से अपने निर्विकार चेहरे को अबोधता के विज्ञापन की तरह पेश करती शिक्षित युवती एक नई तरह की गुलामी को चिह्नित कर रही है। वह अपने अपमान के जश्न में खुद नाचने को तैयार है। स्त्री-विमर्श की सीमाएँ फैलते-फैलते अचानक इतना सिकुड़ गई हैं कि नए परिदृश्य पर आपत्ति दर्ज करने को सिर्फ़ वे लोग आगे आते हैं जो युवा स्त्रियों को सार्वजनिक स्थानों पर पीटकर वापस घर में बंद कर देने को भारतीयता की रक्षा करना मानते हैं।

स्त्री को नए व्यापार तंत्र में एक चौंधाया हुआ गुलाम बनाने का प्रयास जितना स्पष्ट है, उतना ही स्पष्ट समाज के निचले वर्गों में अभिव्यक्त हो रहा वह इरादा है जो मैंने कस्तूरबा गांधी बालिका विद्यालयों की लड़कियों की आँखों में देश के कई हिस्सों में देखा है। सर्व शिक्षा अभियान के तहत खोले गए इन रिहायशी स्कूलों में ग्रामीण समाज के उपेक्षित वर्गों की लड़कियाँ पढ़ती हैं। देश में अब तीन हज़ार से अधिक कस्तूरबा विद्यालय चल रहे हैं और ऐसा कहना सही नहीं होगा कि इनमें से हर विद्यालय बढ़िया चल रहा है। फिर भी यह सच है कि इन स्कूलों में रहनेवाली लड़कियों से मिलकर समझ में आ जाता है कि स्वाधीनता की चाह भारतीय होने का पर्याय क्यों बनी हुई है और उस सुदूर भविष्य में भी रहेगी जब वैश्वीकरण का मुहावरा और 'मुन्नी बदनाम हुई...' जैसे गाने आधुनिकता के मध्य युग की क्षीण स्मृति बन जाएँगे।

स्वतंत्रता और भारतीयता के संघर्ष क्यों एक दूसरे के पर्यायवाची हैं और रहेंगे, इस प्रश्न का उत्तर उस वैचारिक विरासत में तलाशा जा सकता है जो आज़ादी के लंबे आंदोलन ने गढ़ी। यह विरासत बहुमुखी, जटिल और कई बातों में अंतर्विरोधी है, इसलिए उसकी विवेचना स्वयं यह माँग करती है कि वैचारिक पहरेदारी की नई टेक्नोलॉज़ी से सावधान रहकर विचार और वाणी की स्वतंत्रता के लिए ज़रूरी जगहों की रक्षा की जाए। इस विरासत के दो यक्ष प्रश्न हैं: "भारत क्या है? और "मनुष्य की स्वतंत्रता का क्या अर्थ है?" पहले प्रश्न का मर्म है कि भारत को एक नया देश माना जाए या पुराना। इन दो विकल्पों के बीच पुल बनानेवाले कई विचार आज़ादी के आंदोलन में जन्मे, पर विवाद थमने की जगह उग्रतर होता गया है। जो लोग भारत को नया देश मानते हैं, परिवर्तन पर ज़ोर देते हैं। उधर

वे लोग जो भारत को एक पुराना देश मानते हैं, संरक्षण को ज़्यादा महत्त्व देते हैं। ज़ाहिर है, विषय न इतना साफ़ है, न इतना अमूर्त कि उस पर भावनाएँ न भड़कें। लोकतंत्र इन भावनाओं को मतपेटी में बंद रखने की कोशिश करता रहा है, पर दंगे भी जारी रहे हैं।

दूसरे प्रश्न का मर्म है कि मनुष्य की स्वतंत्रता सिर्फ़ एक जीवन-शैली है या एक बौद्धिक तलाश भी है जिसकी ज़िम्मेदारियों का भार स्वतंत्र मनुष्य को उठाना होगा। ज़ाहिर है, स्वतंत्रता को जीवन-शैली मानने का रास्ता ज़्यादा आकर्षक है, आसान भी है। इस रास्ते पर चलने का व्यावहारिक अर्थ उन देशों की नक़ल करते जाना है जो हमें अपनी गुलामी के दिनों में आज़ाद नज़र आते थे। महादेवी वर्मा ने 'शृंखला की कड़ियाँ' शीर्षक पुस्तक में (जिसे प्रकाशित हुए 75 वर्ष होने को आए) स्त्री की दासता के दो रूप बताए हैं—एक अनुकरण का और दूसरा अनुसरण का। ये दो रूप, स्त्री ही नहीं, देश पर भी लागू होते हैं। हम उन जैसे दिखें जो हमसे ज़्यादा बली और अमीर हैं, इसलिए विकसित कहलाते हैं: अनुकरण की सोच का यह मार्ग उन्नीसवीं सदी के शुरू में खुल गया था और आज तक इस मार्ग पर रौनक बनी हुई है। उन्होंने पहले बम बनाया, प्रकृति को तबाह किया, बाल मज़दूरी के बल पर प्रगति की, इसलिए हम भी करेंगे : यह अनुसरण का मार्ग है। वैश्वीकरण के नाम से प्रचलित प्रक्रियाएँ अनुकरण और अनुसरण दोनों की गति को बढ़ाने में मददगार सिद्ध हुई हैं। कोई आश्चर्य नहीं कि इस दौर में स्वतंत्रता को एक बौद्धिक तलाश की तरह समझानेवाली विरासत सार्वजनिक जीवन और चर्चा के कोनों की तरफ़ धकेल दी गई है। मगर इससे कोई फ़र्क़ नहीं पड़ता। आज़ादी की तलाश तो कोनों से ही उठती आई है।

# बेनेगल का गाँव

लंदन फिल्म महोत्सव में भारत की ओर से श्याम बेनेगल की नई कृति 'वैलकम टू सज्जनपुर' भेजा जाना इस दृष्टिकोण से एक सामान्य बात लगती है कि वे एक प्रख्यात निर्देशक हैं। उनकी 'अंकुर', 'निशांत' और 'जुनून' जैसी फ़िल्में भारतीय सिनेमा के इतिहास में अपनी जगह बना चुकी हैं। यही सोचकर अख़बारों में मिली-जुली राय को नज़रअंदाज़ करके मैंने इस फ़िल्म का देखने का निश्चय किया। मध्यांतर से पहले सिनेमा हॉल छोड़ते समय मुझे स्वर्गीय नेमिचंद्र जैन का स्मरण हो आया, जिन्होंने कुछ वर्ष पूर्व नेशनल स्कूल ऑफ़ ड्रामा द्वारा प्रस्तुत और रंजीत कपूर द्वारा निर्देशित 'खूबसूरत बहू' को असहनीय पाया था। उस समय उनकी प्रतिक्रिया पढ़कर मैं थोड़ा चकित हुआ था किंतु आज इतने वर्ष बाद मुझे लगता है कि 'खूबसूरत बहू' में ग्रामीण जीवन के चित्रण पर उनकी आपत्ति वाज़िब थी। श्याम बेनेगल की कृति देखना मुझे बर्दाश्त से बाहर क्यों लगा, इस बात को समझने के प्रयास में मुझे नेमिचंद्र जी की कलात्मक आस्थाओं और समाज से कला के संबंध पर उनके विचारों की याद आई।

हिंदी में शब्दों के विलोम ढूँढ़ने और बनाने का अभ्यास ज़्यादातर स्कूलों में प्राइमरी कक्षाओं में ही शुरू कर दिया जाता है। दिन का विलोम रात, पुरुष का विलोम स्त्री, बड़े का विलोम बच्चा रटने के क्रम में बच्चे ऐसे कई मूल्यों में अनायास दीक्षित कर दिए जाते हैं जो सांस्कृतिक दृष्टि से गहरी चिंता का कारण होने चाहिए। इसी क्रम में वे गाँव को शहर का विलोम मानने लगते हैं। श्याम बेनेगल की फ़िल्म कुछ ऐसी ही पूर्व-मान्यता पर आधारित है और विलोमियत के मिथक का लाभ उठाकर गाँव के

सामाजिक संबंधों पर फूहड़ क़िस्म का व्यंग्य करती है। इसे लंदन फ़िल्म महोत्सव में भेजनेवालों के मानस में भी यही विचार रहा होगा कि आज बनता हुआ भारत गाँव को एक घटिया और मरणोन्मुख हाशिये से ज़्यादा कुछ नहीं मानता। इस मान्यता को प्रचारित करने के पीछे महानगरीय भारत का अहंकार है जिसका इतिहास काफ़ी लंबा है किंतु इधर के दो-तीन दशकों में एक नई तरह की नृशंसता लेकर सामने आया है।

'वैलकम टू सज्जनपुर' शीर्षक में जो थोड़ा-बहुत व्यंग-विनोद निहित है, फ़िल्म के स्त्री पात्रों के चित्रण में वह सीधे-सीधे एक घटिया और बर्बर आक्रमण का रूप ले लेता है। एक के बाद एक स्त्री का मज़ाक इस तरह उड़ाया जाता है कि बॉलीवुड में बहुत नीचे की हैसियत रखनेवाले निर्देशक और निर्माता भी हतप्रभ रह जाएँ। यहाँ तक कि प्राइमरी स्कूल में पढ़नेवाली एक छोटी बच्ची को भी नहीं बख़्शा जाता। ऐसा लगता है जैसे श्याम बेनेगल अपने पुराने कृतित्व को पूरी तरह भूलकर, अपनी सर्जना को व्यावसायिकता की नई आग में पकाने चले हैं। एक दर्शक के नाते यदि मैं उनके पिछले काम से परिचित न होता और सिनेमा से मेरा वास्ता 10-12 साल पुराना ही होता तो शायद मुझे भी लगता कि उन्होंने गाँव को, और विशेषकर गाँव की स्त्रियों को चोट पहुँचाकर कमाल का पौरुष दिखाया है। शायद कुछ ऐसा ही स्वर्गीय नेमिचंद्र जैन को 'खूबसूरत बहू' देखकर लगा होगा। रंगकर्म से उनके लंबे परिचय और ग्रामीण समाज के नाना सघर्षों की व्यक्तिगत जानकारी ने उन्हें रंजीत कपूर की कला के उन आयामों से चमत्कृत होने से बचाया होगा जिनसे मेरे जैसे कई दर्शक अभिभूत हो गए थे और यह भूल गए थे कि कला में सिर्फ़ चमत्कार नहीं होता, एक नैतिक स्वप्न भी होता है।

आज के गाँव को देखकर ऐसा नैतिक स्वप्न देखना निश्चय ही थोड़ा कठिन है। आर्थिक मोर्चे पर फूली हुई साँस के साथ किसी प्रकार लड़ता गाँव सांस्कृतिक परिवर्तन की राष्ट्रीय दिशा में आगे है या पीछे, यह कहना थोड़ा कठिन आज इसलिए है क्योंकि महानगर स्वयं उस संकीर्ण अस्मितावाद के केंद्र बन गए हैं जिन्हें कभी शहरी बौद्धिक लोग गाँव पर प्रक्षेपित करते थे। स्त्री को लेकर कुंठित और बर्बर पुरुषार्थ के जीवंत और दैनिक उदाहरण आज प्रचुर मात्रा में शहर में उपलब्ध हैं। यह कहना कठिन है कि गाँव

में स्त्री का दमन शहर की तुलना में क्रूरतर और अधिक है।

तुलना करना शायद बेमानी है और अंततः उसी विलोम मानस को पुष्ट करेगा जिसके चलते समाजशास्त्री दीपांकर गुप्ता ने इधर के कुछ लेखों में गाँव की आसन्न मृत्यु का संकेत दिया है। यदि गाँव मरता है तो मरकर शहर ही बनेगा। पर दो-तिहाई भारत की चर्चा इस ढाँचे में करना बहुत उपयोगी नहीं है। आख़िर कितने शहर अभी तक शहरी बन सके हैं। शहर और गाँव दोनों, शायद हमारी कल्पना के ऐसे सीमांत हैं जहाँ औपनिवेशिक युग की परछाइयाँ अभी तक हमारे मन की रोशनी पर हावी हैं।

# खबरों में लिपटा गाँव

हिंदी के पारंपरिक शिक्षण में विलोम शब्द रटाए जाते हैं। बच्चे रट लेते हैं कि 'दिन' का विलोम 'रात' है। 'स्वर्ग' का विलोम 'नरक' है और 'शहर' का विलोम है 'गाँव'। शहर और गाँव का यह रिश्ता अवश्य बीसवीं सदी के शुरुआती वर्षों में तय हुआ होगा जब हिंदी इंटरमीडियट की परीक्षा में एक विषय बनने की तैयारी कर रही थी। व्याकरण की पुस्तक और परीक्षा के प्रश्न बनानेवालों में कई ऐसे होंगे जो गाँव से शहर आकर सुविधाओं और संबंधों के फ़र्क़ को व्यक्तिगत स्तर पर महसूस कर रहे थे। उन्हें लगता होगा कि शहर में वह सब है जो गाँव में नहीं है। फिर जब छुट्टी या त्योहार पर गाँव जाते होंगे तो मन में ख़याल आता होगा कि गाँव में वह सब है जो शहर में नहीं है। इस तरह दोनों के बीच विलोम संबंध का विचार पुख्ता हुआ होगा। मगर यह भी संभव है कि कहानी महज नक़ल की हो। अंग्रेज़ी की पाठ्य-पुस्तकें उन्नीसवीं सदी में ही 'सिटी' का विलोम 'विलेज' बताने लगी थीं। अंग्रेज़ी के उपन्यासों और बाल साहित्य में भी ऐसा ही संबंध चित्रित किया जाता था। संभव है, उसी की देखा-देखी हिंदी में यह चलन आया हो।

इतिहास जो भी हो, अब उस पर पुनर्विचार का समय आ गया है। गाँव के पास विकास का एकमात्र स्वीकृत सपना शहर जैसा दिखने का है। जो लोग शहर आकर रहने लगे हैं, मगर गाँव से पूरी तरह कटे नहीं हैं, अपने गाँव, ख़ासकर अपने घर, में वह सब देखना चाहते हैं जो वे शहर में देखते हैं। सरकार भी गाँव और शहर की विषमता दूर करना चाहती है और इसके लिए गाँव को शहर जैसा बनाना चाहती है। चंद पक्के मकानों

और कुछ घंटे रहनेवाली बिजली की मदद से शहर बनने का सपना गाँव में जीवित रहता है। टी.वी. का एंटीना, इधर-उधर खड़ी चार-छह कारें और मोटरसाइकिलें, लाल टाई पहने प्राइवेट स्कूल जाते बच्चे महसूस कराते हैं कि गाँव अब शहर बनने लगा है अर्थात् विकास कर रहा है। इस तरह इक्कीसवीं सदी की शुरुआत में गाँव और शहर एक-दूसरे के विलोम रहने की जगह समानार्थी बनते नज़र आते हैं।

क्या इस परिवर्तन का एक अर्थ यह भी है कि गाँव जा रहा है? एक-दो बड़े समाजशास्त्रियों ने गाँव की मृत्यु पर निधन लेख भी लिख डाला है और शोकाकुल होकर नहीं लिखा है। उन्हें लगता है कि आजीविका के साधन और जाति पर आधारित श्रम संबंध इतनी तेज़ी से बदल रहे हैं कि गाँव की अलग सामाजिक पहचान अब ज़्यादा दिन नहीं चलेगी। शहर पर गाँव की निर्भरता का पैमाना भी इस दिशा में संकेत कर रहा है। इस लाक्षणिक विवेचना से अलग यदि सिर्फ़ जनसंख्या पर गौर करें तो भी यह दावा सही प्रतीत होता है कि गाँव का दायरा सिकुड़ रहा है और शहर की परिधि फैल रही है। शहरों में झोपड़पट्टी का विस्तार भी यही दर्शाता है कि रोज़गार की तलाश में लोग बड़ी संख्या में गाँव छोड़कर शहर जा रहे हैं। परिदृश्य ऐसा अवश्य है पर विवरणों में जाने पर स्पष्ट हो जाता है कि यह तस्वीर एक राष्ट्रीय औसत जैसी है जो हर जगह लागू नहीं होता। केरल और तमिलनाडु जैसे राज्यों में जहाँ गाँव और शहर की विषमता कम है, वहाँ गाँव छोड़कर शहर जाने की प्रवृत्ति भी कम है। इसके उलट उत्तर प्रदेश और बिहार का उदाहरण लिया जा सकता है जहाँ के कई अंचलों में गाँव की आर्थिक बदहाली उन्हें ख़ाली करा रही है।

गाँव को लेकर पत्रकारिता में फैले कल्पना और अनुभव के अकाल में अव्वल स्थान पर आकाशवाणी आती है। उसके समाचार बुलेटिनों में भारत-निर्माण की परियोजना के तहत कुछ मंत्रालय नियमित रूप से अपनी गतिविधियों का विज्ञापन देते हैं। ये विज्ञापन आकाशवाणी भले स्वयं न बनाती हो, पर इनकी विषयवस्तु को मंजूरी अवश्य देती होगी। तभी ये विज्ञापन गाँव की जनता के लिए संदेश बनकर ख़बरों के बीच जगह पाते हैं। इन संदेशों का चिह्नशास्त्र एकदम औपनिवेशिक दृष्टि के चौखटे की माप के मुताबिक़ है। उन्नीसवीं सदी के मध्य तक यह औपनिवेशिक नजरिया

उभरते हुए भारतीय अभिजनों के दिमाग़ में उतरने लगा था कि गाँव गंदगी और कूड़े के ढेर हैं जहाँ अंधविश्वास और कुरीतियों का बोलबाला है। इन्हें दूर करने के लिए संदेश और उपदेश देना शिक्षित शहरी जनों का धर्म बन गया। संदेश देने के क्रम में उस मानसिक अलगाव का विस्तार हुआ जो गाँव को शहर का विलोम ठहराता था। उसी दृष्टि से आज जब स्वच्छता और पेयजल मंत्रालय का जनहित में जारी विज्ञापन ढोलक की थाप पर गाँव की बच्ची की आवाज़ में कहता है कि घर के पीछे गड्ढ़ा बनाकर उसमें कूड़ा डालने से मेरा गाँव साफ़-सुथरा और 'चित्रों जैसा प्यारा' दिखने लगा है तो समझ में आता है कि उपनिवेशवादी सोच से भारतीय मानस की मुक्ति की राह अभी कितनी लंबी सिद्ध होने जा रही है।

ऐसे संदेश सुन-सुनकर हम यह भूल जाते हैं कि सफ़ाई सिर्फ़ गाँव की समस्या नहीं है, शहर की भी है। पर इससे ज़्यादा बड़ी बात जो आकाशवाणी के सरल संदेशों के ज़रिए भुलवाई जा रही है गंदगी की सामाजिक संरचना की है। किसी बस्ती का कौन-सा इलाक़ा साफ़ दिखेगा और किस इलाक़े में कचरे के ढेर मिलेंगे, इस प्रश्न का उत्तर देना इतना आसान काम है कि इसे 'कौन बनेगा करोड़पति' के शुरुआती यानी सस्ते प्रश्नों में भी शामिल नहीं किया जा सकता। जाति, हैसियत और आर्थिक स्थिति से सफ़ाई का संबंध हमारे समाज में हज़ारों वर्ष पुराना है और आज भी इस संबंध में कोई विशेष बदलाव कम-से-कम उत्तर भारत में नहीं आया है। इस मामले में जो स्थिति गाँव की है, वही शहर की है, पर आकाशवाणी को गाँव की गंदगी पर फ़ोकस करनेवाला विज्ञापन ज़्यादा स्वाभाविक और प्रासंगिक लगता है तो इसमें क्या आश्चर्य है? गाँव और शहर को परस्पर विलोम मानने का एक अर्थ यह भी है कि गाँव सरल है, शहर जटिल। गाँव की समस्या ढोलक बजाकर समझाई और निपटाई जा सकती है।

हिंदी समाचारों के बीच गाँवों की औरत एक अन्य विज्ञापन बनकर बार-बार आती है। एक विज्ञापन है जिसमें उसके जीवन को 'खुशियों से लबालब' भरा इस कारण बताया जाता है कि वह बच्चों के जन्म के बीच दूरी रखना सीख गई है। एक अन्य विज्ञापन में पुरुषों के बीच हो रहे दंगल में एक पिता इस कारण विजय का दावा करता है कि उसने लाख दबावों

के बावजूद अपनी बेटी का विवाह कम उम्र में नहीं होने दिया। गाँव की स्त्री का स्टीरियोटाइप उसके माँ बनने से संबंधित सामाजिक रूढ़ियों की मदद से बनाया गया है। साक्षरता और शिक्षा की भूमिका गाँव की लड़की के जीवन में इसी एक ही संदर्भ में चर्चा का राष्ट्रीय विषय बनती है। कहने की ज़रूरत नहीं कि यह संकुचन सिर्फ़ आकाशवाणी की बीमारी नहीं है। सरकार, पत्रकारिता और शिक्षा में वह गहराई तक व्याप्त है। गाँव की स्त्री के जीवन को आर्थिक और राजनीतिक पटल पर रखकर एक व्यापक नागरिक परिप्रेक्ष्य में समझने की फुर्सत किसे होगी जब गाँव के अस्तित्व और भविष्य को ही चंद जुमलों और नारों में समेट दिया गया हो? ऐसे माहौल में यह बात अवश्य अटपटी मानी जाएगी कि गाँव का भविष्य शहर नहीं हो सकता—एक इस कारण कि शहर का अपना भविष्य डाँवाडोल है, दूसरे इस कारण कि शहरों का विकास गाँव के उत्पीड़न से ही संभव हुआ है।

# धमारा घाट की जिम्मेदारी

कल्पना कीजिए कि देश की सर्वोच्च अदालत में बिहार के धमारा घाट स्टेशन पर हुए हादसे पर बहस चल रही है। मृतकों या घायलों की ओर से रेल मंत्रालय द्वारा किए गए मुआवज़े की मात्रा को चुनौती दी गई है। अपने बचाव में रेल मंत्रालय के वकील ने तर्क दिया है कि पटरी पर चलना जुर्म है, अतः कुचले जाने से हुई मौतें रेलवे की ज़िम्मेदारी नहीं मानी जा सकती। उसका आग्रह है कि घटना के लिए मानव संसाधन मंत्रालय ज़िम्मेदार है, जो लोगों को अपनी सुरक्षा के लिए सचेत नहीं बना सका। रेलवे ने धमारा घाट स्टेशन पर यह चेतावनी लिख रखी है कि पटरी पर चलना ख़तरनाक है और अपराध भी है। अदालत मानव संसाधन विकास मंत्रालय को तलब करती है।

उसका वकील अगली तारीख़ पड़ने पर पहले तो यह तर्क देता है कि सभी लोग इतने साक्षर नहीं हैं कि रेलवे द्वारा दी गई चेतावनी पढ़ सकें। इस पर जज पूछता है कि लोगों को साक्षर बनाना किसका काम था? मानव संसाधन मंत्रालय का वकील कुछ झेंपकर अपना अगला तर्क रखता है कि सभी लोगों को बचपन में यातायात के नियम और अपनी सुरक्षा के पाठ पढ़ाए जाते हैं। कई बच्चे इन पाठों को ठीक से नहीं सीख पाते। इसकी जिम्मेदारी स्वयं उनकी और उनके माता-पिताओं की है। इस पर रेलवे का वकील कहता है कि घटना के बाद राज्य रानी एक्सप्रेस के कई डिब्बों में आग लगा दी गई और ड्राइवर व उसके सहायक को बुरी तरह पीटा गया। इसका दोष भी मानव संसाधन मंत्रालय को स्वीकार करना चाहिए, क्योंकि सार्वजनिक संपत्ति की रक्षा का पाठ पढ़ाना उसके ज़िम्मे

आता है। इस दलील का जवाब भी मंत्रालय का वकील शिक्षा की विफलता को विद्यार्थियों की ज़िम्मेदारी बताकर देता है।

इस काल्पनिक बहस से दो चीज़ें साफ़ हो जाती हैं। एक चीज़ है: गाँव और उसका विकास। दूसरी चीज़ है: शिक्षा और उसकी परिस्थिति। धमारा घाट किसी सड़क से नहीं जुड़ा है। उस सरकारी शब्दावली में, जिसकी आदत अब हम सबने डाल ली है, इस पूरे इलाक़े को 'पिछड़ा' हुआ माना जाता है। ऐसा कह देने से सजग पाठक इस विकराल हादसे को समझने के लिए ज़रूरी संकेत स्वयं पा जाता है। एक संकेत यह है कि इलाक़ा ग़रीब है अत: मरनेवाले और घायल ग़रीब होंगे। धमारा घाट का स्टेशन स्वयं भी ग़रीब कहा जाएगा, जहाँ एक प्लेटफार्म भी ठीक से नहीं बना है और तीसरी पटरी पर प्लेटफार्म पूर्णत: नदारद है। यदि यह एक ग्रामीण स्टेशन न होता तो तीसरी पटरी पर आई ट्रेन से उतरकर पहली पटरी पर, जहाँ प्लेटफार्म के कुछेक चिह्न मौजूद बताए जाते हैं, आने के लिए सीढ़ीवाला पुल यानी फुट ओवरब्रिज होता। यदि वह होता तो हमारी काल्पनिक अदालत में रेलवे का पक्ष मजबूत हो जाता। लेकिन फ़िलहाल तो रेलवे का वकील इतना भर ही कह सकता है कि जिन स्टेशनों पर सीढ़ीवाले पुल हैं, वहाँ भी हर साल कई हज़ार लोग पटरी पार करने की कोशिश में कटकर मर जाते हैं।

अब यदि धमारा घाट में ओवरब्रिज बना दिया जाता है तो इसे इस हादसे का प्रतिफल अथवा प्रसाद माना जाएगा। सरकारी फ़ाइल में पुल के निर्माण का प्रस्ताव इस आधार पर रखा जाएगा कि चूँकि स्टेशन के पास ही कात्यायनी मंदिर है, इस कारण वहाँ बड़ी संख्या में यात्री उतरते हैं। इस मंदिर से धमारा घाट को, गाँव का स्टेशन होने के कारण, एक विशेष दर्जा देने में मदद मिलेगी। भारत में छह लाख से अधिक गाँव हैं। कोई गाँव तभी महत्त्वपूर्ण बन पाता है, जब वहाँ कुछ विशेष चीज़ हो या फिर कोई हादसा हो जाए। आशय है कि विकास की अबाध धारा से चुल्लू भर पानी किसी गाँव को अपवाद बनकर ही मिलता है। अन्यथा साधारण स्थिति में यही मान लिया जाता है कि धारा बह रही है। वह हर गाँव तक पहुँचे, यह एक उद्‌देश्य भर है, ज़िम्मेदारी नहीं।

ठीक यही स्थिति शिक्षा की है। आम मान्यता है कि गाँव का बच्चा यदि प्रतिभाशाली हो तो आगे निकलकर रहता है। इस मान्यता का छिपा

हुआ पक्ष कहता है कि गाँव के अन्य बच्चों से कोई विशेष उम्मीद रखना व्यर्थ है। शिक्षक उन्हें यह सोचकर पढ़ाता है कि इनमें यदि कोई प्रतिभावान होगा तो अवश्य निकल जाएगा। बाकी के लिए ज़रूरी नहीं है कि वे पढ़ाए गए ज्ञान को जीवन में उतारें या कौशलों में दक्षता प्राप्त करें।

हमारी काल्पनिक अदालत में मानव संसाधन मंत्रालय के वकील की दलील इसी तर्ज़ पर आगे बढ़ेगी। हादसे के पहले चरण पर दोनों पक्षों के तर्क सुनने के बाद अदालत दूसरे चरण की सुनवाई शुरू करेगी। अख़बारों में आई ख़बर के अनुसार राज्य रानी एक्सप्रेस द्वारा कई लोगों को रौंद दिए जाने के बाद ग्रामीणों की भीड़ ने पत्थरों से ट्रेन पर हमला बोल दिया। यात्रियों से कहा गया कि वे उतर जाएँ। क्रोधित लोग टायर लाए और उन्हें जलाकर ट्रेन के डिब्बों में रख दिया। जिस ट्रेन ने कुचला था, उसके अलावा तीसरी पटरी पर पहले से खड़ी ट्रेन के डिब्बों में भी आग लगा दी गई। इस क़िस्म के सार्वजनिक गुस्से का एक असर यह हुआ कि राहत और चिकित्सा के लिए भेजी गई ट्रेन सारे दिन धमारा घाट से दूर रही और घायल लोग दर्द से तड़पते रहे।

इस चरण की सुनवाई में दोनों वकील साथ हो गए। वे इस बात पर सहमत थे कि ग्रामीणों का गुस्सा ट्रेन और उसके ड्राइवर पर इसलिए बरसा, क्योंकि इस अंचल में वही राज्य के प्रतीक थे। शहरों में भी तो जब खुले मेनहोल में गिरकर बच्चे की मौत सरीखी घटनाएँ होती हैं तो लोगों को अपने सामने राज्य का जो भी चिह्न दिखता है, वे उस पर आक्रमण कर देते हैं। इस आधार पर दोनों मंत्रालयों के वकीलों ने कहा सरकार के हरेक मंत्रालय से पूछा जाना चाहिए कि आम जनता में राज्य के प्रति इतना रोष एक स्थायी भाव के रूप में क्यों जमा रहता है?

तय हुआ कि इस विषय पर विशेषज्ञों की राय भी ली जानी चाहिए। ख़ासकर इतिहासकारों की ज़रूरत महसूस की गई, क्योंकि राज्य और समाज के बीच की दूरी एक-दो वर्षों में नहीं बढ़ी है। राजनीतिशास्त्र के जानकारों को भी बुलाया जाएगा, क्योंकि यह तो वे ही बता सकेंगे कि लोकतंत्र के चलते एक ग़रीब इलाक़े से गुज़रनेवाली ट्रेन का नाम 'राज्य रानी' क्यों रखा गया।

# मनोवसंत

सौवें वर्ष में 'हिंद स्वराज' की चर्चा कुछ इस तरह हो रही है गोया वह इससे पहले अनुपलब्ध रही हो। चालीस वर्षीय गांधी द्वारा लिखी गई यह पुस्तक संवाद की विधा का अच्छा उदाहरण है। कहा जाता है कि इसकी रचना पानी के जहाज़ पर यात्रा के दौरान हुई थी। पुस्तक की शैली में निहित संक्षेप और कम-से-कम समय में संसार की सारी समस्याओं को सुलझाने का नुस्खा दे देने की व्यग्रता एक ऐसे व्यक्तित्व का संकेत देती है जिसे किताब लिखने की फुरसत सिर्फ़ यात्रा में मिल सकती थी और जिसकी आत्मछवि एक लेखक से ज़्यादा योद्धा की थी। 'हिंद स्वराज' एक पाठक और संपादक का संवाद है जो एक ऐसे युग की याद दिलाता है जब संपादक स्वयं पाठकों के पत्रों का उत्तर देते थे, सिर्फ़ उन्हें छापते नहीं थे, और जब छापेख़ाने की मशीन मुख्यत: विचारों की वाहक होने का दावा करती थी, विज्ञापनों की वाहक होने का नहीं। जैसा कि एंथनी पेरल ने सिद्ध किया है, 'हिंद स्वराज' के ज़रिए गांधी एक ऐसा कार्यक्रम रचना चाहते थे जो उस समय सक्रिय हिंसावादी राष्ट्रप्रेमियों को जवाब देने के अलावा एक विकल्प भी दे।

इतने गहन और विस्तृत इरादे से रची गई यह कृति बेहद संक्षिप्त होने के साथ-साथ पढ़ने में इस क़दर आसान है कि पढ़ते समय उसके महत्त्व का एहसास नहीं होता। लगभग हर पृष्ठ पर की गई सहज दावेदारी में निहित साहस जगह-जगह दिए गए तर्कों की विचित्रता को और बढ़ा देता है। यदि आज कोई अनजान लेखक शीर्षक बदलकर 'हिंद स्वराज' की पांडुलिपि किसी प्रकाशक को भेजे तो उसके सधन्यवाद वापस आने

में देर नहीं लगेगी। कारण यही नहीं है कि आज लगी किताबों की भीड़ में इस किताब की मौलिकता पहचानना मुश्किल होगा; एक और कारण यह भी है कि 'हिंद स्वराज' में अंग्रेज़ी साम्राज्यवाद से लोहा लेने के लिए स्याही के इस्तेमाल का संकल्प इतने अधिक हौसले के साथ किया गया है कि आज के माहौल में हम उसके साथ नहीं हो पाते। 'हिंद स्वराज' में व्याप्त वैचारिक वसंत के आगे हम अपने को जाड़े में खाँसते वृद्ध जैसा महसूस करते हैं।

आज घट रही शायद ही कोई बड़ी घटना हो जिसकी गूँज—उसे अनुध्वनि कहना ज़्यादा उचित होगा—'हिंद स्वराज' में न सुनी जा सकती हो।

आस्ट्रेलिया के जंगलों में लगी आग का प्रसंग लें जिसमें दो सौ से अधिक लोग जलकर मर गए। ध्यान रखें कि यह आग किसी ऐसे समाज में नहीं लगी जहाँ लोगों के घर फूस और लकड़ी के बने हों और उनके पास आग से दूर भागने के लिए निजी कारें, सार्वजनिक बसें और हवाई जहाज़ व हैलीकॉप्टर न हों। महत्त्वपूर्ण बात यह नहीं है कि एक 'विकसित' कहे जानेवाले देश में, जहाँ हमारे युवा बड़ी संख्या में पढ़ने के लिए जा रहे हों, जंगल की आग से दो सौ लोग मर गए। असली महत्त्व की बात ख़बरों और इतिहास के जंगलों में छिप गई है और 'हिंद स्वराज' उसे ढूँढ़ने में हमारी मदद कर सकता है।

'विकसित' माने जानेवाले समाजों में 'आर्सेनिस्ट' कहे जानेवाले कई युवक होते हैं। इस शब्द के लिए अपने यहाँ के पत्रकार जल्दबाज़ी में 'उपद्रवी' शब्द का प्रयोग करते हैं। 'आर्सेनिस्ट' का असली अर्थ बनेगा 'आग लगाने में रुचि रखनेवाला'। हमारे यहाँ आगजनी दंगों के दौरान भीड़ के व्यवहार का हिस्सा होती है। ऑस्ट्रेलिया की आग ऐसे युवाओं का उपक्रम बताई गई है जो बग़ैर किसी उपद्रवी या दंगाई माहौल के, व्यक्तिगत प्रेरणा से सार्वजनिक संपत्ति को सिर्फ़ इसलिए जलाते हैं क्योंकि उन्हें आग की लपटें देखकर मज़ा आता है। कुछ मनोवैज्ञानिक अध्ययन बताते हैं कि आग की विनाशक ज्वाला देखकर इन युवकों की दमित यौनकामना क्षणिक संतोष पाती है।

हमारे यहाँ ऐसे युवक नहीं हैं, परंतु लड़कियों को सार्वजनिक रूप से पीटने या छिपकर सतानेवाले युवक ही नहीं, प्रौढ़ भी हैं। सभ्यताओं

की तुलना 'हिंद स्वराज' में इसी उद्देश्य से की गई है कि पश्चिम और पूर्व दोनों बीमार हैं और यदि पूर्व को सुधरना और अपनी गुलामी से उबरना है तो पश्चिम को भी सुधरना होगा, नकारना से काम नहीं चलेगा। 'हिंद स्वराज' की यह विश्वदृष्टि एक शब्दकर्मी की उदार चिंता से उपजी है, प्रासंगिक राजनीति अथवा तात्कालिक आंदोलन उसकी परिधि नहीं है। इसीलिए उसका स्मरण करके महसूस होनेवाली वसंती हवा हमें अपने आस-पास बढ़ती नहीं दिखती क्योंकि बचे-खुचे बग़ीचों में आया हुआ वसंत जलवायु परिवर्तन से पीड़ित हो गया है।

# सत्य की समस्या

बारिश हुई और सड़कों पर पानी भर गया। निकासी के लिए बनी नालियाँ मुँदी पड़ी थीं। समृद्ध लोग लगातार कूड़ा फेंकने में लगे थे और सफ़ाई कर्मचारी कूड़ा हटा-हटाकर थक गए थे। उनका कोई गंभीर प्रशिक्षण नहीं हुआ था जो उन्हें शहर की इंजीनियरी और आर्थिकी समझाता। ज्ञान से पैदा होनेवाली गरिमा और पैसे से मिलनेवाली हैसियत के संयुक्त अभाव में हीनता और लाचारी का वर्चस्व रहता है। इन भावों से यकायक मुक्ति का अर्थ मैंने पहली बार 'आगरा बाज़ार' देखकर जाना था। आर्थिक मंदी और मुफ़लिसी के शिकार तरबूज, ककड़ी और तिल के लड्डू बेचनेवाले पात्र महाकवि नज़ीर की दी हुई पंक्तियाँ गाकर दमक जाते हैं।

कला के जादू का कमाल हबीब तनवीर ने जितने दशक अपने हाथों दिखाया, उतने समय में कितने ही अभिनेताओं, निर्देशकों और उनकी नाट्य-शैलियों की पीढ़ियाँ निकल गईं। उनकी सर्जना देखकर काल की विवशता का भान होता था। नाटक की विधा ही ऐसी है कि वह लिखे या छपे हुए शब्द की तरह नहीं टिकती। देखनेवालों के दिल और गुज़र रहे जीवन में रहती है। मुझे अपने उन छात्रों के बारे में सोचकर चिंता होती है जिन्होंने 'चरनदास चोर' नहीं देखा। स्वयं सात बार देखकर भी मैं उन्हें नहीं समझा सकता कि उसकी ख़ास बात क्या थी। अब ख़बर आई है कि छत्तीसगढ़ में 'चरनदास चोर' पर प्रतिबंध लगा दिया गया है। प्रतिबंध किस पर लगेगा? नाटक पर, उसकी कहानी पर या मंच पर या उसकी स्मृति पर?

वह नाटक नहीं, महाकाव्य था और उसमें हबीब तनवीर खुद रहते थे। उनके हाथों पहचाने और तराशे गए ग्रामीण अभिनेता दिल्ली में हों

या पेरिस में, क्रांति की साकार कल्पना की तरह दिखते, बोलते और गाते थे। उनके स्वर, बाजे और हाव-भाव भारत के भविष्य को लेकर आश्वस्त करते थे। आदिवासी समाज के कठिन संघर्ष और गाँव की लाचारी की दैनिक समाचारों के बीच आशा और हौसला उभरता था। पुरानी शब्दावली में शायद इसी को रामचंद्र शुक्ल ने लोकमंगल की कला बताया था। छत्तीसगढ़ की सरकार ने उस पर क्या सोचकर प्रतिबंध लगाया है? शायद एक सरकारी काग़ज़ है, दो-चार वाक्यों का आदेश है जो ज़िंदगी के अकथ्य को कथ्य बनानेवाली कहानी और कला को एक बाँसी लिफ़ाफ़े में बंद करने की चेष्टा करता है।

अफ़गानिस्तान में तालिबान की तोपों ने ऊँची चट्टानों में खुदी हुई बुद्ध की प्रतिमाओं को उड़ा दिया था। इस कृत्य से बुद्ध की अलौकिक मुस्कान पर कोई असर नहीं पड़ा। साहित्य और कला को दबाने की कोशिश हर युग में की जाती है, पर व्यर्थ सिद्ध होती है। तात्कालिक नुक़सान अवश्य होता है। एक-दो पीढ़ियाँ मन को आज़ादी और शांति देनेवाले साधन से वंचित हो जाती है।

हबीब तनवीर आज़ादी के प्रतीक भी थे, प्रशिक्षक भी। केंद्रीय शिक्षा सलाहकार बोर्ड की बैठक में ये दो पंक्तियाँ सुनाकर उन्होंने भारत के बच्चों की शिक्षा को सुधारने की दिशा बताई थी—

'उड़ेगा तो सात आसमानों की ख़बर ले आएगा।
उड़ाओगे तो छत पे जाकर बैठ जाएगा।'

उनके नाटकों के कई दृश्यों में ऐसा लगता था कि अब कुछ कहने या कहे में जोड़ने की ज़रूरत नहीं रही। 'चरनदास चोर' में ऐसा एक दृश्य वह था जिसमें स्वयं हबीब तनवीर ने पुलिस के कॉन्सटेबल की भूमिका निभाई थी। वहाँ कोई शब्द नहीं थे। कोई हिंसा भी नहीं थी। बस एक डंडा था, बीड़ी थी और अठखेलियाँ करता चोर था जो डेढ़-दो घंटे बाद रानी का दिल जीतकर मौत के घाट उतारा जानेवाला सत्य का प्रतीक बनने जा रहा था।

बस्तर एक अरसे से उजड़ रहा है। शोषण और हिंसा की चपेट में पूरा इलाक़ा है। हबीब तनवीर का एक अन्य नाटक 'हिरमा की अमर कहानी' प्रतिबंधित हुए बग़ैर मंच से बेदख़ल हो गया। दिल्ली में उसका आख़िरी

मंचन कमलादेवी चट्टोपाध्याय के देहांत की पहली बरसी पर हुआ था। इस नाटक की उपेक्षा का कारण निश्चित रूप से यही है कि वह बस्तर के सांस्कृतिक ध्वंस की कथा कुछ ज़्यादा ही सफ़ाई से कहता है।

# भारत एक, भारत दो

भारत के समाज को समझने की ख़ातिर कई तरह के वर्गीकरण किए जाते हैं। क्षेत्रीय, जातिगत, वर्गीय और लैंगिक विषमता पर आधारित वर्गविधान अब इतने प्रचलित हो चुके हैं कि व्यवस्था में समाई गई कोटियाँ हमारी आँख में न आ पाती हैं, न हमें खटकती हैं। जैसे कुछ बीमारियों में शरीर का कोई अंग इतना सूज जाता है कि वह अन्य सामान्य अंगों को एकदम गौण बना देता है, कुछ-कुछ ऐसी ही हालत परीक्षा व्यवस्था की है जिसके दबदबे में हमारी शिक्षा प्रणाली लगातार रहती है। परीक्षा की व्यवस्था में गड़ा हुआ यह वर्गीकरण, कि चुनिंदा स्कूल केंद्रीय माध्यमिक शिक्षा बोर्ड की परीक्षा लेंगे और शेष अधिसंख्य स्कूल प्रांतीय बोर्ड की परीक्षा देंगे, लंबे समय से सारे भारत की सांस्कृतिक जलवायु को प्रभावित कर रहा है। उन तमाम अन्य मसलों की तरह, जिनमें राष्ट्रीय भारत की ख़बरें प्रांतीय भारत का अंदाज़ नहीं देती हैं, यह वर्गीकरण भी या तो अँधेरे में रहता है या फिर इस तरह के धुँधले प्रकाश में यदाकदा आ जाता है जिसमें अख़बारों के सामान्य पाठक को समझ में नहीं आता कि समस्या क्या है।

मई के पूर्वार्ध में मध्य प्रदेश के दसवीं कक्षा के छात्रों का परीक्षाफल निकला और उत्तरार्ध में सी.बी.एस.ई. यानी केंद्रीय बोर्ड के परीक्षा परिणाम घोषित हुए। दोनों में उतना ही बड़ा फ़र्क़ है जितना कि प्रांतीय बोर्ड और केंद्रीय बोर्ड से संबद्ध स्कूलों के वातावरण, उनकी इमारतों, रखरखाव और अध्यापकों के उत्साह में देखने को मिलता है। मगर इस तर्क की तह में झाँकें तो यह बात समझने में चार या पाँच मिनट भी नहीं लगेंगे कि मामला भारतीय समाज के आर्थिक विभाजन का है। जिस किसी की थोड़ी

भी सामाजिक और आर्थिक हैसियत है वह अपने बच्चों को सी.बी.एस.ई. से जुड़े हुए स्कूलों में भेजना चाहता है। शेष वे लोग जो सामाजिक हैसियत के पारंपरिक हक़दार नहीं हैं और आर्थिक हैसियत की आधुनिक प्रतियोगिता में पीछे रह गए हैं, उनके बच्चे प्रांतीय बोर्ड से जुड़े हुए स्कूलों में पढ़ते हैं। मध्य प्रदेश में सी.बी.एस.ई. से जुड़े स्कूल कुल 432 हैं, जबकि प्रांतीय बोर्ड से जुड़े सरकारी और ग़ैर-सरकारी स्कूलों की संख्या 4,800 है। इन दो तरह के स्कूलों में बाहर से साफ़ दिखाई देनेवाला अंतर तो है ही, अंदर का एक बड़ा अंतर यह भी है कि केंद्रीय बोर्ड के स्कूलों में एन.सी.ई.आर.टी की किताबें चलती हैं और प्रांतीय बोर्ड के स्कूलों में ये किताबें नहीं चलतीं। दोनों क़िस्म की किताबों में भी बड़ा अंतर है। यहाँ तक कि वे जिस क़िस्म के काग़ज़ पर छपती हैं, उसके वज़न में भी अंतर है।

मध्य प्रदेश के परीक्षा परिणाम घोषित होते ही कई बच्चों द्वारा आत्महत्या किए जाने की ख़बर आई। पूरे प्रदेश में सफल घोषित किए गए छात्र, परीक्षा में बैठनेवाले छात्रों की कुल संख्या के लगभग एक तिहाई थे, यानी ज़्यादातर छात्र फेल घोषित कर दिए गए। कोई आश्चर्य नहीं कि प्रदेश के किशोर जीवन में इन परीक्षा परिणामों की घोषणा से निराशा फैल गई। राष्ट्रीय पाठ्यचर्या की रूपरेखा, 2005 की अनुशंसा थी कि छात्रों के माथे पर 'पास' और 'फेल' के लेबल चिपकाना अनुचित है। ऐसा सपाट विभाजन दर्शाता है कि हमारी शिक्षा प्रणाली अभी तक उस पुराने ढर्रे पर चल रही है जिसके अनुसार सफलता तो कुछ ही लोगों को मिलती है। संविधान के उजाले में आगे बढ़ता हुआ भारत ऐसी सपाट और दक़ियानूस शिक्षा प्रणाली के सहारे नहीं चल सकता क्योंकि संवैधानिक भारत में हर नागरिक का सहयोग आवश्यक है और इस सहयोग के अच्छे-से-अच्छे ढंग से प्राप्त करने के लिए यह ज़रूरी है कि प्रत्येक स्त्री-पुरुष को अपने बचपन में सफलता का स्वाद मिले, फेल किए जाने का आजीवन याद रहनेवाला अभिशाप नहीं।

पुराने ढंग से सोचनेवालों को यह बात अटपटी लगती है क्योंकि वे सामाजिक डार्विनवाद के चौखटे में सोचते हैं और मानते हैं कि शिक्षा तो जंगल के जीवन की तरह एक ऐसी स्पर्धा है जिसमें सबसे शक्तिशाली

ही जीवित और स्वस्थ बच सकता है, शेष का नाश स्वाभाविक है। सोच के इस चौखटे का आधुनिक शिक्षा विज्ञान में कोई स्थान नहीं है। बाल मनोविज्ञान पर आधारित नया शिक्षणशास्त्र कहता है कि हर बच्चे में कोई-न-कोई गुण, हुनर व क्षमता छिपी होती है और शिक्षा का काम उसे पहचान कर अधिक-से-अधिक विकसित होने का अवसर देना है। यह काम ऐसी शिक्षा प्रणाली की माँग करता है जिसमें इतना लचीलापन हो कि हर बच्चे की विशिष्टता का सम्मान हो और अध्यापक के प्रेम और प्रयास से उस विशेषता का अधिक-से-अधिक पल्लवन किया जा सके। राष्ट्रीय पाठ्यचर्या की रूपरेखा हमारी मौजूदा शिक्षा प्रणाली को इस दिशा में सुधारने के लिए कई महत्त्वपूर्ण सिफ़ारिशें देती हैं जिनमें से कई सिफ़ारिशें परीक्षा प्रणाली को लेकर हैं।

कई राज्यों ने इन अनुशंसाओं के आधार पर पाठ्यक्रम और पाठ्यपुस्तकों के क्षेत्र में महत्त्वपूर्ण सुधार आरंभ किए हैं और कहीं-कहीं परीक्षा प्रणाली में परिवर्तन के संकेत भी मिलने शुरू हो चुके हैं। किंतु भारत विविधताओं का देश है, इसलिए जहाँ छत्तीसगढ़ ने राष्ट्रीय पाठ्यचर्या की रूपरेखा पर अमल करने की दिशा में पहले क़दम बहुत जल्दी उठा लिए, वहीं उसके पड़ोसी और पूर्वज मध्य प्रदेश ने रूपरेखा की तरफ़ देखा भी नहीं। आज जब मध्य प्रदेश में बच्चों के बीच परीक्षा-परिणामों को लेकर भारी नैराश्य का वातावरण बना है और एकाधिक विषय में पूरक परीक्षा जैसी पुराने क़िस्म की तरक़ीबें इस्तेमाल करने की बात सोची जा रही हैं, यह प्रश्न नए सिरे से ग़ौर का विषय बनता है कि शिक्षा के ज़रिए पुष्ट होनेवाली सामाजिक विषमताओं को किस तरह देखा जाए। क्या आर्थिक और सांस्कृतिक विषमताएँ शिक्षा के हस्तक्षेप से घटाई जा सकती हैं, यह एक सैद्धांतिक प्रश्न है जिसका उत्तर दुनिया के समाजों में अलग-अलग मिलता है। भारत में इस प्रश्न का उत्तर कम-से-कम संविधान ने पुरज़ोर आवाज़ में 'हाँ' कहकर दिया था, किंतु अभी तक उसकी आवाज़ हमारी विशाल शिक्षा व्यवस्था में सबको ठीक से सुनाई नहीं दी है।

# शिक्षा

# पहली कक्षा का चित्तौड़

आजकल फलों को पकने नहीं दिया जाता। केला हो या आम, उसे कृत्रिम रूप से पकाना अपराध नहीं माना जाता। बाज़ारधर्म का तकाज़ा है कि फल को कच्चा तोड़कर रसायनों की गर्मी से पकाओ। मौसम से पहले पकाया गया फल ऊँचे भाव पर बिकता है। केला थोड़ा सख्त रह गया या आम खाकर पेट ख़राब हो गया, तो खानेवाले की बला से। डाल पर स्वाभाविक गति से पका आम अब कितनों को मिलता है?

बाज़ार के सर्वग्रासी फैलाव का यही असर बचपन और शिक्षा पर भी पड़ा है। स्वाभाविक गति से बड़े होने का सौभाग्य आज कितने बच्चों को नसीब है? पढ़े-लिखे शहरी माता-पिताओं की चिंता बच्चे के जन्म के साथ ही शुरू हो जाती है। डेढ़ साल का बच्चा इस दैनिक जाँच का विषय बन जाता है कि वह कितना बोलता है। कितने ही माता-पिता इस फ़िक्र में रहते हैं कि बच्चा जल्दी बोले, साफ़ बोले, बड़ों की तरह बोलने लगे। यह चिंता भी खूब फैली है कि बच्चा अंग्रेज़ी के शब्द बोले। पापा के कंधे या मम्मी की गोदी पर सवार होकर 'काऊ' या 'डॉगी' का संज्ञान करते बच्चे को आगे चलकर 'गाय' और 'कुत्ता' जैसे शब्द अटपटे या गँवार लगने लगते हैं। माता-पिता की चिंता का एक पहलू है—'जल्दी बड़े हो जाओ' और दूसरा है 'ठीक से बड़े हो।' बच्चे को जल्दी बड़ा करने का अर्थ है, प्रतियोगिता में आगे पहुँचाना। 'ठीक से' बड़े होने की ज़िद का मतलब है, हैसियत और दौलत की राह पर बढ़ाना। दोनों को जोड़कर देखें तो स्पष्ट हो जाता है कि बच्चे के लिए जगह बहुत कम है। तेज़ रफ़्तार के साथ

सामाजिक स्पर्धा के स्थापित मानदंडों पर तुलकर वजनी सिद्ध होना ही आज के बच्चे की नियति है।

बच्चे के वर्तमान पर बड़ों का क़ब्ज़ा होना सामान्य बात है। सोचने की बात यही है कि बड़े अपना राज नरमी से चलाते हैं या सख़्ती से। पारिवारिक जीवन में ऐसी जगह ज़रूरी है, जहाँ कुछ गतिविधियाँ बच्चा अपने निजी समय की ओट में कर सके। किसी चीज़ के हिस्से अलग करना, फिर उन्हें जोड़ना, अपने आप से बातें करना, गुड़िया को सुलाना-जगाना—ऐसे कितने ही उपक्रम हैं, जिन पर मांटेसरी की यह उक्ति लागू होती है कि जो बातें हमें खेल लगती हैं, वे बच्चे के लिए काम हैं। इन्हें करते हुए बच्चा यदि लगातार बड़े की निगाह में रहे, तो इन कामों की संजीवनी शक्ति घट जाती है। बड़े रह-रहकर हस्तक्षेप करने से बाज नहीं आ सकते, और उनका हस्तक्षेप कब अवरोध या आलोचना बन जाए, यह कहना मुश्किल होता है। कई काम बच्चे को सहज लगते हैं, बड़े को ख़तरनाक लगते हैं। वे लगातार इस डर में जीते हैं कि बच्चे को चोट लग जाएगी, इसलिए वे बच्चों को छोटे-छोटे खेलनुमा प्रयासों में भी हस्तक्षेप करते रहते हैं। ऐसे स्कूल आज हज़ारों में हैं जो 'प्ले-वे' या 'खेलविधि' विज्ञान को बाक़ायदा अपना बताते हैं। वे खेल का इंतजाम ज़रूर करते हैं, पर उनका इरादा भी मसाले से पकाए गए आम की तरह बच्चे के प्राकृतिक विकास में तेज़ी लाना होता है। जिस बच्चे की उँगलियों में अभी हड्डी पूरी तरह विकसित नहीं हुई है, उसे जबरन पेंसिल पकड़ाना और 'ए', 'बी', 'सी' लिखना सिखाया जाता है। चित्रकला बच्चे की गहनतम भावनाओं की अभिव्यक्ति करती है, पर नर्सरी अध्यापिका की निगाह के तले जानी-पहचानी आकृतियों में स्वीकृत रंग भरने की क़वायद बन जाती है। कहानी सुनना बचपन के आनंद का प्राचीन स्रोत है, पर ज़्यादातर प्रशिक्षित शिक्षक उसका इस्तेमाल भी सीख या उपदेश रटाने के लिए करते हैं। शिक्षण का यह भ्रमित रूप अपना वज्रपात करता है स्कूल के पहले दर्जे में। स्कूल की औपचारिकताएँ छोटे को घेर लेती हैं। समय का घंटीवार विभाजन और एक जगह बैठे रहने की विवशता छोटे बच्चों के लिए काफ़ी बड़ी चुनौतियाँ होती हैं। पर सबसे जटिल चुनौती होती है, पढ़ने का कौशल। शुरू से ही अर्थग्रहण पर ज़ोर देनेवाला वैज्ञानिक अनुसंधान अध्यापक

प्रशिक्षण संस्थाओं तक पहुँचा ही नहीं है। पुराने ढंग से प्रशिक्षित अध्यापक पूछते हैं कि बग़ैर अक्षर ज्ञान कराए शब्द या वाक्य बढ़ाने से क्या फ़ायदा। यदि सार्थक शब्द और छोटे वाक्य सचित्र दिए जाएँ, तो बच्चा अनुमान से उनका अर्थ लगा लेगा और इस अनुभव से उपजा सुख और आत्मविश्वास कुछ दिन बाद उसे शब्दों में आए अक्षरों पर ध्यान देकर उनके संयोजनों की समझ देगा। मात्राएँ भी इस प्रक्रिया में बाधा नहीं बनेंगी। इसके विपरीत अक्षरों से शुरुआत करने पर बच्चों को सार्थक पठन के लिए लंबी प्रतीक्षा करनी होगी। कई स्कूलों में तो पूरा साल वर्ण परिचय में ही निकल जाता है। बच्चे ऊब जाते हैं, कई हार मान लेते हैं, तोड़-तोड़कर पढ़ने लगते हैं और पढ़ने की प्रक्रिया में अर्थ की आशा और आनंद की खोज छोड़ देते हैं। इसे एक राष्ट्रीय दुर्घटना की संज्ञा दी जाए, तो ग़लत न होगा।

पहला दर्जा कितना सुंदर हो सकता है, पर होता है कितना बोझिल और दुखदायी, यह तो पहले दर्जे में कुछ दिन बैठकर ही जाना जा सकता है। संभावना और यथार्थ के बीच की दूरी का बोध मुझे कुछ वर्ष पहले चित्तौड़ की यात्रा में हुआ। चित्तौड़ के विशाल परिसर के कई ऐतिहासिक स्थल हैं। महलों की छतें ढह गई हैं, पर जो हिस्से बचे हैं, इतने सुंदर हैं कि आँखें हटना नहीं चाहतीं। एक-एक क़दम पर पुरातत्व छिपा है। शाम होती है, तो सैकड़ों तोते लौटते हैं और भग्नावशेषों पर पड़ रहे डूबते सूरज के प्रकाश को और मनोरम बना देते हैं। इस अनुभव के क्रम में उस प्राइमरी स्कूल को याद करना बहुत कष्टप्रद है, जो दुर्ग के परिसर में चलता है। क़तार में बैठे बच्चे उस दिन का पाठ रटते हुए अपने आस-पास फैले विस्मयकारी संसार से बेख़बर मेरी स्मृति में स्थिर हो गए हैं।

बात सिर्फ़ उस स्कूल की नहीं है, जो चित्तौड़ के भीतर स्थित है। बाज का चित्तौड़ हमारे लाखों स्कूलों के भीतर पहले दर्जे में खड़ा है। लाखों बच्चे इसी कक्षा में स्कूल छोड़ देते हैं। कुछ अगली कक्षा में पहुँच जाते हैं, मगर रोमांच, विस्मय, धैर्य और स्नेह का अभाव झेलते-झेलते उनका मन बुझ जाता है। शिक्षक और अधिकारीगण कब जानेंगे कि पहली कक्षा के चित्तौड़ में बच्चे की हार नहीं होनी चाहिए, वरना देश कैसे जीतेगा? रंग, रोमांच, खेल, कहानी, गाना और चैन से पढ़ना-लिखना पहली कक्षा

के बच्चे के अधिकार हैं : इन्हें छीनना किसी भी तरह सही नहीं है, यह हमारे अज्ञानवश हो या आलस्यवश। समाज को यह समझना होगा कि बाज़ार-युग में छोटे बच्चे अकेले पड़ गए हैं। जिस संस्कृति में गाय-भैंसों को अधिक दूध देने, फलों और सब्जियों को जल्दी पकाने के लिए दवाओं के इंजेक्शन देना उचित मान लिया जाए, उसके बच्चों पर दबाव डालकर उन्हें जल्दी बड़ा करना क्यों ग़लत लगेगा? सामाजिक माहौल और मूल्यों में यह बदलाव बच्चों के लिए अनिष्टकारी है, इसलिए इसका मुक़ाबला किया जाना ज़रूरी है।

# शिक्षक की मातृभाषा

उस परिसर में सात प्राइमरी स्कूल थे। कोई कन्नड़ माध्यम का था तो कोई मराठी या तमिल माध्यम का। एक अंग्रेज़ी माध्यम का भी था। माध्यमों की ऐसी बहार देखकर मैं कुछ विस्मित और कुछ विमूढ़ महसूस कर रहा था। दिल्ली से चलने के पूर्व मैंने ही महाराष्ट्र के सरकारी अधिकारियों को यह संदेश भिजवाया था कि मुझे अपनी मुंबई यात्रा के दौरान एक म्यूनिसिपिल स्कूल अवश्य देखना है। अब मेरे सामने एक विशाल इमारत में सात स्कूल थे और मुझे तय करना था कि मैं कौन-से माध्यम वाला स्कूल देखूँगा। एक-दो क्षण सोचकर मैंने कहा कि मैं हिंदी माध्यमवाला स्कूल देखना चाहूँगा। अगला प्रश्न था, 'कौन-सी कक्षा देखना चाहेंगे?' मैंने आदतन उत्तर दिया, 'पहली।' आदतन इसलिए क्योंकि भारत में शिक्षा की समस्याओं का अध्ययन करते-करते मैं इस निष्कर्ष पर पहुँचा हूँ कि शिक्षा-प्रणाली के लगभग सभी बड़े दोषों की बानगी ही नहीं, कुंजी भी पहली कक्षा में है। उस दिन भी एक नई कुंजी मुझे उस कक्षा में मिली।

कमरा खचाखच भरा था। लगभग साठ बच्चे फ़र्श पर बैठे थे और उनकी अनुभवी अध्यापिका ब्लैकबोर्ड पर तीन-तीन अक्षरों वाले शब्द लिख रही थी। फ़र्श पर बैठकर मैंने एक बच्चे से पाठ्यपुस्तक माँगी। पहली कक्षा की किताब आमतौर पर जैसी होती है, महाराष्ट्र के पाठ्यपुस्तक निगम द्वारा प्रकाशित पुस्तक ठीक वैसी थी। महाराष्ट्र ने 'राष्ट्रीय पाठ्यचर्या की रूपरेखा-2005' का दस्तावेज़ मराठी में छापकर बँटवा ज़रूर दिया था, पर उसकी अनुशंसाओं के अनुरूप पाठ्यक्रम या पाठ्यपुस्तकों में कोई गहरा बदलाव लाने का प्रयास नहीं किया था। पहली कक्षा की हिंदी में वर्णमाला

और अक्षरज्ञान से शुरू करके ठीक वैसे अभ्यासों से बच्चों को गुज़ारने की व्यवस्था बरक़रार थी जो शब्द और अर्थ के संबंध को जीवन के उषाकाल में पूरा ज़ोर लगाकर तोड़ देती है। फिर भी मैं यह देखने और जानने के लिए उत्सुक था कि मुंबई की यह अध्यापिका किस तरह पढ़ाती है। उसने मेरे सामने तीन-चार बच्चों को खड़ा करके ब्लैकबोर्ड पर लिखे हुए शब्द पढ़ने को कहा। बच्चों ने अक्षर जोड़-जोड़कर शब्द पढ़ दिए। एक बच्चे ने अक्षर सही पढ़े पर शब्द कोई और बताया। अध्यापिका ने अक्षर दोहराए और सही शब्द पढ़कर सुनाया। यही सब देश की लाखों पहली कक्षाओं में होता आया है और हो रहा है। चौंकनेवाली कोई बात नहीं थी।

फ़र्श से उठकर दरवाज़े की ओर बढ़ते हुए मैंने अध्यापिका से कहा, 'आपसे दो मिनट बात करनी है।' वह दरवाज़े के पास आई तो मैंने पूछा कि इन बच्चों के माता-पिता कहाँ के रहनेवाले हैं और घर पर कौन-सी भाषा बोलते हैं। मुम्बई में समूचे उत्तर भारत से लोग काम की तलाश में आते हैं, अतः मेरा अनुमान था कि इन बच्चों के माता-पिता ज़रूर उत्तर प्रदेश, बिहार, झारखंड आदि राज्यों से आए होंगे। मेरा अनुमान सही था, पर अध्यापिका के साथ हुई बात से पता चला कि मेरा अनुमान अधूरा था। अध्यापिका ने बताया कि ज़्यादातर बच्चों के पिता बिहार और उत्तर प्रदेश से आए हैं, लेकिन कई बच्चों की माँ मराठीभाषी हैं और कुछ की माँ आंध्र की है। यह सुनकर मैंने पूछा—'यदि आपकी बात किसी बच्चे को हिंदी में समझ न आई हो तो क्या आप उसे मराठी में समझाती हैं?' प्रश्न शायद कुछ अप्रत्याशित था, पर अनोखा क़तई नहीं था। अध्यापिका ने उत्तर देने के क्षण में मेरे साथ खड़े दो स्थानीय अधिकारियों की तरफ़ देखा। फिर बोली—'मैं यहाँ मराठी कैसे बोल सकती हूँ? यह तो हिंदी माध्यम स्कूल है।' मुझे उत्तर मिल चुका था, फिर भी संवाद को खींचने की ख़ातिर स्कूल से जाने के पहले एक प्रश्न और पूछ लिया—'आपकी मातृभाषा मराठी है, फिर आपको मराठी में अपनी बात ऐसे बच्चे को समझाने में संकोच क्यों है?' इस सवाल का उत्तर अध्यापिका ने इस तरह दिया—'अगर उसे मराठी में पढ़ना है तो हिंदी माध्यम स्कूल में क्यों आया?'

यह संवाद हमारे देश की प्राथमिक शिक्षा में व्याप्त विसंगतियों की पर्याप्त जानकारी देता है। पर विसंगतियों से पहले वह व्यवस्था की जड़ता की झलक देता है। जड़ता का तंत्र अधिकारी के गिर्द घूमता है और शिक्षक भी उस तंत्र में अपनी भूमिका निभाता है। वह भी एक छोटे-मोटे नौकरशाह की तरह काम करता है और किसी तरह का लचीलापन अपने शिक्षण में नहीं आने देना चाहता। लचीलेपन का महत्त्व उसे प्रशिक्षण में भी अच्छी तरह नहीं पढ़ाया जाता। प्रशिक्षण का पाठ्यक्रम भी स्कूल के पाठ्यक्रम की तरह शिक्षा और मनोविज्ञान की समझ पैदा करने की जगह सही उत्तर रट लेने और परीक्षा में अच्छे अंक लाने पर ज़ोर देता है। इतना ही नहीं, प्रशिक्षण की हालत और ज़्यादा इस कारण बिगड़ गई है कि हज़ारों की तादाद में शुद्ध लाभ कमानेवाले प्राइवेट संस्थान खुल गए हैं। सुप्रीम कोर्ट द्वारा नियुक्त एक आयोग ने पाया कि अनेक ऐसे संस्थान सिर्फ़ काग़ज़ पर चलते हैं और प्रशिक्षण के प्रमाण-पत्र पैसा लेकर देते हैं। इतनी भयावह परिस्थिति में शिक्षा के उद्देश्यों की चर्चा या चिंता जंगल में रोने जैसी हो गई है।

फिर भी लाखों स्कूल प्रतिदिन करोड़ों बच्चों को पढ़ाते हैं। आज भी ऐसे अध्यापक इधर-उधर मिल जाते हैं जो एक बच्चे को सफल बनाने के लिए जी-जान लगा देते हैं। सफल होने का अर्थ हमारे देश में दूसरों को पीछे छोड़कर आगे निकल जाना है। यह अर्थ किसी भी तरह से लोकतांत्रिक नहीं कहा जा सकता, लेकिन समाज को इस अर्थ की आदत पड़ चुकी है। हर माँ अपने बच्चों को दूसरों से आगे निकलता देखना चाहती है। माता-पिता ही नहीं, अध्यापक भी इस मान्यता से ग्रस्त हैं कि बुद्धि और योग्यता हर बच्चे में नहीं होती। बच्चों पर ज़्यादा नंबर लाने का दबाव लगातार बनाया जाता है, फिर भी यदि परीक्षा में उसके अंक कम आएँ तो उसे कमज़ोर मान लिया जाता है। उसे फिर भी दबाव से मुक्ति नहीं मिलती। नियमित रूप से डाँटे या पीटे जाने का डर करोड़ों बच्चों को तरह-तरह की कुंठाओं का शिकार बना देता है। प्राथमिक शिक्षा एक स्वस्थ समाज और राष्ट्र का निर्माण करने की जगह उसकी जड़ें खोदती रहती है।

निष्कर्ष के तौर पर कहना ग़लत न होगा कि भारत में प्राथमिक शिक्षा की परिस्थिति बहुत कठिन है। सुधार के रास्ते में वैचारिक और व्यवस्थागत

दोनों क़िस्म की अनेक पुरानी, मज़बूत चट्टानें खड़ी हैं। सौभाग्य बस इतना है कि शिक्षा के बुनियादी अधिकार का क़ानून संसद से पारित हो चुका है, इसलिए कम-से-कम काग़ज़ पर देश और राज्य के हाथों में अगले पचास वर्षों में तय की जाने लायक़ राह का नक़्शा है। इस नक़्शे में कई अच्छे और संभव विचार अंकित हैं। इन विचारों को समझना, उन पर अमल करने के वित्तीय और बौद्धिक जुटाना आसान नहीं है। जो लोग शिक्षा के अधिकार के क़ानून की प्रगति से अभी से निराश हो चले हैं वे प्राइमरी स्तर की शिक्षा के भौतिक और अवधारणात्मक जगत को नहीं जानते। वरना वे समझ सकते कि इस क़ानून के बनने से भारत के लंबे सामाजिक और सांस्कृतिक इतिहास का एक नया अध्याय शुरू हुआ है और यह अध्याय स्वयं काफ़ी लंबा सिद्ध होने जा रहा है।

कल्पना करें कि पचास वर्ष बाद मुझे या मेरे आज के किसी युवा सहयोगी को मुम्बई के उसी परिसर में ले जाया जाता है। संभवतः वे सातों स्कूल तब भी होंगे पर उनके माध्यमों का ज़िक्र बेमानी हो चुका होगा। पहली कक्षा में एक कमरे में तीस बच्चे अच्छी कुर्सियों पर बैठे होंगे। उनकी अध्यापिका उन्हें छोटे-छोटे समूहों में करने के लिए काम दे रही होगी। उससे यदि पूछा जाएगा कि वह बच्चों से किस माध्यम में बात करते हैं तो वह कहेगी कि जिस भी तरह संभव हो, उस तरह वह बच्चों से संवाद करती है और उनकी बातों को आगे बढ़ाती है। आप कुछ देर रुककर ऐसे संवाद सुनेंगे तो पाएँगे कि वह उन्हें टोकती नहीं है, न ही उच्चारण या व्याकरण की ग़लतियाँ सुधारती हैं। यदि आप इसका कारण पूछेंगे तो वह मुस्कुराकर कहेगी कि प्राथमिक शिक्षा के शुरुआती वर्ष बच्चों में खुली अभिव्यक्ति की आदत डालने के लिए होते हैं, ग़लतियाँ बाद में सुधारी जा सकती हैं। आप यदि पूरा दिन वहाँ रुकेंगे तो पाएँगे कि पाठ्यक्रम में पहले के मुक़ाबले विषयवस्तु बहुत कम हो गई है, अनुभवों की विविधता और सुविधा बढ़ गई है। हर बच्चा स्वस्थ है। लड़के हों या लड़कियाँ, सबको इज़्ज़त और स्वतंत्रता महसूस कराई जाती है। सबसे बड़ी बात, जो आपको चौंकाएगी, यह होगी कि स्कूल की किसी भी कक्षा में जल्दी का माहौल नहीं होगा।

छुट्टी होने पर बच्चे दरवाज़े की तरफ़ नहीं भागते हैं। एक और बात आपको हैरान करेगी। प्रतियोगिता का माहौल नदारद होगा। एक दूसरे को पीछे छोड़ने की होड़ नहीं होगी। आप इसकी वजह जानना चाहेंगे तो अध्यापिका कहेगी—'हर बच्चा अपनी रफ़्तार से सीखता है। प्रतियोगिता किस बात की?'

# गमला नहीं, जंगल

मामला सिर्फ़ दिल्ली का नहीं है, देश भर का है, मगर दिल्ली से यह अपेक्षा की जानी वाज़िब थी कि वह एक मिसाल रखेगी। नर्सरी शिक्षा का प्रश्न महानगरों के लिए विशेष महत्त्व रखता है और दिल्ली सरकार के पास गांगुली समिति की गहन रिपोर्ट का सहारा भी था। नर्सरी शिक्षा को व्यवस्थित करने के दो वर्ष से चल रहे एक गंभीर प्रयास को अंततः दिल्ली में तिलांजलि दे दी गई है। जीवन के सर्वाधिक संवेदनशील समय की शिक्षा वापस उन अराजक स्थितियों में लहूलुहान होने के लिए छोड़ दी गई है जिनके एकमात्र नियामक सिद्धांत को आधुनिक अर्थशास्त्र की सभ्य जुबान में बाज़ार कहा जाता है।

'इंडियन एक्सप्रेस' ने पश्चिमी दिल्ली की एक बाज़ारी नर्सरी का शब्दचित्र प्रकाशित किया है। क़िले की मीनार सरीखे स्कूल के भीतर पारदर्शी फ़र्श के नीचे बहता हुआ पानी है, सुनहरी मछलियों के लिए बना कृत्रिम पोखर है, डिस्को-डांस कक्ष और वाल्ड डिजनी के चरित्रों पर आधारित पोस्टर हैं। नर्सरी क्या है, एक रंगीन जेलख़ाना है जिसमें लगे सूक्ष्म टी.वी. कैमरे माता-पिताओं के कंप्यूटर से जुड़े हैं। इस तरह स्कूल की प्रधानाध्यापिका ही नहीं, बच्चों के अभिभावक भी बच्चों पर लगातार नज़र रख सकते हैं। दौलत के ऐश्वर्य और परीकथाओं के कल्पनालोक की तरह सजाए गए इस नर्सरी स्कूल में यदि कोई कमी है तो उस ख़ाली, सरल जगह की है जहाँ बच्चा साँस ले, स्वयं कुछ सोचे, बनाए।

पर बाज़ार की मूल्य-व्यवस्था में बच्चे का वजूद एक नन्हे, मूर्ख उपभोक्ता के सिवाय हो भी क्या सकता है? कहाँ तो संविधान की यह

कल्पना है कि हर बच्चा और उसकी गरिमा राज्य की ज़िम्मेदारी हो, और कहाँ यह यथार्थ है जिसमें ग़रीब बच्चे उपेक्षा और अमीर बच्चे बाज़ार की क्रूरता सहने के लिए छोड़ दिए गए हैं। प्रश्न सिर्फ़ बच्चों की देखरेख की शैली का नहीं है। असली और ज़्यादा बड़ा सवाल है कि शोख और तीखे रंगों की दुनिया में शैशव बितानेवाले बच्चे बड़े होकर किस तरह के इंसान बनेंगे। उनकी इंद्रियाँ, सोच और सृजनशीलता का क्या हश्र होगा? कुपोषण और बाल्यावस्था में श्रम के परिणाम हम जानते हैं, पर डिस्को नर्सरी के प्रभावों से हमारा समाज ही नहीं, अकादमिक संसार भी फ़िलहाल बेख़बर है।

दिल्ली में नर्सरी स्तर की शिक्षा संस्थाओं की माँग और आपूर्ति के बीच बहुत बड़ा फ़ासला है। अन्य महानगरों की तरह दिल्ली में भी पारिवारिक जीवन की जटिलताओं ने शिशु की देखभाल को एक आम समस्या का रूप दे दिया है। समस्या न भी होती, तो भी नर्सरी शिक्षा की ज़रूरत रहती। दुनिया भर में स्कूल के पारंपरिक वर्षों से पहले की शिक्षा का एक महत्त्वपूर्ण विषय मानी गई है और यूनेस्को ने उसे 'मजबूत बुनियाद' की संज्ञा दी है। दिल्ली में नर्सरी के वर्षों की फ़ीस स्कूली वर्षों की तुलना में कहीं अधिक रही है और सरकारी स्कूलों में नर्सरी दुर्लभ है। यहाँ तक कि केंद्रीय विद्यालय भी पूरा ख़र्च माता-पिताओं से लेकर नर्सरी चलाते हैं।

दिल्ली हाइकोर्ट ने गांगुली समिति से नर्सरी शिक्षा को क़ानूनी ढाँचा देने की अपेक्षा की थी। समिति ने समस्या की गहरी छानबीन करके कुछ ऐसे सुझाव दिए थे जिनसे इस अराजक क्षेत्र में सुधार का सिलसिला शुरू हो सकता था—प्रवेश-नीति में भी, पाठ्यक्रम और प्रशिक्षण में भी। आख़िर नर्सरी के वर्ष बचपन के सबसे कोमल वर्ष होते हैं। इन वर्षों में बालमन और काया को पोषण भी चाहिए, सुरक्षा भी, और सबसे पहले स्नेह की परिधि चाहिए। गांगुली समिति ने एक समतामूलक फ़ार्मूला दिया था जो व्यापारिक हितों को रास नहीं आया। दो वर्ष किसी तरह बनी रही आशा के बाद जंगल राज लौट आया।

# विश्वविद्यालय का बीहड़

रोहित वेमुला की आत्महत्या एक प्रश्नभीरू समाज में बहस और विवाद का विषय बन जाए, यह आश्चर्य की बात नहीं है। यदि सहभाव जैसी कोई चीज़ हमारे समाज में आंशिक मात्रा में भी होती तो बहस की जगह हम पश्चात्ताप करते और सोचते कि हमारे बेहतर विश्वविद्यालय भी इतने खोखले क्यों हैं। क्या नहीं है हैदराबाद केंद्रीय विश्वविद्यालय के पास? बड़ा-सा परिसर, अच्छी इमारतें, कम छात्र संख्या, अच्छा पुस्तकालय, कॉलेजों के झंझट से मुक्ति, केंद्र का उदार वित्त—सब कुछ होते हुए भी विश्वविद्यालय वीराना-सा है। कुछ महीने पहले मैं उस छोटी-सी झील की सुंदरता देखने का कौतूहल लिए गेस्ट हाउस से सौ क़दम पीछे गया। झील के इर्द-गिर्द की चट्टानों पर बैठना संभव न था क्योंकि इन पर शराब की टूटी हुई बोतलों का काँच बिखरा था। युवाओं की बस्ती में यह दृश्य एक बीहड़ अंतस का संकेत देता था। किसी-न-किसी सूरत में ऐसा अंतस देश के हर विश्वविद्यालय और कॉलेज के भीतर छिपा मिल जाएगा। हैदराबाद में वह यकायक बाहर आ गया है। उसे यथाशीघ्र वापस भीतर धकेलने और रोहित प्रसंग को भुला देने की हर संभव कोशिश हो रही है।

इस बीच जाति के आधार पर भेदभाव की चर्चा शुरू हो गई है। यह चर्चा किस-किस नीति को छू सकेगी या कुछ दिनों में शांत हो जाएगी, कहना कठिन है। कुछ समय पहले जबकि विश्वविद्यालय अनुदान आयोग के पैसे से अनुसूचित जातियों के छात्रों के लिए पृथक हॉस्टल कई परिसरों में बनाए गए थे तो किसी ने नहीं पूछा था कि क्या ऐसा अलगाव शिक्षानीति

का अंग है। आज हो रही चर्चा में छात्र संगठनों के बीच अलगाव भी शामिल हो, तभी चर्चा एक बृहत्तर परिप्रेक्ष्य पा सकेगी। आख़िर यह चर्चा एक ऐसी व्यवस्था पर है जो भारत की सामाजिकता का आधार है। भेदभाव उसका ढाँचागत स्वभाव है।

जाति पर आधारित समाज व्यवस्था को शिक्षा किस हद तक प्रभावित कर पाएगी यह प्रश्न दो कारणों से वाज़िब ठहरता है। पहला कारण है कि जाति एक पुरानी व्यवस्था है और उसकी जड़ों के आगोश से सामाजिक तीन चीज़ों पर जाति की पकड़ देश के किसी भी हिस्से में देखी जा सकती है। ये हैं—शादी, पेशा और भोजन। इतने बुनियादी पक्षों को समेटने वाली संस्था को एक कमज़ोर शिक्षा व्यवस्था कितना प्रभावित कर सकती है? इस शंका को छोड़ भी दें तो दूसरी शंका का कारण कम मजूबत नहीं है। प्राचीन भारत की शिक्षा का गुणगान किया जाता है, वह जाति की व्यवस्था और वर्ण की अवधारणा के प्रति विद्यार्थियों के मन में कोई खलबली मचाती हो, इसके प्रमाण ढूँढ़ना कठिन होगा। जाति ही क्यों, स्त्री के सीमाबद्ध जीवन पर सवाल उठाना प्राचीन काल की शिक्षा सिखाती हो, ऐसा संकेत या सबूत ढूँढ़ना भी मुश्किल होगा। शिक्षा का काम ज्ञान देना है या चेतना जगाना, यह प्रश्न आधुनिक काल के शिक्षा-दर्शन में ही कुछ हैसियत पा सका है, वरना शिक्षा की सामान्य भूमिका ज्ञान और व्यक्तित्व के निखार के संदर्भ में ही देखी जाने की परंपरा रही है। चैतन्य लोग सदा अपवाद रहे।

फिर भी आज के आम शिक्षित लोगों में यह धारणा काफ़ी लोकप्रिय है कि शिक्षा के प्रसार से जाति अपने आप कमज़ोर पड़ती जाएगी। ऐसा ही एक अन्य भ्रम शब्द को लेकर है। गाँव और शहर को एक-दूसरे का विलोम बताकर कहा जाता है कि जाति की बात तो अब मुख्यतः गाँवों में बची है, शहरीकरण उसे बहुत कमज़ोर कर देता है। यदि यह बात सच होती तो बंगलौर के बाद भारत का दूसरा साइबर सिटी कहलाने वाले हैदराबाद में रोहित वेमुला को आत्महत्या न करनी पड़ती। पर इस प्रसंग पर आने से पहले एक और शहर का जायज़ा लें। उपनिवेश काल में जो शहर आधुनिक उच्च शिक्षा और नई प्रशासन व्यवस्था के केंद्र बने, उनमें इलाहाबाद का नाम विशेष महत्त्व रखता है। बीसवीं सदी की शुरुआत

में कलकत्ता के बाद अंग्रेज़ी में साक्षर लोगों की सबसे बड़ी आबादी इलाहाबाद में रहती थी। वहाँ सेना की छावनी थी, हाई कोर्ट था, एक समृद्ध पुस्तकालय था और एक सम्मानित विश्वविद्यालय था जिसकी ज़रूरतों के बल पर मुद्रण और प्रकाशन का व्यवसाय फल-फूल रहा था। 'सरस्वती' और 'बालसखा' जैसी पत्रिकाएँ वहीं निकलीं, महादेवी और निराला की आवाज़ वहीं उठी। इस शहर का विश्वविद्यालय सवा सौ साल बाद भी जातिवाद से ग्रस्त हो, यह बात शिक्षा और जाति के रिश्ते को लेकर कौतूहल जगाती है। इस विश्वविद्यालय में शिक्षकों के संगठन जाति पर आधारित हैं। नियुक्तियाँ जाति का ध्यान रखे बग़ैर नहीं की जाती हैं, जो कुलपति जातीय समीकरणों को सँभाल नहीं पाते, वे या तो असफल रहते हैं या भाग खड़े होते हैं।

इलाहाबाद की यह कहानी बताती है कि शिक्षा अपने आप में जाति की काट नहीं है। जाति एक बड़ी सामाजिक संस्था है और वह अर्थव्यवस्था एवं राजनीति को आधुनिक बनानेवाले तत्वों को इत्मीनान से पचा सकी है। फिर भी यह प्रश्न पूछने लायक़ ठहरता है कि क्या शिक्षा से इतनी भी अपेक्षा नहीं की जा सकती कि वह जातीय भेदभाव को दूर करने में मददगार हो। ऊँच-नीच पर आधारित जाति व्यवस्था का एक बड़ा पक्ष उन जातियों से भेदभाव और छूआछूत बरतने का है जो वर्ण की अवधारणा और श्रेणियों के बाहर रखी गईं। आज की शब्दावली में इन्हें अनुसूचित जातियों अथवा दलित की संज्ञा दी जाती है। इन जातियों का उत्पीड़न सवर्ण जातियों के लिए जीवन की सामान्यता का हिस्सा है, इसलिए वह अनुभूति से ओझल रहता है। जब एक सवर्ण मध्यवर्गीय गृहिणी अपने घर का संडास पखारनेवाली महिला को एक अलग प्याले में चाय देती है जो सिर्फ़ उसी के इस्तेमाल के लिए नियत है, तो इस व्यवस्था में सवर्ण गृहिणी को कुछ भी अस्वाभाविक नहीं लगता। इसी प्रकार स्कूल में भोजन बाँटे जाते समय अनुसूचित जाति के बच्चों को अलग पंक्ति बनाने के लिए कहनेवाले शिक्षक को इसमें कुछ भी असामान्य नहीं लगता।

जाति–व्यवस्था में पेशे का संबंध जन्म से था। यह संबंध पहले के मुक़ाबले कुछ पारंपरिक पेशों को लेकर भले थोड़ा कम हुआ हो, सफ़ाई से जुड़े कामों के संदर्भ में मजबूत बना रहा है। सफाई कर्मचारी नगरपालिका का हो या पाँच सितारा होटल का, वह दलित जाति का ही होगा, ऐसी अनिवार्यता हम देश के किसी भी भाग में देख सकते हैं। इसके विपरीत भोजन पकाने के काम में सवर्ण, मुख्यत: ब्राह्मण, ही मिलते हैं। इस परिदृश्य में शिक्षा की सक्रियता बहुत कम मात्रा में दिखाई देती है। जाति के बारे में ज्ञान कभी विश्लेषण का विषय नहीं बनाया जाता। विश्वविद्यालय स्तर पर भी समाजशास्त्र को छोड़कर कोई अच्छा विभाग इसका उल्लेख नहीं करता। एन.सी.ई.आर.टी. की बारहवीं कक्षा की पुस्तक 'सामाजिक और राजनैतिक जीवन' एक अपवाद है क्योंकि उसमें दलित जातियों के साथ होनेवाले नियमित भेदभाव का विश्लेषण करने की कोशिश की गई है। ओमप्रकाश वाल्मीकि की आत्मकथा से लिए गए अंश की मदद से परानुभूति जगाने का प्रयास शुरू की कक्षा के स्तर पर किया गया है।

हैदराबाद के केंद्रीय विश्वविद्यालय के कुलपति ने यदि ऐसी सामग्री पढ़ी होती तो शायद वे रोहित वेमुला के उस पत्र से विचलित हो जाते जो उसने आत्महत्या से एक माह पहले उन्हें लिखा था। पर बड़ा प्रश्न किसी एक कुलपति की निष्ठुरता का नहीं है, भारत की उच्च शिक्षा के बीहड़ का है। विश्वविद्यालय का काम है कि वहाँ विचार की आज़ादी और उड़ान सदा संभव रहे। यह बुनियादी शर्त अब हमारे किसी विश्वविद्यालय के बस की बात नहीं रही। धर्म, जाति, विकास और राष्ट्रवाद की संकीर्णतम धारणाएँ हमारे कॉलेजों और विश्वविद्यालयों के माहौल में एक अर्से से फलती–फूलती रही हैं। इनके साए में हिंसा आए दिन फूट पड़ती है और उसका डर सदैव बना रहता है। ऐसी परिस्थितियों में विचार की स्वतंत्रता कैसे संभव है। रोहित वेमुला जिस संगठन का सदस्य था, वह आंबेडकर की वैचारिक परंपरा का अनुयायी है। आंबेडकर और लोहिया ने जाति व्यवस्था और कई अन्य बुनियादी महत्त्व के सामाजिक सरोकारों पर जिस प्रखरता से प्रश्न किए, वैसी प्रखरता आज विश्वविद्यालयों के

परिसरों में दुर्लभ और असुरक्षित हो चुकी है। इस परिस्थिति में रोहित वेमुला की निराशा समझ में आती है। कोई साथी, कोई शिक्षक इस निराशा के अँधेरे में उसके साथ नहीं रह सका, यह विश्वविद्यालय की संस्थायी विफलता का प्रमाण है।

# नींद उड़ानेवाला सपना

इलाहाबाद हाई कोर्ट का आदेश जारी होते ही अपील की चर्चा शुरू हो गई है। आदेश क्या है, उत्तर प्रदेश की सरकारी मशीनरी में एक सपना फूँकने की कोशिश है। सपना सुंदर और सुखद है, मगर जिस नींद में शिक्षा व्यवस्था सोई हुई है, वह ज़्यादा सुखद है। व्यवस्था बँटी हुई है। प्राइवेट स्कूल लगातार फल-फूल रहे हैं, सरकारी स्कूल बेदम हैं। सर्व शिक्षा अभियान के तहत सरकारी स्कूलों की संख्या बढ़ी है, मगर सुधारों का सिलसिला रुक-सा गया है। सबसे बड़ी मुश्किल शिक्षकों की तैनाती को लेकर खड़ी हुई है। उनकी कमी पूरे देश में है, पर उत्तर के राज्यों की स्थिति ज़्यादा ख़राब है। उत्तर प्रदेश की स्थिति को सँवारना आसान नहीं है और सरकार की इच्छा-शक्ति लंबे समय से कमज़ोर रही है। इलाहाबाद हाई कोर्ट के आदेश से सरकार की इच्छा-शक्ति जाग सकती है, पर ज़्यादा समस्या इस बात की है कि प्रतिशोध की इच्छा जागे और अपील के रास्ते आदेश को पलटवाने की कोशिश करे।

इस संभावना की वजह सरकार और समाज दोनों में ढूँढ़ी जा सकती है। प्राइवेट स्कूल बेहतर हैं, यह मान्यता समाज और सरकार दोनों में व्याप्त है। उत्तर प्रदेश में प्राइवेट स्कूलों का इतिहास सरकारी स्कूलों से ज़्यादा पुराना है। अंग्रेज़ों के समय में उत्तर प्रदेश संयुक्त प्रांत कहलाता था। उन्नीसवीं सदी के उत्तरार्ध में लागू की गई 'ग्रांट-इन-एड' या प्राइवेट स्कूलों को सरकारी अनुदान से चलाने की नीति जिन दो बड़े प्रांतों में सबसे ज़ोर-शोर से चली, वे बंगाल और संयुक्त प्रांत ही थे। मगर आज बहुत बड़ी संख्या ऐसे प्राइवेट स्कूलों की है जो सरकारी सहायता नहीं लेते। ये स्कूल

अपना ख़र्च ऊँची फ़ीस लेकर चलाते हैं। शहरी मध्यम वर्ग अपने बच्चों को इन्हीं स्कूलों में पढ़ाना पसंद करता है। सरकारी अधिकारी और नेताओं के बच्चे इन्हीं स्कूलों में पढ़ते हैं। मामला सिर्फ़ वर्दी और अंग्रेज़ी का नहीं है। इन स्कूलों की साख इस कारण भी है कि वे क़ायदे से अर्थात् नियमित चलते हैं।

इनकी तुलना में बाक़ी स्कूल कमज़ोर दिखते हैं। ये बाक़ी स्कूल लगभग मुफ़्त शिक्षा देते हैं पर आज उनमें मुख्यत: निर्धन वर्गों और निचली जातियाँ के बच्चे दिखाई देते हैं। सर्व शिक्षा अभियान के तहत सरकारी स्कूलों की तादाद बहुत बढ़ी है और सरकारी अनुदान से चलनेवाले स्कूल पहले से उत्तर प्रदेश में काफ़ी बड़ी संख्या में रहे हैं। आज छोटे-से-छोटे गाँव में प्राइमरी स्तर का सरकारी स्कूल है। उसके समानांतर गाँव-गाँव में अंग्रेज़ी माध्यम का दावा करनेवाले प्राइवेट स्कूल खुल रहे हैं। सामाजिक हवा का इशारा है कि पढ़ाई इन्हीं में होती है सरकारी स्कूल में तो बस खाना मिलता है, वर्दी और वजीफ़ा बँटता है। बच्चों के स्तर पर समाज का बँटवारा हो चुका है। जो भी थोड़ी-बहुत हैसियत रखता है और फ़ीस दे सकता है, अपने बच्चों को सरकारी स्कूल से हटा लेना चाहता है। उत्तर प्रदेश में निर्धन मज़दूर और छोटे किसानों का वर्ग बहुत बड़ा है, इसलिए सरकारी स्कूलों में भी बच्चों की संख्या काफ़ी बढ़ी है। 'शिक्षा का अधिकार' क़ानून आने के बाद से इन स्कूलों की इमारत और सुविधाएँ भी सुधरी हैं, पर एक समस्या लगातर बनी रही है और इधर के वर्षों में विकराल रूप लेती चली गई है। यह समस्या है शिक्षकों की कमी की।

इस समस्या का दूसरा चेहरा है शिक्षकों में उत्साह के अभाव का। उनके ऊपर नौकरशाही का दबदबा लगातार रहता है। जोड़-तोड़ के बल पर अनेक शिक्षक अपना तबादला शहरी इलाक़ों में करा लेते हैं। उत्तर प्रदेश की आम सच्चाई है कि गाँव का सरकारी स्कूल एक-दो शिक्षकों के सहारे चलता है और शहर के स्कूलों में ज़रूरत से ज़्यादा शिक्षक हैं। इस अव्यवस्था के बीच कई अन्य समस्याएँ बुदबुदाती रहती हैं, जैसे अधूरा वेतन पाने वाले पैरा-शिक्षकों का असंतोष, स्कूल में सफ़ाई के लिए कोई व्यवस्था न होना, खिड़की या छत की टूट-फूट के लिए मरम्मत के इंतज़ार में महीने या साल निकल जाना।

इस विषम परिदृश्य पर इलाहाबाद हाई कोर्ट ने अच्छा-ख़ासा हथौड़ा चलाया है। कोर्ट का आदेश है कि सरकारी अधिकारियों, कर्मचारियों और चुने गए जन-प्रतिनिधियों के बच्चे अनिवार्य रूप से सरकारी प्राइमरी स्कूलों में पढ़ें। इस अनिवार्यता की कोताही के लिए दंड का प्रावधान भी कोर्ट ने कर दिया है। इस आदेश पर अमल की योजना प्रस्तुत करने के लिए न्यायालय ने सरकार को छह महीने का समय दिया है। आदेश की व्यंजना और उसका आधार काफ़ी स्पष्ट है। कोर्ट की राय में सरकारी स्कूल इसलिए बदहाल हैं क्योंकि समाज में हैसियत रखनेवालों की संतान वहाँ से चली गई है। यदि अफ़सरों और नेताओं के बच्चे वहाँ पढ़ेंगे तो शिक्षकों की नियुक्ति और टूटी हुई छतों व खिड़कियों की मरम्मत अपने आप हो जाएगी।

न्यायाधीशों की यह समझ और आशा तर्कसंगत है। जब फ़ीस लेकर चलनेवाले प्राइवेट स्कूल नहीं थे तो अफ़सरों के बच्चे आम नागरिकों के बच्चों के साथ ही पढ़ते थे। इतना अवश्य सच है कि तब आम नागरिकों में मज़दूर और छोटे किसान शामिल नहीं थे। आज उनके बच्चे भी स्कूल जा रहे हैं। अफ़सर, नेता और मज़दूर के बच्चे प्राइमरी स्कूल में साथ-साथ पढ़ेंगे तो समाज का बँटवारा घटेगा, शिक्षा का स्तर भी सुधरेगा, छुटपन से अंग्रेज़ी थोपे जाने की समस्या भी सुलझेगी। इतनी बीमारियों का एक साथ इलाज़ एक सपना जैसा लगता है। फ़िलहाल ऐसा लगता है कि इस सपने ने उत्तर प्रदेश के नेताओं और अधिकारियों को खुशी देने की जगह उनकी नींद उड़ा दी है।

# वसंत में ख़बर बननेवाली बीमारी

परीक्षा में नक़ल की बीमारी हर साल मार्च के महीने में ख़बर बनती है। ख़बर प्रायः इस अंदाज़ में दी जाती है कि बीमारी का ज़िक्र चिंता पैदा करने की जगह लोगों का मनोरंजन करे। वैसे भी, भारत समेत समूचे दक्षिण एशिया में समाज को इस बीमारी की आदत है। बीमारी कितनी पुरानी है, इसका अंदाज़ आप इस बात से लगा सकते हैं कि रवींद्रनाथ टैगोर ने परीक्षा में नक़ल का हवाला अपने एक सार्वजनिक व्याख्यान में दिया था। उन्होंने समझाया था कि समस्या सिर्फ़ नक़ल करके सफलता हासिल करनेवाले छात्रों की नहीं है। वे छात्र जो नक़ल का सहारा नहीं लेते, रटंत विद्या पर निर्भर हैं। वे पूरी किताब रटकर याद कर लेते हैं। टैगोर ने उनकी तुलना हनुमान से की थी जो संजीवनी बूटी लाने गए थे और पूरा पहाड़ ले आए थे।

टैगोर की व्यंजना हमें समझाती है कि परीक्षा में नक़ल की बीमारी दरअसल स्वयं एक बीमारी नहीं है, एक बीमार व्यवस्था का लक्षण है। वह इशारा करती है कि भारत की शिक्षा व्यवस्था में पढ़ाई का उद्देश्य समझना नहीं है, इम्तहान में अंक लाना है। माँ-बाप, बच्चे और अध्यापक—सभी का ज़ोर परीक्षा की तैयारी पर रहता है। पाठ्यक्रम बनानेवाले भी परीक्षा के दृष्टिकोण से ज्ञान की मात्रा तय करते हैं। परीक्षा का पर्चा बनानेवाले और उत्तरों पर नंबर देनेवाले परीक्षक भी छात्र की समझ पर ध्यान नहीं देते। प्रश्न होते ही इस तरह के हैं कि उनका उत्तर रटकर दिया जा सके। यदि कोई विद्यार्थी ऐसा उत्तर लिख दे जिसमें समझने

का प्रयास या कल्पना के लक्षण नज़र आते हों तो उसे कम नंबर मिलेंगे। जो अध्यापक बच्चों में समझ या जिज्ञासा विकसित करने का प्रयत्न करता है, उसे अनोखा माना जाता है। स्कूल का प्रिंसिपल और बच्चों के माँ-बाप उस पर ज़ोर डालते हैं कि वह बच्चों को परीक्षा के लिए तैयार करे—अर्थात् समझने की जगह याद करना और प्रश्नों का जबाव फटाफट देना सिखाए। यही सिखाने के लिए ट्यूशन और कोचिंग कराई जाती है। वे दोनों काम अरबों रुपए के उद्योग के ज़िम्मे हैं।

परीक्षा में नक़ल करना या नक़ल के सहारे पास करना स्वयं एक असंगठित उद्योग है। पूरी हिंदी पट्टी में इस उद्योग के केंद्र फैले हैं। उत्तर प्रदेश, बिहार और मध्य प्रदेश के कुछ ज़िले ज़्यादा बड़े और व्यवस्थित केंद्र हैं। इनमें कुछ परीक्षा केंद्रों की ठेकेदारी का चलन है। दसवीं, बारहवीं या विश्वविद्यालय की परीक्षाओं में पास होने के लिए दूर-दूर से छात्र इन केंद्रों का रोल नंबर लेते हैं।

कोई आश्चर्य नहीं कि भारत में परीक्षा-तंत्र पुलिस के सहारे ही जीवित रह पाता है। हिंदी पट्टी ही क्यों, समूचे देश में वसंत के मौसम में परीक्षा पुलिस की एक बड़ी ज़िम्मेदारी बन जाती है। मीडिया में ख़बर आने पर कई जगह पुलिस नक़ल-केंद्रों पर छापे भी मारती है। स्वयं शिक्षा विभाग अपने उड़नदस्ते बनाता है। इधर-उधर कुछ घटनाएँ नकल पर प्रहार करती हैं, कई बार कुछ मामले कचहरी में जा पहुँचते हैं। वंसत की विदाई के साथ सब कुछ सामान्य हो जाता है।

परीक्षा, पाठ्यक्रम और अध्यापन में सुधार लाने के प्रयास लगातार हुए हैं और उन्हें सफलता भी मिली है। 'राष्ट्रीय पाठ्यचर्या की रूपरेखा-2005' के तहत लाए गए सुधार सी.बी.एस.ई. (यानी के केंद्रीय माध्यमिक शिक्षा बोर्ड) से जुड़े स्कूलों पर कुछ असर दिखला सके हैं। इनकी संख्या देश के कुल माध्यमिक स्कूलों की संख्या के मुक़ाबले दस प्रतिशत से भी कम है। शेष स्कूल प्रांतीय बोर्डों से जुड़े हैं। इनमें से कुछ ने 2005 की पाठ्यचर्या के द्वारा शुरू हुए सुधारों को लागू करने का प्रयास किया है। पर उत्तर प्रदेश, मध्य प्रदेश, बिहार, महाराष्ट्र जैसे बड़ी आबादी के राज्यों

ने कोई गहरे प्रयास नहीं किए। इस तरह देखें तो आप कह सकते हैं कि नक़ल की बीमारी का थोड़ा-बहुत इलाज जिन स्कूलों में चल रहा है, वहाँ भारत को अभिजन या इलीट वर्गों के बच्चे पढ़ते हैं। शेष स्कूल, जहाँ अधिकांश जनता के बच्चे पढ़ते हैं, न सरकारों के ध्यान में रहते हैं, न मीडिया की सुर्खियों में। वसंत का मौसम एक संक्षिप्त अपवाद पेश करता है।

• • •

# सस्ता साहित्य मण्डल

सत्साहित्य

सस्ता साहित्य मण्डल

# LA MACHINE-OCÉAN

*Dans la même collection*

Gilbert Chauvet, *La Vie dans la matière.*
Daniel Crevier, *À la recherche de l'intelligence artificielle.*
Maxime D. Franck-Kamenetskii, *La Découverte de la structure de l'ADN.*
Stephen Hawking, *Une brève histoire du temps. Du big bang aux trous noirs.*
Motoo Kimura, *Théorie neutraliste de l'évolution.* Préface de Jacques Ruffié.
G.E.R. Lloyd, *Raison, magie et expérience. Origines et développements de la science grecque.*
Simon LeVay, *Le cerveau a-t-il un sexe?*
Georges Lochak, Simon Diner, Daniel Fargue, *L'Objet quantique.*
Benoît Mandelbrot, *Les Objets fractals,* 3e éd., suivi de *Survol du langage fractal.*
Laurent Nottale, *L'Univers et la lumière.*
Ladislas Robert, *Les Horloges biologiques.*
Jacques Ruffié, Jean-Charles Sournia, *Les Épidémies dans l'histoire de l'homme. De la peste au sida.*
Bernard Sapoval, *Universalités et fractales.* Préface de Benoît Mandelbrot.
Franco Selleri, *Le Grand Débat de la théorie quantique.*
George Smoot et Keay Davidson, *Les Rides du temps. L'Univers, trois cent mille ans après le big bang.*
Ian Stewart, *Dieu joue-t-il aux dés ? Les mathématiques du Chaos.* Préface de Benoît Mandelbrot.
Kip Thorne, *Trous noirs et distorsions dans le temps.*
Christopher Wills, *La Sagesse des gènes. Nouvelles perspectives sur l'évolution.*

JEAN-FRANÇOIS MINSTER



# LA MACHINE-OCÉAN

FLAMMARION

I.S.B.N. : 2-08-211225-X
Printed in France

# AVANT-PROPOS

Communiquer ses idées ou ses résultats à ses collègues et en débattre avec eux fait bien sûr partie intégrante du travail du chercheur. Les communiquer aux autres, que ce soit aux chercheurs des autres disciplines, aux jeunes qui découvrent le sujet ou à tout autre public, est aussi à mes yeux un devoir et en même temps un plaisir. Faire partager sa passion, permettre aux curieux de découvrir un domaine, transmettre le progrès des connaissances, montrer l'utilisation et le bénéfice des ressources que les États affectent à la recherche, tout cela mérite que l'on y consacre un peu de temps. Cette démarche doit tirer parti de tous les outils modernes de communication car chacun d'eux a ses mérites et permet de toucher une audience. Cependant, le livre reste la forme la plus efficace car il permet au lecteur de s'approprier l'information qu'il reçoit. La longueur du texte permet le développement et le recul ; la pérennité du résultat impose la précision du propos. C'est aussi, il faut bien le reconnaître, un défi que le chercheur finit par vouloir relever. Celui-ci est d'abord récompensé de ses efforts par le plaisir que suscite la mise en forme d'un paragraphe ordonnant le raisonnement, aussi bien que par l'apparent travail que traduit le volumineux manuscrit ou la noblesse de l'objet publié. En même temps, comme il n'est pas écrivain de métier et qu'il n'est pas nécessairement doué, le chercheur ressent une certaine angoisse : vu par les autres, le résultat ne sera pas forcément convaincant ni même intéressant. Toucher le lecteur est pourtant bien le but initial.

Dans ce livre, j'ai voulu expliquer l'océanographie que j'aime. Celle de l'objet naturel, système complexe animé d'une étonnante variété de phénomènes, lieu privilégié des interactions entre processus physiques, chimiques et biologiques si caractéristiques de la

Terre, composante essentielle de la machine climatique, facteur de contrôle des cycles de l'eau et du carbone et donc de la vie sur Terre ; celle des aventures humaines que constituent les projets et les programmes internationaux ; celle des défis technologiques, comme les outils de mesure *in situ*, les modèles numériques ou les systèmes d'observation par satellites ; celle enfin d'une discipline en mouvement, qui semble bien vivre une révolution, la troisième en un siècle.

J'aborderai donc cinq questions : les courants océaniques, leur variabilité et les phénomènes physiques qui les expliquent ; le cycle océanique du carbone, la complexité des processus biogéochimiques mis en jeu et son importance dans le fameux problème du gaz carbonique ; l'évolution de l'océanographie depuis ses origines et surtout les étapes qu'elle a franchies à la fin du XIX^e^ siècle, puis dans les années 50 ; l'observation, voire la surveillance de l'océan, plus particulièrement à l'aide des satellites comme Topex-Poséidon, et les conséquences probables des progrès technologiques en cours ; l'organisation actuelle de la discipline et la gestion des grands programmes internationaux. Je tente de présenter les mêmes problèmes océanographiques de points de vue descriptif, dynamique, historique, observationnel ou de l'organisation de la recherche ; les différents chapitres se recoupent et se complètent, mais ils devraient pouvoir être lus indépendamment les uns des autres selon l'intérêt de chacun.

À bien des égards, les questions traitées ici sont les mêmes que celles que j'ai abordées dans mon livre *Les Océans* écrit pour la collection Dominos (Flammarion, 1994). J'ai pu cependant les développer et donner des informations plus quantitatives. La plupart des questions sont celles de la recherche actuelle. Je décris les processus qui me semblent importants et les illustre de résultats récents, mais ne prétends pas proposer un ouvrage d'océanographie descriptive ou dynamique ni un ouvrage de chimie ou de biogéochimie des océans. Même si je suis convaincu que l'océanographe doit avoir une culture étendue sur l'ensemble des sous-disciplines concernées, je ne fais qu'effleurer, pour les besoins de l'exposé, la géologie et la géophysique marines, la sédimentologie et la paléo-océanographie, la biologie marine et l'halieutique, l'économie et le droit de la mer.

Le lecteur notera vite que je mentionne souvent les contributions d'océanographes français. Je ne cherche pas à faire croire que l'océanographie est dominée par mes collègues ; je trouve cependant que depuis vingt ans, notre discipline est active, diversifiée, bien intégrée dans le contexte international et souvent en avance sur les autres. J'ai donc voulu traduire ce fait et reconnaître que le plaisir que je ressens dans mon métier doit beaucoup à mes amis. Je sais que je ne les ai pas tous cités ou que je n'ai pas toujours décrit leurs contributions les plus significatives ; j'espère qu'ils m'en excuseront. Je remercie par ailleurs les nombreux collègues toulousains, et tout particulièrement Catherine Jeandel, qui ont relu et critiqué le manuscrit.

Ce faisant, j'ai pensé aux enseignants du second degré, qui ont à transmettre une vision moderne de notre système Terre à leurs élèves, aux étudiants en sciences de la planète, qui ont à acquérir une perception intégrée de leur objet d'étude, aux jeunes océanographes, qui n'ont souvent pas le temps de rechercher l'origine de leur sujet ni d'étudier les questions connexes à leur thème préféré, ou aux chercheurs d'autres disciplines, qui entendent parler de l'océanographie sans avoir l'occasion de comprendre ce que cette discipline recouvre. J'espère que ces pages rempliront leur attente.

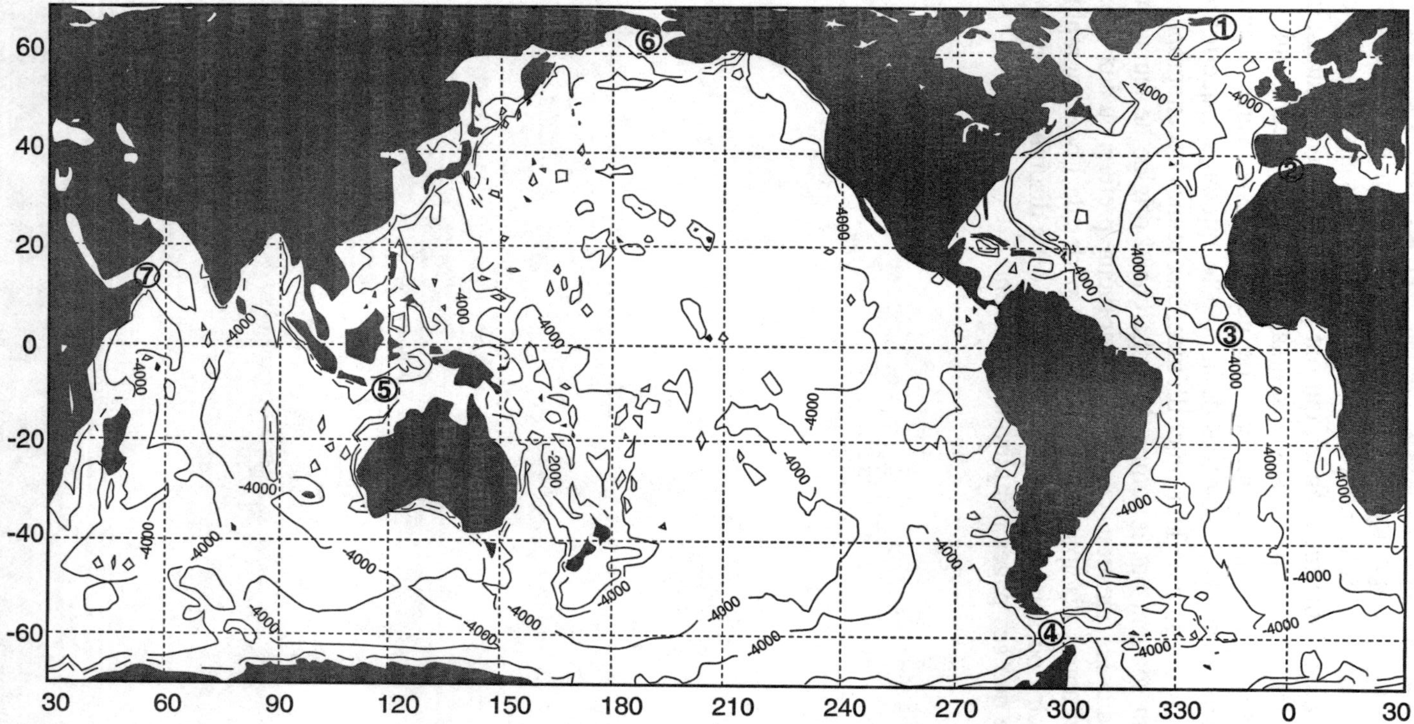

Carte bathymétrique des océans. Les contours délimitent les profondeurs de 500 m et 4000 m. Ils permettent d'identifier les talus abrupts qui longent le pourtour des continents, les dorsales médio-océaniques, ces chaînes de montagne dont la profondeur caractéristique est de 2600 m, ainsi que les plaines abyssales dont la profondeur typique est de 5000 m. Divers seuils mentionnés dans le texte sont aussi indiqués : 1. détroit du Danemark ; 2. détroit de Gibraltar ; 3. fracture de la Romanche ; 4. passage de Drake; 5. détroits d'Indonésie; 6. détroit de Behring; 7. détroit de Bab el-Mandeb.

Chapitre premier

# COURANTS ET MASSES D'EAU
# PREMIÈRE DESCRIPTION DE L'OCÉAN

L'océan reste plutôt mal connu car on n'en a pas facilement de perception directe. Chacun peut ressentir tous les jours les effets de l'atmosphère et en observer les mouvements grâce aux nuages ; en revanche, on ne voit aisément que la surface de l'océan, même au cours d'une traversée en bateau. Il est aisé de saisir et de scruter une roche pour tenter de deviner ce qui lui est arrivé, tandis que l'eau est insaisissable et ce qui y est dissous n'est pas visible. Bien sûr, quand il va à la plage, un enfant découvre vite que la mer est salée, qu'elle est agitée de vagues et qu'il y a des marées ; certes, il apprend à l'école qu'un courant chaud appelé le Gulf Stream traverse l'Atlantique et réchauffe le climat en Europe ; la visite des aquariums ou la projection de films ont pu le sensibiliser à la magnifique diversité du monde sous-marin ; ses livres lui ont probablement donné l'image d'un monde des abysses froid et obscur, peuplé de rares et étranges animaux. Mais, dans le détail, à part les marins et les océanographes, qui sait quelle est l'allure du Gulf Stream, sa vitesse, sa largeur, sa profondeur ou sa trajectoire ?

Au départ, l'océanographie est une discipline naturaliste : cela signifie à mon sens qu'il faut commencer par décrire et connaître cet objet où les processus se déroulent sans qu'on en connaisse *a priori* les paramètres. Il faut ensuite comprendre comment il fonctionne et être capable d'en décomposer quantitativement les processus. Se demande-t-on pourquoi le Gulf Stream est là ? Sait-on comment il adoucit notre climat ? Affecte-t-il la vie dans l'océan ? Cette compréhension passe nécessairement par une représentation dynamique du système et fait appel à des connaissances et des outils de la physique, de la chimie et de la biologie.

Pour commencer, on peut se contenter d'une représentation stationnaire de l'océan, en équilibre physique et chimique avec l'atmosphère. En fait, jusque dans les années 60, les observations océanographiques ont été acquises de façon isolée et dispersée, menées à partir de navires lents et peu nombreux. On faisait donc l'hypothèse que les courants et les processus biogéochimiques (on verra qu'effets chimiques et biologiques sont étroitement associés) étaient stationnaires et homogènes sur de grandes distances. Plus encore, on se contentait de cartographier les propriétés de l'océan, comme sa température, sa salinité ou la concentration d'oxygène dissous, car on savait mal mesurer directement les courants ou les flux biogéochimiques. Les océanographes cherchaient donc à estimer ces derniers à partir des premiers. Par chance, les paramètres fondamentaux de l'océan sont relativement stables dans le temps et les structures de grandes dimensions dominent leur répartition. Une somme étonnante de connaissances a pu être obtenue ainsi. Je vais donc commencer par la description issue de ces observations historiques.

## Paramètres thermodynamiques de l'océan : température et salinité

Rappelons au préalable que l'océan couvre 70 % de la surface de la Terre et que son volume est de 1 320 millions de km$^3$, représentant 97 % de l'eau de surface. Sa profondeur moyenne est de 3 800 m. Il est assez inégalement réparti, puisque la surface d'océan est une fois et demie plus grande dans l'hémisphère Sud que dans l'hémisphère Nord et que, par ailleurs, l'océan Pacifique représente plus de la moitié du total. Pour décrire l'océan, le plus logique est ensuite de commencer par ses paramètres thermodynamiques fondamentaux, qui sont la température, la pression et la salinité.

La répartition des températures de surface de l'océan n'est pas surprenante : des eaux chaudes (jusqu'à 30°C) en zones tropicales, devenant de plus en plus froides (jusqu'à − 2°C) au fur et à mesure que l'on s'élève en latitude. Plus en détail, cette répartition est cependant assez complexe : le long de l'équateur, on rencontre une langue d'eau plus froide dans les régions orientales des océans Atlantique et Pacifique, qui semble provenir de l'hémisphère Sud ; dans l'océan Atlantique, l'eau chaude en provenance des Caraïbes remonte vers le nord-est.

Selon la verticale (on parle de « colonne d'eau »), on rencontre d'abord une couche homogène d'environ 100 m d'épaisseur, près de

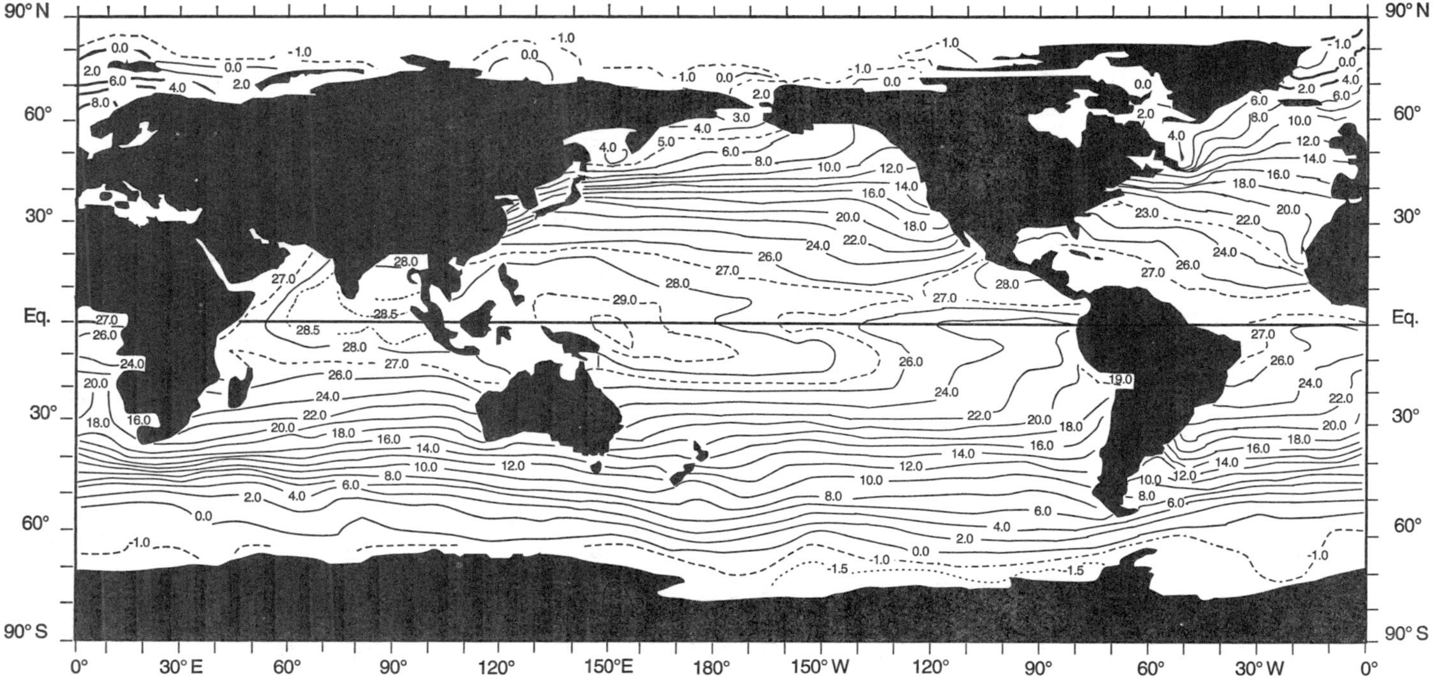


**Répartition des températures de surface de l'océan, en moyennes annuelles. Les isolignes sont données pour chaque degré de température. La zone d'eaux très chaudes, atteignant 30°C vers l'Indonésie, est le principal réservoir de chaleur de l'océan. À cause du sel, l'eau de mer gèle vers - 2°C, température qui est atteinte dans les zones polaires.**

la surface ; on l'appelle la « couche de mélange océanique ». Ensuite, la température présente une très forte décroissance jusque vers 1 000 m de profondeur : à ce niveau, elle ne dépasse généralement pas 12°C ; on appelle ce gradient la « thermocline principale ». Au fond, l'eau est froide et relativement homogène : à titre d'exemple, 47 % de l'eau de l'Atlantique a une température comprise entre 2 et 4°C. Enfin, on trouve à nouveau une couche d'eau homogène d'environ 100 m d'épaisseur à proximité immédiate du fond ; on l'appelle la « couche limite benthique ». Ce sont les eaux froides profondes qui dominent : la température moyenne des océans n'est que de 3,5°C.

La pression augmente approximativement de 10 hectopascals (hPa) ou 10 décibars (dbar) tous les dix mètres. En conséquence, la température augmenterait d'environ 0,15°C par 1 000 m de profondeur par le seul effet de compression adiabatique – c'est-à-dire sans échange de chaleur – de l'eau. Bien sûr, pour comparer les températures de deux eaux situées à des profondeurs différentes, il faut tenir compte de ce phénomène ; on utilise donc leur « température potentielle », qui est la température qu'auraient ces eaux si on les ramenait adiabatiquement à la surface. Une coupe nord-sud de la température potentielle d'un bassin océanique révèle une structure en pelures d'oignon : les couches de surface chaudes forment une lentille centrée sur l'équateur ; les couches froides profondes communiquent avec l'atmosphère aux hautes latitudes, où la température est relativement homogène sur toute la colonne d'eau. En fait, la thermocline est nettement plus mince près de l'équateur, où elle n'a que quelques centaines de mètres d'épaisseur, qu'aux latitudes subtropicales, où on la trouve jusqu'à 800 à 1 000 m de profondeur.

Chacun sait que l'eau de mer est salée : la salinité moyenne des océans est de 34,71 ups ; c'est approximativement 34,71 milligrammes de sel par gramme d'eau de mer. On utilise aujourd'hui une « unité pratique de salinité », notée ups, car on mesure la conductivité de l'eau, qui est étroitement reliée à la quantité de sels dissous, mais pas strictement. Six éléments chimiques seulement, dits majeurs, expliquent 99 % des sels dissous dans l'eau ; ce sont le chlorure $Cl^-$ et le sulfate $SO_4^{--}$ pour les anions, le sodium $Na^+$, le potassium $K^+$, le calcium $Ca^{++}$ et le magnésium $Mg^{++}$ pour les cations, ces éléments étant en proportions relatives pratiquement constantes. Les variations de salinité sont beaucoup plus faibles que celles de la température : 90 % de l'eau de mer a une salinité entre 34 et 35 ups ; en fait, 50 % de l'eau a une salinité comprise entre 34,6 et 34,7 ups. En surface, les eaux sont plus salées dans les zones tropicales (jusqu'à 37 ups ; 36,6 ups en moyenne à 25°S et 25°N) et moins salées à l'équateur et aux hautes latitudes (jusqu'à 33 ups ; 34,2 ups en moyenne à 50°S). Certains bassins ont des salinités extrêmes : 39 ups en Méditerranée et 42 ups en mer Rouge, parce que ce sont des bassins d'évaporation ; seulement 9 ups en mer Baltique, où arrive beaucoup d'eau douce, alors que les échanges d'eau de mer avec la mer du Nord sont assez faibles.

La répartition de la salinité en profondeur est un aspect fondamental de l'océan et du climat. Aux profondeurs supérieures à 800 m, une coupe nord-sud dans l'océan Atlantique fait apparaître des langues d'eau superposées les unes sur les autres : chacune d'elles est caractérisée par une salinité relativement homogène et paraît en contact avec l'atmosphère aux latitudes élevées.

En fait, l'observation nous apprend que les variations de température et de salinité sont fortement reliées entre elles, les eaux plus chaudes étant généralement plus salées. On décrit donc les eaux des océans à l'aide d'un diagramme représentant leur température potentielle en fonction de leur salinité, appelé diagramme « T-S ». Les variations de ces paramètres peuvent être assez petites, si bien que leur mesure doit être très précise : on atteint maintenant en routine des précisions de 0,002°C et 0,005 ups ! Dans le diagramme « T-S », on trouve des maxima ou des minima de l'une ou l'autre des propriétés : ces extrêmes permettent d'identifier ce qu'on appelle des « masses d'eau » ; celles-ci ont des propriétés bien caractéristiques que l'on rencontre dans de grands espaces homogènes de l'océan.

Près de la surface, les masses d'eau sont assez diverses et sensiblement distinctes d'un bassin à l'autre. En profondeur, elles sont moins nombreuses et se retrouvent dans tous les océans. En simplifiant et en se contentant des masses d'eau les plus profondes, on identifie principalement :

– « l'eau profonde nord-atlantique » (ou EPNA ; 2,9°C et 34,9 ups), qui s'étend vers 3 000 m de profondeur depuis les mers du Labrador, de Norvège et du Groenland ; grâce à sa salinité élevée, on en retrouve facilement la trace jusque dans l'océan Glacial antarctique, et ceci même au sud du Pacifique ;

– « l'eau antarctique de fond » (ou EAF ; 0°C et 34,70 ups), eau très froide qui se répand depuis le continent Antarctique à plus de 4 000 m de profondeur et que l'on retrouve dans les trois océans jusque dans l'hémisphère Nord ;

– « l'eau antarctique intermédiaire » (ou EAI ; 2,2°C et 33,8 ups, là où elle se forme, mais plutôt 4°C et 34,3 ups en subsurface), en contact avec l'atmosphère le long des lisières du courant antarctique

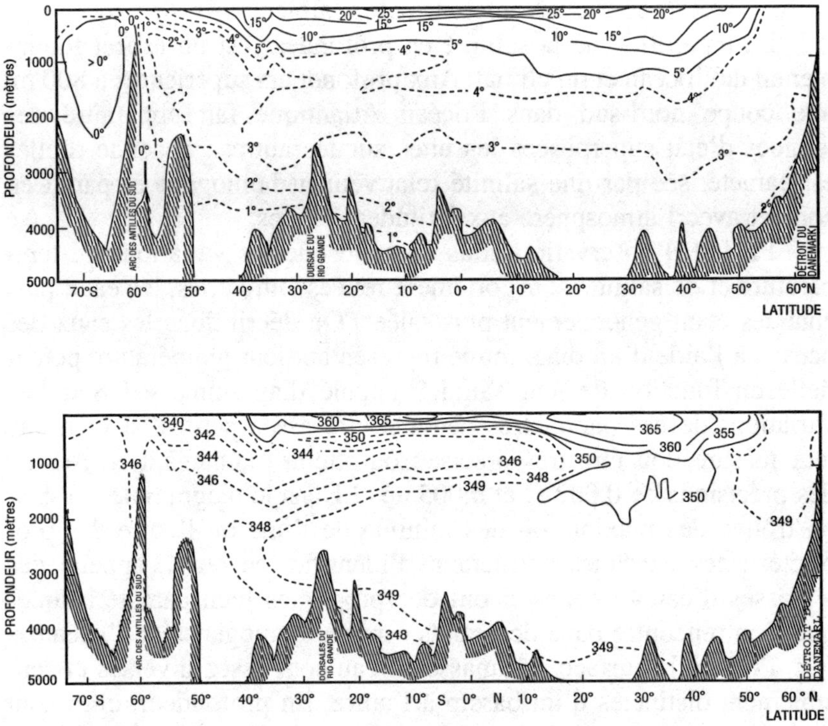


**Coupes nord-sud de la température et de la salinité dans l'océan Atlantique. La ligne hachurée décrit le fond de l'océan. On remarquera la structure en pelures d'oignon de la température et les masses d'eau de salinité homogène. Ces coupes ont été déterminées pour la première fois par l'océanographe allemand Georg Wüst, au cours de campagnes océanographiques de 1925 à 1927.**

circumpolaire et que l'on retrouve vers 800 m de profondeur (c'est-à-dire à la profondeur de la thermocline) jusque dans l'hémisphère Nord ;

– « l'eau méditerranéenne » (12°C et 36,4 ups), qui forme une langue d'eau très salée vers 1 200 m de profondeur dans tout l'océan Atlantique Nord à partir du détroit de Gibraltar ;

– « l'eau de la mer Rouge » (8°C et 35,1 ups) que l'on rencontre dans l'océan Indien à la sortie du détroit de Bab el-Mandeb.

Les océans Pacifique et Indien sont nettement plus homogènes que l'Atlantique : aux profondeurs intermédiaires, leur principale masse d'eau résulte du mélange des précédentes. Ce mélange se fait surtout à la périphérie de l'Antarctique, lieu de communication des trois océans. On appelle cette masse d'eau du nom « d'eau commune » ou « d'eau centrale ».

Il ne faut pas imaginer la frontière entre ces masses d'eau comme nettement définie ; celles-ci sont en général mélangées en proportions variables. Par exemple, les propriétés de l'EAF ne sont pas tout à fait les mêmes selon qu'on les étudie dans le secteur Atlantique, Indien ou Pacifique de l'océan sud (on appelle ainsi l'océan situé approximativement au sud de 40°S). Cependant, à la base de l'eau méditerranéenne, la limite avec l'EPNA se fait sur une centaine de mètres. De même, le changement de propriétés entre les EPNA et les EAF est très net : on appelle cette limite la discontinuité des eaux à 2°C.

Un autre fait remarquable est que l'ensemble de l'Atlantique est plus chaud et plus salé que l'océan Pacifique (3,99°C contre 3,14°C ; 34,92 ups contre 34,60 ups) et que l'océan Indien a une température et une salinité intermédiaires de 3,88°C et 34,78 ups. Les eaux de l'Atlantique Nord sont particulièrement chaudes et salées (5,08°C et 35,09 ups), par rapport à celles de l'Atlantique Sud (3,81°C et 34,84 ups), tandis que c'est le Pacifique Nord qui est le moins salé (3,13°C et 34,57 ups dans le Pacifique Nord contre 3,50°C et 34,63 ups dans le Pacifique Sud).

À cause du sel, la densité de l'eau de mer est un peu plus élevée que celle de l'eau pure ; au millième près, la densité de 90 % de l'océan est de 1,028. Celle-ci varie en fonction de la température, de la salinité et de la pression. Bien que l'équation d'état de l'eau de mer (qui relie la densité à ces paramètres thermodynamiques) soit très complexe, on peut décrire l'essentiel des variations de densité selon les relations suivantes : une diminution de la température ou une augmentation de la salinité et de la pression induisent des augmentations de densité de 0,2 kg/(m$^3$.°C), de 1 kg/(m$^3$.ups) et de 0,5.

$10^{-2}$ kg/(m$^3$.hPa). En conséquence, si on refroidit une eau de 5°C, on crée une variation de densité identique à celle que l'on obtient par une augmentation de salinité de 1 ups ou par un enfoncement de deux cents mètres.

En surface, les variations de densité sont donc dominées par celles de la température. Dans la thermocline principale, l'océan est stratifié de façon stable, puisque les eaux les plus froides et les plus denses se trouvent sous les couches plus chaudes et plus légères. En profondeur, température et salinité contribuent toutes deux aux variations de densité, puisque les variations de température sont relativement faibles. Les masses d'eaux plus denses, comme l'EAF, se retrouvent sous les masses d'eaux plus légères. De même, on rencontre l'eau méditerranéenne à un niveau où sa densité est égale à celle de l'eau de l'Atlantique. Enfin, il faut noter qu'à cause de leurs différences de température et de salinité, les eaux du Pacifique sont moins denses que celles de l'Atlantique, elles-mêmes moins denses que celles de la Méditerranée.

## Courants de surface

Passons maintenant aux courants. Il est commode de les décrire séparément en surface et au fond, même si ces deux aspects de la circulation océanique sont liés. Les grands traits de la circulation de surface sont connus depuis plus d'un siècle :

– on appelle « gyres anticycloniques subtropicaux » la boucle que font les courants des bassins tempérés. Ce sont les courants étroits et intenses vers les pôles le long des frontières ouest des bassins (Kuroshio, courants du Brésil et des Aiguilles), les dérives vers l'est aux latitudes moyennes (dérive nord-atlantique, Gulf Stream et courant des Açores) ; courants de retour diffus vers le sud (courants nord-équatoriaux et sud-équatoriaux) ;

– plus près des pôles, les courants sont organisés en cellules cycloniques que l'on appelle « gyres cycloniques subpolaires » (courant du Labrador, Oyashio, courant de la mer de Weddell) ;

– dans l'hémisphère Sud, le « courant antarctique circumpolaire » est presque purement zonal (c'est-à-dire dans la direction est-ouest) autour du continent Antarctique ;

– dans les zones tropicales, les courants sont zonaux (courants sud-équatoriaux et nord-équatoriaux, contre-courants nord-équatoriaux) ; en général, les courants sud-équatoriaux s'écoulent vers l'ouest à cheval sur l'équateur, tandis que des courants coulant vers

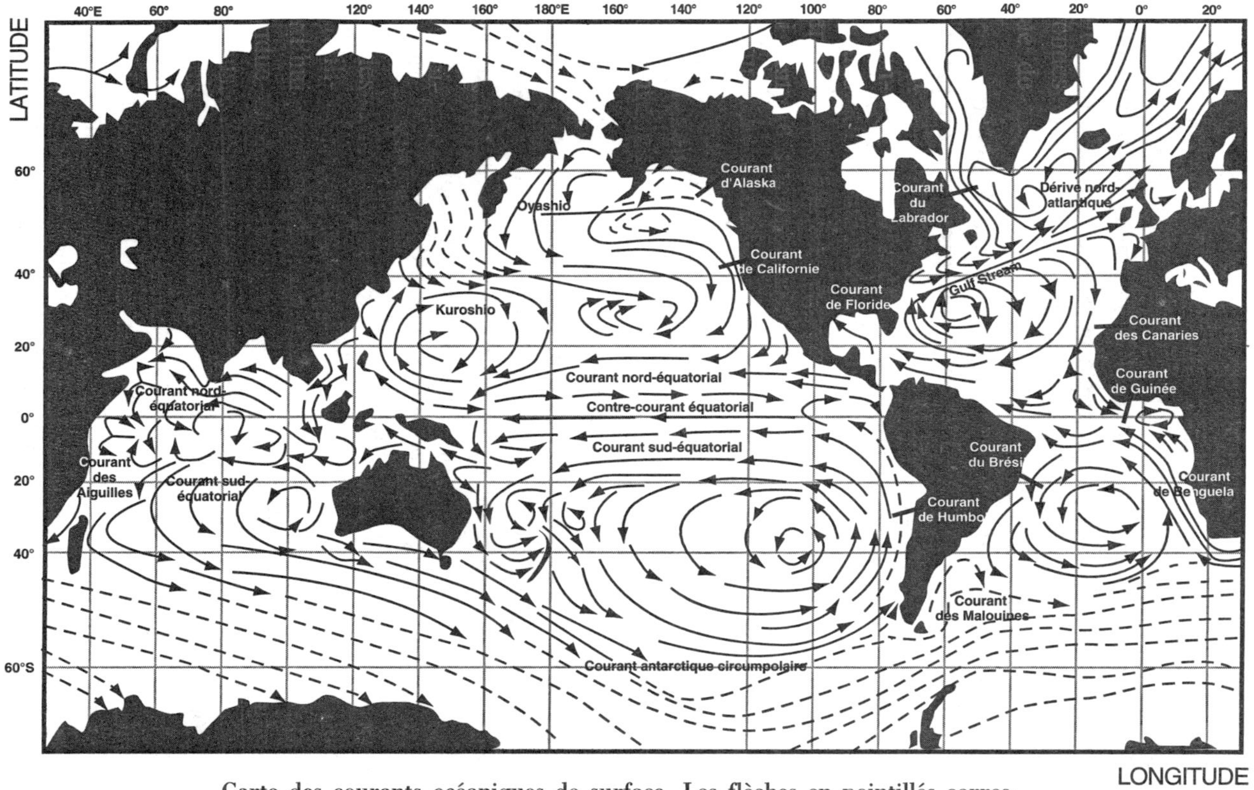


Carte des courants océaniques de surface. Les flèches en pointillés correspondent à des courants froids. Dans les zones tropicales, les courants varient fortement avec les saisons : cette carte montre une situation d'hiver.

l'est sont rencontrés vers 5 à 10°N, d'où leur nom de « contre-courants nord-équatoriaux ».

La vitesse des courants de surface peut être élevée et atteindre 2 m/s (mètres par seconde) dans les courants de frontières ouest ; c'est la vitesse du Gulf Stream le long des côtes d'Amérique, là où sa largeur n'cxcède pas 100 km. À l'intérieur des bassins, ces vitesses sont en moyenne plus faibles et dépassent rarement 10 cm/s (centimètres par seconde) ; c'est par exemple la vitesse moyenne du courant des Açores à 34°N (à titre de comparaison, la vitesse moyenne des vents est de 7 m/s, soit 25 km/h).

Les courants de surface se font sentir sur une épaisseur d'une centaine de mètres à un kilomètre, selon les cas. Par exemple, la vitesse d'un courant comme le Gulf Stream décroît avec la profondeur, jusqu'à s'annuler vers 1 500 m de profondeur. Au contraire, celle des courants sud-équatoriaux est concentrée dans les premières dizaines de mètres ; d'ailleurs, dans les océans Atlantique et Pacifique, on rencontre à l'équateur des « sous-courants équatoriaux » qui s'écoulent vers l'est aux environs de 100 m de profondeur, c'est-à-dire dans le sens contraire des courants sus-jacents ; dans le cas du Pacifique, ce sous-courant s'appelle aussi « courant de Cromwell ».

Les transports d'eau effectués par les courants océaniques sont énormes. On utilise comme unité le Sverdrup, noté Sv et qui vaut un million de $m^3/s$. À titre de comparaison, l'ensemble des rivières du monde forme un flux de 1 Sv, tandis que les précipitations au-dessus des océans sont de l'ordre de 10 Sv. Le long des côtes de Floride, le Gulf Stream transporte 30 Sv (on l'appelle alors courant de Floride) ; cet ordre de grandeur est bien cohérent avec les chiffres qui précèdent, puisqu'un courant de 50 cm/s, de 100 km de large et de 500 m d'épaisseur, transporte 25 Sv. Le Gulf Stream quitte la côte vers 35°N et s'écoule vers l'est aux environs de 40°N jusqu'à 50°W, où il se sépare en deux branches. À 60°W, son transport s'est accru et peut dépasser 100 Sv, avant de décroître plus à l'est. Cette augmentation de transport se fait par entraînement des eaux du voisinage, au nord et au sud du courant principal : on parle de recirculation du Gulf Stream (cette recirculation s'accompagne de courants de retour – vers l'ouest – que l'on trouve au sud et au nord du jet). Comme autre exemple, on peut mentionner que le courant antarctique circumpolaire transporte en moyenne 130 Sv lorsqu'il traverse le passage de Drake, au sud de la Terre de Feu. À l'autre extrême, le flux d'eau passant du Pacifique à la mer Arctique par le détroit de Behring ou celui qui pénètre en surface de l'océan Atlantique vers la Méditerranée ne sont *que* de 1 Sv – c'est petit pour l'océan mais tout de même équivalent au total des rivières du globe.

Enfin, notons qu'il faut se méfier d'une description purement horizontale des courants océaniques. En particulier, l'eau tend à s'écouler le long des couches de densité constante (appelées isopycnes). Ainsi, dans un gyre subtropical, le retour vers l'équateur, à l'est du bassin, tend à se faire sous la surface, parce que l'eau relativement froide (disons à 18°C) revenant des latitudes tempérées plonge sous les eaux tropicales qui sont plus chaudes et moins denses ; on appelle ce phénomène la « subduction des isopycnes ». Cette plongée correspond bien à un déplacement vertical de l'eau. Ces vitesses verticales sont de l'ordre de la fraction de mm/s ; cela peut paraître petit mais 1 mm/s correspond tout de même à 30 km/an, ce qui est dix fois la profondeur de l'océan chaque année.

Les vitesses verticales sont environ mille fois plus petites que les vitesses horizontales, mais les transports horizontaux et verticaux qui correspondent à ces vitesses sont comparables. En effet, les courants verticaux affectent de très grandes surfaces horizontales de l'océan, tandis que les courants horizontaux traversent des sections verticales, qui ne concernent que des profondeurs de quelques centaines de mètres. La similitude des transports verticaux et horizontaux est d'ailleurs assez logique, puisque les masses d'eau doivent se conserver : dans une couche d'eau donnée, toute variation latérale des transports horizontaux doit être compensée par un apport ou par une perte d'eau selon la verticale.

## Courants profonds et circulation thermohaline

Les masses d'eaux profondes semblent changer progressivement de propriétés (température et salinité) au fur et à mesure qu'elles s'éloignent de leurs zones d'émergence en surface. En examinant les diagrammes T-S, on observe que ces changements peuvent s'expliquer par le mélange de chaque masse d'eau avec les masses d'eaux voisines. Il est donc tentant d'imaginer que les eaux profondes s'écoulent et diffusent à partir de leur source de surface. Ce phénomène est appelé la « circulation thermohaline ».

En fait, ce n'est pas par hasard que l'on utilise le terme vague de « masse d'eau » : la répartition des propriétés de ces eaux ne donne qu'une indication très qualitative de leur circulation. Plus exactement, il existe une infinité de schémas de circulation compatibles avec une répartition donnée des masses d'eau. Tout au fond de l'océan, l'écoulement est surtout contraint par la topographie du fond des océans (que l'on appelle bathymétrie) : celle-ci est segmentée en bassins sédimentaires relativement isolés les uns des autres par ces chaînes volcaniques que sont les dorsales médio-océaniques. Les eaux les plus denses, et en particulier l'EAF, remplissent ces bassins sédimentaires et passent d'un bassin à l'autre par des zones de fractures, qui traversent les dorsales et constituent des seuils entre bassins profonds. À l'aval de ces seuils, l'eau cascade et se mélange ; en conséquence, plus un bassin sédimentaire est « loin » des sources d'eaux profondes, plus l'eau y est mélangée.

Donnons un exemple : dans l'Atlantique, l'EAF commence par s'écouler vers le nord par les bassins d'Argentine et du Brésil. Au niveau de l'équateur, une partie de cette eau peut passer vers l'est au travers de la dorsale médio-atlantique par les zones de fracture de la Romanche ; on la retrouve donc au fond de l'Atlantique Nord-Est, au large des côtes de Mauritanie et du Portugal. Cependant, dans ce dernier bassin, l'eau profonde est plus chaude et plus salée que l'eau antarctique d'origine parce qu'elle s'est mélangée avec l'EPNA qui s'écoule vers le sud au-dessus d'elle.

L'écoulement des masses d'eau ne se fait pas de façon homogène dans les profondeurs de l'océan : comme les courants de surface, les courants profonds sont intensifiés près des frontières ouest des bassins ; on parle de « sous-courants de frontière ouest ». Ainsi, l'EPNA s'écoule vers le sud le long des côtes d'Amérique, sous le Gulf Stream (qui coule vers le nord), puis sous le courant du Brésil (qui coule vers le sud). En dessous de l'eau nord-atlantique, l'EAF s'écoule vers le nord le long de cette même frontière...

La vitesse moyenne des courants profonds est très faible, de l'ordre du mm/s (on peut se demander comment faire pour mesurer de telles vitesses). Ainsi, pour qu'une masse d'eau transite de l'océan Atlantique Nord au Pacifique Nord, il faut près de mille ans. Cependant, la vitesse moyenne des sous-courants de frontière ouest atteint 10 cm/s. Une particule entraînée par ce courant « descendra » donc tout l'Atlantique en quelques années. Bien sûr, il n'y a que très peu de particules qui fassent ce chemin directement, la plupart d'entre elles étant échangées en route avec l'intérieur du bassin et le cœur des masses d'eau. En fait, le temps caractéristique de renouvellement de l'eau de l'Atlantique, par échange avec les autres bassins océaniques, est de l'ordre de cent ans. Ce temps caractéristique est plutôt de l'ordre de cinq cents ans pour le Pacifique profond.

Connaître les flux d'eaux profondes est fondamental, puisque les masses d'eau traversent l'équateur et passent d'un océan à l'autre : ce sont elles qui homogénéisent l'océan et transportent les propriétés de l'eau d'un endroit à l'autre. Les flux d'eaux profondes sont très difficiles à estimer ; le chiffre actuellement admis pour le transport d'EPNA vers le sud est de 18 Sv ; le transport d'EAI vers le nord serait de l'ordre de 15 Sv, tandis que celui de l'EAF sortant de la mer de Weddell semble être nettement plus faible et d'environ 5 Sv. Grâce au travail d'Hervé Mercier et de ses collègues de Brest, on sait depuis peu que seulement 1 Sv de cette eau de fond traverse la dorsale par la zone de fractures de la Romanche. Cependant, le flux d'eau commune, qui s'étend de l'océan sud vers les océans Indien et Pacifique est actuellement estimé à 44 Sv ; seulement 10 Sv de cette eau franchirait l'équateur dans l'énorme océan Pacifique Nord, ce qui explique que les eaux profondes de ce bassin soient renouvelées très lentement. Enfin, le flux d'eau sortant de la Méditerranée au fond du détroit de Gibraltar est de l'ordre de 1 Sv ; il est à peine 10 % plus faible que celui qui entre en surface dans la Méditerranée par ce même détroit, la différence s'étant évaporée. On notera que ces flux profonds sont du même ordre que ceux des courants de surface ; cela peut paraître surprenant puisque les courants profonds sont très lents. En fait, il faut se souvenir que les masses d'eau affectent des couches d'eau relativement épaisses sur toute la largeur des bassins océaniques.

## D'où viennent les eaux profondes ?

L'eau qui s'écoule au fond doit, d'une part, être alimentée depuis la surface et, d'autre part, remonter ailleurs. Les courants profonds ont donc aussi une composante verticale.

La « formation des eaux profondes », c'est-à-dire l'écoulement de la surface vers le fond, peut se faire selon de nombreux mécanismes (cascade de lames d'eaux froides et salées le long des talus continentaux, convection de cellules de quelques kilomètres de diamètre, etc.) ; ceux-ci sont tous très localisés. Au contraire, on fait l'hypothèse que la remontée d'eau vers la surface se fait de façon diffuse, avec peut-être une intensification le long des frontières. En fait, la géographie et les mécanismes de cette remontée sont très mal connus, parce que celle-ci n'est pratiquement pas mesurable : compte tenu du flux total d'eau profonde et de la surface de l'océan, la vitesse moyenne verticale des courants profonds doit être de l'ordre de 3 m/an. Ainsi, l'eau coule en profondeur dans des zones d'étendue très faible (peut-être 5 % seulement de la surface de l'océan) mais remonte vers la surface de façon diffuse : cette dissymétrie est une particularité très importante de la circulation thermohaline.

Si de l'eau quitte une zone de l'océan, elle doit bien sûr être remplacée. Par exemple, l'eau quittant l'Atlantique Nord avec l'EPNA doit être remplacée par un flux équivalent vers le nord. Le retour d'eau vers une source d'eau profonde se ferait plutôt en surface. En 1991, le géochimiste américain Wally Broecker a introduit l'expression imagée de « tapis roulant » (*conveyor belt*) pour décrire le transport d'eau profonde de l'Atlantique vers le Pacifique et son retour en surface. Ce retour peut se faire en partie de l'océan Pacifique vers l'océan Indien par les détroits d'Indonésie (il y passe en moyenne 11 Sv d'eau), puis vers l'Atlantique au sud de l'Afrique ; on parle alors de « route chaude », parce que l'eau de surface y est toujours chaude. En fait, le retour de surface se ferait principalement du Pacifique vers l'Atlantique Sud par le passage de Drake, au sud de la Terre de Feu ; dans ce cas, on parle bien sûr de « route froide ». Dans les deux cas, l'eau doit ensuite « remonter » l'Atlantique vers le nord, pour alimenter les eaux profondes nord-atlantiques.

En réalité, ce retour ne peut pas être simple. Par exemple, dans l'océan Atlantique, l'EAF remonte au niveau de l'EPNA en se mélangeant à celle-ci. Ce mélange repart en moyenne vers le sud, tout en diffusant vers la surface jusqu'au niveau de l'EAI et en se mélangeant à elle ; celle-ci circule en moyenne vers le nord en interaction avec les courants de surface, d'abord autour du gyre subtropical de l'Atlantique Sud, puis de celui du nord. Des schémas analogues existent pour l'eau commune dans les océans Pacifique et Indien. De plus, on a récemment estimé qu'une particule d'eau faisait en moyenne six fois le tour du continent Antarctique avec le courant circumpolaire, avant d'être entraînée vers les masses d'eaux profondes. La route de retour du tapis roulant peut donc être longue et, en chemin, l'eau a maintes fois l'occasion d'être en contact avec l'atmosphère et de changer ses propriétés.

## Campagne hydrographique

Comment mesure-t-on les propriétés de l'océan ? Depuis un peu plus d'un siècle, les mesures se sont accumulées au cours de centaines de campagnes hydrographiques ; chacune d'elles nécessite un navire et une équipe expérimentée passant à peu près un mois en mer. Même si je n'ai pas une très grande expérience des campagnes en mer, j'ai eu l'occasion de faire des mesures dans tous les océans du globe. Ma première campagne a eu lieu en 1981 en Atlantique Nord.

À cette époque, je travaillais au MIT avec Carl Wunsch sur la détermination du mélange et des transports des masses d'eau à partir de leurs propriétés. Carl Wunsch pensait déjà que les océanographes devaient recommencer à mesurer les propriétés hydrographiques de l'océan de façon systématique, en tirant parti de la grande précision et de la rapidité permises par les nouveaux instruments ; il voulait que cela soit fait selon un échantillonnage dense qui aiderait à distinguer les phénomènes à grandes distances des fluctuations « méso-échelles » (c'est-à-dire sur les distances de quelques centaines de kilomètres) de l'océan. En effet, les années 70 avaient vu la généralisation des techniques de mesures en continu de température et de salinité et leur application à l'étude détaillée des fluctuations de l'océan. De plus, Carl Wunsch venait de développer une nouvelle méthode pour transformer les données hydrographiques en estimations des courants océaniques et de leurs transports d'eau ou de chaleur et voulait la tester. Enfin, il cherchait à répéter des observations faites en 1958, afin de déterminer si l'océan avait changé entre-temps. Avec un de ses collègues et ancien élève, Dean Roemmich, ils avaient donc obtenu de leurs tutelles les ressources permettant de faire deux « sections » hydrographiques entre les États-Unis et l'Europe : l'aller à 36°N et le retour à 24°N. Carl Wunsch lui-même reconnaissait qu'il s'agissait presque, à l'envers, de la route de Christophe Colomb. C'est ainsi que, début juillet, nous avons embarqué sur l'*Atlantis II*, le navire de l'Institut océanographique de Woods Hole, au sud du Massachusetts.

Le départ d'un navire océanographique ressemble, en moins romantique, à ce que l'on peut lire ou voir dans les films : embarquement de matériel jusqu'au dernier moment, mais dans le calme ; adieux de certains à quelques parents ou amis restant à quai, mais avec la tranquillité de l'habitude ; débordement lent du navire vers la mer, mais sans remorqueur car ces navires ont des moteurs latéraux leur donnant une grande manœuvrabilité. Tandis que le navire s'éloigne vers le large, nous regardons s'estomper le port et la côte ; je me souviens d'avoir été frappé par la lenteur et le côté mélancolique du départ.

Il faut se préparer. Chacun connaît la place qui lui est affectée et sait ce qu'il a à faire. La plupart du matériel de mesure a déjà été déballé et installé avant le départ ; il faut tout fixer solidement avec des « bouts », en prévision d'une mer trop forte ; le charpentier du bord a été sollicité pour les ajustements nécessaires. Tout doit marcher et presque tout le matériel de mesure doit être en double car il n'est pas question d'appeler un dépanneur. Pour ma part, je dois préparer huit cents bouteilles d'échantillonnage en changeant leur bouchon ; c'est un peu monotone.

Aussitôt que possible, on effectue une station-test, afin de roder les procédures de mesure et de s'assurer que tout fonctionne. La « bathysonde » et la « rosette » sont connectées au câble électroporteur. La première comporte des capteurs mesurant en continu la pression, la température, la conductivité (pour la salinité) et l'oxygène dissous dans l'eau ; les mesures sont transmises à bord par le câble et enregistrées sur ordinateur. Des bouteilles sont fixées en couronne sur un bâti métallique que l'on appelle la rosette ; elles seront descendues ouvertes ; au cours de la remontée, un signal électrique envoyé depuis le bord libère un ressort qui ferme chaque bouteille à la profondeur (ou la pression) souhaitée ; celle-ci est déterminée *a priori* de façon à échantillonner régulièrement la colonne d'eau mais peut être ajustée en temps réel selon les valeurs de température et de salinité observées à la descente par la bathysonde. C'est l'eau de ces bouteilles que je dois prélever, afin de mesurer à terre l'abondance de carbone dissous dans l'eau ; auparavant, des échantillons seront pris pour déterminer l'abondance de l'oxygène dissous dans l'eau, la salinité et l'abondance des « sels nutritifs », nitrates, phosphates et silice. Ces mesures seront faites immédiatement à bord ; les deux premières serviront à étalonner les capteurs de la bathysonde et à s'assurer qu'ils ne dérivent pas ; les seconds aideront à caractériser les masses d'eau. En outre, des échantillons seront pris dans des tubes de cuivre pour déterminer l'abondance de tritium dans l'eau ; cet isotope radioactif de l'hydrogène sera mesuré en laboratoire au retour de la campagne par notre collègue William Jenkins ; ce tritium provient des essais nucléaires dans l'atmosphère et envahit l'océan, ce qui permet de suivre la trajectoire des eaux profondes. Enfin, en 1981, on prenait encore soin de fixer des thermomètres à renversement sur quelques-unes des bouteilles de la rosette ; ces thermomètres basculaient au moment où se fermait la bouteille d'eau, ce qui rompait leur colonne de mercure et fixait la température au niveau de la prise d'échantillon ; cela servait à étalonner le capteur de température de la bathysonde. Ces capteurs sont maintenant considérés comme plus stables et plus précis que les thermomètres, si bien que l'on se contente de les étalonner au laboratoire avant et après la campagne.

L'ensemble rosette-bathysonde est débordé à l'aide d'un portique et mis à l'eau, en général sur le côté tribord du navire, sous la passerelle (pour les Occidentaux). S'il fait beau, tout est simple. En cas de forte mer, l'opération est délicate tant que les appareils ne sont pas dans l'eau car ils sont lourds et dansent en tous sens. Pendant que les appareils sont à l'eau, l'équipage manœuvre le bateau pour maintenir le câble presque à la verticale ; il ne faut pas qu'il soit trop tiré vers le large ni qu'il frotte sur la coque du navire, car il est précieux et fragile. La remontée doit se faire aussi vite que possible pour gagner du temps mais assez doucement pour que le câble s'enroule régulièrement sur le tambour du treuil : il ne faut pas qu'il soit pincé, ce qui pourrait casser le fil conducteur. Quand il est mal enroulé (ce qui arrivera pendant cette mission), il faut le redérouler entièrement en le laissant filer derrière le navire pour le rembobiner soigneusement, ce qui représente au moins trois heures de perdues.

Outre la prise de *mes* échantillons, je dois faire le « quart hydro » : aider à la préparation de la rosette avant chaque station, assister à la surveillance des enregistrements de la bathysonde pendant qu'elle est à l'eau, aider aux échantillonnages pour les autres mesures une fois que la rosette est à bord. Je ne connais rien aux petits détails de ces manœuvres, mais l'équipe hydro de Woods Hole est très expérimentée et me montre ce que je dois faire. Ils sont d'une exigence maniaque sur les procédures à suivre pendant les échantillonnages ; je comprendrai vite que c'est indispensable à la qualité des mesures et que toutes les équipes du monde font de même.

Hormis quelques ennuis avec le treuil (une plaie habituelle pendant ces campagnes), la station-test s'est bien passée. Tout est prêt. En avant pour la section hydrographique ! Tous les dix à trente miles nautiques, selon l'endroit de l'océan (c'est-à-dire selon ses fluctuations mésoéchelles), le navire s'arrête et fait une station. La position est connue précisément grâce au point satellite. La profondeur est surveillée en continu grâce au sondeur acoustique. Comme il faut prendre vingt-quatre échantillons sur la colonne d'eau et que la rosette ne peut accommoder que douze bouteilles, il faut descendre les appareils deux fois de suite à chaque station. La première « palanquée » approche le fond à moins de 10 m, ce qui peut correspondre parfois à près de 6 000 m de câble ; il faut prendre soin que la bathysonde n'aille pas se salir ou s'abîmer dans la vase. La deuxième palanquée échantillonne la thermocline et la couche de mélange de façon plus dense. Il faut près de cinq heures pour chaque station. Puis le navire repart ; à la vitesse de douze nœuds, la station suivante est atteinte en quelques heures. Et on recommence...

Comme le coût d'un navire est élevé (de soixante mille à cent cinquante mille francs par jour, salaires de l'équipage compris) et que la concurrence pour en bénéficier est importante (il y a en moyenne trois à quatre fois plus de projets que de bateaux disponibles), le temps de bateau alloué à chaque campagne est calculé au plus juste. On travaille donc en continu. L'équipe embarquée est trop restreinte pour que des relais réguliers puissent être organisés. On doit donc être disponible autant que possible, quelle que soit l'heure. Les journées sont longues et les nuits bien fragmentées. Heureusement, on ne se lasse pas des cafés pris très tôt ni des levers de soleil sur la mer. Un rituel résiste cependant : l'heure des repas, auxquels on doit se présenter en tenue correcte. Le commandant de bord tient de façon sourcilleuse à cette vieille tradition de toutes les marines du monde. Si une station est en cours, il vaut mieux sauter le repas et se présenter plus tard à la cuisine pour obtenir un casse-croûte !

Les stations se succèdent. Il y a bien quelques péripéties : le fil conducteur du câble est rompu ; il faut couper celui-ci et refaire le raccord ; la bathysonde est en panne et il faut prendre celle de rechange, etc. Le plus grave arrive au début de la mission : une des scientifiques du bord tombe malade et le médecin contacté par radio nous dit qu'il vaut mieux l'évacuer. Nous faisons donc un détour par les Bermudes. C'est une visite extrêmement rapide car nous ne mouillons même pas. Puis nous repartons. En un mois, nous ferons cent quatre stations avant l'arrivée à Cadix, en Espagne.

Comme la plupart des mesures sont faites à bord, les résultats peuvent être visualisés et discutés au fur et à mesure de la campagne. Bien sûr, il faudra reprendre tout cela plus tard, une fois que les données auront été soigneusement étalonnées, mais il est très encourageant de se rendre immédiatement compte des mouvements de l'océan : l'entrée dans le Gulf Stream et son front d'eau chaude (même perceptible dans l'air) ; l'abondance de fluctuations méso-échelles au voisinage de ce courant ; près du fond, la discontinuité très nette entre l'EPNA et l'EAF ; l'effet de la dorsale médio-atlantique sur ces masses d'eau ; l'augmentation progressive de la salinité dans la langue d'eau méditerranéenne, au fur et à mesure qu'on se rapproche de l'Espagne. Carl Wunsch ira encore plus loin : jusqu'au milieu de la mission, il pourra transmettre les données à son laboratoire par satellite ; là, des calculs plus lourds seront faits (il faut peut-être rappeler qu'en 1981 les transmissions par satellite et les micro-ordinateurs n'avaient rien à voir avec ce que nous connaissons aujourd'hui). Ces calculs révéleront très vite que, depuis 1958, l'eau s'est refroidie d'environ 1 à 2°C dans les cinq cents premiers mètres et réchauffée d'environ 0,2°C entre 500 et 2 000 m de profondeur.

Comment fait-on pour estimer les courants et les flux d'eau à partir des mesures de température et de salinité ? Pourquoi y a-t-il un Gulf Stream intensifié près des côtes d'Amérique ? Pourquoi trouve-t-on cette répartition des masses d'eaux profondes ? Qu'est-ce qui maintient ces différences de température et de salinité entre les trois océans ? Cet état moyen de l'océan et cette répartition des courants doivent maintenant être expliqués. Pour cela, il faut d'abord identifier ce qui met l'océan en mouvement, puis comprendre comment celui-ci peut réagir à ses forçages. C'est la suite de l'histoire.

# Chapitre II

## L'OCÉAN EN ÉQUILIBRE AVEC SES FORÇAGES

Comment expliquer l'existence et la géométrie des courants ? Ils résultent des apports d'énergie en provenance de l'atmosphère, que l'on appelle forçages. Je vais d'abord chercher à expliquer les principaux mécanismes de la circulation des océans, c'est-à-dire comment les forçages atmosphériques entraînent les courants. Dans la mesure où, d'une part, les forçages varient dans le temps et où, d'autre part, les courants sont eux-mêmes fondamentalement instables et turbulents, les courants ne sont jamais stationnaires. Cependant, il est raisonnable de penser qu'il existe une circulation océanique moyenne (il y a toujours un Gulf Stream), même s'il apparaît difficile de la définir (quelles échelles de temps et d'espace faut-il prendre pour évaluer en moyenne les fluctuations des courants ?). C'est cette circulation moyenne que je vais expliquer.

Comme tout le système climatique, l'océan est d'abord une machine thermique entraînée par les variations du flux solaire avec la latitude. Cependant les flux d'énergie qui le mettent en branle sont bien plus complexes que le seul effet du Soleil. D'autre part, il faudra identifier les principales forces mises en jeu dans l'océan ; on verra que celles-ci peuvent être différentes selon le courant étudié. Pour compléter cette approche, le lecteur trouvera divers exposés sur le sujet, notamment le livre classique de Stephen Pond et George Pickard *Introductory Dynamical Oceanography* et le livre remarquablement illustré de l'Open University Course Team, appelé *Ocean Circulation.*

## Les forçages de l'océan

L'océan reçoit de l'énergie en fonction de cinq phénomènes mécaniques ou thermodynamiques : les échanges de chaleur avec l'atmosphère ; les échanges d'eau avec le reste du système ; les effets du vent en surface ; les variations de pression atmosphérique ; les variations de pesanteur, dues aux mouvements apparents de la Lune et du Soleil par rapport à la Terre. Il reçoit aussi un flux de chaleur géothermique, mais celui-ci est beaucoup plus petit que les flux de chaleur de surface et ne joue un rôle significatif que dans des zones profondes particulières de l'océan.

### *Échanges de chaleur entre océan et atmosphère*

L'océan est d'abord chauffé en surface par la lumière du Soleil, qui pénètre à quelques dizaines de mètres sous la surface. Ce flux décroît avec la latitude ; sa moyenne annuelle est de l'ordre de 200 à 250 $W/m^2$ (watt par mètre carré) près de l'équateur et n'est plus que de 40 $W/m^2$ aux plus hautes latitudes, ce qui résulte bien sûr de la sphéricité de la Terre. Cependant, il présente aussi des variations géographiques importantes à cause des nuages : ainsi, il n'est que de 120 à 170 $W/m^2$ dans l'ouest du Pacifique tropical, car la couverture de nuages y est supérieure à 80 %. Le flux solaire est assez bien déterminé ; en particulier, les radiomètres embarqués sur les satellites météorologiques mesurent la fraction de lumière réfléchie par les nuages ou la surface et donc, par différence avec le flux incident total, la fraction absorbée par l'océan. La précision est de 10 $W/m^2$ en valeur journalière mais il peut y avoir des biais de 25 $W/m^2$ en cas de ciel couvert.

L'océan échange aussi de l'énergie avec l'atmosphère sous forme de rayonnement infrarouge. D'une part, il émet lui-même du rayonnement, approximativement comme un « corps noir » de température voisine de 300°K ; cette émission provient des quelques premiers microns de la surface de l'eau et la refroidit (la turbulence de l'océan tend à homogénéiser ces modifications de température dans toute la couche de mélange). D'autre part, l'océan reçoit du rayonnement infrarouge de l'atmosphère puisque l'air comme les nuages et les aérosols en émettent aussi ; celui-ci chauffe l'eau de surface. Le résultat net est toujours négatif, c'est-à-dire que l'océan perd de l'ordre de 60 $W/m^2$, ce flux variant en moyenne annuelle de

– 70 W/m$^2$ dans les zones dégagées à – 50 W/m$^2$ sous les nuages. À l'aide de radiomètres, les satellites météorologiques mesurent en routine le flux infrarouge émis par l'océan ; comme ce rayonnement ne traverse pas les nuages, cette mesure n'est simple que par ciel clair. En cas de ciel couvert (ce qui est le cas pour près de 55 % de la surface de l'océan, en moyenne), le flux émis par l'océan n'est pas détectable. Il est tout aussi difficile de mesurer le flux émis par l'atmosphère vers l'océan ; ces flux sont alors établis par calcul, en particulier par tout bon modèle numérique de prévision météorologique.

Océan et atmosphère échangent de la chaleur par conduction lorsque les températures des deux fluides sont nettement différentes, par exemple lorsque l'eau chaude du Gulf Stream circule sous les masses d'air polaire du Canada. Ce terme est assez petit en moyenne (environ – 10 W/m$^2$, c'est-à-dire une perte) mais il peut parfois dépasser – 50 W/m$^2$.

Enfin, l'océan peut se refroidir par perte de chaleur latente d'évaporation de l'eau ; ceci n'affecte que les premiers centimètres de la surface de la mer. Cette chaleur latente est restituée à l'atmosphère là où la vapeur d'eau se condense. Ce flux de chaleur est essentiel, puisqu'il atteint – 70 W/m$^2$ en moyenne. Il se répartit de façon très inégale : le refroidissement est important quand l'humidité de l'air est loin de la saturation et intense en cas de vent fort, puisque ces deux conditions favorisent l'évaporation. Le flux de chaleur latente est donc plus grand (– 150 W/m$^2$) dans les zones tropicales et atteint – 200 W/m$^2$ dans la région du Gulf Stream ; il décroît à environ – 30 W/m$^2$ aux plus hautes latitudes.

Les deux derniers termes d'échanges de chaleur (conduction et chaleur latente) sont en fait contrôlés par le renouvellement de l'air au contact de l'océan : ce renouvellement se fait sous forme de mélange convectif ou turbulent dans les basses couches de l'atmosphère, si bien qu'on les dénomme souvent du nom de « flux turbulents ». Ils sont difficiles à déterminer : on utilise le plus souvent des « formules paramétriques » qui relient empiriquement les flux turbulents à des grandeurs mesurables comme la température de l'eau, la vitesse du vent et l'humidité de l'air. Ces dernières grandeurs sont d'ailleurs plus ou moins directement mesurables par satellite.

Il est impératif de prendre en compte les glaces de mer pour établir un bilan fiable des forçages thermiques de l'océan. Au premier ordre, celles-ci s'installent lorsque la température de l'eau est suffisamment basse pour qu'elle congèle (vers – 2°C). Cela signifie que l'océan s'est refroidi et a perdu sa chaleur vers l'atmosphère. Cependant, la formation des glaces en elle-même implique des effets ther-

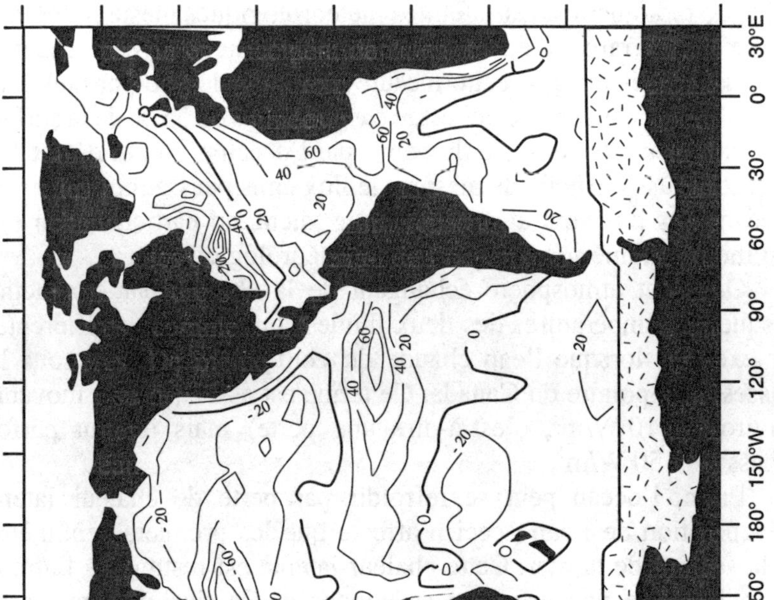


**Carte des flux nets d'échange de chaleur entre l'océan et l'atmosphère, en moyennes annuelles. Les unités sont en Watt par mètre carré. Un flux positif chauffe l'océan dans les zones tropicales ; les flux sont négatifs et l'océan se refroidit vers l'atmosphère aux plus hautes latitudes. Les zones hachurées sont les zones couvertes de glaces de mer en hiver. Cette carte a été calculée à partir des valeurs climatologiques de divers paramètres comme la vitesse du vent ou la température de l'eau.**

modynamiques importants (par exemple, la cristallisation de la glace constitue une perte de chaleur latente) ; d'autre part, les glaces sont isolantes et bloquent le refroidissement de l'océan. Autrement dit, il faut imaginer les glaces de mer comme une composante d'un système dynamique couplant océan, glace et atmosphère. Leur étendue est facilement mesurable par satellite ; en particulier, l'émissivité de la glace aux longueurs d'onde radio est deux fois plus forte que celle de l'eau, si bien qu'elle se détecte bien depuis l'espace.

Aux latitudes élevées, les flux « sortants » de l'océan (c'est-à-dire le flux infrarouge et les flux turbulents) excèdent les flux « entrants » (le flux solaire). En conséquence, si l'océan reçoit un excès net de chaleur en zone tropicale (de l'ordre de 70 à 100 $W/m^2$ dans l'est du Pacifique et de l'Atlantique), il subit un déficit de chaleur au-delà d'environ 30° de latitude (nord et sud). Au-dessus des grands courants subtropicaux de l'hémisphère Nord (Gulf Stream et Kuroshio), les flux nets sont très négatifs (inférieurs à $-$ 100 $W/m^2$ en moyenne annuelle). Ils restent modestes dans l'hémisphère Sud. Ces flux nets de chaleur sont importants : dans certaines régions, ils sont du même ordre de grandeur que le flux solaire net en provenance de l'espace (qui vaut 340 $W/m^2$ en moyenne globale).

En dépit de leur importance, les échanges de chaleur entre océan et atmosphère restent mal connus. Tout d'abord, ils s'avèrent difficiles à mesurer ; l'incertitude sur les flux nets mensuels est estimée à 40 $W/m^2$ (elle peut être réduite localement à 10 $W/m^2$ avec les meilleures mesures actuelles). Ensuite, ils sont très variables dans le temps et peuvent même changer de signe avec les saisons. De plus, ces échanges de chaleur dépendent de l'état de l'océan de surface et en particulier de sa température. Enfin, l'absorption réelle de chaleur par l'océan dépend des mécanismes d'échange entre les couches de surface et les couches plus profondes, qui sont très complexes. En réalité, mieux connaître les échanges de chaleur entre océan et atmosphère demeure un des grands problèmes de l'océanographie actuelle.

### *Échanges d'eau douce*

Les échanges d'eau douce entre l'océan et le reste du système se traduisent par des variations de salinité, qui s'accompagnent de variations de densité, dont on va voir qu'elles sont un facteur de base de l'excitation des courants. Le bilan d'eau douce constitue en outre un forçage mécanique sur l'océan, puisqu'il modifie la masse de l'eau.

On pourrait penser que l'apport d'eau douce des rivières en est le principal facteur. En réalité, alors que le flux des rivières est de l'ordre de 1 Sv, le flux d'évaporation au-dessus de l'océan atteint 10 Sv. On exprime souvent ce flux en mètres d'eau par unité de surface d'océan ; le flux d'évaporation vaut à peu près 1 m/(an.m$^2$), en moyenne.

Il faut donc que 90 % de l'eau évaporée revienne sous forme de précipitations au-dessus de l'océan. Comme évaporation et précipitations ne se font pas au même endroit, le bilan local net d'eau douce (on l'appelle le bilan E-P) n'est pas nul. Les maxima d'évaporation se rencontrent dans les zones tropicales, tandis qu'on rencontre des excès de précipitation le long de l'équateur et aux latitudes supérieures à 40°. La salinité moyenne par bande de latitude (c'est-à-dire évaluée en moyenne en fonction des longitudes) est bien en corrélation avec cette géographie du bilan E-P. Un simple calcul montre que pour une couche de 50 m d'épaisseur, une évaporation de 1,5 m d'eau fait croître la salinité de 34,7 ups à 35,74 ups. Cette valeur s'avère comparable aux variations observées entre les zones tropicales et les zones tempérées (on notera que cela signifie que le bilan de sel en surface est dominé par l'effet E-P local). Cela s'accompagne d'un changement de densité de 1 kg/m$^3$. À titre de comparaison, ce changement de densité est équivalent à celui qui résulterait d'une baisse de température de 5°C ou à un flux de chaleur de − 33 W/m$^2$ pendant un an. Il est donc clair que les modifications de salinité ne peuvent pas être négligées. On remarquera aussi que le bilan E-P explique dans quelle mesure les variations de température et de salinité sont fortement corrélées dans l'océan : de fait, la salinité augmente par excès d'évaporation dans les zones tropicales, là où le flux net de chaleur est positif et fait croître la température, et *vice versa*.

Peut-on affirmer, dès lors, que le flux d'eau douce provenant des rivières est négligeable ? Localement, ce n'est pas le cas. Par exemple, dans une grande zone à proximité de l'embouchure de l'Amazone (qui apporte 0,2 Sv d'eau douce à l'océan), la salinité est faible. De même, on ne peut comprendre la salinité du golfe du Bengale sans prendre en compte les apports du Gange et du Brahmapoutre, ni celle des mers arctiques en ignorant les apports des grands fleuves sibériens.

Enfin, les glaces de mer jouent, elles aussi, un rôle significatif : constituées d'eau plutôt douce, elles laissent localement en se formant du sel en excès dans l'océan. Une fois emportées par les courants, elles ne fondent pas là où elles se forment et ont par conséquent un effet net sur la salinité locale. Ce phénomène s'avère important à la périphérie du continent Antarctique ; il explique en partie pourquoi la salinité des eaux antarctiques de fond est supérieure à celle des eaux antarctiques intermédiaires.

Néanmoins, la précision avec laquelle on connaît les flux d'échange d'eau douce entre l'océan et le reste du système demeure insuffisante : on cite souvent le chiffre de 100 % d'erreur. Le cycle de l'eau reste mal connu et mal représenté dans les modèles numériques de climat, en raison de sa complexité. En réalité, dans l'océan, il est plus facile d'estimer le bilan d'eau douce à partir des bilans de sel qu'à partir des estimations des bilans E-P. Cependant, il apparaît plus délicat de mesurer précisément la salinité que la température. Les données sont donc relativement rares, au point que lorsque l'on fait des statistiques par carré de 100 km de côté, un tiers de ces carrés ne contiennent aucune donnée. On est donc loin de pouvoir suivre les éventuelles variations climatiques du cycle de l'eau et du forçage de l'océan qui l'accompagne.

### *Tension du vent sur l'océan*

À la surface de la mer, le vent ne crée pas seulement des vagues. Près de 50 % de l'énergie de friction (on parle de tension) qu'il exerce sur l'océan est transférée aux courants. La vitesse du vent croît avec l'altitude dans les basses couches de l'atmosphère, précisément parce que l'air est ralenti à la surface par friction : on choisit arbitrairement la vitesse du vent à 10 m d'altitude pour exprimer sa valeur. La tension que le vent exerce sur la mer est orientée dans la même direction que lui, mais proportionnelle au carré de sa vitesse. Cette tension s'exprime comme une pression et vaut 0,1 N/m$^2$ (newton par mètre carré), pour une vitesse de vent typique de 8 m/s.

On dispose des nombreuses mesures faites par les navires de tous genres, mais elles sont réparties de façon très inégale et ne s'avèrent pas toujours très fiables. Bien sûr, les modèles météorologiques calculent les vents à la surface, mais ceux-ci sont moins précis que les vents en altitude. Depuis 1991, le vent à la surface de la mer est mesuré avec une précision proche de 1 m/s depuis l'espace, à l'aide de radars appelés diffusiomètres ; cela améliore considérablement la fiabilité des champs de vent utilisables en océanographie.

J'expliquerai plus loin que la géométrie du champ de vent est fondamentale. Les grandes structures de ce champ sont bien connues depuis des siècles : vents réguliers du nord-est et du sud-ouest dans la ceinture tropicale, se rencontrant vers 5°N le long de la « zone de convergence intertropicale » des alizés ; vents variables d'ouest aux latitudes tempérées, formant les grands anticyclones subtropicaux avec les alizés ; vents instables d'est aux latitudes subpolaires, formant des systèmes plutôt cycloniques avec les vents tempérés.

*Les autres forçages*

Les autres forçages, pression atmosphérique et effets de gravitation, jouent un rôle moindre pour expliquer la circulation moyenne des océans. Ils sont aussi de nature différente des précédents car ils agissent dans la masse de l'eau et pas seulement à la surface.

Même en moyenne annuelle, la pression atmosphérique au niveau de la mer n'est pas la même partout, parce que la Terre n'est pas une sphère et que le champ de gravité varie selon le lieu géographique. Elle exerce une force sur l'eau. En régime stationnaire, l'océan s'ajuste complètement, le niveau de la mer s'enfonçant là où la pression est plus élevée et la variation de pression à la surface se faisant sentir dans toute la colonne d'eau. Comme une colonne d'eau de 10 m crée une pression hydrostatique de 1 atmosphère, le niveau de la mer s'enfonce de 1 cm quand la pression s'élève de 1 mbar. Ce forçage n'est important que lorsque la pression atmosphérique varie dans le temps. On appelle « effet de baromètre inverse » la réponse à l'équilibre de l'océan à la pression atmosphérique.

Les variations de gravité les plus importantes sont les effets périodiques d'attraction de la Lune et du Soleil (il y en a bien d'autres mais d'intensité beaucoup plus faible). Chacun sait que cela se traduit par des marées océaniques, qui prennent la forme d'ondes complexes de l'océan. En plein océan, on peut, en bonne approximation, négliger les interactions entre les marées océaniques et la circulation moyenne.

## Les lois de l'océan et l'équilibre géostrophique

Les lois qui régissent l'océan sont les mêmes que pour tout autre fluide ; j'en résume ici quelques notions essentielles. En chaque point, les courants respectent :

– l'équation de conservation de la quantité de mouvement, dite équation de Navier-Stokes, qui relie l'accélération du mouvement aux forces qui agissent sur le fluide ;

– l'équation de conservation de la masse, cette dernière pouvant varier par suite du bilan d'eau douce et des changements de densité de l'eau ;
– l'équation de conservation de la chaleur, qui définit l'évolution de la température de l'eau par transport, mélange ou échange de chaleur avec l'atmosphère ;
– l'équation de conservation du sel, qui définit l'évolution de la salinité par suite des transports, mélanges et échanges d'eau avec le reste du système Terre ;
– l'équation d'état de l'eau de mer, qui relie la densité de l'eau à ses paramètres thermodynamiques.

Les forçages mécaniques de l'océan interviennent dans la première équation, tandis que les effets thermodynamiques jouent dans les autres. Dans un premier temps, on peut considérer le champ de densité de l'océan comme donné, puisque c'est lui que l'on mesure le plus facilement (*via* les mesures de température et de salinité) ; les deux premières équations permettent alors d'étudier le comportement des courants en réponse aux forçages mécaniques. Cela masque l'importance des effets thermodynamiques puisqu'ils ne sont représentés qu'implicitement par le champ de densité ; en outre, il est alors impossible de comprendre l'effet de l'océan sur l'atmosphère, puisque celui-ci provient essentiellement d'échanges de chaleur entre les deux fluides. Néanmoins, cette approche permet de comprendre une grande partie du fonctionnement des courants.

Dans l'océan, les forces qui mettent en branle les courants sont :
– les forces de pression, la plus grande étant la pression hydrostatique sur la verticale ;
– les forces de Coriolis, dues à la rotation de la Terre ;
– les forces gravitationnelles qui résultent des différences de densité et d'énergie potentielle des masses d'eau ;
– les forces de friction en surface, qui résultent surtout du vent ;
– les forces externes comme la gravité ou la pression atmosphérique ;
– les forces de dissipation, qu'elles soient de friction sur le fond ou le long des côtes (elles sont en général décrites comme opposées au courant et proportionnelles à celui-ci) ou de dissipation turbulente interne.

Ces forces induisent une accélération des courants. Par ailleurs, l'advection des gradients de courant induit également des variations temporelles des courants en chaque point ; on appelle cet effet du nom de « terme inertiel ».

Les forces de Coriolis sont fondamentales en océanographie et méritent quelques commentaires. Au premier ordre, l'effet vient de ce que les points situés à la surface de la Terre n'ont pas la même vitesse de rotation selon leur latitude, puisque la circonférence qu'ils parcourent en vingt-quatre heures décroît de 40 000 km à l'équateur (soit une vitesse de 463 m/s vers l'est) à 0 aux pôles. En conséquence, un point entraîné par la Terre dans sa rotation mais lancé sans frottement vers le pôle dans l'hémisphère Nord survolera des points de la planète se déplaçant vers l'est à une vitesse moins grande que la sienne ; autrement dit, sa trajectoire est déviée vers la droite dans cet hémisphère par rapport à la Terre (et vers la gauche dans l'hémisphère Sud). Cette déviation est d'autant plus forte que l'on s'élève en latitude, les forces de Coriolis étant nulles à l'équateur. Elle dépend aussi directement de la vitesse du courant, la déviation étant d'autant plus grande que le courant est rapide. On notera enfin que la déviation (c'est-à-dire la différence de vitesse de rotation entre deux points de la Terre) sera comparable à la vitesse d'un courant de 1 m/s (la vitesse typique du Gulf Stream), si le déplacement est de l'ordre de 20 km à 45° de latitude : cela explique pourquoi les forces de Coriolis sont importantes dans l'océan mais pas dans des systèmes plus petits comme des lacs (ou des baignoires).

À l'aide d'estimations de la vitesse et de l'accélération des courants, on peut analyser l'ordre de grandeur de ces différentes forces. Selon la verticale, la force de pesanteur équilibre les forces de pression. Soit, lorsque l'axe des z est orienté vers le haut :

$$\partial p/\partial z = -\rho g$$

où p est la pression, ρ la densité de l'eau et g l'accélération de la pesanteur. Autrement dit, en très bonne approximation, l'océan est en équilibre hydrostatique, la pression augmentant proportionnellement à la profondeur et à la densité de l'eau.

Selon l'horizontale, en plein océan, la force de Coriolis est supérieure d'au moins un ordre de grandeur aux autres forces ; ce n'est pas le cas près de la surface où les forces de tension du vent sont importantes, ni au fond ou près des côtes où les forces de friction deviennent grandes, ni dans les grands courants où les termes inertiels ne peuvent être négligés. Ailleurs, seules les forces de pression peuvent équilibrer les forces de Coriolis. Soit, lorsque l'axe des x est orienté vers l'est et celui des y vers le nord :

$$f.v = 1/\rho.\partial p/\partial x$$
$$- f.u = 1/\rho.\partial p/\partial y$$

où u et v sont les deux composantes horizontales de la vitesse du courant et f est appelé le coefficient de Coriolis ; il vaut $2\,\Omega\,\sin\Phi$, où $\Omega$ est la vitesse de rotation de la Terre (soit $2\pi/86\,400\ s^{-1}$) et $\Phi$ est la latitude du point considéré. Cet équilibre entre forces de Coriolis et gradients horizontaux de pression est appelé équilibre géostrophique.

À quoi correspondent les gradients horizontaux de pression ? Il s'agit de différences de pression hydrostatique entre deux points de l'océan, ces pressions devant être imaginées par comparaison à ce qu'elles seraient si l'océan était homogène et au repos. Deux mécanismes peuvent créer de tels gradients. D'une part, la hauteur d'eau n'est pas la même partout, soit par bilan E-P, soit parce que la tension du vent entretient des empilements ou des dépressions d'eau en surface ; la pression dans l'eau est alors plus élevée là où le niveau d'eau est plus important. D'autre part, la densité de l'eau varie selon la position géographique ; à une profondeur donnée, la pression hydrostatique varie en conséquence. Ainsi, les forçages de l'océan, qu'ils soient mécaniques (l'effet du vent sur l'empilement de l'eau en surface) ou thermodynamiques (*via* le champ de densité de l'eau), créent des gradients horizontaux de pression. À titre d'exemple, à 45°N (soit $f = 10^{-4}.s^{-1}$), une pente de la surface de la mer de 1 m sur 100 km de distance doit s'accompagner d'un gradient horizontal de pression de 0,1 Pa/m (pascal par mètre), soit d'un courant géostrophique de 1 m/s.

La géométrie des courants en équilibre géostrophique est exactement la même que celle des vents dans l'atmosphère : ils tournent dans le sens des aiguilles d'une montre autour des hautes pressions de l'hémisphère Nord. Par exemple, un gradient de pression croissant vers l'est (dans la direction de l'axe des x) se traduit par un courant vers le nord. Si les gyres anticycloniques subtropicaux sont supposés en équilibre géostrophique, ils doivent tourner autour d'une haute pression de l'océan, et *vice versa* pour les gyres cycloniques subpolaires. Le sens de rotation change bien sûr dans l'hémisphère Sud car f change de signe à l'équateur. Comme la force de Coriolis augmente avec la latitude et avec la vitesse du courant, à un même gradient de pression (donc à une force de Coriolis donnée) correspond un courant plus rapide à basse latitude qu'à haute latitude.

Pour que les forces de Coriolis soient importantes, il faut un déplacement suffisant. Par conséquent, les courants ne pourront être en équilibre géostrophique que s'ils ont une assez grande dimension. Cette échelle caractéristique décroît avec la latitude ; en effet, comme les forces de Coriolis augmentent avec la latitude, elles se font sentir sur une plus petite distance. De même, l'échelle caractéristique des courants dépend de l'épaisseur d'eau dans laquelle se trouve le gradient de pression ; elle est d'autant plus grande que la couche est épaisse ; en effet, par conservation du volume d'eau, une pente donnée de la surface de la mer induit une divergence des courants horizontaux d'autant plus rapide que la couche d'eau concernée est mince. Au premier ordre, on peut considérer que les courants sont en équilibre géostrophique sur des distances supérieures à 200 km aux latitudes tempérées. Il existe bien des structures de courants de plus petite taille, mais l'équilibre géostrophique ne s'y applique pas. On appelle « structures mésoéchelles » les courants de dimensions proches de la taille minimale des courants géostrophiques ; les gyres, courants tropicaux et masses d'eau sont dits de « grande échelle ».

À partir des gradients horizontaux de pression, on peut donc cartographier les courants. Comment faire ? Les océanographes ont calculé des courants géostrophiques depuis le début du siècle à l'aide de mesures hydrographiques. La méthode consiste à mesurer, entre deux stations hydrographiques, la pente des couches isopycnes (d'égales densités) par rapport à celle des couches isobares (de pressions constantes), deux grandeurs que l'on détermine avec une grande précision ; cela donne les gradients horizontaux de pression dus aux gradients de densité. On rencontre couramment des variations de densité de l'ordre de $2.10^{-1}$ kg/m$^3$ (soit 1°C de variation de température) ; c'est équivalent à une variation de pression hydrostatique due à 20 cm de profondeur d'eau, pour une colonne d'eau de 1 000 m d'épaisseur. La difficulté vient de ce que les gradients horizontaux de densité permettent seulement de calculer les variations relatives des vitesses géostrophiques selon la verticale ; en effet, on obtient à partir des trois équations qui précèdent :

$$f.\ \partial v/\partial z = -\ g/\rho.\ \partial \rho/\partial x$$
$$f.\ \partial u/\partial z = g/\rho.\ \partial \rho/\partial y$$

La méthode hydrographique est donc adaptée au calcul de courants variables avec la profondeur, que l'on appelle courants « baroclines ». À titre d'exemple, si on rencontre une variation horizontale de densité de $2.10^{-1}$ kg/m$^3$ sur une distance de 100 km, la vitesse horizontale variera de 20 cm/s sur une épaisseur de 1 000 m à 45°N.

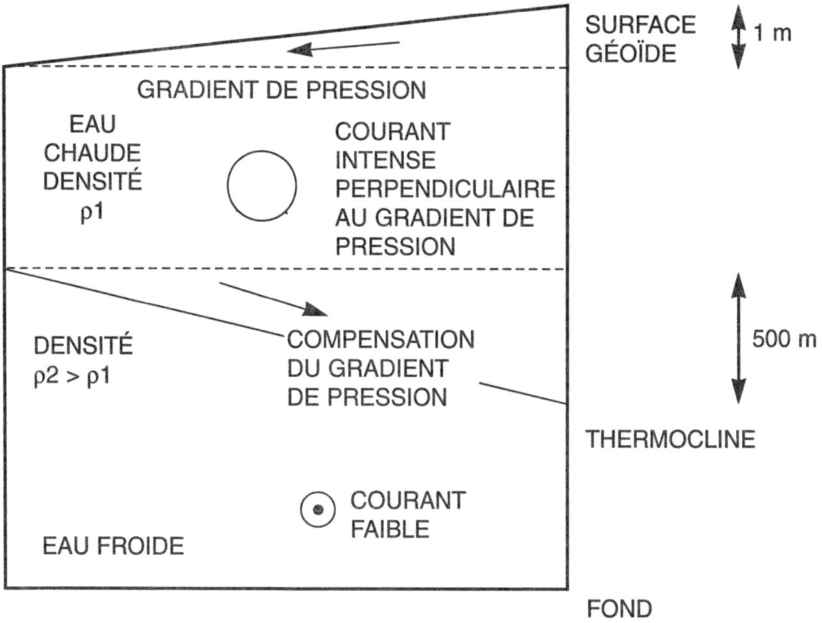


SYSTÈME BAROCLINE

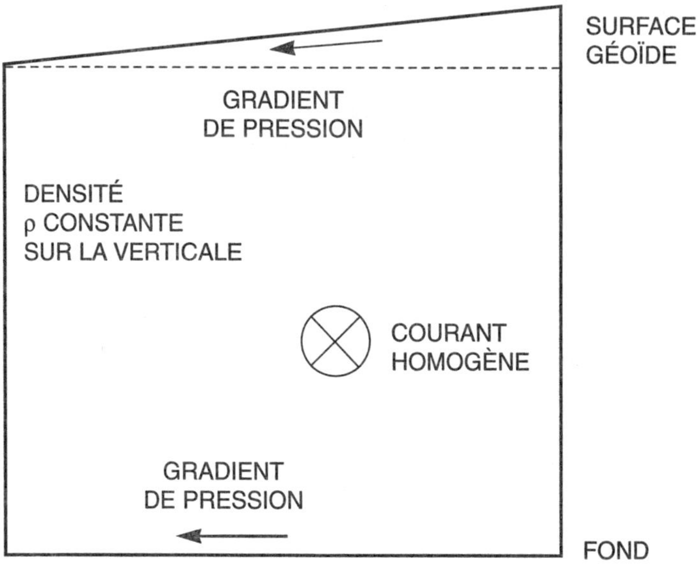


SYSTÈME BAROTROPE

PRINCIPE DE RÉPARTITION DES COURANTS OCÉANIQUES SELON LA PROFONDEUR

Les courants homogènes sur la verticale, appelés courants « barotropes », échappent à cette description : ils ne sont accompagnés d'aucune variation horizontale de densité. La méthode hydrographique ne permet donc pas de calculer les courants absolus. En fait, en tout point de l'océan, on peut décomposer la distribution des courants sur la verticale entre leur moyenne (qui sera la composante barotrope) et leurs variations avec la profondeur (qui seront appelées les composantes baroclines). Pour estimer des courants absolus (la somme des composantes), on peut sélectionner un niveau (dit de « référence ») où la vitesse des courants est connue et additionner la partie variable selon la profondeur, calculée à partir de l'hydrographie.

La méthode classique consiste à choisir ce niveau de référence en profondeur (par exemple vers 2 000 m), car on sait que les courants y sont très faibles. L'hydrographie permet alors de calculer des courants proches de leur valeur absolue près de la surface, là où ils sont intenses. La difficulté de cette approche vient de ce que des courants très faibles mais affectant une couche d'eau épaisse, comme les courants profonds, transportent de grandes quantités d'eau. Il n'est donc pas réaliste de les négliger. Le calcul des courants géostrophiques à l'aide des données hydrographiques a été fondamental en océanographie depuis près d'un siècle, mais il a longtemps buté sur cette difficulté.

Les gradients horizontaux de pression sont aussi accessibles par la mesure de l'élévation de l'eau en surface. Cette mesure est maintenant réalisable grâce à l'altimétrie par satellite. On utilise comme référence une surface où le champ de gravité de la Terre est constant, que l'on appelle un « géoïde », car, si l'océan était homogène et au repos, sa surface serait un géoïde. Une carte du niveau de la mer par rapport au géoïde permet de calculer les gradients horizontaux de pression à la surface de la mer et d'en déduire les courants géostrophiques. La mesure de niveau de la mer doit avoir une précision centimétrique, la variation géographique du niveau de la mer étant de l'ordre du mètre. Elle est relative à la somme des courants barotropes et des courants baroclines de surface ; il est important de réaliser que les courants de surface sont représentatifs des courants d'une grande partie de la colonne d'eau, car les courants ne varient pas vite avec la profondeur.

Si la couche d'eau est homogène (c'est-à-dire de densité constante et que les variations du niveau de la mer résultent d'empilements mécaniques), le courant est barotrope et la valeur de surface est représentative de toute la colonne d'eau. Si l'eau est plus chaude ou moins salée en un point, l'eau y est plus dilatée et le niveau de la mer plus élevé qu'ailleurs. Il y a bien alors un gradient horizontal de pression en surface ; cependant, ce gradient peut être compensé par les gradients horizontaux de densité à l'intérieur de la colonne d'eau. Pour mieux illustrer ce point, imaginons que l'océan soit constitué d'une couche d'eau chaude reposant sur une couche d'eau froide (une représentation schématique de la stratification de l'océan). Imaginons encore qu'en un point, la couche d'eau chaude soit plus épaisse que la couche d'eau froide. Il est possible que la pression hydrostatique (le poids de la colonne d'eau) au fond soit identique aux deux points : il suffit pour cela que la variation d'épaisseur de la couche chaude de surface soit répartie entre une élévation de la surface de l'océan et un enfoncement de l'interface entre les deux couches ; au point où le niveau de la mer est élevé, la pression est plus grande juste sous la surface, mais cet excès de poids est compensé par une eau plus légère au niveau de l'interface.

En l'absence de gradient horizontal de pression en profondeur, il n'y a pas de courant dans la couche de fond ; en revanche, la couche de surface « voit » le gradient de pression lié à la pente de surface de la mer, et on y trouve donc un courant géostrophique ; celui-ci est alors barocline. La différence de poids entre l'eau et l'air (ce qui crée la différence de pression entre les deux points à la surface) est grande par rapport à la différence de poids entre l'eau chaude de surface et l'eau froide du fond (ce qui se passe à l'interface) ; il faut donc que la pente de l'interface soit beaucoup plus grande que celle du niveau de la mer pour que les gradients de pression se compensent. Le rapport entre ces pentes est en général de l'ordre de 500. C'est en fait le gradient de profondeur des interfaces que l'on détermine par hydrographie ; cela explique que la mesure hydrographique soit beaucoup plus facile que la mesure de niveau de la mer.

Pour résumer, à l'aide de mesures *in situ* de propriétés de l'eau ou à l'aide de données satellites, on est en principe capable de cartographier les courants en bonne approximation. Cependant, on raisonne ici dans le cas d'un équilibre géostrophique idéal : une fois créé le gradient de pression, les courants s'établissent mais ne modifient pas ce gradient. Dans ce schéma simplifié, le système ne perd pas d'énergie potentielle car les courants circulent sans friction ni variation temporelle le long des isolignes de pression. Il n'y a pas de source ni de puits d'énergie, si bien que l'on n'explique pas vraiment comment fonctionne l'océan.

## Effet du vent sur les courants

Près de la surface de l'océan, la tension du vent sur l'eau ne peut pas être négligée : les courants ne sont alors pas en équilibre géostrophique. On peut avoir une première idée de l'effet du vent sur les courants en examinant ce qui se passerait si les forces de tension du vent étaient en équilibre avec les forces de Coriolis : dans l'hémisphère Nord, celle-ci dévie vers la droite le transport d'eau induit par le vent. Ce transport ne se fait que dans une couche d'une centaine de mètres d'épaisseur où se fait sentir la tension du vent ; on l'appelle la « couche d'Ekman » (c'est une définition pratique dont la réalité physique n'est pas claire ; elle n'est pas nécessairement comparable à la couche de mélange océanique).

C'est la structure géographique des vents qui doit alors être considérée : dans les zones subtropicales de l'hémisphère Nord, l'eau est entraînée vers le sud par les vents des latitudes tempérées et vers le nord par les vents alizés ; cette convergence empile l'eau au centre des bassins et y crée une haute pression en accumulant de l'énergie potentielle. En réponse aux gradients horizontaux de pression qui en résultent, il s'établit une circulation anticyclonique géostrophique autour des empilements. Aux plus hautes latitudes, les vents entraînent l'eau de façon divergente : vers le sud aux latitudes tempérées et vers le nord aux latitudes polaires ; les courants géostrophiques tournent dans le sens cyclonique autour des dépressions qui s'y créent.

Ainsi, la géométrie du champ de vent explique au premier ordre l'existence des gyres subtropicaux et subpolaires. Comme la couche d'Ekman est mince, les transports qui y ont lieu sont relativement faibles : ils sont d'environ 5 Sv dans l'Atlantique Nord. En revanche, les gradients de pression induits se font sentir sur une couche épaisse ; aux latitudes subtropicales, ceux-ci sont compensés au-delà de 1 000 m de profondeur par les gradients de pression dus aux gradients de densité ; aux latitudes subpolaires, comme la colonne d'eau est homogène, les gradients de pression de surface se font sentir sur toute la colonne d'eau. Dans un gyre anticyclonique subtropical, on calcule que les courants géostrophiques induits par le vent devraient transporter environ 30 Sv. Le résultat est proche de l'observation, puisque c'est ce que transporte le courant de Floride. Cette amplification entre effet du vent en surface et réponse de l'océan est bien conforme à l'analyse précédente : les courants sont essentiellement en équilibre géostrophique, les autres forces agissant dans l'océan étant de second ordre.

Comme l'eau est continuellement empilée par les vents au centre des gyres anticycloniques, elle doit s'y enfoncer ; on appelle cet enfoncement « pompage d'Ekman ». Les vitesses verticales de ce pompage sont de l'ordre de 20 m/an (c'est ce que l'on obtient en pompant 5 Sv dans un bassin de 4 000 par 2 000 km de côté). Ces vitesses sont nettement plus grandes que celles dues au bilan E-P (puisqu'il s'évapore de l'ordre de 1 m/an ; on notera d'ailleurs que ces deux effets tendent à être de signe contraire ; par exemple, l'eau s'évapore dans les régions subtropicales où le pompage d'Ekman est dirigé vers le fond). L'effet du vent est donc bien plus important que l'effet E-P. Henry Stommel décrivait le mécanisme d'un gyre subtropical comme celui d'une toupie dont le vent enfoncerait le piston central, l'océan répondant en tournant horizontalement.

Il faut bien que l'eau qui s'est enfoncée remonte à la surface. Cela se fait d'une part dans les zones cycloniques subpolaires, où le pompage d'Ekman est dirigé vers la surface. Cela se fait surtout le long de l'équateur : l'eau y est poussée vers l'ouest par les vents alizés, mais elle est déviée vers le nord dans l'hémisphère Nord et vers le sud dans l'autre hémisphère, car les forces de Coriolis changent de signe de part et d'autre de l'équateur. Cette « divergence équatoriale » doit être compensée par une remontée d'eau, appelée « *upwelling* équatorial ». Dans l'océan Pacifique, la vitesse d'Ekman atteint 300 m/an près de l'équateur.

Le même mécanisme de divergence du transport d'Ekman explique aussi les zones de remontée d'eaux côtières : lorsque le vent souffle parallèlement à la côte de telle sorte que l'eau soit poussée vers le large (toujours sous l'effet des forces de Coriolis), il se produit un *upwelling* côtier permettant de renouveler l'eau à la surface ; il faut, par exemple, que le vent souffle vers l'équateur le long des frontières est des bassins. Comme l'eau est alors plus froide près de la côte qu'au large (puisqu'elle provient de couches profondes), cela induit un gradient de densité dans la direction perpendiculaire à la côte ; celui-ci doit s'accompagner d'un courant géostrophique de surface parallèle à la côte ; dans le cas d'une frontière est, ce courant est dirigé vers l'équateur. On rencontre par exemple de tels *upwellings* accompagnés de courants le long des côtes de Mauritanie ou du Pérou. On rencontre aussi ce phénomène, mais inversé, le long des côtes de Somalie (c'est-à-dire près d'une côte ouest).

En résumé, la structure géographique du champ de vent est à la fois responsable de la structure horizontale des courants de surface et de leurs déplacements verticaux.

## Courants tropicaux

L'équilibre géostrophique est vérifié dès 2° de latitude. En revanche, puisque les forces de Coriolis sont nulles à l'équateur, les courants n'y sont *a priori* pas en équilibre géostrophique. En surface, dans la direction zonale, ce sont en premier lieu les forces de tension du vent qui équilibrent les gradients horizontaux de pression.

En moyenne, les vents alizés entraînent l'eau vers l'ouest et créent à la fois un courant vers l'ouest en surface et un empilement d'eau à l'ouest des bassins. Le niveau de la mer y est donc plus haut qu'à l'est, d'environ 40 cm. Cela crée un gradient de pression dans les couches de surface ; rappelons que l'océan tropical est très stratifié et que la thermocline n'y est pas très profonde (200 m environ). Le gradient de pression est alors compensé par un gradient de densité, l'épaisseur d'eau chaude de surface étant plus grande à l'ouest qu'à l'est du bassin. Sur la thermocline, le gradient de pression se fait encore sentir, ce qui n'est plus le cas de la tension du vent : il se crée alors un courant dans le sens du gradient de pression, c'est-à-dire vers l'est. On l'appelle le sous-courant équatorial (courant de Cromwell, dans le cas du Pacifique). Quant aux contre-courants nord-équatoriaux, ils s'établissent à la latitude de la zone de convergence intertropicale, là où la tension zonale du vent est faible.

Les vitesses des courants tropicaux sont élevées (de l'ordre de 1 m/s) ; dans une situation d'équilibre géostrophique, cela s'explique simplement par la faiblesse des forces de Coriolis. Malgré leur faible épaisseur, leurs transports sont donc importants (environ 30 Sv pour le courant sud-équatorial, par exemple). Une partie de cette eau alimente les courants de frontière ouest ; une autre partie revient vers l'est avec les contre-courants et les sous-courants équatoriaux.

## Intensification des courants près des frontières ouest des bassins

Un simple examen des cartes de courants de surface montre qu'ils sont systématiquement plus intenses près des frontières ouest des bassins. Pour comprendre ce phénomène, il faut étudier non pas l'*intensité locale* des courants, comme donnée par l'équation géostrophique, mais la *structure du champ de courant.* Celle-ci est décrite par le « rotationnel » du champ de courant, calculé à partir des variations spatiales des deux composantes horizontales du courant (soit le terme $\xi = \partial v/\partial x - \partial u/\partial y$) ; on peut l'imaginer comme une mesure de l'allure tourbillonnaire du courant. Je l'appellerai ici le tourbillon. Pour simplifier, il convient de voir comment ce tourbillon est affecté par les forces agissant sur les courants subtropicaux de l'hémisphère Nord ; une augmentation de l'intensité du tourbillon signifiera que la rotation anticyclonique (dans le sens des aiguilles d'une montre) du courant augmente (en réalité, le tourbillon devient plus négatif dans le repère utilisé dans les paragraphes précédents). Une équation de conservation peut être écrite pour cette grandeur à partir des équations décrites précédemment. Les facteurs essentiels qui modifient le tourbillon sont les suivants :

– les déplacements en latitude, puisque les forces de Coriolis augmentent avec la latitude (on note $\beta = \partial f/\partial y$, et on appelle cette variation du nom d'effet bêta) ; un courant orienté vers le nord subit une déviation vers la droite accrue avec l'augmentation de latitude, ce qui se traduit par une augmentation de l'intensité du tourbillon propre du courant ; on parle de tourbillon planétaire et sa valeur est égale à f ;

– une variation de la profondeur H de la couche d'eau dans laquelle se fait la circulation ; de même qu'un patineur augmente sa vitesse de rotation en resserrant ses bras, le tourbillon augmente en valeur absolue quand la profondeur de l'eau augmente ; cette variation de profondeur peut résulter soit d'un approfondissement de la bathymétrie, soit d'une augmentation de l'épaisseur de la couche d'eau dans laquelle coule le courant ;

– le tourbillon du vent ; on peut bien sûr décrire la structure du champ de vent de la même façon que celle des courants ; on a vu précédemment que les différences de direction du vent selon la latitude se traduisaient par des empilements ou des dépressions d'eau et que l'océan réagissait à ces effets sous la forme de circulation anticyclonique ou cyclonique ; c'est donc bien la structure du champ de vent (ou son tourbillon) qui détermine le tourbillon du courant ; selon le schéma des paragraphes précédents, un tourbillon anticyclonique du vent se traduit par une augmentation de l'intensité du tourbillon des courants subtropicaux ;

– la friction des courants ; celle-ci tend naturellement à ralentir les courants et à diminuer la valeur absolue de leur tourbillon ; son effet est d'autant plus grand que la vitesse des courants est élevée.

En l'absence de forces extérieures (c'est-à-dire en l'absence de vent ou de friction et pour un champ de densité fixé), seuls les effets planétaires et de profondeur peuvent changer le tourbillon propre du courant ; par conséquent, la combinaison de ce dernier et des deux autres effets doit être conservée au cours du déplacement de l'eau, soit :

$$(\xi + f)/H = \text{constante}$$

On appelle cette combinaison tourbillon potentiel. Sa conservation est bien vérifiée à l'intérieur des bassins et en profondeur, c'est-à-dire loin de la surface et du fond.

Voyons maintenant comment cette conservation du tourbillon explique la structure des champs de courants de surface. Tout d'abord, quel est l'effet du vent si l'on néglige la friction ? Quand le tourbillon du vent est anticyclonique (par exemple, dans l'anticyclone des Açores), il tend à augmenter l'intensité du tourbillon anticyclonique de l'eau. Si l'on considère le courant moyen, en régime stationnaire, on ne peut changer le tourbillon propre du courant. Il est donc nécessaire de diminuer le tourbillon planétaire pour équilibrer le système ; par conséquent, la réponse de l'océan prend la forme d'un déplacement moyen de l'eau vers l'équateur. Ce déplacement doit prendre principalement la forme de courants géostrophiques : il a lieu en profondeur, c'est-à-dire sous la couche d'Ekman (où le transport est vers le nord, à la latitude des alizés). Ce déplacement en latitude explique pourquoi la remontée en surface des eaux pompées aux latitudes subtropicales selon le mécanisme d'Ekman se fait près de l'équateur.

Dans un bassin fermé et en régime stationnaire, il n'est pas possible de transporter indéfiniment de l'eau vers l'équateur. Il faut donc qu'elle revienne vers le nord quelque part. Comme le raisonnement précédent reste valable pour un système homogène et de profondeur constante, on ne peut admettre que le retour d'eau se fasse en profondeur (sous la thermocline). Il devient alors naturel d'imaginer une couche limite, près d'une frontière du domaine, où se fera ce retour vers le nord. Si l'on admet que les courants sont proches de l'équilibre géostrophique, cette couche limite sera *a priori* voisine de la largeur minimale à partir de laquelle cet équilibre est réalisé (si elle était plus large, elle serait sensible au champ de vent). Cette couche étant étroite, il faut que le courant vers le pôle y soit rapide pour « évacuer » la même quantité d'eau que ce qui se déplace vers l'équateur sur tout le reste du bassin.

Pour quelle raison cette intensification se ferait-elle à l'ouest des bassins ? En outre, comment se dissipe l'énergie transmise aux courants par les vents ? Une réponse a été proposée par Henry Stommel en 1948, qui tient compte de l'effet de la friction. Considérons toujours le cas d'un gyre anticyclonique de l'hémisphère Nord : l'effet de la friction est cyclonique puisqu'il est opposé au sens de rotation du courant. À l'ouest du bassin, le courant se dirige vers le nord, si bien que le tourbillon planétaire est anticyclonique ; il s'ajoute au tourbillon propre du courant, compensé seulement par l'effet de la friction. Au contraire, à l'intérieur du bassin, le courant allant vers le sud, l'effet planétaire tend à diminuer et s'ajoute à l'effet de la friction. Il faut donc que la friction soit importante près de la frontière ouest mais faible à l'intérieur. Puisque l'intensité de la friction dépend de l'intensité des courants, il faut donc que le courant soit intense à l'ouest du bassin. La friction se ferait donc près des côtes (si les courants étaient barotropes, on pourrait imaginer que la friction se fasse au fond de l'océan ; cependant, les gyres subtropicaux sont baroclines, et l'énergie du vent ne peut pas facilement se dissiper dans la thermocline).

Par ailleurs, il faut considérer que l'effet du vent ne peut être négligé à l'intérieur du bassin, où la friction est faible ; on notera que le transport d'eau s'y fait bien vers l'équateur, comme attendu. Ainsi, le courant de frontière ouest assure à la fois le retour de l'eau vers le nord et la dissipation de l'énergie du vent par friction près de la côte.

Ces raisonnements s'appliquent très bien à une situation de vent et de courant cycloniques, ainsi qu'à l'hémisphère Sud : dans tous les cas, on s'attend à une intensification des courants à l'ouest des bassins ; c'est bien ce qui est observé. Ce schéma constitue donc une explication unificatrice de tous les gyres de la circulation de surface, même si bien d'autres forces agissant sur les courants ne sont pas prises en compte. En revanche, comme l'océan sud ne constitue pas un bassin fermé à l'est et à l'ouest par des continents, les raisonnements précédents ne s'y appliquent pas ; d'ailleurs, l'océan sud répond à ses forçages sous la forme du courant zonal qu'est le courant antarctique circumpolaire.

## Processus thermodynamiques

Même si le vent explique en grande partie la géométrie des courants, on ne peut négliger les effets thermodynamiques. Par exemple, dans un gyre subtropical, l'eau des courants de frontière ouest se refroidit au contact de l'atmosphère (c'est d'ailleurs là que l'on trouve les flux de chaleur « sortants » les plus intenses). Elle devient donc plus dense. Sous l'effet du pompage d'Ekman et de cette densité accrue, les courants de retour vers le sud se font sous la surface : c'est le processus de « subduction des isopycnes ». Au contraire, les eaux du centre de ces gyres forment des sortes de lentilles d'eau chauffées en surface. Tous ces effets entretiennent les gradients de densité et les gradients de pression associés. Le champ de densité n'est donc pas acquis directement en réponse aux forçages thermodynamiques : les champs de courants transportent de la chaleur, ce qui induit la structure thermodynamique et de densité de l'eau et affecte en retour le champ de pression et de courant.

Le refroidissement des eaux de surface peut aussi se traduire par des instabilités très fortes de la colonne d'eau : l'eau de surface devient plus dense et éventuellement plus lourde que l'eau des couches sous-jacentes. Parmi plusieurs mécanismes, cela peut entraîner une « convection » qui atteint parfois 2 000 m de profondeur. Ce phénomène est facilité par une salinité élevée en surface, puisque celle-ci augmente la densité de l'eau. C'est le cas en Méditerranée ou dans l'océan Atlantique Nord. C'est aussi le cas en mer de Weddell et tout autour du continent Antarctique, en partie en raison de l'importante formation de glace de mer dans cette zone. En revanche, il n'y pas ou peu de convection profonde dans l'océan Pacifique Nord, qui est moins salé et plus stratifié que l'Atlantique. Bien sûr, outre la salinité, la géométrie des bassins n'est pas non plus étrangère à ces différences entre océans : par exemple, l'Atlantique est largement en contact avec les mers arctiques, qui sont profondes et s'étendent à de très hautes latitudes ; au contraire, le Pacifique est limité au nord par le bassin des Aléoutiennes et le détroit de Behring, qui ne sont pas très profonds et dont les latitudes ne sont pas très élevées. L'eau peut sûrement plus facilement se refroidir et couler en profondeur dans les mers arctiques que dans le bassin des Aléoutiennes. Les mélanges verticaux de ce type expliquent que les océans soient homogènes aux plus hautes latitudes ; ils alimentent les masses d'eaux profondes de l'océan, déterminent leurs propriétés et expliquent en grande partie leurs caractéristiques.

Loin de la surface, la répartition de la température et de la salinité dépend des transports par les courants : on parle d'advection. Mais comment se font le mélange et la « transformation » des masses d'eau ? Le mélange dans l'océan est surtout réalisé par la turbulence, qui ressemble à grande échelle à un processus de diffusion très efficace. La diffusion moléculaire est beaucoup moins intense que la diffusion turbulente et ne joue un rôle significatif que dans des cas particuliers de mélanges de petite échelle. La diffusion turbulente est très anisotrope : le long des couches isopycnales, elle est de quatre à six ordres de grandeur plus grande qu'entre couches de densités différentes. Le mélange isopycnal peut être décrit par une diffusivité de l'ordre de $10^2$ $m^2/s$ en surface et de 1 à 10 $m^2/s$ en profondeur, tandis que le mélange entre couches (appelé aussi diapycnal) vaut environ $10^{-2}$ $m^2/s$ dans les couches de mélange océanique (en surface ou au fond) et seulement 1 à $2.10^{-5}$ $m^2/s$ dans les couches stratifiées. Le mélange « vertical » est donc effectué soit dans les couches relativement homogènes, soit lorsque les forçages entraînent une turbulence verticale importante (par exemple, dans la couche de mélange de surface sous l'effet du vent ou près du fond, par interaction entre les courants et la bathymétrie), soit encore parce que les couches isopycnales ne sont pas horizontales (le mélange isopycnal a alors une composante verticale). Selon certains schémas, le mélange vertical profond se ferait donc préférentiellement près des frontières des bassins, l'homogénéisation de l'intérieur résultant surtout de la diffusion isopycnale depuis ces frontières.

## Circulation profonde et profondeur de la thermocline

En ce qui concerne la circulation profonde, deux questions peuvent être posées : quelle peut être la géométrie des courants et pourquoi y a-t-il une thermocline ?

La conservation du tourbillon suggère une réponse à la première question. Comme précédemment, je développerai l'explication dans le cas d'un bassin de l'hémisphère Nord. Au fond, il n'y a pas d'effet du vent si bien que la source d'énergie est la poussée de l'eau provenant du nord du bassin, là où se forment les eaux profondes. Cette eau est supposée remonter vers la surface de façon uniforme à l'intérieur du bassin. L'eau s'écoulant vers l'équateur, le tourbillon planétaire tend à diminuer et l'eau à prendre un tourbillon propre cyclonique (par conservation du tourbillon potentiel). La remontée d'eau à l'intérieur du bassin tend à induire une déformation des couches isopycnales vers le haut. Cette augmentation de l'épaisseur de la couche d'eau où circule le courant s'accompagne d'une diminution de l'intensité du tourbillon induit par l'effet planétaire. Si l'on tient compte de l'effet de la friction, un raisonnement analogue à celui développé pour les courants de surface montre que le courant doit être intensifié près de la frontière ouest du bassin.

Selon ce raisonnement, la circulation profonde forcée par la formation des eaux profondes pourrait donc être constituée de gyres cycloniques intensifiés près des frontières ouest des bassins et dont le tourbillon serait atténué à l'intérieur par la remontée des eaux vers la surface. Cette description théorique, proposée par Henry Stommel en 1957, a été partiellement vérifiée ultérieurement par la découverte des sous-courants de frontière ouest. Cependant, ce raisonnement néglige un certain nombre d'effets : en particulier, les variations de la bathymétrie affectent le tourbillon et donc la circulation profonde (d'ailleurs, les forces de pression exercées sur la circulation thermohaline par les variations de profondeur de la bathymétrie peuvent aussi influencer le tourbillon du courant dans la thermocline et affecter les gyres de surface ; cet effet semble doubler le transport du Gulf Stream et accélérer le gyre de l'Atlantique Sud ; on appelle cet effet effet « Jebar », pour *Joint Effect of Baroclinicity and Bottom Relief*). Par ailleurs, des données récentes tendent à remettre en cause l'hypothèse de l'homogénéité du retour d'eau vers la surface, communément admise depuis près de quarante ans. Enfin, ce schéma n'explique pas pourquoi les masses d'eau traversent l'équateur.

La distribution géographique de la profondeur de la thermocline principale est facile à comprendre : c'est le pompage d'Ekman qui enfonce les couches isopycnales et la thermocline dans les latitudes subtropicales et les fait remonter vers la surface près de la divergence équatoriale. En première approximation, la profondeur de la thermocline compense donc l'élévation de la surface aux latitudes tropicales et tempérées.

En revanche, l'existence même de la thermocline a fait l'objet de nombreuses théories. L'idée la plus ancienne s'avère simple : la thermocline résulterait d'un équilibre entre la diffusion de la chaleur de la surface vers le fond et la remontée des eaux froides profondes vers la surface. Encore aujourd'hui, certains modèles expliquent la thermocline par des effets verticaux et la relient à une diminution du mélange vertical qui doit résulter de l'accroissement de la stratification qu'on y trouve. D'autres modèles tiennent compte du fait que les transports d'eau dans l'océan sont dominés par les advections latérales le long de couches isopycnales ; les propriétés de ces couches sont acquises en surface, là où les eaux entrent en contact avec l'atmosphère. Pour simplifier, ces modèles décrivent la thermocline comme la frontière entre les eaux formées aux très hautes latitudes par convection profonde et les eaux de subsurface subductées depuis les latitudes intermédiaires et entraînées par les circulations anticycloniques subtropicales (on parle de modèles de thermocline ventilée). Comme les mécanismes du mélange vertical et la géographie de la remontée des eaux profondes sont mal connus, le débat demeure ouvert.

## Transports de chaleur par l'océan

Par ses courants, l'océan doit transporter la chaleur reçue en excès dans la zone tropicale vers les hautes latitudes, où cette chaleur est restituée à l'atmosphère. Ce transport méridien atteint son maximum à environ $2.10^{15}$ W vers 30° de latitude (à titre de comparaison, le total de l'énergie produite par l'homme est de $10^{13}$ W). Cet ordre de grandeur correspond à un flux d'eau de 18 Sv (le flux de renouvellement des eaux de l'Atlantique, par exemple), qui se refroidirait de 26°C (ce qui est la différence de température entre les eaux tropicales de surface et les eaux profondes nord-atlantiques). Il est du même ordre de grandeur que le transport méridien de chaleur effectué par les vents de l'atmosphère. Autrement dit, il n'est pas possible de décrire et comprendre la machine climatique sans prendre en compte l'océan.

Il existe trois méthodes pour estimer le transport de chaleur par l'océan. La première s'appuie sur des estimations du transport total de chaleur dans le système Terre, qui peuvent être faites au sommet de l'atmosphère : à l'aide de mesures de radiométrie par satellite, on effectue en chaque point le bilan du flux solaire entrant, corrigé de la fraction réfléchie par les nuages et la surface, et du flux infrarouge réémis par la Terre vers l'espace interplanétaire ; la différence doit être compensée par un transport. Puis l'on soustrait ce qui est transporté par l'atmosphère, tel que calculé par les modèles météorologiques. Le reste doit être transporté par l'océan. Cette méthode ne permet pas néanmoins d'identifier le rôle de chacun des océans. La deuxième méthode fait le bilan des flux de chaleur entre océan et atmosphère. Ces bilans doivent être compensés par le stockage local de l'océan et par un transport. Le premier est estimé à l'aide des

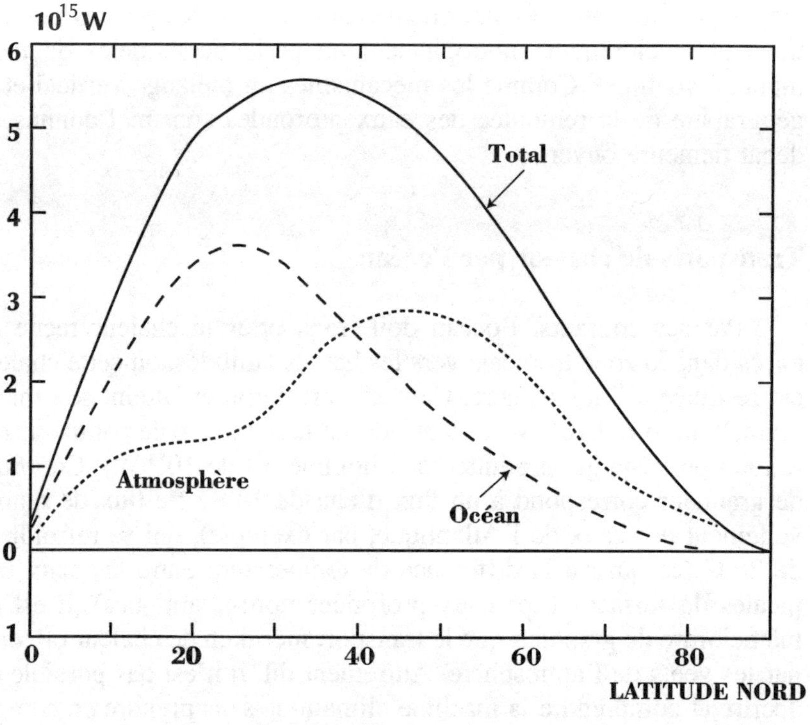


**Schéma représentant les flux de chaleur méridiens transportés par l'océan et l'atmosphère dans l'hémisphère Nord, en fonction de la latitude. Les valeurs sont des moyennes zonales, c'est-à-dire sur toutes les longitudes. Le flux total peut être calculé en faisant le bilan de chaleur entrant et sortant au sommet de l'atmosphère à chaque latitude mesurée par des satellites depuis l'espace. Dans l'atmosphère, ce transfert de chaleur est effectué par les cellules de circulation et les vents ; il est calculé par les modèles météorologiques. Dans l'océan, cette chaleur est transportée de l'équateur vers les pôles par les courants, en surface et en profondeur ; ce dernier constitue 30 à 50 % du total, si bien qu'il est impératif de prendre en compte à la fois l'océan et l'atmosphère pour décrire le climat.**

variations géographiques de la température. Le second est alors obtenu par différence. La troisième approche consiste à estimer directement le transport de chaleur effectué par les courants. Le long d'une section d'océan, la masse transportée dans un sens doit être compensée par un transport dans l'autre sens ; les variations géographiques de la température donnent les variations du stock de chaleur ; le produit est le flux de chaleur. Il faut tenir compte à la fois du transport advectif et du mélange effectué par la turbulence. Le transport est effectué à la fois par les gyres, par suite des différences de température entre les courants de frontière ouest dirigés vers les pôles et les courants de retour vers l'équateur, et par la circulation thermohaline, par suite des différences de température entre les transports de surface et les transports profonds. On notera que ce problème est l'inverse de celui qui a été posé jusqu'ici dans ce chapitre, puisque la méthode s'appuie sur une estimation des courants pour calculer les flux de chaleur, alors que nous avons cherché à comprendre les courants à partir des forçages. Cette approche purement océanographique donne des résultats qualitativement cohérents avec les deux précédentes.

Les transports méridiens de chaleur par l'océan sont incertains (l'erreur est de l'ordre de 50 %, d'après le plus récent travail de l'Américaine Alison MacDonald sur ce sujet), mais plusieurs faits saillants émergent. Ces transports atteignent leur maxima vers 30° de latitude, là où les courants de frontières ouest sont intenses. Le transport de chaleur est approximativement symétrique par rapport à l'équateur dans l'océan Pacifique (de l'équateur vers les pôles, le cas du Pacifique Sud étant encore incertain, compte tenu du faible nombre de mesures disponibles). Au contraire, dans l'océan Atlantique, les courants transportent toujours de la chaleur du sud vers le nord ; en particulier, ils transportent $1 \pm 0{,}5.10^{15}$ W au travers de l'équateur. Ce transport interhémisphérique contribue à l'adoucissement du climat au-dessus de l'Europe.

## Transports d'eau douce par l'océan

Par bilan E-P à l'interface air-mer ou par estimation des stockages et transports de sel par les courants, on peut aussi estimer les transports d'eau douce, qui est une grandeur comparable aux transports atmosphériques. Un transport d'eau douce est effectué soit par un transport net de masse d'eau, soit par une différence de salinité à bilan de masse d'eau nul, soit encore par les deux effets simultanés.

Les transports méridiens de l'océan doivent compenser ceux de l'atmosphère, puisque l'effet des rivières est de second ordre. En moyenne zonale, le transport d'eau douce est donc dirigé vers les pôles aux latitudes tropicales (jusqu'à 20°) et vers l'équateur aux plus hautes latitudes. Il est maximum aux environs 0,6 Sv vers 40°N. Il semble que l'atmosphère transporte 0,6 Sv de l'hémisphère Sud vers l'hémisphère Nord (*via* le phénomène de mousson) ; l'océan doit compenser cet effet par un transport équivalent du nord vers le sud.

Le bilan d'eau douce explique en particulier la plus grande salinité de l'Atlantique, par rapport à celles des autres océans : rappelons que le premier a une salinité moyenne de 34,92 ups contre 34,57 ups pour le Pacifique. Si l'on considère que le flux de renouvellement de l'eau de l'Atlantique est d'environ 30 Sv, il faut un excès d'évaporation de 0,3 Sv dans l'Atlantique, accompagné par un excès semblable de précipitation (ou d'apport d'eau des rivières) dans le Pacifique, pour expliquer ce bilan de sel. Les diverses estimations varient de 0,13 à 0,32 Sv. Près du tiers de l'excès d'évaporation de l'Atlantique a d'ailleurs lieu en Méditerranée. Cette différence entre océans vient de ce que l'atmosphère transporte plus facilement de l'eau de l'Atlantique vers le Pacifique au travers de l'Amérique centrale que du Pacifique vers l'Atlantique et la Méditerranée au travers de l'Afrique et de l'Asie. D'autre part, le Pacifique reçoit aussi un excès d'eau douce en provenance de l'océan Indien, à cause du phénomène de mousson.

Bien sûr, cet excès de précipitations dans le Pacifique doit être rapporté vers l'Atlantique, ce qui est fait par les courants. Les estimations les plus récentes suggèrent que ce retour se fait surtout *via* le détroit de Behring et les mers arctiques (mais ce point est débattu et d'autres estimations considèrent que quatre cinquièmes du flux d'eau douce reviennent par l'océan sud). Il semble que le transport d'eau douce est toujours dirigé vers le sud dans l'océan Atlantique, ce qui signifie que l'eau qui quitte l'Atlantique Nord au travers de l'équateur est en moyenne plus salée que celle qui y entre.

Ce flux d'eau douce est infime par comparaison aux transports dans l'océan (mais pas négligeable par rapport à celui des rivières). Ce qui est fondamental, c'est que les différences de salinité qui en résultent s'accompagnent d'une variation de densité de l'ordre de 0,32 kg/$m^3$ entre les océans Atlantique et Pacifique. Il s'agit donc d'un moteur important de la circulation thermohaline qui explique en partie pourquoi il se forme de l'eau profonde en Atlantique Nord, et non pas dans le Pacifique.

Contrairement à l'atmosphère qui reçoit de l'énergie par le haut (le flux solaire), par le bas (les flux provenant du sol et de l'océan) et à l'intérieur (par suite de la chaleur latente de condensation de l'eau), l'océan reçoit pratiquement toute son énergie à sa surface. Les phénomènes présentent de grandes différences d'échelle entre les deux milieux : les dépressions de l'atmosphère ont des dimensions de l'ordre de 1 000 km, tandis que leurs équivalents océaniques, les structures mésoéchelles, ont des tailles de 200 km.

Dans l'océan, la structure géographique des forçages permet d'expliquer les courants océaniques à l'aide de principes de conservation valables pour tous les fluides. Plus encore, les ordres de grandeur de la vitesse des courants et de leurs transports sont bien expliqués par ces mécanismes. La démarche a consisté à prendre en compte des termes de plus en plus petits dans les équations pour arriver à expliquer des aspects de plus en plus fins du système. Même si un processus aussi fondamental que le transport d'Ekman n'a pas encore été confirmé par des observations directes, cette compréhension et cette démarche sont un grand succès de l'océanographie des années 40 à 60. Cette construction constitue d'ailleurs un paradigme de l'océanographie actuelle.

Il est commode de visualiser les courants comme résultant de la superposition de structures de surface (gyres, courants tropicaux) « forcés par les vents » et de cellules méridiennes de circulation thermohaline, dont le forçage est surtout thermodynamique. Cependant, ces deux types de structure sont en interaction étroite : il est difficile de représenter correctement le gyre du Gulf Stream (par exemple à l'aide d'un modèle numérique), sans prendre en compte tout l'Atlantique. Par exemple, la température de l'eau de surface baisse d'environ 7°C entre 20°N et 40°N, dans le gyre anticyclonique subtropical, et baisse encore de 12°C entre 40°N et 60°N où se forment les eaux profondes ; les deux mécanismes de transport océanique ont donc un rôle équivalent dans le transport méridien de chaleur effectué par l'océan ; à l'évidence, le Gulf Stream aurait une allure différente en l'absence de circulation profonde (d'ailleurs, pour cette raison, le Gulf Stream diffère beaucoup du Kuroshio, même si leurs principes physiques de base sont les mêmes). En outre, il faut prendre soin de bien définir ce qui se passe aux frontières de l'Atlantique : par exemple, le bilan de salinité ne s'explique que par échange avec les autres bassins. Autrement dit, la circulation des océans est un tout.

Bien sûr, les mécanismes décrits ici sont de premier ordre. D'une part, je n'ai pas discuté certains effets importants comme ceux qui résultent de l'allure de la stratification, des termes inertiels ou de la pente de la bathymétrie ; d'autre part, l'importance relative des différents termes dépend de leur intensité et de leur échelle spatiale. Je n'ai par ailleurs pas donné d'explication à certains phénomènes mentionnés dans le premier chapitre, comme l'accroissement du transport et la recirculation du Gulf Stream. De plus, je n'ai cherché à expliquer que la circulation moyenne alors que les courants sont très variables dans le temps. Enfin, comme les flux d'échange d'énergie avec l'atmosphère dépendent de l'état de l'océan et des transports effectués par les courants, c'est à un océan en équilibre avec ses forçages qu'il faut penser. Mais avant de décrire ces phénomènes dynamiques, revenons un peu en arrière et examinons l'origine des connaissances et des concepts décrits dans ces deux premiers chapitres.

## Chapitre III

# D'HÉRODOTE À HENRY STOMMEL : BRÈVE HISTOIRE DE L'OCÉANOGRAPHIE

Il est naturel de se demander quelle est l'origine de l'océanographie. Comme pour toutes les sciences, il n'y a pas de réponse simple : l'océanographie est à la fois presque aussi vieille que l'humanité et une science récente. Aussi antique que les premières colonisations des îles du Pacifique par les Mélanésiens dès le III^e^ millénaire avant notre ère ou que l'installation de comptoirs en Méditerranée et dans l'océan Indien par les Phéniciens à partir du XI^e^ siècle avant Jésus-Christ ; mais aussi récente puisque c'est en 1871 que la *Royal Society* recommanda que l'on organisât une expédition pour étudier la physique, la chimie, la biologie et les sédiments des océans. Comme beaucoup de disciplines, l'océanographie a changé qualitativement après la Seconde Guerre mondiale, avec le développement des organisations étatiques de recherche fondamentale dans les pays occidentaux, la croissance rapide des moyens engagés dans ces recherches et la révolution technologique. Dans le cas de l'océanographie, ce changement fut particulièrement évident, car c'est à ce moment qu'apparurent certaines des plus importantes notions d'océanographie dynamique.

Je livrerai donc quelques éléments de l'histoire de l'océanographie en me contentant de brefs aperçus pour l'époque récente. Je ne prétends pas faire œuvre d'historien mais tente de donner quelques repères. D'où viennent nos connaissances essentielles ? Comment ont émergé les principaux concepts ? De quand datent les principales techniques ? Ainsi que l'explique le philosophe des sciences Thomas Kuhn, il faut s'assurer que les idées anciennes recouvrent bien les mêmes notions que celles qui nous sont familières, surtout quand elles paraissent si proches des nôtres et si extraordinairement géniales, compte tenu des connaissances de l'époque.

Cette mise en perspective doit beaucoup à deux ouvrages majeurs. Le premier est *The Oceans, their Physics, Chemistry and General Biology* publié par Harald Ulrik Sverdrup, Martin Johnson et Richard Fleming en 1942. Selon leur introduction, ces auteurs proposent à la fois une synthèse des « connaissances océanographiques bien établies » et une discussion des « résultats récents » de l'époque ; ils aident ainsi à comprendre l'évolution initiale de l'océanographie moderne. Le second ouvrage est *Evolution of Physical Oceanography*. Édité en 1981 par Bruce Warren et Carl Wunsch en l'honneur du soixantième anniversaire d'Henry Stommel, dont beaucoup pensent qu'il a été le plus grand océanographe du siècle, ce livre permet de saisir comment l'océanographie a changé au cours des cinquante dernières années et fournit de nombreux repères sur les prémices de la discipline aux XVIII^e^ et XIX^e^ siècles.

## Les frontières du domaine

L'histoire de l'océanographie a d'abord été celle de l'exploration de la Terre, puisque celle-ci s'est d'abord faite par la mer. En effet, une question a agité les géographes pendant plus de vingt siècles : y a-t-il des terres au-delà de l'horizon ? Chez les Anciens déjà, Hérodote imaginait en 450 avant Jésus-Christ qu'une ceinture de mers entourait les trois continents (Europe, Libye et Asie) bordant la Méditerranée, mais Claude Ptolémée suggérait en 150 après Jésus-Christ que l'on pouvait trouver, au-delà des océans, des terres inconnues. La question n'a été définitivement résolue qu'à la fin du XIX^e^ siècle. On peut suivre les étapes de cette découverte dans la plupart des livres d'histoire, dans le livre de Daniel Boorstin, *Les Découvreurs*, ou dans celui de Harold Thurman, *Essentials of Oceanography*.

Il faut d'abord rappeler la découverte du Groenland et de la baie de Baffin par le Viking Erik le Rouge en 981 et l'observation de Terre-Neuve par Bjarni Herjolfsson en 985. En tirant parti de la régularité des vents de mousson, les marchands arabes ont exploré les côtes est de l'Afrique jusqu'à Zanzibar dès le X^e^ siècle ; ils pensaient que les océans Indien et Atlantique communiquaient au sud de l'Afrique, et c'est d'ailleurs un navigateur arabe, Ibn Majid, qui pilota Vasco de Gama au travers de l'océan Indien. De même, l'amiral chinois Cheng Ho parcourut une grande partie de cet océan entre 1405 et 1433 pour affirmer la grandeur de son empereur. En Occident, la grande période de découverte de la fin du XV^e^ siècle semble avoir été déterminée par plusieurs facteurs : l'ouverture des esprits qui permettait de ne plus considérer l'océan comme baignant la Terre de toutes parts mais bien comme une mer au même titre que la Méditerranée ; la redécouverte de la géographie de Ptolémée au début du XV^e^ siècle ; le remplacement de la rose des vents par la boussole qui aidait à maintenir un cap au large quel que soit le temps ; la prise de Constantinople par le sultan Mohammed II en 1453, qui interrompait les routes commerciales des Occidentaux vers les Indes ; la volonté de rapporter des richesses, etc. Mais on trouve aussi la curiosité et la volonté d'exploration du prince portugais Henri le Navigateur, qui poussait ses capitaines à aller toujours plus loin. Il fut largement à l'origine du contournement de l'Afrique par Bartolomeu Dias en 1486 et par Vasco de Gama en 1497. Rappelons que Christophe Colomb « découvrit l'Amérique » en 1492 et que Magellan et ses équipages firent le premier tour du monde de 1519 à 1522.

Puis il y eut l'exploration plus systématique du globe ; par exemple, celle du Pacifique et la recherche des terres du sud par James Cook de 1768 à 1779. En 1770, à bord de l'*Endeavour*, il découvrait la Nouvelle-Zélande. En janvier 1773, il était le premier à traverser le cercle polaire austral mais était bloqué à 71°10′ sud par les banquises du continent Antarctique. Cela mettait fin à un vieux mythe, celui d'un grand continent sud s'étendant jusqu'aux latitudes tempérées ; de plus, Cook put affirmer que « s'il y avait des terres plus au sud, elles devaient être si froides qu'elles ne pouvaient abriter aucun être humain ». Bien sûr, la cartographie des côtes de l'Antarctique nécessita encore bien des expéditions, comme la circumnavigation du continent par le baron balte Fabian von Bellingshausen en 1820, le débarquement en terre Adélie de Jules Dumont d'Urville en 1840 et la découverte de la mer de Ross et du volcan Erebus par l'Anglais James Ross la même année.

C'est le Norvégien Fridtjof Nansen qui permit de clore cette longue quête, grâce à son expédition à bord du *Fram* en mer arctique. L'idée lui en était venue à la suite de la découverte des restes de la *Jeannette* près des côtes est du Groenland, en 1884 : le navire de l'explorateur américain George De Long avait sombré le 12 juin 1881 près des côtes de Sibérie (vers 77°N et 154°E, près du delta de la Lena) et avait donc dû être entraîné au travers de l'Arctique. Nansen imagina de monter une expédition vers le pôle Nord en utilisant le même principe ; il conçut pour cela un navire, le *Fram*, qui ne serait pas brisé par les glaces mais soulevé par elles. Parti d'Oslo en juin 1893, le navire fut pris par les glaces en septembre, au large des côtes de Sibérie. Il dériva en passant à moins de 400 km du pôle Nord et ne put retrouver l'eau libre qu'en août 1896, près du Spitzberg (on appelle cet endroit, le détroit de Fram). Ce faisant, Nansen démontrait qu'il n'y avait pas de continent près du pôle Nord et que les glaces qui couvraient la mer arctique étaient des glaces de mer, ne provenant donc pas de glaciers.

Le relevé détaillé des côtes fut ensuite poursuivi pendant le XXe siècle. En 1945, mis à part quelques zones de l'Arctique et de l'Antarctique, ce relevé était pour l'essentiel terminé. Ainsi, le XXe siècle est-il le premier siècle où l'homme connaît tous les contours de sa planète, ce qui lui permet aussi de prendre conscience de la nécessité de la préserver.

Comme pratiquement tout progrès scientifique, l'exploration de la Terre a bénéficié des progrès techniques, en l'occurrence, surtout, des progrès de la navigation. L'amélioration des navires et l'introduction de la boussole mises à part, elle s'est appuyée sur l'évolution de la géodésie dans ses trois composantes indissociables : astrométrie, mesure des distances et du temps, cartographie.

Le premier progrès a été la détermination des latitudes, à partir de l'angle entre l'étoile polaire et l'horizon ; c'est ainsi que Pythéas put naviguer vers les mers septentrionales, explorer les côtes de Bretagne et découvrir l'Islande et probablement les îles Féroé vers 330 avant Jésus-Christ. La précision de sa technique était remarquable, puisqu'il estimait la latitude de Marseille, dont il était originaire, à 43°N, alors qu'elle est de 43°17′N. Notons que c'est aussi cette capacité à mesurer les latitudes qui a permis à Ératosthène de déterminer la circonférence méridienne de la Terre ; né vers 284 avant Jésus-Christ et directeur de la bibliothèque d'Alexandrie, il utilisa la différence d'inclinaison du Soleil au moment du solstice d'été entre Assouan et Alexandrie et la distance entre ces deux villes (évaluée à partir du temps nécessaire aux caravanes pour faire le chemin !) pour calculer une circonférence de 40 000 km. Cette estimation ne fut pas acquise définitivement puisque, vers 150 après Jésus-Christ, l'Égyptien Claude Ptolémée, dans sa *Géographie*, calculait que la circonférence de la Terre ne faisait que 28 800 km ; c'est sur cette dernière estimation que Christophe Colomb s'est appuyé pour partir à la conquête de la route des Indes. La détermination de la longueur du méridien ne fut d'ailleurs refaite qu'en 1670 par l'abbé Jean Picard, avec une méthode comparable à celle d'Ératosthène (mais en mesurant les inclinaisons à l'aide de l'étoile polaire et la distance entre Amiens et Paris par triangulation géodésique).

Les éléments essentiels de la cartographie sont également très anciens, avec l'invention de la trigonométrie par Hipparque de Nicée au IIe siècle avant Jésus-Christ, puis l'introduction des lignes de latitude et de longitude par Ptolémée. La détermination des longitudes a dû s'appuyer sur la mesure du temps, essentiellement par le calcul de l'angle de rotation de la Terre correspondant au décalage horaire entre le temps propre du navire et, par exemple, l'heure de l'apex solaire local. Des estimations rudimentaires étaient possibles à partir des éphémérides de la Lune, utilisées notamment par Amerigo Vespucci dès 1499 ; son estimation de la circonférence de la Terre à l'équateur était étonnamment bonne, puisqu'elle n'avait que 80 km d'erreur. Le progrès décisif a été très tardif, puisqu'il fallut attendre l'invention de l'horloge à ressort par Robert Hooke en 1658, puis celle du chronomètre de marine par John Harrison en 1735 et son utilisation par James Cook au XVIII^e^ siècle.

Cet impact de la géodésie sur la cartographie de la Terre continue de se faire sentir : encore aujourd'hui, la position de nombreuses îles n'est connue qu'avec une marge d'erreur de quelques centaines de mètres, alors que des précisions centimétriques sont accessibles aux techniques de la géodésie spatiale. Le relevé des côtes est donc très loin d'être achevé : à titre d'exemple, en 1996, la longueur de la Suède a dû être « raccourcie » à la suite de nouveaux relevés géodésiques. On sait, en outre, qu'au niveau du centimètre, la Terre se déforme en tous sens : déplacement des continents, changements d'élévation dus aux rebonds postglaciaires, variations de l'aplatissement de la Terre, déplacement du pôle géographique à la surface de la Terre, etc. À ce niveau de précision, il ne s'agit donc plus de relever la forme de la Terre, mais de surveiller son évolution.

## Vers la troisième dimension

Il fallut aussi cartographier la profondeur des océans. Daniel Reyss rapporte à ce sujet des histoires savoureuses dans son petit livre *Dans la nuit des abysses* ; il raconte, par exemple, qu'Alexandre se fit construire un caisson étanche et lesté et qu'il se fit déposer au fond de l'eau pour observer les « monstres » qui y vivaient. Plus sérieusement, connaître les zones de faibles profondeurs a été bien sûr nécessaire à la navigation ; cependant, les renseignements sur le détail des côtes en Méditerranée étaient des secrets professionnels ou d'État. Au V^e^ siècle avant Jésus-Christ, Hérodote s'intéressa à la profondeur de la mer au large du delta du Nil ; à l'aide d'une ligne lestée de plomb, il la trouva de 25 m à une journée de navigation de la côte et s'interrogea sur le rôle de l'apport des limons du fleuve. Bien que la profondeur maximale de la mer ait fait l'objet de spéculations par Aristote, les Anciens n'en avaient finalement aucune idée ; ils percevaient le royaume de Neptune comme un milieu glauque, ce qui ne correspond qu'à de faibles profondeurs. La notion de haute mer a bien été formulée par les Romains (sous l'empereur byzantin Justinien au V^e siècle) mais par contraste avec la zone côtière sous contrôle de l'Empire romain, et la définition reposait donc sur des fondements économiques et politiques.

Cette méconnaissance se prolongea pendant des siècles. Effectivement, seules les zones côtières furent peu à peu explorées jusqu'au XVIII^e siècle. La connaissance de la bathymétrie était évidemment importante en Manche, en mer du Nord et en Baltique, là où les marées et leurs courants posaient des problèmes critiques de navigation. D'ailleurs, cette exploration des zones côtières fut (et demeure) une des principales missions des services hydrographiques nationaux. Le premier service de ce type fut créé en France en 1720, et prit d'abord le nom de Dépôt des cartes et plans de la marine ; on peut, par exemple, citer les travaux de Charles Beautemps-Beaupré, qui mit au point et appliqua les méthodes bathymétriques modernes au cours des campagnes d'Antoine Bruny d'Entrecasteaux dans le Pacifique Sud entre 1791 et 1793 ; il fut ensuite chargé d'établir et de publier les premières cartes marines des côtes de France à partir de 1820. Ce service existe toujours et s'appelle le SHOM (Service hydrographique et océanographique de la marine) depuis 1971.

La perception de la profondeur des océans du large se fit ainsi progressivement. Magellan s'est bien posé la question en 1519 : par curiosité, semble-t-il, il fit faire dans l'Atlantique un sondage de 800 m de long qui n'atteignit pas le fond. La première étude un peu systématique est due à l'Italien Luigi Marsigli. Dans son *Histoire physique de la mer*, parue en 1725, il décrit des sondages bathymétriques effectués dans le détroit du Bosphore, en Adriatique et au large de la Provence. Il explique qu'au large, la profondeur augmente de façon abrupte au-delà de 200 m. En l'occurrence, il avait découvert ce que nous appelons aujourd'hui le talus continental et qui est la vraie limite tectonique entre continents et océans. Bien plus tard, en 1839, James Ross perfectionna la méthode de sondage de son oncle John Ross ; il lui est arrivé de ne pas atteindre le fond après avoir laissé filer plus de 7 km de ligne.

Il est curieux de constater que la première estimation de la profondeur moyenne des océans a été obtenue à partir d'un raisonnement dynamique. On savait, depuis le développement de la théorie des marées par Pierre Simon Laplace en 1775, que la vitesse des ondes longues dans l'océan variait comme la racine carrée de la profondeur de l'eau ; dans l'application de sa théorie, Laplace choisissait d'ailleurs une profondeur de 18 000 m. Dans son livre, Harald Ulrik Sverdrup indique qu'en 1856, l'Américain A. Bache eut l'idée d'utiliser la vitesse de propagation des tsunamis pour en déduire la profondeur moyenne sur leur trajectoire. Par exemple, le tremblement de terre de Lisbonne en 1755 – celui que Voltaire décrit dans *Candide* – déclencha une vague de 4 à 6 m d'amplitude qui traversa l'Atlantique et provoqua d'énormes dommages dans les Caraïbes. Bache calcula ainsi que la profondeur moyenne de cet océan était de l'ordre de 4 000 m (ce qui s'avère très proche de la valeur réelle de 3 800 m). De même, après l'éruption du Krakatoa en 1883, d'énormes vagues traversèrent l'océan Indien, puis remontèrent l'Atlantique et arrivèrent en Manche ; on parle de hauteurs de 35 m près du volcan, mais ces vagues ne faisaient plus que quelques centimètres d'amplitude à leur arrivée ; la durée de leur parcours, de trente-deux heures et trente minutes, permit de confirmer le résultat de Bache.

Le besoin de connaître les plus grandes profondeurs se fit pressant avec les projets de câbles télégraphiques sous-marins. Le premier de ces câbles fut déposé entre la France et l'Angleterre en 1851. Vers 1860, des sondages de plus de 5 000 m furent réalisés dans l'Atlantique. Cartographier les fonds marins fit d'ailleurs partie des objectifs de la campagne du *Challenger* de 1872 à 1876 : la profondeur maximale fut alors trouvée dans la fosse des Mariannes, à 8 185 m (c'est d'ailleurs dans cette fosse que se trouve le point le plus profond des océans, à 11 034 m). Peu de temps après, en 1888, l'Américain Alexander Agassiz découvrait des montagnes sous-marines au sud de l'Islande, premières indications de l'existence des dorsales médio-océaniques.

Initialement, le sondeur était un simple lest accroché au bout d'un filin ; il deviendra aussi préleveur à partir de 1842, ce qui permettra de connaître la nature du fond des océans. On trouve une belle collection de ce premier type d'instrument océanographique à l'Institut de Monaco. Cependant, les sondages en eau profonde restaient rares, car ils nécessitaient beaucoup de temps : même avec l'introduction des câbles en acier (au lieu du chanvre) et des treuils (au lieu de la traction manuelle), il fallait plusieurs heures pour chacun d'entre eux. Aussi, en 1895, il n'y en avait que cinq cent cinquante dont la profondeur dépassait 5 500 m. L'introduction du sondage acoustique changea qualitativement les choses. Les premiers essais sont attribués à l'Américain Reginald Fessenden en 1911. Leur première utilisation systématique eut lieu entre 1925 et 1927, au cours de la campagne du navire allemand le *Meteor* en Atlantique tropical et Atlantique Sud. En 1940, le nombre des données se comptait déjà en millions.

Peu à peu, la carte des fonds marins a donc pu ainsi être construite. En 1945, les grandes dorsales médio-océaniques, les bassins sédimentaires et les failles étaient pour l'essentiel connus. Les grandes fosses furent presque toutes découvertes au cours de la Seconde Guerre mondiale. Dès 1935, l'Allemand Georg Wüst reconnaissait que ces structures bathymétriques affectaient la composition des masses d'eaux profondes et proposait d'en tenir compte pour le découpage des bassins océaniques. Cependant, la dénomination de ces signatures bathymétriques était purement descriptive (une dorsale était une « élévation longue et large dont les pentes s'élevaient doucement au-dessus des fonds océaniques »). Il faudra attendre 1965 et la théorie de la tectonique des plaques pour en comprendre la signification géophysique.

Dispose-t-on aujourd'hui d'une cartographie complète des fonds sous-marins ? En réalité, nous sommes loin du compte. La technique de sondage acoustique qui émerveillait les océanographes des années 30 nous paraît aujourd'hui bien lente, puisqu'elle nécessite le passage d'un navire. Malgré l'assemblage soigneux de toutes les données disponibles, il existe des régions du globe où jamais aucun navire n'est passé. Dans les cartes actuelles, bien des monts sous-marins sont douteux, même au voisinage des côtes : erreurs de navigation, signaux acoustiques trop complexes ou mal enregistrés. Il faut souvent vérifier ce qu'il en est avant de faire un mouillage. Même à l'aide des instruments modernes multifaisceaux, qui fournissent d'un seul coup la bathymétrie sur toute une fauchée de part et d'autre du navire, la carte bathymétrique complète et précise des océans ne sera pas disponible avant quelques décennies.

On compense actuellement cette difficulté en utilisant les géoïdes altimétriques, c'est-à-dire l'élévation du niveau de la mer vue depuis les satellites ; au premier ordre, le niveau de la mer dépend en effet des variations du champ de gravité ; à courtes distances de quelques dizaines de kilomètres, le géoïde traduit surtout les variations de profondeur des océans, parce que la présence de chaînes de montagnes, même sous-marines, modifie le champ de pesanteur ; on peut donc transformer l'information de niveau de la mer en carte de bathymétrie. En 1995, de nombreux monts sous-marins ont encore été découverts de cette façon.

## Températures et thermomètres

Très tôt, des marins ont cherché à mesurer la température de l'eau. Dans *Evolution of Physical Oceanography*, Bruce Warren raconte qu'en 1751 Henry Ellis, capitaine anglais du navire négrier *Earl of Hallifax*, fit des mesures de température jusqu'à une profondeur de 5 346 pieds (soit 1 740 m), vers 25°N et 25°W dans l'océan Atlantique. Il avait placé son thermomètre dans un baquet fixé au bout d'une ligne de sondage et qui pouvait être descendu ouvert et remonté fermé (ce baquet avait été inventé par le révérend anglais Stephen Hales pour conserver les aliments à bord des navires ; on en trouve une copie à l'Institut océanographique de Monaco). Alors que la température en surface était de 29°C, Ellis remarqua que la température de l'eau baissait régulièrement jusqu'à 12°C vers 1 300 m, puis qu'elle ne changeait plus avec la profondeur. Sa valeur était un peu trop élevée, puisque l'on sait maintenant que la température de l'eau à cet endroit de l'océan est de 6 à 7°C plus froide : il est probable que son baquet n'était pas étanche ou que le réchauffement de l'eau au cours de la remontée vers la surface était plus rapide qu'estimé. Cependant, c'était la première démonstration que la température de l'océan profond était plus froide qu'en surface.

Pendant le XIX$^{e}$ siècle, des données supplémentaires furent obtenues à plus faible profondeur. En particulier, François Arago insistait beaucoup sur l'importance de telles mesures de température pour comprendre le fonctionnement de l'océan. L'ensemble des données acquises de 1749 à 1868 fut compilé par J. Prestwich en 1875 : peu d'observations aussi profondes que celles d'Ellis furent apparemment faites jusqu'à la campagne du *Challenger*. Elles avaient néanmoins révélé, petit à petit, que la thermocline était moins profonde à l'équateur qu'aux latitudes subtropicales, qu'elle était plus marquée dans l'océan Pacifique que dans l'océan Atlantique et qu'il ne semblait pas y avoir de source d'eau profonde dans l'océan Pacifique Nord.

Des thermomètres à minima furent employés pour la première fois à bord du *Challenger* (de tels thermomètres existaient depuis le début du XIX$^{e}$ siècle) : cela éliminait les problèmes de réchauffement lors de leur remontée vers la surface. Cependant, il fallait quand même descendre l'instrument à chacune des profondeurs que l'on voulait étudier, ce qui représentait une sérieuse limitation. Ces thermomètres permirent néanmoins des progrès significatifs, comme la construction des premières cartes de température des eaux profondes et la découverte des eaux antarctiques de fond par Alexander Buchan en 1895.

Les thermomètres à « renversement », quant à eux, furent inventés dès 1874. Leur colonne de mercure était rompue lors du basculement de l'instrument, ce qui permettait d'enregistrer la température à la profondeur voulue ; on pouvait ainsi fixer une série de thermomètres le long d'un câble et déclencher la mesure en cascade, à l'aide de « messagers » coulissant le long du câble. J'ai pu encore voir cette technique utilisée, certes améliorée, en 1981. C'est en 1938 qu'Athelstan Spilhaus fit les premières mesures continues de température à l'aide de thermocouples. Ce type d'instrument ne devint réellement simple à utiliser que dans les années 60, après le développement de l'électronique et une fois que les problèmes d'étanchéité, de batteries ou d'enregistrement, furent résolus.

L'instrument le plus utilisé en océanographie est l'XBT (*eXpandable BathyThermograph*). Dès les années 30 est apparue l'idée d'instruments mesurant des profils continus de température et utilisables pendant que le navire était en route. Avec le temps, l'instrument est devenu perdable et bon marché ; il est maintenant constitué d'une thermistance fixée dans un poisson métallique en chute libre dans l'eau qui débobine derrière lui un fil de cuivre le reliant au navire, ce fil servant à transmettre les mesures à bord. Il en est consommé près de cent cinquante mille par an.

## Salinité, *titration* et conductivité

L'origine du sel de la mer intriguait les encyclopédistes : provenait-il de la dissolution de « roches de sels » au fond de la mer ? Dans ce cas, d'où provenaient ces roches ? Ce sel ne devait-il pas être là depuis l'origine du monde puisque les poissons de mer ne pouvaient vivre dans l'eau douce ? Mais si l'océan perdait de l'eau, qu'est-ce qui maintenait la salinité à un niveau constant ? Dès cette époque, on savait que la dissolution des roches calcaires introduisait du sel dans l'eau, tandis que Robert Boyle montrait, à l'aide de la technique de précipitation du chlorure d'argent, que le sel de mer comportait des chlorures. C'est Antoine de Lavoisier qui détermina que ce sel était constitué de chlorure de sodium. Les principes généraux du cycle des éléments sur Terre, l'origine du sel de mer à partir de l'érosion chimique des roches et le recyclage de ce sel ont été éclaircis vers 1937 par l'inventeur de la géochimie, le géologue norvégien Victor Goldschmidt.

La composition exacte du sel de mer fut un des objectifs importants de la campagne du *Challenger*. En 1884, W. Dittmar effectua une analyse chimique soignée de soixante-dix-sept échantillons d'eau de mer récoltés lors de cette campagne. Il démontra que six éléments seulement, dits majeurs, expliquaient 99 % des sels dissous dans l'océan et que leur abondance relative était pratiquement constante. Ce résultat de Dittmar a été fondamental pour la chimie des océans. En particulier, il a permis de déterminer facilement la salinité en mesurant l'abondance d'un seul de ces éléments : jusque vers 1960, on a mesuré l'abondance de l'ion chlorure $Cl^-$, parce qu'il constituait à lui seul 55 % des éléments dissous dans l'eau et qu'il était relativement facile à mesurer. La première équation d'état de l'eau de mer fut d'ailleurs établie en 1901 comme une relation entre chlorinité et densité par le Danois Martin Knudsen. En fait, Roger Revelle a montré en 1937 que le seul élément majeur dont l'abondance relative varie un peu est le calcium ; on sait maintenant que le rapport calcium/salinité est inférieur d'environ 1 % à la surface de l'océan, par comparaison à sa valeur dans l'océan profond.

Pour mesurer la salinité en profondeur, il a longtemps fallu disposer d'échantillons. Le principe général consistait à fixer des bouteilles le long d'un câble (ou maintenant sur une rosette) ; elles étaient descendues ouvertes, car la pression de l'eau aurait empêché de les ouvrir en profondeur ; un messager (ou maintenant un signal électrique) permettait de déclencher leur fermeture et de les remonter fermées. Il existe des dizaines de modèles de bouteilles de prélèvement ; les plus célèbres étaient métalliques et furent inventées par Nansen parce que à l'issue de la campagne du *Fram* en Arctique, il avait réalisé que des données plus précises de température et de salinité étaient nécessaires. Les bouteilles actuelles sont en plastique ; encore aujourd'hui, leur principal défaut potentiel réside dans leur manque éventuel d'étanchéité ; il faut, en effet, être certain que l'eau ne s'échange pas avec l'extérieur pendant leur remontée.

Les premières mesures étaient effectuées par *titration*, à partir d'échantillons ramenés au laboratoire. On imagine bien la lourdeur d'une opération visant à rapporter des milliers de flacons. Les mesures à bord ont été rendues possibles grâce à la technique de la conductivité, qui dépend au premier ordre de la salinité ; cette méthode est mentionnée pour la première fois par Nansen en 1902 ; malheureusement, elle est longtemps restée étalonnée par *titration* si bien qu'on n'a pas tiré avantage de sa précision pendant plusieurs décennies. En fait, elle ne s'est répandue qu'à partir de 1954 grâce à l'invention du salinomètre ; un instrument portable d'une précision de 0,003 ups est décrit par l'Américain Niel Brown en 1961. Les systèmes de mesure *in situ* en continu, sondes STD (*Salinity, Temperature, Depth*) puis sondes CTD (*Conductivity, Temperature, Depth*) doivent beaucoup à l'ingéniosité de Niel Brown ; ils se sont imposés progressivement et ont supplanté les échantillonnages *in situ* au cours des années 70. Cependant, on ne sait toujours pas construire de capteurs de conductivité stables sur de longues durées, si bien que les étalonnages à partir d'échantillons ou de standards demeurent nécessaires (de l'eau de mer standard fut fabriquée par le Laboratoire d'hydrographie de Copenhague de 1902 à 1975 ; depuis cette date, ce service a été assuré par l'Institut océanographique de Grande-Bretagne).

Les variations de salinité dans l'océan ont été remarquées au XVIIIe siècle. Dans son œuvre posthume sur les *Phénomènes de la mer*, parue en 1836, François Arago émit l'idée que « l'excès de salure » créé en Méditerranée par l'évaporation était évacué vers l'Atlantique par le courant profond que l'on soupçonnait à Gibraltar. En 1877, à partir des échantillons du *Challenger*, J. Buchanan notait que l'océan Atlantique était en moyenne plus salé que le Pacifique et suggérait que cela provenait de l'évaporation en Méditerranée. En 1916, l'accumulation des observations donna à Bjorn Helland-Hansen l'idée de représenter celles-ci à l'aide de diagrammes T-S ; cela permit l'identification des masses d'eaux profondes au cours des années 20 et 30. Ce diagramme sera tout de suite utilisé pour estimer les proportions de mélange des masses d'eau.

Par exemple, la mesure des courants à Gibraltar et les changements de salinité entre l'Atlantique et la Méditerranée ont permis à l'Allemand Gerhard Schott de calculer le temps caractéristique de renouvellement de l'eau dans ce bassin et son taux d'évaporation en 1915. En Atlantique, la nappe d'eau méditerranéenne a été découverte par Helland-Hansen et Nansen en 1926, tandis que les autres masses d'eau ont été décrites par l'Allemand Georg Wüst entre 1924 et 1935, grâce aux observations faites à bord du *Meteor*. La répartition des masses d'eau de l'Atlantique et du Pacifique Nord était pour l'essentiel connue dès les années 40. L'océan Indien sera surtout exploré dans les années 60 par un programme international ; les données ont été publiées par l'Américain Klaus Wyrtki en 1971. Cependant, les détails de ces masses d'eau font encore l'objet d'études, par exemple dans les zones peu étudiées comme le Pacifique Sud ou près des frontières des bassins. On cherche surtout à déterminer leur flux et leur dynamique, à mieux comprendre comment elles se mélangent et à observer comment elles évoluent dans le temps.

## La vie dans les océans, principal sujet d'étude au début du siècle

Que l'activité biologique des océans puisse prendre des aspects étonnants, voire monstrueux, a longtemps nourri l'imaginaire ; d'après la légende, quand Alexandre se fit descendre dans une cloche au fond de l'eau, il emmena avec lui des dessinateurs pour reproduire la forme hideuse des monstres sous-marins. Cet imaginaire demeure vivace, alimenté par les caractères bizarres de nombreuses espèces benthiques et par la relative inaccessibilité des océans. Plus scientifiquement, deux aspects de la biologie marine ont fait l'objet de spéculations longtemps débattues : la décroissance de la vie vers les fonds abyssaux et l'existence du plancton.

L'étude des espèces biologiques des océans a d'abord porté sur les espèces macroscopiques. En 1841, le naturaliste anglais Edward Forbes chercha à étudier leur répartition verticale dans l'océan. À partir de prélèvements de sédiments en mer Égée, effectués jusqu'à une profondeur de 240 m, il remarqua que l'abondance des espèces vivantes décroissait avec la profondeur. Par extrapolation, il en conclut que les océans profonds devaient être azoïques (sans fossile). Cette idée a été largement répandue dans les années qui suivirent, même si divers échantillonnages profonds avaient depuis longtemps rapporté des animaux (par exemple, ceux de John Ross par environ 1 800 m de fond en mer de Baffin, en 1817). En 1861, à l'occasion de la remontée d'un câble télégraphique posé par 1 800 m de fond, le naturaliste français Henri de Milne-Edwards découvrit que des animaux y étaient fixés. Le besoin de vérifier cette découverte incitera l'Anglais Charles Wyville Thomson à promouvoir l'expédition du *Challenger* ; celui-ci pensait d'ailleurs que l'océan profond avait dû rester inchangé depuis l'ère secondaire (cent trente millions d'années environ) et qu'on devait y trouver des espèces biologiques ayant survécu aux événements géologiques. Quatre mille sept cent dix-sept nouvelles espèces furent découvertes pendant la campagne, dont certaines provenant de 5 500 m de profondeur. L'hypothèse de Forbes put donc être abandonnée. Aucun fossile vivant ne fut remonté lors de la campagne du *Challenger.* On sait aujourd'hui que l'idée de Charles Wyville Thomson était à la fois juste et fausse ; elle était juste car il existe effectivement des espèces vivant actuellement dans l'océan, mais dont le degré d'évolution correspond à des périodes géologiques reculées ; elle était fausse car l'eau profonde des océans est renouvelée tous les mille ans en moyenne. L'activité biologique profonde reste d'ailleurs encore mal connue, parce que l'échantillonnage des espèces est difficile ; par exemple, ce n'est qu'en 1978 que l'on a découvert les îlots de vie foisonnante se développant vers 2 600 m de profondeur en absence de photosynthèse, à proximité des sources d'eaux hydrothermales des dorsales médio-océaniques.

Le plancton, qui est si fondamental pour le cycle de la vie dans les océans, est resté ignoré jusqu'au XIXe siècle. En fait, au XVIIIe siècle, l'abbé Nollet a cherché à comprendre l'origine de la fluorescence des océans et s'est demandé pourquoi elle était plus intense quand l'eau était agitée ; il suggéra l'existence « d'insectes de la mer » mais remarquait qu'on ne voyait pas ces animaux quand on filtrait l'eau de mer. La dénomination de plancton (qui a une racine grecque signifiant « errant ») est due à Victor Hensen en 1887 et a été introduite pour décrire les organismes microscopiques flottants que l'Allemand Johannes Müller avait identifiés en 1846 grâce à un filet et un microscope. On sait aujourd'hui que divers stimuli comme les chocs sur la coque des navires ou le passage d'un banc de poissons excitent la bioluminescence du plancton et des bactéries.

Harald Ulrik Sverdrup considère que c'est la découverte du plancton qui a permis de comprendre « l'économie » de l'océan : c'est en effet le plancton qui constitue le premier maillon de la chaîne trophique et qui est responsable de la répartition de la plupart des espèces chimiques dans l'océan. D'ailleurs, dès 1899, l'Allemand K. Brandt a émis l'hypothèse que la croissance du plancton était régulée par la disponibilité des sels nutritifs, nitrates et phosphates : il connaissait la loi de Liebig, qui date de 1840 et exprime que la croissance d'un système biologique est limitée par le facteur disponible en moindre quantité. De nombreuses mesures de concentration de ces éléments nutritifs ont été obtenues au cours des années 20, par exemple lors des campagnes du *Meteor* ; le concept « d'équilibre dynamique » entre la soustraction en surface par l'activité biologique et l'apport par les courants a alors été développé. C'est en 1934 que l'Américain Redfield démontra que le rapport d'abondance des éléments carbone, azote et phosphore, du plancton était pratiquement constant ; cette notion fondamentale aide encore aujourd'hui à comprendre le cycle océanique du carbone.

## Cartographie des courants de surface

Les courants côtiers, en particulier ceux qui résultent des marées, ont toujours été bien perçus des navigateurs. Mon collègue Pierre Mazzega m'a d'ailleurs indiqué que l'idée que les marées se propageaient le long des côtes remonte au VIIe siècle : le moine anglo-saxon Bède le Vénérable avait en effet observé, le long des côtes de la mer du Nord, que le maximum d'amplitude avait lieu à des heures progressivement plus tardives au fur et à mesure qu'il montait vers le nord. En revanche, les idées sur les courants du large ont longtemps été très floues. L'*Encyclopédie* indique seulement que des courants zonaux traversent les océans d'est en ouest ; elle se demande d'ailleurs si ces courants ne finiront pas par éroder l'isthme de Panama et si ce n'est pas ce mécanisme qui a ouvert le pas de Calais.

Dès le XV^e^ siècle, les rapports des capitaines font état d'un courant intense coulant vers le nord le long des côtes d'Amérique. Plus au large, ce courant semble avoir été connu des pêcheurs basques qui ont pourchassé les baleines jusque vers Terre-Neuve et l'Islande à partir du XVI^e^ siècle. Cependant, la première carte du Gulf Stream a été publiée par Benjamin Franklin en 1777. Alors qu'il gérait les postes anglaises vers les colonies, il avait remarqué que le courrier vers l'Amérique mettait deux semaines de plus quand les navires faisaient route au nord de l'Atlantique que lorsqu'ils prenaient une route plus au sud, alors que cette dernière était en principe plus longue. Ayant questionné un de ses cousins, appelé Timothy Folger et capitaine de navire de pêche à la baleine, il apprit que c'était dû à un courant puissant qui émergeait du détroit de Floride, coulait vers le nord jusqu'à la Nouvelle-Angleterre, puis tournait vers l'est. Après avoir fait lui-même des mesures, interrogé ses capitaines et étudié leurs livres de bord, Franklin réussit à établir sa carte du Gulf Stream. Il put ensuite recommander aux capitaines de chercher à prendre ce courant sur la route du retour, pour gagner du temps (on notera que les avions qui traversent l'Atlantique font exactement cela en cherchant à prendre les *jet-streams*).

La première cartographie systématique des courants de surface est due à l'Américain Matthew Maury. Officier de marine mais handicapé, il gérait les cartes de la marine américaine ; cela lui permit de construire des cartes des vents et des courants, publiées en 1855 dans son livre *The Physical Geography of the Sea*. Il fit d'ailleurs multiplier les observations : les dérives des bateaux étaient calculées à partir des points d'étoile et de la route estimée à l'aide du loch ; cette technique, inventée au XVI^e^ siècle, est d'ailleurs toujours utilisée, mais les positions des navires sont maintenant mesurées à l'aide des outils de la géodésie spatiale. Lors de la première conférence internationale de météorologie, en 1853, Maury fit accepter l'uniformisation des relevés nautiques et météorologiques, ce qui a grandement facilité l'utilisation de ces données. Somme toute, dès le début, l'observation océanographique a dû s'appuyer sur une coordination internationale. Cette démarche a été suivie jusqu'à l'époque récente ; par exemple, les cartes de courants des années 40 donnent leur vitesse et direction pour chaque carré de 5° de latitude par 5° de longitude, calculées à partir de moyennes de l'ensemble des observations disponibles.

Au XIXe siècle, des mesures lagrangiennes des courants (faites en suivant le déplacement de l'eau) furent aussi faites à partir de la dérive de bouteilles ; c'est ainsi que les premières cartes des courants tropicaux de l'Atlantique ont été produites par l'Allemand Albert Defant en 1929. Ces mesures ont ensuite permis d'analyser la turbulence des océans, au cours des années 60 et 70. On continue aujourd'hui de mesurer les courants de surface à l'aide des trajectoires des bouées dérivantes, qui sont devenues fiables au milieu des années 80 grâce aux efforts de l'Américain Peter Niiler.

La détermination eulérienne des courants (c'est-à-dire en un point fixe) fut beaucoup plus longue à se développer. Des mesures ont été faites dès 1885 à partir d'un navire ancré dans le détroit de Floride par l'Américain J. Pillsbury ; cette expérience consistant à mouiller un navire pendant de longs mois, en plein milieu d'un courant rapide, est encore aujourd'hui décrite comme « héroïque ». On développa rapidement des courantomètres ancrés à un lest (on appelle cela un mouillage), munis d'un gouvernail pour orienter l'appareil dans le sens du courant et d'une hélice pour mesurer la vitesse de celui-ci. Le premier modèle et un des plus utilisés pendant tout le début du siècle a été inventé par le Norvégien Walfrid Ekman en 1902 ; comme la plupart des instruments océanographiques, il devait son succès à sa simplicité ; en revanche, il n'était pas pratique car il fallait le remonter pour chaque lecture. De très nombreux concepts ont ensuite été testés dans les années 20 et 30 ; cependant, en 1942, Sverdrup ne craint pas d'affirmer que le nombre d'instruments dépassait le nombre de mesures utiles. Il fallut longtemps pour réaliser qu'il ne fallait pas déployer les courantomètres trop près de la surface afin d'éviter l'effet des vagues et qu'il fallait des enregistrements suffisamment longs pour séparer les courants moyens des effets des marées ou de la turbulence des océans ; il fallut aussi longtemps pour maîtriser le déploiement et la récupération des mouillages. En fait, ce n'est qu'à la fin des années 60 que les capacités d'enregistrement et une longue expérience de ces mesures ont fait du courantomètre un instrument largement utilisé ; ce fut d'ailleurs un des développements qui permit de concevoir les études synoptiques des courants mésoéchelles réalisées au cours des années 70.

Comme les océanographes norvégiens répétaient régulièrement leurs observations, ils réalisèrent vers 1920 que les courants et la température en mer de Norvège pouvaient présenter d'importantes différences d'une année à l'autre. C'est à l'aide de marégraphes que les variations saisonnières du courant de Floride ont été observées : en 1903, le Norvégien J. Sandström avait introduit la notion que des variations géographiques du niveau de la mer devaient être associées aux courants ; pour mesurer les dénivellations absolues au travers d'un courant, il fallait pouvoir « rattacher » les marégraphes au centre de la Terre, ce qui ne sera possible que vers 1980, lorsque les données satellites auront fourni un géoïde de référence suffisamment précis. En revanche, les variations temporelles du niveau de la mer de part et d'autre d'un courant permettent de déterminer les variations de la dénivellation et donc celles du courant. C'est ainsi que l'Américain Raymond Montgomery a étudié les fluctuations relatives du niveau de la mer entre la Floride et les Bermudes ; en 1938, il a trouvé que le transport du courant de Floride était maximum en juillet et minimum en octobre.

Sverdrup mentionne que, dans l'Atlantique et dans le Pacifique, le contre-courant nord-équatorial est plus intense en été. L'Allemand G. Schott décrit en 1931 des perturbations occasionnelles intenses des courants près des côtes du Pérou, qui semblent corrélées à des perturbations atmosphériques ; c'est ce qu'on appellera plus tard les phénomènes El Niño (à cette époque, le nom d'El Niño était utilisé pour décrire la variation saisonnière de la température de l'eau près des côtes du Pérou). Il faudra attendre les grandes campagnes des années récentes pour décrire correctement les variations saisonnières des courants tropicaux : si les effets de la renverse des moussons dans l'océan Indien fut un sujet important des années 60, les variations saisonnières et interannuelles de l'Atlantique et du Pacifique sont très étudiées depuis les années 80. Aux plus hautes latitudes, ce sont les observations des satellites altimétriques qui nous permettent aujourd'hui d'observer comment varient les courants à l'échelle des bassins océaniques. En fait, les variations à grande distance des courants restent encore mal décrites.

## Découverte des courants profonds

L'idée que les courants profonds pouvaient être différents des courants de surface est très ancienne. Par exemple, d'après l'*Encyclopédie*, Procope, historien byzantin du VIe siècle, avait noté que les courants profonds coulaient dans la direction opposée à celle des courants de surface du détroit du Bosphore ; cette direction lui avait été révélée par la dérive des filets de pêche.

Les données de température d'Ellis firent l'objet de discussions pendant près d'un siècle. Le commentaire le plus pénétrant fut celui du comte Benjamin Rumford en 1798. Celui-ci travaillait sur les transferts de chaleur dans les fluides et avait remarqué qu'au cours de son refroidissement, le liquide d'un thermomètre était animé d'un mouvement de convection ; il cherchait des situations naturelles où le même phénomène aurait cours. Pour lui, les données d'Ellis étaient « une preuve incontournable » que les eaux profondes des océans s'écoulaient des pôles vers l'équateur ; en effet, il ne voyait pas comment les eaux pouvaient se refroidir autant dans les zones tropicales, tandis que, près des pôles, elles pouvaient perdre leur chaleur à cause des vents froids ; cela augmentait leur densité, si bien qu'elles descendaient vers le fond des mers où elles se répandaient. Rumford ajoutait qu'il était évident que ces courants froids venus des pôles « tempéraient la chaleur excessive des zones tropicales ».

Il est remarquable que Rumford ait su tirer l'information essentielle de quelques mesures de température et appliquer à l'océan un mécanisme observé dans le tube d'un thermomètre. Bruce Warren est convaincu que l'idée de Rumford fut reprise directement pendant tout le XIXe siècle, sans d'ailleurs que la source en soit toujours citée. Ces idées sont proches de notre vision actuelle de l'océan mais elles en diffèrent sur plusieurs points importants. En premier lieu, Rumford imaginait que l'eau profonde se formait de façon diffuse dans toutes les zones de hautes latitudes ; d'autre part, il ne faisait pas explicitement référence à une cellule méridienne de circulation ni n'indiquait comment ces eaux se répandaient dans les océans. Je pense d'ailleurs que les idées de François Arago enrichirent considérablement celles de Rumford : il considérait que le refroidissement des zones polaires se traduisait par un écoulement profond vers l'équateur qui devait être compensé par un écoulement vers le nord d'eaux de surface chaudes et légères en provenance des zones tropicales ; il concevait donc l'océan comme une machine thermique et suggérait que c'était l'explication de l'origine du Gulf Stream.

En fait, on a vu que la répartition des masses d'eaux profondes en Atlantique ne sera connue que grâce aux observations de Wüst, publiées en 1935. C'est Wüst qui fit définitivement abandonner l'idée de cellules de circulation profonde symétriques par rapport à l'équateur. L'idée que les variations de densité et la stratification de l'océan devaient affecter les courants profonds a fait l'objet de nombreuses analyses dans les années 30 ; en fait Wüst calculait des densités potentielles (c'est-à-dire les densités d'eaux ramenées à la surface par décompression adiabatique) et avait noté qu'elles présentaient un minimum aux niveaux intermédiaires ; comme il pensait que l'océan profond devait être stable, il en déduisait que l'équation d'état de l'eau de mer qui permettait de faire ces calculs devait être fausse. C'est Ekman qui comprit en 1934 que, pour les eaux profondes, il fallait calculer la densité potentielle par rapport à un niveau de référence profond et non par rapport à la surface.

Georg Wüst était conscient que la répartition des masses d'eau ne donnait qu'une image qualitative de la circulation, mais il semble être resté sur l'idée que la circulation profonde était essentiellement méridienne. Par ailleurs, en 1929, Defant proposa de décrire la répartition des propriétés comme traduisant un équilibre entre advection et diffusion, mais il ne chercha pas à décrire les champs de courants profonds. En 1938, Montgomery fit le premier calcul de ces courants en faisant l'hypothèse qu'ils étaient en équilibre géostrophique. Cette méthode a ensuite été utilisée en 1941 par Defant, à partir des données du *Meteor* ; il devint alors clair que la circulation profonde n'était pas seulement méridienne. L'idée de sous-courants intensifiés près des bords ouest des bassins est due à Henry Stommel en 1957 ; en fait, dans les articles de Stommel, ce concept fit bientôt partie d'un schéma général de la circulation profonde, qui incluait la formation locale des eaux profondes, des gyres cycloniques profonds et une remontée d'eau diffuse vers la surface. Les premières observations permettant d'identifier les sous-courants de frontière ouest avaient été acquises par John Swallow et Val Worthington en 1957, dans l'océan Atlantique Nord (en 1955, John Swallow avait inventé des flotteurs lagrangiens se déplaçant en profondeur sur un niveau de flottaison constant). Cependant, l'identification de ces courants a été faite après que leur théorie en a été développée par Stommel ; on admet généralement que c'est un des rares exemples en océanographie où la théorie a précédé l'observation.

Enfin, contrairement à l'idée de Rumford et à la vision encore présente dans le livre de Sverdrup, on décrit maintenant la formation des eaux profondes comme un processus très localisé ; les cellules de convection ont été imaginées par Henry Stommel dans les années 60 ; elles ont été observées pour la première fois en mer Ligure (en Méditerranée entre Nice et la Corse) par le groupe franco-américain MEDOC, ce résultat ayant été publié en 1970 par Henri Lacombe, Henry Stommel et leurs collaborateurs.

La circulation profonde des océans demeure néanmoins aujourd'hui mal décrite et incomplètement comprise. On peut citer quatre grandes questions qui font l'objet de réflexions et de modèles récurrents depuis près de quarante ans : le conditionnement de l'océan qui prélude aux différents mécanismes de formation d'eaux profondes ; l'origine de la thermocline principale et ses relations avec les forçages de surface et le mélange dans l'océan ; les mécanismes du mélange des masses d'eau, qu'il ait lieu en pleine mer ou près des frontières des bassins ; les remontées des eaux profondes vers la surface, leur répartition géographique et leur intensité. Ces questions sont évidemment reliées entre elles ; elles sont cruciales si l'on veut décrire correctement le climat de l'océan.

## Courants géostrophiques : histoire d'un faux problème

On affirme généralement que c'est en 1857 que le météorologue néerlandais Christophorus Buys-Ballot établit les règles permettant de calculer les vents de l'atmosphère à partir des cartes de pression ; c'est le principe de l'équilibre géostrophique. Le climatologue américain W. Ferrel laisse entendre à la même date que les courants des océans suivent la même loi. C'est en 1903 qu'en utilisant cette loi, Sandström et Helland-Hansen mirent au point la méthode de calcul des courants relatifs sur la verticale à partir des données hydrographiques. Dès 1909, cette méthode permit à Helland-Hansen et à Nansen de cartographier les courants de surface en mer de Norvège et de détecter leur caractère turbulent (ainsi que la présence d'ondes internes). La vérification que la méthode géostrophique donnait de bons résultats a été faite par Georg Wüst en 1924, par comparaison entre les mesures de courants de Pillsbury et les valeurs calculées à partir de données hydrographiques de diverses campagnes étalées entre 1878 et 1914. Cette comparaison fut reprise en détail dans les années 70, lorsque les mesures de courantométrie profonde la rendirent possible. Quant à la formalisation du principe géostrophique, montrant qu'il correspondait aux termes dominants de l'équation de Navier-Stokes, elle a été développée par le Norvégien Bjerknes en 1933.

La technique de calcul des courants relatifs sur la verticale à partir de l'hydrographie reste fréquemment utilisée. Dès le début, le problème du calcul des courants absolus sera posé : on l'appellera aussi le problème du niveau de référence, puisque la méthode sélectionne un niveau où la vitesse des courants est connue ou faible. En fait, on s'apercevra progressivement que c'était un faux problème mais il fallut soixante-quinze ans pour le résoudre. En effet, le Japonais K. Hidaka montre en 1940 que l'on peut obtenir le courant absolu en utilisant aussi les autres informations dont on dispose, comme l'équation de conservation de la masse ; pour cela, il ne faut pas se contenter d'étudier le courant local, entre deux stations hydrographiques, mais également prendre en compte sa structure régionale. En pratique, sa solution est inapplicable si bien que son travail passera presque inaperçu jusque dans les années 70. En associant plusieurs équations, le Canadien Georges Needler propose également une formule pour calculer les courants totaux en 1972, mais elle est très lourde à employer. Le débat a pris un tour extrême en 1976 lorsque l'Américain Val Worthington, à la suite de son analyse de la circulation du Gulf Stream, conclut qu'il était impossible de satisfaire à la fois la relation géostrophique et la conservation de la masse. En 1978, l'Allemand Friedrich Schott et Henry Stommel proposent la première méthode stable, dite de la spirale bêta ; cette méthode sera testée en 1981 à partir d'observations faites au nord-ouest des Canaries. Également en 1978, l'Américain Carl Wunsch montre que non seulement ces équations sont compatibles entre elles, mais qu'il existe une infinité de champs de courants qui les satisfont toutes deux ainsi que les observations d'hydrographie ; en revanche, il n'en existe qu'un seul qui satisfasse également d'autres contraintes, comme une vitesse minimale au niveau de référence (on réalisera plus tard que la méthode de la spirale bêta et la méthode de Carl Wunsch étaient très voisines). Cette méthode, dite méthode inverse, est maintenant considérée comme la méthode « propre » pour calculer les champs de courants.

L'équilibre géostrophique n'est pas le seul système dynamique étudié dans les années 30. Le plus important réside sans doute dans l'analyse de la propagation des perturbations proposée par Carl-Gustav Rossby en 1939. Il eut, en particulier, l'idée remarquable de décrire l'océan comme une couche d'eau homogène sur un plan tangent à la sphère (on parle du plan bêta), afin de mettre en évidence les propriétés essentielles du système tout en tenant compte des variations des forces de Coriolis avec la latitude. Il montra ainsi que le jeu d'équations linéaires décrivant l'évolution des courants admettait des solutions prenant la forme d'ondes se propageant vers l'ouest. Dans *Evolution of Physical Oceanography*, Arnold Arons raconte comment Stommel réalisa quelques années plus tard qu'il y avait une grande similitude entre les solutions de Rossby et celles proposées par Laplace en 1776. Le problème de Rossby fit ensuite l'objet de très nombreux développements, afin de le formaliser et d'en justifier les approximations, de prendre en compte la sphéricité de la Terre, l'effet de la stratification de l'océan ou celui de la bathymétrie, de décrire l'interaction des ondes avec les courants ou d'identifier leurs différents mécanismes d'excitation. On attribue maintenant aux ondes de Rossby un rôle fondamental dans l'intensification des courants près des frontières des bassins, la propagation des méandres et des tourbillons et surtout, depuis 1973, dans l'explication du phénomène El Niño.

## L'origine du Gulf Stream et les débuts de l'océanographie dynamique

Franklin pensait que le Gulf Stream servait à évacuer l'eau empilée près des côtes d'Amérique par la pression des vents alizés. Au contraire, François Arago expliquait que le Gulf Stream ne pouvait être considéré indépendamment des courants profonds et qu'il était dû à un phénomène thermodynamique. En 1875, Prestwich affirme que ce sont les vents dominants et la rotation de la Terre qui expliquent *in fine* la géométrie des courants. Il faudra près de soixante-dix ans pour comprendre que les effets du vent et les effets thermodynamiques étaient aussi importants les uns que les autres. L'intuition de Prestwich s'avérera exacte, mais il faudra plusieurs décennies pour comprendre comment fonctionne le système.

Au cours de son expédition à bord du *Fram*, Nansen remarqua que les glaces de mer dérivaient à 45° vers la droite de la direction du vent. À son retour, il conseilla à Ekman d'étudier ce phénomène et de lui trouver une explication physique. Nansen avait l'intuition que cela résultait de la rotation de la Terre. Ekman simplifia le problème en ne considérant que l'interaction entre la friction du vent et les forces de Coriolis. Dans ce cas, dans les couches de surface de l'océan, les courants à l'équilibre s'organisent selon une spirale d'axe vertical, le courant de surface étant à 45° de la direction du vent. Le transport total dans toute la couche, quant à lui, est dirigé perpendiculairement à la direction du vent. Ce résultat publié en 1905 est la première analyse quantitative de l'effet du vent sur les courants. Le Français José Gonella améliorera cette description en 1971, en montrant comment la spirale d'Ekman est affectée par la stratification de la couche de mélange océanique ; il est curieux de noter que la spirale d'Ekman a pu rapidement être observée dans l'atmosphère, mais qu'il fallut l'invention des courantomètres Doppler pour la déterminer de façon indéniable dans l'océan, en 1993 ; cela vient de ce que les déplacements d'eau dus à la turbulence et aux vagues l'emportent sur les courants d'Ekman, ce qui rend très difficile l'observation de ces derniers.

Dès 1909, l'Allemand H. Thorade explique les remontées d'eau près des côtes comme une conséquence du transport d'Ekman divergent vers le large. Mais, il faudra attendre 1923 pour qu'Ekman puis Rossby, en 1936, analysent l'effet de la circulation anticyclonique des vents sur l'océan. Jusqu'alors, les courants avaient été décrits à l'aide de la relation géostrophique et des données hydrographiques, c'est-à-dire sans réellement se préoccuper de leur origine. C'est en 1947 que Sverdrup écrivit l'équation qui porte son nom et démontra que, dans un bassin fermé à l'est et à l'ouest par des continents, les vents anticycloniques impliquaient un transport vers l'équateur. En réalité, l'Anglais G. Gosborough avait écrit en 1933 une équation très proche de celle de Sverdrup mais où le forçage du vent était remplacé par le bilan E-P. Il pensait que cela pouvait expliquer l'existence des gyres anticycloniques ; l'explication n'était pas la bonne, puisque la vitesse du bilan E-P est nettement plus petite que celle du pompage d'Ekman et généralement de signe contraire. En 1948, Henry Stommel montrait que l'équilibre entre la tension du vent, les forces de Coriolis variables avec la latitude et la friction des courants impliquait une intensification des courants près des bords ouest des bassins ; il utilisa pour cela l'équation du tourbillon, écrite par Rossby quelques années auparavant. Dans *Evolution of Physical Oceanography*, Montgomery explique que la question de l'intensification des courants comme le Gulf Stream avait été soulevée par Columbus Iselin. À l'occasion d'un trajet en voiture au début de 1947, Montgomery pose la question à Stommel, qui trouve les éléments de réponse au cours du voyage. Montgomery se déclare en outre certain que les études de Sverdrup et de Stommel ont été faites indépendamment.

Quelques années plus tard, en 1950, l'Américain Walter Munk introduisit la notion de couche limite à l'ouest des bassins permettant le retour vers le nord de l'eau transportée vers le sud par le mécanisme de Sverdrup ; cette notion permit d'unifier les schémas de circulation des gyres subtropicaux, incluant le mécanisme de Sverdrup et celui de Stommel. Même en ce qui concerne le régime stationnaire, bien d'autres analyses seront faites ensuite sur le rôle des termes inertiels, sur l'effet de la bathymétrie ou sur l'estimation quantitative des transports qui résultaient des divers mécanismes. Par exemple, l'effet Jebar fut suggéré en 1971 par le chercheur soviétique

A. Sarkisyan, et son impact sur les gyres de l'océan Atlantique fut estimé en 1982 par l'Américain George Mellor. Bien sûr, au cours des trente dernières années, les études ont insisté sur l'importance des effets dynamiques, comme l'effet des ondes de Rossby sur l'ajustement des gyres.

## La campagne du *Challenger* : naissance de l'océanographie moderne

En 1871, la *Royal Society* de Grande-Bretagne recommande que des fonds soient alloués par le gouvernement anglais pour monter une expédition afin d'étudier les conditions physiques des océans profonds dans tous les grands bassins, la composition chimique de l'eau de mer à toutes les profondeurs, les propriétés physiques et chimiques des sédiments profonds ainsi que leur origine et la distribution de la vie dans les océans profonds et à la surface des sédiments.

L'équipe scientifique, constituée de six chercheurs placés sous la direction de Charles Wyville Thomson embarqua sur le *Challenger*. Cette corvette fut aménagée spécialement pour recevoir des laboratoires et des treuils. La campagne dura de décembre 1872 à mai 1876 ; plus de 127 000 km furent parcourus, principalement dans les océans Atlantique et Pacifique. Près de trois cents sondages profonds, une centaine de dragages, cent cinquante chalutages et deux cent soixante profils de température furent effectués. Les échantillons furent envoyés à près d'une centaine de naturalistes du monde entier. Les résultats firent l'objet de publications au cours des quarante années qui suivirent, principalement par sir John Murray, qui prit le relais de Thomson après la mort de celui-ci en 1882.

Même si d'autres expéditions eurent lieu dans les années qui précédèrent, les objectifs de cette campagne, son organisation et le nombre de ses observations serviront de référence aux études qui suivirent. Tout d'abord, on changea d'objectif, puisqu'il ne s'est pas agi d'une *exploration géographique des terres* qui bordent les océans mais d'une *exploration scientifique des océans* eux-mêmes. Ensuite, on posa des questions relativement précises, définissant les objectifs de la campagne. Enfin, on conçut un navire océanographique, avec, à bord, des laboratoires et des instruments adaptés aux problèmes étudiés.

À la fin du XIX$^{e}$ siècle, la campagne du *Challenger* symbolisa donc une rupture importante de l'histoire de l'océanographie et le début de l'océanographie moderne. Elle incita d'ailleurs bien d'autres chercheurs à organiser des expéditions océanographiques. Ce sera, par exemple, les campagnes de l'Américain Alexandre Agassiz, à bord du *Blake* en 1888, ou celles d'Albert de Monaco à bord de la *Princesse Alice* et de l'*Hirondelle*, de 1885 à 1915. Cette époque verra aussi se multiplier les instituts océanographiques. Leurs objectifs concernent surtout au début l'étude de la biologie marine, en particulier pour développer la pêche ; cet objectif évidemment important demeure celui de nombreux instituts océanographiques, particulièrement dans les pays en voie de développement. L'océanographie s'organisera dans les années qui suivirent : un Conseil international pour l'étude de la mer fut ainsi créé en 1899.

Les années 30 et 40 ont vu une deuxième rupture importante : l'apparition de l'océanographie dynamique. Il ne s'agit plus de décrire l'océan, mais de comprendre comment il marche. Certes, la question n'est pas tout à fait nouvelle ; après tout, les écrits de Platon abondent de réflexions sur le comment des choses. Cependant, la relecture du livre de Sverdrup est intéressante : cet ouvrage est très riche en descriptions détaillées. On est même souvent surpris de réaliser que tel ou tel fait était déjà connu. En revanche, l'importance de l'océan dans le système Terre est sous-estimée : par exemple, il est admis que le transport méridien de chaleur par les courants est négligeable devant celui de l'atmosphère, alors que l'on sait aujourd'hui que ces deux transports sont comparables ; cela vient surtout de ce que les flux d'eaux profondes étaient sous-estimés. Ce livre pose également un certain nombre de questions sur l'origine des phénomènes observés mais fournit très peu d'explications et de mécanismes dont beaucoup viendront au cours des années qui suivront.

Le dernier mot n'est d'ailleurs pas dit : jusqu'à récemment, notre capacité à observer l'océan a souvent été trop faible pour tester les représentations dynamiques que l'on s'en faisait. Beaucoup d'auteurs n'hésitent pas ainsi à écrire que l'on ne comprend pas vraiment comment marche le Gulf Stream. Le développement actuel des instruments automatiques *in situ* et des observations par satellites et les progrès de la modélisation numérique peuvent provoquer une troisième révolution de la discipline. Outre qu'il y a encore de très nombreux problèmes fondamentaux en océanographie, on peut, pour la première fois, songer à représenter l'océan de façon réaliste. C'est indispensable si l'on veut décrire son rôle dans le climat et prévoir son évolution.

# Chapitre IV

# UN OCÉAN DYNAMIQUE EN INTERACTION AVEC L'ATMOSPHÈRE

Les océanographes étudient aujourd'hui le comportement dynamique et la variabilité physique et biogéochimique de l'océan, qu'ils soient intrinsèques, forcés par l'atmosphère ou intégrés dans le système climatique. Pour illustrer ces questions, j'ai choisi de décrire six processus physiques très différents : la variabilité mésoéchelle permet d'introduire le concept d'instabilité de la circulation océanique ; la propagation des ondes est le mécanisme essentiel par lequel l'océan transmet à distance les perturbations qu'il subit ; la réponse de l'océan aux variations de pression atmosphérique est l'occasion d'analyser comment l'océan redistribue la masse de l'eau ; les variations saisonnières de la couche de mélange océanique s'expliquent par les variations de ses forçages et sont fondamentales pour la compréhension des échanges d'énergie entre océan et atmosphère ; le phénomène El-Niño-*Southern Oscillation* (ENSO) constitue le seul phénomène instable du système couplé océan-atmosphère que l'on comprenne bien et que l'on puisse prévoir ; les instabilités décennales de l'océan Atlantique Nord sont l'indication que le système climatique peut avoir des modes de fluctuation de très basse fréquence.

## Instabilité des courants et variabilité mésoéchelle

L'idée que les courants sont variables a été acquise dès le XIXe siècle ; par exemple, Matthew Maury mentionne la présence de nombreux tourbillons et de courants locaux. La quantification de la turbulence horizontale de surface a été entreprise par Lewis Richardson et Henry Stommel en 1948, à partir de la dispersion de systèmes dérivants ; leur note commence par ces mots surprenants : « Nous avons observé le mouvement relatif de deux morceaux de panais. » En profondeur, les premières mesures lagrangiennes de John Swallow, en 1955, ont tout de suite révélé une variabilité plus grande que celle que l'on imaginait jusqu'alors. Mais l'étude de la circulation mésoéchelle s'est surtout développée au cours des années 70, à l'aide de l'expérience MODE (pour *Mid-Ocean Dynamics Experiment*).

Sur le plan théorique, même si les premiers travaux de l'Allemand Hermann von Helmholtz datent de 1888, c'est Jules Charney qui a publié les principaux développements sur l'instabilité des vents, à partir de 1947. En ce qui concerne le cas de l'océan, il faut attendre la fin des années 60 pour qu'il soit véritablement abordé, en parallèle à la conception et à la réalisation de MODE. Le livre de Joseph Pedlosky, *Geophysical Fluid Dynamics*, est l'ouvrage de référence sur ce sujet.

On peut facilement se convaincre que certaines perturbations des courants sont instables, c'est-à-dire qu'une fois déclenchées, elles doivent s'amplifier. Considérons, par exemple, un jet dirigé vers l'ouest. Une petite ondulation vers le nord est introduite, peut-être par une cause extérieure ; le tourbillon propre de l'ondulation est alors cyclonique. Mais ce déplacement vers le nord s'accompagne d'une augmentation du tourbillon anticyclonique planétaire ; par conservation du tourbillon potentiel, cela doit être compensé par une augmentation du tourbillon cyclonique propre du courant, si bien que l'ondulation va croître. Ce type d'instabilité met en jeu des cisaillements de courants sur le plan horizontal et peut se rencontrer dans une couche d'eau homogène ; on parle d'instabilités barotropes. Celles-ci se développent plus facilement pour des courants dirigés vers l'ouest que pour des courants dirigés vers l'est, et pour des jets étroits plutôt que pour des courants étendus.

On peut aussi rencontrer des instabilités baroclines, c'est-à-dire relatives à des cisaillements de courant selon la verticale. Ceux-ci sont associés à des pentes des interfaces entre couches isopycnales ; en situation d'équilibre géostrophique, ces pentes correspondent à une accumulation d'énergie potentielle maintenue par les forces de Coriolis. Une instabilité des courants baroclines s'accompagne de modifications de la pente des isopycnes. On peut imaginer des variations de courant telles que les eaux les plus légères s'élèvent tandis que les eaux les plus lourdes s'enfoncent ; cela se traduirait par une variation de l'énergie potentielle, qui accélérerait l'instabilité initiale. Autrement dit, les instabilités baroclines sont une forme d'instabilité convective. Il existe une condition nécessaire à l'existence de ces

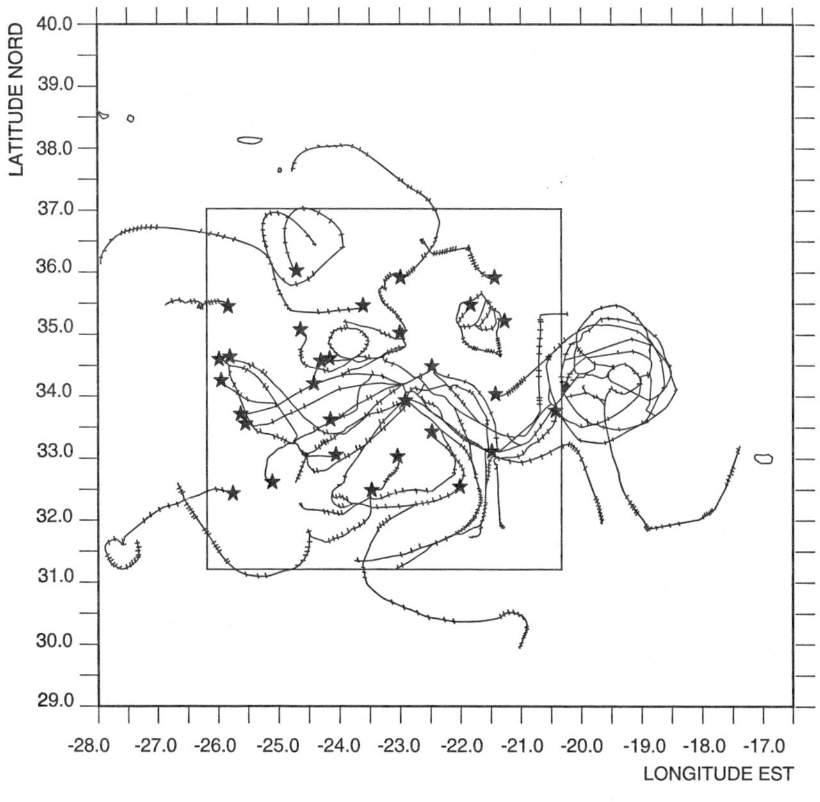


**Trajectoires mensuelles de vingt-sept bouées dérivant à la surface de l'océan mettant en évidence la turbulence de l'océan. Ces bouées sont positionnées chaque jour par le système Argos (larguages repérés par des étoiles ; positions journalières notées par des croix). La zone fait près de 1 000 km de côté. On peut repérer les méandres du courant des Açores, qui s'écoule vers l'est à 34°N, ainsi que plusieurs tourbillons de 150 à 200 km de diamètre.**

instabilités : il faut que le gradient méridien de tourbillon potentiel change de signe selon la verticale, c'est-à-dire entre les différentes isopycnes. Les observations hydrographiques montrent que cette condition est remplie dans les zones tropicales et subtropicales ; dans le cas de l'Atlantique Nord, elle est vérifiée dans le Gulf Stream, la dérive nord-atlantique, le courant des Açores et le courant nord-équatorial ; elle l'est d'autant mieux que la stratification est plus marquée, ce qui intervient à la fin de l'été.

Les observations montrent que le Gulf Stream et les autres grands courants font des méandres. Ceux-ci se propagent généralement vers l'est et ont tendance à se fermer sur eux-mêmes, un peu comme le bras mort d'une rivière. Une ondulation initiale vers le nord peut même devenir un anneau anticyclonique au nord du jet et y piéger de l'eau chaude en provenance du sud du courant ; la situation opposée peut se rencontrer au sud du jet. Ces anneaux se propagent ensuite vers l'ouest. Les méandres des grands courants tropicaux et subtropicaux sont généralement attribués à des instabilités baroclines.

En fait, on rencontre des tourbillons partout dans l'océan. Leur durée de vie caractéristique est de l'ordre de cent à deux cents jours aux latitudes tempérées. On pourrait penser que ces instabilités résultent en partie de l'instabilité des forçages (vent, forçages thermodynamiques, pression atmosphérique). Le problème fit l'objet de nombreuses études au cours des années 80, en particulier celles réalisées par le Belge Claude Frankignoul et par l'Allemand Peter Müller. Pour des raisons de taille et d'énergie des processus atmosphériques, c'est surtout aux plus hautes latitudes que les instabilités du vent peuvent provoquer des phénomènes océaniques mésoéchelles barotropes.

Un des résultats essentiels de l'expérience MODE a été l'estimation de la structure verticale des courants mésoéchelles : plus de 90 % de la variabilité des courants peut être décrite à partir de la composante barotrope et de la première composante barocline (celle pour laquelle la vitesse du courant ne change qu'une fois de signe sur la verticale). Plusieurs autres expériences analogues, quoique de moindre envergure, ont ensuite été organisées dans d'autres zones océaniques, dont trois par des équipes françaises dans l'océan Atlantique Nord-Est à différentes latitudes ; elles ont confirmé que cette structure verticale des courants possédait un caractère général. En revanche, pour décrire correctement les interactions des courants avec la bathymétrie, on sait maintenant qu'il faut prendre en compte au moins cinq composantes baroclines ainsi que leurs interactions.

La cartographie de l'énergie cinétique des tourbillons océaniques a fait un progrès qualitatif grâce aux mesures des satellites altimétriques : en effet, la variabilité du niveau de la mer est dominée par la variabilité mésoéchelle des courants. Leur énergie cinétique varie de plus 0,2 $m^2/s^2$ près de grands courants, à moins de 0,01 $m^2/s^2$ dans les zones plus calmes, comme à l'est de l'Atlantique Sud et du Pacifique Sud (dans cette unité, un courant moyen de 10 cm/s, comme le courant des Açores, aura une énergie cinétique de 0,01 $m^2/s^2$). Cette répartition est clairement contrôlée par l'intensité de la circulation moyenne. Localement, elle est aussi corrélée à la bathymétrie, ce qui suggère un effet d'interaction entre les courants et le fond. Le niveau d'énergie est maximum en hiver dans les zones subpolaires, parce que les fortes fluctuations du vent à ces latitudes où l'océan n'est pas stratifié entraînent des fluctuations barotropes des courants. Dans les zones subtropicales, les fluctuations mésoéchelles sont plus fortes en été, probablement parce que les conditions nécessaires aux instabilités baroclines sont plus souvent remplies en cette saison. En général, l'énergie des fluctuations des courants est maximale à l'échelle minimale où l'équilibre géostrophique peut être vérifié ; aux plus petites distances, les fluctuations vérifient les principes du transfert d'énergie par la turbulence vers les petites structures.

Les fluctuations des courants, même si elles sont de moyenne nulle, peuvent induire un transport net de propriété. Prenons le cas de fluctuations de vitesse horizontale et de température, dans une direction donnée ; si ces deux fluctuations sont corrélées entre elles, c'est-à-dire par exemple si les deux grandeurs sont statistiquement plus élevées en même temps, l'effet moyen sera un transport de chaleur dans la direction du gradient de température : c'est le principe de la diffusion turbulente. Ce type de corrélation a lieu parce que les tourbillons mésoéchelles affectent les échanges de chaleur entre océan et atmosphère en modifiant la profondeur de la couche de mélange océanique (voir ci-dessous) et la température de surface. On pense par exemple que ce sont les tourbillons qui assurent le transfert méridien de chaleur au travers du courant antarctique circumpolaire.

Le même raisonnement s'applique au transport d'énergie : les fluctuations mésoéchelles ne constituent pas nécessairement une dissipation du courant moyen, mais peuvent aussi lui transférer de l'énergie cinétique. Cette idée a été introduite pour les vents par le météorologue H. Jeffreys en 1926. En ce qui concerne les courants, la première tentative pour analyser le phénomène fut faite en 1961 par l'Américain Ferris Webster à l'aide de mesures de courantométrie de la région du Gulf Stream, mais elle ne fut pas concluante. En

1973, à l'aide du premier modèle numérique capable de décrire la circulation à l'échelle d'un bassin océanique tout en représentant les fluctuations mésoéchelles, l'Américain William Holland a découvert que ces dernières amplifiaient le transport du gyre. Les données des satellites altimétriques ont finalement montré que tous les grands courants sont accélérés par les instabilités mésoéchelles. En particulier, l'Australienne Rose-Mary Morrow a montré en 1992 que l'énergie du courant antarctique circumpolaire ne pouvait pas être dissipée par les nombreux tourbillons qui s'y forment. Il faut, bien sûr, que cette concentration d'énergie se dissipe par d'autres mécanismes, comme les effets de friction au fond de l'océan ou l'émission d'ondes. Ce phénomène explique aussi pourquoi le transport du Gulf Stream augmente de 30 Sv dans le courant de Floride à plus de 100 Sv vers 60°W. C'est aussi le déplacement moyen de ces tourbillons vers l'ouest qui permet la recirculation de ces courants (en mer des Sargasses, par exemple).

Les tourbillons océaniques jouent donc un rôle considérable : ils ont une énergie cinétique comparable ou supérieure à celle des grands courants, contribuent à la circulation moyenne et effectuent un transport net d'eau, de chaleur ou de propriétés dissoutes. En outre, ils rendent l'observation des propriétés de l'océan ou des courants très difficile ; quand on veut décrire les grandes structures de l'océan, il faut en effet s'assurer que son échantillonnage spatial et temporel permet de réaliser les moyennes de ces fluctuations. De même, à un moment particulier, la direction du courant en un point peut être quelconque ; pour connaître les courants moyens, il faut donc disposer d'observations relativement continues pendant au moins une année.

## Propagation des perturbations de l'océan : ondes de Rossby et de Kelvin

Les perturbations du champ de courant peuvent se propager au loin dans l'océan. Dans le cas le plus simple d'une couche d'eau homogène et de courants barotropes, les équations de perturbation d'un courant géostrophique sont de la forme :

$$\partial u/\partial t - f\,v = - g\,\partial \eta/\partial x$$
$$\partial v/\partial t + f\,u = - g\,\partial \eta/\partial y$$
$$\partial \eta/\partial t + H\,(\partial u/\partial x + \partial v/\partial y) = 0$$

où t est le temps, $\eta$ est l'élévation de la surface libre et H est l'épaisseur de la couche d'eau. Les gradients horizontaux de $\eta$ ($\partial\eta/\partial x$ et $\partial\eta/\partial y$) déterminent les gradients de pression d'après l'équation hydrostatique. Les deux premières équations sont donc les équations géostrophiques avec un terme de perturbation temporelle des courants ($\partial u/\partial t$ et $\partial v/\partial t$). La troisième équation correspond à la conservation de la masse et indique qu'un changement de l'épaisseur d'eau (mesuré par $\partial\eta/\partial t$) doit se traduire par une divergence des courants horizontaux. On parle alors de système d'équations « quasi géostrophiques ».

Ce système d'équations linéaires admet des solutions sous la forme d'ondes libres. Ces ondes prennent la forme de déplacements horizontaux des anomalies $\eta$ du niveau de la mer et, dans le cas d'un océan barocline, de la profondeur des interfaces entre couches isopycnales. Parmi les différentes solutions, deux sont particulièrement importantes en océanographie : ce sont les ondes de Rossby et les ondes de Kelvin.

Les premières peuvent être décrites comme des oscillations en latitude résultant de la conservation du tourbillon potentiel : quand une colonne d'eau se déplace en latitude, elle prend un tourbillon propre de façon à compenser la variation du tourbillon planétaire ; pour un océan barocline, le même phénomène a lieu quand l'eau se déplace vers une région où l'épaisseur d'eau est différente. Par exemple, dans l'hémisphère Nord, l'eau prend un tourbillon propre cyclonique quand elle se déplace vers le nord, ce qui la ramène vers son point initial ; et *vice versa*. La colonne d'eau oscille donc autour de sa latitude d'équilibre. Comme $\beta$ augmente avec la latitude, l'effet planétaire est plus grand au nord du point d'équilibre qu'au sud, si bien que la réponse cyclonique au nord l'emporte sur la réponse anticyclonique au sud ; cette oscillation s'accompagne donc d'un déplacement vers l'ouest de l'anomalie de hauteur $\eta$. Pour être exact, ce raisonnement physique est dû à Bjerknes en 1937, celui-ci cherchant à montrer que des tourbillons devaient se déplacer vers l'ouest ; le calcul de Rossby, qui date de 1939, faisait l'hypothèse que le courant était parfaitement non divergent et ne se préoccupait que de la propagation des anomalies de courant. Les ondes de Rossby sont donc des ondes quasi géostrophiques linéaires, dont le déplacement zonal est vers l'ouest ; elles peuvent aussi avoir un déplacement méridien de direction quelconque.

La longueur d'onde des ondes de Rossby doit dépasser l'échelle minimale de l'équilibre géostrophique pour que les équations précédentes aient un sens. Si ces mouvements affectent une couche d'eau homogène, il s'agit d'ondes barotropes, dont l'échelle est de l'ordre de 2 000 km ; elles se propagent rapidement et assurent en quelques jours l'ajustement de l'océan à ses perturbations de masse. On observe plus facilement des ondes baroclines dans les couches de surface de l'océan ; leur échelle est de l'ordre de 200 km aux latitudes tempérées ; leur déplacement doit s'accompagner d'ajustements des interfaces entre les couches chaudes de surface et les couches froides profondes, ce qui les rend très lentes. Par exemple, la période d'une onde de Rossby barocline de la taille d'un bassin océanique est de l'ordre de plusieurs années ; sa vitesse, c'est-à-dire le rapport entre sa période et sa longueur d'onde, décroît de près de 1 m/s à l'équateur à seulement 5 cm/s vers 40°N. Une perturbation excitée en un endroit de l'océan mettra donc plusieurs années à se propager à l'autre bout du bassin. En conséquence, les gyres ne peuvent pas être en équilibre avec leurs forçages instantanés si ceux-ci varient plus rapidement que l'année (par exemple avec les saisons), puisque l'ajustement de l'océan subtropical se fait *via* ces ondes baroclines.

Les ondes de Kelvin sont un deuxième type d'ondes effectivement observées. Ce sont des solutions des équations quasi géostrophiques, sous la forme d'ondes se propageant le long d'une frontière du domaine. Comme l'eau ne peut pas passer au travers de la frontière, la vitesse perpendiculaire à cette dernière doit être nulle. Les ondes de Kelvin sont telles que la vitesse géostrophique dans la direction perpendiculaire à la direction de propagation est nulle partout. Leur amplitude est maximale près de la frontière et s'atténue vers le large, sur une distance compatible avec l'échelle des courants géostrophiques. Le plus bel exemple est celui des ondes de marée, qui sont des ondes de Kelvin barotropes dont l'échelle est de 2 000 km à nos latitudes. Elles tournent autour des bassins océaniques avec une amplitude maximale à la côte. Au large, il existe des points de l'océan, appelés points amphidromiques, où leur amplitude est nulle. Leur vitesse est élevée et indépendante de la latitude ; elle vaut de l'ordre de 200 m/s en plein océan.

Comment sont excitées ces ondes ? *A priori*, n'importe quelle perturbation des courants peut en exciter. Les variations du champ de gravité qui excitent les ondes de marée en sont un exemple. Les perturbations les plus probables sont les fluctuations mésoéchelles des courants, en particulier dans les grands courants et sur les accidents bathymétriques. Enfin, les fluctuations du vent semblent aussi exciter des ondes. On sait bien que celui-ci varie à haute fréquence (à l'occasion du passage de perturbations, par exemple). Aux latitudes assez élevées, là où l'océan est barotrope et peut fluctuer rapidement, le vent excite des ondes barotropes. En revanche, seules les fluctuations des vents dont les périodes sont plus grandes que quelques centaines de jours sont capables d'exciter des ondes baroclines aux latitudes tempérées.

Les mesures des satellites altimétriques ont permis un progrès qualitatif dans l'observation des ondes de Rossby ou de Kelvin : comme ces observations sont globales, continues et répétées, elles permettent pour la première fois de cartographier et de suivre les trains d'ondes. Six résultats me paraissent importants :

– les ondes de Rossby baroclines sont repérées de façon systématique et cohérente ; elles apparaissent généralement à l'est des bassins et les traversent vers l'ouest en s'amplifiant au niveau des dorsales médio-océaniques ; d'autres semblent radier des grands courants de bord ouest ;

– aux latitudes tempérées, leur vitesse de propagation est deux à trois fois plus rapide que la vitesse théorique des ondes libres ; cela n'est pas *a priori* surprenant, puisque de nombreux effets ne sont pas pris en compte dans les théories de base, comme la perturbation par les courants moyens, l'effet de la structure spatiale de la stratification, les interactions avec la bathymétrie ou les interactions non linéaires entre composantes baroclines ; cela implique une réponse de l'océan aux fluctuations du système climatique plus rapide que celle escomptée ;

– des ondes particulières semblent dominantes dans chaque bassin océanique : de période annuelle dans l'océan Pacifique Nord, elles sont de période de neuf mois dans l'océan Atlantique Nord ou de six mois dans l'océan Indien Sud ; on n'en connaît pas encore la raison ;

– leur amplitude varie d'une onde à l'autre ; en particulier, dans l'océan Pacifique subtropical, elles semblent plus intenses à la suite d'un événement ENSO ; compte tenu du temps nécessaire à la propagation des ondes, cela signifie que des anomalies du Pacifique tropical ont un effet à retardement aux latitudes tempérées ;

– ces ondes sont accompagnées d'anomalies importantes des courants géostrophiques ; il semble que cela suffise à advecter de l'eau froide des latitudes subpolaires vers les latitudes subtropicales ; il semble aussi que les ondes soient corrélées à des anomalies de vent et de pression atmosphériques ; cela pourrait provenir des anomalies de température associées aux ondes et des anomalies de flux de chaleur qui en résultent ; les ondes de

Rossby auraient donc une action sur l'atmosphère ; il est même possible que leur déplacement effectif soit à concevoir comme un phénomène couplant océan et atmosphère ;
– le déclenchement de méandres du Gulf Stream ou du courant des Aiguilles (dans le détroit du Mozambique) semble en partie en corrélation avec l'arrivée d'ondes de Rossby en provenance de l'est.

Le caractère systématique et la cohérence de ces ondes, ainsi que leur impact sur les courants ont une conséquence importante : comme leur propagation est prévisible, certaines des anomalies de l'océan pourraient être prévisibles plusieurs années à l'avance.

**Réponse du niveau de la mer aux variations de la pression atmosphérique**

Mis à part les effets des marées, la principale source de variation du niveau de la mer est la réponse à la pression atmosphérique : rappelons que le niveau de la mer s'enfonce de 1 cm quand la pression s'élève de 1 mbar, ce type de réponse constituant l'effet baromètre inverse. Compte tenu de l'amplitude des dépressions atmosphériques, le niveau de la mer varie fréquemment de 30 cm aux plus hautes latitudes.

En fait, il est possible d'observer des écarts par rapport à l'effet baromètre inverse, parce qu'il faut bien que la masse de l'eau soit conservée : l'eau qui manque en un point doit se retrouver ailleurs dans l'océan et déterminer une élévation du niveau de la mer. Ce transfert de masse est réalisé par propagation d'ondes barotropes, qui parcourent l'océan à des vitesses de l'ordre de 40 à 200 m/s. Cette vitesse explique donc l'approximation de l'effet baromètre inverse : le transfert de masse est rapide et se fait sur une grande surface d'océan, ce qui implique que la compensation de niveau de la mer ne se voit pas.

L'océan ne peut cependant pas suivre les fluctuations rapides de l'atmosphère car la vitesse de déplacement des ondes barotropes n'est pas infinie : aux échelles de temps inférieures à un ou deux jours, la masse de l'eau poussée par l'atmosphère n'a pas le temps de se propager hors de la zone où varie la pression. L'effet est d'autant plus sensible que la propagation de l'eau est lente (par exemple, dans les zones de faible profondeur), que la propagation de l'anomalie de pression atmosphérique est rapide ou que sa taille est grande. C'est ce qui se passe lors du passage d'un cyclone ou d'une dépression ;

il existe aussi des fluctuations de pression de dimension hémisphérique et de période voisine de cinq jours, appelées oscillations de Madden-Julian, avec lesquelles l'océan n'est pas en équilibre. En pratique, en plein océan, il s'avère difficile de détecter un écart statistiquement significatif à la réaction de baromètre inverse dans les données des satellites altimétriques. En revanche, les régions de faible profondeur comme les bancs de Terre-Neuve ou les mers semifermées comme la Méditerranée ne sont pas en équilibre avec la pression atmosphérique.

## Couche de mélange océanique et stockage thermique saisonnier dans l'océan de surface

Nous avons vu que les courants effectuent un important transport méridien de chaleur. En fait, un autre mécanisme d'intensité comparable se déroule en surface à l'échelle saisonnière ; l'océan stocke de la chaleur en été et la restitue en hiver à l'atmosphère, ce qui adoucit le « climat océanique ». L'amplitude des variations saisonnières des flux de chaleur entre océan et atmosphère peut se comparer à leurs flux d'échange annuels.

Rappelons que les couches de surface de l'océan sont homogènes et forment ce que l'on appelle la couche de mélange océanique (CMO). À la base de cette couche, la température décroît rapidement avec la profondeur ; c'est ce que l'on appelle la thermocline saisonnière. Tous les échanges d'énergie entre océan et atmosphère, aussi bien que ceux des espèces chimiques (comme le carbone), doivent transiter par la CMO. Celle-ci présente de fortes variations géographiques et saisonnières que je vais décrire ici.

La CMO est homogène parce que le vent y crée des cisaillements de courant qui se dissipent en une turbulence verticale intense et un mélange efficace. Avec les saisons, la CMO évolue en réponse aux variations d'intensité du vent et à celles des échanges de chaleur entre océan et atmosphère. Elle est plus turbulente et plus profonde quand le vent est intense. Elle est évidemment plus froide quand l'eau a perdu de la chaleur vers l'atmosphère ; dans ces conditions, la thermocline saisonnière est peu marquée. Au contraire, quand l'eau de surface est chaude, la thermocline saisonnière est stratifiée, donc stable et peu turbulente ; elle est alors peu profonde, car le vent a du mal à mélanger la CMO avec les eaux de subsurface.

Schématiquement, dans l'hémisphère Nord, à nos latitudes, le vent est plus intense en janvier et février et plus faible en juillet et août. La chaleur entrant dans la CMO est celle du Soleil ; celle-ci est minimale en décembre et maximale en juin. En même temps, il y a sans cesse de la chaleur qui sort de la CMO vers l'atmosphère, par rayonnement infrarouge ou évaporation de l'eau ; ce refroidissement est plus fort en janvier, quand le vent est plus fort. En conséquence, la somme du chauffage par le Soleil et du refroidissement vers l'atmosphère change de signe avec les saisons : l'océan de surface se réchauffe de mars à septembre, tant que le flux solaire est plus intense que le refroidissement ; il se refroidit de septembre à mars, parce qu'il perd de la chaleur plus vite qu'il n'est chauffé par le Soleil. Le stock de chaleur atteint son maximum au moment où l'océan commence à se refroidir, c'est-à-dire en septembre.

Une conséquence mesurable par altimétrie satellite est alors que l'océan est plus dilaté et que le niveau de la mer est plus élevé en septembre : on parle de hauteur stérique. Une amplitude saisonnière du flux de chaleur entre l'océan et l'atmosphère de 30 W/m$^2$ se traduit approximativement par une amplitude de 1 cm de la hauteur stérique. Ce signal de dilatation de surface s'ajoute aux variations du niveau de la mer qui résultent des variations saisonnières de la tension du vent. L'amplitude des variations saisonnières de la hauteur stérique est de 6 cm en moyenne dans l'hémisphère Nord et de 4 cm dans l'hémisphère Sud ; cette amplitude est inversement proportionnelle à la surface des océans de chaque hémisphère et traduit simplement le fait que le stockage saisonnier de chaleur est approximativement le même dans les deux hémisphères, mais qu'il se répartit sur une étendue vaste dans l'hémisphère Sud.

L'amplitude du cycle saisonnier de la température et de la profondeur de la CMO dépend de celle des forçages et de la stratification. En Atlantique Nord, sa profondeur passe d'environ 150 m en hiver à 30 m en été aux latitudes subtropicales, mais de 300 à 800 m en hiver à 30 m en été aux latitudes subpolaires ; aux plus hautes latitudes, la colonne d'eau demeure relativement homogène en hiver jusqu'à de grandes profondeurs, par suite de la convection profonde. La variation de température n'est que de 3 à 5°C, car le volume d'eau concerné par le refroidissement est grand. Dans l'océan Pacifique, qui est plus stratifié, la profondeur de la couche de mélange dépasse rarement 150 m, même en hiver ; la température peut alors varier de plus de 6°C avec les saisons. Les maxima d'amplitude des variations saisonnières de température sont rencontrés dans le Gulf Stream et le Kuroshio, où ils dépassent 12°C. Au contraire, l'océan sud est très peu stratifié et la couche de mélange hivernale y est profonde, si bien que l'amplitude saisonnière de température n'y est que de 2°C. À un autre extrême, la CMO du Pacifique tropical ouest peut n'avoir que 15 m d'épaisseur en certaines saisons, mais la variation saisonnière de température s'avère très faible, car le flux de chaleur varie peu avec les saisons.

Il ne faut pas se représenter la thermocline saisonnière comme une barrière : d'autres mécanismes que la turbulence due au vent peuvent y entretenir une diffusion verticale. Par exemple, c'est dans la thermocline que les ondes internes tendent à être les plus intenses et à déferler. Ces ondes sont analogues aux vagues de la surface de la mer mais elles se propagent à l'interface des couches de densités différentes, plutôt qu'entre l'eau et l'air ; elles sont excitées par toutes les perturbations de ces interfaces et, en particulier, par l'interaction des courants ou des marées avec la bathymétrie ; leur déferlement mélange l'eau entre les couches isopycnales. La diffusion dans la thermocline est environ cent fois moins efficace que celle de la CMO, mais elle permet à une partie de la chaleur de la CMO de diffuser vers le fond. Il convient donc de prendre en compte ce terme quand on cherche à faire le bilan du stockage de chaleur saisonnier de l'océan de surface.

Les courants verticaux peuvent aussi remplacer l'eau de surface et affecter la profondeur de la CMO, par exemple en entraînant vers la surface les eaux de la thermocline saisonnière et la chaleur qui y a diffusé. Si l'on suppose que ces courants verticaux sont dominés par le pompage d'Ekman, il s'avère possible de les estimer directement à partir du champ de vent. Rappelons qu'ils sont de l'ordre de 20 m/an, ce qui est significatif par comparaison avec l'épaisseur de la CMO.

La variabilité mésoéchelle affecte aussi la CMO de façon importante. Dans un tourbillon mésoéchelle, les courants horizontaux sont légèrement divergents. Cette divergence induit un transport vertical qui permet de compenser l'apport ou la perte horizontale d'eau. Dans un tourbillon anticyclonique, ce courant vertical se dirige vers la surface, sa vitesse pouvant être nettement supérieure à celle du pompage d'Ekman. En outre, comme l'a montré le Français Patrice Klein, les courants horizontaux mésoéchelles induisent un cisaillement à la base de la CMO qui peut être d'intensité comparable au cisaillement induit par les vents à la surface de l'océan, si bien que la turbulence verticale dépend de la circulation mésoéchelle. La différence de profondeur de la CMO entre un tourbillon cyclonique et un tourbillon anticyclonique peut excéder la dizaine de mètres. Il faut au minimum en tenir compte pour analyser les observations.

Le stockage saisonnier de chaleur est-il local ? On peut se dire que l'eau est sans cesse advectée par les courants horizontaux. Cependant, si l'on étudie ce qui se passe en moyenne sur de grands domaines d'océan (disons, pour fixer les idées, sur des carrés de 1 000 km de côté), ces courants n'ont pas le temps d'entraîner l'eau hors du domaine en une saison ; à cette échelle, on peut alors considérer que le stockage thermique saisonnier est « local ». Ce n'est bien sûr pas vrai dans les zones de courants intenses.

La variation de la profondeur hivernale de la CMO avec la latitude, jointe à l'advection méridienne de l'eau, est cependant au fondement du mécanisme de subduction des isopycnes, tel qu'il a été décrit par l'Anglais John Woods en 1985. Imaginons une colonne d'eau se déplaçant de 45°N vers le sud dans la partie est de l'Atlantique à la vitesse de 1 cm/s (300 km/an). La première année, la CMO atteint la profondeur de 600 m à la fin de l'hiver. La deuxième année, vers 42°N, elle n'a que 300 m de profondeur en cette saison. La partie la plus profonde de la CMO hivernale de la première année n'entre donc plus en contact avec l'atmosphère ; elle forme une couche relativement homogène, qui va être advectée vers le sud en conservant ses propriétés, c'est-à-dire le long d'une couche isopycnale. En 1982, l'Américain Mike McCartney a appelé ces couches d'eaux homogènes du nom d'eaux modales ; on les identifie soit à partir du volume des eaux de propriété isopycnale donnée, car ces couches sont épaisses, soit à partir de leur faible stratification, car elles sont homogènes. Par exemple, en mer des Sargasses, on rencontre les « eaux à 18°C » formées au nord du Gulf Stream ; dans l'Atlantique Nord-Est, des « eaux modales à 12°C » se forment vers 42°N. Dans l'océan sud, on trouve deux types d'eaux modales superposées l'une sur l'autre : dans le cas de l'Atlantique Sud, ce sont des eaux formées à la latitude des courants subtropicaux, de température proche de 11 à 13°C et de salinité égale à 35,2 ups, et des eaux formées à plus hautes latitudes, qui sont plus profondes (vers 400 à 600 m), de température voisine de 4,2°C et de salinité égale à 34,2 ups ; en première approximation, les eaux modales les plus profondes alimentent l'eau antarctique intermédiaire.

L'importance des eaux modales apparaît considérable : ce sont elles qui transportent la chaleur ou les espèces dissoutes de la surface vers les couches de subsurface. En conséquence, une représentation « climatique » de l'océan qui ignorerait le fonctionnement saisonnier de la CMO aurait toutes les chances de mal reproduire les flux nets entre l'océan et l'atmosphère.

## Instabilité du système couplé océan-atmosphère ; cas du phénomène ENSO

Le phénomène ENSO est une instabilité tropicale du système océan-atmosphère. En effet, l'océan et l'atmosphère sont étroitement couplés à ces latitudes, cette idée ayant été émise pour la première fois par J. Bjerknes en 1969. Les vents alizés (vents d'est) entraînent les eaux de surface et créent des courants d'est en ouest, le long de l'équateur. L'approvisionnement de ces courants se fait par remontée d'eau depuis les couches de subsurface, le long des côtes du Pérou ; elles arrivent en surface avec une température de l'ordre de 20°C. Au cours de leur transit vers l'ouest, ces eaux sont constamment chauffées par le Soleil, si bien qu'elles atteignent une température de 28 à 30°C lorsqu'elles arrivent près de l'Indonésie. Dans le même temps, rappelons que la tension du vent sur l'océan maintient une élévation du niveau de la mer d'environ 40 cm à l'ouest (près de l'Indonésie) par rapport à l'est du bassin (près des côtes du Pérou). En outre, comme l'eau est chaude à l'ouest, elle est plus dilatée que l'eau de l'est. Cette élévation est compensée en profondeur par un enfoncement de la thermocline. Enfin, « l'évacuation » de l'eau qui arrive à l'ouest se fait vers le nord en direction du gyre subtropical, par le contre-courant nord-équatorial, vers 5 à 10°N ou par le sous-courant équatorial qui s'écoule dans la thermocline. Rappelons aussi qu'un flux d'eau d'environ 11 Sv passe vers l'océan Indien par les détroits d'Indonésie.

Passons maintenant à l'effet de l'océan sur l'atmosphère ; il se fait surtout par transfert de chaleur latente d'évaporation. Plus une eau est chaude, plus elle s'évapore, si bien que la couverture de nuages atteint par exemple 90 % en Indonésie. Dans l'atmosphère, la libération de chaleur latente de condensation de la vapeur d'eau est une source d'énergie qui y entretient une convection de haute altitude (jusqu'à plus de 10 km). Ce sont les alizés qui alimentent cette convection en air. Par ailleurs, l'intensité des alizés contrôle aussi l'intensité de l'évaporation et donc de la convection. Cet air est ensuite évacué vers l'est en altitude, où il s'assèche et se refroidit. Ainsi, vents alizés, courants et processus thermodynamiques sont-ils fortement reliés entre eux.

Ce système couplé varie avec les saisons car l'apex solaire et les alizés se déplacent en latitude : en première approximation, le courant sud-équatorial ainsi que le contre-courant nord-équatorial s'intensifient en automne, lorsque les alizés du sud-est sont bien établis et disposés à cheval sur l'équateur. Cependant, le système couplé océan-atmosphère du Pacifique tropical varie aussi parce qu'il est instable : le phénomène ENSO est le principal mode d'instabilité.

À partir de données de marégraphes, l'Américain Klaus Wyrtki a montré en 1975 que les ondes équatoriales propageaient zonalement la réponse de l'océan aux sautes de vent. En effet, les ondes de Kelvin baroclines centrées sur l'équateur se propagent vers l'est à une vitesse de 290 km/jour. Par ailleurs, les ondes de Rossby équatoriales, plutôt visibles vers 5°N et 5°S, symétriques ou antisymétriques par rapport à l'équateur, se propagent vers l'ouest à des vitesses d'environ 90 ou 50 km/jour, selon les cas. Ces deux types d'ondes sont piégées près de l'équateur par suite du changement de signe des forces de Coriolis à cette latitude (dans le cas des ondes de Kelvin, l'équateur se comporte comme une frontière, puisque les forces de Coriolis sont nulles et n'entraînent donc pas de composante méridienne du courant pour une onde zonale). Comme ces ondes sont baroclines, l'élévation ou l'enfoncement du niveau de la mer sont associés à des mouvements opposés de la thermocline. On appelle « ondes de *downwelling* » celles qui s'accompagnent d'un enfoncement de la thermocline et « ondes d'*upwelling* » celles de mouvement vertical contraire.

Ces ondes déplacent la chaleur contenue dans les couches de surface de l'océan. Par exemple, à la suite d'une onde de Kelvin de *downwelling*, les eaux chaudes d'Indonésie sont déplacées vers l'est et se retrouvent au centre de Pacifique ; le Français Joël Picaud et ses collègues ont d'ailleurs montré qu'au cours d'un événement ENSO, le déplacement zonal des lignes isothermes de surface était surtout dû à l'advection de l'eau chaude. Dans ces conditions, l'évaporation et la convection atmosphérique ne se font plus en Indonésie mais dans le Pacifique central. En conséquence, les vents s'inversent à l'ouest du bassin, puisque les vents de surface s'écoulent vers les zones de convection atmosphérique. Cette inversion des vents accentue à son tour l'instabilité initiale, et tout le système se déplace encore plus à l'est. On conçoit, d'autre part, que cette instabilité aura tendance à être plus intense lorsque la pente de la thermocline et le stockage de chaleur à l'ouest de l'océan sont les plus grands, c'est-à-dire en automne : en effet, le phénomène ENSO semble bien « verrouillé » sur la variation saisonnière des courants tropicaux.

La modification de la circulation atmosphérique du Pacifique tropical a un impact sur les vents alizés tout autour de la Terre ; elle induit ainsi de fortes sécheresses en Australie, une diminution de l'intensité de la mousson des Indes et une accentuation de la sécheresse en Afrique de l'Est et au Nordeste brésilien. Le climat est aussi perturbé aux plus hautes latitudes, particulièrement en Chine et en Amérique du Nord, mais de façon moins nette. Ces effets climatiques rendent le phénomène particulièrement critique pour l'homme.

En réalité, un événement ENSO n'est pas seulement un ensemble d'anomalies épisodiques : il doit être perçu comme une fluctuation lente de tout le système. En général, une phase anormalement froide succède aux événements chauds ; cette période prend le nom d'El Viejo ou de La Niña. À ces moments-là, les vents alizés sont anormalement intenses et le niveau de la mer s'élève à l'ouest du Pacifique tropical. En 1988, les Américains P. Schopf et M. Suarez ont proposé un mécanisme, appelé « oscillateur retardé », susceptible de créer de telles fluctuations ; ils faisaient essentiellement appel à la propagation des ondes océaniques. Lorsqu'une onde de Kelvin arrive près des côtes du Pérou, une partie de son énergie peut se réfléchir vers l'est sous la forme d'ondes de Rossby équatoriales. Les ondes de Kelvin équatoriales peuvent aussi exciter des ondes de Kelvin se propageant vers le nord et vers le sud le long de la frontière est du bassin ; à plus hautes latitudes, celles-ci peuvent ensuite exciter des ondes de Rossby qui vont traverser les zones subtropicales vers l'ouest. Une fois arrivées à l'ouest du Pacifique, toutes ces ondes de Rossby peuvent se réfléchir à nouveau : elles excitent alors des ondes de Kelvin équatoriales d'*upwelling*, qui ramènent de l'eau froide près de la surface. Le système reviendrait donc vers son état « normal ».

Le mécanisme d'oscillateur retardé a eu beaucoup de succès, car il expliquait à la fois la succession d'événements chauds (El Niño) et froids (El Viejo) et la durée de cette séquence (contrôlée par la vitesse de propagation des ondes de Kelvin et de Rossby). Cependant, les trois événements ENSO les plus récents ont tous eu un déroulement distinct : en 1982-83, l'événement chaud a été très intense mais l'événement froid a été presque inexistant ; en 1986-87, c'est le contraire qui a été observé (c'est d'ailleurs l'événement froid très intense de 1987 qui a attiré l'attention sur cette phase du phénomène) ; en 1992-94, il y eut trois événements chauds successifs, qui n'ont donné lieu à un événement froid intense qu'en 1995. En somme, il n'existe pas d'événement ENSO canonique, en dépit de ce que l'on pensait au début des années 80.

Le système d'ondes paraît en outre très complexe d'après les observations des satellites altimétriques et les données *in situ*. Tout d'abord, au début d'un événement ENSO, le système d'ondes de

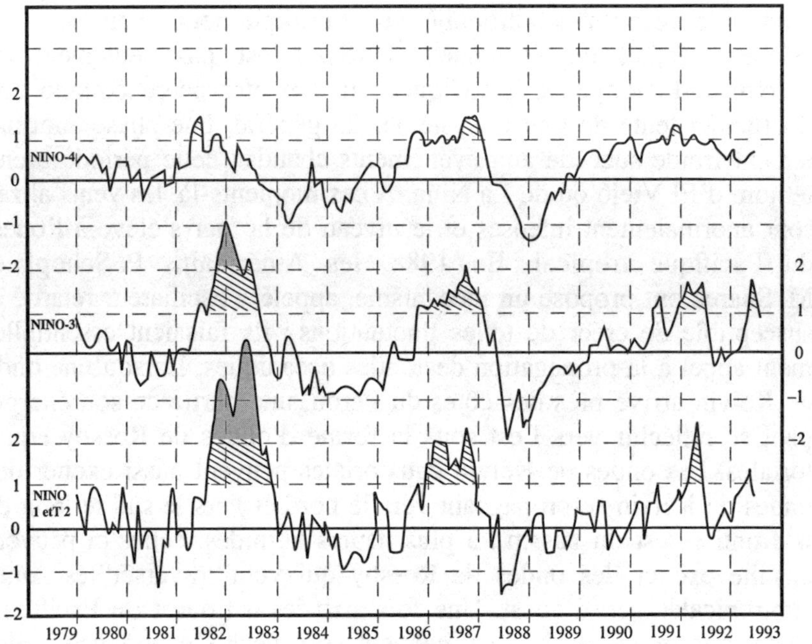


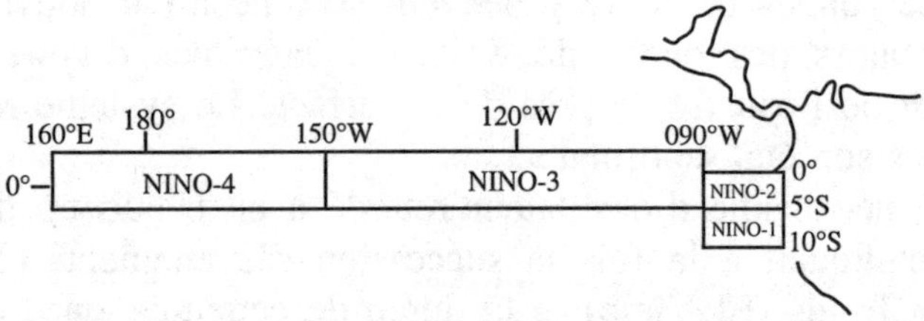


**Évolution de la température de surface de l'océan Pacifique équatorial depuis 1979. L'ordonnée est un écart de température à une moyenne climatologique, exprimé en degrés. Les trois courbes montrent la température dans les zones appelées NINO-1 à NINO-4, de l'ouest vers l'est le long de l'équateur. On remarque des anomalies chaudes de 1 à 4°C, d'une durée de 1 an et se propageant d'ouest en est, en 1982-83, 1986-87 et 1991-92, suivies d'anomalies froides, celle de 1987-88 étant plus marquée. Ces variations interannuelles sont une des signatures du phénomène ENSO.**

Kelvin est constitué de plusieurs ondes successives qui ne parviennent pas toutes aux côtes du Pérou. Il se peut bien sûr qu'elles soient bloquées avant d'arriver, soit parce que les vents alizés sont encore suffisamment forts à l'est pour empêcher les ondes de se propager, soit parce qu'elles arrivent dans une zone où l'épaisseur de la couche d'eau chaude est moins importante qu'à l'ouest ; ce changement de stratification se rencontre vers 130°W et peut en effet gêner la propagation des ondes. Dans ce cas, des ondes de Rossby repartent vers l'ouest à partir de la longitude de blocage. Lorsque plusieurs ondes de Kelvin se succèdent, il semble qu'elles se propagent de plus en plus loin vers l'est, soit parce que les vents alizés faiblissent (peut-être parce que la zone de convection atmosphérique se déplace vers l'est), soit parce que les ondes successives creusent la thermocline et « fraient » le passage pour les suivantes. Lorsqu'une onde de Kelvin arrive jusqu'à la côte, elle se réfléchit bien en ondes de Rossby.

Le système des ondes de Rossby s'avère lui-même complexe. D'une part, certaines peuvent être excitées indépendamment de l'arrivée d'ondes de Kelvin, par exemple sous l'effet de coups de vent à l'est du Pacifique tropical. D'autre part, leur vitesse zonale change avec la longitude : pour les ondes équatoriales, elle passe de 73 cm/s à l'est de 130°W à 90 cm/s à l'ouest ; cela résulte probablement des changements de stratification. En outre, les Français Jean-Philippe Boulanger et Christophe Menkes ont identifié un mélange d'ondes de vitesses variant d'un facteur deux, selon leur structure spatiale méridienne. Ces observations sont bien conformes à la théorie des ondes équatoriales (elles sont d'ailleurs simulées par les modèles numériques les plus réalistes), mais elles impliquent néanmoins que les ondes de Rossby arrivent à l'ouest du bassin dans un grand intervalle de temps. Enfin, leur réflexion à l'ouest du Pacifique n'est pas très efficace, peut-être parce que les îles d'Indonésie constituent un piètre réflecteur.

Même s'il est indéniable que les systèmes d'ondes jouent un rôle important au cours d'un événement ENSO, le mécanisme de l'oscillateur retardé ne semble pas expliquer vraiment le phénomène. Un signal aller-retour de niveau de la mer est bien observé, mais sa vitesse est plus lente que celle des ondes libres ; il correspond plutôt au déplacement de groupes d'ondes excitées par des bouffées successives de vent. Ces sautes de vent pourraient être simplement dues aux instabilités des systèmes convectifs de l'atmosphère dans la zone indonésienne. D'autre part, à l'aide d'un modèle conceptuel couramment utilisé pour décrire le phénomène (développé par les Américains M. Cane et S. Zebiak en 1985), les Français Claire Périgaud et Boris Dewitte ont pu montrer l'importance des eaux relativement froides de l'est du bassin, dont la température serait contrôlée par les échanges verticaux d'eau dans la thermocline et non par les ondes. Tout ceci suggère que ce sont les échanges thermodynamiques et leurs déplacements zonaux qui organisent le système. D'ailleurs, à l'aide du modèle de Cane et de Zebiak, le Français Marc Pontaud a récemment mis en évidence, par des calculs analytiques, que le système couplé présentait des modes d'instabilité spécifiques ; ces modes ont des vitesses de propagation plus lentes que les ondes libres. Bien sûr, ces calculs dépendent des équations du modèle conceptuel, mais ce résultat a le mérite de rappeler que l'océan en interaction avec l'atmosphère ne se comporte pas simplement comme un océan passif en réponse à ses forçages.

Les événements ENSO semblent avoir un impact sur la circulation dans l'océan Atlantique tropical. À cause de sa petite taille, les courants de cet océan varient surtout avec les saisons, en équilibre avec le forçage des alizés. Les campagnes en mer des années 80 et, plus récemment, l'analyse des données altimétriques par la Française Sabine Arnault indiquent pourtant qu'après un événement ENSO, des anomalies de vent près des côtes du Brésil déclenchent des ondes de Kelvin et de Rossby qui modifient l'état de tout le système. Cependant, le Français Jacques Servain a identifié un autre mode de variation spécifique de l'océan Atlantique tropical ; il se traduit par des fluctuations de très basses fréquences des vents et des précipitations anticorrélées de part et d'autre de l'équateur ; ces phénomènes feront l'objet d'observations de longue durée au cours du programme Clivar.

De plus, le phénomène ENSO ne semble pas limité à l'océan Pacifique tropical. D'une part, il affecte aussi l'océan Indien ; en particulier, les Français Michèle Fieux et Robert Molcard ont découvert que l'intensité des flux d'eau qui transitent du Pacifique vers l'océan Indien au travers des détroits d'Indonésie change de 10 à 20 Sv, en temps ordinaire, à 2 Sv en période d'ENSO. D'autre part, il est possible d'observer des variations des gyres subtropicaux qui semblent reliées au phénomène. Elles peuvent prendre plusieurs formes. Tout d'abord, les gyres semblent réagir directement aux modifications des forçages (vents ou flux de chaleur) associées aux événements ENSO. Par exemple, le Japonais Kazunori Akimoto et ses collègues viennent de montrer que le jet initial du Kuroshio, de 17 à 21°N, variait en réponse aux anomalies des vents alizés ; celles-ci modifieraient le pompage d'Ekman à l'intérieur du bassin, et la réponse de l'océan se propagerait jusqu'au courant de frontière ouest par l'intermédiaire d'ondes de Rossby baroclines, identifiables à l'aide des données XBT ; en effet, à cette latitude, ces ondes se propagent rapidement, par suite d'un effet d'accélération par le courant nord-équatorial. Plus au nord, les variations interannuelles du Kuroshio semblent en phase avec celles du jet initial et seraient dues à une advection rapide des anomalies par le courant lui-même. Un deuxième type de réponse des gyres se ferait avec près d'une décennie de retard, à la suite de la propagation d'ondes de Rossby baroclines d'amplitude anormale excitées à l'est du bassin ; ce phénomène a aussi d'ailleurs manifestement lieu vers 20 à 30°S dans l'océan Indien, peut-être par suite des changements de transport dans les détroits d'Indonésie. Enfin, il est possible que les anomalies des gyres subtropicaux et du pompage d'Ekman finissent en retour par modifier la nature des eaux au niveau de l'*upwelling* équatorial et par affecter la circulation tropicale ; les observations ne permettent pas encore de confirmer ce point.

Il faudra donc encore de nombreuses études pour bien comprendre le phénomène ENSO. Malgré sa complexité, le modèle conceptuel de Cane et de Zebiak peut être ajusté pour « coller » à la réalité. Ce modèle possède alors une remarquable capacité de prévision : la corrélation entre les observations de température de surface et les prévisions du modèle restent supérieures à 0,6 jusqu'à vingt mois d'échéance. L'événement ENSO est actuellement le seul phénomène climatique qui puisse être prévu avec une fiabilité raisonnable aussi longtemps à l'avance.

## Fluctuations décennales dans l'océan Atlantique Nord et variations du climat à basses fréquences.

Le long de quelques sections, les observations hydrographiques ont été répétées plusieurs fois depuis le début du siècle. Grâce aux mesures XBT et aux données satellites, on dispose par ailleurs de séquences de cartes de température de surface. Les données de marégraphie des îles du Pacifique permettent aussi de dessiner les changements du niveau de la mer à l'échelle du bassin. Les navires météorologiques (ancrés en quelques points fixes dans les océans Atlantique et Pacifique Nord) ont enfin permis de suivre l'océan entre les années 50 et 80. De toutes ces observations commencent à émerger quelques idées sur les variations à basses fréquences de l'océan.

Par exemple, dans l'Atlantique Nord, les différences de température de surface entre les années 60 et les années 70 (c'est-à-dire les moyennes sur dix ans) sont égales à la moitié du signal saisonnier. À 36°N, la température des cinq cents premiers mètres d'océan était de 1°C plus faible que celle de 1958, tandis qu'elle était d'environ 0,2°C plus chaude entre 500 et 2 000 m de profondeur. Ce réchauffement profond s'est encore accentué de 1981 à 1992. Cela correspond à des différences de stockage de chaleur importantes : pour élever de 1°C la température de 1 000 m d'eau en dix ans, il faut une anomalie moyenne de flux de chaleur de 14 W/m$^2$ pendant toute la période.

Le signal le plus frappant se rencontre dans l'océan Atlantique subpolaire ; rappelons que cette région est proche des principales zones de formation d'eaux profondes de l'océan. Une modification importante de la composition de ces eaux y a eu lieu dans les années 70, que l'on a appelée la « grande anomalie de salinité » : les eaux en provenance de la mer du Labrador étaient nettement moins salées et plus froides qu'auparavant ; le Canadien Allyn Clarke et le Français Jean-Claude Gascard ont notamment montré que la convection profonde hivernale y a été moins intense qu'à d'autres époques. Il semble aussi que des événements analogues ont eu lieu au cours des années 60 en mer du Groenland ; l'océan de surface y était alors plus stratifié par suite d'une baisse de salinité, ce qui a induit un tel refroidissement des eaux de surface que les glaces de mer se sont étendues. D'autres chercheurs ont trouvé que les anomalies de température de surface et des vents étaient corrélées depuis le début du siècle : les vents d'ouest sont plus intenses et décalés vers le nord en période de baisse des températures de surface.

Plus récemment, l'analyse des données des navires météorologiques depuis 1948 a révélé que toutes ces anomalies faisaient partie d'une fluctuation de période voisine de dix à vingt ans, même si la grande anomalie de salinité était particulièrement intense. Le Français Gilles Reverdin et ses collègues ont montré que cette fluctuation était décalée dans le temps, de la mer du Labrador à la mer d'Irlande, suggérant une propagation des anomalies vers l'est ; ces signaux sont intenses en surface (de l'ordre de 1,5°C et 0,2 ups) et décroissent jusqu'à la profondeur de la couche de mélange hivernale. Les anomalies de salinité sont par ailleurs corrélées à des anomalies d'extension des glaces dans les mers arctiques et en baie de Baffin, la salinité étant plus faible quand les glaces de mer sont moins étendues ; en revanche, les anomalies d'extension des glaces de mer ne semblent pas corrélées à celles des vents.

On comprend bien qu'une modification des glaces de mer puisse induire une modification de la salinité, qui affecterait ensuite la température que l'eau doit atteindre en hiver pour que se déclenchent les instabilités convectives. Il semble aussi que la propagation des anomalies se fasse dans l'océan par advection. En revanche il s'avère difficile actuellement de déterminer si ces anomalies de l'océan résultent de variations des forçages (qui pourraient elles-mêmes avoir leur point de départ ailleurs sur Terre, par exemple dans l'océan Pacifique) ou si l'atmosphère répond aux anomalies de l'océan. Mis à part les effets de convection profonde, on ne sait pas non plus si ces anomalies sont associées à des variations des courants. Les modèles numériques de circulation montrent que l'intensité de la circulation thermohaline est très sensible aux variations de la salinité et du bilan E-P. Les modèles de climat produisent aussi des instabilités dans l'océan Atlantique Nord liées au couplage entre océan et atmosphère, mais il est trop tôt pour affirmer qu'elles correspondent à des phénomènes réels.

Ce type de phénomène est important : il démontre que le système climatique peut avoir des fluctuations d'assez grande amplitude à basses fréquences ; d'autre part, ces fluctuations comportent des modifications des conditions météorologiques au-dessus de l'Europe auxquelles la végétation et l'agriculture sont sensibles. Il semble même possible qu'elles puissent prendre une amplitude anormalement grande, voire catastrophique, comme le suggèrent les enregistrements paléoclimatiques (que je ne discuterai pas ici). En effet, Henry Stommel avait indiqué en 1961, à l'aide d'un modèle en boîtes, que la circulation thermohaline pouvait prendre plusieurs formes, selon les forçages de chaleur et d'eau : le refroidissement des eaux de l'Atlantique serait dominé par l'évaporation, qui induirait une augmentation de la salinité, se traduisant elle-même par une augmentation de la circulation thermohaline et donc de l'apport d'eau chaude en surface, ce qui faciliterait l'évaporation. Ce schéma de rétroaction entre la circulation et les flux de chaleur et d'eau douce a été retrouvé à l'aide de modèles numériques à la fin des années 80 ; il pourrait expliquer l'interruption de la formation des eaux profondes en Atlantique Nord à plusieurs reprises depuis la fin de la dernière période glaciaire.

Compte tenu de la complexité et de la durée des fluctuations décennales de l'Atlantique Nord, il faudra, semble-t-il, de nombreuses années avant de les comprendre. Cela nécessitera un suivi de longue durée à l'aide de réseaux d'instruments *in situ*, des cartographies régulières en fonction des observations satellites et une amélioration de la description des processus de glaces de mer et de convection profonde dans les modèles numériques de climat. Comme il faut commencer ces observations dès que possible, les décrire et les comprendre est un des principaux objectifs du programme Clivar.

Ces quelques exemples ont servi à illustrer le fait essentiel que l'océan est un système dynamique fluctuant sur une grande gamme d'échelles de temps et d'espace. Au cours des dernières décennies, la vision des océanographes a profondément changé. D'une part, l'allongement des séries d'observation et l'amélioration de leur couverture permettent d'appréhender les fluctuations à l'échelle des bassins océaniques, les téléconnections du système et les effets de basses fréquences. D'autre part, après s'être intéressés aux fluctuations propres de l'océan et à sa réponse passive aux variations des forçages atmosphériques, les océanographes ont pris conscience que l'océan faisait partie d'un tout et que ses fluctuations n'étaient souvent explicables que dans le cadre du système couplé océan-atmosphère-glaces. Cela n'aurait probablement pas eu lieu sans les progrès technologiques et sans l'organisation internationale des grands programmes de recherche océanographique de la dernière décennie.

# Chapitre V

## TOPEX-POSÉIDON, L'ALTIMÉTRIE SATELLITE ET LA CIRCULATION DES OCÉANS (en collaboration avec Michel Lefebvre)

J'ai plusieurs fois mentionné l'altimétrie satellite comme une technique d'observation des courants. Rappelons d'abord que si l'océan était homogène et au repos, la surface de la mer serait un géoïde. Cependant, les forçages atmosphériques entretiennent des écarts entre le niveau de la mer et le géoïde, que l'on appelle la topographie dynamique. La pente de celle-ci se traduit par des gradients horizontaux de pression, auxquels l'océan réagit par des courants géostrophiques. À l'inverse, si l'on connaît la latitude, la hauteur et la forme du niveau de la mer, on peut calculer la trajectoire et la vitesse des courants. Le principe de base de l'altimétrie satellite s'avère très simple : il s'agit de mesurer le niveau de la mer pour en déduire les courants géostrophiques de surface. La difficulté vient de ce que la topographie dynamique va de quelques centimètres au mètre d'élévation, si bien que les mesures doivent être très précises. La technique a atteint sa maturité et la précision requise depuis le lancement du satellite franco-américain Topex-Poséidon (T-P) en 1992.

J'ai signalé que les données altimétriques ont été utiles à l'étude de la variabilité mésoéchelle, de la propagation des ondes de Rossby, de l'effet de baromètre inverse, du signal saisonnier de hauteur stérique ou du phénomène ENSO. Ces données sont aussi utilisées pour contraindre les modèles numériques de circulation des océans, pour suivre les variations du niveau moyen de la mer ou pour cartographier la topographie des calottes polaires, dont je parlerai plus loin. Dans ce chapitre, j'introduis trois autres résultats : l'analyse du géoïde et des effets géodésiques de l'océan, la cartographie de la topographie dynamique absolue et celle des marées océaniques. Après une description de la technique altimétrique, je proposerai un bref survol de ces résultats, puis décrirai l'histoire de la technique et du projet Topex-Poséidon.

## Aspects techniques de la mesure altimétrique

Un satellite altimétrique est un système de mesure composé d'au moins trois éléments : un altimètre bifréquence, un système d'orbitographie et un radiomètre micro-ondes. Le niveau de la mer est déterminé par la différence entre, d'une part, l'altitude du satellite au-dessus de la Terre et, d'autre part, la distance du satellite à la surface de la mer.

L'altimètre est un radar qui mesure la distance entre le satellite et la surface de la mer, à partir de la durée du trajet aller et retour de son signal. Il faut atteindre une précision de quelques centimètres, alors que le satellite vole vers 800 ou 1 300 km d'altitude, selon les cas. L'altimètre doit donc être très précis. Le radar émet des impulsions de fréquence 13 GHz (gigahertz) à un rythme de 1 000 à 4 000 Hz (hertz) ; leurs échos sont moyennés par paquets, puis analysés pour en déduire la mesure de distance à la fréquence de 1 Hz. Comme le satellite se déplace le long de son orbite à une vitesse de 7 km/s, un altimètre fournit donc la hauteur de la mer tous les 7 km le long de sa trace. Dans le cas de Topex-Poséidon, l'orbite se répète par cycles de dix jours, cinq cent mille mesures étant effectuées au-dessus de l'océan pendant chaque cycle. La distance entre les traces du satellite est de 340 km à l'équateur et décroît avec la latitude. L'inclinaison de l'orbite est de 66°, de sorte que 94 % de la surface de l'océan peut être observée.

Pour que la mesure de hauteur soit précise, il faut d'une part que la direction de visée du radar soit connue ; en pratique, on contrôle l'altitude du satellite à une précision de 0,1°. D'autre part, il faut corriger les perturbations de l'ionosphère et de l'atmosphère sur la propagation des impulsions radars. La diffusion du signal radar par les électrons de l'ionosphère allonge la distance apparente de 2 à 30 cm ; comme cette perturbation dépend de la fréquence du signal radar, il est possible de l'estimer à partir des mesures de hauteur faites à deux fréquences différentes. La vapeur d'eau de l'atmosphère retarde le signal radar ; le satellite embarque aussi un radiomètre « micro-ondes » pour mesurer cet effet (à la fréquence de 22 GHz, la vapeur d'eau absorbe une partie du signal émis naturel-

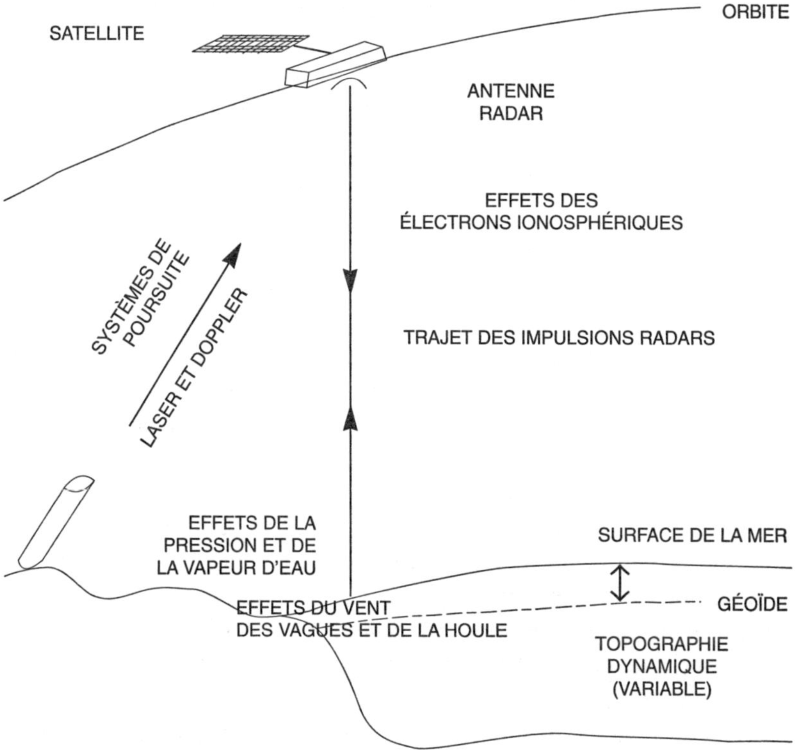


PRINCIPE DE LA MESURE D'ALTIMÉTRIE SATELLITE

lement par l'océan, ce qui permet d'évaluer sa quantité intégrée sur la trajectoire du signal radar) ; la correction vaut de 10 à 40 cm et peut être connue à 2 cm près. L'oxygène et l'azote de l'air retardent aussi le signal radar ; cette correction vaut 2,3 m en moyenne et peut être déterminée avec une très bonne précision à partir de la pression atmosphérique. Après corrections, le bruit de mesure était de l'ordre de 3 à 4 cm pour l'altimètre du satellite Geosat de la marine américaine, qui a fourni des données de 1984 à 1989, ou pour ceux des satellites ERS de l'Agence spatiale européenne (ASE), qui fonctionnent depuis 1991. Dans le cas de Topex-Poséidon, tout a été optimisé pour réduire cette erreur de mesure : c'est un bruit de 2 à 3 cm. Par ailleurs, toutes les composantes du système de mesure sont surveillées de façon à assurer une stabilité à long terme des données.

C'est bien le niveau de la mer que mesure l'altimètre, car l'empreinte du radar à la surface a un diamètre d'environ 7 km : l'effet des vagues est moyenné. En fait, comme le signal radar provenant de la crête des vagues arrive un peu plus tôt que celui qui provient du creux de celles-ci, on peut aussi déterminer « l'état de la mer », c'est-à-dire la hauteur caractéristique des vagues (celles qui sont entraînées par le vent local aussi bien que la houle qui se propage en provenance d'autres régions de l'océan). Cependant, comme les crêtes des vagues diffusent plus le signal radar que les creux, la mesure du niveau de la mer est affectée d'un « biais d'état de mer », qui dépend de la hauteur des vagues et de la vitesse du vent. Comme la physique des états de mer est complexe, ce biais est estimé de façon empirique et constitue actuellement la principale incertitude des mesures altimétriques.

Les systèmes d'orbitographie permettent de savoir où est le satellite. Topex-Poséidon embarque d'une part un système « laser » : ainsi, il est visé par un réseau mondial de lasers, dont les signaux sont réfléchis par une couronne de miroirs situés autour de l'antenne du radar ; cela permet de déterminer la distance entre le satellite et les stations lasers à une précision centimétrique, mais seulement pendant 10 % du temps, car le nombre des lasers utilisables est très petit. Les autres systèmes sont des systèmes « Doppler » : des signaux radio sont envoyés vers Topex-Poséidon depuis d'autres satellites ou depuis un réseau de balises au sol ; la vitesse du satellite dans la direction de visée est déterminée par effet Doppler ; les balises émettent des signaux à deux fréquences différentes pour permettre la correction des effets de propagation dans l'ionosphère. Avec le système français Doris, une précision de 0,3 mm/s est atteinte, alors que le satellite se déplace à 7 km/s. Comme il y a près de cinquante balises réparties sur toute la Terre, le satellite est en visibilité d'au moins une balise pendant 85 % du temps.

Ces données de poursuite sont utilisées pour ajuster un calcul dynamique de l'orbite, qui tient compte des forces de gravité (Terre, Lune et Soleil, mais aussi effets des marées terrestres et océaniques), de la friction du satellite sur l'atmosphère, des pressions de radiation (provenant du Soleil, de la Terre ou du satellite), des mouvements propres du satellite et même des effets relativistes (qui jouent au niveau de quelques millimètres de distance radiale du satellite). Il faut bien sûr savoir où sont les balises de poursuite à une précision centimétrique et, pour cela, tenir compte de leurs déplacements par rapport au centre de masse de la Terre (mouvement du pôle, déplacements tectoniques, marées terrestres, effets de charge des marées océaniques, etc.). Topex-Poséidon a été placé assez haut (1 336 km d'altitude) de façon à ce que son orbite puisse être calculée très précisément : d'une part, les balises de poursuite le voient longtemps dans le ciel ; d'autre part, l'orbite est peu sensible aux anomalies du champ de gravité de la Terre ou aux effets de traînée atmosphérique. Les calculs d'orbite indépendants et effectués à partir de données de poursuite distinctes sont maintenant en accord à 2 à 3 cm près pour ce qui est de la distance entre Topex-Poséidon et le centre de la Terre.

Notons, enfin, qu'il faut pouvoir relier la position du centre de masse du satellite, qui est connue par le calcul d'orbite, et celle du centre de l'antenne, où est déterminée la mesure de hauteur ; pour cela, il faut connaître les mouvements propres du satellite dans l'espace (tangage et roulis) ainsi que ses déformations (mouvements des panneaux solaires, par exemple). Des senseurs stellaires et un modèle dynamique des mouvements du satellite permettent ce calcul avec une précision de quelques millimètres.

Comme pour tout paramètre physique, il est sage de vérifier que les mesures sont fiables par comparaison avec des données indépendantes. Dans le cas de Topex-Poséidon, deux sites d'étalonnage ont été mis en place : l'un est installé sur l'île de Lampedusa en Méditerranée, l'autre sur une plate-forme pétrolière près des côtes de Californie. Le niveau de la mer y est déterminé par des marégraphes et des mesures géodésiques ; on utilise pour cela des bouées ou des plates-formes équipées de balises GPS (*Global Positioning System*), dont la précision est centimétrique. On mesure ensuite la distance entre le satellite et ces bouées à l'aide de lasers. On vérifie enfin les effets de propagation à l'aide d'instruments déployés au sol et visant vers le satellite. Les mesures montrent un biais de 1 à plus ou moins

3 cm. L'incertitude est surtout due au nombre de mesures d'étalonnage : ce nombre est peu élevé car il faut attendre, tous les dix jours au mieux, que le satellite passe au-dessus des sites d'étalonnage par beau temps.

## Quelques commentaires sur le géoïde marin

De manière générale, un système altimétrique est d'abord un outil géodésique : il aide à mieux mesurer la forme de la Terre, son champ de gravité et la position des stations de poursuite. On trouve une excellente description de ces questions dans le livre d'Anny Cazenave et Kurt Feigl sur *Les Formes et les mouvements de la Terre*.

Les mesures de niveau de la mer ont en premier lieu été utiles à l'étude de la Terre et particulièrement à celle du géoïde : on parle de géoïdes altimétriques pour distinguer ceux que l'on cartographie ainsi de ceux que l'on calcule à partir des données de gravimétrie. (En réalité, il s'agit plutôt d'un niveau moyen de la mer, car il n'est pas possible de distinguer le géoïde de la topographie dynamique à partir des seules mesures altimétriques ; cependant, l'amplitude maximale des signaux du géoïde est de l'ordre de 100 m, contre 1 m pour la topographie dynamique, ce qui fait que la distinction est souvent considérée comme minime.) Dès les premières données du satellite GEOS-3, en 1975, les mesures altimétriques ont donc permis de cartographier le géoïde. L'apport de Topex-Poséidon réside dans sa précision : ses données servent de référence, sur laquelle on peut ajuster les données des autres satellites. En particulier, en 1994 et 1995, le satellite ERS-1 a été placé sur une orbite dite « géodésique », telle que toute la Terre a été couverte en trois cent soixante-six jours. On dispose donc d'un point de mesure tous les 7 km, à la fois le long de la trace du satellite et entre ses traces. En mélangeant les données des deux satellites, plusieurs équipes dont celle de la Française Anny Cazenave ont pu construire des géoïdes altimétriques à la fois précis (grâce à Topex-Poséidon) et d'excellente couverture (grâce à ERS-1). Jusqu'alors, seule la marine des États-Unis disposait d'un géoïde de haute résolution spatiale, classifié et construit en 1984 et en 1985 à partir des données du satellite militaire Geosat. (Bien sûr, à la suite des observations du satellite européen, les États-Unis ont mis les données de Geosat à disposition de tous ; même si elles sont nettement moins précises que celles de ERS-1, ces données améliorent les cartes de géoïde, dans la mesure où le nombre des points de mesures augmente considérablement.)

Le géoïde est une représentation du champ de gravité de la Terre, qui est donc précisément connu au-dessus des océans. On y voit la signature de très nombreux phénomènes tectoniques ou de convection provenant de la lithosphère ou du manteau de la Terre. Les nouveaux géoïdes permettent en particulier de détecter des signaux de très faibles amplitudes (quelques décimètres) et de toutes petites échelles (une vingtaine de kilomètres), associés notamment à l'activité magmatique le long des dorsales médio-océaniques.

Les mesures de Topex-Poséidon ont aussi fourni un résultat géophysique inattendu : des variations saisonnières de la durée du jour d'environ $\pm$ 5 à 10 μs (microsecondes) peuvent apparemment être dues aux variations saisonnières des courants. En effet, la durée du jour varie d'environ $\pm$ 90 μs à l'échelle saisonnière, par suite de transferts de masse et de moments d'inertie entre les différentes enveloppes de la Terre. Par exemple, quand les vents ou les courants augmentent d'intensité vers l'ouest, la Terre doit tourner moins vite. On sait mesurer ces variations de la durée du jour et aussi calculer l'effet du vent. Il y avait une différence entre les deux valeurs que l'on attribuait à l'effet des courants. Les données de Topex-Poséidon suggèrent que c'est bien ce qui se passe.

## Le signal absolu de topographie dynamique

Les géophysiciens calculent régulièrement des géoïdes gravimétriques à partir de toutes les mesures de champ de pesanteur et de perturbations d'orbite des satellites (c'est-à-dire les écarts entre les orbites calculées et les observations de poursuite, qui sont principalement dus aux défauts des modèles de gravité ; l'estimation des perturbations d'orbite permet donc d'améliorer le champ de pesanteur). La différence entre le niveau de la mer et ces géoïdes indépendants de l'altimétrie correspond au signal absolu de topographie dynamique. On a donc pu cartographier celle-ci dès que le premier cycle de données de Topex-Poséidon a été disponible. Qualitativement, le résultat est tout à fait satisfaisant : on repère facilement des bosses de 50 à 150 cm d'amplitude, calées près des frontières ouest de chaque bassin océanique et autour desquelles tournent les gyres anticycloniques subtropicaux. Le long de l'équateur, dans les océans Pacifique et Atlantique, le niveau de la mer est plus élevé à l'ouest qu'à l'est des bassins, comme l'on s'y attend. Il est plus élevé de

50 cm dans l'océan Pacifique que dans l'Atlantique, ce qui résulte surtout de la salinité (et donc de la densité) plus élevée de ce dernier. De même, le niveau de la mer est plus bas en Méditerranée qu'en Atlantique car celle-là est plus salée que celui-ci.

Le courant antarctique circumpolaire coule vers l'est, le long d'une dénivellation nord-sud de 1,5 m de hauteur. En principe, quand les courants sont baroclines, il est possible de les estimer par hydrographie et donc de construire une topographie dynamique de surface, ce qui a été établi à partir de toutes les données hydrographiques existantes. Le long du courant antarctique circumpolaire, la pente de la topographie dynamique déduite des données de Topex-Poséidon a une dénivellation plus grande de 40 cm que celle déduite de l'hydrographie. Cet écart est interprétable en termes de courant barotrope, puisque cette composante est absente du calcul hydrographique tout en étant présente dans le niveau de la mer altimétrique. La proportion de 30 % de transport barotrope est conforme à ce qui avait été mesuré par courantométrie dans le passage de Drake ; l'altimétrie permet de déterminer cette proportion tout autour du continent Antarctique.

Est-il possible de généraliser ce résultat ? Autrement dit, peut-on utiliser les courants de surface estimés par altimétrie comme référence pour le calcul des courants relatifs déduits de l'hydrographie ? Une dénivellation de 1 cm du niveau de la mer est équivalente à un transport barotrope de 7 Sv, quand la profondeur de l'eau est de 5 000 m (ce résultat est indépendant de la distance sur laquelle se fait la dénivellation). Pour un courant de 200 km de large, c'est aussi équivalent à une précision de l'ordre de 0,7 cm/s sur la vitesse des courants barotropes. Or on sait que les courants profonds moyens sont en général plus faibles que 1 cm/s : la précision de l'altimétrie demeure donc insuffisante pour calculer les courants moyens profonds de l'océan (ce n'est en revanche pas vrai des courants instantanés, qui sont beaucoup plus intenses ; d'autre part, les données altimétriques donnent des informations irremplaçables sur les courants baroclines de surface, compte tenu de la couverture des observations). Plusieurs études récentes ont par ailleurs cherché à calculer quel serait l'impact d'une topographie dynamique absolue de précision centimétrique sur le calcul des flux de chaleur méridiens dans l'océan, alors que l'on sait déjà faire ce calcul à partir des données hydrographiques par méthode inverse : leur erreur serait réduite d'un facteur deux dans un grand océan comme le Pacifique mais de seulement 10 % dans l'océan Atlantique.

Les géoïdes gravimétriques restent néanmoins trop mal connus pour la plupart des besoins de l'océanographie : leur précision est de l'ordre de 50 cm pour les grandes longueurs d'onde (plus de 1 000 km) et encore moins bonne pour les plus courtes longueurs d'onde. Pour améliorer cette situation, la seule méthode réaliste consisterait à lancer un satellite gravimétrique à basse altitude (soit 200 à 300 km), qui mesurerait l'accélération de la pesanteur à l'altitude du satellite ; ce serait techniquement tout à fait réalisable puisqu'un accéléromètre de démonstration, appelé Cactus, a déjà été lancé par le CNES (Centre national d'études spatiales) en mai 1975. Une première mission gravimétrique, appelée Champ, est actuellement prévue par l'Allemagne et par la France pour 1999 ; la précision du géoïde devrait être meilleure que 5 cm aux longueurs d'onde supérieures à 300 km ; c'est une amélioration considérable (importante pour les études de géodésie et de géophysique), mais insuffisante pour les besoins de l'océanographie. Cependant, l'ASE et la NASA (*National Aeronautics and Space Administration*) étudient différents concepts de mission gravimétrique depuis plus de quinze ans, dont la précision serait centimétrique aux longueurs d'onde supérieures à 200 km ; il faut espérer que l'une d'elles se fera un jour.

## L'altimétrie et les marées océaniques

Il est beaucoup plus facile de déterminer les variations des courants que les courants absolus. Les orbites des satellites altimétriques se répètent en effet régulièrement, de sorte qu'il est facile de suivre les variations du niveau de la mer par différence, même si on ne connaît pas le géoïde. La précision sur les variations du niveau de la mer dépend de la précision des mesures altimétriques : dans le cas de Topex-Poséidon, la précision instantanée locale est de 3 à 4 cm ; en moyenne mensuelle sur un carré de 1 000 km de côté, elle est de l'ordre du centimètre ; pour le niveau moyen de la mer sur dix jours, elle est de 3 mm, car les erreurs se réduisent avec le nombre des points de mesure.

L'amplitude des ondes de marée atteint 60 cm en plein océan, si bien que les marées océaniques sont la principale cause de variation du niveau de la mer. L'orbite de Topex-Poséidon se répète tous les dix jours (en fait 9,916 jours) avec une précision de plus ou moins 1 km. Par effet stroboscopique entre la période de répétitivité de l'orbite du satellite et celle des marées, les différentes ondes de marée apparaissent comme autant de signaux de basses fréquences du niveau de la mer. Par exemple, l'onde lunaire semi-diurne M2, de période 12,42 heures, apparaît à une fréquence de soixante-deux jours. En fait, l'orbite a été choisie de façon à séparer au mieux le signal des marées océaniques de celui des courants.

Compte tenu de sa couverture et de sa précision, Topex-Poséidon constitue le meilleur système d'observation des marées jamais élaboré. En préparation du lancement du satellite, un modèle dynamique a été développé par le Français Christian Le Provost et ses collaborateurs ; en lui-même, ce modèle est déjà très réaliste car il prend en compte le détail des côtes et de la bathymétrie à une résolution de quelques kilomètres, la friction des courants de marée sur le fond ou les interactions non linéaires principales entre les différentes ondes de marée. Chaque onde est excitée par son potentiel gravitationnel, corrigé de l'autoattraction liée au déplacement de masse d'eau qui lui est associé. L'amplitude des ondes et le potentiel sont aussi corrigés de l'effet de charge, qui traduit la réponse de la lithosphère à la charge de l'onde de marée ; cette réponse a été calculée pour la première fois par intégration d'un modèle global de réponse élastique de la croûte terrestre à la charge des marées par le Belge Olivier Francis et le Français Pierre Mazzega. Dans la plupart des détroits, le modèle de marées a été contraint de suivre les données des marégraphes. En outre, il a été ajusté aux nouvelles observations de plein océan fournies par Topex-Poséidon. Ce modèle atteint maintenant une précision de l'ordre de 2,5 cm pour l'onde de marée M2 (écart type par rapport à un ensemble d'environ quatre-vingts stations marégraphiques réparties sur tout l'océan) ; la précision est encore meilleure pour les autres ondes, qui sont de plus faible amplitude.

C'est une amélioration considérable, de l'ordre d'un facteur deux à quatre, par rapport aux modèles antérieurs. D'une part, il fallait être capable de soustraire le signal des marées aux mesures altimétriques pour analyser les autres signaux océanographiques. D'autre part, il reste au moins une grande inconnue au problème des marées : on ne sait pas où se dissipe leur énergie. Cette dissipation n'est pas un phénomène anodin, puisqu'elle vaut $2{,}5.10^{12}$ W pour la principale onde de marée et qu'elle se traduit par un ralentissement progressif de la rotation de la Terre (ou, ce qui est équivalent, par un allongement de la durée du jour) et par un éloignement séculaire mesurable de la Lune.

Pour la première fois, la qualité du modèle permet de calculer la distribution de cette dissipation avec une précision raisonnable. Il faut rappeler d'abord que l'attraction de la Lune ou celle du Soleil peuvent parfois jouer contre les marées. En effet, comme les ondes de marée se propagent autour des bassins océaniques (en environ douze heures pour les ondes semi-diurnes), il existe des régions où leur amplitude est minimale alors que l'attraction est maximale. Le modèle montre ensuite que le reste de l'énergie semble surtout se dissiper près des côtes (là où la mer est peu profonde et les courants de marée sont rapides, comme l'on pouvait s'y attendre) et dans l'océan Atlantique Nord (antérieurement, il était souvent affirmé que cette énergie des marées se dissipait près du détroit de Behring ou par interaction avec les glaces antarctiques). En réalité, une partie de cette énergie se dissipe sous la forme d'ondes internes, dans une proportion très mal connue ; d'autre part, les périodes des marées changent un peu avec le temps ; les modèles actuels ne décrivent pas ces effets et peuvent encore être améliorés.

## Des origines de l'altimétrie satellite

Comme n'importe quelle technique de la physique, les mesures altimétriques n'ont pas atteint l'extraordinaire précision de Topex-Poséidon en un jour. L'idée de mesurer la hauteur de la mer à partir d'un satellite altimétrique semble avoir été proposée pour la première fois en 1965 par l'Américain William von Arx et ses collègues, lors d'un colloque d'astronautique à Athènes. C'est en août 1969, à Williamstown dans le Massachusetts, que l'idée prit de l'ampleur. Ce colloque résultait des premières études de géodésie spatiale de la NASA ; à partir de 1964, celle-ci avait développé un système géodésique de référence unifiée de la Terre de précision égale à 10 m ; en 1968, il devenait apparent que des précisions de 1 m à 10 cm étaient accessibles. Le colloque de Williamstown, sponsorisé par la NASA, a exploré « les contributions possibles de mesures précises de position, de vitesse et d'accélération depuis l'espace, à la solution de problèmes de géophysique et d'océanographie physique ». L'ensemble des techniques de la géodésie spatiale ont été analysées, dont l'altimétrie et les méthodes de poursuite et de positionnement laser et Doppler.

Le groupe de travail sur l'océanographie était présidé par von Arx, qui travaillait alors à l'Institut océanographique de Woods Hole. Les conclusions du colloque ont indiqué que l'altimétrie permettait d'atteindre des objectifs géodésiques, géophysiques et océanographiques : le niveau moyen de la mer fut d'abord considéré comme une approximation du géoïde ; la différence entre le niveau de la mer et le géoïde devait fournir des informations sur la dynamique et les transports des océans (« courants, marées, effet de la pression atmosphérique, tsunamis éventuellement ») et, en particulier, une mesure des courants barotropes ; la variation du niveau de la mer devait permettre de déterminer les marées océaniques ; les effets des vagues et de la rugosité de surface de la mer sur l'intensité de l'écho radar devaient être étudiés. L'objectif de précision était de 10 cm, ce qui aurait permis « de calculer les courants à toutes les profondeurs dans l'océan à une précision de 20 %, là où des données hydrographiques étaient disponibles ». Les problèmes de propagation dans l'atmosphère et de réflexion à la surface furent discutés, le cas de l'humidité étant considéré comme le plus difficile et nécessitant des données supplémentaires.

Presque tout fut envisagé en ce qui concerne le potentiel de la technique. L'impact de la récente révolution de la tectonique des plaques fut longuement rappelé par le groupe de travail sur les problèmes de géophysique : le géoïde altimétrique apparut comme une source d'informations importante pour les problèmes de tectonique et de convection dans le manteau. En revanche, en océanographie, les variations des courants ne furent pratiquement pas mentionnées ; en fait, certains proposèrent d'estimer la diffusivité horizontale à l'aide de bouées dérivantes positionnées par satellite (cette proposition donnera naissance au système Argos). Plus encore, à ce moment, la propagation de l'erreur de mesure sur celles des courants en profondeur demeurait mal comprise (ce problème n'a été traité rigoureusement qu'en 1996), et tous les aspects techniques de la mesure restaient à maîtriser.

Quatre Français participèrent au colloque de Williamstown, dont Jean-Claude Husson, qui devint plus tard directeur du Centre spatial de Toulouse, puis directeur d'Alcatel-Espace, et aura, à chaque fois, l'occasion d'apporter son soutien au développement des satellites altimétriques. Très rapidement, deux projets furent mis à l'étude ; d'une part, les Américains préparèrent le projet GEOS-C, dont le prérapport avait été présenté en 1968 ; en parallèle, les géodésiens du CNES envisagèrent le projet Dorade, dont le rapport est daté de 1969.

La proposition Dorade, écrite par Georges Balmino et Gérard Brachet, décrivait un satellite stabilisé par gradient de gravité à une précision de 0,5° (ce système sera utilisé pour Seasat et Geosat), volant sur une orbite de 800 à 1 000 km d'altitude et d'inclinaison élevée (une inclinaison de 20° seulement était prévue pour GEOS-C). Ce satellite devait emporter un altimètre émettant des impulsions de fréquence 7 à 10 GHz (tous les altimètres qui ont volé ont travaillé vers 13 GHz) et de précision de mesure de 2 m (contre 30 cm pour GEOS-C), un système d'étalonnage par laser et un système d'orbitographie combinant poursuite laser (dix à quinze stations) et Doppler (à l'aide du réseau militaire américain Tranet) ; un enregistrement des données à bord permettait de couvrir toute la Terre (le préprojet de GEOS-C ne prévoyait pas d'enregistrement à bord, et le satellite était destiné à l'étude de la zone des Caraïbes). Mis à part les problèmes de correction de propagation dans l'atmosphère et l'ionosphère, qui n'étaient pas critiques à la précision recherchée, tous les aspects de la mesure étaient discutés. Ce n'est pas étonnant, puisque le projet s'appuyait sur l'expérience du CNES en géodésie : démonstration du principe de la mesure de poursuite Doppler avec le satellite D1-A (appelé Diapason) en 1966, première expérience de poursuite et de triangulation laser avec les satellites D1-C et D1-D (appelés Diadème) en 1967, études sur la localisation et la transmission de données qui aboutirent à l'expérience Éole en 1971.

Finalement, Dorade fut abandonné car les Américains avançaient dans leur projet GEOS-C, tandis que le développement des fusées Diamant fut interrompu par le CNES. Les géodésiens du CNES ont cependant continué à étudier les problèmes de poursuite par laser, avec le lancement du satellite Péole et la réalisation de l'expérience Isagex (*International Satellite Geodetic Experiment*) en 1971, puis d'un satellite appelé Starlette en février 1975 : ce satellite est constitué d'une boule d'uranium incrustée de miroirs qui réfléchissent les impulsions lasers (il a donc une durée de vie qui se compte en milliers d'années) ; des deux côtés de l'Atlantique, les données de ce type ont permis d'améliorer les calculs de champ de gravité, ce qui est nécessaire au calcul d'orbite précis des satellites altimétriques ; c'est d'ailleurs un travail qui se poursuit encore aujourd'hui.

Côté américain, un test de l'altimètre a eu lieu en 1973 à bord de Skylab. GEOS-C (dorénavant devenu GEOS-3) a été lancé en 1975, à une altitude de 840 km et une inclinaison d'orbite de 68°. En 1974, la NASA avait sélectionné un ensemble d'investigateurs principaux (PI dans le jargon des techniques spatiales) pour l'utilisation des données, dont les géodésiens français. Cependant, les militaires américains obtinrent que l'ensemble du satellite soit considéré comme « classifié » et firent rompre les accords entre la NASA et l'ensemble des PI ; on imagine aisément les réactions des scientifiques. Les données ne furent accessibles, très difficilement, que deux ans plus tard.

Le réseau de poursuite Doppler de GEOS-3 était associé au système militaire Tranet, dont la répartition géographique était alors non homogène (il s'agissait en fait de récepteurs Doppler particuliers, dont les fréquences étaient légèrement différentes de celles du réseau militaire, mais qui étaient installées sur les mêmes sites que ces dernières et qui étaient gérées par les militaires américains). De plus, comme GEOS-3 ne disposait pas d'enregistreur à bord, il ne pouvait fournir des mesures qu'à proximité de stations d'écoute du satellite. Les ingénieurs du CNES, sous la responsabilité de François Nouël, proposèrent donc à la *Defence Mapping Agency* (DMA) d'installer des balises de poursuite et des stations de réception, successivement, à Kerguelen, à Tahiti, en Guyane et à Dakar ; ils obtinrent l'accord de la DMA, à la condition expresse que la NASA ne soit pas impliquée. En outre, les balises étaient entretenues par des militaires américains ; à Tahiti, cela posa un problème à la Marine nationale française quand elle l'apprit, si bien qu'il fallut les renvoyer et former des techniciens français pour les remplacer. En échange, les Français obtinrent un accès aux données.

Rappelons ici que l'on était alors en pleine guerre froide et que les militaires cherchaient toujours à préserver leur avance technologique en imposant un caractère confidentiel à de nombreuses nouveautés ; cet intérêt des marines militaires de tous les pays pour les données altimétriques se vérifie encore aujourd'hui, et le problème de la confidentialité des données restera sous-jacent jusqu'après le lancement des satellites ERS par l'Europe. D'ailleurs, au cours des années 80, les militaires soviétiques ont lancé un satellite altimétrique de précision proche de celle de GEOS-3, destiné à la cartographie du géoïde dans les mers arctiques.

Certes, les mesures de GEOS-3 n'avaient pas une précision extraordinaire : l'orbite avait une erreur radiale de l'ordre de 5 à 10 m tandis que la mesure altimétrique montrait un bruit de 20 à 30 cm. En effet, le système de poursuite avait une précision d'environ 3 mm/s (soit dix fois moins bonne que celle de Doris) et surtout émettait à des fréquences de 162 et 324 MHz (au lieu de 400 MHz et 2 GHz pour Doris), ce qui laissait de grosses erreurs dues aux effets de l'ionosphère sur le signal radio. D'autre part, les corrections de propagation dans l'atmosphère demeuraient insuffisantes. Cependant, ces données auront montré que le géoïde marin présentait de fortes anomalies reliées à la tectonique. Tandis que l'Américain Jim Marsh étudiait par exemple la région des Bermudes, Georges Balmino et l'équipe de géodésie du CNES produisaient la première carte du géoïde au voisinage de Kerguelen puis de tout l'océan Atlantique

Sud. Ces données ont aussi démontré que l'altimétrie satellite pouvait aider à cartographier la topographie des calottes polaires. GEOS-3 a fourni des données éparses jusqu'en 1978 ; il a aussi ouvert la voie au satellite Seasat.

Considéré avec le recul, Seasat correspondait à une étonnante ambition : il associait la plupart des instruments d'observation de l'océan (radiomètres infrarouges et micro-ondes, altimètre, diffusiomètre et SAR, instruments qui seront décrits au chapitre VI), alors que l'expérience sur chacun d'eux était limitée. Un premier bilan a été fait lors d'un colloque d'océanographie spatiale organisé à Venise par le Canadien Jim Gower et l'Italienne Paola Rizzoli en 1980 : même s'il n'a fonctionné que trois mois entre juillet et octobre 1978 (par suite d'une panne électronique), Seasat a confirmé le potentiel de toutes les techniques pour l'étude de l'océan. En ce qui concerne l'altimétrie, le bruit de mesure était de 8 cm ; toutes les corrections de propagation ont été appliquées et validées. Seasat était poursuivi par le réseau Tranet et des lasers : son orbite atteindra finalement la précision de 1 m, après bien des retraitements. L'orbite initiale (à 798 km d'altitude et 72° d'inclinaison) se répétait approximativement tous les dix-sept jours si bien que Seasat a permis de calculer le premier géoïde marin global, qui a été interprété en termes de géophysique du manteau et de la lithosphère. Pendant le dernier mois de fonctionnement, l'orbite s'est répétée tous les trois jours, ce qui a permis de construire les premières cartes globales de variabilité mésoéchelle des courants, de suivre le déplacement d'anneaux du Gulf Stream ou de détecter des ondes de Rossby dans le Pacifique tropical. Ces données ont aussi fourni la première statistique globale des hauteurs de vague.

Les Européens avaient obtenu d'être considérés comme PI de Seasat par la NASA ; en juillet 1977, les Anglais David Cartwright et Tom Allan, l'Allemand Klaus Hasselman, le Danois Preben Gudmansen et le Français Michel Lefebvre avaient pu lui soumettre une proposition d'analyse des données, appelée SURGE (*Seasat Users Research Group of Europe*). En France, les équipes de géodésie du CNES et du CNRS, financées en particulier par l'IFREMER (Institut français de recherche pour l'exploitation de la mer), ont su analyser les données altimétriques de façon innovante. En particulier, l'idée d'étudier les variations des courants à partir des données mesurées le long d'une orbite répétitive fut proposée en même temps par le Français Yves Ménard et l'Américain Robert Cheney ; à partir de cette époque, tous les projets imposeront une contrainte de stricte répétitivité de la trace au sol de l'orbite.

## Geosat, ERS et Topex-Poséidon

L'impact du test qu'a constitué Seasat est particulièrement évident quand on compare les réflexions de prospective faites en Europe avant le lancement du satellite et les projets Topex et Poséidon, mis au point après l'analyse des données de Seasat.

Les premières discussions de prospective en géophysique de l'ASE ont eu lieu en janvier 1978 à Schloss Elmau en Allemagne, lors d'un colloque appelé SONG (pour *Space Oceanography, Navigation and Geodynamics*). Deux programmes principaux ont été proposés ; le premier concernait la géodésie et la gravimétrie ; le second était un programme d'étude des surfaces qui associait un satellite d'étude des océans et des glaces destiné à être lancé vers 1985 et un satellite pour la détermination du géoïde imaginé pour 1989 ; par ordre de priorité, le premier satellite devait emporter un SAR, un altimètre et un radiomètre micro-ondes ; l'altimètre devait avoir une précision décimétrique pour l'étude de la topographie absolue des océans, l'amélioration des modèles de marées et la cartographie synoptique des courants mésoéchelles (cette idée étant avancée pour la première fois) ; l'orbite devait avoir une inclinaison élevée (87°) pour permettre la cartographie des calottes polaires. Le programme devrait être multidécennal pour surveiller les variations du climat. Mis à part le cas des marées, les besoins d'échantillonnage n'étaient pas discutés et les objectifs de précision n'étaient introduits que de façon qualitative.

Côté américain, une des conséquences des observations de Seasat aura été d'attirer l'attention de quelques océanographes sur les possibilités des satellites altimétriques. Initialement, Seasat devait faire partie d'une série mais son relatif échec (et peut-être aussi le poids financier de la Navette sur la NASA) entraînera l'abandon de ce projet. La NASA avait bien dans ses cartons un programme, appelé Noss, qui devait embarquer un altimètre et un diffusiomètre, mais il suscitait une opposition très forte des militaires américains : il fut abandonné en 1980, dès l'élection de Ronald Reagan à la présidence des États-Unis. Un groupe de géodésiens et d'océanographes américains avait déjà perçu cette contrainte ; créé en février 1980 sous la présidence de Carl Wunsch, ce groupe étudia l'intérêt de l'altimétrie pour l'étude de la circulation des océans et proposa à la NASA un projet optimisé appelé Topex (*TOPography EXperiment for Ocean Circulation*) en mars 1981. Outre le problème de la circulation moyenne des océans et de l'estimation des vitesses géostrophiques absolues, la proposition mettait l'accent sur la variabilité des courants et mentionnait les objectifs du Programme mondial d'étude du climat. Le bilan d'erreur et les problèmes d'échantillonnage étaient envisagés en détail. Le choix d'orbite était proche de celui qui prévaudra finalement pour Topex-Poséidon. La précision annoncée était de 13 cm, estimée à partir d'un bilan de tous les postes d'erreur. Ce chiffre étonnant résultait d'un compromis : les océanographes souhaitaient atteindre une mesure centimétrique, mais les géodésiens pensaient impossible de calculer l'orbite à ce niveau de précision (à cette époque, la précision radiale de l'orbite de Seasat était de 2 m). Enfin, la nécessité d'une mission gravimétrique conjointe était mise en évidence.

En France, Michel Lefebvre et Norbert Lannelongue ont proposé un projet appelé Poséidon en 1981 : il s'agissait d'embarquer un altimètre sur les satellites Spot ; l'idée était d'occuper un espace disponible à bord de Spot 2 de façon à débuter une série susceptible de surveiller l'océan ; l'altimètre devait donc être léger et peu gourmand en énergie et tirer parti des progrès technologiques des amplificateurs à transistors (appelés à « état solide », par contraste avec les amplificateurs à lampes préconisés jusqu'alors, y compris pour Topex) ; l'orbite de Spot, d'altitude 830 km et qui se répète tous les vingt-six jours, permettait de suivre les variations du niveau de la mer. L'ensemble des aspects de la mesure étaient analysés. Les objectifs, surtout océanographiques, laissaient néanmoins place à toutes les possibilités ouvertes par l'altimétrie. Ce projet, soutenu par un petit groupe d'océanographes (composé de Jean-Claude Gascard, José Gonella, Jean-Louis Hyacinthe, Jacques Merle et moi-même), a été défendu lors d'un colloque de prospective du CNES, à la station des Arcs, en 1981 : dans le domaine de l'observation de la Terre, il a été classé en priorité, en parallèle avec un projet de gradiométrie destiné à la mesure du champ de pesanteur et proposé par Georges Balmino.

Peu de temps après, au cours des études préliminaires du projet, le système Doris était conçu pour la poursuite du satellite. Il tirait parti de l'expérience des systèmes existants (Tranet et Argos) : il était clair que le système devait être bifréquence et utiliser des fréquences élevées (de l'ordre du GHz) pour que les effets de l'ionosphère sur le signal radio soient faibles et corrigibles ; il ne fallait pas chercher à utiliser le gain de précision permis par une transmission aller et retour du signal entre les balises de poursuite et le satellite, car l'énergie reçue était alors si faible que les antennes des balises devaient être directionnelles (pour suivre le satellite le long de sa trajectoire), ce qui en augmentait fortement la complexité et la fragilité ; le signal devait être transmis des balises vers le satellite de façon à ce que les balises soient autonomes, ce qui permettait d'en répartir un grand nombre sur tout le globe ; en outre, un système émettant des balises vers le satellite (contrairement au cas de Tranet) diminuait les problèmes d'étalonnage d'horloge, car les mesures passaient par une horloge unique à bord du satellite ; il permettait aussi une gestion centralisée des données qui facilitait le calcul d'orbite ; enfin, l'horloge de bord du satellite devait bénéficier des progrès technologiques des horloges à quartz, de façon à diminuer le bruit de mesure. Avant son utilisation à bord de Topex-Poséidon, Doris a été testé à bord de Spot 2 (lancé le 22 janvier 1990) puis de Spot 3 (il est aussi prévu de l'embarquer à bord d'Envisat en 1999). Certaines des balises fonctionnent maintenant de façon continue depuis six ans. Outre des orbites de précision « subdécimétrique », le système permet de calculer la position des balises par rapport au centre de la Terre à une précision absolue de 1,5 cm.

En parallèle, les recommandations du colloque SONG avaient abouti à l'étude du satellite ERS par l'ASE, à partir de 1981. Grâce à leur expérience des données de Seasat, les partenaires du projet SURGE y ont joué un rôle important. Dans l'organisation de l'ASE, l'observation de la Terre n'était pas rattachée au programme scientifique mais à la division des applications des techniques spatiales ; en conséquence, l'objectif de ERS était « préopérationnel », c'est-à-dire destiné à la mesure de paramètres commercialisables ou utiles aux agences d'État comme les services météorologiques. Le satellite ERS devait surtout emporter un SAR, si bien que son orbite était initialement prévue vers 600 km d'altitude. Sous l'impulsion de Klaus Hasselman, il était aussi envisagé d'inclure un altimètre dans sa charge utile, pour améliorer la prévision des états de mer. David Cartwright développa alors vigoureusement l'idée qu'un altimètre ne saurait être limité à un objectif aussi étroit et qu'il fallait élever l'altitude du satellite et lui adjoindre un système d'orbitographie. L'orbite de ces satellites sera finalement de 777 km d'altitude et 98° d'inclinaison (elle couvre la Terre jusqu'à 82° de latitude) ; elle sera calculée grâce à des poursuites lasers et à un système Doppler de conception allemande, appelé Prare (celui-ci est un système aller et retour, avec toute la complexité technique et le faible nombre de balises qui en résultent). L'association d'un satellite préopérationnel comme ERS et d'un satellite de recherche, comme Poséidon, paraissait optimale pour atteindre une bonne couverture d'observation de l'océan.

Aux États-Unis comme en France, il était difficile d'obtenir une décision d'engagement autour des projets Topex et Poséidon. Des discussions informelles entre scientifiques eurent lieu le 26 janvier 1983 sous l'égide de l'Académie des sciences des États-Unis ; elles aboutirent à la recommandation de rapprocher les deux projets. Les responsables du CNES et de la NASA prirent alors contact et un engagement d'étude commune fut signé le 17 mai 1983. Très tôt, l'idée fut de lancer un satellite similaire à celui du projet Topex avec une fusée Ariane et de l'améliorer par l'apport du système Doris et d'un deuxième altimètre prototype à état solide ; cela ne correspondait pas à la préférence des promoteurs de Poséidon mais semblait bien intéressant au directeur du CNES, qui était à l'époque également président d'Ariane-Espace. En l'occurrence, ce choix sera le bon.

Le projet conjoint sera toujours appelé Topex-Poséidon, malgré de nombreux efforts pour trouver un nom qui ait l'agrément de tous. Une organisation paritaire se mettra progressivement en place constituée d'un groupe scientifique (*Science Working Group*) coprésidé par Carl Wunsch et moi-même, de responsables scientifiques du projet (Robert Stewart et Michel Lefebvre), de responsables de programme (Stanley Wilson et Jean-Louis Fellous) et surtout de chefs de projet (Charles Yamarone et Michel Dorrer). Après quelques suspicions initiales et en dépit des différences de culture évidentes, chacun apprendra à faire avancer le projet commun ; cette coopération devenue solide s'est maintenue au-delà des changements de personnes.

En France, l'approbation du projet de satellite ERS-1 fut prise par un Conseil des ministres restreint le 14 juin 1984. Il était cependant facile de montrer que, compte tenu de ses nombreux objectifs, ce satellite n'était pas optimisé pour l'altimétrie et ne pourrait pas atteindre la précision nécessaire à l'étude de la circulation des océans. Il faut cependant reconnaître que, cinq ans après son lancement et grâce aux progrès obtenus par Topex-Poséidon, le satellite ERS atteint maintenant une précision comparable à celle annoncée par le projet initial de Topex. Mis à part leur apport essentiel à la cartographie du géoïde marin, les données d'ERS ont été utiles à de nombreuses études de circulation mésoéchelle ou régionale ; de plus en plus souvent, les mesures altimétriques d'ERS sont calées sur celles de Topex-Poséidon et servent à compléter l'échantillonnage spatial et temporel de la topographie dynamique.

En ce qui concerne Topex-Poséidon, l'engagement d'étude commune ne valait pas une décision gouvernementale. Celle-ci ne fut pas facile à obtenir. Côté américain, l'accident de la navette Challenger (le 28 janvier 1986) a contraint la NASA à suspendre tous ses programmes excepté Topex-Poséidon, compte tenu de l'accord avec le CNES. Côté français, le changement de majorité de 1986 obligea à renouer les contacts avec le nouveau gouvernement et à expliquer à nouveau l'intérêt du projet et de la coopération avec les États-Unis. Le ministère français de la Défense a alors étudié l'utilité éventuelle du projet pour ses besoins : en automne 1986, les responsables de la Marine furent convaincus que les données altimétriques pouvaient aider à la détection acoustique des sous-marins (la propagation du son dans l'océan est affectée par les tourbillons mésoéchelles) ; ce ministère décida donc de contribuer au financement de Topex-Poséidon. Ce fut suffisant pour entraîner l'accord du Premier ministre, Jacques Chirac, le 25 février 1987 ; l'annonce en a été faite le 9 mars 1987 par le ministre de l'Industrie, le communiqué faisant état de l'importance de la coopération avec les États-Unis, de l'intérêt du développement technologique nécessaire au projet et de l'utilité du projet pour la Défense (je sais que ces personnalités ont ultérieurement pris conscience de l'intérêt scientifique de Topex-Poséidon). L'accord de coopération (*Memorandum of Understanding*, communément appelé MOU) fut enfin signé par le CNES et la NASA le 23 mars 1987. Hubert Curien, qui avait longtemps été président du CNES et avait activement soutenu le projet, pensait que cette décision « tenait du miracle ».

Entre-temps, la marine américaine avait lancé Geosat, en 1984. Ce satellite était de la plus grande simplicité : stabilisé par gradient de gravité, il emportait un altimètre monofréquence et ne disposait pas de radiomètre micro-ondes (les corrections devaient donc être calculées à partir de modèles de l'atmosphère et de l'ionosphère) ; il n'était poursuivi que par le système Tranet. Ce satellite possédait deux missions : pendant une première phase, la mesure d'un géoïde altimétrique pour accroître la précision des trajectoires de missiles et, dans une deuxième phase, le suivi de la circulation mésoéchelle pour améliorer la connaissance de l'environnement acoustique des océans. Les données de la première phase, qui a duré dix-huit mois, ont longtemps été tenues à l'écart. En revanche, les données de la seconde phase ont rapidement été mises à disposition des scientifiques, grâce à la ténacité de Robert Cheney. Geosat volait alors sur une orbite qui se répétait tous les dix-sept jours, très proche de l'orbite de lancement de Seasat. Il court à ce sujet une anecdote : les militaires américains souhaitaient que l'orbite de la deuxième phase ne fournisse qu'un minimum d'informations sur le géoïde et qu'elle soit donc choisie aussi proche que possible de celle de Seasat, dont les données étaient déjà disponibles ; il se trouve que celle-ci était très bien adaptée à l'observation des structures mésoéchelles de l'océan mais c'était apparemment par hasard.

Geosat a permis à de très nombreuses équipes de maîtriser l'analyse de trois ans d'observation, la relative imprécision des mesures obligeant à un lourd traitement pour extraire les signaux océanographiques. Des études sur la circulation mésoéchelle, les caractéristiques de la turbulence océanique (réalisées surtout par le Français Pierre-Yves Le Traon), les variations (peu détaillées) du niveau de la mer pendant un événement ENSO (faites par Robert Cheney et son équipe), la détection des ondes de Rossby ou du signal saisonnier du niveau de la mer ont été permises par ces données. D'ailleurs, celles-ci sont actuellement retraitées afin d'en améliorer la précision, en tirant parti des résultats de Topex-Poséidon (sur les ondes de marée, par exemple) ; ces données retraitées permettront d'étendre la durée de surveillance de l'océan par altimétrie. Geosat a de même démontré à l'ensemble des océanographes que des résultats nouveaux pouvaient être obtenus par l'altimétrie satellite : même si, en 1985, le président du comité scientifique de WOCE (*World Ocean Circulation Experiment*), Francis Bretherton, écrivait que « la perspective globale permise par cette technique était au cœur du programme », c'est grâce à Geosat que l'altimétrie est apparue comme essentielle à l'océanographie.

C'est aussi grâce à Geosat que les premières analyses en temps « quasi réel » des données altimétriques ont été effectuées aux États-Unis et en France : en 1988, les océanographes du SHOM, du CNRS et de la compagnie CLS (qui gère le système Argos) ont en effet organisé une campagne océanographique, appelée Athéna, dans la dérive nord-atlantique ; ils transmettaient les données satellites au navire quelques jours seulement après leur mesure ; un modèle numérique de circulation ajusté à ces observations tournait sur les ordinateurs embarqués à bord ; un excellent accord fut observé entre le modèle numérique et les observations *in situ*. Ces expériences ont démontré que la prévision en routine, voire opérationnelle, des champs de courant mésoéchelle du large était réalisable et fiable à des échéances de quinze jours environ.

En parallèle à Geosat, un effort très important a été fait autour du projet Topex-Poséidon : il a été surtout financé par le CNES et la NASA et s'appuyait sur un *Science Working Team* regroupant trente-huit PI sélectionnés sur proposition et remplaçant le comité scientifique initial ; depuis 1986, le groupe des PI s'est réuni tous les six mois avec les « équipes de projets » de la NASA et du CNES et les industriels. L'effort a porté d'abord sur les parties techniques comme les altimètres (l'altimètre français, encore appelé Poséidon, était un prototype ; l'altimètre américain tirait parti de l'expérience des satellites précédents mais il était très amélioré) ; les calculs du champ de gravité ont été complètement refaits, ce qui a nécessité une nouvelle analyse des données de perturbation d'orbite de plus de vingt satellites ; les méthodes de calcul d'orbite ont subi des refontes profondes et des intercomparaisons détaillées ; tous les algorithmes de traitement (il y en a plusieurs centaines) ont fait l'objet de réévaluations ; les méthodes d'étalonnage ont été affinées ; le choix initial de l'orbite a été revu et légèrement modifié, de façon à optimiser l'échantillonnage des courants et des marées océaniques.

En France, outre les réalisations dans l'industrie (Alcatel-Espace pour l'altimètre et Électronique-Marcel Dassault pour Doris) et la mise en place au CNES d'une petite équipe chargée de la coordination de l'ensemble et de l'étalonnage des mesures, les calculs d'orbite ont été améliorés par la division de mathématiques du CNES, le champ de gravité a été recalculé par la division de géodésie spatiale en collaboration avec une équipe allemande, une équipe de développement algorithmique a été recrutée par CLS, les corrections atmosphériques ont été étudiées par des équipes de Météo-France (pour la troposphère) et du Centre national d'étude des télécommunications (pour l'ionosphère), les modèles de marées ont été complètement reconsidérés par les océanographes du CNRS, et une équipe d'ingénieurs hydrographes a préparé l'utilisation des données pour les besoins de la Défense. Toutes ces équipes ont travaillé en étroite collaboration (d'autant plus qu'elles voulaient faire mieux que leurs collègues d'outre-Atlantique).

Treize ans après le début du projet, cet effort a été payé de succès : quelques heures après la mise en orbite, le 10 août 1992, les instruments envoyaient leurs premières mesures ; trois mois après le lancement, la NASA et le CNES distribuaient les premières données aux océanographes ; ceux-ci pouvaient rapidement identifier les erreurs inévitables et, dans le même temps, calculer les premières cartes de topographie dynamique. Il est immédiatement apparu que les mesures (surtout l'orbite) étaient trois fois plus précises que prévu (cette précision continue d'ailleurs d'être améliorée par retraitement des données). Finalement, le centimètre souhaité par les océanographes du projet Topex initial a été pratiquement atteint. Par ailleurs, la stabilité à long terme du système permet de discuter de signaux millimétriques du niveau moyen de la mer.

Actuellement, les données de Topex-Poséidon sont distribuées librement et sur un support très pratique (des disques compacts) à toute équipe qui les demande : elles sont utilisées par près de deux cent trente groupes travaillant dans le monde entier, dont environ un tiers a su produire des résultats nouveaux. Ce choix fondamental d'ouverture a favorisé la qualité du projet et se traduit par un plus grand nombre d'études océanographiques. Bien sûr, cela implique aussi une compétition plus vigoureuse.

## L'altimétrie au futur

Topex-Poséidon a maintenant quatre ans et continue de fournir des données de qualité exceptionnelle. Les études de vieillissement du satellite indiquent qu'il pourra encore fonctionner pendant environ trois ans. C'est tout à fait remarquable, mais c'est aussi le minimum puisque bien des phénomènes océaniques ont cette durée de vie.

En mars 1992, quatre mois avant le lancement de Topex-Poséidon, un groupe d'océanographes a cherché à analyser quel devait être le futur de la technique. À bien des égards, il s'agissait d'un changement de génération : il a été présidé par les Américains Chet Koblinsky et Gary Lagerloef et le Français Philippe Gaspar, tandis que Carl Wunsch et moi-même n'avons rédigé que la préface ; la réunion a eu lieu sous forme de téléconférence, les interlocuteurs étant répartis en cinq villes différentes ; la rédaction a été entièrement faite par courrier électronique ; le rapport recommande la mise en place d'un système de longue durée de vie (plusieurs décennies), destiné à la surveillance de la circulation océanique, des calottes polaires et du niveau moyen de la mer ; l'accent est mis sur le besoin de continuité des observations, la précision devant s'approcher au maximum du niveau centimétrique ; les données doivent être utilisées par assimilation dans les modèles numériques décrivant la dynamique des océans ou des calottes polaires.

Plusieurs satellites altimétriques sont actuellement en cours de réalisation. La marine des États-Unis prévoit de lancer Geosat-Follow-On en 1997, et l'ASE embarquera un altimètre sur Envisat en 1999 (on étudie aussi d'autres projets à base de radars à plus haute fréquence, vers 80 GHz, ou à base de lasers ; ces instruments devraient permettre de mieux suivre les topographies des continents, des calottes polaires ou des glaces de mer). Comme aucun de ces projets n'avait la précision requise pour surveiller le climat de l'océan, les océanographes ont proposé une série de satellites dont la spécification était comparable à la précision atteinte par Topex-Poséidon ; en soi, cela représente une amélioration d'un facteur trois par rapport aux objectifs initiaux du projet Topex. En outre, différentes améliorations possibles ont été identifiées pour parvenir au niveau centimétrique.

La promotion d'un nouveau projet a été facilitée par les résultats de Topex-Poséidon ; en revanche, certaines difficultés sont apparues en raison de la compétition entre industriels et des problèmes budgétaires de notre époque. Le CNES et la NASA viennent néanmoins de décider la réalisation du premier satellite de cette série (l'avis du conseil d'administration du CNES est daté du 4 juillet 1996 et le nouveau MOU a été signé en décembre 1996). Le projet s'appelle Jason, du nom du chef des Argonautes dont le mythe décrit la première expédition océanographique. Grâce aux progrès technologiques réalisés au cours du projet Topex-Poséidon (l'altimètre à état solide Poséidon, les systèmes d'orbitographie Doris et GPS), les instruments pourront être emportés sur des petites plates-formes (quatre cent cinquante kilos au lieu de plus de deux tonnes pour Topex-Poséidon). Celles-ci, construites par la France, s'appellent PROTEUS. Le lancement sera effectué par une petite fusée américaine. Ainsi l'aventure continue.

Cette histoire de l'altimétrie satellite illustre un aspect très fréquemment rencontré en recherche fondamentale : une technique n'atteint le niveau de maturité requis qu'après des progrès étalés sur des années, voire des décennies ; elle progresse autant par l'apport de nouveaux concepts que par les améliorations successives de techniques connues. Cette évolution nécessite le maintien à long terme d'équipes compétentes en compétition ouverte.

L'altimétrie satellite a d'abord bénéficié d'un formidable progrès technologique : entre 1975 et 1995, la précision des mesures de hauteur est passée de 20 à 2 cm, celle des mesures de distance laser, de 150 cm à 2 cm, celle des vitesses Doppler de 5 cm/s à 0,03 cm/s et celle des horloges embarquées de $10^{-11}$ s à $3.10^{-13}$ s. Sans ce gain de presque un ordre de grandeur tous les dix ans, Topex-Poséidon ne serait pas un succès. Par ailleurs, la maîtrise des principes physiques de la mesure (orbite et mesure de hauteur) et des corrections à apporter a également progressé : de l'indication qu'il fallait étudier ces problèmes en 1969, on est passé au bilan probable d'erreur en 1981 et à la gestion opérationnelle du système en 1992.

En parallèle, les objectifs de mission et les méthodes d'étude ont connu une évolution similaire : à partir de la *détection* de la circulation moyenne à Williamstown, les océanographes ont poursuivi leur étude jusqu'à la *mesure* des variations des courants à partir de 1981, en insistant de plus en plus sur les connaissances nouvelles qui étaient rendues possibles par cette technique. Cette évolution se poursuit puisqu'ils cherchent maintenant à suivre les variations climatiques de l'océan par assimilation des données dans des modèles numériques de climat. Les océanographes ne considèrent donc l'altimétrie que dans le contexte qui sera décrit au chapitre VI.

Chapitre VI

# NOUVELLES TECHNIQUES DE L'OCÉANOGRAPHIE

L'océan est un milieu difficile d'accès, au point qu'il subsiste des zones où aucune mesure n'a encore été faite en dépit de plus d'un siècle d'océanographie. Le suivi et la compréhension de la circulation océanique nécessitent pourtant une observation continue et globale, ce que les méthodes classiques comme l'hydrographie ne permettent pas. Heureusement, comme toutes les disciplines, l'océanographie bénéficie des progrès technologiques : techniques d'observation *in situ* plus ou moins automatiques, suivi global et répété depuis l'espace, modélisation numérique réaliste. L'altimétrie satellitale fait partie de ces techniques modernes. Ce chapitre en décrit d'autres, la liste en étant restreinte au champ de l'océanographie physique. En outre, les océanographes commencent à savoir associer toutes les informations dont ils disposent, à l'aide des « techniques inverses » et des « méthodes d'assimilation de données » dans les modèles numériques ; j'en décrirai aussi les principes.

## Instruments automatiques de mesure *in situ*

La détermination *in situ* des courants peut se faire de deux façons : par hydrographie ou par courantométrie. Depuis le début de l'océanographie moderne, ces deux approches ont été sans cesse améliorées et utilisées en parallèle. Réaliser des mesures à partir des navires océanographiques permet d'atteindre la meilleure précision possible, mais la lenteur, le faible nombre et le coût élevé de ces navires empêchent l'obtention d'un échantillonnage suffisant pour suivre les variations des courants et en séparer les différents modes. Il était donc nécessaire de mettre au point des techniques de coût réduit, permettant un plus grand nombre d'observations tout en gardant la précision requise par la détection des signaux océaniques.

*Mesures d'hydrographie*

En ce qui concerne l'hydrographie, le développement des XBT a été une première étape. Ces sondes restent aujourd'hui le seul outil disponible pour surveiller le contenu thermique de l'océan de surface. Ces sondes utilisent quatre des qualités qui permettent de multiplier les mesures. En effet, elles ne demandent pas d'arrêt du navire ; elles peuvent être lancées depuis des navires marchands non spécialisés ; les mesures sont transmises par satellite jusqu'à des centres mondiaux de validation et de gestion des données, ce qui en facilite la dissémination large et l'utilisation rapide ; enfin, la conception des sondes et leur fabrication en grande série permettent d'atteindre un coût relativement bas.

Certes, les sondes XBT souffrent de limitations, et leurs mesures sont moins fiables que celles des sondes CTD utilisées à bord des navires océanographiques pour faire les mesures hydrographiques. Tout d'abord, leur profondeur est estimée à partir du temps de chute du poisson, ce qui est évidemment moins précis qu'une mesure de pression. La plupart des sondes utilisées fonctionnent jusqu'à 800 m de profondeur : elles ne permettent donc pas d'étudier toute la colonne d'eau. Enfin, ce ne sont pas réellement des instruments d'hydrographie, puisque la salinité n'est pas mesurée. Ces limitations étaient néanmoins le prix à payer pour obtenir un instrument de faible coût.

L'absence de mesure de salinité (ou de conductivité) représente la limitation la plus pénalisante des sondes XBT. Il existe maintenant des XCTD, c'est-à-dire des sondes perdables associant mesures de température, conductivité et pression. Leur coût demeure pourtant trop élevé pour qu'elles supplantent rapidement les XBT, d'autant plus que la stabilité des sondes de conductivité ne s'avère pas tout à fait suffisante.

Par ailleurs, divers outils d'hydrographie ont été conçus pour fonctionner sans que le navire soit obligé de se mettre en station ; ce sont des instruments d'une classe intermédiaire, puisqu'ils doivent être mis en œuvre à partir d'un navire océanographique. Ce type d'instrument présente une certaine efficacité pour la cartographie régionale d'une structure proche de la surface, comme un courant frontal, un tourbillon mésoéchelle ou la couche de mélange océanique. L'exemple le plus connu s'appelle le Sea Rover, qui a été utilisé par des équipes anglaises depuis 1981 ; il est constitué d'un gros poisson embarquant des capteurs CTD, dont on peut piloter la montée et la descente au bout de son câble. En fait, on dispose aujourd'hui d'une panoplie d'instruments de ce type, qui ont chacun leurs limitations : certains peuvent être mis en œuvre alors que la navire navigue à vitesse normale (dix à quinze nœuds), mais la profondeur des mesures se borne à quelques centaines de mètres ; d'autres permettent d'observer jusqu'à 1 500 m, mais nécessitent une vitesse ne dépassant pas quelques nœuds.

Pour réaliser des suivis continus de l'océan, il est possible d'installer des instruments à poste fixe. Sur les mouillages, ces lignes ancrées au fond de l'océan, on peut fixer des chaînes de thermistance et de conductivité, qui sont des capteurs de température ou de salinité disposés en série le long d'un câble. La dérive des mesures de salinité est actuellement de 0,01 ups/an et peut être corrigée par étalonnage avant et après le déploiement du mouillage. Les mouillages posent des problèmes de coût, de lourdeur de mise en œuvre (il faut les déployer à partir d'un navire océanographique, ce qui est long et requiert de l'expérience) et de récupération au bout d'un à deux ans pour obtenir les données (avec un taux de perte de plus de 10 %). On sait aujourd'hui construire des mouillages dont la tête flotte à la surface ; les mesures sont alors transmises par radio vers des satellites, ce qui permet d'en disposer immédiatement. En les simplifiant au maximum, leur coût unitaire a pu être abaissé à deux cents kilofrancs. Les mouillages sont fixés à des câbles de nylon (ce qui leur permet de résister plus facilement aux vagues), disposent de capteurs de température à douze profondeurs et de salinité à quatre niveaux et mesurent en surface la température et l'humidité de l'air, la pluviométrie et la vitesse du vent, ainsi que le rayonnement solaire. Leur durée de vie dépasse rarement trois ans, si bien que l'on préfère les relever chaque année. À titre d'exemple, le Pacifique tropical est actuellement surveillé par un réseau de soixante-dix mouillages de ce type (appelés TAO pour *Tropical Atmosphere Ocean*) ; ce réseau est entretenu à l'aide d'un navire consacré à cette tâche, ce qui rend son coût élevé. Un ensemble de quatorze mouillages identiques est actuellement en projet pour surveiller l'océan Atlantique tropical.

En fait, comme les échelles de temps de la variabilité océanique sont de plusieurs jours en profondeur, il n'est pas nécessaire de disposer d'instruments mesurant les paramètres océaniques en permanence à toutes les profondeurs. Il s'avère possible d'utiliser le câble du mouillage comme un guide le long duquel se déplace une sorte de véhicule automatique emportant des capteurs : cela permet de mesurer périodiquement des profils verticaux dans l'océan. Des prototypes utilisant ce concept ont déjà été testés avec succès, notamment par les Français Christine Provost et Maurice Duchaffaut.

Pour pallier les difficultés des mouillages, une nouvelle idée a récemment été développée, qui prend le nom d'« Emma » ; elle est actuellement étudiée par les équipes de l'IFREMER. Il s'agirait d'une base posée au fond de l'océan, disposant à son « bord » d'un jeu de sondes perdables. Celles-ci seraient lâchées régulièrement vers la surface, à un rythme programmable, et détermineraient le profil hydrographique ; les mesures seraient transmises par satellite, une fois les sondes arrivées en surface ; compte tenu de la relative stabilité des masses d'eau de fond, les capteurs seraient étalonnés par les mesures les plus profondes. Ce concept évite quantité de problèmes posés par les mouillages ; il pourrait fournir des profils hydrographiques répétés après une seule intervention d'un navire. Même son coût serait attractif, car il est évalué comme étant environ cinq fois plus faible que celui d'un mouillage. La base Emma serait ainsi bien adaptée à la surveillance des masses d'eaux profondes : il me semble qu'une cinquantaine de bases pourrait suffire pour l'Atlantique Nord.

### *Sondage acoustique*

Il est possible d'utiliser la vitesse de propagation du son pour sonder l'océan, un peu comme on le fait en médecine avec l'échographie. Cette technique de « tomographie acoustique » a été proposée par les Américains Walter Munk et Carl Wunsch en 1979. On sait depuis longtemps qu'il existe dans la thermocline un chenal acoustique où la vitesse du son est minimale ; il résulte de ce que la vitesse du son décroît avec la température dans la thermocline, puis croît avec la pression dans les couches profondes, là où la température devient presque constante. Un son émis dans le chenal acoustique est diffracté entre les couches de surface et les couches profondes et se propage à grande distance sans grandes pertes. À l'inverse, les variations du temps de propagation du signal acoustique, entre un émetteur et un récepteur, permettent de déterminer les anomalies de densité (et surtout de température) dans ces couches de diffraction.

Deux approches différentes ont été mises en œuvre pour exploiter cette propriété. D'une part, à partir de réseaux d'émetteurs-récepteurs, il s'avère possible de reconstituer le champ tridimensionnel d'anomalies à l'intérieur de la zone « insonifiée » ; on peut, par exemple, suivre un champ de circulation mésoéchelle ou de convection profonde au cours du temps. D'autre part, il devient envisageable d'étudier les variations des temps de propagation du son à l'échelle de tout un bassin océanique, voire de tout l'océan. Par exemple, en 1990, une grosse explosion a été déclenchée par Walter Munk dans l'océan Indien Sud, à proximité de l'île Heard. Son écho a pu être enregistré en de nombreux points de l'océan et en particulier à San Diego en Californie et à Woods Hole en Nouvelle-Angleterre. Si une telle explosion est reproduite un jour, elle permettra de déterminer l'anomalie moyenne de température sur ces trajets représentatifs de presque tout l'océan. Pour le moment, cette expérience a été interrompue sous la pression de groupes craignant les conséquences éventuelles des explosions pour les baleines.

Quinze ans après les premières études de tomographie acoustique, de très difficiles problèmes techniques ont été résolus et le traitement des observations est maîtrisé dans diverses situations océaniques. Cette méthode reste malheureusement l'apanage d'un trop petit nombre d'équipes ; comme il s'agit de la seule technique de sondage tridimensionnel continu de l'océan, il est cependant probable qu'elle finira par s'imposer.

### *Niveau de la mer*

Les marégraphes mesurent la variation des gradients du niveau de la mer et permettent de suivre les transports par les courants ; c'est au travers de détroits ou de part et d'autre de courants intenses que ces suivis s'avèrent les plus utiles. D'autre part, le niveau de la mer est aussi une mesure du stockage thermique de l'océan. Bien que simple dans son concept, cette mesure n'est pas facile à réaliser : il faut installer les marégraphes près des côtes si l'on veut transmettre les données par satellite afin d'en disposer en temps réel ; le système doit alors être suffisamment robuste pour résister à l'assaut des vagues et nécessite un entretien régulier ; en outre, le niveau de la mer local peut varier de plusieurs centimètres sous l'effet des vents côtiers ou des marées. Les données de quatre-vingt-quatorze stations sont aujourd'hui disponibles en temps réel. Des marégraphes ont notamment été installés sur la plupart des îles situées de part et d'autre du courant antarctique circumpolaire. Ils permettent de suivre l'évolution de ce courant difficile d'accès, en continu et en plusieurs points de sa trajectoire. Ils fournissent aussi la possibilité d'étalonner les mesures des satellites altimétriques.

*Courantométrie eulérienne*

La courantométrie peut, en principe, donner le courant total, ce que ne permet pas l'hydrographie. Comme ces mesures peuvent être continues dans le temps, elles sont aussi très utiles pour suivre ou moyenner les variations à hautes fréquences des courants, puisque ceux-ci fluctuent parfois en quelques heures (par exemple, à la période des marées). En outre, comme il est possible de fixer des instruments à plusieurs profondeurs sur un mouillage, les courantomètres permettent de déterminer la structure verticale des courants. En installant une palissade de mouillages, on est ainsi à même de suivre l'évolution du transport d'eau dans les détroits ; l'Américain Tom Whitworth et ses collègues ont de cette manière surveillé les variations du transport du courant antarctique circumpolaire pendant près de quatre ans. Notons qu'il faut disposer de séries temporelles suffisamment longues pour obtenir des moyennes fiables : ainsi, les Allemands Walter Zenk et Peter Müller entretiennent un mouillage de longue durée près des Açores ; après plus de sept ans de mesures, la valeur moyenne du courant dépendait encore de la durée de l'enregistrement. Malheureusement, le nombre de ces données demeure faible dans la mesure où elles souffrent des difficultés de mise en œuvre des mouillages.

Une nouvelle technique de mesure eulérienne des courants de surface est apparue au cours des années 80 ; elle utilise le décalage Doppler de signaux acoustiques (à des fréquences de l'ordre de 150 kHz [kilohertz]) réfléchis par les particules en suspension, les bulles ou les microstructures de l'océan déplacés par les courants. Cela fournit une mesure du courant dans la direction d'émission du signal. Les instruments actuels disposent de plusieurs faisceaux orientés selon différentes directions et donnent les trois composantes de vitesse. On les appelle des « ADCP » (*Acoustic Doppler Current Profiler*).

Les premières expériences ont été tentées à partir d'un navire par l'Américain Terry Joyce en 1984. Puis, en 1987, l'Allemand Friedrich Schott obtint six mois d'observation à partir d'un instrument fixé sur un mouillage, à 267 m de profondeur dans la zone du courant des Somalies ; cet ADCP a fourni des vitesses jusqu'à 20 m de la surface, à une fréquence de 3,3 minutes et une résolution de 7 à 8 m selon la verticale, avec une précision de 4 cm/s. Bien que le coût de ces instruments soit encore élevé, cette technique se perfectionne et se répand, parce qu'elle permet de mesurer le détail des courants de surface, qui sont peu accessibles aux courantomètres classiques. Il me paraît aussi souhaitable d'équiper tous les navires océanographiques de courantomètres Doppler, afin de disposer plus systématiquement de valeurs des courants de surface.

*Courantométrie lagrangienne de surface*

En ce qui concerne les mesures lagrangiennes, on utilise aujourd'hui des bouées autonomes dont la position est déterminée journellement (ou tous les trois jours) par satellite, à l'aide du système Argos. Afin de réduire l'effet du vent sur les bouées, il convient de leur attacher une ancre flottante centrée vers 15 m de profondeur ; Peter Niiler a pu démontrer qu'elles suivaient ainsi le courant avec une précision de 1 cm/s, quand le vent vaut moins de 10 m/s. Une fois larguées, ces bouées fournissent, régulièrement et sans intervention, des mesures disponibles aussitôt ; outre qu'elles suivent le champ de courant de surface, elles peuvent transmettre d'autres mesures, comme par exemple des températures.

Leur nombre s'est multiplié depuis cinq ans si bien qu'il y en a aujourd'hui près de sept cent cinquante dérivant à la surface de l'océan. Le Français Fabrice Hernandez a récemment montré qu'il en faudrait entre vingt-cinq et cinquante dans un carré de 1 000 km de côté pour estimer le champ de courants mésoéchelles à la même précision que ce qui peut être fait par altimétrie satellite. Pour construire le champ de courant à l'échelle des bassins, il suffit probablement d'en disposer de quelques centaines, à condition de les renouveler pendant plusieurs années.

Dans l'océan Pacifique tropical et subtropical, grâce aux programmes TOGA et WOCE, il y a aujourd'hui au moins vingt-cinq observations indépendantes par carré de 3° de côté. On en a déduit les champs de courants trimestriels climatologiques du Pacifique tropical ; en associant données lagrangiennes et données eulériennes, le Belge Claude Frankignoul et son équipe en ont même tiré les variations interannuelles des courants liées au phénomène ENSO. Très récemment, Peter Niiler a montré que les courants moyens de surface (à 15 m de profondeur) du Pacifique sont distincts des courants géostrophiques déduits de l'hydrographie, comme on s'y attendait ; la composante « agéostrophique » est dirigée en moyenne à 52° de la direction du vent au lieu de 45° comme le suggérait la théorie de la spirale d'Ekman. Il a donc mis en évidence que le courant de surface n'est pas en accord avec cette théorie, plus de quatre-vingt-dix ans après qu'elle a été formulée.

*Courantométrie lagrangienne en profondeur*

Depuis les premières expériences de John Swallow en 1955, les flotteurs profonds ont beaucoup évolué, surtout en ce qui concerne leur coût, leur consommation électrique et leur durée de vie. On les positionne par triangulation acoustique, selon deux techniques différentes : soit le signal émis par les flotteurs est écouté par un réseau de récepteurs, dont les enregistrements sont relevés à l'aide d'un navire (c'est le système Rafos) ; soit ce sont les flotteurs qui écoutent un réseau d'émetteurs et transmettent leurs mesures par satellite à l'occasion d'une remontée en surface (on les appelle alors des flotteurs Sofar). Dans les deux cas, il est important de connaître la structure hydrographique régionale pour bien calculer la vitesse de propagation du son qui sert à positionner les flotteurs.

On sait aujourd'hui construire des flotteurs remontant périodiquement en surface (de façon programmable, tous les quelques jours à quelques mois) avant de redescendre et poursuivre leur vagabondage au niveau de profondeur qui leur a été assigné. On déduit alors le courant moyen entre deux remontées à la surface, à partir des positions de la bouée à chacune de ses remontées. Le système américain s'appelle Alace ; outre les courants moyens, il transmet des profils hydrographiques mesurés au cours des transits de la bouée dans la colonne d'eau. Un système comparable, appelé Marvor, a été développé par Michel Ollitraut et les équipes de l'IFREMER ; il permet en plus de mesurer et transmettre les trajectoires profondes, déterminées par triangulation acoustique journalière.

Dans le cadre du programme WOCE, près d'un millier de flotteurs de différents types auront été déployés vers 1 000 m de profondeur, dont près de trois cents dans l'océan Pacifique et deux cents dans l'océan Indien ; cinq ans après leur lancement, 37 % des flotteurs Alace sont encore en fonctionnement. Quant aux bouées Marvor, une vingtaine a été déployée vers 800 m de profondeur dans le bassin du Brésil. L'objectif global était de disposer en moyenne de cinq années de trajectoire pour chaque carré d'océan de 500 km de côté. Il s'agissait de découvrir les courants profonds qui restent mal connus, de fournir un champ de courant moyen et d'estimer la diffusivité turbulente horizontale à la profondeur des trajectoires (ce qui n'est possible qu'à l'aide des trajectoires profondes détaillées). En Atlantique Nord, ces instruments sont aussi utilisés pour mesurer et transmettre par satellite des profils verticaux répétés d'hydrographie. En plein océan, une précision sur le courant moyen de 2 mm/s devrait être atteinte. Cela pourra par exemple servir de référence pour les calculs hydrographiques ou simplement de validation des modèles numériques de circulation. Il me paraît peu probable que les variations à grande échelle des champs de courants profonds puissent être observés de la sorte.

*Le Slocum*

L'instrument le plus futuriste a été imaginé par Henry Stommel en 1979. Cet instrument d'hydrographie, appelé Slocum, associait les qualités de nombreux instruments existants (Joshua Slocum a été le premier à faire le tour du monde en solitaire, sur un sloop de trente-sept pieds, entre 1895 et 1898). Henry Stommel décrivait des systèmes autonomes, dont la trajectoire et les profils de montée et descente étaient programmables et dont les données étaient transmises par satellite ; ils avaient la capacité de mesurer la température et la salinité ainsi que la concentration de traceurs géochimiques. Une cinquantaine de ces instruments patrouillaient dans l'océan et permettaient de faire une prévision de la circulation océanique. La première utilisation de ce système aurait dû être faite en l'an 2000, à l'occasion d'une course autour du monde de navires sous-marins pilotés à distance. De tels instruments seront peut-être mis au point par la prochaine génération.

## Techniques de mesure par satellite

Comme les satellites se déplacent à environ 7 km/s le long de leur orbite, soit mille cinq cents fois plus vite qu'un navire, ils couvrent la totalité de la surface de la Terre en quelques jours. D'autre part, leurs données tombent régulièrement du ciel pendant toute leur durée de vie. Les observations depuis l'espace sont donc globales, synoptiques (l'océan est observé en un temps court par rapport à sa variabilité), continues, répétées et homogènes. En revanche, mis à part l'altimétrie, les données satellites ne concernent que la surface de l'océan. Elles doivent donc être considérées en association avec des mesures *in situ*.

Les signaux électromagnétiques mesurables depuis l'espace, qu'ils soient naturels ou émis par des radars, sont tous plus ou moins directement reliés à des paramètres océanographiques importants. Pour chacune de ces techniques satellites, il faut se préoccuper des questions suivantes :

– le principe physique de la mesure, qui permet de relier la mesure aux paramètres de l'océan ;

– les corrections à apporter au signal mesuré, qu'elles soient dues à la propagation du rayonnement dans l'atmosphère ou à l'émission au niveau de l'océan ;
– la précision à atteindre pour que le signal détecté fournisse une information utile ;
– la résolution spatiale et temporelle de la mesure, qui permettra ou non d'identifier des signaux océanographiques significatifs ;
– la conception instrumentale, qui doit viser une qualité de mesure compatible avec les objectifs océanographiques ;
– le prétraitement des données, qui permet de transformer en routine les mesures instrumentales en paramètres utiles ;
– l'étalonnage et la validation des mesures, par comparaison avec des observations indépendantes ;
– la gestion et la distribution des données, pour que les utilisateurs en bénéficient dans les délais nécessaires à leurs besoins ;
– l'utilisation des données, qu'elle soit de nature purement scientifique ou bien faite par des services d'État ou des sociétés commerciales.

Bien sûr, une technique donnée n'atteint pas immédiatement sa pleine maturité ; les problèmes de physique de la mesure ou la conception instrumentale sont des sujets de recherche en eux-mêmes ; ils doivent être surmontés avant que la technique soit largement utilisable et doivent être maintenus pour la faire progresser. Cependant, cet ensemble de questions doit toujours être considéré à terme, faute de quoi des instruments coûteux mais sans grand intérêt risqueraient d'être lancés dans l'espace. Quelles sont les techniques mises en œuvre, en plus de l'altimétrie ?

*La radiométrie dans les longueurs d'ondes de la lumière visible* permet de mesurer le spectre de la lumière du Soleil rétrodiffusée par les couches de surface de la mer (quelques dizaines de mètres) ; ce spectre dépend de l'absorption par l'eau, qui lui donne sa couleur bleue, et par les pigments présents dans l'eau, essentiellement la chlorophylle et le carotène, la lumière sortant de la surface de la mer devenant alors plus verte ; on en déduit l'abondance de phytoplancton dans les couches de surface. La résolution spatiale doit être adaptée aux échelles dominantes des fluctuations du plancton, qui sont à la mésoéchelle ; compte tenu de la rapidité d'évolution temporelle du plancton, la couverture globale de l'océan doit être obtenue en quelques jours, ce qui impose une fauchée d'observation de plusieurs centaines de kilomètres de large. La résolution spectrale et la sensibilité de l'instrument doivent être spécifiquement adaptées à l'observation de l'océan (les images visibles de haute résolution, comme celles des satellites Spot, sont cependant très utiles pour la cartographie des zones littorales). Le signal radiométrique mesuré au niveau du satellite doit être corrigé par les effets suivants : la diffusion par les molécules de l'air (on parle de diffusion Rayleigh ; c'est ce qui donne sa couleur bleue au ciel) et, dans une moindre mesure, la diffusion par les aérosols, qui ont quelques microns de diamètre ; l'absorption par l'ozone stratosphérique ; la réflexion du Soleil à la surface de la mer ou l'anisotropie de la rétrodiffusion dans l'eau. Bien sûr, la mesure n'est pas possible de nuit ou en présence de nuages. D'après le Français André Morel, la précision sur la concentration de pigment de surface est de l'ordre de 30 % ; celle-ci est en fait limitée par la variabilité des espèces biologiques et de leurs pigments.

L'instrument CZCS (*Coastal Zone Color Scanner*) de la NASA a été embarqué à bord du satellite météorologique Nimbus 7, lancé en 1979, et a fonctionné jusqu'en 1986. En 1980, les premières images ont attiré l'attention sur les structures mésoéchelles du plancton. En 1985, la NASA produisait des cartes saisonnières globales de l'abondance du plancton dans l'océan, qui ont révélé le caractère général et l'étendue de la floraison printanière. Ces données sont maintenant disponibles à tous.

Divers instruments satellites mesureront la « couleur de la mer » à partir de 1996 ; ils s'appellent OCTS (instrument de la NASDA, l'agence spatiale japonaise, qui a été lancé à bord du satellite Adeos le 17 août 1996), Polder (instrument du CNES, également embarqué sur Adeos), Seawifs (instrument de la NASA dont le lancement est attendu depuis plusieurs années), MÉRIS (dont le lancement est prévu en 1999 sur le satellite Envisat de l'ASE) ou MODIS (qui doit être embarqué vers 1999 sur une plate-forme de la NASA). Les instruments futurs comme MÉRIS fourniront des mesures spectrales améliorées, ce qui devrait faciliter le calcul des corrections atmosphériques et permettre de distinguer certains types de plancton. On attend surtout de ces mesures une estimation des variations saisonnières et interannuelles de la production de phytoplancton.

*La radiométrie dans les longueurs d'ondes infrarouges* permet de mesurer le flux infrarouge émis par l'océan et d'en déduire sa température de surface. La correction des effets atmosphériques est possible par l'utilisation simultanée de plusieurs bandes spectrales, entre 3,7 et 12 $\mu$ de longueur d'onde ; la mesure ne peut s'effectuer en présence de nuages. La résolution spatiale est de l'ordre du kilomètre, et des couvertures globales sont produites à un rythme hebdomadaire.

Des instruments infrarouges ont fonctionné depuis 1973 à bord des satellites météorologiques : ce sont notamment les instruments AVHRR (*Advanced Very High Resolution Infrared Radiometer*). Plus récemment, un instrument optimisé a été conçu par une équipe du pays de Galles et embarqué sur les satellites ERS de l'ASE ; il s'appelle ATSR (*Along Track Scanning Radiometer*). La précision est estimée à 0,6°C pour l'AVHRR et à seulement 0,3°C pour l'ATSR.

Du point de vue de l'océanographie, les premières mesures ont surtout permis de cartographier les fronts océaniques, car cela ne nécessitait pas d'étalonnage (on cherchait des différences de température entre deux points d'une image donnée). Plus récemment, elles sont devenues essentielles pour l'estimation des flux de chaleur entre océan et atmosphère par ajustement des modèles météorologiques. L'excellente précision que l'on atteint aujourd'hui permet de détecter les variations climatiques de la température de surface de l'océan.

*La radiométrie dans les longueurs d'ondes centimétriques* (appelées micro-ondes) est une technique particulièrement utile : à ces longueurs d'onde, l'atmosphère est presque transparente, ce qui permet de mesurer le signal émis par la surface quelle que soit la couverture de nuage. L'intensité de l'émission dépend d'abord de la température de l'eau et fournit des informations complémentaires de celles des radiomètres infrarouges. En outre, à ces longueurs d'onde, l'émissivité de l'eau n'est que de 0,5 (ce qui signifie que l'eau n'émet que 50 % du rayonnement émis par un corps noir de même température). Cette émissivité change surtout en présence de glace de mer, dont l'émissivité est proche de 1 ; le contraste de signal micro-ondes a donc été utilisé depuis près de vingt ans pour cartographier l'étendue des glaces de mer. L'émissivité change aussi avec la couverture d'écume, elle-même dépendant de la vitesse du vent ; on peut en déduire une estimation de celle-ci mais elle est moins précise que celle des diffusiomètres, que nous allons envisager par la suite. L'atmosphère n'est pas complètement transparente ; en fait, il convient d'utiliser l'absorption du rayonnement à la fréquence de 22 GHz (soit à la longueur d'onde de 1,4 cm), pour estimer le contenu de l'atmosphère en vapeur d'eau, ainsi que l'absorption à 36 GHz (soit 0,8 cm) pour estimer le contenu en eau liquide ; ces grandeurs permettent de calculer empiriquement le flux de chaleur latente (évaporation de la vapeur d'eau) et celui des précipitations.

Il a fallu donc concevoir des instruments à plusieurs fréquences permettant d'estimer simultanément tous ces paramètres. Leur résolution est d'environ 50 km, lorsque leur antenne est de 1 m de diamètre ; par balayage de l'antenne de part et d'autre de la trajectoire du satellite, l'on obtient des images globales en quelques jours. L'étalonnage de ces instruments est difficile car l'intensité du rayonnement micro-ondes est faible et parce que de nombreux bruits limitent leur utilisation ; ces bruits peuvent être dus à l'émission du satellite lui-même, à l'émission naturelle très intense en provenance des terres émergées ou aux faisceaux des très nombreux radars existants au sol. À titre d'exemple, la précision des mesures de température ne descend guère au-dessous de 1°C.

Les premiers instruments micro-ondes ont été embarqués sur des satellites météorologiques dans les années 70 ; ils étaient relativement simples et généralement monofréquences. Le premier instrument multifréquence, appelé SMMR (*Scanning Multichannel Microwave Radiometer*) a fonctionné à bord du satellite Seasat en 1978, puis à bord de Nimbus 7 à partir de 1979. Ultérieurement, les satellites militaires américains DMSP (*Defence Mapping Satellite Project*) ont embarqué des radiomètres analogues, appelés SSMI, parce que l'étendue des glaces de mer était une information importante pour les sous-marins ; leurs données sont maintenant diffusées aux scientifiques. En outre, des instruments à visée verticale sont embarqués sur les satellites altimétriques, pour corriger l'effet de la vapeur d'eau sur la propagation des impulsions radars des altimètres. Bien d'autres radiomètres micro-ondes sont prévus sur les satellites futurs. Les météorologues cherchent notamment à améliorer leur résolution spectrale de façon à sonder l'humidité de l'atmosphère en trois dimensions.

Les données des radiomètres micro-ondes ont surtout fait progresser les connaissances sur les glaces de mer, avec notamment la découverte en mer de Weddell de polynias aussi grandes que la Méditerranée occidentale (ce sont des étendues d'eau libre au milieu des glaces de mer) ou la détection d'une diminution progressive de l'étendue des glaces arctiques depuis vingt ans.

*La diffusiométrie* est la seule technique qui fournisse à la fois la vitesse et la direction du vent depuis l'espace ; on a bien sûr besoin des deux grandeurs pour estimer le champ de tension du vent et son forçage sur l'océan. Un diffusiomètre est un radar visant la surface à des incidences allant de 10 à 50° (contrairement à un altimètre qui vise à une incidence de 0°, c'est-à-dire à la verticale). Il mesure l'intensité du signal rétrodiffusé vers le satellite, qui dépend de l'amplitude des vagues capillaires ; ce sont de petites vagues de quelques centimètres de longueur d'onde et dont l'amplitude et l'orientation dépendent directement du vent à la surface de la mer.

Deux ou trois observations d'un même point de la surface à partir d'autant d'antennes du radar visant dans des directions différentes fournissent les informations nécessaires à l'estimation de la vitesse et de la direction du vent, car l'intensité de l'écho varie suivant la direction de visée par rapport à l'orientation des vagues capillaires. La résolution est de 25 à 50 km, ce qui est bien adapté puisque proche de la grille des modèles météorologiques les plus récents ; une couverture presque globale peut être ainsi obtenue en quelques jours. La précision est d'environ 1 m/s pour la vitesse du vent et de 10 à 15° pour sa direction ; en fait, les mesures des diffusiomètres sont les meilleures données de vent à la surface de la mer.

Le premier diffusiomètre a fonctionné à bord du satellite Seasat en 1978. Un tel radar fonctionne depuis 1991 à bord des satellites ERS de l'ASE ; ses données sont transmises en temps réel et utilisées en routine par certains centres météorologiques pour ajuster l'état de leurs modèles numériques. Un instrument de la NASA, appelé NSCAT, a été embarqué à bord du satellite Adeos. Ultérieurement, un diffusiomètre prendra probablement place à bord des satellites météorologiques Metop de l'ASE et d'Eumetsat, cette dernière agence étant chargée de gérer les satellites météorologiques européens depuis 1986. Ainsi, le suivi d'un paramètre essentiel à la compréhension de l'océan est sur le point de devenir opérationnel.

*Le SAR* (radar à ouverture synthétique) est un diffusiomètre dont les données sont traitées de façon à simuler une antenne d'environ 7 km allongée dans la direction de déplacement du satellite. Pour cela, on combine tous les échos provenant d'un point de la surface, obtenus successivement pendant que le satellite se déplace. Un SAR atteint une résolution de l'ordre de 30 m, ce qui est comparable à celle des satellites comme Spot ou Landsat. Les images SAR sont complémentaires des images visibles : elles montrent la rugosité de la surface aux longueurs d'ondes centimétriques, tandis que les radiomètres classiques mesurent l'intensité et le spectre de la lumière du Soleil réfléchie à la surface.

Au-dessus de la mer, le SAR permet de cartographier tous les effets modifiant à petite distance la rugosité de la surface. Celle-ci est surtout due aux vagues capillaires et au vent ; cependant, ces vagues sont modifiées par la houle ou les courants de surface ainsi que par les changements de viscosité de l'eau liés aux variations de température, ce qui permet de visualiser ces phénomènes. L'information la plus utilisée est la cartographie à haute résolution des glaces de mer ; elle donne la possibilité d'étudier leur évolution aussi bien que de fournir une information pratique aux navires faisant route dans les hautes latitudes.

Un SAR a été embarqué à bord de Seasat ; la NASA en a ensuite lancé d'autres à bord de ses navettes. Depuis 1991, un instrument appelé AMI (*Advanced Microwave Instrument*) fonctionne à bord des satellites ERS ; son succès le plus marquant demeure le développement des techniques d'interférométrie radar que je décrirai plus loin. Le Canada a lancé Radarsat le 4 novembre 1995 ; son objectif est partiellement opérationnel (pour l'aide à la navigation dans les glaces) et commercial, de façon analogue à celui des satellites Spot. Ultérieurement, il y aura un SAR à bord d'Envisat et certainement d'autres satellites.

De nombreux *instruments d'autres types* ont été imaginés ; deux d'entre eux méritent une particulière attention. Aux fréquences voisines de 1,4 GHz, l'émissivité de l'eau dépend légèrement de sa salinité. Un premier essai de mesure à cette fréquence a été tenté à bord de Skylab, en 1973, mais n'a pas eu de suite. L'Américain Gary Lagerloef cherche actuellement à ressusciter cette technique : à l'aide d'une antenne de 10 m de diamètre, il serait possible d'atteindre une résolution de 10 km. La salinité pourrait être ainsi mesurée à une précision de 0,14 ups, pour des moyennes de dix jours et une résolution de 300 km. Il reste à étudier quantitativement l'impact de cette mesure, par exemple sur l'estimation du bilan E-P.

Un autre type d'instrument a été testé à partir d'avions par la Française Danièle Hauser et son équipe. Il s'agit d'un radar altimètre à deux faisceaux. Le premier faisceau vise à la verticale et permet de mesurer la vitesse du vent et la hauteur des vagues. Le deuxième faisceau vise à 10° d'incidence et tourne autour du premier ; l'intensité de son écho est alors sensible à la direction du champ de vague. Cet instrument pourrait mesurer le spectre directionnel des vagues, que les services météorologiques jugent très utile pour améliorer la qualité des prévisions d'états de mer.

Le nombre des paramètres mesurables depuis l'espace est donc considérable ; malgré leur intérêt potentiel, il n'est guère possible de créer un système de suivi continu de chacun d'entre eux. Le choix des mesures les plus importantes ou utiles pourrait à mon avis s'appuyer sur les critères suivants :

– la qualité des mesures (précision et résolution spatio-temporelle) doit permettre d'aborder des questions scientifiques nouvelles ou de rendre des services d'État ou commerciaux ; d'une part, il n'est guère utile de lancer un instrument qui ne mesure que ce que l'on connaît déjà ou qui ne fait que détecter le signal au lieu de le mesurer ; d'autre part, des observations trop éparses dans le temps et dans l'espace par rapport à la variabilité des phénomènes n'apportent que peu d'informations ;

– la possibilité d'associer le système de mesure avec des programmes d'observation *in situ* ou de modélisation numérique, puisque que les techniques satellites sont limitées à l'océan de surface et puisque l'océan est un système trop complexe pour être compris sans calcul ;

– l'existence d'un ensemble de partenaires maîtrisant la réalisation, le traitement et l'utilisation des mesures et travaillant en collaboration étroite ;

– le caractère critique du paramètre étudié ; même si toute « bonne » mesure est susceptible de faire progresser notre connaissance du système Terre, toutes n'ont pas le même impact. C'est d'ailleurs une des difficultés des techniques spatiales : compte tenu de leur coût, il est nécessaire de bien justifier *a priori* leur impact potentiel ; en raison du temps de réalisation d'un satellite (environ dix ans), les questions initialement posées peuvent beaucoup évoluer entre sa conception et son lancement. En revanche, comme toujours dans la recherche, les découvertes importantes sont généralement celles qui étaient imprévisibles. Il faut bien sûr espérer que de telles découvertes viennent « en prime » des objectifs annoncés.

## Modélisation numérique ; approximation quasi géostrophique et équations primitives

Compte tenu de la complexité des phénomènes océaniques, l'analyse algébrique des équations décrivant les courants ne peut suffire à la compréhension de ce qui se passe. Il faut de plus avoir recours à la modélisation numérique. En revanche, il ne faut pas systématiquement introduire toute la physique de l'océan dans ces modèles numériques de façon à analyser séparément les différents effets. J'ai, par exemple, indiqué que les ondes océaniques pouvaient être expliquées dans le cadre d'une approximation de la dynamique des courants, appelée approximation quasi géostrophique.

Formellement, cette approximation demeure valable aux conditions suivantes :

– quand la taille du système est proche de la taille minimale des systèmes en équilibre géostrophique ; rappelons que cette taille minimale décroît avec la latitude et l'épaisseur de la couche d'eau ;

– quand les termes inertiels peuvent être négligés devant les forces de Coriolis ; le rapport entre ces deux termes étant exprimé par le « nombre de Rossby » ;

– quand la taille du système est petite devant la variation relative du coefficient de Coriolis (soit $\beta/f$) avec la latitude.

Ainsi, cette approximation devrait être mal respectée quand l'on considère des structures de trop petite taille (loin de l'échelle minimale de l'équilibre géostrophique) ou de trop grande taille (quand les variations des forces de Coriolis sont importantes), quand les courants sont intenses (car les termes inertiels deviennent importants), quand la profondeur de l'eau est faible ou sa stratification très grande ou encore dans les zones tropicales où les forces de Coriolis sont petites. On pourrait donc penser que ces critères ne sont satisfaits que dans le cas de la circulation mésoéchelle de plein océan et aux latitudes moyennes. En pratique, l'approximation quasi géostrophique s'avère étonnamment robuste si bien que des modèles de gyre de ce type sont encore utilisés couramment.

En revanche, si l'on veut représenter l'ensemble des mécanismes de la circulation océanique, y compris dans ses aspects thermodynamiques, à l'échelle d'un bassin ou de tout l'océan, voire en interaction avec l'atmosphère, il faut évidemment prendre en compte l'ensemble des équations exposées au début du chapitre II. Les océanographes appellent cela un modèle « aux équations primitives ». Les modèles de ce type sont bien sûr beaucoup plus difficiles et coûteux à mettre en œuvre que les modèles quasi géostrophiques.

La résolution spatiale d'un modèle doit être choisie en fonction de la physique que l'on veut étudier, que ce soit selon l'horizontale ou la verticale. Si l'on ne représente que la physique proche de l'équilibre, telle qu'elle est décrite dans le chapitre II, une résolution horizontale de l'ordre de 100 km sera suffisante. En revanche, si l'on veut aussi décrire les tourbillons mésoéchelles ou la propagation des ondes, il faut atteindre une résolution meilleure que 30 km aux latitudes tempérées, cette résolution devant être de plus en plus fine avec la latitude ; rappelons que décrire ces tourbillons s'avère fondamental pour la compréhension des grands courants. Plus encore, si l'on veut représenter les cellules de convection profonde, il faut simuler des phénomènes de quelques kilomètres seulement aux plus hautes latitudes. La Française Lien Hua a en outre montré que pour bien conserver numériquement les propriétés dynamiques d'un modèle, il faudrait une résolution encore meilleure, mais cela reste aujourd'hui hors de portée à l'échelle d'un bassin océanique.

Selon la verticale, si l'on ne se préoccupe que de processus dynamiques, une faible résolution peut être suffisante. Néanmoins, si l'on veut représenter les mécanismes d'échange entre l'océan et l'atmosphère, il faut simuler la couche de mélange océanique ; une résolution de l'ordre d'une dizaine de mètres est alors nécessaire près de la surface. D'ailleurs, en 1996, l'Allemand Andreas Oechliss a montré qu'un modèle aux équations primitives était incapable de simuler le stockage saisonnier de chaleur de l'océan de surface s'il n'avait pas une résolution aussi fine. Heureusement, dans la colonne d'eau, une résolution de plusieurs centaines de mètres est apparemment suffisante, sauf peut-être pour bien représenter la thermocline. Par ailleurs, le système de coordonnées verticales doit être traité avec soin si l'on veut bien décrire les couches isopycnales, car celles-ci ne sont pas horizontales, ou l'effet de la bathymétrie, car l'eau doit pouvoir la contourner.

En parallèle, les pas de temps des calculs doivent être relativement courts. D'une part, on sait aujourd'hui que les variations à hautes fréquences des forçages, comme le cycle diurne du Soleil ou les sautes de vent, sont des sources importantes d'énergie pour l'océan. D'autre part, la stabilité des schémas numériques impose des pas de temps de calcul de l'ordre de l'heure.

Enfin, il faut se préoccuper du « démarrage » du modèle (appelé aussi « *spin-up* »). En effet, au début du calcul, les variables dynamiques ou thermodynamiques d'un modèle ne sont pas nécessairement en équilibre entre elles ni avec les forçages (on peut même envisager de partir d'un océan homogène et au repos). Il faut donc simuler les courants pendant un certain temps pour que toutes ces variables deviennent cohérentes les unes avec les autres. La durée de ce démarrage dépend beaucoup de la physique prise en compte. L'équilibre géostrophique entre courants et hydrographie est instantané. L'équilibre de masse est réalisé par la propagation d'ondes barotropes très rapides : on fait donc souvent l'hypothèse qu'il est toujours satisfait, et on ne représente pas les phénomènes de propagation barotrope. L'équilibre d'un gyre de surface avec le champ de vent dépend du temps de propagation d'une perturbation dynamique au travers d'un bassin : compte tenu de la vitesse de propagation des ondes de Rossby baroclines, il est de l'ordre de la dizaine d'années. Enfin, si l'on recherche l'équilibre entre les champs profonds de température et les flux de chaleur en surface, il faut simuler un cycle complet de circulation thermohaline, qui dure de l'ordre de mille ans (c'est, par exemple, cet équilibre qu'il faudrait atteindre si l'on voulait simuler correctement l'absorption du gaz carbonique d'origine humaine par l'océan).

On voit donc que le coût des modèles numériques d'océan peut être très élevé, et ce d'autant plus que l'on se pose des questions globales comme celles concernant les fluctuations du climat. C'est pourquoi ces modèles nécessitent les moyens de calcul les plus puissants. Les spécialistes utilisent des techniques permettant de réduire ces coûts, que ce soit en accélérant le démarrage ou en « paramétrisant » les phénomènes de petite taille de façon schématique. Malheureusement, ces techniques introduisent encore des défauts significatifs dans les simulations, si bien que les modèles actuels donnent des résultats différents selon les schémas utilisés.

Au cours des cinq dernières années, les modèles numériques d'océan sont devenus de plus en plus réalistes. Par exemple, pour étudier les zones côtières ou une mer marginale comme la Méditerranée, des modèles régionaux de très haute résolution (quelques centaines de mètres à quelques kilomètres) sont couramment utilisés. Il existe, dans plusieurs laboratoires d'Europe et des États-Unis, des modèles globaux, aux équations primitives, de résolution mésoéchelle, forcés par les vents et les flux de chaleur à hautes fréquences. Aucun d'entre eux n'a simulé plus de trente ans de courants, si bien qu'ils ne sont pas complètement à l'équilibre. En revanche, ils tendent à bien représenter la circulation des gyres, la variabilité mésoéchelle ou les ondes tropicales. L'accord avec les observations a été renforcé récemment, dans la mesure où les forçages fournis par les modèles météorologiques se sont améliorés.

Actuellement, les modèles numériques de climat, qui couplent l'océan et l'atmosphère, décrivent encore des océans de basse résolution. Ces modèles ont malgré tout un grand intérêt, parce que nombre des processus climatiques sont des phénomènes de très grande dimension. Cependant, il n'est pas nécessaire de disposer d'un modèle global pour étudier certains processus dynamiques du climat. En particulier, pour simuler le phénomène ENSO, il suffit que le modèle d'océan soit réaliste dans la zone tropicale de surface. Actuellement, ces modèles tropicaux représentent très bien les premiers 500 m entre 20°N et 20°S, tandis que le reste de l'océan est « attiré » vers les températures et les salinités climatologiques : dans ces modèles, la couche de mélange, les courants et contre-courants tropicaux ou les ondes sont très proches des observations du programme TOGA. Le modèle de ce type le plus réputé a été développé par la Française Pascale Delecluze et ses élèves ; il simule simultanément les trois océans tropicaux forcés par les vents et les flux de chaleur calculés par les modèles météorologiques ; des premières expériences de couplage avec des modèles d'atmosphère ont été tentées. C'est avec ce type de modèle que des prévisions du phénomène ENSO pourront être faites avec le plus de fiabilité.

## Vers une convergence des modèles et des observations : méthodes inverses et assimilation de données

La description réaliste de l'océan ou l'estimation quantitative de certaines grandeurs non observables ne sauraient être obtenues sans tirer parti de toutes les informations disponibles. D'un côté, les observations sont éparses, diverses et parfois très indirectement reliées aux grandeurs importantes comme les transports ; de l'autre, les modèles d'océan tiennent compte des équations de la dynamique, mais ne pourront jamais être réalistes. Aussi les océanographes travaillent-ils sur les méthodes d'ajustement des modèles numériques aux données, que l'on appelle des méthodes inverses ou d'assimilation de données.

### *Méthodes inverses*

Les méthodes inverses concernent une description stationnaire de la circulation. Dans leur version la plus habituelle, les vitesses géostrophiques sont écrites comme la somme de vitesses relatives sur la verticale, qui sont accessibles à l'hydrographie, et de vitesses à un niveau de référence, qui sont considérées comme des inconnues. Ces vitesses doivent satisfaire un modèle d'océan décrit par les équations géostrophiques et hydrostatiques et par les principes de conservation de la masse, de la température et du sel (en tenant compte ou non des flux de chaleur et d'eau douce en surface) ; on peut aussi utiliser les estimations de la vitesse verticale en surface telles que déduites du pompage d'Ekman, voire des contraintes plus élaborées comme la conservation du tourbillon potentiel ; cet ensemble de contraintes est un jeu linéaire d'équations que doivent satisfaire les inconnues. Les données sont des mesures d'hydrographie ou de courantométrie, de vent ou de flux en surface ; elles définissent les membres de droite des équations, affectés d'erreurs de mesures. Les inconnues sont recherchées en résolvant le système d'équations. Celui-ci est mal conditionné, c'est-à-dire qu'il admet une infinité de solutions à l'intérieur des barres d'erreur des données ; la solution est alors obtenue par des techniques de moindres carrés, et son unicité peut être définie par d'autres contraintes, comme la recherche de la solution la plus « lisse » ou encore de vitesses au niveau de référence les plus petites possible. Le résultat permet ensuite de calculer des grandeurs dérivées comme les transports de chaleur (voir chapitre II) ou de tester l'impact de données complémentaires comme les données altimétriques (décrites au chapitre V) ou celles de traceurs géochimiques (chapitre IX).

On peut penser que les estimations issues des calculs inverses sont moins bonnes que celles des modèles dynamiques, puisqu'elles ne s'appuient pas sur toute l'information contenue dans les équations de la circulation océanique. Cependant, les résultats sont compatibles avec l'ensemble des contraintes, lesquelles, on l'a vu, expliquaient bien la circulation océanique. De plus, ces estimations s'avèrent compatibles avec l'ensemble des données et peuvent être fournies avec des barres d'erreur, ce qui n'est pas facilement le cas des modèles dynamiques.

### *Méthodes d'assimilation de données*

Les méthodes d'assimilation de données concernent des modèles dynamiques, représentant des courants et des paramètres thermodynamiques variables dans le temps. Les données sont alors fonction des dimensions de l'espace et du temps. Les variables du modèle numérique décrivent des trajectoires spatio-temporelles, à partir de conditions initiales et compte tenu des conditions aux limites et des paramètres du modèle (par exemple, ses diffusivités turbulentes). Le principe général des méthodes d'assimilation consiste à rapprocher la trajectoire du modèle des observations, en ajustant certains paramètres de contrôle ; ceux-ci peuvent être les conditions initiales ou les autres entrées du modèle. Cet ajustement se fait généralement par des techniques de moindres carrés. Les méthodes d'assimilation sont souvent décrites comme adaptées de celles de la météorologie ; en réalité, elles sont employées dans de nombreuses disciplines comme en géodésie pour le calcul d'orbite ou en automatisme pour le pilotage d'appareils.

On distingue deux grandes catégories de méthodes d'assimilation. Les « méthodes séquentielles » rapprochent le modèle des observations à une date donnée ; on construit donc à cette date un état initial ajusté, qui permet d'intégrer le modèle dans le temps, soit pour faire des prévisions, soit jusqu'à la date où de nouvelles données permettront un nouvel ajustement. Ces méthodes sont toutes plus ou moins simplifiées à partir du filtre de Kalman. Dans leurs versions les plus élaborées, elles prennent en compte les erreurs d'observations au moment de l'ajustement, propagent l'erreur d'initialisation du modèle au cours de son intégration temporelle, voire définissent une erreur du modèle prenant en compte les défauts de la physique simulée par rapport à la réalité. Elles nécessitent des observations répétées dans le temps. En effet, si le système est chaotique (comme le sont l'atmosphère et l'océan), la trajectoire du modèle peut s'éloigner considérablement de la réalité entre deux cycles d'ajustement lorsque les données sont trop rares. Les méthodes séquentielles sont encore beaucoup utilisées en météorologie opérationnelle. En océanographie, une méthode de ce type est notamment appliquée en routine par Eric Dombrowsky et ses collègues du SHOM pour effectuer des prévisions de la circulation mésoéchelle dans la région des Açores ; il utilise pour cela les mesures des satellites altimétriques. Jacques Verron et son équipe ont par ailleurs montré que cette technique pouvait être appliquée à tout l'océan Atlantique Nord.

Les autres méthodes sont dites « variationnelles » ou de contrôle optimal : elles considèrent toutes les données acquises pendant un assez long intervalle de temps et ajustent les paramètres du contrôle à partir de l'écart entre la trajectoire du modèle et les observations pour toute cette période. On choisit généralement les conditions initiales du modèle comme paramètres d'ajustement ; ces méthodes font donc l'hypothèse que le modèle numérique est parfait. Une prévision est ensuite possible par extrapolation temporelle du modèle. Les méthodes variationnelles sont en général coûteuses en moyens informatiques, l'assimilation pouvant nécessiter plus de dix fois plus de calculs que l'intégration du modèle numérique lui-même. En revanche, elles sont adaptées à des données disponibles de façon éparse, comme c'est le cas avec les données *in situ* de l'océanographie. Elles ont été utilisées depuis longtemps pour les calculs d'orbite ; leur adaptation aux problèmes de météorologie a été introduite ces dernières années par les Français Olivier Tallagrand et Philippe Courtier, lorsque la puissance des ordinateurs les a rendues applicables. En océanographie, ces méthodes sont attrayantes dans la mesure où il est aussi important de décrire l'évolution passée de l'océan que de faire des prévisions ; en effet, la trajectoire ajustée du modèle ne montre pas de sauts comme cela se produit aux dates d'ajustement dans les méthodes séquentielles. Le Français Eric Greiner a notamment montré comment une méthode variationnelle permettait d'ajuster un modèle de l'océan Atlantique tropical simultanément aux données altimétriques et aux données XBT et de décrire l'évolution des courants de surface au cours d'un cycle d'une année.

Dans l'ensemble, les mathématiques associées aux problèmes d'assimilation des données sont bien maîtrisées. Néanmoins, il reste des difficultés d'ordre pratique : coûts informatiques, simplifications acceptables, projection des observations sur les variables du modèle, définition des erreurs des données et du modèle, etc. On peut penser que nombre de ces difficultés tomberont d'elles-mêmes avec le temps, grâce à la croissance continue de la puissance des calculateurs.

L'environnement technique de l'océanographie a donc changé considérablement au cours des vingt dernières années. Toutes les prémices de cette évolution sont apparues à la fin des années 60, que ce soit dans le domaine des mesures *in situ*, des satellites ou des modèles numériques. Quant aux techniques d'assimilation, elles ont été introduites en océanographie vers 1985, notamment sous l'impulsion des Français Pierre DeMey et Jacques Verron. Ce qui a changé récemment, c'est-à-dire au cours des cinq dernières années, c'est la disponibilité effective des données satellites et de codes numériques de plus en plus réalistes. D'énormes quantités d'observations *in situ*, faites à partir de navires océanographiques ou marchands à l'aide des méthodes de l'hydrographie, de la courantométrie ou de la géochimie, ont été acquises dans le cadre des programmes TOGA et WOCE ; leur analyse est en cours. En revanche, le développement d'outils plus automatiques, permettant des mesures plus nombreuses et moins onéreuses, reste relativement lent. De plus, la disponibilité régulière ou opérationnelle d'observations satellites n'est pas encore acquise. C'est, à mon avis, sur ces deux aspects que l'effort technologique doit maintenant porter.

## Chapitre VII

# LE CYCLE OCÉANIQUE DU CARBONE

Le carbone est un des éléments de base des organismes vivants : comprendre son cycle sur Terre s'avère donc fondamental. Si l'abondance d'oxygène dans l'atmosphère dépend surtout de l'activité biologique, celle du carbone est contrôlée par l'océan. L'atmosphère de la Terre n'est pas primitive mais secondaire : elle s'est formée par dégazage de notre planète après l'accrétion de celle-ci. La proportion initiale de gaz carbonique ou de méthane dans cette atmosphère devait être élevée, à l'image des atmosphères actuelles de Vénus ou de Mars. Seulement, contrairement à Vénus, la planète jumelle de la Terre, il y avait beaucoup d'eau dans les roches qui ont constitué la Terre. Cette eau a été libérée lors du dégazage de la planète. La distance de la Terre au Soleil était telle que les conditions de température ont permis la condensation de l'eau en océans. Le gaz carbonique s'y est dissous et a précipité sous la forme de carbonate de calcium. En fait, si l'on ajoute la quantité de carbone présente dans les sédiments calcaires (de très loin le principal réservoir de carbone à la surface de la Terre ; on pense qu'il y a vingt à cinquante millions de milliards de tonnes de carbone – $10^6$ GTC (1 GTC = 1 milliard de tonnes de carbone) – dans ces sédiments, alors qu'il y en a environ 800 GTC dans l'atmosphère actuelle), celle de carbone dissous dans les océans (qui est de 39 000 GTC, soit cinquante fois plus que dans l'atmosphère), celle de la végétation et des sols (environ 1 700 GTC), on obtient une quantité de carbone comparable à celle qui est présente dans l'atmosphère de Vénus.

Le cycle actuel du carbone sur Terre est complexe. Il s'échange continuellement entre l'atmosphère, la biosphère continentale et l'océan à un rythme très élevé : on estime, en effet, que la totalité du gaz carbonique de l'atmosphère est renouvelée tous les quatre ans par échange avec les deux autres réservoirs. Le cycle océanique du carbone est lui-même assez complexe, car il résulte de phénomènes physiques, chimiques et biologiques, en interaction entre eux et parce que chacun de ces phénomènes varie dans le temps et dans l'espace. D'ailleurs, le premier rapport du Conseil international pour l'étude de la mer, publié en 1902, insistait déjà sur la nécessité de ne pas séparer l'étude de la biologie marine de celle des conditions physiques et chimiques des océans. De plus, les mesures des espèces chimiques impliquant le carbone sont délicates, doivent être précises et sont finalement assez peu nombreuses. Pour compliquer encore les choses, l'homme perturbe désormais le système.

## Équilibre des carbonates et effet tampon de l'océan

Dans l'océan, le carbone se présente sous quatre formes dissoutes : du gaz carbonique $CO_2$, du bicarbonate $HCO_3^-$, du carbonate $CO_3^{--}$ et des complexes organiques. En 1884, Dittmar n'avait pas mesuré l'abondance de l'ion bicarbonate et exprimait l'abondance de carbone minéral dissous sous la seule abondance d'ion carbonate. Ce n'est qu'en 1932 que D. Greenberg et ses collègues ont fourni les premières mesures de bicarbonate. On trouvera une description plus complète du système des carbonates dans le livre de Gérard Copin-Montégut, *Physico-Chimie de l'eau de mer.*

Les trois premières espèces sont en équilibre chimique selon les réactions :

$$CO_2 + 2\,H_2O \Leftrightarrow H_3O^+ + HCO_3^- \quad K'_1 = \frac{a_H{}^+\,[HCO_3^-]}{[CO_2]}$$

$$HCO_3^- + H_2O \Leftrightarrow H_3O^+ + CO_3^{--} \quad K'_2 = \frac{a_H{}^+\,[CO_3^{--}]}{[HCO_3^-]}$$

$K'_1$ et $K'_2$ sont les constantes de réaction et les crochets correspondent aux activités des espèces chimiques. Au premier ordre, celles-ci correspondent aux concentrations ; en réalité, dans un milieu aussi complexe que l'eau de mer, les interférences mutuelles des différents ions réduisent leur participation aux réactions chimiques, si bien que l'activité des ions est inférieure à leur concentration. Le symbole $a_H{}^+$ désigne l'activité de $H_3O^+$, c'est-à-dire le pH de l'eau de mer. L'activité de $CO_2$ est généralement exprimée en pression partielle de gaz dissous :

$$P_{CO_2} = [CO_2]/\alpha$$

où $\alpha$ est la solubilité du gaz.

Les constantes de réaction et la solubilité sont maintenant bien connues en fonction de la température, de la salinité et de la pression. Par exemple, à 20°C (respectivement 0°C dans les mêmes unités) on a $\alpha = 3{,}25.10^{-2}$ mol/(kg.atm) ($6{,}29.10^{-2}$), $K'_1 = 9{,}41.10^{-7}$ ($6{,}33.10^{-7}$) et $K'_2 = 6{,}59.10^{-10}$ ($3{,}53.10^{-10}$).

À température, salinité et pression données, on connaît les deux constantes $K'_1$ et $K'_2$, si bien que la connaissance de deux des espèces chimiques permet de calculer la concentration de la troisième et le pH. En chiffres ronds, l'espèce bicarbonate domine à près de 2 mmol/kg d'eau de mer et constitue environ 9 % du carbone minéral dissous ; les carbonates varient de 5 à 10 % du total, et le gaz dissous ne représente que 1 % du total.

Toute modification de la concentration de l'une de ces espèces chimiques entraîne des déplacements des équilibres chimiques qui relient entre elles leurs abondances et donc des variations de la concentration des autres espèces et du pH. Par exemple, si la quantité de gaz carbonique dissous augmente, l'abondance de bicarbonate $HCO_3^-$ augmente en même temps, tandis que celle de carbonate $CO_3^{--}$ diminue. La variation de concentration des ions carbonates est d'ailleurs la principale cause de variation du pH de l'eau de mer. Celle-ci est évidemment un milieu plus complexe qu'une simple solution de bicarbonate, et d'autres équilibres mettant en jeu d'autres acides faibles doivent également être considérés pour obtenir des valeurs exactes : l'autre acide essentiel est l'acide borique ($H_2BO_3^-$), mais il a la bonne idée d'être présent en proportion constante par rapport à l'abondance totale de sels dissous dans l'océan, si bien qu'il est facile à déterminer quand on connaît la salinité. D'autres acides faibles, comme par exemple la silice dissoute ou l'abondance d'espèces chargées comme les nitrates $NO_3^{3-}$, doivent aussi être considérés pour les calculs les plus précis.

La description *quantitative* du système chimique des carbonates dans l'océan est vraiment récente. On ne peut en effet prétendre maîtriser la chimie des carbonates si les mesures ne sont pas cohérentes : quand on mesure indépendamment l'abondance des ions carbonates, celle des ions bicarbonates, celle du gaz dissous et le pH, il faut que les valeurs de deux d'entre eux soient identiques à ce que l'on peut calculer à partir des deux autres. Cet accord n'est devenu satisfaisant que depuis le début des années 80, grâce, en particulier, aux travaux de Catherine Goyet et Alain Poisson à l'université Pierreet-Marie-Curie. Des difficultés analytiques ainsi que des valeurs trop incertaines des constantes de réaction $K'_1$ et $K'_2$ étaient la cause principale des désaccords antérieurs entre valeurs mesurées et valeurs calculées. Désormais, les mesures des espèces minérales dissoutes du carbone doivent suivre des protocoles analytiques très contraignants ; il n'y a qu'une dizaine d'équipes dans le monde dont les données peuvent être utilisées sans hésitation.

## Effets thermodynamiques sur l'abondance du carbone dissous dans l'océan

La première source de variations d'abondance des espèces minérales dissoutes est la même que celle qui explique les variations de salinité : l'évaporation et la précipitation des pluies ou l'apport d'eau douce à la surface de l'océan.

Dans le cas du carbone, une difficulté supplémentaire se présente : au cours du mélange d'eaux de compositions (c'est-à-dire de salinité) différentes, on ne peut calculer séparément ce qui se passe pour chacune des espèces du carbone, puisque leur équilibre chimique doit être respecté. En revanche, la somme de leur abondance (soit $CO_2 + HCO_3^- + CO_3^{--}$, que l'on appellera carbone total dissous et que l'on notera $C_T$) obéira aux lois du mélange et variera comme la salinité. Une deuxième grandeur, introduite par Greenberg en 1932, se comporte de la même manière : c'est la « réserve alcaline » qui est la somme des charges des espèces ioniques, celle-ci devant être compensée par les charges des espèces du carbone (c'est-à-dire la somme $HCO_3^- + 2\,CO_3^{--}$). La charge totale dépend d'abord de la salinité, mais aussi de l'abondance d'espèces mineures de concentration variable, comme les nitrates. Au cours du mélange de masses d'eau de compositions chimiques différentes, la réserve alcaline varie selon les lois du mélange, mais traduit des proportions variables des ions carbonates et bicarbonates.

Les variations de température se traduisent aussi par des modifications des constantes $K'_1$ et $K'_2$ et, donc, des déplacements des équilibres chimiques. La solubilité du gaz carbonique, $\alpha$, varie également, en augmentant quand la température diminue. Cela peut paraître contraire à l'intuition, mais il en est bien ainsi. D'ailleurs, quand on chauffe de l'eau, des bulles commencent à apparaître bien avant que l'eau n'entre en ébullition, parce que la solubilité des gaz dissous (principalement de l'azote et de l'oxygène) diminue. Quand la température de l'eau décroît, la solubilité augmente. Même à concentration constante de gaz carbonique dissous ($CO_2$), la pression partielle de gaz dissous $P_{CO_2}$ diminue proportionnellement à $\alpha$ ; cette variation atteint presque un facteur deux entre 20°C et 0°C.

## Échange de gaz carbonique entre l'eau et l'air

Un autre processus thermodynamique important intervient à la surface de l'océan : l'échange de gaz entre l'eau et l'air. En principe, à l'équilibre, la pression de gaz dissous dans l'eau doit être égale à celle de l'air ; c'est la loi de Henry. On observe que la couche de mélange océanique (CMO) est homogène et que la concentration de la plupart des gaz y est proche de la valeur d'équilibre avec l'atmosphère. Cela peut paraître surprenant, car les échanges entre l'océan et l'atmosphère se font nécessairement au travers de leur interface, qui peut sembler *a priori* très fine par comparaison avec l'épaisseur de la CMO. En réalité, le Français Laurent Memery a expliqué pourquoi les échanges de gaz sont fortement accélérés par le vent et les vagues : quand celles-ci déferlent, elles entraînent sous la surface de petites bulles d'air. La pression à l'intérieur de ces bulles n'est pas la pression atmosphérique mais la pression hydrostatique, qui augmente d'une atmosphère tous les dix mètres d'eau. Cette pression relativement élevée et la grande surface des bulles favorisent le transfert du gaz des bulles entre l'air et l'eau.

Le gaz carbonique fait exception à cette règle d'équilibre air-mer : on s'en est aperçu dès les premières mesures de pression du gaz carbonique dissous dans l'eau, qui semblent dues à August Krogh en 1904 et surtout à Kurt Buch en 1939. La principale raison est à rechercher dans l'équilibre chimique de ce gaz avec les bicarbonates. Imaginons par exemple que l'on augmente l'abondance du gaz carbonique dans l'air ; celle de l'eau doit également augmenter. Ce faisant, l'équilibre chimique dans l'eau est déplacé vers plus d'ions bicarbonates, moins d'ions carbonates et moins de gaz dissous. Il faut donc que l'océan absorbe une grande quantité de gaz carbonique pour que soient atteints à la fois l'équilibre avec l'atmosphère et l'équilibre entre espèces dissoutes. Ce processus prend du temps.

Puisque le gaz carbonique n'est pas à l'équilibre à l'interface air-mer, il faut décrire la cinétique de ses échanges. Le flux de gaz est proportionnel à la différence des pressions dans l'air et dans l'eau ; il tend bien sûr à ramener ces pressions vers l'équilibre. Ce flux, en mol/($m^2$.an) s'exprime donc sous la forme :

$$F = k\,(P^{eau} - P^{air})$$

où $P^{eau}$ et $P^{air}$ sont respectivement les pressions du gaz carbonique dans l'eau et dans l'air. Si $P^{air}$ est plus grand que $P^{eau}$, le flux de gaz est dirigé de l'air vers l'eau ; on dit que l'océan pompe du gaz ; dans le cas contraire, on dit que l'océan dégaze vers l'atmosphère.

Le coefficient k est une constante d'échange qui s'exprime en mol/(m$^2$.an.atm). Si l'on divise k par la solubilité $\alpha$, on trouve une grandeur qui a la dimension d'une vitesse et que l'on appelle la vitesse d'échange du gaz (où parfois la vitesse de piston, selon une expression due à Wally Broecker). Ce coefficient représente une physique assez complexe, puisque les deux fluides, l'air et l'eau, ne sont pas au repos : l'échange de gaz entre l'océan et l'atmosphère est, par exemple, affecté par l'entraînement des bulles en subsurface ou par les variations rapides de température des premiers microns de la surface de l'eau.

En pratique, on a déterminé empiriquement des relations entre k, la température de l'eau et la vitesse du vent. Ces relations ont surtout été obtenues à partir d'expériences dans des souffleries spéciales qui permettent de créer des vagues à la surface de l'eau ; on a aussi réalisé des expériences en milieux naturels, en injectant des gaz inertes dans l'eau de lacs isolés et en étudiant leur dégazage vers l'atmosphère ; on a pu enfin utiliser des « traceurs naturels » dont je reparlerai. Parmi de nombreuses formules empiriques, la plus utilisée à ce jour a été proposée par Peter Liss et Liliane Merlivat en 1986. L'intérêt de ces formules est que l'on peut estimer k à partir de mesures de température et de vitesse du vent : alors que la mesure directe de k est compliquée, celles de la température et de la vitesse du vent sont accessibles sur tout l'océan à l'aide de satellites. D'ailleurs, la Française Jacqueline Etcheto s'attache depuis quelques années à cartographier l'évolution du coefficient k à partir de telles données.

On peut trouver le temps nécessaire à l'équilibre du gaz carbonique entre la CMO et l'atmosphère par le calcul suivant. Le coefficient k vaut de l'ordre de $40.10^3$ mol/(m$^2$.an.atm). Pour un excès de gaz dans l'océan de 10 %, c'est-à-dire une différence ($P^{eau} - P^{air}$) de 35 $\mu$atm, on obtient un flux de dégazage de 1,4 mol/(m$^2$.an). Les équations d'équilibre chimique indiquent que pour créer une variation relative de $P_{CO_2}$ de 10 %, il faut une variation relative de 1 % du carbone minéral dissous (ou, de manière équivalente, il faut dégazer dix fois la quantité de gaz dissous en excès, puisque le gaz dissous ne fait que 1 % du carbone minéral dissous). Dans une couche de mélange océanique de 100 m d'épaisseur, il y a 200 mol de carbone total dissous. Il faut donc perdre 2 mol de carbone par dégazage ; d'après le flux estimé ci-dessus, cela prendra une année et demie.

## Effets de l'activité biologique de surface

On ne peut évidemment pas décrire le cycle océanique du carbone sans prendre en compte l'effet de la biologie. En surface, dans une couche d'eau d'une centaine de mètres d'épaisseur, appelée « couche euphotique », la lumière disponible permet la réaction de photosynthèse et la croissance du phytoplancton (ce sont des plantes ; il faudrait plutôt utiliser la notion fonctionnelle d'espèces « autotrophes », plantes ou bactéries, qui fabriquent elles-mêmes leur matière biogénique à partir d'espèces minérales). Dans la majeure partie de l'océan, le phytoplancton se développe jusqu'à épuiser les sels nutritifs qui lui sont nécessaires, comme les nitrates dissous dans l'eau. Ce phénomène modifie la concentration de carbone dissous de plusieurs manières. Tout d'abord, le plancton incorpore du carbone dans ses tissus organiques ; ensuite, certaines espèces se fabriquent un squelette de carbonate de calcium (sous deux formes minérales, calcite ou aragonite). Ces deux processus déplacent les équilibres chimiques entre espèces du carbone.

La fabrication de la matière organique modifie les charges négatives car les nitrates $NO_3^-$ sont utilisés pour la constituer ; cela change un peu la réserve alcaline. En outre, ce processus fait décroître l'abondance de $C_T$ de façon sensible. Cela a pour effets de diminuer l'abondance des ions bicarbonates, d'augmenter l'abondance des ions carbonates et *s'accompagne d'une diminution de la pression partielle de gaz dissous.*

Au contraire, la fabrication des squelettes est analogue à une précipitation de carbonate de calcium, selon la réaction :

$$Ca^{++} + CO_3^{--} \Leftrightarrow CaCO_3$$

Il faut noter que la précipitation naturelle de $CaCO_3$ ne se fait que très rarement dans l'océan (cela peut arriver près des côtes dans des eaux très chaudes) : la fabrication du carbonate de calcium passe presque uniquement par l'activité biologique. Les conséquences de cette réaction très simple sur le cycle océanique du carbone ont été beaucoup étudiées depuis les premiers travaux de Roger Revelle en 1936. La précipitation de $CaCO_3$ se traduit par une disparition d'ions carbonates, c'est-à-dire à la fois une diminution de $C_T$ et une diminution de charges, et donc de la réserve alcaline. *Le résultat est une augmentation de la pression de gaz dissous.*

Les effets sur $P_{CO_2}$ de la fabrication de matière organique et de celle de $CaCO_3$ sont donc véritablement contradictoires. L'effet net dépend de l'importance relative des deux processus. À l'échelle de tout l'océan, le plancton semble utiliser quatre fois plus de carbone pour fabriquer de la matière organique que pour ses squelettes, si bien que le résultat net de son activité est de diminuer la $P_{CO_2}$. Cependant, il arrive localement que cet effet soit beaucoup plus faible, voire inversé.

L'activité biologique recycle la majeure partie de ses déchets à l'intérieur de la couche euphotique. Cependant, en moyenne sur tout l'océan, une fraction de l'ordre de 10 % est incorporée dans des particules qui peuvent couler en profondeur et sortir de cette couche. Ces particules biogéniques sont essentiellement des pelotes fécales dues au zooplancton qui « broute » le phytoplancton (le zooplancton est constitué d'espèces animales ; il faudrait plutôt parler d'espèces hétérotrophes, qui utilisent de la matière biogénique créée par d'autres espèces pour se nourrir). Ces pelotes ont des tailles très variables, qui vont de quelques microns à plus d'une centaine de microns de diamètre. Les plus grosses coulent vers l'océan profond à une vitesse de l'ordre de 100 à 800 m/jour.

Ces particules sont reminéralisées dans les couches d'eaux intermédiaires et profondes : cette matière organique est réoxydée en sels dissous, par exemple en nitrates ou en espèces minérales dissoutes du carbone. Cette reminéralisation s'opère de manière un peu complexe. D'un point de vue chimique, la matière organique est essentiellement réoxydée, l'oxygène dissous dans l'eau étant l'oxydant principal. Mais, en réalité, cette matière organique est surtout dégradée par des bactéries qui se développent sur les particules. Elle peut aussi être utilisée par des espèces planctoniques (ou d'autres) vivant en profondeur ou à la surface du sédiment : c'est d'ailleurs leur principale source de nourriture. Cette réoxydation se fait assez rapidement, puisque l'on a pu mesurer le flux de particules biogéniques en fonction de la profondeur et montrer que plus de la moitié des particules se dégrade dans les six cents premiers mètres d'eau.

Comme la réoxydation de la matière organique des particules biogéniques dans les eaux de subsurface libère du carbone minéral dissous et des nitrates, les équilibres chimiques entre espèces dissoutes du carbone sont déplacés dans le sens contraire à celui lié à l'activité biologique de surface ; on observe ainsi une augmentation de la pression partielle du gaz carbonique dissous dans les eaux intermédiaires et profondes, accompagnée d'une forte diminution des ions carbonates.

Ce dernier effet déplace l'équilibre chimique qui régit la précipitation du carbonate de calcium $CaCO_3$ et explique pourquoi celui-ci se redissout en profondeur. Ce déplacement d'équilibre est d'ailleurs accentué par la diminution de température et par l'augmentation de pression qui ont lieu dans les eaux profondes. En fait, cette redissolution de $CaCO_3$ se fait lentement : les particules arrivent en général jusqu'au fond et ne se redissolvent qu'à la surface des sédiments. Bien sûr, quand l'océan n'est pas profond, que la température de l'eau n'est pas très froide et que l'abondance de l'ion carbonate est élevée, le carbonate de calcium ne se redissout pas et s'accumule pour former des sédiments calcaires. On appelle « profondeur de compensation des carbonates », la profondeur au-delà de laquelle les sédiments calcaires ne peuvent plus s'accumuler ; ce niveau varie de 500 à 2 000 m de profondeur selon les régions. On estime que des sédiments calcaires ne peuvent s'accumuler que sur 20 % environ de la surface des océans. Le rythme d'accumulation va du centimètre à quelques décimètres par milliers d'années, selon l'intensité de l'activité biologique de surface. Outre les apports calcaires, les sédiments sont constitués de particules siliceuses et de matériaux terrigènes (apports éoliens, particules en suspension dans les rivières). En l'absence des carbonates, ces autres matériaux constituent l'essentiel des sédiments profonds.

Le bilan de cette activité biologique est un transfert de carbone de la surface vers l'océan profond, que l'on appelle parfois la « pompe biologique ». Son effet est de diminuer l'abondance de $C_T$ dans l'océan de surface par rapport à sa valeur dans l'océan profond, cette diminution étant de 10 à 20 %. Elle s'accompagne d'une diminution importante de la $P_{CO_2}$ dans l'océan de surface, qui favorise l'absorption de gaz carbonique de l'air : on peut calculer qu'en l'absence de ce phénomène, la concentration de gaz carbonique de l'air serait deux fois plus élevée. Ainsi, les couches de surface de l'océan jouent-elles un rôle analogue à celui des membranes cellulaires des plantes : elles maintiennent une concentration élevée de carbone dans l'océan profond, en favorisant le transfert de cet élément de l'atmosphère vers le fond.

## Importance du carbone organique dissous ; histoire d'une erreur analytique

Une autre catégorie d'espèces dissoutes est rencontrée dans l'océan ; il s'agit de complexes organiques qui peuvent provenir des continents ou être produits par l'activité biologique, seraient relativement stables et pourraient être transportés longtemps par les courants avant d'être réoxydés en espèces minérales. L'abondance de carbone organique dissous (COD) dans l'océan a été mesurée depuis les années 50 ; jusqu'à une date récente, elle semblait varier assez peu d'une région à l'autre, ne présentant que de légers maxima près de la surface et près des côtes. Elle ne représentait qu'un faible pourcentage du carbone minéral dissous, si bien que peu de groupes s'y intéressaient.

En 1986, deux chercheurs japonais ont mis au point une nouvelle technique de mesure du COD, fondée sur sa destruction catalytique à haute température. Ils ont alors trouvé que son abondance était beaucoup plus élevée que ce que l'on pensait jusqu'alors, et qu'il constituait 5 à 10 % du total du carbone dissous. Cette valeur plus élevée était attribuée à des espèces chimiques qui échappaient aux techniques classiques. Par ailleurs, les variations de concentration de COD semblaient cohérentes et suivre de très près l'abondance de l'oxygène dissous, qui dépend fortement de l'activité biologique.

Ce résultat a suscité un engouement étonnant : toute la compréhension du cycle océanique du carbone semblait à revoir. Une vingtaine de groupes se mirent à utiliser cette nouvelle technique. Des équations représentant le COD furent introduites dans les modèles numériques représentant le cycle océanique du carbone, et cela sembla produire un meilleur accord avec les observations.

Dans un premier temps, des valeurs élevées de COD ont été trouvées un peu partout. Mais les résultats étaient plutôt erratiques. Un effort international d'intercomparaison fut donc entrepris, des procédures et des échantillons échangés. En 1992, l'affaire était entendue : les fortes concentrations provenaient d'un artefact analytique, principalement dû aux catalyseurs employés. Les chercheurs japonais eux-mêmes reconnaissaient honorablement leur erreur. Les valeurs obtenues avec la nouvelle technique sont maintenant très proches des anciennes. Quant aux défauts des modèles, on en est revenu aux difficultés habituellement invoquées, à savoir une mauvaise représentation des champs de courant.

Cette histoire a cependant attiré l'attention sur le rôle de la matière organique dissoute dans le cycle océanique du carbone. Tout d'abord, même si le COD est relativement peu abondant, il peut contribuer à une exportation significative du carbone produit par l'activité biologique ; cette exportation ne se ferait pas seulement avec la chute des particules mais aussi par le transport des courants. Pour bien connaître l'importance de cet effet, il faut être capable de mesurer de faibles variations de l'abondance du COD ; celles-ci sont maintenant détectables grâce aux progrès dus à cette nouvelle technique analytique. En fait, il semble qu'il y ait deux types de COD : un type « réfractaire », c'est-à-dire difficile à oxyder, et un type « labile ». Ce n'est pas si surprenant si l'on songe que ce COD est constitué d'un ensemble de molécules organiques encore incomplètement caractérisées, plus ou moins assimilables par les organismes vivants. La durée de vie du COD réfractaire, obtenue par datation à l'isotope carbone 14 ($^{14}C$), semble être de l'ordre du millier d'années, si bien qu'il devrait être réparti de façon relativement homogène dans l'océan ; à vrai dire, on ne sait pas aujourd'hui si son abondance présente des variations significatives entre les océans Atlantique et Pacifique profonds, comme il y en a pour la plupart des espèces chimiques dissoutes. Le COD labile serait produit par l'activité biologique en surface de l'océan et expliquerait les maxima de COD dans les couches de surface ; il serait plus facilement oxydé en carbone minéral dissous que le COD réfractaire ou volontiers réutilisé par le plancton. À ce jour, on ne dispose pas d'estimation de sa durée de vie.

De plus, on a réalisé que le rapport carbone/azote (C/N) de la matière organique dissoute était environ deux fois plus élevé que celui de la matière minérale dissoute. *A priori*, ce fractionnement peut se produire lors de la dégradation de la matière particulaire en matière dissoute par les bactéries ou parce que l'azote organique dissous est facilement assimilé par le plancton quand la quantité de nitrates disponibles est limitée. Or, depuis les travaux de Redfield en 1934, l'habitude consistait à utiliser la consommation de l'azote par le plancton comme une mesure de la production biologique ; on en déduisait l'effet sur le carbone en considérant que le rapport C/N du plancton était constant. Le fractionnement de ce rapport dans le COD remet ce paradigme en cause. C'est, bien sûr, devenu un sujet à la mode.

Ainsi, cette technique analytique nouvelle, même si elle n'a pas donné de bons résultats dans un premier temps, a été à l'origine d'une réflexion plus approfondie sur le système naturel et d'un progrès dans notre connaissance du cycle océanique du carbone.

## Répartition géographique et transport du carbone minéral dissous

Pour résumer, la pression partielle de gaz carbonique dissous dans l'océan augmente dans les circonstances suivantes : quand la salinité s'élève, par exemple au cours d'un processus d'évaporation ; quand la température s'élève, lors du réchauffement de l'eau, par suite de la diminution de la solubilité ; lorsque la matière organique se réoxyde, particulièrement dans l'océan profond ; quand le carbonate de calcium précipite, par suite de la production biologique de surface ; enfin, lorsque de l'eau profonde remonte à la surface, puisque celle-ci est plus riche en gaz carbonique que ne l'est l'eau de surface.

Nous avons vu que les particules biogéniques transportaient du carbone de la surface vers le fond et que le carbone minéral dissous aussi bien que le COD étaient transportés par les courants. En particulier, lorsque se créent des eaux profondes, du carbone est transféré de la surface vers le fond. On peut se demander lequel de ces deux transports est dominant. Les premières estimations en ont été faites par Wally Broecker en 1959. On peut s'en faire une idée approximative :

– comme il se forme environ 30 Sv d'eau profonde et que celle-ci contient environ 2 mmol/kg de carbone minéral dissous, le transport par les courants (que l'on appelle le transport advectif) est de l'ordre de 30 GTC/an. Il faut ajouter à ce chiffre le flux de transport advectif effectué lors de la subduction des isopycnes et soustraire le flux du fond vers la surface, dû à la diffusion turbulente de l'océan. Le flux total actuellement admis est de 100 GTC/an ;

– la production biologique peut être estimée à partir des apports de nitrates et du rapport C/N du plancton. En effet, en régime stationnaire, la « production exportée » (c'est-à-dire le flux de carbone quittant la couche euphotique soit sous forme de particules, soit sous forme de COD) doit être en moyenne compensée par des apports de carbone minéral dissous ; cet apport est effectué par les courants. La production qui résulte du recyclage de la matière organique dans la couche euphotique (on parle de « production régénérée ») ne peut contribuer à l'exportation de carbone. Ce n'est donc pas la production totale, dite « primaire », de carbone biogénique qu'il faut connaître pour estimer l'effet de soustraction de carbone en surface, mais seulement la fraction non recyclée que l'on appelle « production nouvelle » (cette distinction importante entre production nouvelle et production régénérée a été introduite presque simultanément par le Français Harim Minas et par l'Américain Richard Eppley en 1979). Il est plus facile d'estimer la production nouvelle à partir de l'apport des nitrates, car ceux-ci sont presque entièrement utilisés par l'activité biologique. Cet apport de nitrates par les courants est effectué par la remontée en surface d'environ 30 Sv d'eau profonde, qui contient en moyenne 15 µmol/kg de nitrates. Comme le rapport C/N est environ égal à neuf, on trouve un flux de production nouvelle de 3 GTC/an. Là aussi, ce n'est qu'une estimation, pour les mêmes raisons que pour les transports advectifs ; le flux total serait de 4 GTC/an.

Ces calculs montrent que le terme principal de transport de carbone dans l'océan est le terme advectif, qui est d'un ordre de grandeur supérieur au flux des particules biogéniques. Rappelons que la formation des eaux profondes se fait essentiellement dans l'océan Atlantique Nord et autour du continent Antarctique. Ces eaux circulent ensuite en profondeur, en particulier jusque vers le Pacifique Nord. Au cours de ce transit et de leur « vieillissement », elles reçoivent un apport continuel de carbone des particules biogéniques et s'enrichissent en carbone minéral dissous, tandis que leur $P_{CO_2}$ s'élève et que l'abondance des ions carbonates diminue. On observe ainsi une augmentation progressive de l'ordre de 10 à 20 % de $C_T$ entre les eaux profondes de l'Atlantique et celles du Pacifique.

Dans certaines régions de l'océan, par exemple le long de l'équateur, les eaux de subsurface enrichies en gaz carbonique remontent en surface. Elles s'y réchauffent, si bien que la solubilité du gaz diminue et que la $P_{CO_2}$ augmente. En outre, dans les zones tropicales, elles subissent un excès d'évaporation, ce qui fait encore augmenter la $P_{CO_2}$. Au contraire, quand ces eaux chaudes se déplacent vers les pôles, elles se refroidissent et leur $P_{CO_2}$ diminue. Elles reçoivent aussi un excès de précipitations, ce qui fait baisser leur salinité et encore diminuer la $P_{CO_2}$. De plus, au cours de leur migration en surface vers les pôles, elles s'appauvrissent en carbone total dissous à cause de l'activité biologique de surface.

Comme $P^{eau}$ est élevée dans les zones tropicales, elle y est excédentaire par rapport à l'atmosphère : l'océan dégaze donc du gaz carbonique vers l'atmosphère dans ces régions du globe. Comme $P^{eau}$ est déficitaire dans les zones de hautes latitudes, l'océan y pompe du gaz carbonique à l'atmosphère. Bien sûr, la circulation atmosphérique se charge de transporter le $CO_2$ dégazé par l'océan de l'équateur vers les pôles, tandis que les courants transportent le carbone des pôles vers l'équateur. L'effet le plus important contrôlant ces flux est le transport advectif par les courants apportant en surface des eaux riches en carbone dissous. Si on l'imagine que le système naturel est en régime stationnaire, les deux flux de dégazage tropical et de pompage de hautes latitudes doivent s'équilibrer.

Dans l'océan Atlantique, le transport net d'eau en surface de l'Atlantique Sud vers l'Atlantique Nord compense approximativement le transport net d'eau profonde nord-atlantique (EPNA) vers le sud, de l'ordre de 18 Sv. Au passage de la zone tropicale, l'eau de surface de l'Atlantique Sud s'appauvrit en carbone minéral dissous par dégazage vers l'atmosphère et par exportation de carbone biogénique vers le fond ; au contraire, l'EPNA est initialement riche en carbone, parce qu'elle se forme à partir d'eaux froides de hautes latitudes et elle s'enrichit encore au cours de son transit vers le sud par apport de carbone biogénique depuis la surface. Par différence, il devrait donc y avoir une exportation nette de carbone de l'océan Atlantique Nord vers le sud. Comme le bassin nord ne peut indéfiniment perdre du carbone, cette exportation doit être compensée par un excès d'absorption de gaz carbonique de l'atmosphère. Pour alimenter cette absorption, l'atmosphère doit donc transporter du gaz carbonique de l'hémisphère Sud vers l'hémisphère Nord. Selon diverses estimations récentes, le transport net interhémisphérique naturel de carbone par l'océan et l'atmosphère serait de 0,4 à 0,6 GTC/an.

## Cycle lithosphérique du carbone

Quel est le rôle de la lithosphère, le quatrième réservoir de carbone ? Il faut prendre en compte au moins trois effets. Il y a d'abord le dégazage des roches du manteau, qui se fait principalement au cours de l'activité volcanique. En effet, lorsque l'on fond une roche, le carbone contenu dans les minéraux peut s'oxyder en gaz carbonique ; ce gaz ainsi que les autres gaz dissous dans la roche peuvent être alors libérés. Que l'on ne s'y trompe pas : même si la concentration du carbone dans les roches du manteau est faible (de l'ordre de 0,5 %), celui-ci constitue un très gros réservoir de carbone sur Terre. Ce carbone peut d'ailleurs avoir deux origines : du carbone « primitif » ou « juvénile », c'est-à-dire qui était contenu dans les roches de la Terre depuis la formation de celle-ci (autrement dit, le dégazage de la planète n'est pas terminé ; il y aurait encore $90.10^6$ GTC de carbone juvénile dans le manteau) ; et du carbone « recyclé », c'est-à-dire qui a été réinjecté dans le manteau de la Terre lors de l'entraînement des sédiments calcaires vers les couches profondes du manteau par la « subduction » de la lithosphère océanique le long des fosses et des arcs volcaniques qui bordent les océans. Diverses estimations indiquent que le flux de dégazage de carbone juvénile serait de 0,08 GTC/an.

Le deuxième phénomène est la transformation des roches « plutoniques » (les granites et les basaltes) en sols : celle-ci s'accompagne de dissolution de minéraux, en particulier de carbonate de calcium, et donc d'échange de gaz carbonique avec les rivières et l'atmosphère. Le flux lié à l'altération de ces roches serait de 0,3 GTC/an. Divers travaux en cours suggèrent que ce bilan devrait être révisé.

Environ 75 % du carbone de la lithosphère est contenu dans du carbonate de calcium. Chacun sait que les roches calcaires sont particulièrement sensibles à l'érosion. Ce mécanisme constitue un recyclage relativement rapide, puisque l'on estime que la durée de vie caractéristique (le temps de résidence) des roches calcaires est de quatre-vingts millions d'années, entre le moment de leur dépôt et celui de leur érosion. Là aussi, cela s'accompagne d'une libération de gaz carbonique et d'un transport de carbone par les rivières.

À l'échelle des temps géologiques, la concentration de carbone dans le système « de surface » océan-atmosphère-biosphère est probablement contrôlée par les mécanismes d'échange avec la lithosphère. Cependant, dans l'ensemble, les flux de carbone liés aux processus lithosphériques sont nettement plus petits que ceux qui résultent des échanges entre les trois compartiments de surface. Les temps caractéristiques de renouvellement des réservoirs lithosphériques se comptent en millions d'années, alors que ceux des réservoirs de surface se comptent en années. On a donc tendance à considérer que ces processus lithosphériques n'interfèrent pas avec les flux de surface.

Il reste néanmoins important de garder ces effets en tête pour deux raisons. La première vient de ce qu'il faut bien comprendre les échanges entre le réservoir océan et les autres réservoirs. Ainsi, les mécanismes d'érosion (altération et dissolution des roches) impliquent un transport de carbone par les rivières, celles-ci apportant environ 0,8 GTC/an de carbone vers l'océan. Que devient ce carbone ? Si l'on fait l'hypothèse que la quantité de carbone des océans est restée constante au cours des millions d'années, quel est le puits de carbone océanique ? Le bilan des apports et des dépôts de matière peut être réalisé à l'échelle locale pour certaines rivières. En revanche, il est bien difficile de faire ce bilan à l'échelle globale et de comprendre quantitativement le devenir du carbone apporté par les rivières à l'océan.

On a vu qu'une partie du carbone biogénique était exportée vers l'océan profond par les pelotes fécales. En effet, 20 % de ces particules consistent en carbonate de calcium, qui arrive jusqu'aux sédiments mais ne s'y redissout que si l'océan est assez profond, soit sur environ 20 % de la surface des océans. Comme le flux de production nouvelle est de 4 GTC/an, on trouve un puits de carbone océanique de l'ordre de seulement 0,16 GTC/an. Cela ne peut constituer qu'une partie du puits du carbone apporté par les rivières.

L'hypothèse couramment admise est que le carbone des rivières est « piégé » dans les estuaires et près des côtes : d'après les chiffres ci-dessus, cela devrait affecter 80 % de cet apport. Effectivement, on sait que la modification profonde de la composition chimique de l'eau dans les estuaires (qui passe de l'eau douce à l'eau de mer) favorise la précipitation de nombreux éléments dissous et la formation de colloïdes et de « bouchons vaseux » qui peuvent être riches en carbone organique. On sait aussi que des sédiments s'écoulent le long des talus continentaux vers les zones profondes. Une grande partie de ces sédiments provient des apports des rivières.

Une autre possibilité serait que le carbone apporté par les rivières soit dégazé vers l'atmosphère. Cela pourrait se faire directement dans les zones côtières. Par exemple, comme les sédiments côtiers sont facilement remobilisés par les courants, les marées, la houle et les tempêtes, il est possible qu'une grande partie de leur carbone organique soit réoxydé en carbone minéral dissous et échangé avec l'atmosphère. Ainsi, dans une description récente du cycle du carbone, le Suisse Uri Siegenthaler et l'Américain Jorge Sarmiento font l'hypothèse qu'un excès de perte de 0,6 GTC/an quitte l'océan de surface vers l'atmosphère pour être réabsorbé par la biosphère.

Il convient aussi de ne pas oublier les apports de carbone lithosphérique aux océans parce que ces échanges peuvent évoluer avec le temps, de façon naturelle ou artificielle. Par exemple, l'érosion des moraines glaciaires n'est peut-être pas en régime stationnaire : ces moraines sont constituées de dépôts de roches brisées mécaniquement par les glaces, liées par des dépôts d'argile et de carbonate de calcium. Elles sont facilement érodées par les torrents. L'érosion des moraines datant de la dernière période glaciaire, vieilles d'environ treize mille ans, est loin d'être terminée et pourrait se traduire par un transport de carbone par les rivières anormalement élevé. Ces transports peuvent aussi changer sous l'effet des activités humaines : déforestation, agriculture, terrassements. On estime que le contenu de particules détritiques en suspension dans les rivières a doublé, par suite de ces activités. En revanche, les barrages tendent à bloquer leur transport. Les activités humaines peuvent aussi induire une augmentation du carbone dissous dans les rivières, qui n'est bien sûr pas bloqué par les barrages.

Néanmoins, le flux total du carbone transporté vers les océans par les rivières demeure de l'ordre de 0,8 GTC/an. Cela reste faible par rapport aux flux dans l'océan et entre l'océan et l'atmosphère. Il est donc peu probable que les variations du flux des rivières soient assez grandes pour modifier le cycle océanique du carbone de façon significative.

Qualitativement, on pense comprendre assez bien l'ensemble des mécanismes mis en jeu au cours du cycle océanique du carbone. Les modèles les plus récents sont d'ailleurs assez réalistes et proches des observations : ils sont capables de prendre en compte la croissance du plancton et l'exportation des particules, l'échange de gaz et les transports par les courants, la formation des eaux profondes, comme la réoxydation et la redissolution des particules biogéniques. Ils simulent plutôt bien la distribution du carbone minéral dissous dans l'océan ou la distribution géographique de la $P_{CO_2}$ de surface. En fait, leur limitation principale est leur représentation du champ de courant, car ces modèles sont de faible résolution spatiale. On sait que, dans ces conditions, la représentation des grands courants ou celle de la thermocline principale demeurent insatisfaisantes ; il n'est pas non plus question de représenter l'activité mésoéchelle ni les zones d'*upwelling*. Il existe bien des modèles globaux de la circulation qui soient plus réalistes, mais ils restent très coûteux en moyens informatiques, si bien que l'on n'y a pas (encore) inséré les équations décrivant le cycle du carbone.

Bien sûr, de très nombreuses questions demeurent non résolues. Nous en avons d'ailleurs laissé plusieurs en suspens. Pour progresser plus rapidement dans le problème du cycle océanique du carbone, les scientifiques se sont organisés pour réaliser de grands programmes internationaux. Dans un premier temps, ces programmes ont étudié deux éléments qui paraissaient à la fois les plus essentiels et les plus mal connus : le transport de carbone dissous par la circulation des océans et les effets de l'activité biogéochimique sur le cycle du carbone. D'autres programmes commencent maintenant à être construits, comme par exemple pour l'étude des zones côtières. Ces programmes seront décrits dans le chapitre XII. On verra plus loin comment cette compréhension du système naturel peut nous aider à estimer quelle proportion du gaz carbonique produit par l'homme peut être absorbée dans l'océan.

# Chapitre VIII

## PROCESSUS BIOGÉOCHIMIQUES À LA SURFACE DE L'OCÉAN ET VARIABILITÉ DU CYCLE DU CARBONE

La pression partielle du gaz carbonique dans l'océan de surface dépend d'une compétition de processus thermodynamiques (effet de la température et de la salinité, échange de gaz) et de processus biologiques (soustraction de carbone biogénique). Par ailleurs, nous avons mentionné une liste conséquente d'effets biogéochimiques, comme :

- la production nouvelle de phytoplancton, alimentée et souvent limitée par l'apport de nitrates ;
- le « broutage » du phytoplancton par le zooplancton ;
- la production de matière biogénique particulaire par l'excrétion des pelotes fécales du zooplancton ;
- l'exportation de carbone par les particules, à la fois sous forme de matière organique et sous forme de carbonate de calcium ;
- la dégradation de la matière biogénique particulaire par les bactéries et la production de matière organique dissoute (dont le COD) ;
- la consommation de matière organique dissoute par le phytoplancton, source de production régénérée et accompagnée de fractionnement du rapport carbone/azote ;
- l'exportation de matière organique dissoute par les transports advectifs et l'existence de différents types de COD, dont certains, complexes, sont labiles et facilement ingérés en production régénérée, tandis que les seconds stockent le carbone biogénique et facilitent son exportation par les courants.

Le système naturel est encore bien plus complexe. On trouvera par exemple une introduction à ce sujet dans le livre de Guy Jacques et Paul Tréguer sur les *Écosystèmes pélagiques marins* ou dans celui de Caroll Lalli et Timothy Parsons, *Biological Oceanography ; An Introduction.*

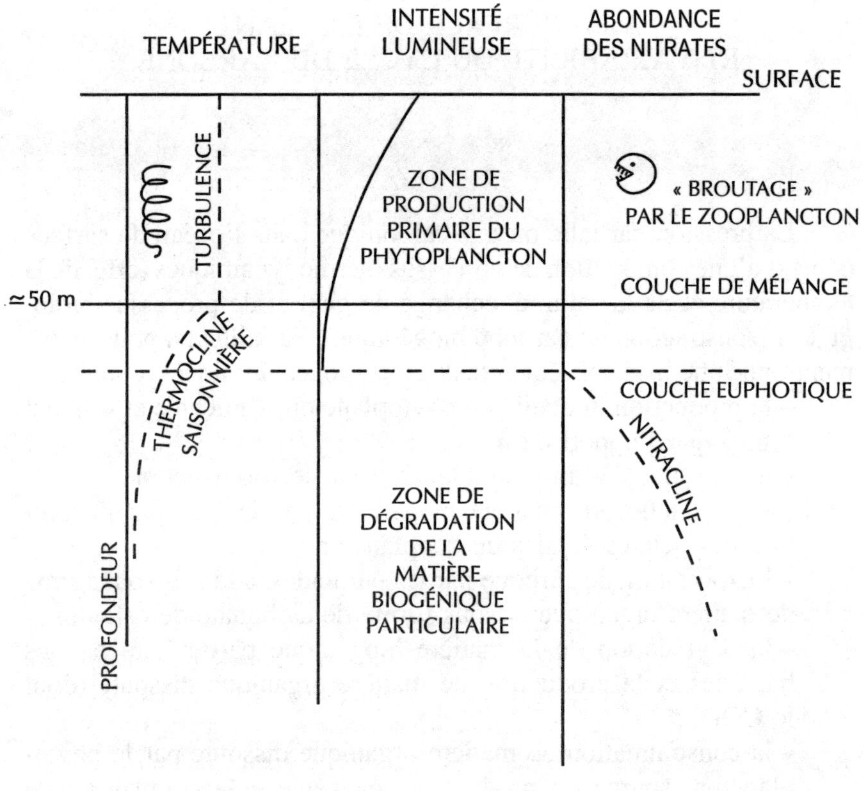


**Quelques éléments de base contrôlant la production biologique de surface. L'intensité des phénomènes et la profondeur des couches de mélange et euphotique varient avec les saisons. Le schéma montre une situation d'été.**

Alors que le chapitre précédent décrit un cycle stationnaire du carbone océanique, tous ces processus sont très variables dans le temps. Quelles sont les conséquences de cette variabilité ? Commençons par mieux expliquer le fonctionnement du système trophique et ses effets sur le cycle du carbone. Nous pourrons ensuite décrire la variabilité saisonnière, mésoéchelle et interannuelle des flux de carbone dans l'océan.

## Cycle trophique primaire et cycle océanique du carbone

Vu sous le seul angle du cycle du carbone, il n'est pas utile de se préoccuper des niveaux supérieurs du système trophique (c'est-à-dire des carnassiers), car ceux-ci ont un effet de second ordre : en gros, sur 1 000 g de phytoplancton consommé, moins de 30 g se retrouveront sous forme de poisson. Voyons donc ce qui contrôle la production primaire.

### *Limitation par la lumière*

Le premier facteur est la lumière. Celle-ci pénètre sous la surface de la mer et y est diffusée et absorbée par l'eau et par les pigments du plancton, principalement de la chlorophylle et des carotènes. Les bandes spectrales rouges étant absorbées par les pigments, la répartition spectrale de la lumière varie aussi avec la profondeur. On définit arbitrairement la profondeur de la couche euphotique comme étant la profondeur où la lumière n'a plus que 1 % de l'intensité qu'elle a sous la surface de l'eau. Alors que dans l'eau pure, la couche euphotique peut avoir plus de 100 m de profondeur, elle n'a souvent que 50 m d'épaisseur quand il y a du plancton.

Grâce en particulier aux travaux du Français André Morel et de ses collègues, on connaît nombre des paramètres physiologiques qui permettent la croissance du plancton en présence de lumière : ce sont, par exemple, des paramètres fondamentaux comme le taux de capture des photons par les pigments. Le calcul de la propagation et de l'absorption de la lumière dans l'océan de surface est assez bien maîtrisé, dans le cadre de modèles bio-optiques ; de même, son utilisation pour la production primaire est simulée par des modèles de production. Il existe une intensité optimale d'éclairement au-delà de laquelle la production primaire est moins efficace. On trouve aussi que la production primaire est possible dans une couche dont l'épaisseur est environ une fois et demie celle de la couche euphotique.

Cependant, la coexistence de différentes espèces autotrophes rend l'océan fort complexe ; par exemple, certaines espèces disposent de cellules les protégeant des excès de lumière, tandis que d'autres disposent d'un fort rapport chlorophylle/carbone et sont donc très sensibles à la lumière. Les premières peuvent vivre à proximité immédiate de la surface, dans la couche de mélange (CMO) et dans des couches qui sont parfois très pauvres en nitrates, tandis que les secondes vivent à plus de 100 m de profondeur, sous la CMO, là où la présence de nitrates est élevée. Il est probable que les premières assurent la production régénérée, tandis que les secondes assureraient la production nouvelle. Il reste à déterminer s'il faut considérer ces différentes espèces séparément, lorsque l'on cherche à représenter le cycle océanique du carbone dans un modèle numérique.

*Limitation par les nutriments*

Le deuxième facteur limitant la croissance du plancton est la disponibilité de nutriments. Dans la majeure partie de l'océan, la croissance du plancton consomme les nitrates jusqu'à leur épuisement ; on parle alors de zone oligotrophe. En fait, cette consommation se fait selon une cinétique dite de Michaelis-Menten (cette cinétique a été proposée par les Allemands L. Michaelis et M. Menten en 1913 pour décrire la croissance des populations bactériennes) : cela veut dire que la consommation des nitrates est approximativement proportionnelle à son abondance jusqu'à un seuil de saturation. Au-delà de ce seuil, la consommation ne change plus, si bien que les nitrates apportés en surplus par les courants ne sont pas utilisés et peuvent être exportés par ces même courants ; on parle alors de zone eutrophe. Le niveau de saturation est variable, car le système trophique n'est pas le même selon les régions de l'océan : il peut être inférieur à 0,2 µmol/kg en zone oligotrophe, mais dépasser 10 µmol/kg en zone côtière eutrophe. Le taux de croissance maximal du phytoplancton peut être de 0,1 à 0,2 génération par jour en zone oligotrophe et atteindre trois générations par jour en zone tropicale eutrophe. Nous reviendrons plus loin sur les différences entre zones oligotrophes et zones eutrophes.

Enfin, la production primaire peut être limitée par d'autres effets que l'abondance des nitrates, comme l'abondance des phosphates ou du fer dissous. On ne dispose pas actuellement de cartes montrant les différents nutriments limitant la production primaire dans l'océan.

La répartition verticale de ces deux premiers facteurs limitant la production a longtemps servi à expliquer qualitativement pourquoi la chlorophylle présente souvent une abondance maximale à un niveau intermédiaire, vers 100 m de profondeur. En effet, la quantité de lumière disponible décroît de la surface vers le fond, alors que la quantité de nutriments décroît du fond vers la surface. Il peut donc exister un niveau de profondeur optimum, où la production de plancton dispose à la fois de suffisamment de lumière et de suffisamment de nutriments. Cependant, nous verrons plus loin que même si ces distributions verticales de lumière et de nutriments sont importantes, cette vision stationnaire de la production biologique est une trop grande simplification de ce qui se passe dans l'océan de surface.

*Limitation par le zooplancton*

Le « broutage » par le zooplancton est un troisième facteur limitant la production primaire. Il existe un grand nombre d'espèces de zooplancton, mais on retrouve les mêmes partout dans l'océan. Certaines sont de petite taille, si bien qu'elles sont transportées de façon passive par la turbulence océanique ; d'autres espèces sont plus importantes et nagent d'elles-mêmes ; d'autres espèces enfin vivent toujours en profondeur. Évidemment, les premières tendent à produire de petites pelotes fécales, tandis que les pelotes des secondes sont plus grosses. De plus, les secondes effectuent une migration nycthémérale : la nuit, elles montent se nourrir près de la surface, tandis que, le jour, elles nagent en profondeur (parfois jusqu'à plusieurs centaines de mètres) et y font leurs excrétions. Cette migration verticale du zooplancton se traduit donc par un transfert net de carbone de la surface vers le fond : ce flux pourrait être significatif par rapport aux 4 GTC/an d'exportation biogénique de carbone.

L'intensité de la production régénérée dépend de la dégradation de la matière biogénique. Comme les petites particules ont des vitesses de chute assez lentes, elles restent en suspension dans la couche euphotique, y sont facilement dégradées, et leur carbone peut être réutilisé pour de la production régénérée. Au contraire, les grosses particules tombent rapidement et assurent l'exportation de matière biogénique particulaire hors de la couche euphotique. Notons que l'on ne sait pas comment se comporte le carbonate de calcium des petites particules : s'il reste en suspension tandis que la matière organique se dégrade, l'effet net de cette fraction de la production biologique sera d'augmenter la $P_{CO_2}$.

L'importance relative des différents processus qui contrôlent le système trophique varie d'un endroit à l'autre de l'océan. Il est d'ailleurs peu probable qu'un même modèle du système trophique primaire soit valable pour tout l'océan. De plus, ce système trophique est très adaptable, y compris dans ses paramètres physiologiques : c'est un peu comme si l'on devait utiliser des lois physiques dont les constantes varieraient selon les conditions de l'expérience !

Devant une telle complexité, le problème peut paraître insoluble. L'approche actuelle consiste d'une part à réaliser des expériences très complètes dans différentes zones types de l'océan, appelées provinces biogéochimiques ; ces expériences permettent de réunir des informations sur l'importance relative des processus qui y ont lieu et d'estimer les paramètres des lois empiriques qui les décrivent. En parallèle, des modèles biogéochimiques simples (c'est-à-dire incluant essentiellement les processus décrits dans les sections précédentes), voire simplistes, sont ajustés de façon à ce qu'ils simulent au mieux la complexité observée au cours des expériences. Ce sont ces modèles simples et peu coûteux en temps de calcul qui sont ensuite couplés à des modèles de circulation océanique afin de représenter le cycle océanique du carbone. Au fur et à mesure que l'expérience s'accumule et que la puissance des moyens de calcul s'accroît, ces modèles deviennent de plus en plus réalistes, tirant parti des résultats des études de processus.

## Zones eutrophes et zones oligotrophes

La description précédente du système biogéochimique est surtout valable pour l'océan ouvert, loin des côtes et des zones de remontée d'eau. Bien que l'océan du large constitue la plus grande partie de l'océan, il se trouve que l'intensité des processus biogéochimiques est nettement plus grande dans les zones côtières ou d'*upwelling*. Par exemple, alors qu'elles ne couvrent que 5 % de la surface des océans, on y effectue la quasi-totalité des pêches du monde. Il est donc primordial d'évaluer si elles ne contribuent pas de façon significative au cycle océanique du carbone.

Dans ces régions, les transports verticaux sont intenses, si bien que la quantité de nitrates disponible n'y est, en général, pas limitante : ce sont des zones eutrophes. Le fonctionnement de leur système biogéochimique est très différent de celui des zones oligotrophes. Le cycle du carbone y fluctue moins avec les saisons, à moins que les courants ne varient. D'autre part, le système biologique y est moins diversifié et moins « efficace » ; il semble s'y être adapté à une quantité de nourriture toujours abondante. Ainsi, la proportion de production nouvelle, par rapport au total de la production primaire, peut atteindre 50 %, alors qu'elle est souvent inférieure à 10 % dans les zones oligotrophes. Enfin, dans les zones eutrophes, l'abondance du zooplancton est relativement stable ; c'est lui qui régule l'abondance du phytoplancton par son « broutage ».

L'excédent de nitrates d'une zone eutrophe est exporté par les courants. Cela crée des régions intermédiaires, que l'on appelle « mésotrophes » et qui sont situées à la lisière des zones eutrophes ; les études récentes suggèrent que leur fonctionnement tend à osciller entre celui d'un système oligotrophe et celui d'un système eutrophe. Par ailleurs, le système biogéochimique d'une région eutrophe va exporter une grande quantité de carbone biogénique, puisque la production primaire y est importante et peu recyclée. Dans les zones côtières où la profondeur d'eau est faible, les particules biogéniques vont sédimenter ; cependant, ces sédiments sont facilement remobilisés et transformés en carbone minéral, si bien qu'ils ne constituent pas nécessairement un puits de carbone. Dans les zones d'*upwelling*, les transports verticaux d'eau sont vigoureux et ramènent en surface l'eau de subsurface dans laquelle le carbone biogénique a été reminéralisé. Toute la question est donc d'estimer quelle proportion de cette exportation va réellement quitter la zone eutrophe.

Selon les estimations actuelles, à cause de leur faible étendue, les zones eutrophes contribuent pour moins de 20 % à la production primaire de tout l'océan. C'est à la fois assez faible pour penser que les estimations actuelles des flux de carbone dans l'océan sont correctes, et suffisamment important pour se dire qu'il faut aussi étudier les zones eutrophes.

## Cycle saisonnier de l'océan de surface

Voyons maintenant quelques-uns des effets de la variabilité de l'océan sur le cycle du carbone. Les variations saisonnières en zones oligotrophes sont les premières variations du cycle océanique du carbone qui aient été étudiées au cours des années 80. Dans l'océan du large, il est commode de penser que les variations saisonnières de l'océan de surface sont locales et selon la verticale et de négliger les transports latéraux. Elles résultent des variations saisonnières de la CMO, partie « physique » du système, autant que de l'évolution du système biologique, partie « biogéochimique » du système. Rappelons que dans l'hémisphère Nord, la température de surface croît de février à août, puis décroît d'août à février. Dans le même temps, la

CMO s'amincit de février à août pour s'approfondir à nouveau jusqu'à janvier. Cela affecte la $P_{CO_2}$ à la fois pour des raisons thermodynamiques et parce que cela induit un cycle saisonnier de l'activité biologique.

L'augmentation de la température au printemps et en été fait croître fortement la pression partielle du gaz carbonique dissous, à cause de la diminution de sa solubilité. L'excès de $P_{CO_2}$ dans l'océan qui en résulte induit un dégazage vers l'atmosphère en été. Au contraire, en hiver, la température diminue, la solubilité croît, la pression partielle du gaz diminue, et il y a pompage. Cependant, comme la cinétique de l'échange du gaz carbonique est lente, ce phénomène ne peut pas maintenir en équilibre les pressions partielles dans l'océan et dans l'atmosphère.

L'activité biologique diminue la pression partielle du gaz dans l'océan de surface. Cet effet est maximum au printemps, au moment de la floraison planctonique. Celle-ci résulte de la compétition entre dynamiques physiques et biologiques ; l'idée de base en a été initialement proposée par Harald Ulrik Sverdrup en 1953, mais la démonstration que le mécanisme décrit ci-après fonctionnait effectivement a été obtenue au cours des cinq dernières années. Comme la CMO peut atteindre plusieurs centaines de mètres de profondeur en hiver, elle est plus profonde que la couche euphotique, où la lumière peut agir sur la photosynthèse. Sous l'effet du mélange turbulent de la CMO, les cellules contenant les pigments photosensibles passent alors beaucoup de temps à l'abri de la lumière, et le phytoplancton contenant ces pigments ne peut se multiplier. Au printemps, lorsque l'océan de surface se réchauffe, il se stratifie et la CMO s'amincit ; il arrive un moment (à une profondeur « critique » de la CMO) où la multiplication cellulaire peut se faire aisément, parce que les cellules photosensibles passent beaucoup de temps à la lumière ; c'est à ce moment que se déclenche la floraison printanière du plancton. À titre d'exemple, la profondeur critique est de 150 m à 50°S dans l'océan Indien. Au cours d'une floraison, la biomasse peut passer de 1 à 20 mg/m$^3$ de chlorophylle en quelques jours. Cette croissance planctonique est surtout alimentée par les nitrates injectés vers la surface depuis les couches de subsurface par la turbulence hivernale de la CMO. Il s'agit donc de production nouvelle.

On connaissait bien l'existence de cette floraison printanière près des côtes ou dans les mers marginales comme la mer du Nord. On avait aussi pu la remarquer dans les mesures éparses de chlorophylle obtenues en plein océan. Ce sont les observations par satellite qui ont permis d'examiner l'étendue du phénomène : le phénomène est surtout intense dans l'Atlantique Nord, probablement parce que cet océan est peu stratifié et que la CMO s'y épaissit beaucoup en hiver, alimentant les couches de surface en nitrates.

Deux effets freinent la floraison printanière. D'une part, le plancton consomme tous les nutriments disponibles dans l'océan et finit par dépérir plus vite qu'il ne peut croître ; en effet, lorsque la base de la CMO est très stratifiée, les mélanges verticaux s'y font difficilement et l'approvisionnement de la CMO en nitrates ne se fait plus. D'autre part, le phytoplancton est constamment « brouté » par le zooplancton, dont la population croît au cours du printemps, par suite de l'abondance de nourriture qui résulte de la floraison du phytoplancton. À la fin du printemps, le carbone biogénique n'est alors plus stocké dans le phytoplancton mais dans le zooplancton et ses déchets. Ceux-ci peuvent cependant être dégradés par l'activité bactérienne en matière organique dissoute et celle-ci réutilisée par le phytoplancton ; il ne s'agit pas alors de production nouvelle mais de production régénérée. En tout cas, le carbone biogénique n'est pas sous forme minérale dissoute si bien que la pression partielle de gaz dissous reste faible.

En été, la profondeur de la CMO est inférieure à celle de la couche euphotique. La production primaire a donc aussi lieu sous la CMO ; c'est à ces niveaux que l'on rencontre les espèces autotrophes à fort rapport chlorophylle/carbone. Comme ces niveaux sont stratifiés, ils se mélangent peu selon la verticale, si bien que les produits de l'activité biologique (pigments, oxygène dissous, COD) vont s'y accumuler au cours de l'été. On observe donc un niveau maximum de chlorophylle, qui ne correspond pas nécessairement à un maximum de production. Ce mécanisme est très différent de celui qui faisait appel à un niveau optimum lumière-nutriment, tel qu'il a été décrit plus haut.

En automne, la CMO s'approfondit. Les couches de subsurface sont donc entraînées dans la couche de mélange. La turbulence réinjecte alors des nitrates vers la surface, dès que la profondeur de la CMO devient plus grande que celle de la nitracline. Cela peut induire une deuxième floraison phytoplanctonique, qui correspond aussi à de la production nouvelle. Plus tard dans la saison, ce phytoplancton dépérira ou sera « brouté », et son abondance diminuera. Comme le zooplancton meurt aussi, le stock de carbone biogénique décroît, ainsi que l'effet de la biologie sur la $P_{CO_2}$. En fait, selon les conditions hivernales, une plus ou moins grande fraction de la population de zooplancton peut « survivre à l'hiver » ; si cette fraction est grande, le zooplancton se multipliera rapidement au moment de la floraison printanière de l'année suivante, et limitera l'intensité de cette floraison par son « broutage ». Au contraire, si la population survivante de zooplancton est faible, le pic de floraison phytoplanctonique printanière pourra être très élevé.

Ainsi, dans de grandes régions de l'océan, le cycle saisonnier de la $P_{CO_2}$ de surface est le résultat d'une compétition entre phénomènes thermodynamiques (qui tendent à augmenter la $P_{CO_2}$ en été et à la diminuer en hiver), échange de gaz avec l'atmosphère et activité biologique (qui tendent à diminuer la $P_{CO_2}$ en été et ne l'affectent pas beaucoup en hiver). Même si l'effet biologique tend à annuler l'effet thermodynamique en été, l'écart de pression partielle entre l'eau et l'air peut changer de signe avec les saisons : il se produit un pompage de gaz carbonique en hiver et un dégazage en été. Ce qu'absorbe ou perd l'océan est le flux net annuel d'échange de gaz, c'est-à-dire la somme de ces flux saisonniers de signes contraires. Cet effet net est donc très faible par comparaison avec chacun des phénomènes. Cela rend sa détermination particulièrement difficile : d'ailleurs, la Française Véronique Garçon a pu montrer, à l'aide d'un modèle couplant processus physiques, chimiques et biologiques de l'océan de surface, qu'il fallait au moins vingt-quatre mesures de $P_{CO_2}$ par an pour espérer déterminer le flux net annuel à une précision meilleure que 50 %.

Notons aussi que ces variations saisonnières des processus de surface affectent le flux de carbone exporté. Celui-ci est plus grand au cours du printemps, quand le zooplancton « broute » le phytoplancton issu de la floraison printanière. On a pu observer que le flux particulaire varie avec les saisons jusqu'au fond de l'océan. En conséquence, l'activité biologique benthique, qui se développe au fond des océans en se nourrissant des particules biogéniques provenant de la surface, montre également une grande variation saisonnière, alors que les conditions de température et de lumière y sont constantes.

Comprendre le cycle saisonnier du carbone dans l'océan de surface a aussi un autre intérêt : les concentrations de carbone dissous qui sont significatives pour la formation des eaux profondes sont celles de la fin de l'hiver, puisque c'est à cette saison que se forment celles-ci, que ce soit par convection ou par subduction des isopycnes. Ce sont celles qui ont les $P_{CO_2}$ les plus faibles, mais aussi celles qui ont le plus absorbé de gaz carbonique de l'atmosphère. Comme ces eaux profondes sont soustraites de la surface, ce phénomène se traduit donc par une sorte de « pompage saisonnier » du gaz carbonique de l'air.

## Effets de la variabilité mésoéchelle de l'océan

On a vu que les courants sont turbulents et qu'ils varient surtout à la mésoéchelle. Ces fluctuations sont accompagnées de variations de température et de salinité, qui doivent se traduire par des variations de concentration du carbone dissous. En fait, dès les années 70, on a pu observer que les anneaux d'eau froide du Gulf Stream étaient le siège d'une production biologique bien plus intense que celle de la mer des Sargasses qui les entoure. Ils se comportent comme de véritables oasis où l'activité biologique est comparable à celle de la partie nord du courant.

Rappelons que, dans un tourbillon mésoéchelle, les courants horizontaux sont légèrement divergents et induisent un transport vertical important. Dans un tourbillon anticyclonique, ce courant vertical se dirige vers la surface, injecte des nitrates dans la couche euphotique et y entretient l'activité biologique. Rappelons aussi que le cisaillement de ces courants horizontaux affecte la turbulence verticale et, donc, la profondeur de la CMO ; or celle-ci détermine le volume du réservoir affecté par l'activité biologique et par l'échange de gaz avec l'atmosphère. Pendant longtemps, cette activité mésoéchelle de l'océan a été négligée, voire pratiquement ignorée par les biogéochimistes. Cependant, son importance est devenue flagrante lorsque les images par satellite de la couleur de la mer ont été obtenues. Ces images avaient une résolution spatiale de quelques kilomètres, c'est-à-dire nettement meilleure que l'échelle des tourbillons océaniques. Dès les premières vues du CZCS, il est apparu que l'abondance du plancton présentait une grande variabilité mésoéchelle.

La première expérience du programme international d'étude du cycle océanique du carbone, appelé J-GOFS (*Joint Global Ocean Flux Study*), a été l'occasion de mieux comprendre ce qu'il en était. Cette campagne a eu lieu en 1989, vers 47°N dans l'océan Atlantique. Des données de chlorophylle et de $P_{CO_2}$ ont notamment été obtenues le long d'une petite section d'environ 500 km de long par le Britannique Andrew Watson. Il était apparent que les deux paramètres variaient fortement de façon anticorrélée, sur les distances de la mésoéchelle : lorsque la concentration de chlorophylle était élevée, la $P_{CO_2}$ était faible, et *vice versa*. Cette anticorrélation est facile à comprendre : l'abondance de chlorophylle traduit l'intensité de la production biologique, dont l'effet est de diminuer la $P_{CO_2}$ dans les eaux de surface. Il y avait donc bien une forte variabilité mésoéchelle du gaz carbonique dans l'océan. En réalité, dans un contexte océanographique différent, les Français Louis Prieur et Claire Copin avaient mis en évidence, dès 1982, des fluctuations géographiques anticorrélées de la chlorophylle et de la $P_{CO_2}$ de surface en mer Ligure. Ces résultats n'ont pas fait l'objet de toute l'attention qu'ils méritaient.

Il était donc entendu que les concentrations de carbone dans l'océan variaient à la mésoéchelle. Il fallait étudier en détail de quelle manière. Le Britannique John Woods a, d'une part, montré en 1988 qu'un modèle dynamique couplé à un transport des nutriments et des espèces biologiques pouvait reproduire un effet de la circulation mésoéchelle sur l'abondance de phytoplancton. Cela a été également étudié à l'aide de modèles assez simples par l'Américain Glenn Flierl et par la Française Isabelle Dadou. Il est intéressant de constater que la dynamique du système biologique et celle des transports par la circulation mésoéchelle se font en des temps comparables. La production nouvelle du phytoplancton se fait localement, là où les apports verticaux de nitrates sont importants. Cependant, ce plancton est transporté horizontalement par les courants et « brouté » par le zooplancton hors de ces zones d'apports verticaux. Si l'on ne tient pas compte de cette dynamique, il est donc difficile d'établir les relations entre les divers compartiments du système trophique.

Il restait à savoir si cette variabilité avait un impact net sur les flux de carbone dans l'océan. En effet, si ce bruit mésoéchelle de l'océan ne traduisait qu'une répartition hétérogène des phénomènes, la seule difficulté serait d'échantillonner correctement l'océan pour faire une moyenne des concentrations et des flux. Le modèle utilisé par Isabelle Dadou indique que, même dans les zones où les courants et les instabilités sont faibles, l'exportation de carbone biogénique vers l'océan profond peut être augmentée de 30 % par la turbulence mésoéchelle. Ce résultat vient d'être confirmé à l'aide d'un modèle beaucoup plus réaliste par la Française Marina Lévy. À l'avenir, il faudra donc apporter beaucoup plus d'attention à ces phénomènes mésoéchelles.

En particulier, il se peut qu'ils expliquent pourquoi la production des gyres anticycloniques subtropicaux n'est pas nulle. En effet, la concentration de nitrates dans la couche de surface y est très faible et limitante ; la nitracline y est profonde et jamais entraînée dans la CMO hivernale ; l'advection verticale de grande échelle due au pompage d'Ekman y est orientée vers le fond et ne peut constituer un apport de nitrates ; les nitrates éventuellement apportés par l'advection horizontale depuis le nord du gyre seraient consommés bien avant d'arriver au centre du gyre. Il n'y a donc guère que les apports de nitrates dans la couche euphotique par l'advection verticale associée aux tourbillons mésoéchelles qui puisse expliquer cette production. Compte tenu de la taille de ces gyres, cette production a une contribution significative à la production totale de l'océan.

## Variations interannuelles ; impact du phénomène ENSO

Les variations interannuelles de l'océan affectent aussi le cycle du carbone. Pour une année donnée, si la température de l'eau est plus froide ou la salinité plus faible qu'en moyenne, la $P_{CO_2}$ sera plus basse, et l'océan absorbera un peu du gaz carbonique de l'atmosphère. Comme une partie de cette eau quitte la surface, ce carbone sera stocké dans l'océan pendant plusieurs années. En fait, quand on cherche à étudier le cycle moyen du carbone dans l'océan, on doit utiliser des données acquises pendant de nombreuses campagnes à des dates différentes. Dès que les échantillons concernent les couches proches de la surface, il est sage (mais souvent négligé) de faire des corrections en tenant compte de la température et de la salinité de l'eau à la date des mesures.

Le phénomène ENSO est à l'origine d'une forte variabilité interannuelle du cycle océanique du carbone. *A priori*, il n'est pas évident de savoir quelle peut être la conséquence de ce phénomène. En effet :

- l'intensité de la divergence équatoriale et de l'*upwelling* d'eaux de subsurface diminue ; comme ces eaux sont riches en carbone, cela doit diminuer le dégazage du Pacifique tropical ;
- l'intensité des vents alizés diminue, ce qui ralentit le dégazage ;
- l'apport des nitrates par la remontée d'eau est interrompu, si bien que la production nouvelle diminue ; celle-ci abaisse donc moins la $P_{CO_2}$, ce qui est favorable au dégazage du gaz carbonique ;
- l'eau de surface est plus chaude de plusieurs degrés, ce qui doit déplacer les équilibres chimiques entre espèces minérales dissoutes du carbone et diminuer la solubilité du gaz ; cela favorise donc le dégazage du gaz carbonique.

En fait, au cours d'un événement ENSO, la $P_{CO_2}$ présente un maximum nettement plus faible qu'en période normale dans l'océan Pacifique tropical : elle vaut de l'ordre de 360 μatm, contre 400 à 415 μatm d'ordinaire. L'amplitude de l'anomalie de carbone n'est pas corrélée à celle du phénomène ENSO, ce qui témoigne probablement de la complexité des processus mis en jeu. Diverses estimations suggèrent que le flux de l'océan vers l'atmosphère de la zone comprise entre 20°N et 20°S diminue alors de plus de 50 %. Cela correspond à une réduction de l'ordre de 2 GTC/an du flux total de dégazage de l'océan vers l'atmosphère. Certes, c'est peu par comparaison au flux de 90 GTC/an des échanges naturels, mais c'est important par rapport au flux anthropique vers l'atmosphère, qui est de 7 GTC/an. D'ailleurs, ces années-là, la croissance de la pression de gaz carbonique dans l'atmosphère est considérablement ralentie.

## Échantillonnages et mesures *in situ*

La qualité des échantillons est une des principales difficultés des études de biogéochimie des océans. En ce qui concerne les échantillons d'eau, le problème a été, d'une part, de mettre au point des bouteilles de volume suffisant : il ne faut que quelques décilitres pour mesurer les nutriments mais près de deux litres pour mesurer le carbone minéral dissous ou plusieurs centaines de litres pour pouvoir filtrer les particules en suspension dans l'eau. Il faut, d'autre part, que ces bouteilles, leurs systèmes de fixation et leur câble porteur soient constitués de matériaux non polluants, le problème étant particulier à chaque paramètre : par exemple, il faut des bouteilles en plastique soigneusement lavées et des câbles en Kevlar pour la mesure des métaux en traces, mais impérativement des bouteilles en verre ou en quartz pour l'analyse de la matière organique dissoute. Même pour l'estimation de la production primaire, qui est essentiellement déterminée par culture du phytoplancton récolté dans les échantillons, il convient de prendre soin de ne pas intoxiquer le plancton par le matériau des containers. La prise de conscience de ces difficultés et le savoir-faire nécessaire à des mesures fiables se sont répandus au cours des années 70, en particulier au cours du programme Geosecs ; les spécialistes considèrent souvent que les valeurs de production primaire antérieures à 1985 peuvent être sous-estimées d'un facteur deux à cinq, à cause de ce problème.

Les échantillons d'eau des bouteilles permettent en principe d'analyser aussi bien la matière dissoute que particulaire. Celle-ci est souvent définie sur une base pratique, par le diamètre des pores des filtres ; en général, celui-ci est de 0,4 μ même si l'on tend de plus en plus à pratiquer des filtrations à des tailles plus petites de 0,2 μ ; la fraction « dissoute » inclut donc presque toute la matière colloïdale.

Occasionnellement, celle-ci est séparée à l'aide de techniques « d'ultrafiltration », qui permettent d'étudier la matière particulaire jusqu'à des tailles de $10^{-3}$ μ. La récolte d'échantillons à l'aide de bouteilles reste toutefois très lente. De plus, même lorsque celles-ci ont un volume de quelques centaines de litres d'eau, il s'avère difficile d'être certain de leur représentativité quand on veut étudier les espèces planctoniques ou la matière particulaire. D'ailleurs, le zooplancton est en général capturé à l'aide de filets, lorsque sa taille dépasse 200 μ ; ceux-ci sont devenus de plus en plus sophistiqués, de façon à assurer la prise des espèces les plus petites ou à échantillonner rapidement et simultanément à plusieurs profondeurs.

L'apparition des pièges à particules, mis au point par l'Américain Susumu Honjo vers 1978, a été un progrès considérable pour l'étude de la matière particulaire, de sa composition et de ses flux. Ce sont des entonnoirs d'environ un mètre de diamètre que l'on fixe à différentes profondeurs le long de mouillages. Cette technique pose pourtant de nombreux problèmes : tout d'abord, il faut prendre soin de disposer un poison dans les échantillonneurs, pour éviter qu'une activité biologique ne s'y développe pendant la récolte (le plus utilisé est le formaldéhyde, plus connu sous le nom de formol) ; dans les zones oligotrophes, le flux de particules est très faible, si bien que des échantillons de masse suffisante pour les analyses ne peuvent être obtenus qu'à un rythme de l'ordre du mois (on ne peut alors pas distinguer l'effet d'une floraison de quelques jours) ; la récolte n'est pas représentative des particules en chute libre dans l'océan, lorsque les pièges sont installés dans les zones de courant latéral trop intense ; près du fond, elle est contaminée par les resuspensions de sédiments ; près de la surface, il est prudent de laisser dériver le piège au gré du courant, mais il faut alors l'équiper d'instruments permettant de le repérer lors de sa remontée en surface ; dans la colonne d'eau, les particules collectées en un point peuvent provenir d'une zone étendue de la surface, car la diffusion turbulente horizontale les disperse au cours de leur chute ; aussitôt que possible après la récolte, il faut trier le matériel pour éliminer le zooplancton qui a pénétré dans les pièges par sa propre mobilité, séparer diverses fractions pour les différentes études et les lyophiliser pour qu'elles n'évoluent pas. Plusieurs expériences d'interétalonnage de pièges de conceptions différentes ont ainsi été réalisées ; il est raisonnable de penser que l'incertitude sur les flux de matière particulaire est de l'ordre de 20 à 50 %, mais il demeure difficile d'estimer quelle est la représentativité de ces échantillons par rapport à la variabilité de l'océan.

Cependant, les pièges ne récoltent que le flux des plus grosses particules, celles dont la taille est supérieure à une dizaine de microns. Les plus petites d'entre elles, qui restent en suspension dans l'eau, doivent faire l'objet d'échantillonnages complémentaires à l'aide de « pompes *in situ* ». Celles-ci permettent de filtrer de très gros volumes d'eau (plusieurs mètres cubes) et de séparer les fractions de taille à partir de 0,4 à 0,6 microns de diamètre. Développées il y a une quinzaine d'années par l'Américain Jim Bishop, elles posent aussi de difficiles problèmes de fractionnement des particules à l'entrée des pompes ou sur les filtres, de colmatage des filtres ou de pollution par le matériau des filtres. Actuellement, on cherche à associer systématiquement pièges et pompes *in situ*, car ils échantillonnent des particules de tailles différentes, qui ne jouent pas le même rôle dans les cycles biogéochimiques.

Comme pour les paramètres physiques, il faut développer des techniques permettant de multiplier les observations au moindre coût. Il est d'abord possible d'ajouter aux bathysondes des capteurs fonctionnant sur des principes physiques : on peut depuis vingt ans faire en routine des mesures de l'oxygène dissous ou, plus récemment et beaucoup plus rarement, de paramètres optiques : on peut utiliser des techniques de fluorimétrie pour l'estimation de la biomasse, de transmissométrie pour la détection des particules, de cytométrie de flux pour la mesure des cellules individuelles ou de spectroradiométrie pour la mesure des flux de lumière.

Cependant, dès que la mesure nécessite des réactions chimiques, les instruments deviennent beaucoup plus complexes. La première idée a été de pomper l'eau à bord du navire, alors que celui-ci est en route ; il faut échantillonner de l'eau de subsurface qui ne soit pas contaminée par le passage du navire (particules de rouille, déchets, bulles dues au brassage de l'hélice, etc.) ; par exemple, le Français Louis Prieur a conçu un système appelé Shet, qui permet notamment de mesurer des lignes continues de nutriments ou de carbone minéral dissous. On peut aussi faire de tels pompages à partir de navires marchands. Par exemple, après avoir eu le courage de cartographier ainsi le contenu de chlorophylle de surface dans le Pacifique tropical, le Français Yves Dandonneau entretient maintenant une ligne régulière de mesure de la $P_{CO_2}$ dans l'Atlantique Nord et le Pacifique tropical ; cela lui permet de suivre son évolution au cours des événements ENSO.

Plus récemment, des systèmes de mesures *in situ* autonomes ont commencé à voir le jour ; outre qu'ils doivent être robustes, fiables, stables et peu gourmands en énergie, il faut aussi que leur consommation de réactifs chimiques soit limitée. Les premiers systèmes ont été accommodés dans des « chambres benthiques » pour étudier la respiration des communautés biologiques profondes et la diagenèse des sédiments. On cherche maintenant à mettre de tels instruments sur des mouillages ou des bouées dérivantes. Aux États-Unis et en France, des systèmes de mesure de la $P_{CO_2}$ ou des sels nutritifs sont actuellement testés. Il s'agit encore de prototypes, qui permettront à court terme de mener des expériences locales sur la variabilité de ces paramètres. Cet effort de développement doit être maintenu avec persévérance pendant de nombreuses années, si l'on veut aboutir un jour à des systèmes utilisables en grand nombre et en routine.

Quelle complexité du système biologique doit-on prendre en compte pour décrire correctement le cycle océanique du carbone ? Bien sûr, on pourrait penser que le problème est le même que celui du système physique : ce dernier est lui aussi complexe, mais l'on sait en simplifier la représentation pour comprendre comment marche l'océan. Il y a cependant deux différences importantes entre physique et biogéochimie.

D'une part, la majeure partie de la complexité du système physique est représentée par les équations décrivant la dynamique et la thermodynamique des océans. L'étude de la dynamique des courants passe donc par une analyse du comportement de ces équations selon différentes hypothèses simplificatrices. Par contraste, il n'existe pas de « loi » établie des systèmes biologiques ; leur complexité est d'ailleurs nettement plus grande que celle de la physique. L'introduction d'un processus supplémentaire en biogéochimie passe donc par des termes ou des équations empiriques supplémentaires, qui doivent s'appuyer sur des observations spécifiques.

La deuxième difficulté vient de la relative jeunesse de la modélisation dynamique de la biogéochimie des océans, par comparaison aux décennies d'étude de la dynamique des courants. En particulier, les physiciens ont une grande habitude de la simplification des processus par leur « paramétrisation » ; l'exemple le plus classique de cette démarche est la description de la turbulence à l'aide d'un simple coefficient de diffusion. On peut penser qu'une démarche analogue serait utile à la description des processus biogéochimiques, mais elle me semble pour l'instant encore mal maîtrisée.

# Chapitre IX

## LES TRACEURS OCÉANIQUES : UN AUTRE REGARD SUR LA CIRCULATION

La répartition de toutes les espèces chimiques dissoutes dans l'eau dépend du champ de courant des océans. Ces distributions révèlent donc les masses d'eaux, leur origine et leur mélange : on parle de traceurs de la circulation. Cependant, mis à part les six éléments majeurs, la plupart des espèces chimiques sont aussi affectées par les processus biogéochimiques, si bien que leur répartition ne suit pas strictement celle de la salinité. Ces distributions toutes différentes peuvent apporter des informations complémentaires sur la circulation des océans.

Cette question s'est posée dès les années 30, quand les données d'oxygène dissous ont commencé à s'accumuler. Au cours des années 60 et 70, lorsque les mesures d'abondance des isotopes radioactifs se sont multipliées, les traceurs ont joué un rôle croissant pour l'étude du mélange des masses d'eau, des flux de formation d'eaux profondes ou des courants de fond ; l'ouvrage de Wally Broecker et Tsung-Hung Peng, *Tracers in the Sea*, décrit ces résultats de façon magistrale. La question n'a cependant été formulée en termes rigoureux qu'au début des années 80 ; elle est encore d'actualité, car l'invasion des traceurs artificiels injectés par l'homme dans l'environnement fournit une information sur les régimes transitoires de l'océan.

### Distribution des éléments affectés par l'activité biologique

Les nitrates et l'oxygène dissous sont les espèces chimiques mineures dont le comportement est le plus simple et le plus lié à la fois aux transports par les courants et à l'activité biologique. Les phosphates ont une répartition et un comportement très semblables à ceux des nitrates. La silice dissoute est également bien représentative de ce type de comportement.

Les profils verticaux de concentration des nitrates et de l'oxygène dissous ont des allures très contrastées. En surface, la concentration des nitrates est en général très faible, souvent inférieure à 1 µmol/kg. Elle croît avec la profondeur (on parle de nitracline) et présente un maximum vers 1 000 m. Au contraire, la concentration d'oxygène montre un minimum à la même profondeur. En surface, il est possible néanmoins de rencontrer des zones relativement riches en nitrates, par exemple le long des côtes ou le long de l'équateur. En revanche, la concentration des eaux de surface en oxygène dépend presque uniquement de leur température ; elle est d'environ 200 µmol/kg dans les eaux chaudes tropicales et de 350 µmol/kg dans les eaux froides polaires. En profondeur, les nitrates s'enrichissent progressivement de l'Atlantique Nord au Pacifique (par exemple, leur concentration augmente d'environ 18 à 36 µmol/kg à 4 000 m de profondeur), tandis que l'oxygène s'appauvrit. À l'extrême, par exemple dans l'océan Pacifique tropical vers 1 000 m de profondeur, les eaux sont « anoxiques », c'est-à-dire privées d'oxygène ; ces minima sont atteints dans les zones de forte production biologique de surface.

Ces répartitions révèlent l'action simultanée de processus physiques et biogéochimiques. En surface, dans la couche euphotique, la production biologique se développe jusqu'à épuiser les sels nutritifs disponibles, ce qui explique le minimum de surface des nitrates (en fait, on trouve aussi beaucoup d'azote présent sous forme gazeuse dissoute $N_2$, qui peut être utilisé par certaines bactéries *via* un processus de nitrification ; la production biologique n'est donc pas strictement limitée par la disponibilité des nitrates). Cependant, la concentration de nitrates n'est pas nulle dans les zones d'apports en surface, soit depuis les continents, soit par remontée d'eaux profondes riches en nutriments.

Au contraire, la concentration de l'oxygène est contrôlée par les échanges de gaz avec l'atmosphère. L'équilibre entre couche de mélange océanique et atmosphère est atteint rapidement pour ce gaz : il suffit d'un mois car, contrairement au gaz carbonique, il n'est pas affecté par des équilibres chimiques avec d'autres espèces dissoutes. Sa concentration dans l'eau de surface dépend donc essentiellement de sa solubilité ; celle-ci étant décroissante avec la température, cela explique que l'on trouve plus d'oxygène dissous dans les eaux froides que dans les eaux chaudes. On notera cependant que la concentration de l'oxygène peut être supérieure d'un faible pourcentage à sa valeur d'équilibre avec l'atmosphère ; cela résulte, d'une part, de la cinétique de l'échange du gaz avec l'atmosphère lors des variations de la couche de mélange et, d'autre part, de la production d'oxygène par la respiration biologique.

Les composés azotés dérivant de déchets organiques prennent plusieurs formes : une partie se transforme en ammoniac $NH_4^+$, facilement assimilable par les espèces biologiques, et se trouve donc recyclée dans la couche euphotique. Une autre partie prend la forme de nitrite ($NO_2$) qui sera rapidement réoxydée en nitrates dans la couche euphotique. Une troisième fraction, sous la forme de composés organiques solubles et relativement stables, sera transportée au loin par les courants avant d'être éventuellement réoxydée en nitrates. Enfin, une fraction de l'azote est incorporée dans de la matière biogénique particulaire qui coule vers les eaux profondes. Cette matière organique est reminéralisée au cours de la chute des particules, ce qui explique la concentration en nitrates élevée des eaux intermédiaires. On a vu que les masses d'eaux profondes s'écoulaient schématiquement de l'Atlantique vers le Pacifique : au cours de ce trajet, elles s'enrichissent progressivement en nitrates, par suite de l'apport continu de particules depuis la surface.

En profondeur, la reminéralisation de la matière organique se fait par oxydation et consomme donc de l'oxygène ; c'est pourquoi la concentration de ce gaz présente un minimum lorsque celle des nitrates atteint un maximum. Comme la composition de la matière biogénique est approximativement constante dans l'océan, comme l'a constaté pour la première fois Redfield en 1934, la consommation d'oxygène et l'enrichissement en nitrates sont pratiquement proportionnels l'un à l'autre. On peut aussi penser que la réoxydation de l'azote organique dissous se traduit par une consommation d'oxygène, mais on connaît mal ces mécanismes. À son origine, l'eau de l'Atlantique Nord est froide et donc riche en oxygène ; au cours de son écoulement, elle s'appauvrit progressivement jusqu'à devenir anoxique dans le Pacifique Nord. La reminéralisation de la matière organique doit alors se faire à partir d'autres oxydants que l'oxygène, si bien que la relation de Redfield ne s'applique plus.

Quelques mots sur la répartition du silicium, qui est présent dans l'eau de mer sous forme $H_4SiO_4$ dissoute. Comme celle des nitrates, la concentration de silice est très faible en surface et croît avec la profondeur. En effet, certaines espèces de phytoplancton (par exemple, les diatomées) et de zooplancton (par exemple, les radiolaires) se fabriquent un squelette de silice ; le flux de particules biogéniques appauvrit donc l'eau de surface en silice dissoute. En moyenne, un tiers de cette silice biogénique est régénérée dans la couche euphotique. Le reste coule avec les pelotes fécales et tend à se redissoudre en profondeur, voire sur le fond des océans ; en effet, l'océan est partout sous-saturé en silice, mais la redissolution se fait avec une cinétique assez lente. Un maximum de concentration se trouve donc près du fond plutôt qu'aux niveaux intermédiaires comme dans le cas des nitrates. En conséquence, cette espèce présente une concentration particulièrement élevée, de l'ordre de 120 µmol/kg, dans les eaux antarctiques de fond (EAF) ; le maximum pour l'océan sud a été trouvé près des îles Kerguelen au niveau de 190 µmol/kg ; à 4 000 m de profondeur, cette concentration croît jusqu'à 170 µmol/kg dans l'océan Pacifique.

En réalité, la question de savoir pourquoi les eaux antarctiques sont très riches en silice dissoute n'est pas simple puisque les eaux antarctiques intermédiaires sont également plus riches que les eaux profondes nord-atlantiques (EPNA, où l'on ne trouve que 20 µmol/kg de silice dissoute). Les causes de cette accumulation de silice dans l'océan sud, que je ne discuterai pas ici, sont actuellement étudiées en détail dans le cadre du programme J-GOFS, notamment sous l'impulsion du Français Paul Tréguer.

La répartition de ces éléments dans l'océan est donc bien différente de celle de la salinité ; d'une part, la composition initiale des différentes masses d'eau n'est pas distribuée comme celles de la salinité ou de la température ; d'autre part, ces concentrations sont modifiées en profondeur au cours du vieillissement des masses d'eau, en plus du mélange de ces dernières. En conséquence, la signature des masses d'eau en oxygène dissous, en nitrates ou en silice, est très différente de leur signature hydrographique, au point que les descriptions des masses d'eaux profondes font souvent état de la concentration de ces traceurs.

## Les espèces chimiques, traceurs de la circulation profonde ?

Dès les années 30, les océanographes ont tenté d'interpréter la répartition de l'oxygène et des nitrates en termes de courants profonds. Certains pensaient que le minimum d'oxygène aux niveaux intermédiaires correspondait au niveau de moindre renouvellement des eaux et d'intensité plus faible de la circulation profonde ; ils s'en servaient comme niveau de référence pour calculer les vitesses géostrophiques. En revanche, en 1938, Harald Ulrik Sverdrup notait que, pour concentration d'oxygène stationnaire, il fallait qu'à de plus faibles apports par les courants corresponde une plus faible consommation par réoxydation de la matière biogénique. Comme, à cette époque, on ne connaissait pas à quelle profondeur cette réoxydation se faisait, il pensait qu'utiliser les concentrations d'oxygène pour contraindre la circulation était arbitraire.

Il reste néanmoins possible d'étudier les proportions de mélange des masses d'eau grâce à ces éléments. Quand deux masses d'eau se mélangent, il suffit de mesurer un paramètre dont la concentration est différente dans chacune d'elles pour calculer leurs proportions de mélange ; on choisira en général la salinité. Si le mélange concerne trois masses d'eau, il faut au minimum deux paramètres pour calculer leurs proportions ; on peut penser à la température et à la salinité. Au-delà de trois masses d'eau, l'information apportée par les autres traceurs devient indispensable, mais il faut pouvoir découpler les variations de leurs concentrations qui résultent du mélange de celles qui proviennent de l'activité biogéochimique. Pour fixer les idées, dans l'Atlantique Nord à plus de 3 000 m de profondeur, environ 50 % des variations de concentration de l'oxygène proviennent du mélange de l'EPNA et de l'EAF ; les 50 % restants traduisent la réoxydation de la matière biogénique. En revanche, dans la masse d'eau commune de l'océan Pacifique profond, toute la variation de concentration de l'oxygène provient de l'activité biogéochimique.

Le problème de l'utilisation des traceurs géochimiques pour contraindre quantitativement la circulation océanique est toujours posé dans les mêmes termes : quelle est l'importance relative des effets du mélange des eaux et des effets biogéochimiques ? La distribution et le mélange des différentes masses d'eau traduisent-ils le sens du courant ? La réponse à ces questions s'avère assez simple, quand elles sont formalisées comme un problème inverse, mais la démarche est récente.

En régime stationnaire, la conservation de chaque espèce dissoute est exprimée en annulant, en chaque point du domaine, la somme des termes d'advection, de diffusion turbulente et de « sources moins puits » (SMP). L'équation de conservation pour un traceur de concentration C (écrite ici à une seule dimension verticale, pour simplifier) est de la forme :

$$w.\partial C/\partial z - K.\partial^2 C/\partial z^2 - SMP = 0$$

où w est la vitesse verticale et K la diffusivité turbulente. Les deux premiers termes représentent respectivement les transports par les courants et les mélanges. Ils sont linéaires à la fois en fonction des concentrations des espèces dissoutes et en fonction des champs de vitesse du courant ou de diffusivité. Le terme SMP représente les processus biogéochimiques ; il est supposé ici positif quand il y a création du traceur. Ce terme peut être connu (par exemple, sous la forme d'un flux d'échange de gaz) ou inconnu (s'il s'agit, par exemple, du champ de consommation de l'oxygène dissous par la réoxydation de la matière organique). Les traceurs dont le terme SMP est nul à l'intérieur du domaine sont dits conservatifs ; c'est le cas de la température et de la salinité ; la surface de l'océan fait bien sûr exception, puisque c'est là que se déterminent les propriétés hydrographiques.

Ce que l'on appelle le problème inverse des traceurs de la circulation, c'est l'utilisation de ces équations pour calculer les vitesses des courants et les diffusivités à partir des concentrations d'éléments dissous. Le problème peut être posé sous forme différentielle comme ci-dessus (on parle alors d'équation d'advection-diffusion) ou en faisant les moyennes des concentrations à l'échelle de grands volumes d'océan ; il faut alors intégrer l'équation précédente dans chaque volume, et l'on parle de modèles en boîtes. Les équations de conservation fournissent un jeu d'équations linéaires en chaque point ou pour chaque boîte du domaine. Cette approche a été utilisée pour la première fois en océanographie en 1961, par le Suédois Bert Bolin et par Henry Stommel, pour calculer l'origine et le taux de renouvellement des masses d'eaux profondes. Le problème a été formalisé comme un problème inverse en 1981.

Si les termes SMP sont connus partout, on se retrouve avec des équations à six inconnues (trois vitesses et trois diffusivités) en chaque point ou pour chaque boîte du domaine. Il faut en principe disposer de six informations indépendantes pour les résoudre. Si deux traceurs ont des concentrations pratiquement proportionnelles l'une à l'autre (c'est le cas des nitrates et des phosphates dans l'océan), leurs équations de conservation sont aussi proportionnelles, si bien qu'ils n'apportent pas d'information indépendante. Si les concentrations ne varient pas dans l'espace, comme c'est souvent le cas dans l'océan profond, elles n'apportent pas non plus d'information ; en effet, les dérivées spatiales du champ de concentration sont alors nulles, et la distribution du traceur s'avère compatible avec n'importe quel champ de courant.

En général, les termes SMP ne sont pas connus, si bien qu'il faut les adjoindre au jeu d'inconnues : cela revient à chercher en même temps les champs de transport et l'intensité des processus biogéochimiques. Il y a alors, en chaque point, une inconnue supplémentaire pour chacun des traceurs. Dans ce cas, comme le relevait Harald Ulrik Sverdrup, le problème demeure complètement indéterminé. Il faut donc disposer d'équations supplémentaires ou de traceurs dont les termes SMP sont connus. Les relations de Redfield, comme celle qui relie le terme SMP de l'oxygène à celui des nitrates, constituent pour cela des informations utiles. Ce qui apparaît beaucoup plus intéressant, ce sont les traceurs radioactifs que je décrirai plus loin ; il y a alors, en chaque point du domaine (et pas seulement à la surface de l'océan), un terme puits connu, qui est l'effet de désintégration radioactive.

En pratique, dans la plus grande partie de l'océan, on ne dispose pas de six traceurs indépendants, parce que les masses d'eau sont trop homogènes et que les processus biogéochimiques sont reliés les uns aux autres. Il faut donc rajouter des informations supplémentaires pour calculer les courants et les diffusivités turbulentes. Il est possible d'utiliser, par exemple, les contraintes dynamiques, comme la conservation de la masse ou l'équilibre géostrophique. Or ces relations suffisent déjà à déterminer le champ de courant. Quelle est donc l'information supplémentaire apportée par les traceurs ? Sont-ils seulement utiles pour estimer les termes SMP et les flux biogéochimiques ?

En 1989, l'Australien Steve Rintoul a proposé une analyse convaincante de ce problème. Il a montré que, dans l'océan Atlantique, l'information contenue dans les champs de traceurs biogéniques apparaissait à la fois compatible avec les contraintes dynamiques et utile pour estimer les champs de transport d'eau et de chaleur. Parmi les traceurs utilisés, le plus intéressant était la silice dissoute, car il donnait des informations sur l'apport et le mélange de l'EAF ; en effet, ce traceur distingue bien cette masse d'eau, alors que les variations de température et de salinité demeurent faibles dans les eaux profondes. Compte tenu des contraintes apportées par l'hydrographie et les équations dynamiques des courants, il n'est pas étonnant que l'information apportée par les traceurs soit relativement faible. En fait, il est déjà important de vérifier que toutes ces informations sont compatibles entre elles. La plus grosse incertitude qu'il reste à lever demeure celle du mélange vertical, car celui-ci n'est pratiquement pas résolu par les équations de la dynamique. Je pense donc que d'autres études à l'aide des traceurs s'avèrent nécessaires, en s'appuyant sur l'approche inverse.

Les transports d'eau peuvent être ensuite convertis en transports d'espèces dissoutes. On trouve, par exemple, que les deux tiers des nitrates transportés vers le nord par le Gulf Stream reviennent en profondeur avec l'EPNA ; le dernier tiers est utilisé par la production biologique en surface et revient vers le sud en subsurface ; cependant, il semble difficile de savoir si ce retour se fait par advection d'azote organique dissous et si le champ de production biologique peut l'expliquer. Ainsi, les variations de concentration de nitrates dans l'Atlantique sont-elles autant dues à des processus de transport et de mélange qu'à des processus biogéochimiques. Ces proportions varient selon les océans.

Ces résultats importants enrichissent particulièrement l'étude du cycle océanique du carbone ; c'est d'ailleurs à partir de cette méthode inverse que les estimations du flux interhémisphérique de carbone ont été obtenues pour l'océan Atlantique. Ailleurs dans l'océan, les données disponibles demeurent insuffisantes. Nul ne doute que ces calculs seront faits pour tout l'océan à partir des données du programme WOCE.

## Traceurs radioactifs naturels de la circulation ; le cas du carbone 14

On trouve de nombreux isotopes radioactifs dans la nature. Ils peuvent avoir été inclus dans notre planète lors de sa formation et se désintégrer si lentement qu'il en reste encore aujourd'hui. S'ils sont de vie courte, ils ont nécessairement été formés récemment. On peut distinguer deux grands processus de création de tels isotopes : le bombardement de la Terre par le rayonnement cosmique et la désintégration des isotopes radioactifs à vie longue que sont l'uranium 238 ($^{238}U$), l'uranium 235 ($^{235}U$) et le thorium 232 ($^{232}Th$), ceux-ci étant présents depuis la formation de la Terre ; cette désintégration passe en effet par de longues chaînes d'isotopes radioactifs de courte durée de vie.

La désintégration radioactive peut servir de chronomètre pour tous les processus physiques ou chimiques qui séparent un atome radioactif de son fils. Il faut cependant que l'âge de ces processus soit du même ordre que la durée de vie de l'isotope radioactif considéré : en des temps plus courts, l'isotope n'a pas le temps de se désintégrer ; en des temps plus longs, il n'y en a plus assez pour qu'il soit mesurable. Pour chronométrer la circulation océanique, il faut donc des isotopes radioactifs d'une durée de vie allant de quelques jours à dix mille ans. Parmi la vingtaine d'isotopes naturels de ce type, le $^{14}C$ est, à mon avis, celui qui a apporté les informations les plus essentielles. Cela vient en partie de ce qu'il a été le premier à être utilisé dans ce but, à partir des travaux d'Harmon Craig, de

Hans Suess et de Jim Arnold en 1957. Au cours des années 70, le programme Geosecs a permis de mesurer ce traceur dans tous les océans.

L'abondance naturelle du $^{14}C$ et son processus de formation dans l'atmosphère ont été étudiés à partir de 1946 par l'Américain W. Libby et ses élèves. Il est formé lors du bombardement du $^{14}N$ de l'air par les neutrons, eux-mêmes créés à partir des protons du rayonnement cosmique à leur arrivée au sommet de l'atmosphère. Le $^{14}C$ est radioactif, de demi-vie égale à cinq mille sept cent trente ans ; il se transforme à nouveau en $^{14}N$, ce qui maintient son abondance à un niveau approximativement stationnaire. On exprime cette abondance par le rapport isotopique $^{14}C/^{12}C$ : le taux de production du $^{14}C$ est de l'ordre de 2,2 atomes/(cm$^2$.s), le rapport $^{14}C/^{12}C$ de l'air étant voisin de $1{,}2.10^{-12}$ (il a varié de 1 à 2 % au cours de la période historique, d'après les mesures faites dans les anneaux de croissance des arbres). Le taux de désintégration du $^{14}C$ est alors de huit désintégrations par minute et par gramme de carbone.

Depuis l'atmosphère, le $^{14}C$ se répand dans les autres réservoirs du système Terre. Il pénètre, par exemple, dans la couche de mélange océanique par échange de gaz $^{14}CO_2$. Il est ensuite distribué dans tout l'océan par les transports dissous et particulaires. Une fois qu'il a quitté la surface, il ne peut plus être renouvelé comme dans l'atmosphère, si bien que sa concentration décroît par désintégration radioactive : on dispose donc, en principe, d'un chronomètre mesurant le temps qui s'écoule depuis que le carbone a quitté la surface de l'océan.

L'abondance de $^{14}C$ se détermine par comptage (on mesure alors ses désintégrations) ou, depuis une quinzaine d'années, par spectrométrie de masse (on mesure alors le nombre d'atomes) ; il n'y a que six appareils dans le monde permettant de faire ces dernières mesures, l'un d'entre eux étant installé au Centre des faibles radioactivités de Gif-sur-Yvette. En fait, on ne mesure pas directement le rapport $^{14}C/^{12}C$, mais seulement son écart relatif à celui d'un standard ; cet écart, exprimé en pourcentage, se note $\delta^{14}C$. Compte tenu de l'abondance de ces atomes dans l'eau de mer, il faut près de cent litres d'eau de mer et environ un mois pour déterminer $\delta^{14}C$ par comptage ; il suffit d'un litre d'eau et d'une journée pour faire la mesure par spectrométrie de masse. La précision de mesure est de l'ordre de 1 ‰ par comptage et de 2 à 4 ‰ par spectrométrie de masse. Pour fixer les idées, une précision de 1 ‰ est équivalente à la désintégration de $^{14}C$ pendant onze ans.

L'écart $\delta^{14}C$ n'est pas seulement modifié par désintégration radioactive : un « fractionnement isotopique » (c'est-à-dire une variation du rapport $^{14}C/^{12}C$) a lieu au cours de la plupart des processus physiques ou chimiques affectant le carbone, comme l'échange de gaz ou la formation de matière biogénique. Ce fractionnement peut être déterminé à partir de celui des autres isotopes du carbone, le $^{13}C$ et le $^{12}C$, car le fractionnement isotopique est proportionnel à l'écart de masse des atomes ; ces autres isotopes étant stables, le fractionnement isotopique est, en effet, le seul mécanisme qui affecte leur rapport. Comme pour le $^{14}C$, on exprime l'évolution du rapport $^{13}C/^{12}C$ par l'écart relatif entre le rapport de l'échantillon et la valeur d'un standard, et l'on note cet écart relatif, $\delta^{13}C$ ; le standard a été choisi comme étant le rapport isotopique du carbonate de calcium, qui est proche de celui de l'eau de mer ; la précision des mesures est remarquable et vaut généralement 0,02 ‰ (ce qui signifie que l'on détermine le rapport $^{13}C/^{12}C$ à $2.10^{-5}$ près). À titre d'exemple, pour de la matière biogénique actuelle, la valeur de $\delta^{13}C$ étant d'environ − 25 ‰, la valeur de $\delta^{14}C$ est double, soit − 50 ‰. Compte tenu de la constante de désintégration du $^{14}C$, un tel fractionnement serait équivalent à un vieillissement de l'ordre de cinq cents ans, ce qui explique pourquoi il faut prendre en compte cet effet. Le $\delta^{14}C$ corrigé des effets de fractionnement isotopique est noté $\Delta^{14}C$.

Les variations de l'écart corrigé $\Delta^{14}C$ servent de chronomètre des processus océaniques. Pour « dater » une eau, il faut donc disposer de la composition isotopique initiale de l'eau de surface. Celle-ci n'est malheureusement pas celle de l'atmosphère : en effet, pour atteindre l'équilibre isotopique entre l'océan et l'atmosphère, il faut que le gaz $^{14}CO_2$ permette de renouveler la totalité des atomes de carbone dissous, si bien que le temps caractéristique d'équilibre isotopique air-mer est de l'ordre de dix ans (rappelons que pour équilibrer le gaz carbonique, il « suffit » d'atteindre l'équilibre chimique entre espèces dissoutes, ce qui se fait en environ un an). Or, bien des eaux ne restent pas aussi longtemps à la surface. Tandis que le $\Delta^{14}C$ des eaux de surface des zones tempérées est de − 40 ‰, celui des eaux de la mer du Labrador n'est que de − 70 ‰ et celui de l'EAF, même jeune, est de − 160 ‰. En effet, les premières restent longtemps près de la surface, tandis que les autres n'y séjournent pas assez pour s'équilibrer avec l'atmosphère. C'est, en soi, une information importante sur le renouvellement des eaux de surface.

Le premier résultat obtenu à partir du $\Delta^{14}C$ des eaux profondes a été leur âge apparent. Par exemple, dans les eaux communes du Pacifique Nord, vers 2 500 m de profondeur, le $\Delta^{14}C$ vaut − 250 ‰.

Par rapport à l'eau de surface de l'Atlantique Nord, cela correspond à un âge apparent de deux mille trois cents ans. Par rapport aux eaux antarctiques, cet âge est de mille ans. En comparaison, à 2 000 m de profondeur, l'eau de l'océan Indien a un $\Delta^{14}C$ de − 190 ‰, correspondant à un âge de trois cents ans par rapport aux eaux antarctiques. En divisant le volume des eaux profondes des océans par cet âge, on obtient un flux de renouvellement des eaux profondes de 30 Sv (pour un âge de mille ans). On peut aussi transformer ce chiffre en vitesse moyenne des eaux profondes (1 mm/s) ou en vitesse moyenne de remontée des eaux vers la surface (3 m/an). Ces ordres de grandeur ont été obtenus avant que des expériences directes aient pu fournir des estimations indépendantes.

Une variation du $\Delta^{14}C$ ne correspond pas nécessairement à un vieillissement : elle peut aussi traduire le mélange d'eaux de valeurs initiales différentes. C'est particulièrement le cas dans l'océan Atlantique profond, qui est alimenté par l'EPNA et l'EAF. La variation du $\Delta^{14}C$ que l'on y observe va de − 70 ‰ au nord jusqu'à − 160 ‰ au sud ; elle est surtout due à la différence de composition des eaux à leur source. Si l'on calcule les proportions de mélange de ces deux masses d'eau à l'aide du diagramme T-S, on peut estimer l'effet résiduel de leur vieillissement sur le $\Delta^{14}C$ : il n'est que de − 9 ‰, ce qui correspond à un âge moyen des eaux profondes de l'Atlantique de cent ans.

La deuxième utilisation du $^{14}C$ a été proposée par l'Américain Walter Munk en 1966. Il a considéré que la distribution verticale des traceurs était expliquée par une advection vers la surface, compensée par une diffusion vers le fond. Quand on utilise un traceur conservatif, on n'obtient qu'une information sur le *rapport* des deux modes de transport (à partir de l'équation de conservation, on obtient le rapport K/w quand le terme SMP est nul). Le $\Delta^{14}C$ apporte, en outre, une information chronométrique et donc une estimation du taux de chacun de ces deux modes de transport (d'ailleurs, on a déjà vu qu'il permettait d'estimer la vitesse d'advection verticale). Walter Munk a ainsi montré que la diffusivité verticale de l'océan profond était de l'ordre de $10^{-4}$ m²/s.

On sait aujourd'hui que le mélange dans l'océan ne se fait pas selon la verticale ; cependant, cet ordre de grandeur de la diffusivité verticale « effective » dans l'océan profond reste considéré comme valable. Afin d'estimer directement la diffusivité réelle, des géochimistes ont récemment fait appel à un autre traceur : l'Américain Jim Ledwell et ses collègues ont injecté de façon très localisée du $SF_6$, vers 1 000 m de profondeur dans le gyre subtropical de l'Atlantique

Nord ; cette molécule inerte pouvant être mesurée à des niveaux de concentration très faibles, ils ont ensuite attendu qu'elle diffuse et ont mesuré sa distribution à plusieurs reprises. Cette expérience a mis en évidence que le mélange diapycnal existait bien, mais que la diffusivité valait entre $1.10^{-5}$ et $2.10^{-5}$ $m^2/s$ seulement ; il se peut qu'un effet de mélange diapycnal aux frontières explique la différence avec la valeur effective de $10^{-4}$ $m^2/s$. Afin de vérifier ce résultat, une deuxième expérience est en cours vers 4 000 m de profondeur dans le bassin du Brésil.

Une troisième information fondamentale a été obtenue à partir des données du $\Delta^{14}C$ : elle concerne le flux d'échange de gaz entre l'océan et l'atmosphère. En effet, puisque ce traceur disparaît de l'océan par désintégration radioactive, il doit être remplacé par invasion de gaz à la surface. Les données de $\Delta^{14}C$ ont, d'une part, été utilisées pour estimer un paramètre de l'échange de gaz ; cela a été essentiellement le coefficient de transfert k, dont la définition a été donnée au chapitre VII. Contrairement aux valeurs déduites du vent et de la température de surface, le coefficient de transfert déduit du $\Delta^{14}C$ correspond à une moyenne globale et sur un temps de plusieurs années. Les deux valeurs sont en désaccord d'un facteur deux ; c'est assez satisfaisant compte tenu des très grandes différences de concept entre ces méthodes.

D'autre part, les données du $\Delta^{14}C$ ont permis d'estimer le flux d'invasion de gaz carbonique dans l'océan. Si $\lambda$ est la constante de désintégration radioactive du $^{14}C$, $R_{oc}$, le rapport isotopique $^{14}C/^{12}C$ moyen et $^{14}C_{oc}$ ou $N_{oc}$ la quantité totale de $^{14}C$ ou de carbone dissous dans l'océan, le taux de disparition de $^{14}C$ vaut :

$$\lambda^{14}C_{oc} = \lambda\, R_{oc}\, N_{oc}$$

Cette disparition doit être compensée par un flux d'invasion de $^{14}CO_2$, qui dépend du flux d'invasion de gaz carbonique, $F_C$, et de la différence des rapports $^{14}C/^{12}C$ entre l'océan de surface ($R_{surf}$) et l'atmosphère ($R_{atm}$) :

$$F_C\,(R_{atm} - R_{surf})$$

Comme $R_{oc}/R_{atm} = 0{,}84$ et que $R_{surf}/R_{atm} = 0{,}96$, tandis que le $N_{oc}$ vaut 39 000 GTC, on trouve que le flux d'invasion de gaz carbonique vaut $F_C = 90$ GTC/an. La principale source d'erreur est le rapport $R_{surf}/R_{atm}$. Bien sûr, contrairement au $^{14}C$, le carbone minéral dissous est constant dans le temps, si bien que le $F_C$ doit être compensé par un flux de dégazage équivalent. Malheureusement, il n'est pas du tout facile de relier le $F_C$ aux flux instantanés déduits des différences de pression partielle entre l'air et l'eau ou encore aux flux nets annuels des différentes régions de l'océan.

Beaucoup d'autres traceurs naturels de la circulation ont été étudiés. Parmi eux, le $^{39}Ar$ (Argon 39) est en principe le plus adapté au problème : fabriqué par le rayonnement cosmique, sa concentration dans l'atmosphère est approximativement constante ; sa concentration dans la couche de mélange océanique s'approche de l'équilibre de solubilité avec l'atmosphère et est donc bien connue ; sa demi-vie est de deux cent soixante-dix ans et donc très compatible avec l'échelle de temps de la circulation ; il n'est affecté par aucun processus biogéochimique et se comporte comme un traceur passif des transports et des mélanges dissous. Malheureusement, son abondance demeure faible, si bien qu'il faut plusieurs milliers de litres d'eau pour le détecter. Quelques dizaines de mesures ont été réalisées, qui ont notamment permis de décrire la remontée des eaux profondes dans l'océan Pacifique. Un autre traceur, le $^{226}Ra$ (Radium 226), produit dans la chaîne de désintégration de l'uranium 238, paraissait prometteur, parce que sa demi-vie est égale à mille six cent vingt ans ; il s'est également avéré difficile d'emploi, dans la mesure où il est affecté par l'activité biologique et, surtout, parce que la géographie et l'intensité de sa source sédimentaire demeurent mal connues.

## Traceurs transitoires de la circulation

Une autre catégorie de traceurs devient de plus en plus utile : il s'agit des produits de l'activité humaine qui se répandent dans l'environnement. Parmi eux, on trouve le carbone 14 d'origine nucléaire, le tritium et les CFC (chlorofluorocarbures, plus couramment appelés fréons). Contrairement aux traceurs naturels, ils permettent de suivre les régimes transitoires de l'océan. En revanche, leur utilisation introduit des difficultés particulières : d'une part, on ne peut accumuler les mesures prises à des dates différentes comme si elles étaient synoptiques ; d'autre part, il faut connaître l'histoire et la géographie de leur injection dans l'océan.

### *Le $^{14}C$ d'origine nucléaire*

Deux effets modifient artificiellement le $\Delta^{14}C$ naturel de l'air. D'une part, la combustion des fuels fossiles injecte du « vieux » carbone dans l'atmosphère, dont le $^{14}C$ a complètement disparu (en revanche, le carbone de la biosphère continentale est jeune et normalement riche en $^{14}C$, si bien que l'évolution de la biomasse n'affecte pas le $\Delta^{14}C$). En conséquence, le $\Delta^{14}C$ de l'air a décru de 0 ‰ en 1850 à environ − 30 ‰ en 1950. Ce phénomène s'appelle « l'effet Suess », du nom du géochimiste d'origine allemande qui l'a expliqué en 1955. D'autre part, à partir de 1954, les essais nucléaires ont injecté d'énormes quantités de $^{14}C$ dans l'atmosphère : dans l'hémisphère Nord, le $\Delta^{14}C$ de l'air a atteint 800 ‰ en 1964 ; il a surtout crû après 1961, puisqu'il est passé de 250 à 800 ‰ en trois ans. Depuis le moratoire américano-soviétique de 1963, qui a consacré l'arrêt des essais nucléaires dans l'atmosphère par ces deux pays, cette valeur décroît doucement parce que le $^{14}C$ se répand dans la biosphère et l'océan. À l'échelle de temps de cinquante ans, sa décroissance radioactive est négligeable ; on peut donc considérer qu'il se comporte comme un traceur non radioactif des échanges de carbone dans l'environnement.

La répartition du $^{14}C$ d'origine nucléaire dans l'océan a permis d'estimer l'échelle de temps des échanges d'eaux entre bandes de latitudes. Celle-ci est obtenue en comparant les profils verticaux du $\Delta^{14}C$ avant et après les explosions nucléaires. Par exemple, dès 1974, on trouvait trace d'un excès de $^{14}C$ jusque vers 900 m de profondeur aux latitudes subtropicales, mais jusqu'à seulement 400 m dans la bande équatoriale. Plus généralement, dans les zones subtropicales, le bilan d'invasion de ce traceur est nettement plus grand que le flux d'invasion local par échange de gaz à la surface.

Cette différence est clairement due à la circulation océanique : dans les gyres subtropicaux, la subduction des isopycnes entraîne le traceur au niveau de la thermocline et le transporte des latitudes subpolaires aux latitudes subtropicales. Au contraire, dans la bande équatoriale, le pompage d'Ekman fait remonter vers la surface des eaux vieilles qui ne présentent pas d'excès de $^{14}C$. Comme la croissance du $\Delta^{14}C$ dans l'atmosphère a surtout eu lieu à partir de 1961, cela signifie que le temps caractéristique de la circulation dans les gyres anticycloniques est de l'ordre de dix ans. Dans la bande équatoriale, comme on peut calculer le flux d'invasion à la surface par échange de gaz, on pourrait en principe estimer le flux d'*upwelling* qui permet le maintien d'une faible quantité du traceur dans les couches de surface ; malheureusement, cette estimation est sensible aux hypothèses faites sur l'origine de cette eau d'*upwelling* et donc sur sa concentration en $^{14}C$.

*Le tritium*

Le tritium ($^3H$ ou T) est produit par le rayonnement cosmique au taux de 0,25 atome/(cm$^2$.s). Comme sa demi-vie est de 12,4 ans, sa concentration naturelle est très faible. En revanche, les explosions nucléaires en ont introduit de grandes quantités dans la stratosphère. Son activité n'est tout de même pas bien grande, puisque l'on utilise une unité de concentration, appelée TU, qui vaut $10^{-18}$ atomes de T par atome de $^1H$ ; pour le mesurer, on attend que le tritium se soit désintégré en $^3He$ en gardant les échantillons pendant au moins un an dans des tubes de cuivre scellés, puis on mesure le rapport isotopique $^3He/^4He$ du gaz dissous dans l'eau par spectrométrie de masse. Le tritium d'origine nucléaire a été introduit dans l'océan par échange de gaz et par les pluies. Sa concentration dans l'atmosphère a décru très rapidement, si bien que l'on a affaire à un traceur injecté dans l'environnement en un intervalle de temps court, entre 1960 et 1980 ; cela facilite son utilisation. En revanche, le tritium n'a pas eu le temps de bien diffuser de l'hémisphère Nord, où il a été produit, vers l'hémisphère Sud ; il est donc surtout utilisable pour tracer la circulation de l'hémisphère boréal. Un autre intérêt du tritium vient de ce qu'il fait partie de molécules d'eau (HTO) et qu'il n'est pas affecté par l'activité biogéochimique. Son troisième avantage vient de sa demi-vie, qui est comparable à l'échelle de temps des processus de circulation des gyres et de formation des eaux profondes ; il s'adapte donc bien au chronométrage de ces phénomènes.

L'Américain William Jenkins et l'Allemand Wolfgang Roether ont pu cartographier l'abondance du tritium dans les gyres subtropicaux de l'hémisphère Nord. On observe le vieillissement progressif des eaux du nord-est vers le sud-ouest ; celles-ci atteignent un âge de quinze ans environ dans la zone de recirculation du Gulf Stream. Au large des côtes de Mauritanie, on trouve une « zone d'ombre » très pauvre en tritium, parce qu'elle est moins bien ventilée que les zones de recirculation. À l'équateur, les isolignes d'eaux vieilles (plus de quinze ans) remontent vers la surface avec l'*upwelling* équatorial. Le même schéma vient d'être obtenu dans l'océan Pacifique, à la fois au nord et au sud, à partir des données du programme WOCE. Ce traceur dessine donc tout le schéma de circulation des eaux, le long des isopycnes des gyres subtropicaux.

*Les CFC*

Les CFC ont été injectés dans l'atmosphère à partir de la Seconde Guerre mondiale, leur concentration ayant alors crû de façon exponentielle jusque vers 1985. Comme ils contribuent à la destruction de l'ozone stratosphérique, leur production est progressivement remplacée par celle d'autres gaz réfrigérants, si bien que leur concentration tend désormais à se stabiliser. Ils pénètrent dans l'océan par échange de gaz ; leur concentration dans les eaux de surface est très proche de leur concentration d'équilibre de solubilité avec l'atmosphère et dépend donc essentiellement de la température de l'eau. Même si leurs concentrations sont faibles (moins de $10^{-11}$ mol/kg pour le CFC-11, qui désigne la molécule de $CCl_3F$), on peut les mesurer à bord des navires océanographiques, par chromatographie, à partir de seulement 40 ml d'eau. Il s'avère donc possible d'effectuer un grand nombre d'analyses, si bien que ces traceurs souffrent moins que les autres de limitations d'échantillonnage.

Dans l'océan, les CFC se comportent comme des traceurs de la circulation ; apparemment, le seul effet géochimique qui puisse les affecter serait une petite adsorption sur la matière biogénique qui n'est encore pas bien comprise. Comme l'histoire de leur injection dans l'atmosphère s'étale sur une longue période et qu'elle se poursuivra encore pendant de nombreuses années, les CFC sont bien adaptés au suivi des eaux profondes (cette remarque est aussi valable pour d'autres composés injectés par l'homme dans l'environnement, comme le $CCl_4$, qui est également utilisé en océanographie). Par exemple, les CFC ont montré que le renouvellement des eaux profondes des mers arctiques se faisait en à peu près trente ans.

Le résultat qui me paraît le plus important concerne le suivi de l'EPNA dans son trajet vers le sud de l'océan Atlantique. En 1983, l'Américain Ray Weiss repérait déjà deux petits maxima de concentration près de l'équateur, vers 1 600 m et 3 800 m de profondeur ; le premier maximum prolongeait une langue d'eau riche en CFC collée à la côte des Amériques, en provenance du nord, selon le trajet du sous-courant de frontière ouest ; Ray Weiss estimait que le temps nécessaire au transit depuis la zone de formation des eaux profondes jusqu'à l'équateur était de vingt-trois ans. En 1993, la Française Chantal Andrié a trouvé des CFC dans le golfe de Guinée, à cette même profondeur ; en outre, les données récentes du programme WOCE montrent que la concentration des CFC décroît fortement vers 5°S : la traversée de l'équateur ne se fait donc pas simplement, puisque la masse d'eau semble s'écouler zonalement vers l'est. On savait que les courants profonds tendaient à s'aligner le long de l'équateur, comme ceux de surface, mais ce sont les données de fréons qui ont démontré que toute la masse d'eau suivait ce trajet. De la même façon, d'autres équipes commencent à étudier la progression vers le nord de l'EAF ; les données du programme WOCE permettent notamment de suivre la dispersion du CFC-11 dans l'océan Pacifique Sud à partir de la mer de Ross.

Alors que les données de traceurs transitoires s'accumulent, une difficulté, non perçue à l'origine, commence à apparaître : il est difficile de distinguer les variations de concentration qui proviennent de leur invasion progressive dans l'océan de celles qui traduisent la variabilité naturelle des transports. Par exemple, il semble que les concentrations de CFC actuellement observées dans l'EPNA ont été affectées par l'épisode de convection anormale en mer du Labrador des années 70.

Les traceurs permettent donc d'identifier des phénomènes difficiles à détecter à l'aide des méthodes de l'océanographie physique et fournissent des ordres de grandeurs sur les flux des masses d'eau. En revanche, il reste difficile d'utiliser leur information de façon quantitative : d'une part, les termes d'apport à la surface de l'océan sont incertains (mais le sont-ils beaucoup plus que les forçages atmosphériques ?) ; d'autre part, la majorité des traceurs est affectée par les processus biogéochimiques internes à l'océan, ces termes étant mal connus ; ensuite, le nombre des données demeure peu élevé, et leur précision relative (le rapport signal/bruit) plutôt moindre que celle de la température et de la salinité. Les traceurs donnent une information intégrant les processus de circulation dans l'espace et dans le temps, tout comme la température et la salinité en ce qui concerne les masses d'eau ; ce caractère intégral est très utile pour obtenir des informations macroscopiques (une profondeur de pénétration dans l'océan ou un temps de résidence), mais les données de traceurs deviennent moins utiles dès que l'on s'intéresse à la variabilité du système.

Les océanographes simulent la distribution du $\Delta^{14}C$, de CFC ou du tritium, pour tester la capacité de leurs modèles numériques à représenter la circulation profonde. Ces données leur servent aussi à étalonner ces modèles avant de s'en servir pour estimer l'absorption du gaz carbonique anthropique par l'océan. L'accord entre modèles et observations s'avère de plus en plus remarquable, mais semble indiquer que les processus de formation des eaux profondes ne sont pas encore bien représentés par les modèles numériques. Même si ces comparaisons ne sont que qualitatives, cette utilisation des données de traceurs justifie largement l'effort entrepris pour les mesurer : pour cette raison, de nouvelles données sont en cours d'acquisition dans tous les océans, dans le cadre du programme WOCE.

Il faut enfin noter que les traceurs de la circulation décrits ici ne représentent qu'un petit sous-ensemble de tous les traceurs utilisés ; plus nombreux sont ceux surtout affectés par les processus biogéochimiques, le transport et le mélange par les courants étant alors de second ordre. C'est, à mon avis, pour les problèmes de la biogéochimie des océans que l'apport des traceurs s'avère le plus précieux.

# Chapitre X

## ABSORPTION PAR L'OCÉAN DU GAZ CARBONIQUE RÉSULTANT DES ACTIVITÉS HUMAINES

Depuis des siècles, l'homme injecte du gaz carbonique dans l'atmosphère. Actuellement, ce flux est de sept milliards de tonnes de carbone par an (7 GTC/an), soit quatre kilos par homme et par jour ; il en résulte un accroissement de la concentration du gaz carbonique de 0,5 % par an. Cette variation est aussi grande que les fluctuations naturelles à l'échelle interannuelle, comme celles qui accompagnent le phénomène ENSO. Cependant, l'effet anthropique est permanent et s'accélère, si bien que le gaz carbonique s'accumule dans l'atmosphère : en deux siècles, l'accroissement cumulé a été comparable à la variation naturelle entre une période glaciaire et une période interglaciaire.

Cette accumulation peut provoquer un accroissement de la température moyenne de l'atmosphère de quelques degrés, dans la mesure où ce gaz absorbe le rayonnement infrarouge émis par la Terre ; c'est ce qu'on appelle l'effet de serre. Les gaz naturellement présents dans l'air, comme la vapeur d'eau, créent un effet de serre important qui n'est que très faiblement augmenté par le gaz carbonique anthropique. Cependant, étant séculaire, cette dernière perturbation peut induire des perturbations significatives du climat. De plus, les caractéristiques régionales du réchauffement et les effets indirects, par exemple sur les précipitations ou le niveau des mers, demeurent mal connus, mais pourraient être nettement plus critiques pour l'homme que l'effet moyen de réchauffement. Toutes ces raisons justifient que l'on étudie en détail le devenir du gaz carbonique anthropique. Notons que l'augmentation dans l'atmosphère du méthane, un autre composé du carbone, peut également être très critique pour le climat ; ce chapitre ne s'intéressera cependant qu'au gaz carbonique et à son absorption par l'océan.

On ne retrouve dans l'atmosphère que 50 % environ du gaz carbonique produit par l'homme, soit une augmentation de 3,5 GTC/an. On estime que l'océan en absorbe de l'ordre de 2 ± 1 GTC/an. Le devenir du reste, soit 1,5 GTC/an, est mal connu : même s'il se produit une déforestation importante dans les zones tropicales (qui contribue à l'injection de gaz carbonique dans l'atmosphère), il semble que la végétation des zones tempérées soit actuellcment un puits de carbone. Il se pourrait aussi que l'incertitude actuelle des estimations suffise à expliquer ce « puits manquant » : il s'avère donc important de mieux comprendre les sources d'erreurs du terme le plus grand, en l'occurrence l'absorption par l'océan. Dans ce chapitre, je vais expliquer comment l'océan absorbe le gaz carbonique anthropique, puis montrer comment l'on estime la quantité effectivement absorbée, enfin indiquer quelques-uns des problèmes à résoudre pour améliorer la qualité des prévisions des modifications futures.

## Contrôle du gaz carbonique de l'atmosphère par l'océan

À l'équilibre entre l'océan et l'atmosphère, on peut calculer la variation relative du carbone minéral dissous ($C_T$) qui doit résulter d'une modification de la pression partielle de l'air. Cette estimation a été réalisée pour la première fois dans les années 50 par Roger Revelle. Comme, à l'équilibre, la pression partielle de gaz dissous dans l'eau ($P_{CO_2}$) est égale à la pression partielle de l'air, le résultat découle directement des équilibres chimiques entre espèces du carbone dissoutes dans l'océan et peut être calculé à l'aide des constantes $K'_1$ et $K'_2$. Comme les ions bicarbonates ($HCO_3^-$) sont très abondants, il est difficile de modifier sensiblement leur concentration. On trouve que la variation *relative* du $C_T$ dans l'eau est environ dix fois plus petite que la variation relative de la $P_{CO_2}$.

Imaginons que l'on injecte dans l'atmosphère une quantité de carbone équivalente à sa valeur actuelle, c'est-à-dire 700 GTC ; c'est équivalent à cent ans d'activité humaine au niveau actuel. Ce gaz est absorbé par l'océan jusqu'à atteindre un équilibre tel que la variation relative du gaz soit dix fois celle du $C_T$. Comme il y a cinquante fois plus de carbone dans l'océan que dans l'atmosphère, on trouve que la variation *absolue* de la $P_{CO_2}$ ne sera que dix cinquantièmes fois celle du $C_T$. Autrement dit, à l'équilibre, seulement un sixième du gaz carbonique injecté dans l'atmosphère resterait dans l'air, tandis que le reste se retrouverait dans l'océan : la concentration dans l'atmosphère n'augmenterait donc à terme que de 17 %.

Il faut aussi prendre en compte un deuxième effet : l'absorption du gaz carbonique déplace les équilibres chimiques entre espèces dissoutes du carbone, ce qui diminue l'abondance des ions carbonates $CO_3^{--}$ et augmente le pH. Rappelons que l'abondance de cet ion contrôle la redissolution du carbonate de calcium, puisque celle-ci se fait selon la réaction suivante :

$$Ca^{++} + CO_3^{--} \Leftrightarrow CaCO_3$$

Comme la concentration totale du carbone océanique croît par suite de l'invasion du carbone anthropique, celle de $CO_3^{--}$ diminue partout ; cela induit un déplacement vers la gauche de l'équilibre chimique indiqué ci-dessus, si bien qu'une partie du carbonate de calcium des sédiments peut se redissoudre. Ce phénomène réinjecte des ions carbonates dans l'eau et, donc, diminue la $P_{CO_2}$. En retour, cette diminution du gaz carbonique de l'eau entraînera une diminution du gaz carbonique dans l'air. Autrement dit, l'océan est « tamponné » par l'énorme réservoir de carbonate de calcium des sédiments, qui peut maintenir les équilibres chimiques à un niveau proche du niveau naturel. Ce processus s'ajoute à l'effet de Revelle, si bien qu'à l'équilibre la concentration du gaz carbonique de l'air aura crû d'encore moins que 17 %, si l'on injecte 700 GTC dans l'atmosphère.

L'effet de Revelle aura certainement lieu, puisqu'il suffit d'attendre que toute l'eau des océans se soit mélangée. L'effet tampon dû au carbonate de calcium est moins garanti : les échanges entre l'eau et les sédiments sont en effet loin d'être simples. La surface du sédiment est en fait une vase plus ou moins compacte, où s'effectue une transformation du sédiment appelée « diagenèse précoce ». Celle-ci se fait par réactions chimiques, dissolution et précipitation entre les particules et l'eau interstitielle du sédiment. C'est cette eau interstitielle qui diffuse, circule et entre en contact avec l'eau de mer. La redissolution éventuelle de carbonate de calcium lors d'une augmentation de $C_T$ n'est donc ni immédiate ni même évidente. Cependant, on ne peut comprendre la régulation du gaz carbonique de l'atmosphère au cours des millions d'années des temps géologiques qu'en invoquant cet équilibre entre l'océan et les sédiments marins.

## Comment l'océan absorbe-t-il le gaz carbonique anthropique ?

Comme l'homme injecte continûment du gaz carbonique dans l'atmosphère, celle-ci n'est évidemment pas à l'équilibre avec l'océan ; il faut alors considérer la cinétique de l'échange de gaz entre ces deux réservoirs. Rappelons que le flux d'échange de gaz est égal à la différence des pressions ($P^{eau}$ – $P^{air}$) multipliée par un coefficient d'échange, que la $P^{eau}$ est supérieure à la $P^{air}$ dans l'océan tropical, si bien que celui-ci dégaze vers l'atmosphère, tandis que survient le contraire aux plus hautes latitudes et que l'océan y pompe du gaz carbonique. À l'équilibre, ces deux flux d'échange de gaz sont égaux.

Imaginons que le cycle océanique du carbone n'est pas modifié et que l'on augmente la pression du gaz dans l'air. Dans les zones tropicales, la différence des pressions ($P^{eau}$ – $P^{air}$) devient moins positive, à tel point que le flux de dégazage des océans y devient plus faible. Au contraire, aux plus hautes latitudes, la différence des pressions ($P^{eau}$ – $P^{air}$) devient plus négative quand la $P^{air}$ augmente ; le pompage des hautes latitudes devient donc plus fort. En outre, la surface où la différence des pressions ($P^{eau}$ – $P^{air}$) est positive (et donc où l'océan dégaze) se rétrécit, tandis que la zone de pompage s'étend. En conséquence, il y a un effet net d'absorption de $CO_2$ par l'océan.

Pour fixer un ordre de grandeur, supposons qu'avant la période industrielle, la différence $P^{eau}$ – $P^{air}$ valait 50 μatm en moyenne dans les zones tropicales, soit sur 50 % de la surface de l'océan. Compte tenu de la valeur typique du coefficient d'échange k de $40.10^3$ mol/($m^2$.an.atm), cela donne un flux net de dégazage des zones tropicales de 2 GTC/an ; celui-ci devait être compensé par un flux équivalent de pompage aux plus hautes latitudes. Par suite d'une augmentation de la $P^{air}$ de 30 μatm, la différence $P^{eau}$ – $P^{air}$ aurait diminué à 20 μatm aux basses latitudes et à – 80 μatm aux hautes latitudes. Le flux des zones tropicales aurait alors diminué à 0,8 GTC/an, tandis que le pompage des hautes latitudes aurait augmenté à 3,2 GTC/an. L'océan absorberait alors un flux net de 2,4 GTC/an.

Bien sûr, partout dans l'océan de surface, les échanges de gaz tendent à rapprocher la $P_{CO_2}$ de la pression atmosphérique, si bien que la première augmente partout avec cette dernière. Aux échelles de temps plus longues que quelques années, ce qui contrôle l'absorption, c'est donc le renouvellement des eaux de surface par les transports océaniques. L'absorption nette a donc surtout lieu *via* les zones de hautes latitudes, c'est-à-dire là où se forment les eaux profondes (par convection ou subduction des isopycnes), ce qui soustrait l'eau à la surface des océans.

Rappelons que les eaux résident longtemps en profondeur : cela va de quelques dizaines d'années pour les eaux subductées dans les gyres subtropicaux au millier d'années pour les eaux profondes.

Certes, les eaux subductées reviennent « rapidement » à la surface et échangent du gaz carbonique avec l'atmosphère dans les zones d'*upwelling*. Elles ne peuvent donc jouer longtemps un rôle de piégeage du carbone anthropique. En revanche, les eaux profondes pourront séquestrer ce carbone pendant longtemps. Les temps de circulation thermohaline dans l'océan régissent le temps nécessaire à ce processus : ce sont les courants qui emportent le carbone vers le fond, puis le ramènent en surface. Cela explique pourquoi l'océan n'arrive pas à absorber tout le gaz carbonique que l'homme met dans l'atmosphère. Le problème du gaz carbonique vient de ce que l'augmentation actuelle dans l'atmosphère est rapide et que l'océan n'arrive pas à absorber assez vite ce gaz en excès et l'emporter vers l'océan profond.

## Estimations du bilan de carbone anthropique dans l'océan

Dans les rares endroits où existent des séries de mesure de la $P_{CO_2}$, celle-ci augmente en surface comme la pression de l'air, soit d'environ 1,5 µatm/an. En outre, le $C_T$ s'est élevé dans les premières centaines de mètres d'eau ou à proximité des zones de formation des eaux profondes. Une partie du gaz carbonique anthropique se retrouve donc bien dans l'océan. Cependant, la variation relative de sa concentration y est faible puisqu'elle atteint tout au plus 0,04 mmol/kg, alors que le $C_T$ vaut environ 2 mmol/kg. Il est également difficile d'estimer directement l'augmentation de la quantité de carbone dans l'océan, parce que le nombre des données demeure insuffisant, surtout en ce qui concerne les valeurs préindustrielles. On obtient celles-ci à partir des concentrations actuelles dans les eaux les plus vieilles, car elles ne sont *a priori* pas contaminées par le carbone anthropique. Pour ces eaux, on remonte par le calcul jusqu'à la valeur à leur source de surface, en corrigeant les effets naturels de mélange et de production biologique ; on utilise pour cela les données des autres traceurs, comme les nitrates, dont le comportement est relié à celui du carbone par les rapports de Redfield. La différence entre les valeurs mesurées aujourd'hui dans les eaux jeunes et les valeurs calculées à partir des eaux vieilles correspond au carbone en excès.

On trouve ainsi que la croissance du $C_T$ s'est fait sentir jusqu'à 1 000 m de profondeur dans l'océan Atlantique subtropical, entre le programme Geosecs (1974) et le programme WOCE (1993). Si l'on considère qu'une augmentation de 2 % de $C_T$ (soit 0,04 mmol/kg) a affecté en moyenne une couche d'eau de 300 m d'épaisseur (c'est la profondeur typique de pénétration du $^{14}C$ d'origine nucléaire, soit 10 % du volume de l'océan), cela fait 80 GTC de carbone en excès. Cette masse est équivalente à un flux de 1,6 GTC/an pendant cinquante ans, soit environ au tiers de ce que l'homme a injecté dans l'atmosphère. On devine donc que ces estimations sont surtout adaptées au calcul du stockage dans les couches de subsurface, où le signal d'augmentation de carbone est détectable. L'estimation la plus complète donne 82 ± 16 GTC de carbone en excès dans l'océan, dont 25 % sont trouvés dans l'Atlantique Nord et 55 % dans l'hémisphère Sud. Même les auteurs de ces estimations directes considèrent qu'elles sont « au mieux semi-quantitatives ».

On peut aussi tenter d'évaluer l'excès de carbone dans l'océan à l'aide de bilans d'invasion des traceurs transitoires. Historiquement, c'est l'invasion du $^{14}C$ d'origine nucléaire qui a d'abord été utilisée pour cela. La difficulté principale de ce calcul vient des différences de comportement entre ce traceur et le gaz carbonique. D'une part l'injection du $^{14}C$ de l'atmosphère a eu lieu en un temps relativement court (principalement entre 1960 et 1980), tandis que la concentration du gaz carbonique croît exponentiellement depuis un siècle ; d'autre part, le temps caractéristique d'échange de $^{14}CO_2$ entre l'océan et l'atmosphère est de l'ordre de dix ans, contre un an pour le gaz carbonique. Il faut en outre se souvenir que l'inventaire du $^{14}C$ d'origine nucléaire dans l'océan est incertain à cause du faible nombre de mesures ; une incertitude de 20 % sur cet inventaire peut induire un défaut d'estimation de l'absorption du carbone anthropique estimé par calcul de 10 %. Cependant, ces difficultés ne préjugent pas de l'utilisation de ce traceur pour étalonner les modèles numériques d'absorption du carbone anthropique (voir ci-dessous).

Comme le $\delta^{13}C$ des fuels fossiles et de la biomasse continentale est de − 27 ‰, tandis que sa valeur dans l'atmosphère est de − 7 ‰, ce rapport décroît dans le temps dans l'atmosphère ; ce phénomène est analogue à l'effet Suess décrit pour le $^{14}C$, mais il est dû à la fois à la combustion des fuels fossiles et à la destruction de la biosphère continentale. En conséquence, dans l'océan de surface, le $\delta^{13}C$ a varié de − 0,4 ‰ entre 1970 et 1991. L'histoire et la pénétration de ce traceur dans l'océan est beaucoup plus proche de celle du carbone anthropique que celle du $^{14}C$ d'origine nucléaire. Il est donc tentant d'établir un bilan de son invasion dans l'océan. Malheureusement, les données de ce traceur océanique sont relativement rares ; en outre, elles présentent un signal naturel saisonnier de l'ordre de 1 ‰ dans l'océan de surface, par suite des processus thermodynamiques et biologiques qui fractionnent les isotopes du carbone. L'information apportée par le $\delta^{13}C$ est donc potentiellement importante, mais l'application de cette technique reste encore à faire en un nombre suffisant de points de l'océan. Ce traceur permet cependant de vérifier les valeurs de pénétration du carbone anthropique dans l'océan établies à l'aide du $^{14}C$ d'origine nucléaire.

Plus récemment, l'Américain Dave Keeling a développé une technique complémentaire, à l'aide de mesures très précises de la concentration d'oxygène de l'atmosphère. En effet, la combustion des fuels fossiles aussi bien que la destruction de la végétation et l'activité de photosynthèse consomment de l'oxygène en même temps qu'elles émettent du gaz carbonique, dans des proportions relativement bien connues. Comme l'oxygène est beaucoup moins soluble dans l'eau que le gaz carbonique, sa décroissance n'est pas affectée par absorption dans l'océan. La différence d'évolution des deux gaz dans l'atmosphère traduit donc l'effet océanique sur le bilan du gaz carbonique.

Cette méthode présente deux difficultés importantes. D'une part, l'effet est minuscule, la combustion des fuels fossiles entraînant actuellement une diminution de $0{,}58.10^{15}$ $mol0_2$/an, sur un réservoir atmosphérique de 37 $000.10^{15}$ $mol0_2$. D'autre part, la production biologique dans l'océan produit aussi de l'oxygène, dont la plus grande partie dégaze vers l'atmosphère, précisément parce que ce gaz n'est pas très soluble ; les variations de la production biologique ou de la circulation océanique induisent donc des effets dans l'atmosphère qui sont significatifs par comparaison à l'effet des fuels fossiles. Des variations de 10 % de la concentration d'oxygène dans les cinq cents premiers mètres d'eau de la mer des Sargasses ont été effectivement observées au cours des vingt dernières années, qui suggèrent qu'il y a effectivement eu des variations de la production biologique ou de la circulation dans cette zone ; *a priori*, on peut s'attendre à rencontrer de tels phénomènes un peu partout dans l'océan. La méthode peut cependant être très utile si les mesures sont accumulées pendant des décennies.

Ainsi, toutes les méthodes qui visent à estimer directement le bilan du gaz carbonique anthropique absorbé par l'océan se heurtent, d'une part, à la qualité de l'échantillonnage disponible et, d'autre part, aux différences de comportement entre le gaz carbonique et les traceurs utilisables. Ces différences peuvent en principe permettre de distinguer entre différents effets, mais ce n'est pas encore tout à fait le cas.

## Estimations directes et inverses du flux d'invasion du gaz carbonique anthropique dans l'océan

Estimer directement le flux net d'échange de gaz entre l'océan et l'atmosphère paraît être une méthode simple dans son principe. Comme la valeur moyenne du coefficient d'échange du gaz carbonique est de l'ordre de $40.10^3$ mol/($m^2$.an.atm), pour *détecter* un flux net de 2 GTC/an, il faudrait estimer une différence de pression partielle entre l'air et l'eau de 5 μatm, en moyenne annuelle sur tout l'océan. Si l'on voulait en outre *mesurer* ce flux à une précision de l'ordre de 10 %, il faudrait une précision de l'ordre de 0,5 μatm sur ce gradient de pression. Or, c'est plus petit que l'erreur de mesure. De plus, dans l'océan de surface, la $P_{CO_2}$ varie avec les régions, les saisons ou la variabilité de l'océan. Cette méthode directe semble donc vouée à l'échec. Cependant, il s'avère nécessaire de connaître ce flux d'échange de gaz pour les autres techniques décrites plus loin, même à une moindre précision. C'est pourquoi un effort important est actuellement fait sur l'estimation du flux de gaz carbonique à l'interface air-mer.

On peut cartographier régulièrement le coefficient d'échange du gaz à partir de mesures satellites de la température et du vent à la surface de la mer. La pression partielle du gaz carbonique dans l'air est bien connue, grâce à un réseau mondial de surveillance de l'atmosphère. Reste celle de l'eau, pour laquelle le nombre des mesures s'accroît très rapidement. Cette accumulation de données devrait encore s'accélérer lorsque des bouées automatiques et autonomes transmettant leurs mesures par satellite deviendront opérationnelles. De telles bouées sont actuellement testées aux États-Unis et en France et devraient fonctionner à la précision voulue d'ici quelques années. Cependant, il faudra du temps avant même que l'on dispose de cartes globales saisonnières climatologiques (c'est-à-dire réunissant toutes les mesures de toutes les années) de la $P_{CO_2}$ dans l'océan de surface. Après tout, il a bien fallu plusieurs décennies avant de disposer de cartes analogues pour la température et la salinité.

On essaie donc de pallier ce manque de mesures par des techniques plus ou moins empiriques. La pression partielle du gaz carbonique varie surtout avec la température de l'eau et la production nouvelle. Or ces deux paramètres sont accessibles à l'observation spatiale : la température de l'eau de surface par technique infrarouge et l'abondance de phytoplancton en mesurant la couleur de la mer.

Il s'agit donc de transformer ces mesures en concentration de gaz dissous. Une approche complète devrait prendre en compte les processus physiques, chimiques et biologiques de l'océan de surface, puisqu'ils jouent tous un rôle dans la concentration du gaz carbonique. Des techniques « d'assimilation de données » sont effectivement testées, en particulier par le Français Pascal Prunet ; elles consistent à rendre réalistes des modèles d'océan de surface décrivant tous ces processus, en ajustant leurs paramètres (comme, par exemple, le coefficient de diffusion turbulente verticale ou le taux de « broutage » du phytoplancton par le zooplancton, etc.) de façon à ce que les modèles se rapprochent des observations de température et de chlorophylle ; les modèles simulent alors correctement les flux de carbone, que ce soit le flux de production primaire ou le flux d'échange de gaz. Bien que cette approche soit prometteuse, elle n'est pas encore applicable à l'échelle globale. Des techniques plus simples sont alors employées, comme des régressions linéaires empiriques entre la $P_{CO_2}$, la température et la chlorophylle, là où il existe des observations des trois paramètres. Ces relations empiriques sont ensuite utilisées pour transformer les mesures satellites en valeurs de $P_{CO_2}$.

Toutes ces valeurs sont ensuite cataloguées pour construire des cartes saisonnières de la $P_{CO_2}$, puis pour faire des cartes saisonnières du flux de gaz entre l'océan et l'atmosphère. Enfin, la moyenne de tous ces flux peut fournir une valeur nette annuelle globale, qui correspond à 1 ou 2 GTC/an. En dépit des difficultés, cette approche donne donc un résultat étonnamment proche de la valeur escomptée. Il s'avère possible d'établir aussi des bilans régionaux : l'Atlantique Nord absorberait 0,4 GTC/an, tandis que l'océan sud en absorberait de 0,2 à 0,4 GTC/an.

Une approche complémentaire est utilisée pour évaluer le flux d'invasion de carbone anthropique dans l'océan, que l'on appelle approche inverse : elle passe également par une estimation du flux d'échange de gaz entre océan et atmosphère, mais tient compte des transports dans l'atmosphère. Elle consiste d'abord en une cartographie des sources de gaz carbonique sur les continents, aussi bien naturelles qu'anthropiques. Puis, à l'aide d'un modèle météorologique, le transport de ce gaz par la circulation de l'air est calculé. Les différences avec les observations dans l'atmosphère sont interprétées comme un flux d'échange avec l'océan. Sans autre information, il y aurait une infinité de solutions, c'est-à-dire qu'il y aurait une infinité de répartitions géographiques des flux d'échange entre l'océan et l'atmosphère qui pourraient expliquer ces différences entre

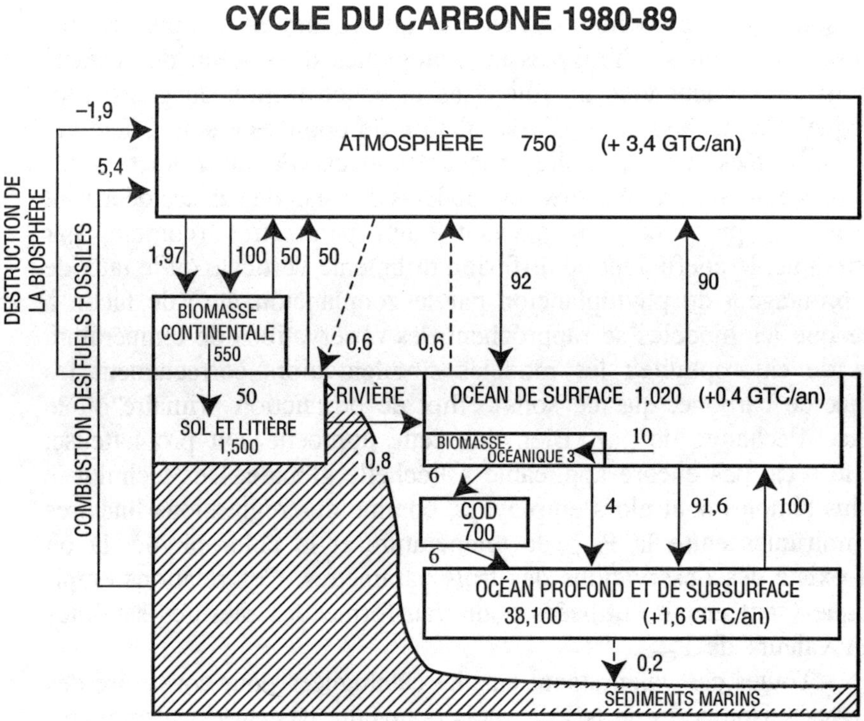


**Principaux réservoirs (rectangles, en milliards de tonnes de carbone — soit GTC) et flux (flèches, en GTC par an) de carbone sur Terre. Le réservoir océanique est de loin le plus important, suivi de celui de la biosphère continentale et de l'atmosphère. Ces réservoirs échangent naturellement des quantités importantes de carbone, dans les deux sens : par exemple, le renouvellement du gaz carbonique de l'air par échange avec l'océan de surface se fait tous les huit ans en moyenne (il faut diviser le réservoir atmosphérique par le flux d'échange pour trouver ce temps). Le carbone dissous (essentiellement sous forme d'ions carbonates et bicarbonates, et sous forme de gaz carbonique dissous) est activement transporté par les courants de l'océan de surface vers l'océan profond et *vice versa*. Une fraction de ce carbone dissous est utilisée par le plancton et transformée en biomasse océanique ; une partie de celle-ci devient du carbone organique dissous (COD) transporté par les courants, tandis qu'une petite fraction (4 GTC/an) coule vers l'océan profond sous forme de particules biogéniques. Une petite proportion de ces particules se sédimente, cette perte de carbone étant compensée par les apports des rivières et par des pertes nettes de l'océan vers l'atmosphère et vers la biomasse continentale (flèches en pointillés). On suppose qu'avant l'ère industrielle les flux étaient à l'équilibre et les réservoirs étaient constants dans le temps. Ces flux et ces réservoirs ont été sérieusement modifiés par l'apport de gaz carbonique vers l'atmosphère, dû à la combustion des fuels fossiles et à la déforestation ; les échanges ne sont plus à l'équilibre, et les réservoirs augmentent (pour l'océan et l'atmosphère) ou diminuent (pour la biosphère continentale). Ces estimations sont dues à Uri Siegenthaler et Jorge Sarmiento en 1993.**

observations et calcul. Il est donc nécessaire de contraindre la solution par les estimations des flux entre océan et atmosphère, telles qu'elles sont décrites ci-dessus.

Cette approche a été utilisée pour la première fois par l'Américain Pieter Tans et ses collègues en 1990. Leur estimation initiale donnait un flux net d'absorption de carbone anthropique par l'océan de 0,3 à 0,8 GTC/an ; cette valeur augmentait encore le problème du puits manquant et fit donc l'objet de bien des discussions. Il s'est avéré qu'elle était plutôt incertaine, et les estimations plus récentes tendent à fournir des valeurs plus grandes que celles de Pieter Tans.

À mes yeux, l'intérêt principal de cette troisième méthode vient de ce qu'elle indique à quelle latitude le gaz carbonique anthropique doit disparaître de l'atmosphère. Sur la base des sources de gaz carbonique anthropique, qui sont plus élevées dans l'hémisphère Nord, on s'attendrait à un gradient interhémisphérique de 5,7 à 7,3 $\mu$atm dans l'atmosphère, alors qu'il n'est que 3 $\mu$atm. Cela peut suggérer qu'une grande partie du carbone anthropique disparaît dans l'hémisphère Nord (par exemple, avec la formation des eaux profondes de l'Atlantique). En outre, le gradient actuel a pu aussi compenser le gradient naturel du sud vers le nord.

## Calcul de l'absorption du gaz carbonique à l'aide des modèles numériques d'océan.

On estime enfin le flux d'invasion du gaz carbonique anthropique dans l'océan à l'aide de modèles numériques. Ceux-ci simulent à la fois la circulation océanique globale et le cycle du carbone. Ils prennent en compte les trois effets que nous avons déjà identifiés : la cinétique de l'échange de gaz entre océan et atmosphère, le stockage temporaire dans l'océan de subsurface, le transport lent vers les couches profondes. Dans la plupart des calculs, la description du cycle du carbone demeure très simple ; elle ne tient, par exemple, pas toujours compte de la sédimentation du carbonate de calcium et des échanges entre sédiments et océan. On ajuste de façon empirique certains des paramètres de ces modèles de sorte que la répartition des espèces du carbone dans l'océan, celle du $^{14}C$ d'origine nucléaire ou celle des CFC soient bien représentées : par exemple, on « règle » l'intensité de la production biologique en surface, la profondeur à laquelle chutent les particules biogéniques avant d'être reminéralisées ou l'intensité effective du mélange diapycnal. Cette approche est nécessaire, car ces modèles numériques restent trop simples par comparaison avec la complexité des phénomènes mis en jeu ; d'ailleurs, quelle que soit la sophistication de ces modèles, de tels ajustements demeureront nécessaires. Sans changer aucun autre facteur, on injecte ensuite du gaz carbonique de l'atmosphère et l'on calcule comment il évolue au cours du temps. Autrement dit, seule la perturbation directe du $C_T$ de l'océan est envisagée ; on ne change pas en effet la circulation des courants ni l'intensité de l'activité biologique.

Pour fixer un ordre de grandeur, imaginons que le $C_T$ a augmenté de 2 % en surface ; le transport de ce carbone par advection est alors passé de 100 GTC/an, tel que je l'ai déjà donné, à 102 GTC/an. On retrouve bien la valeur de l'absorption de carbone anthropique par l'océan donnée en introduction. On notera aussi qu'il est difficile d'imaginer une variation suffisamment grande du flux de carbone particulaire pour expliquer ce transfert de carbone vers l'océan profond, puisque ce flux particulaire ne vaut que 4 GTC/an.

Le premier calcul d'absorption du gaz carbonique par l'océan a été fait par Hans Suess et Roger Revelle en 1957, à l'aide d'un modèle à une boîte de l'océan. De façon plus réaliste, en 1976, le Suisse Hans Oeschger s'est appuyé sur un modèle « en boîtes diffusives » de l'océan, qui schématisait la circulation océanique comme un processus de diffusion entre la surface et le fond. Malheureusement, ce type de calcul montrait une assez grande sensibilité à la représentation choisie de l'océan. Les calculs plus récents utilisent de « vrais » modèles numériques de la circulation. Des calculs de ce type ont maintenant été faits par trois équipes différentes, utilisant des modèles différents. Ernst Maier-Reimer et ses collègues du Max-Planck Institut de Hambourg, Jorge Sarmiento et ses collègues du Laboratoire de dynamique des fluides géophysiques à Princeton, et James Orr et ses collègues du Laboratoire de modélisation du climat et de l'environnement à Gif-sur-Yvette ont ainsi trouvé que l'océan absorbait actuellement 2 ± 0,8 GTC/an de carbone anthropique. La quantité totale de carbone minéral dissous dans l'océan aurait crû de 39 000 GTC à 39 120 GTC.

Ces modèles donnent des résultats comparables, alors qu'ils présentent des différences importantes. Cela donne confiance dans la valeur estimée. Si la valeur réelle est près de la borne supérieure de cette fourchette, l'océan absorbe pratiquement tout le gaz carbonique anthropique qui ne se retrouve pas dans l'atmosphère, ce qui réglerait le problème du puits manquant.

Ces calculs sont très coûteux et ne peuvent bien sûr se faire que grâce à des accès réguliers aux plus gros calculateurs existants. Ils nécessitent des années de travail, car un modèle numérique exige un savoir-faire important, des réglages délicats et des dizaines de tests. Il est, en outre, nécessaire de représenter l'évolution du système sur une ou deux centaines d'années, puisqu'il faut tenir compte de l'injection de gaz carbonique depuis le début de l'ère industrielle. Ces modèles commencent tout juste à prendre en compte les variations saisonnières du vent, des courants ou de l'activité biologique. Seuls, les plus récents prennent en compte une description de la couche de mélange océanique, si importante pour les échanges entre l'océan et l'atmosphère.

Ces modèles numériques ont cependant tous les mêmes défauts : par exemple, les zones de convection sont schématisées de façon très simplifiée, alors que ce sont elles qui régissent la formation des eaux profondes ; les modèles ne représentent pas les variations à haute fréquence et à haute résolution des courants comme du cycle du carbone, alors qu'elles sont essentielles pour la description correcte des transports dans l'océan et qu'elles peuvent avoir un effet net sur l'exportation de carbone vers le fond ; ils s'avèrent aussi incapables de décrire les zones côtières et les mers peu profondes, qui pourraient être des zones puits pour le carbone anthropique. Certes, ces modèles sont ajustés aux observations, si bien que les processus non pris en compte peuvent être simulés par leurs représentations simplifiées. Comme l'absorption du gaz carbonique anthropique est une petite perturbation d'un cycle naturel intense, les équipes qui réalisent ces calculs font l'hypothèse que ces simplifications n'ont pas d'importance. Pourtant, les calculs qui incluent le cycle saisonnier absorbent un peu plus de gaz carbonique anthropique qu'en l'absence de cet effet ; la raison en est mal comprise, mais le résultat semble remettre partiellement en cause l'hypothèse précédente. L'erreur de 0,8 GTC/an citée par les auteurs de ces calculs me paraît donc un peu optimiste, et les valeurs actuelles devront donc peut-être être légèrement modifiées, lorsque des calculs plus sophistiqués auront été effectués.

## Changement du climat et cycle océanique du carbone

On peut penser que l'océan n'est pas en régime stationnaire, même en ce qui concerne la circulation thermohaline. Dans ce cas, la répartition actuelle des espèces du carbone dans l'océan profond représente un état particulier ; faire le calcul de l'absorption du carbone anthropique comme une perturbation de cet état, considéré comme stationnaire, peut donc être source de confusion.

En outre, l'augmentation du gaz carbonique dans l'atmosphère peut perturber le climat : cela peut donc modifier les vents à la surface de l'océan, les flux de chaleur entre l'océan et l'atmosphère et le cycle de l'eau. Cela changerait ainsi la température et la circulation des océans et, en conséquence, le cycle océanique du carbone. Les équilibres entre espèces du carbone se déplaceraient, le transport du carbone dissous par les courants comme l'intensité de l'activité biologique se modifieraient. Les effets sur le gaz carbonique pourraient apparaître comme plus importants que les calculs actuels ne le laissent prévoir. Les travaux actuels commencent à aborder ces questions. Comme il n'est pas encore possible de les étudier à l'échelle de tout l'océan, l'intérêt se porte sur des zones particulières.

Les zones de moyennes et de hautes latitudes devraient voir les perturbations les plus importantes, mais la complexité du problème demeure considérable. Le réchauffement de l'eau qui devrait accompagner le réchauffement du climat diminuerait la capacité d'absorption de $CO_2$ par l'océan. À l'inverse, l'augmentation des précipitations à ces latitudes pourrait diminuer la salinité de surface et donc y diminuer la $P_{CO_2}$ ; cela accroîtrait la capacité d'absorption du gaz. Cependant, les deux effets de température et de salinité augmenteraient la stratification de l'océan de surface, ce qui pourrait diminuer l'apport saisonnier de nitrates en surface qui alimente l'activité biologique ; en conséquence, le transport de carbone vers l'océan profond par les particules biogéniques pourrait être réduit. Enfin, il faut rappeler que les remontées d'eau vers la surface apportent aussi du gaz carbonique dissous en excès, qui se dégaze vers l'atmosphère.

Le plus simple à imaginer et probablement le plus significatif demeure l'effet d'une diminution de l'intensité de la circulation thermohaline, ce qui est probable en cas de réchauffement du climat. Son affaiblissement devrait se traduire par une augmentation du stock de carbone dans l'océan profond et, donc, par une diminution de la pression atmosphérique de gaz carbonique. Il reste très difficile d'estimer quantitativement cet effet. En tout cas, les paléo-océanographes montrent qu'au cours des périodes glaciaires la formation des eaux profondes dans l'océan Atlantique Nord était pratiquement interrompue ; cette modification de l'océan est considérée comme la principale cause de variation de pression partielle du gaz carbonique, qui était de 30 % plus faible que la valeur préindustrielle de notre période interglaciaire.

La similitude de toutes ces estimations est particulièrement encourageante : il semble donc que l'océan absorbe actuellement de l'ordre de 2 ± 1 GTC/an de gaz carbonique anthropique, soit 30 %

de ce que l'homme injecte dans le système. L'océan peut ramener la pression de ce gaz dans l'atmosphère à un niveau proche du niveau naturel, si l'homme diminue la quantité qu'il injecte dans le système. Malheureusement, cette absorption ne peut se faire qu'en plusieurs siècles. En outre, appliquer les calculs actuels à ce qui se passera au cours du siècle prochain correspond à une extrapolation incertaine : en particulier, il semble difficile de prévoir de quelle manière le cycle du carbone évoluera si le climat et la circulation des océans se modifient.

Certains chercheurs ont proposé d'augmenter la quantité de carbone soustrait à l'océan de surface et à l'atmosphère. Cela pourrait se faire en accroissant la production du plancton dans l'océan. Pour réaliser cela, il a été proposé d'injecter de grandes quantités de fer dans les zones où l'abondance de cet élément semble trop faible pour une croissance normale du plancton, alors que les sels nutritifs y sont disponibles en quantité suffisante. C'est peut-être le cas dans l'océan Antarctique, où la quantité disponible de nutriments pourrait en principe permettre une production biologique plus intense : une utilisation complète des nutriments disponibles pourrait soustraire de l'ordre de 1 à 2 GTC/an à l'atmosphère, à l'échelle d'un siècle. Comme le fer est principalement apporté vers l'océan sous forme de poussières continentales et que l'océan sud est loin de terres émergées, il a été suggéré que sa faible abondance limitait la production biologique et que l'on pourrait y porter remède.

Cette démarche relèverait de ce que l'on pourrait appeler de « l'ingénierie climatique ». Elle se heurte bien sûr à d'immenses difficultés pratiques. De plus, il n'est pas sûr qu'elle soit couronnée de succès : tout d'abord, il n'est pas certain que le fer limite effectivement l'activité biologique, dans la mesure où ce qui est important n'est pas le fer total dissous mais le fer présent sous forme chimique assimilable par le plancton. Des observations récentes de la Française Géraldine Sarthoux suggèrent qu'il y a plus de fer assimilable que ce qui s'avère nécessaire à la production biologique existant actuellement (cela ne contredit pas nécessairement l'observation qu'un ajout de fer se traduit temporairement par une augmentation de la production). D'autre part, la périphérie du courant antarctique circumpolaire est une zone de remontée d'eau profonde, si bien qu'une partie du carbone exporté de la surface vers le fond par l'activité biologique est ramenée à la surface au bout de quelques décennies environ. Une partie de l'excès de carbone biogénique éventuellement exporté vers les couches profondes par l'action de l'homme n'y serait donc stockée que très temporairement. Enfin, dans son principe, une telle approche demeure douteuse : notre connaissance du système océanique reste trop schématique pour que l'on commence à jouer aux apprentis sorciers.

# Chapitre XI

## LE NIVEAU DES MERS, LE RÉCHAUFFEMENT DU CLIMAT ET LES CALOTTES POLAIRES

Les variations du niveau de la mer ont beaucoup intrigué les Anciens. Ainsi, dans son *Histoire naturelle*, Pline remarquait que le delta du Nil changeait au cours du temps, probablement à cause de l'apport des limons du fleuve ; il se demandait même si la Méditerranée était en train de disparaître. La question a été débattue dans l'*Encyclopédie* de Diderot et de d'Alembert, qui ajoutaient que Carthage et Aigues-Mortes se trouvaient désormais loin des côtes et que l'on découvrait des coquillages au milieu des continents. L'*Encyclopédie* se demandait aussi pourquoi les mers fermées, comme la mer Caspienne, ne débordaient pas sous l'effet de l'apport continu des eaux des rivières ; elle mentionnait l'idée que des canaux souterrains permettraient des échanges avec la Méditerranée ou que l'évaporation pourrait compenser les apports des rivières.

En 1743, Anders Celsius, alors géomètre à l'Académie de Stockholm, constata que le niveau de la mer baissait régulièrement en mer Baltique. Il avait questionné de vieux pêcheurs et obtenu des informations couvrant une période de cent soixante-huit ans. Il avait de même noté que, vers 150 après Jésus-Christ, dans sa *Géographie*, Claude Ptolémée parlait de la Scandinavie comme d'une île. Selon Celsius, le niveau de la mer baissait de 45 pieds (14 m) par millier d'années.

À l'époque, cette observation fit l'objet de toute une discussion à laquelle Isaac Newton ne dédaigna pas de se mêler et qui est rapportée dans l'*Encyclopédie* : était-ce un phénomène local et relatif, la mer gagnant d'un côté ce qu'elle perdait de l'autre ; ou était-ce une vraie perte d'eau de l'océan, soit qu'elle disparaisse dans les « abîmes » de la Terre, soit qu'elle soit absorbée par les plantes, puis « reminéralisée » lors de leur dépérissement ? Ainsi, la Terre s'assécherait ? Remarquons qu'Antoine Lavoisier n'avait pas encore énoncé ses fameuses lois de conservation de la masse et des éléments. En tout cas, en 1731, Celsius avait installé un repère sur la partie septentrionale de l'île de Loefgrund pour suivre le phénomène ; il préconisait la mesure du niveau des mers dans un grand nombre d'endroits du globe, comme un moyen d'apprendre des « choses essentielles sur le fonctionnement de la Terre ».

## Réchauffement du climat et élévation du niveau des mers

L'étude du niveau moyen des mers a pris à nouveau une grande importance depuis une vingtaine d'années, parce qu'une des conséquences du réchauffement du climat pourrait être une élévation de ce niveau de plusieurs dizaines de centimètres à plusieurs mètres. Cette élévation serait significative parce que 20 % de la population du globe vit à moins de trois mètres d'altitude. Une élévation d'un mètre du niveau de la mer affecterait 360 000 km de côtes. Le régime d'érosion des côtes ou le fonctionnement de nombreux estuaires seraient modifiés ; on estime en effet que lorsque le niveau de la mer s'élève d'un centimètre, la côte recule en moyenne d'un mètre. Cela augmenterait aussi l'impact des grosses tempêtes, provoquerait l'intrusion d'eau salée dans les aquifères ou pourrait être critique pour la survie des écosystèmes côtiers importants que sont les mangroves. Protéger les populations et adapter toutes les installations côtières à cette élévation du niveau de la mer pourrait avoir un coût économique énorme.

En fait, les enregistrements marégraphiques indiquent que le niveau de la mer s'est élevé en moyenne de 1,6 ± 0,4 mm/an depuis le début du siècle. Ce n'est pas négligeable, puisque cela correspond à 16 cm en un siècle ou équivaut à un apport annuel d'eau égal à 3 % du flux total des rivières du globe. Ce phénomène s'avère en particulier suffisamment important pour affecter certaines zones côtières : par exemple, dans le delta du Mississippi, il y a eu une perte de 100 $km^2$ de marécages chaque année, qui est attribuée à la variation locale du niveau de la mer. Grâce aux enregistrements archéologiques, il est possible de dire que ce phénomène est récent ; par exemple, en Méditerranée, le niveau de la mer ne se serait élevé en moyenne que de 0,2 mm depuis deux mille ans. De même, à Brest, où un enregistrement marégraphique presque continu est effectué depuis 1807, l'élévation du niveau de la mer a été pratiquement nulle au XIX$^e$ siècle.

### *Effets de la tectonique sur le niveau de la mer*

La géométrie des bassins océaniques et, conséquemment, le niveau apparent de la mer varient avec le temps par suite des processus tectoniques : en particulier, à la suite de la fonte des calottes polaires de la dernière période glaciaire, le bouclier scandinave a été allégé du poids de la glace, si bien qu'il s'élève (on parle de rebond postglaciaire). Voilà en l'occurrence l'explication des observations de Celsius : ce n'était pas la mer qui baissait mais la terre qui montait. Néanmoins, son estimation était étonnamment correcte, puisque le niveau relatif de la mer baisse de 10 m tous les mille ans en Finlande et de 4 m tous les mille ans à Stockholm.

L'histoire du rebond postglaciaire a été longuement étudiée par l'Américain William Peltier et ses collègues. La fonte des calottes polaires a d'abord commencé il y a treize mille ans et a fait monter le niveau de la mer d'environ 140 m. Ensuite, depuis cinq mille ans environ, la croûte terrestre s'est élevée d'environ 30 m, le niveau de la mer s'abaissant d'autant. Ce phénomène est très lent, et n'est d'ailleurs pas terminé, car la redistribution des masses rocheuses qui accompagnent ce rebond est ralentie par la viscosité très élevée du manteau de la Terre ; d'autre part, cette redistribution n'est pas locale, mais affecte la quasi-totalité du globe, les régions tropicales s'abaissant légèrement tandis que les régions polaires s'élèvent. Enfin, ce changement de répartition des masses terrestres a modifié le champ de gravité : celui-ci s'est accru dans les hautes latitudes, là où les masses rocheuses ont augmenté ; en conséquence, l'eau des océans a été attirée de l'équateur vers le pôle Nord, cet effet différentiel atteignant 10 m au cours des derniers cinq mille ans.

Si l'on veut réellement estimer les variations du volume d'eau, il faut corriger les mesures du niveau des mers des variations de la géométrie des bassins océaniques et des effets qui les accompagnent ; on calcule ces corrections à partir d'une description de la réponse de la Terre à la fonte des calottes polaires. Le chiffre de 1,6 mm/an tient compte de ces corrections.

### *Réchauffement des océans et fonte des glaciers tempérés*

Cette variation serait bien la conséquence d'un changement du climat. D'une part, elle proviendrait d'une dilatation des eaux de surface des océans qui se sont réchauffés d'environ 0,5°C en même temps que le climat ; cela expliquerait une partie (2 à 7) des 16 cm d'élévation de niveau de la mer. D'autre part, la fonte des glaciers tempérés (le recul des glaciers alpins comme la mer de Glace est bien connu) aurait apporté de l'eau aux océans et expliquerait 2 à 4 cm de variation du niveau de la mer. En revanche, un changement de la quantité d'eau de l'atmosphère ne peut expliquer de telles variations, puisque celle-ci ne contient au total que l'équivalent de quelques centimètres d'eau.

Une petite partie des variations du niveau des mers pourrait correspondre à l'exploitation par l'homme des « eaux fossiles », comme celles de la grande plaine américaine. Ce sont des eaux souterraines dont l'approvisionnement se fait en plusieurs milliers ou plusieurs dizaines de milliers d'années et que l'homme remet en circulation plus vite qu'elles ne sont renouvelées. À l'inverse, la construction des barrages revient à stocker de l'eau sur les continents, ce qui provoque une baisse du niveau de la mer. Même si ces effets ne sont équivalents qu'à quelques centimètres de niveau de la mer, l'on reste toujours surpris par l'ampleur des effets des activités humaines sur notre planète.

### Effet des calottes polaires

Apparemment, effet stérique et fonte des glaciers tempérés n'expliquent pas toute l'élévation observée du niveau de la mer. La principale source possible d'eau pour les océans serait les calottes polaires : en effet, celles-ci constituent 90 % de l'eau douce à la surface de la Terre, et 99 % des glaciers. Malheureusement, on ne sait pas si le volume des calottes polaires a changé depuis le début du siècle. Comme il tombe annuellement environ 2 200 km$^3$/an d'eau sur l'Antarctique et 500 km$^3$/an sur le Groenland, il faudrait une diminution de ces précipitations de l'ordre de 13 % pour induire la variation du niveau de la mer qui reste à expliquer. Ou bien, comme l'inlandsis de l'Antarctique couvre 14 millions de km$^2$ et celui du Groenland, 1,8 millions de km$^2$, une élévation de 0,8 mm/an du niveau de la mer pourrait s'expliquer par une fonte moyenne de 1,9 cm/an de ces calottes polaires.

Une telle fonte ne serait pas répartie sur toute la surface des calottes, mais serait plutôt concentrée sur leur périphérie. En effet, la neige s'accumule lentement au centre des calottes, au rythme de quelques centimètres par an au sommet des dômes contre quelques décimètres par an à leur pourtour ; sous l'effet de son propre poids, la neige se tasse et se transforme en glace, qui s'écoule vers la périphérie le long des lignes de plus grande pente des calottes et des vallées du soubassement rocheux. L'équilibre du système est assuré par la fonte ou la dislocation de la glace sur le pourtour des calottes, principalement au bout des émissaires que constituent les glaciers. Autour de l'Antarctique, la majeure partie de cette perte de glace se fait par dislocation épisodique d'énormes icebergs. Dans le cas du Groenland, 50 % de cette perte se fait par fonte ou sublimation de la glace.

Le temps nécessaire à l'écoulement de la glace dans les calottes polaires s'avère long : il peut atteindre cinq cent mille ans dans la calotte de l'Antarctique, le temps moyen de renouvellement de l'eau de l'Antarctique étant de quinze mille ans. En conséquence, l'accumulation de neige au sommet des calottes et la fonte des glaces à leur périphérie peuvent être largement découplées. Ainsi, une accumulation plus forte au milieu de la calotte doit se traduire par une accélération progressive de l'écoulement de la glace, puis par une fonte accrue à la périphérie, mais seulement plusieurs milliers d'années après.

Un réchauffement du climat devrait entraîner à la fois une augmentation des précipitations, c'est-à-dire une élévation des calottes dans leurs zones centrales, et un réchauffement à leur périphérie, c'est-à-dire une fonte accrue. Ainsi, il est possible qu'en Antarctique le premier effet d'un réchauffement du climat serait une augmentation du stock de glace et se traduirait par une baisse du niveau de la mer. Au contraire, le Groenland est à une latitude moins élevée et se renouvelle plus vite : un réchauffement du climat entraînerait plutôt une diminution du stock de glace. D'ailleurs, l'évolution du Groenland depuis le début du siècle pourrait expliquer trois centimètres de l'élévation observée du niveau de la mer.

Cependant, des variations des précipitations et des fontes de glaces ont pu intervenir au cours des siècles passés ; les calottes ont pu en garder la trace et peuvent être en train de s'ajuster. D'autre part, il est probable que les calottes polaires continuent de s'ajuster à la fonte qui a suivi la fin de la dernière période glaciaire. Il est donc difficile de distinguer les variations actuelles des variations dynamiques des calottes polaires à partir des seules mesures de leur volume. Il faut simultanément estimer les taux d'accumulation de neige et les taux de fonte ou de dislocation de la glace.

Ce qui est potentiellement le plus critique dans la calotte de l'Antarctique, ce sont ses plates-formes flottantes (appelées *iceshelfs*). En effet, les glaciers périphériques de cette calotte flottent en partie sur la mer, surtout en mer de Ross et en mer de Weddell. Dans ce cas, comme les glaciers ne frottent plus sur de la roche, ce sont eux qui tirent la glace sous l'effet de leur poids au lieu d'être poussés par les glaces accumulées à l'amont. Si le niveau de la mer s'élève, une plus grande partie de ces glaciers pourrait flotter, ce qui pourrait accélérer l'écoulement de la glace et augmenter leur fusion. La partie ouest de la calotte de l'Antarctique pourrait donc devenir instable et fondre de façon accélérée. On estime que ce phénomène pourrait élever le niveau de la mer de plusieurs mètres en un laps de temps de l'ordre du siècle.

Malheureusement, les calottes polaires sont très difficiles d'accès, si bien que l'on ne dispose pas de beaucoup d'observations permettant d'en suivre l'évolution. Jusqu'à l'an dernier, il y avait même des zones dont on ne connaissait l'altitude qu'à 100 m près, une précision assurément insuffisante pour détecter des variations de quelques décimètres. Quelques profils géodésiques ont bien été obtenus au travers du Groenland ; ils suggèrent que son altitude change légèrement au cours du temps, mais ils ne permettent pas d'estimer les variations du volume des glaces avec fiabilité. De même, il apparaît que plusieurs glaciers périphériques du Groenland et de l'Antarctique ont reculé depuis plusieurs décennies, mais il reste difficile d'en établir un bilan quantitatif. Du côté de l'accumulation aussi, il existe peu de données permettant de suivre ce qui se passe actuellement (à l'échelle du siècle), même si l'on peut faire des estimations des taux d'accumulation dans le passé.

En réalité, la surveillance des calottes polaires devrait bénéficier des techniques satellites : elles seules peuvent fournir une observation systématique et globale de ces zones désertiques et hostiles. Trois techniques semblent particulièrement prometteuses : l'observation des caractéristiques de la neige à partir de ses émissions dans le domaine des micro-ondes (ondes centimétriques), la mesure par altimètre radar de l'élévation des calottes et la détermination des vitesses d'écoulement des glaces par interférométrie radar.

L'émissivité en micro-ondes de la neige est sensible à la taille de ses grains, qui dépend beaucoup de sa vitesse d'accumulation ; on pourrait donc, en principe, surveiller l'évolution des précipitations au sommet des calottes par radiométrie. Malheureusement, ces émissions dépendent aussi de nombreux autres facteurs. Le Français Michel Fily et l'Autrichien Helmut Rott ont, par exemple, montré qu'elles dépendaient des couches de givre qui peuvent se former sous la surface. Même si les données satellites s'accumulent depuis près de quinze ans, l'utilisation de cette technique n'est donc pas encore quantitative.

Les satellites altimétriques mesurent l'altitude des calottes et peuvent en principe permettre d'observer directement les variations d'accumulation de la neige et la fonte des glaces. Des observations fournies par les satellites ERS-1 et ERS-2 depuis 1991 couvrent tout le Groenland et 80 % de la calotte de l'Antarctique. Cependant, là aussi, la technique se heurte à de grosses difficultés. Par exemple, les impulsions par radar pénètrent dans la neige, si bien que l'on ne mesure pas simplement l'altitude de sa surface. Les meilleurs traitements de données des satellites altimétriques sont actuellement ceux de la Française Frédérique Rémy ; ils permettent de cartographier la topographie des calottes polaires à une précision de 50 cm. Pour détecter une évolution du volume des glaces, il faudra améliorer encore ces traitements ou attendre plusieurs décennies.

L'interférométrie radar fournit les champs de déformation des glaces en fonction du temps. La technique est extrêmement complexe. On utilise des SAR, c'est-à-dire des radars imageurs mesurant la rugosité centimétrique de la surface de la neige. En principe, la résolution de ces images radars est de 30 m. Cependant, en superposant deux images obtenues à des dates différentes et en analysant la différence de phase de leurs signaux radars, on peut cartographier comment le champ de rugosité s'est déformé entre les deux images ; la résolution est fixée par la capacité à distinguer deux phases radars différentes et atteint 2 à 3 cm. La variation du champ de rugosité peut avoir plusieurs causes : un déplacement avec l'écoulement de la glace, une variation du niveau de la glace ou une modification des rugosités elles-mêmes. En général, le premier effet est dominant. Comme les dates des prises de vue sont répertoriées, il est possible alors de calculer la carte des vitesses relatives de déplacement entre différents points des images ; d'ailleurs, s'il y a des points fixes sur les images (des rochers, par exemple), on peut construire le champ de vitesses absolues. Comme un tel radar fonctionne depuis 1991 sur les satellites ERS, cette technique a déjà permis de cartographier les vitesses d'écoulement de quelques glaciers du Groenland. On peut imaginer de suivre ces glaciers et de détecter si leur fonctionnement ou leur niveau changent au cours du temps. Cela ne fournirait certes pas la variation du volume des glaces des calottes, mais serait un bon indicateur de leur évolution. On voit donc que, malgré ces techniques satellites, la surveillance de la principale cause possible de variation du niveau de la mer se heurte à de sérieux problèmes.

### Comment surveiller le niveau de la mer ?

Comme les variations du niveau de la mer sont lentes, il faut les étudier dans la durée. Les données marégraphiques sont importantes, car ce sont les seules observations étalées sur une grande période de temps. Un service international basé en Angleterre, appelé le GLOSS (*Global Ocean Sea Level System*), collecte les données des marégraphes du monde entier pour surveiller le niveau des mers. En somme, la recommandation de Celsius a été suivie d'effets avec seulement deux siècles de retard.

Malheureusement, les mesures des marégraphes souffrent de deux difficultés majeures. Elles ne donnent que le niveau relatif local de la mer et sont peu nombreuses. Le premier problème reste identique à celui rencontré par Celsius : il est très difficile de savoir si c'est la mer qui monte ou la terre qui descend (ou le contraire, dans le cas de la mer Baltique). Localement, bien d'autres processus tectoniques que le rebond postglaciaire peuvent affecter l'élévation de la terre : ce peut être la formation des chaînes de montagne, aussi bien qu'un affaissement local du sol consécutif à l'exploitation du sous-sol. Or ces processus peuvent avoir une amplitude bien plus grande que 1,6 mm/an. Pour séparer les différents effets et extraire le signal de niveau de la mer, on compare régionalement les mesures des marégraphes en essayant d'en tirer le signal commun. Outre son côté un peu empirique, cette approche nécessite un grand nombre de mesures voisines les unes des autres.

Il faut aussi un grand nombre de points de mesure du niveau de la mer, parce que l'élévation du niveau moyen de la mer n'a aucune raison d'être homogène dans tout l'océan. Cela peut paraître bizarre, mais vient de ce que le niveau de la mer ne dépend pas que de la quantité d'eau de l'océan, mais aussi de sa température et de sa salinité. D'ailleurs, une grande partie de l'élévation observée du niveau de la mer est explicable par le réchauffement de l'océan de surface. Ce phénomène ne peut pas se faire de façon homogène. En effet, dans une zone de remontée d'eau profonde, l'eau de surface est constamment renouvelée par de l'eau plus vieille et qui n'a donc pas subi la même histoire de réchauffement que l'eau de surface ; dans les zones d'*upwelling*, le stockage de chaleur et la dilatation de la colonne d'eau sont donc faibles et retardés dans le temps. Au contraire, dans une zone de subduction isopycnale des eaux, l'eau de subsurface est constamment remplacée par de l'eau jeune, récemment réchauffée à la surface ; la dilatation y sera plus importante que la moyenne. L'homogénéisation de ces anomalies thermiques ne peut se faire que lentement, à la vitesse des transports par les courants : quelques décennies dans les gyres subtropicaux et quelques siècles pour la circulation thermohaline.

Lorsque de l'eau douce est injectée dans l'océan, deux phénomènes différents surviennent. D'une part, cela constitue un apport de masse d'eau, qui se répartit en quelques jours dans tout l'océan à la vitesse de 40 à 200 m/s des ondes barotropes. D'autre part, cela modifie localement la salinité, change la densité de l'eau et donc la dilatation de la colonne d'eau. Comme pour la température, l'homogénéisation de la salinité est très lente. L'injection locale d'eau douce introduit donc des hétérogénéités durables du niveau de la mer.

Or, le nombre des séries marégraphiques utilisables demeure tout au plus de quelques dizaines. Pour être précis, il n'y a que cent enregistrements dont la durée dépasse soixante ans. En effet, la plupart des milliers d'enregistrements marégraphiques est destinée au calcul de l'amplitude et de la phase des ondes de marée, ce qui peut se réaliser dans un laps de temps allant de quelques jours à quelques années. En outre, même quand les séries sont longues, les instruments ont souvent été changés ou déplacés, sans que cela fasse l'objet d'étalonnages ou de repérages au niveau du centimètre. Il est donc difficile de cartographier la dérive du niveau de la mer avec cette technique.

## Mesures satellites du niveau de la mer : une précision étonnante

Comment disposer d'un grand nombre de points de mesure, bien répartis dans tout l'océan et en référence à un repère fixe ? Les mesures du niveau de la mer faites par le satellite altimétrique Topex-Poséidon ont une précision instantanée de 3 à 5 cm. Le satellite répète la même orbite tous les dix jours, pendant lesquels il fournit cinq cent mille mesures réparties sur la totalité de la surface des océans. D'autre part, ces mesures s'établissent en référence au centre de la Terre, si bien que c'est effectivement le niveau absolu de la mer qui est évalué. Ainsi, les mesures altimétriques ne souffrent pas des deux défauts majeurs des mesures marégraphiques et changent qualitativement les données du problème.

Quand on élabore la moyenne des données de Topex-Poséidon sur une période de dix jours, leurs erreurs de mesure se moyennent, si bien que la précision sur le niveau moyen de la mer est de 3,5 mm (écart quadratique moyen). Depuis décembre 1992, les mesures montrent une élévation régulière de 1 à 2 mm/an. En outre, la densité des données permet de cartographier le signal : il provient surtout des zones tropicales, entre 20°S et 20°N et des zones subtropicales de l'hémisphère Nord, entre 20°N et 40°N. Ce signal semble nettement corrélé à une augmentation simultanée de la température moyenne de surface de l'eau, qui est de 0,03 ± 0,02°C/an depuis fin 1992. Il faut bien réaliser que les deux signaux n'ont pas la même signification : le niveau de la mer traduit surtout les variations de dilatation et donc de stockage de chaleur dans les mille premiers mètres d'eau de l'océan (principalement dans les deux cents premiers mètres), tandis que la température de surface ne traduit que ce qui se passe à la surface. La corrélation de deux mesures suggère néanmoins que les variations du niveau moyen de la mer résultent de variations de stockage de chaleur dans différentes parties de l'océan.

Est-ce un signal séculaire ? Les données satellites de température de surface des océans, qui sont disponibles depuis près de vingt ans, montrent des fluctuations importantes qui semblent fortement corrélées aux événements ENSO ; en effet, ces événements ont pour effet une augmentation du stockage de chaleur dans l'océan tropical. Il y a bien eu un tel événement en 1994, qui pourrait expliquer la courbe des dernières années. On ne peut donc exclure que l'océan de surface se refroidisse dans les années à venir. Qu'en sera-t-il pour la quantité de chaleur et le niveau de la mer mesurés par l'altimètre ? On ne le sait pas : l'océan peut s'être dilaté de 1 à 2 mm/an par le seul réchauffement de 0,03°C/an des eaux de surface (il suffit qu'environ deux cents mètres d'eau se réchauffent). Il aurait aussi pu se dilater d'autant par un réchauffement plus faible d'une couche plus épaisse, mais ce phénomène ne pourrait alors fluctuer en quelques années à cause du temps nécessaire pour renouveler les eaux profondes. Il est actuellement prématuré d'affirmer que le signal mesuré par le satellite depuis 1992 est bien le signal séculaire d'élévation du niveau de la mer.

Reste qu'il est vraiment étonnant qu'on puisse détecter des signaux aussi petits à partir de satellites volant à 1 300 km d'altitude. Il faut d'ailleurs rester prudent, car il est possible que des erreurs inconnues affectent encore ces mesures.

## Effets saisonniers sur le niveau de la mer

On devrait observer des variations saisonnières du niveau de la mer, les effets potentiels étant au nombre de trois. Tout d'abord, la température moyenne de l'océan de surface présente une petite variation saisonnière de 0,6°C : la température de l'eau est maximale en avril, pour une raison qui n'est pas claire. Par dilatation, il devrait donc y avoir une variation saisonnière du niveau moyen de la mer de l'ordre de 6 mm d'amplitude totale.

Un deuxième effet résulte de ce que la quantité d'eau de l'atmosphère varie avec les saisons ; il semble probable que cette eau provienne surtout des océans, ce qui créerait une petite variation du niveau de la mer. La quantité d'eau atmosphérique est maximale en août, l'effet étant équivalent à une variation du niveau de la mer de 6 mm d'amplitude totale.

Enfin, la quantité d'eau stockée sur les continents varie aussi avec les saisons. Dans ce cas, on identifie généralement deux phénomènes. Le premier est le stock de neige de l'hémisphère Nord (il n'y a que très peu de neige dans l'hémisphère Sud) ; ce stock est maximum en mars et équivaut à 10 mm d'amplitude totale du niveau de la mer. Le deuxième phénomène est le stockage d'eau dans les sols, mais il est très difficile à déterminer ; le bilan d'eau des sols dépend en effet des précipitations, de l'évapotranspiration du sol et des plantes et du transfert vers les rivières par le sous-sol. Ces trois termes sont à leur maximum dans les zones tropicales, puisque deux tiers des précipitations du globe se trouvent entre 30°S et 30°N ; ils varient tous les trois avec les saisons. Les spécialistes d'hydrologie pensent que l'effet saisonnier principal sur les continents est celui des neiges, mais cela semble plutôt incertain.

À l'échelle de quelques millimètres, le niveau de la mer devrait donc changer avec les saisons. Les mesures de Topex-Poséidon indiquent en effet que le niveau de la mer est plus élevé en janvier, l'effet atteignant 4 mm d'amplitude totale. Cela reste à confirmer à partir d'une série temporelle plus longue, mais suggère que le stock de chaleur de l'océan de surface et le stock d'eau de l'océan varient de façon mesurable avec les saisons.

En résumé, la détection de la dérive séculaire du niveau de la mer pourrait donc se réaliser en quelques années par Topex-Poséidon et ses successeurs. Le chiffre actuel de 1 à 2 mm/an ne doit pas être considéré comme une mesure de l'élévation séculaire du niveau de la mer, comparable au 1,6 mm/an des marégraphes, parce que la durée de l'enregistrement ne permet pas de distinguer le signal de dérive des fluctuations interannuelles de l'océan. La cartographie du signal devrait être d'une grande aide pour mieux comprendre l'origine du phénomène (réchauffement de l'eau, apport des rivières, fonte des glaces, etc.). Les projections les plus récentes vont de 18 à

82 cm d'élévation pour le prochain siècle, selon les hypothèses sur le réchauffement du climat et tout en ignorant l'évolution potentielle de la calotte de l'Antarctique de l'ouest. Des observations comme celles de Topex-Poséidon pourraient aider à détecter rapidement une accélération éventuelle de l'élévation du niveau des mers, qui serait un signe important que les effets de l'homme sur le climat deviennent critiques.

# Chapitre XII

## LES GRANDS PROGRAMMES INTERNATIONAUX D'OBSERVATION DE L'OCÉAN

Observer l'océan nécessite une coordination à l'échelle mondiale, compte tenu de sa taille et des difficultés d'y accéder. Cela a été reconnu dès les débuts de l'océanographie : ainsi, au XIXᵉ siècle, Matthew Maury avait déjà préconisé une uniformisation des observations nautiques et météorologiques, afin de faciliter la cartographie des vents marins et des courants océaniques. De façon plus spécifique, le prince Albert Iᵉʳ de Monaco institua la Commission internationale pour l'exploration scientifique de la mer Méditerranée (CIESM) dès 1912.

Cette coopération internationale s'est surtout développée après la Seconde Guerre mondiale et a pris une très grande ampleur depuis une dizaine d'années. Elle a accompagné une évolution de la discipline, qui est passée d'une démarche d'exploration et de description à des objectifs de compréhension. Une des difficultés principales de l'océanographie réside alors dans la comparaison de nos représentations de l'océan avec la réalité. Pour reprendre un commentaire d'Henry Stommel, dans son livre *The Gulf Stream*, paru en 1965, « beaucoup des hypothèses que nous faisons en océanographie ressemblent à des rêveries ; nous devons les soumettre à un examen particulièrement attentif et les tester par des observations ». Cette difficulté provient essentiellement de problèmes pratiques et de l'inadéquation des moyens dont nous disposons pour observer l'océan. Les programmes internationaux actuels sont donc désormais conçus pour remédier à ces difficultés et pour répondre à des questions précises.

## Les prémices des programmes internationaux : MODE et Geosecs

Après l'expérience NORPAC, organisée en 1955 par les États-Unis, le Japon et le Canada dans l'océan Pacifique Nord, l'océanographie a occupé une place importante au cours de l'Année géophysique internationale de 1958 (ou bien l'*International Geophysical Year*, IGY). Pour la première fois, une grande expérience visait à étudier la Terre dans son ensemble, afin d'établir les relations entre les différentes composantes du système. En ce qui concerne l'océan, de nombreuses sections hydrographiques ont été faites au travers de l'Atlantique : d'une part, elles répétaient les observations des campagnes du *Meteor* au cours des années 20 ; d'autre part, elles ont permis de calculer les transports méridiens d'eau et de chaleur dans cet océan. Ces données sont encore souvent utilisées. Par ailleurs, grâce à la collecte d'observations un peu partout sur le globe, l'Année géophysique internationale a permis de réaliser que les anomalies de l'activité biologique marine près des côtes du Pérou étaient simultanées à des anomalies des courants océaniques et des vents alizés au travers du Pacifique équatorial : 1958 était en effet une année El-Niño.

Par la suite, l'Union internationale des associations scientifiques (une organisation non gouvernementale dont le siège se trouve à Paris et que l'on nomme habituellement de ses initiales anglaises, l'ICSU) créa le SCOR (le *Scientific Council for Oceanographic Research*). Sa principale activité consiste aujourd'hui à organiser des groupes de travail temporaires pour traiter de questions techniques : par exemple, comment mesurer l'abondance du carbone minéral dissous ou que choisir comme équation d'état de l'eau de mer ? Cependant, le SCOR fut un des promoteurs de la Décade internationale de l'exploration de l'océan, décidée au début des années 60. Sa première grande activité fut l'expédition internationale dans l'océan Indien de 1964 : il s'agissait à la fois d'explorer cet océan encore méconnu et de décrire comment les courants de surface variaient avec les saisons. Quarante navires provenant de vingt-trois pays différents exécutèrent des mesures systématiques, principalement hydrographiques et bathymétriques. Ces données sont maintenant réunies dans un *Atlas* qui reste la description la plus complète de l'océan Indien. C'est, en particulier, cette expédition qui permit de comprendre la réaction des courants tropicaux à la renverse des vents de mousson.

Les premières grandes expériences océanographiques coordonnées et avec un objectif précis furent organisées au cours des années 70 : ce furent les expériences MODE (*Mid-Ocean Dynamics Experiment*) et POLYMODE. Henry Stommel en a été un des principaux promoteurs : il pensait qu'en étudiant une zone particulière de l'océan, il serait possible d'observer des structures analogues aux dépressions de l'atmosphère. Les progrès techniques des mesures hydrographiques (c'est-à-dire la capacité à faire des enregistrements continus et rapides), celle des mouillages de courantométrie (qui avaient une autonomie suffisante pour survivre plusieurs mois et être récupérés) et des systèmes de bouées dérivantes permettaient d'envisager l'étude synoptique des petites échelles spatiales et temporelles des courants ainsi que de leur distribution verticale.

L'expérience eut lieu en mer des Sargasses, en deux étapes : des expériences russes et américaines séparées en 1970 et en 1972 (celle des États-Unis s'est appelée MODE), puis une expérience commune en 1977 (appelée POLYMODE). Elle prit alors une très grande ampleur puisqu'il y eut jusqu'à six navires simultanément dans une zone de seulement 600 km de côté. MODE et POLYMODE ont permis de caractériser les structures tourbillonnaires de cette zone, de montrer que la circulation mésoéchelle était dominée par les premiers « modes verticaux » (la composante barotrope et la première composante barocline, où le courant ne change qu'une fois de direction selon la verticale) et de comprendre leur dynamique (comment l'océan transférait de l'énergie entre ces modes) ; en particulier, on a pris alors conscience que la circulation profonde était elle aussi dominée par la turbulence mésoéchelle. Plus généralement, c'est grâce à MODE que l'on a compris l'importance des courants méso-échelles et des difficultés d'échantillonnage de la circulation à grande échelle qui en résultent. MODE a montré, enfin, aux océanographes ce que pouvait apporter une démarche expérimentale et leur a appris comment faire travailler ensemble de nombreuses équipes utilisant une grande gamme de techniques à partir de plusieurs navires opérant conjointement.

Le deuxième grand programme de la Décade internationale de l'exploration de l'océan fut Geosecs (*Geochemical Sections*) ; il s'agissait plutôt d'une exploration. Il est intéressant de noter que l'idée initiale de Geosecs provient aussi d'Henry Stommel. Avec ses collègues, il avait tenté d'utiliser les données de traceurs géochimiques disponibles à cette époque (outre la température et la salinité, l'oxygène dissous et le $^{14}C$), afin de cartographier les masses d'eau, de déterminer leur origine et de calculer leur taux de mélange. Cette étude avait mis en évidence que le nombre et la répartition de ces données étaient totalement inadéquats. En 1966, Henry Stommel suggéra donc aux géochimistes des États-Unis de s'atteler à l'objectif ambitieux de mesurer ces traceurs dans tout l'océan. L'idée enthousiasma les ténors de l'époque, comme Wally Broecker, Harmon Craig ou Karl Turekian. Ceux-ci donnèrent une coloration plus large au programme, en introduisant la mesure de très nombreux traceurs nouveaux dans l'eau et dans les particules biogéniques : en effet, il fallait aussi déterminer l'intensité des processus biogéochimiques affectant ces éléments. Bien que le programme ait été essentiellement américain, place a été donnée aux équipes d'autres pays pouvant apporter leur compétence (l'équipe de Roger Chesselet en France, celle de Wolfgang Roether en Allemagne ou de Dendrea Lal en Inde).

Les campagnes Geosecs se déroulèrent dans l'océan Atlantique en 1972 et en 1973 (cent vingt et une stations), dans l'océan Pacifique en 1973 et en 1974 (cent quarante-sept stations), puis en Méditerranée et dans l'océan Indien en 1977 et en 1978 (cent cinquante-quatre stations). L'échantillonnage vertical était très dense, trente-six échantillons devant être pris le long de la colonne d'eau. L'analyse de vingt-trois éléments chimiques et de quinze radio-isotopes a été faite presque systématiquement. Certains de ces isotopes sont très peu abondants, si bien que des échantillons d'eau de « gros volume » (plusieurs centaines de litres d'eau) ont dû être récoltés (selon un échantillonnage moins dense). Dans l'ensemble, la précision des mesures a été très supérieure à toutes les données existant jusqu'alors ; en conséquence, cette précision sert encore souvent de référence.

Les objectifs de Geosecs ont été largement atteints. La répartition et l'âge des masses d'eaux profondes de l'océan sont beaucoup mieux connus maintenant qu'avant Geosecs ; la distribution des particules a été décrite, qu'elles soient d'origine détritique ou biogénique ; le comportement de nombreux éléments est compris, certains étant plus affectés par les transports particulaires selon la verticale, tandis que d'autres sont surtout répartis par les transports advectifs horizontaux. Plus encore, Geosecs a fourni les premières estimations de l'invasion de l'océan par les radioéléments d'origine artificielle (principalement injectés par l'homme dans l'atmosphère au cours des explosions nucléaires des années 50). Ces données constituent une observation de référence au cours des années 70, qui permet maintenant de suivre cette invasion.

La limitation principale de Geosecs a été son faible échantillonnage horizontal. Il faut, d'une part, reconnaître que celui-ci était le seul réaliste, compte tenu des forces et des ressources disponibles et puisque l'observation de tous les océans demeurait un objectif primordial. Cependant, il faut, d'autre part, admettre que cet échantillonnage a été conçu selon l'idée que les structures horizontales dominantes étaient stationnaires et de grandes dimensions. Cette idée plutôt implicite traduisait un décalage entre la vision de l'océan qu'avaient les géochimistes de cette époque et les résultats obtenus simultanément, au cours de MODE, par les physiciens. En conséquence, le nombre des stations de Geosecs était insuffisant pour distinguer les structures de grandes dimensions des fluctuations spatiales et temporelles mésoéchelles. Heureusement, il s'agissait surtout de mesurer des propriétés de l'eau, dont on sait qu'elles sont moins sensibles à ces fluctuations que les courants. Malgré tout, les frontières des bassins ont été très peu échantillonnées, alors que c'est là que circulent les sous-courants de frontière ouest qui « alimentent » les masses d'eau. De plus, cet échantillonnage rend difficile l'établissement de bilans, comme, par exemple, la quantité de $^{14}C$ d'origine artificielle présente dans l'océan à la date de ces campagnes, car il n'est pas certain que les valeurs mesurées soient bien représentatives de l'ensemble des masses d'eau.

Au cours des années 80, les géochimistes ont cherché à surmonter ces difficultés d'échantillonnage, à répéter la mesure des traceurs transitoires et à introduire de nouveaux traceurs comme les CFC. Cela a pu être fait dans l'océan Atlantique (programmes TTO – *Transient Tracers in the Ocean* – et SAVE – *South Atlantic Ventilation Experiment* – menés par les États-Unis) et dans l'océan Indien ouest (programme Indigo – Indien Gaz Océan – réalisé par les équipes françaises). Puis est apparue la perspective du programme WOCE (*World Ocean Circulation Experiment*), dont les géochimistes ont longtemps pensé qu'il leur donnerait l'occasion d'un échantillonnage très dense de tout l'océan. Cependant, l'élan initial de Geosecs était largement retombé. D'autre part, la logique de WOCE différait de celle de Geosecs, les questions posées n'étant plus les mêmes. Même si de nombreuses mesures de $^{14}C$, de CFC et de tritium, sont en cours d'acquisition par ce programme, une grande partie de l'effort des géochimistes a été reportée vers le cycle océanique du carbone, l'interaction chimie-biologie, leurs variations temporelles et la modélisation numérique du système.

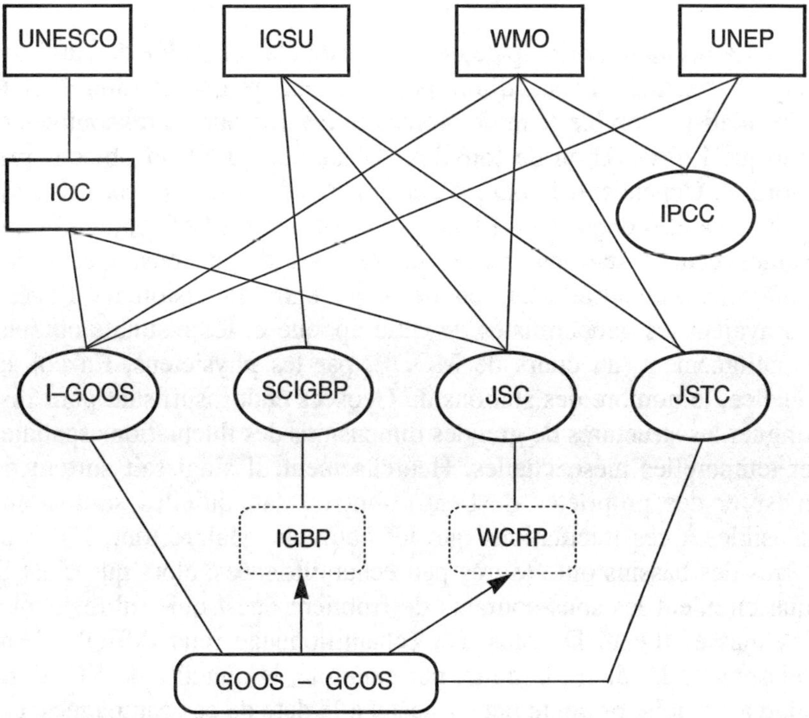


Représentation simplifiée de l'organisation internationale de la recherche océanographique. Les acronymes anglais sont donnés. Les lignes représentent des relations formelles et les flèches des sources de données.

*Organisations :*
- ICSU : Union Internationale des Associations Scientifiques
- XMO : Organisation Météorologique Mondiale
- UNEP : Programme des Nations Unies sur l'Environnement
- IOC : Commission Océanographique Internationale

*Conseils scientifiques :*
- I-GOOS : Conseil International du Système d'Observation Global des Océans
- SCIGBP : Conseil Scientifique du Programme Géosphère-Biosphère
- JSC : Comité Scientifique Conjoint du Programme Mondial d'Étude du Climat
- IPCC : Panel International sur le Changement du Climat
- JSTC : Conseil Conjoint du Système d'Observation Global du Climat

*Programmes :*
- IGBP : Programme International Géosphère-Biosphère
- WCRP : Programme Mondial d'Étude du Climat

*Services :*
- GOOS : Système d'Observation Global de l'Océan
- GCOS : Système Global d'Observation du Climat

## Les questions du Programme mondial d'étude du climat : TOGA, WOCE et Clivar

En 1951, les météorologistes ont su mettre en place une organisation intergouvernementale efficace, l'Organisation météorologique mondiale (OMM), dont le siège est installé à Genève. Celle-ci traite de problèmes techniques, comme l'échange des données météorologiques, organise des études scientifiques destinées à l'amélioration des prévisions du temps et se préoccupe de problèmes plus politiques, comme l'accès aux prévisions météorologiques pour les pays du tiers-monde. Au cours des années 70, les météorologistes ont d'abord organisé un Programme global de recherche atmosphérique (GARP, pour *Global Atmosphere Research Programme*) ; son but était d'étendre les échéances des prévisions météorologiques. En 1978 et en 1979, au cours de la première expérience du GARP, près de deux cents bouées dérivantes ont été notamment déployées dans l'océan sud, afin d'y disposer de données météorologiques. Cette expérience a effectivement permis d'étendre à deux jours les échéances des prévisions météorologiques, avec la même fiabilité que les prévisions à une journée faites antérieurement.

L'OMM a ensuite promu un Programme mondial d'étude du climat (le PMRC, connu aussi sous son nom anglais de WCRP, pour *World Climate Research Programme*). Comme ce sujet ne concernait pas que l'atmosphère, d'autres organisations ont été progressivement appelées à parrainer ce programme (ou ont souhaité être impliquées), que ce soient des organisations gouvernementales comme la Commission océanographique internationale (la COI, créée en 1960) ou des organisations scientifiques de l'ICSU. Sous l'impulsion vigoureuse et inspirée de son secrétaire, Pierre Morel, le comité scientifique du PMRC a orienté le programme vers un objectif : la prévision du climat. Pour cela, il a d'abord défini, au début des années 80, trois axes de recherche dont deux concernaient directement l'océan ; tout d'abord, la prévision des fluctuations du climat aux courtes constantes de temps (quelques semaines), qui nécessitait une meilleure connaissance de l'atmosphère et de ses échanges d'énergie avec les autres composantes du système, sol, glaces, etc. ; en second lieu, l'étude des fluctuations interannuelles du climat et surtout l'étude du phénomène ENSO dans le cadre du programme TOGA (*Tropical Ocean and Global Atmosphere*) enfin, l'étude du climat aux grandes constantes de temps, qui donnera le programme WOCE (*World*

*Ocean Circulation Experiment*), destiné à fournir une meilleure connaissance de la circulation océanique et de ses transports.

Voyons donc en quoi ont consisté TOGA et WOCE, les deux grands programmes sur la physique des océans de la dernière décennie. Il est d'abord curieux de noter que les documents de prospective en océanographie physique du début des années 70 prévoyaient le développement des recherches sur la circulation océanique à l'échelle globale, alors que cette décennie a plutôt été celle de la circulation mésoéchelle et de l'expérience MODE (il faut cependant rappeler que l'idée initiale de Geosecs était plutôt physique et que ce programme était bien global). En somme, TOGA et WOCE étaient un retour à cette question globale. Il est utile de rappeler que cette perspective a précédé la grande sensibilisation aux problèmes d'environnement.

La période de déroulement de ces programmes est exceptionnelle parce que deux satellites océanographiques ont été lancés : ERS-1 en 1991, suivi de son jumeau, ERS-2, en 1995, et Topex-Poséidon en 1992. Rappelons que ces satellites embarquent des altimètres, pour la mesure du niveau des mers et des courants océaniques, un radiomètre infrarouge, pour la mesure de la température de surface de la mer, un diffusiomètre, pour la mesure des vents à la surface des océans, et un SAR (radar à ouverture de synthèse), qui permet la mesure des vagues et des glaces de mer. Ces satellites complètent les observations fournies par les satellites météorologiques. On notera en passant que la France cotise pour 20 à 30 % du coût de chacun de ces satellites ; comme elle finance également les satellites météorologiques européens Météosat et le système de positionnement par satellite Argos, sa contribution à l'observation spatiale des océans s'avère très importante. À première vue, ce volet semble s'être développé indépendamment des programmes océanographiques, car les systèmes de décision des uns et des autres sont complètement distincts. Cependant, ce n'est sûrement pas un hasard si nombre des principaux promoteurs de ces programmes ont activement soutenu les projets de satellite ; la conception des programmes océanographiques a d'ailleurs tenu compte des nouvelles capacités d'observation permises par les techniques spatiales.

### *TOGA*

Le programme TOGA (*Tropical Ocean and Global Atmosphere*) s'est déroulé de 1985 à 1995. Il était destiné à l'étude du phénomène ENSO, cette fluctuation du climat qui a lieu tous les quatre à six ans et qui implique l'océan Pacifique tropical et l'atmosphère. Il s'agissait de comprendre les mécanismes du phénomène, de construire des modèles numériques représentant l'océan en interaction avec l'atmosphère et, enfin, de définir et de mettre en place un système de surveillance de cette région du globe permettant de prévoir le phénomène ENSO et son évolution.

Les événements ENSO de 1986-1987 et de 1992-1994 ont ainsi été suivis en détail. Le programme TOGA a montré que ce phénomène pouvait avoir une intensité et une évolution très différentes d'un événement à l'autre. L'existence et l'importance des systèmes d'ondes océaniques se propageant d'ouest en est, puis d'est en ouest le long de l'équateur, ont été confirmées, mais ces ondes sont apparues beaucoup plus complexes que ce qui était imaginé. En outre, il est devenu évident que ces ondes ne pouvaient à elles seules expliquer la récurrence des événements ENSO et qu'un aspect important du phénomène était la propagation lente vers l'est d'anomalies de température et des vents, interférant avec les variations saisonnières du système. La dernière expérience du programme TOGA s'est appelée TOGA-COARE ; elle a eu lieu au cours de 1993 et de 1994, et s'est appuyée sur presque tous les outils connus d'observation de l'océan et de l'atmosphère ; ses données sont en cours d'analyse et doivent aider à mieux décrire comment océan et atmosphère échangent de la chaleur dans la partie ouest du Pacifique tropical, là où le premier est le plus chaud et la seconde la plus humide. Cette région est fondamentale, si l'on veut prévoir l'apparition d'un événement ENSO plus de deux mois à l'avance.

TOGA a légué plusieurs outils pour l'avenir. Un réseau d'environ soixante-dix énormes bouées a été mouillé au travers du Pacifique tropical, qui permettent de suivre l'évolution de la température de l'eau, de la vitesse du vent et des courants et complètent les observations par satellite ; c'est aujourd'hui le plus important réseau d'observation continue de l'océan qui ait jamais existé. La durée moyenne de vie de ces bouées étant de quinze mois, un navire a été affecté à la maintenance du réseau, sans compter de nombreuses opérations ponctuelles, réalisées par des navires du Japon, de la Chine, de l'Australie et de la France. Ce réseau permet la détection précoce des sautes de vents à l'ouest du bassin et des ondes océaniques se propageant vers l'est et donc la prévision d'anomalies climatiques en Amérique centrale et en Californie près de deux mois à l'avance (cette échéance est simplement le temps de propagation des ondes ; on parle de « persistance » de l'état de l'océan). On a pu vérifier l'exactitude de ces prévisions ;

ainsi, les inondations de la Californie de l'automne 1994 ont clairement été dues à un phénomène ENSO dont l'arrivée avait été annoncée. Ces prévisions ont déjà un impact économique, puisqu'un pays comme le Pérou a pu en tenir compte pour une meilleure gestion de sa pêche et de son agriculture.

D'autre part, des modèles numériques ont été construits, qui représentent le système couplé océan-atmosphère ; ils sont progressivement améliorés, grâce à l'accumulation des observations. Ces modèles permettent d'abord l'analyse d'un phénomène trop complexe pour que puisse être appliquée une simple logique linéaire. Ils sont aussi indispensables si l'on veut prévoir l'intensité d'un événement ENSO et son évolution au-delà de deux mois d'échéance. En fait, les événements de 1986 et de 1987 comme ceux de 1991 et de 1992 ont été prédits près d'un an à l'avance à l'aide de modèles simples, mais pas l'événement chaud de 1993. Ainsi, grâce à TOGA, le phénomène ENSO devrait être le premier phénomène climatique pour lequel une prévision pourra être faite près d'une année à l'avance, avec un taux de réussite tout à fait acceptable.

### *WOCE*

Le programme WOCE est plus récent que TOGA : il a débuté en 1990 et doit se poursuivre jusqu'en 1997. Plus de vingt pays y participent activement. WOCE vise à estimer les transports d'eau, de chaleur, de sel et de carbone effectués par les courants océaniques. L'ensemble des mesures de WOCE est remarquablement complet : des « sections hydrographiques » sont réalisées par les navires océanographiques et auront fourni, en particulier, des mesures de température, de salinité, de carbone ou de CFC en près de dix mille stations réparties le long de lignes traversant tous les océans (il aurait fallu plus de vingt ans à un seul navire fonctionnant en continu pour récolter l'ensemble de ces mesures) ; de nombreux navires marchands ont été équipés de systèmes XBT pour la mesure de la température des huit cents premiers mètres d'eau et transmettent par satellites des données régulières le long d'une centaine de lignes de navigation ; aux endroits critiques, une cinquantaine de « mouillages », équipés de courantomètres et de chaînes de thermistances, suivent la variation des courants ; près de sept cent cinquante bouées dérivent au gré des courants à la surface de l'océan et sont positionnées chaque jour par le système Argos ; plus d'un millier de flotteurs positionnés régulièrement par triangulation acoustique ou lors de leur remontée en surface auront aussi été déployés vers 1 000 à 2 000 m de profondeur et suivent les courants profonds ; une centaine de marégraphes surveillent le niveau de la mer près des côtes et sur les îles.

En parallèle, des modèles numériques sont progressivement développés, qui représentent les courants et les transports océaniques, ainsi que leurs variations dans le temps en réponse aux forçages de surface (vents et flux de chaleur). Grâce à la puissance des ordinateurs actuels, ces modèles sont de plus en plus élaborés. On peut les comparer aux observations et s'assurer qu'ils sont réalistes. En outre, on apprend à les contraindre par assimilation de l'ensemble des observations, si bien que ces modèles pourront ensuite être utilisés pour analyser, de façon quantitative et compatible avec les données, des phénomènes non directement observables, comme les transports de chaleur par les courants.

La synthèse des observations satellites et *in situ* et de ces modèles numériques se construit progressivement. Elle permettra d'abord de mieux décrire le rôle de l'océan dans le système climatique et comment les courants transportent le carbone dissous, dont la fraction du gaz carbonique d'origine anthropique absorbée par l'océan. Dès le début de WOCE, il avait été annoncé que les objectifs de ce programme ne seraient atteints qu'après l'analyse des résultats de ces modèles réalistes, vers l'an 2000.

### *Clivar*

Comme WOCE et TOGA se terminent, les océanographes réfléchissent à l'avenir. Il est d'abord apparu que l'on pouvait enfin aborder une des difficultés majeures de la prévision du climat, qui est la méconnaissance du cycle de l'eau ; le prochain grand programme du PMRC sera donc GEWEX (*Global Energy and Water Cycle Experiment*) ; il étudiera, par exemple, les mécanismes de la mousson. En outre, il faut dès maintenant organiser les recherches qui feront suite aux programmes WOCE et TOGA : le programme Clivar (*Climate Variability*) doit prendre leur relais, à partir de 1996 et 1997. Comme son nom l'indique, il abordera la question des variabilités naturelles ou d'origine anthropique du climat. En particulier, il cherchera à comprendre pourquoi les phénomènes ENSO sont différents les uns des autres et tentera d'améliorer leur prévision. Clivar s'attachera aussi à décrire d'autres modes de fluctuation du système océan-atmosphère, comme les fluctuations décennales que l'on détecte dans les océans Atlantique et Pacifique

Nord et qui semblent jouer un rôle important sur la température, les vents et la pluviométrie en Europe. Clivar cherchera enfin à détecter les premiers signes d'une influence éventuelle de l'homme sur le climat.

### Les expériences du Programme international géosphère-biosphère : J-GOFS, LOICZ, GLOBEC et SOLAS

Vers le milieu des années 80, il est apparu nécessaire de mettre en place un programme complémentaire au PMRC, pour promouvoir et coordonner les recherches sur l'environnement global et comprendre l'impact de l'homme sur le système. En effet, en raison de son origine, le PMRC se préoccupe de la partie physique du système océan-atmosphère-sols, alors qu'il fallait aussi prendre en compte les effets biogéochimiques et les autres couplages avec la Terre, comme par exemple l'effet des éruptions volcaniques. C'est pour cela que le Programme international géosphère-biosphère (PIGB, ou IGBP en anglais) a été créé en 1989. Son bureau a été installé à Stockholm.

La démarche de base du PIGB est assez différente de celle du PMRC : il s'agit essentiellement d'acquérir des connaissances fondamentales sur le système Terre. Le PIGB a défini une série de programmes spécifiques sur la chimie de l'atmosphère, les interactions entre la biomasse continentale et le climat, ou la biogéochimie des océans. Certains de ces programmes sont d'ailleurs une redéfinition de programmes existant antérieurement. Pour compléter le panorama, notons ici qu'il existe aussi un programme international sur le système biologique naturel – y compris marin –, appelé Biodiversitas, et un autre sur les aspects sociologiques et les relations entre l'homme et son environnement, appelé *Human Dimension of Global Environmental Change* ; tous ces programmes ont des relations entre eux, au moins en ce qui concerne leurs bureaux et leurs conseils scientifiques.

#### *J-GOFS*

Si l'on veut décrire le cycle océanique du carbone, il faut aussi prendre en compte les effets chimiques et biologiques sur cet élément. Découvrir et décrire quantitativement ces processus biogéochimiques est l'objectif du programme J-GOFS (*Joint Global Ocean Flux Study*), qui a débuté en 1989. Ce programme se déroule selon une série d'expériences dans des endroits de l'océan représentatifs d'un type de fonctionnement du système, que l'on appelle des provinces biogéochimiques. Au cours de chacune de ces expériences, un grand nombre de paramètres sont mesurés : la pénétration de la lumière dans l'océan ; les sels nutritifs comme les nitrates ; les espèces dissoutes du carbone, comme les carbonates ou les complexes organiques ; les gaz dissous, comme le gaz carbonique ou le diméthylsulfure créés par l'activité biologique ; la production primaire et la régénération du phytoplancton ; l'effet du « broutage » par le zooplancton ; l'activité bactérienne ; l'abondance des particules en suspension dans l'eau ; le flux de pelotes fécales qui chutent vers l'océan profond ; les mécanismes de transformation de ces particules dans l'eau et leur flux de sédimentation au fond de l'océan, etc. À ces mesures biogéochimiques est associée une description du comportement physique (courant, mélange vertical) et des forçages (vents, flux de chaleur et de lumière) de l'océan. Les campagnes océanographiques de J-GOFS sont aujourd'hui parmi les plus complexes à organiser et à gérer.

J-GOFS a déjà réalisé des expériences dans l'océan Atlantique, vers 40°N, en Méditerranée entre Nice et la Corse, dans l'océan Pacifique tropical au cours d'un événement ENSO, etc. Actuellement, on étudie intensément l'océan Antarctique au sud des îles Kerguelen et la mer d'Arabie. On prépare pour 1999 une deuxième expérience importante en Atlantique Nord. En chacun de ces sites, l'on essaie de quantifier l'importance relative des différents processus et de relier leurs variations aux forçages physiques du système. On cherche aussi à construire des modèles numériques représentant ces effets dont on espère qu'ils seront représentatifs du fonctionnement de toute une province biogéochimique de l'océan.

Par ailleurs, afin de surveiller les fluctuations interannuelles des processus biogéochimiques, J-GOFS préconise l'installation de stations « permanentes » où l'on cherche à mesurer un grand nombre de paramètres et de flux pendant au moins dix ans. Plusieurs stations de ce type ont été mises en place, par exemple près de Hawaii et des Bermudes par les États-Unis ou entre Nice et la Corse par la France (cette station s'appelle Dyfamed). Les Français ont aussi cherché à maintenir une station près des îles Kerguelen en tirant parti des bases scientifiques installées sur place, du maintien à proximité du petit navire de service *La Curieuse*, et du passage régulier du navire océanographique *Le Marion-Dufresne* ; c'était, en effet, une opportunité très rare de surveiller l'océan sud. Malheureusement, par suite des difficultés logistiques et des conditions météorologiques plutôt sévères, cette station a dû être fermée au bout de quatre ans.

En principe, divers instruments satellites mesureront la « couleur de la mer » à partir de 1996. Ces instruments permettront d'estimer l'abondance et la production du plancton sur tout l'océan et de suivre son évolution dans le temps. Ce sont les seules observations relatives à la biomasse océanique pour lesquelles une couverture globale et répétée sera disponible. Ces données permettront de vérifier la représentativité des expériences locales et de les restituer dans leur contexte régional. Elles permettront aussi d'ajuster les modèles représentant le fonctionnement de chaque province biogéochimique, couplés aux modèles de circulation issus du programme WOCE. Ces modèles permettront ainsi d'estimer les flux de carbone biogénique à l'échelle globale : c'est un des buts d'une action du PIGB appelée GAIM (pour *Global Analysis, Interpretation and Modelling*).

Le programme J-GOFS vise à atteindre une grande quantité de découvertes, tant le nombre des processus impliqués est élevé et leurs interrelations sont fortes et mal connues. Depuis le début du programme, la capacité de représentation synthétique du système biogéochimique s'est considérablement développée. Cela constitue une évolution très importante pour une discipline qui était jusqu'alors très fragmentée. Le programme prévoit de réaliser des campagnes de mesure jusque vers l'an 2000, puis de promouvoir cinq années d'analyse, de synthèse et de modélisation numérique du système.

### *LOICZ*

Plus récemment, le programme PIGB a cherché à compléter J-GOFS par des études des zones côtières. Dans ces zones, les courants, l'activité biologique ou les phénomènes chimiques sont différents de ceux du large et, surtout, varient très rapidement et sur de petites distances. C'est au travers de la zone côtière que transitent, pour la plupart, les échanges entre les continents et les océans (le reste se fait *via* les transports atmosphériques). On ne sait pas s'il y a stockage de carbone dans ces zones ou exportation de carbone organique vers l'océan du large.

En outre, ce sont sûrement les zones de l'océan les plus importantes pour l'homme : c'est là qu'ont lieu 80 % des pêches et la totalité de l'aquaculture et que se réalise l'activité économique liée à la mer (transport maritime, exploitation du littoral, tourisme, exploitation *off-shore*, etc.). Ce sont aussi les zones les plus fragiles et les plus soumises aux problèmes de pollution ; les apports de fertilisants sont comparables aux apports naturels de sels nutritifs depuis les continents ; chacun se souvient des pollutions au mercure en mer du

Japon, de l'apparition brutale d'algues rouges susceptibles de détruire les élevages de saumons en quelques heures ou de l'invasion d'espèces non autochtones apportées par l'homme. De plus, les aménagements du littoral modifient l'érosion et la sédimentation le long des côtes.

Le programme LOICZ (*Land-Ocean Interaction through Coastal Zones*) se développe depuis 1993. Pour l'instant, il ne fonctionne pas tout à fait comme les précédents, car chaque zone côtière présente des aspects spécifiques et car l'accès et la connaissance des zones côtières restent des problèmes politiquement et économiquement sensibles. Les questions scientifiques et les moyens de les étudier sont débattus à l'échelle internationale. Bien que quelques expériences internationales aient lieu (en particulier à l'échelle européenne), la plupart des études sont définies et menées à l'échelle nationale, à l'échelle de zones clairement définies.

En France, sont étudiés simultanément le golfe du Lion, le golfe de Gascogne, la Manche et certaines côtes des départements d'outre-mer. Pour analyser les zones côtières, il faut des observations de bonne résolution spatiale (quelques centaines de mètres au plus) et, si possible, de bonne répétitivité (journalière par exemple). Les données satellites de couleur de la mer ou les images SAR possèdent la première caractéristique ; en revanche, il faudrait un système de plusieurs satellites pour disposer d'observations suffisamment fréquentes. LOICZ s'appuie donc surtout sur des échantillonnages effectués à partir des petits navires de « façade » dispersés le long des côtes.

LOICZ est un programme encore très jeune et s'appuie sur des équipes scientifiques dispersées. Il faut du temps pour que soit mené le travail de réflexion et de maturation qui est le prélude à un « bon » programme, et pour que des équipes concurrentes prennent l'habitude de travailler ensemble et de confronter leurs points de vue et leurs approches. Cependant, compte tenu de son importance pour l'homme et pour l'économie, ce programme est appelé à se développer.

### *GLOBEC et SOLAS*

Le PIGB se préoccupe aujourd'hui des questions laissées ouvertes par les programmes actuels. C'est ainsi que sont nés le programme GLOBEC (*GLOBAL Ocean ECosystem Dynamics*) et le projet SOLAS (*Surface Ocean-Lower Atmosphere*). GLOBEC sera orienté vers la compréhension de la structure et du fonctionnement de l'écosystème océanique global (y compris les espèces supérieures) et de sa réaction aux forçages physiques ; son objectif à terme sera de prévoir la réponse de cet écosystème aux changements globaux. SOLAS, quant à lui, se consacrera à l'étude de la biogéochimie marine et de ses effets sur le climat *via* les échanges avec l'atmosphère (par exemple, par dégazage du diméthylsulfure produit par le plancton, ce gaz étant un facteur de condensation de l'eau dans l'atmosphère) et l'analyse de la réponse de la biogéochimie de l'océan aux changements du climat ; ce thème fait actuellement l'objet de réflexions préliminaires.

## Genèse d'un programme

Mais comment se met en place un programme de recherche international ? Qui en définit les objectifs ? Comment est-il organisé et financé ? J'ai été impliqué dans deux programmes internationaux, WOCE et J-GOFS. Tous deux présentent des similitudes qui tiennent à l'organisation des recherches en océanographie ; ils sont aussi très différents, en raison des écarts entre les questions posées mais aussi en fonction des scientifiques impliqués.

La naissance d'un programme résulte généralement de la convergence de différentes démarches. D'une part, quand un problème important émerge, qui paraît trop complexe ou trop lourd pour une seule équipe, de nombreux colloques finissent par le discuter ; là, les équipes impliquées comparent leurs résultats et leurs approches ; vient alors un moment où un petit groupe, souvent sous la houlette de quelque personnalité d'envergure, décide de se réunir pour définir ce qu'il faudrait faire pour aller plus vite et plus loin. D'autre part, il existe plusieurs comités internationaux qui ont pour mission de promouvoir les études nécessaires à certaines grandes questions : pour les problèmes du climat, c'est la fonction du JSC (*Joint Scientific Committee*) de l'OMM et des branches concernées de l'ICSU. Ces comités et leurs secrétaires suscitent des groupes de travail pour faire le point sur un sujet ; il arrive souvent que les conclusions indiquent qu'un travail coordonné permettrait de faire avancer les choses. Enfin, dans chaque pays, les responsables de la recherche sont toujours à l'affût des nouvelles questions et des propositions pour les faire avancer.

Vient alors le moment où un comité international est constitué, chargé de définir le problème (on sait qu'en recherche, c'est souvent le plus délicat), de faire le point sur la question, de proposer une démarche. La composition initiale de ce comité dépend de l'origine de la démarche : on fait évidemment appel aux scientifiques concernés directement, mais il convient de s'assurer aussi que le comité regroupe une palette de compétences et, quand des organismes internationaux sont partie prenante, qu'il permette une représentation raisonnable des différentes régions du monde. En règle générale, sa composition pourra évoluer et s'élargir en fonction des besoins de compétences ; d'autre part, les mandats sont limités à quelques années, et une rotation progressive des membres est assurée par cooptation et par proposition aux organisations internationales (on les appelle souvent les organisations « parentes »).

Le premier travail du comité scientifique est de définir précisément son mandat, puis de construire le contenu du programme. Dans le cas de WOCE, la première réunion eut lieu en 1981. Un tel objectif pourrait paraître simple, mais il n'en est rien. Il faut souvent plusieurs années pour que chacun s'accorde sur les objectifs à atteindre et la démarche à suivre. Ce n'est pas si surprenant, dans la mesure où chacun arrive avec ses connaissances et ses idées, ses projets et ses moyens. Il faut donc que les membres du comité s'éduquent mutuellement, synthétisent leurs connaissances, fassent converger leurs points de vue. D'autre part, il ne faut pas oublier que, pendant ce temps, les études continuent et, en particulier, celles des membres du comité. On se doute d'ailleurs que les choix sont fortement orientés par les personnalités les plus fortes. Pour WOCE, les avis de Francis Bretherton, Jim Crease, John Woods ou Carl Wunsch furent déterminants. Dans cette phase, un programme produit surtout des documents : études spécifiques par des sous-comités, définition itérative du programme, rapports aux organisations parentes. Il faut bien sûr limiter ces documents au minimum (on parle de littérature grise, car elle devient rapidement obsolète et peu accessible ; d'autre part, elle n'a pas de valeur scientifique reconnue), mais il faut montrer que quelque chose se passe, de façon à susciter l'adhésion d'un nombre croissant de chercheurs.

En océanographie comme dans les autres disciplines de la géophysique, la recherche internationale se fait par convergence de programmes nationaux, décidés et financés par chaque pays. Il n'y a pas l'équivalent des grands outils internationaux de la physique ou de l'astronomie, avec leurs financements spécifiques. Il y a bien de l'argent « international », souvent apporté par les ministères des Affaires étrangères, mais il suffit à peine à réunir les comités et faire tourner les bureaux des programmes. L'émergence d'un programme international passe donc par l'entraînement de scientifiques de chaque pays. Il se forme d'ailleurs des comités nationaux qui visent à promouvoir les recherches correspondantes dans chacun des pays. Pour WOCE, le comité français fut constitué en 1983.

Toutes ces réflexions permettent de mieux définir le problème. Il faut alors mettre en place une direction et un bureau. Celui-ci est presque toujours hébergé par un grand laboratoire, qui assure les frais de fonctionnement du bureau et fournit un environnement favorable à l'animation du programme ; pour WOCE, ce sera l'Institut océanographique de Grande-Bretagne. Divers pays peuvent lui apporter une contribution, par exemple sous la forme d'une mise à disposition des postes de directeur ou de secrétaire du programme.

Le succès d'un programme dépend beaucoup de l'envergure du directeur : c'est en effet lui qui fait en sorte que la belle idée scientifique devienne réalité. Il surveille la mise au point et la diffusion des conclusions des comités, sert de liaison entre les scientifiques et les organisations parentes, maintient la cohérence entre les programmes nationaux et la perspective globale. La sélection du directeur se fait généralement sous la forme d'un appel d'offres international, de sollicitations directes et de nombreuses discussions entre le président du comité de programme et les organisations parentes. Le premier directeur de WOCE fut le Canadien Georges Needler.

L'étape la plus délicate d'un programme survient alors. Il faut concrétiser les idées scientifiques en un « plan de réalisation » (*implementation plan*, en anglais). À ce stade, il est très difficile de trouver l'équilibre entre ce qui serait nécessaire pour aborder la question et ce qui est réalisable, compte tenu des technologies et des moyens. Pour WOCE, le plan de réalisation a d'abord été conçu comme « ce qu'il faudrait faire », ce qui était possible parce que la question posée était bien définie (on devine qu'il n'en a pas été de même pour J-GOFS, qui était un programme de découverte). Les comités nationaux ont ensuite été sollicités afin qu'ils définissent les contributions de leurs pays respectifs : à charge pour eux de faire approuver ces projets par leurs organisations nationales de recherche.

Dans le cas de WOCE, une conférence fut ensuite tenue à l'Unesco en 1989, où des représentants de quarante-quatre pays ont indiqué ce qu'ils prévoyaient. Ces représentants étaient d'origines très diverses, puisqu'il y avait aussi bien des scientifiques présidents de comités nationaux, des représentants de la gestion de la recherche et des représentants officiels à l'Unesco. L'exercice fut intéressant et utile ; il démontra que le plan de réalisation de WOCE était réaliste, et que près de 70 % du projet pouvait être souscrit (un allongement de la durée du programme de cinq à sept ans permettra de faire encore plus). Il faut bien sûr prendre garde de ne pas surestimer la valeur de ces « engagements », car, presque partout, la recherche est financée sur une base annuelle ; il est donc difficile de respecter des promesses pluriannuelles, surtout sur une période aussi longue.

Vient ensuite la phase de réalisation. Il est bien sûr difficile de tenir à jour le bilan des réalisations de quarante-quatre pays différents, de s'assurer que celles-ci sont bien conformes au plan, de rassembler les données que les scientifiques gardent volontiers pour eux-mêmes, de vérifier que leur qualité est bien conforme aux spécifications, d'inciter chacun à échanger et publier ses analyses, de susciter des participations supplémentaires pour combler les trous ou les déficiences, en définitive de garder un programme en vie pendant sept ans.

De ce fait, le succès réel d'un programme ne peut être évalué que bien longtemps après la fin de sa phase de réalisation : toute l'idée d'un programme consiste en effet à coordonner l'activité d'un grand nombre d'équipes pour traiter un problème inaccessible autrement. Le succès ne peut donc être analysé qu'une fois la synthèse des résultats faite, ce qui nécessite souvent des années. Rappelons que dans le cas de la campagne du *Challenger*, il fallut quarante ans. Ce sera certainement moins long pour les programmes actuels ; divers colloques de synthèse du programme TOGA ont d'ailleurs déjà eu lieu. Mais on peut aussi être assuré que les données de ces programmes seront utilisées et réanalysées pendant de nombreuses décennies. L'utilisation la plus novatrice des données de l'Année géophysique internationale ne fut-elle pas publiée en 1979 ?

Quelle est l'importance des grands programmes internationaux et quelle place leur accorder dans la recherche océanographique ? La question doit être considérée en fonction de l'état des connaissances et des besoins de la discipline.

Ce n'est pas nécessairement en abordant de front une question scientifique que l'on progresse le plus vite. Par exemple, en 1960, Wally Broecker fit faire de très grands progrès à la question de l'estimation des flux d'eaux profondes de l'océan en mesurant l'abondance du $^{14}C$ dans quelques dizaines d'échantillons de l'Atlantique ; il est peu probable que la même réponse aurait été obtenue en montant un programme sur les courants profonds. En fait, ce qui est le plus précieux en recherche, c'est d'abord l'imagination, ensuite la manière de bien poser une question scientifique. Il faut donc prendre garde de ne pas se laisser engluer dans les perspectives lointaines et la lourde simplicité des grands programmes.

En outre, le montage des grands programmes nécessite une organisation coûteuse et de longues discussions. Il faut prendre garde que ces démarches ne perdent de vue les questions scientifiques initiales. L'océanographe Arnold Arons a eu une expression heureuse à ce sujet : il expliquait qu'il fallait distinguer les grands projets « compliqués », qui peuvent être à la mesure des problèmes océanographiques, des projets « complexes », qui sont « bien sûr ceux dont les coûts sont réels, mais les résultats imaginaires ». Pour reprendre une remarque critique de Claude Allègre, « la recherche ne se fait pas dans les comités ».

Cependant, dans la mesure où les questions posées nécessitent la coordination de nombreux efforts, ces programmes sont indispensables. Ceux-ci sont aussi la source de réflexions approfondies sur la discipline et ses questions prioritaires et de confrontation d'idées et de démarches complémentaires ; c'est bien sûr indispensable à la recherche. Il faut donc que la discipline trouve un équilibre entre une organisation en grands programmes internationaux et le maintien d'études limitées, moins coûteuses, plus originales et susceptibles d'ouvrir des perspectives nouvelles. Cet équilibre ne peut bien sûr être trouvé que dans un cadre évolutif et une remise en cause permanente de l'océanographie.

## Chapitre XIII

# VERS UNE OCÉANOGRAPHIE OPÉRATIONNELLE

Les recherches en océanographie ont souvent été induites par des objectifs pratiques : rappelons par exemple l'objectif militaire des relevés préconisés par Matthew Maury. Les météorologues ne dédaignent pas non plus de rappeler que leurs services ont été organisés en France par Urbain Le Verrier à la suite d'un désastre maritime en mer Noire, en 1855, pendant la guerre de Crimée. De manière plus générale, les activités économiques liées à la mer sont très importantes en France et dans le monde et elles tireraient un grand bénéfice d'observations plus régulières et d'une meilleure prévision des états de mer, des courants, de la dispersion des composés biogéochimiques ou des stocks de poissons. En outre, pour mener les études à long terme de l'océan, il faut mettre en place une observation nettement plus régulière et plus complète que ce qui existe. Ce serait une composante d'un système de surveillance de la Terre, tel qu'il fut préconisé à l'issue du colloque de Rio sur la planète Terre.

Il faut donc se pencher sur le développement d'une océanographie opérationnelle. Je vais commencer par définir ce terme et par donner quelques chiffres sur les activités économiques liées à la mer. Ensuite j'indiquerai quelques-uns des bénéfices que l'on pourrait attendre d'un tel développement ; comme il existe déjà des services océanographiques remplissant des tâches opérationnelles ou commerciales, il est possible d'identifier quelques-unes des contraintes qui s'appliqueraient à un système opérationnel. Je finirai par décrire ce qui se prépare actuellement.

## Océanographie opérationnelle ou services d'observation ?

Le terme opérationnel est utilisé dans différents contextes. Les services d'État (militaires ou météorologiques, par exemple) l'utilisent pour qualifier la pérennité et la disponibilité du service : il faut que l'on puisse compter sur les produits ou les outils dans des délais prédéfinis, en toutes circonstances et avec un pourcentage acceptable de défauts. Ces organisations rendent des services utiles au bien public ; leur valeur peut être de nature économique, politique ou relative à la sécurité des personnes, et ne réside souvent qu'en une aide aux processus de décision des « clients » concernés. Les produits de ces services peuvent avoir une valeur commerciale, mais celle-ci ne permet pas toujours d'en rembourser les coûts. À titre d'exemple, cette notion s'appliquerait bien à un service chargé de faire des prévisions d'événements ENSO et d'annoncer une mousson potentiellement anormale en Inde, ce qu'il faut distinguer de l'impact de cette prévision pour les pêches du Pérou ou pour l'agriculture des États-Unis.

En économie de marché, on tend à prendre en compte la rentabilité économique des services publics et l'on cherche à attribuer une valeur économique au bien-être de l'homme, à la détérioration de l'environnement ou à la guerre. Le jugement de chacun sur la validité de cette approche relève en grande partie de son idéologie. On distingue alors les opérations liées à la recherche fondamentale de celles qui peuvent être justifiées financièrement par leur retour économique. Dans tous les cas, en schématisant, ce qui différencie le service opérationnel de la recherche cognitive est l'existence d'un client. C'est lui qui définit le besoin, les produits à fournir et les conditions à respecter ; on a même pu dire qu'un service était opérationnel quand les bénéficiaires pouvaient téléphoner pour s'en plaindre.

Indépendamment de la notion de service opérationnel, les chercheurs en sciences de la planète savent depuis longtemps qu'il leur faut acquérir des observations continues pendant des décennies pour comprendre les évolutions lentes du système Terre : c'est le cas par exemple de l'étude de l'activité volcanique ou des paramètres géodésiques de notre planète. La surveillance des paramètres du climat et de l'environnement nécessite de telles observations.

Ces observations à long terme peuvent n'être *a priori* requises que par un besoin de connaissances. Les données doivent être obtenues en routine et de façon homogène, ce qui est par essence contradictoire avec le besoin constant d'innovation et de remise en question de la recherche. Les observations doivent pourtant être adaptées progressivement à l'évolution des techniques et des questions scientifiques ; en particulier, la précision des mesures et leur échantillonnage spatial et temporel dépendent des questions posées et de la compréhension que l'on a du système Terre. Ces observations de routine ne peuvent donc être facilement assurées par des chercheurs, mais doivent être contrôlées par les laboratoires. Même si l'on peut considérer que la recherche est cliente des services d'observations, son besoin est un peu différent de celui des clients des services opérationnels.

## Activités économiques liées à la mer

Les principales activités liées à la mer sont l'exploitation pétrolière, la pêche, le transport maritime, le tourisme, la gestion des ports et du littoral, l'aquaculture, l'extraction minière, la défense et la gestion de l'environnement. Les enjeux politiques, sociologiques et économiques, des océans sont analysés dans de nombreux ouvrages, comme celui de Pierre Papon sur *Le Sixième Continent* ou le numéro de la collection « Savoirs » du *Monde diplomatique*, intitulé *Les Mers, avenir de l'Europe*. Rappelons qu'à l'échelle mondiale, 50 % de la population vit à moins de 100 km des côtes. Par suite des migrations de population, cette proportion augmente d'ailleurs rapidement et pourrait atteindre 70 % au début du siècle prochain. Les ressources vivantes de la mer constituent environ 10 % des ressources en protéine de l'humanité. Il faut aussi noter que les régions côtières sont soumises à l'influence des activités humaines ; par exemple, 90 % de la pollution continentale finit par s'y déverser. L'aquaculture, qui pourrait bientôt constituer 20 % des ressources vivantes de la mer, y est particulièrement sensible.

Les chiffres pour la France sont éloquents ; selon une estimation récente de la revue *Mer et Littoral*, 36 % de la population vit dans les départements de littoral métropolitain. Les activités portuaires concernent deux cent cinquante mille emplois directs et indirects, le tourisme du littoral, cent trente-deux mille, la pêche, cinquante et un mille huit cents emplois directs et indirects, le transport maritime, trente-six mille emplois, l'industrie nautique, trente-deux mille cinq cents emplois, l'aquaculture, dix mille emplois, la construction navale, vingt-neuf mille deux cents emplois, la saliculture, mille deux cents emplois. Ces six cent soixante-dix mille emplois génèrent soixante-deux milliards de francs de chiffre d'affaires, sans compter les cent trente-deux milliards pour le tourisme. Même si la pêche et le transport maritime ne se développent plus, contrairement à la période comprise entre 1950 et 1990, l'impact de ces activités est très important à l'échelle régionale.

Au niveau européen, les activités liées à la mer génèrent entre 3 et 5 % du produit brut, avec une valeur ajoutée directe de sept cent vingt à mille cent cinquante milliards de francs. Le commerce extérieur de l'Union utilise pour 90 % les transports maritimes ; on chiffre la longueur de ses côtes à quinze mille kilomètres et la surface de ses eaux côtières (y compris celle du talus continental) à 63 % de sa surface continentale. Quant au chiffre d'affaires mondial, il est bien sûr très incertain, mais a été estimé par l'OCDE à environ quatre mille cinq cents milliards de francs en 1994.

Ces activités bénéficieraient plus ou moins directement d'un suivi opérationnel de l'océan, plus particulièrement de l'océan côtier. Par exemple, c'est par la modification des courants côtiers que les aménagements du littoral affectent le profil des côtes. Le dimensionnement et l'exploitation des plates-formes *off-shore* nécessitent une connaissance statistique et une prévision des états de mer et des courants dans leur zone. Les ressources halieutiques dépendent bien sûr de la dynamique des populations de poisson et de leur exploitation plus ou moins intense, mais leur renouvellement passe par la croissance et la sélection des juvéniles, qui se font en fonction des conditions d'environnement et de leur transport par les courants. L'apparition de virus ou d'algues toxiques dépend vraisemblablement de la qualité de l'eau et de leur dissémination par les courants. Enfin, la densité de population près des côtes, y compris celle des touristes, est source de pollutions importantes ; la dispersion des polluants dans l'océan varie selon l'état de la mer, la sédimentation et les courants côtiers.

Il existe déjà un marché pour des services commerciaux en océanographie : on trouve, en effet, des sociétés qui vendent des analyses d'état de mer, des prévisions de routage de navires, des champs de courants côtiers dus aux marées ou des cartographies de zones littorales éventuellement exploitables pour l'aquaculture. Ce qui existe permet de reconnaître un certain nombre de conditions à respecter pour que ce marché se développe. Ces services se mettent en place quand existent simultanément une compétence scientifique et technique sur les problèmes posés, des technologies maîtrisées produisant des données et un marché solvable, qu'il soit public ou privé. L'activité de ces sociétés demeure souvent dépendante d'observations dont elles n'assurent pas les coûts d'infrastructure (par exemple, le coût des satellites). Les enquêtes auprès des industriels montrent que ce type d'application ne peut se développer que si le système d'observation est pérenne et les données peu coûteuses. Ce n'est que lorsque le marché est bien développé que la rentabilité de l'ensemble peut éventuellement être atteinte.

Les contraintes de coût, de rentabilité ou de pérennité, du service obligent souvent à mettre en place des systèmes simples et fiables, susceptibles d'être mis en œuvre par des équipes non spécialisées. Les produits commercialisés doivent répondre aux besoins et aux compétences des clients, ainsi qu'au coût qu'ils acceptent de payer pour en bénéficier. En océanographie, on trouve depuis longtemps des produits dérivés de données satellites dont la valeur économique est démontrée : par exemple, aux États-Unis, le suivi de la pollution en baie de Chesapeake à l'aide d'images Landsat depuis 1972, la cartographie de la dégradation catastrophique des bancs de coraux en Floride à l'aide d'images Spot depuis 1986, le suivi du front du Gulf Stream près du cap Hatteras pour aider les pêcheurs (ces produits étant disponibles sur Internet) ou la cartographie des dix-sept mille îles de l'Indonésie pour le gouvernement de ce pays. À partir de cette expérience, l'Américain William Patzert, qui travaille actuellement à la NOAA (*National Oceanographic and Atmospheric Administration*), insiste sur le fait que ce sont souvent les « petits produits » qui ont une valeur commerciale, c'est-à-dire des produits simples par comparaison à la sophistication des analyses faites dans les laboratoires de recherche. Ce même constat a d'ailleurs été fait par la Société Spot-Images.

## Impact économique des prévisions climatiques

Qu'en est-il pour l'océan du large ? Les besoins prioritaires sont bien identifiés : il s'agit de la prévision des états de mer et de la cartographie des glaces de mer pour les opérations navales et le routage des navires (y compris pour des questions d'assurance), de la température de surface de la mer pour les prévisions météorologiques et de la surveillance des stocks de poissons pour la pêche. Il a été démontré, grâce à la cartographie des glaces de mer à partir des données des satellites ERS, que l'aide à la navigation aux plus hautes latitudes était possible ; la surveillance de ces glaces est d'ailleurs un des objectifs principaux du satellite canadien Radarsat. L'impact potentiel d'une meilleure connaissance de l'océan peut prendre des formes inattendues : le programme EuroGOOS a, par exemple, estimé qu'une meilleure prévision des courants mésoéchelles pourrait réduire le temps de transit des navires marchands de 2 à 2,5 % en moyenne. Compte tenu du coût d'opération de l'ordre de cinquante mille francs par jour et par navire, l'économie pourrait être considérable pour les compagnies maritimes. Il faut cependant rappeler que le développement commercial de nouvelles innovations peut être très différent des idées initiales de leurs concepteurs.

La prévision climatique saisonnière pourrait avoir une valeur économique énorme. L'exemple le plus étudié est l'événement ENSO : en effet, au nord du Pérou, il peut pleuvoir autant pendant les quelques mois de la période chaude d'un tel événement que pendant vingt-cinq ans de pluviométrie moyenne. En temps normal, les Péruviens cultivent du coton, mais ils pourraient cultiver du riz en période chaude, s'ils disposaient d'une prévision « suffisamment » fiable. En outre, un événement ENSO modifie les conditions d'*upwelling* au large des côtes, ce qui a un impact profond sur les conditions de pêche ; rappelons qu'il s'agit de la plus importante zone de pêche du monde, au point que l'on observe des corrélations entre le coût de la viande en Europe et les prises de poissons de cette région.

En 1995, l'impact économique d'une meilleure prévision des événements ENSO a été analysé dans le cas de l'agriculture des États-Unis. La fiabilité de la prévision à six mois a été supposée améliorée de 33 % (la corrélation entre la prévision et la réalité passait de 0,6 à 0,8 à cette échéance) ; le secteur économique étudié était la culture du maïs, du coton, du sorgho et du soja dans le sud-est du pays (les fruits et les légumes n'étaient donc pas pris en compte) ; les fermiers étaient supposés réagir de façon optimale (par exemple, en changeant les dates d'ensemencement ou le type de plantation en fonction de la prévision) ; les conditions économiques de 1990 étaient prises comme référence. En cas de maintien des programmes de soutien à l'agriculture, le gain annuel était de cent trente millions de dollars ; en cas de suppression de ce programme, ce gain était encore de quatre-vingt-seize millions de dollars. Ce chiffre est bien sûr à comparer au coût de développement et de maintien du système de surveillance ; à titre d'exemple, le coût du programme TOGA, sur dix ans, a été estimé à un milliard sept cent millions dollars (hors coût des satellites, ceux-ci ayant été essentiellement les satellites météorologiques pendant la plus grande partie du programme). Un calcul du rapport bénéfice sur coût a été effectué en ne tenant compte que du système opérationnel futur et en utilisant le taux d'escompte moyen du marché : un système de prévision des événements ENSO serait économiquement rentable.

Cette étude illustre la très grande difficulté à estimer l'impact économique de prévisions climatiques. D'une part, cet impact ne peut être calculé que dans le cadre d'un grand nombre d'hypothèses restrictives et à partir d'un modèle de comportement des acteurs qui ne peut être général. En outre, on se préoccupe de systèmes dont la durée de vie est au minimum de dix à vingt ans, si bien que ces estimations ne peuvent être très fiables ; en particulier, l'OCDE a attiré l'attention sur le fait que les calculs de rapports bénéfice sur coût estimaient l'impact d'un nouveau système à conditions par ailleurs identiques ; cette hypothèse est contradictoire avec le fonctionnement d'un système proche de la recherche puisque, par nature, celle-ci s'ajuste constamment aux évolutions récentes. Enfin, ce type de calcul n'a de sens que s'il existe une organisation permettant d'exploiter les informations ; comme les anomalies climatiques concernent un grand nombre de pays, l'impact réel ne peut être estimé.

Rappelons qu'un événement ENSO est un phénomène climatique intense et que sa prévision à l'échéance d'un an sera possible dans les prochaines années. L'impact économique et humain mondial d'une amélioration de cette prévision serait probablement supérieur au coût du système. On ne peut pas extrapoler cette impression au cas général des prévisions climatiques saisonnières : on ne sait ni les faire ni même ce qui serait nécessaire pour les rendre possibles.

## Prémices d'une océanographie opérationnelle

Il existe déjà des services opérationnels traitant de problèmes océanographiques. En France, les services météorologiques assurent la prévision des états de mer ou mesurent les paramètres de surface nécessaires aux prévisions météorologiques ; l'IFREMER est chargé de la surveillance des pêches et de l'environnement côtier et mesure en routine la qualité des eaux ou les populations de poissons ; les services portuaires entretiennent des marégraphes et surveillent l'ensablement des ports et des estuaires ; le SHOM relève les cartes bathymétriques, calcule les indices des marées et accumule des données d'hydrographie, etc. Il s'agit d'activités relativement classiques, mais relevant de compétences techniques pointues.

Les besoins des services d'observations peuvent parfois être remplis par des services opérationnels. Ainsi, l'étude du climat dépend beaucoup des observations faites pour la prévision météorologique ; les données des satellites militaires américains DMSP ont contribué à la cartographie des glaces de mer ou du coefficient d'échange du gaz carbonique entre océan et atmosphère ; les images des satellites Spot aident à la surveillance des mangroves, ces zones côtières boisées et marécageuses qui semblent partout en dégradation continue ; les données de surveillance du littoral ou des pêches peuvent être analysées pour comprendre la dynamique à long terme du plancton. Ces utilisations scientifiques imposent des contraintes supplémentaires aux services opérationnels, comme, par exemple, la préservation des données météorologiques pour les études du climat. En retour, elles contribuent à l'amélioration du traitement des données ou à la définition de meilleurs instruments pour les prochaines générations.

La principale difficulté vient du besoin d'observations de routine pour lesquelles il n'existe pas de services opérationnels. En France, une solution originale à cette difficulté a été inventée au cours des années 30, par la création d'instituts qu'on appelle maintenant des « Observatoires des sciences de l'univers » (OSU). Ceux-ci peuvent accueillir des « physiciens du globe » ; ce sont des chercheurs devant consacrer une partie de leur temps à des tâches d'observation de routine du système Terre. En océanographie, il existe bien des OSU (la plupart sont des « stations marines », ces laboratoires créés depuis le début du siècle sur tout le littoral et dont les recherches portent surtout sur la biologie et la biogéochimie marines), mais il n'y a que deux physiciens du globe travaillant dans cette discipline. Malgré cela, les chercheurs des OSU ont commencé à mettre en place un ensemble de services d'observations : ceux-ci concernent la surveillance des écosystèmes dans l'océan côtier, le suivi de la biogéochimie de la Méditerranée, en mer Ligure entre Nice et Calvi, la mesure répétée du gaz carbonique dans l'océan Indien de surface, entre les îles de la Réunion, de Crozet, de Kerguelen et d'Amsterdam, et une gestion à long terme des données des satellites altimétriques.

## Surveiller le climat de l'océan

Cet ensemble de services ne satisfait visiblement pas le besoin de surveillance à long terme de l'océan pour les études de climat ou de l'environnement. Un système adapté à cet objectif peut être imaginé par comparaison avec ce qui existe en météorologie : il y faut des réseaux de mesures *in situ*, un ensemble de satellites, des moyens de calculs et des modèles numériques assimilant toutes les observations, des outils de gestion et de distribution à long terme des données et des produits des calculs ; le tout ne peut être conçu que dans le cadre d'une organisation mondiale. Notons que les éléments d'un tel système sont très différents selon que l'on cherche à surveiller l'environnement et à prévoir les courants côtiers en relation avec les activités économiques ou que l'on s'intéresse à l'océan du large et à la prévision d'anomalies climatiques. La NOAA a mis en place le prototype d'une telle organisation : ses laboratoires entretiennent le réseau TAO dans l'océan Pacifique tropical et fournissent déjà des prévisions « préopérationnelles » des événements ENSO. D'ailleurs, certaines chaînes de télévision américaines proposent des bulletins épisodiques sur ces événements.

Les contraintes de l'opérationnalité limitent le nombre des paramètres qui peuvent être intégrés dans un tel système : maîtrise technique de la mesure, continuité, homogénéité et respect des délais de transmission des données ne sont pas faciles à assurer. Les données des satellites météorologiques entrent bien sûr dans cette catégorie : cela concerne la température de surface de la mer et quelques-uns des paramètres utiles à l'estimation des flux de chaleur comme le flux solaire et la couverture de nuages. Les futurs satellites météorologiques, comme le projet Métop de l'ASE et d'Eumetsat, embarqueront vraisemblablement des diffusiomètres ; cela permettra de suivre opérationnellement les vents à la surface de la mer. D'autre part, la France et les États-Unis étudient le satellite altimétrique Jason, qui succéderait à Topex-Poséidon et pourrait être le premier d'une série ; il a vocation à fournir une surveillance préopérationnelle des courants géostrophiques de surface.

Aux États-Unis, la NOAA, chargée des prévisions météorologiques, a aussi des compétences en océanographie. En outre, elle détient des ressources importantes, car elle finance et gère la majorité des satellites météorologiques. En Europe, cette dernière tâche est remplie par Eumetsat. Il paraît naturel de confier à ces agences la gestion à long terme des satellites de surveillance de toutes les composantes du système climatique, dont l'océan ; dans le cas d'Eumetsat, cela nécessiterait une augmentation de ses capacités actuelles. La question est plus délicate en ce qui concerne les satellites de surveillance de l'environnement (comme, par exemple, ceux qui contrôlent la couleur de la mer en zone côtière). On peut envisager d'étendre la compétence de ces agences météorologiques à l'ensemble des satellites opérationnels et non commerciaux de surveillance de la Terre. On peut aussi imaginer de renforcer la capacité des agences spécialisées dans les problèmes d'environnement (comme l'Agence européenne de l'environnement) et de leur confier la gestion de tels satellites : en effet, leurs mesures concernent souvent des phénomènes locaux à haute résolution, qui couvrent des besoins et concernent des utilisateurs différents de ceux des observations météorologiques.

Les mesures océanographiques *in situ* sont complémentaires des observations satellites et seront toujours nécessaires. Le déploiement, et le maintien, de systèmes *in situ* est particulièrement difficile. Une des premières étapes consistera d'ailleurs à tester l'apport des différents types de mesures et à identifier ceux qui sont les plus indispensables. En premier lieu, les océanographes doivent consolider les réseaux de mesures existants, comme les marégraphes et les lignes XBT. De plus en plus, ces données sont transmises en temps réel vers le réseau de distribution de données des services météorologiques. En parallèle, les développements technologiques devront être renforcés, afin d'acquérir ce type de données à un moindre coût ou le plus fréquemment possible.

L'Europe et les États-Unis étudient les modèles numériques qui seraient ajustés en routine aux observations et les moyens informatiques qui seraient nécessaires. Le Centre européen de prévision à moyen terme de Reading comme l'Institut de météorologie de Hambourg testent actuellement des calculs de prévision des phénomènes ENSO à partir de modèles numériques aux équations primitives couplant l'océan tropical et l'atmosphère ; le premier de ces centres assimile les données de température de surface et de XBT transmises en temps réel par le réseau des services météorologiques. De façon moins ambitieuse, Météo-France assure actuellement un calcul régulier des courants dans l'océan Atlantique tropical, à l'aide d'un modèle aux équations primitives forcées par les champs météorologiques. L'association entre océanographes et services météorologiques est naturelle, parce qu'il est difficile de séparer les études du climat des outils de prévision météorologique ; de plus, les services météorologiques bénéficient de moyens informatiques et de l'expérience nécessaire à l'entretien opérationnel de réseaux de transmission de données, de gros modèles numériques et de systèmes d'archivage des produits.

Reste l'organisation de l'ensemble : il existe bien une commission océanographique intergouvernementale (la COI), mais elle n'a pas encore un rôle aussi central que l'OMM. Un groupe international, appelé GCOS (*Global Climate Observing System*), travaille à promouvoir l'observation continue des processus climatiques. En parallèle, un système de surveillance de l'océan est étudié sous le nom de GOOS (*Global Ocean Observing System*). Ce projet est parrainé par la COI, l'OMM, l'Agence d'environnement des Nations unies, ainsi que l'ICSU. Il vise à mettre en place des réseaux d'observation permanents et globaux, ainsi que des centres de modélisation des variables océaniques nécessaires aux services opérationnels et commerciaux ; cela concerne l'océan côtier comme l'océan du large, les problèmes d'environnement ou de climat comme les aspects économiques et l'halieutique. La création du système GOOS remonte à 1990, lors de la seconde conférence mondiale sur le climat. Sa composante européenne s'appelle EuroGOOS ; elle s'appuie sur vingt-deux organismes océanographiques (appelés membres) répartis dans quatorze pays européens. La lecture des rapports de ces organisations révèle une maturation progressive des problèmes à traiter.

## En guise d'épilogue

En attendant la construction d'un système mondial, un nombre croissant d'océanographes et de climatologues estime qu'il faut mettre en place des outils préliminaires à partir de ce qui est réalisable et de ce qui existe ; ces outils devraient fonctionner en parallèle aux développements effectués dans les laboratoires de recherche. Après tout, c'est exactement la démarche que les services météorologiques opérationnels ont suivie depuis un demi-siècle. C'est ainsi qu'un projet se fait jour en Europe, qui prend le nom de Mercator. L'idée consiste à construire, d'ici la fin du siècle, un modèle numérique réaliste et préopérationnel de l'océan, forcé par les champs météorologiques et assimilant les paramètres mesurés en routine (température de surface, données XBT, niveaux de la mer altimétriques, etc.). Compte tenu des données disponibles, les simulations pourraient débuter rétroactivement à partir de 1979 et se dérouler en temps réel à partir de l'an 2000.

Ce modèle fournirait des champs de courants océaniques, ce qui permettrait d'en suivre l'évolution. Cette représentation serait la plus réaliste possible, compte tenu des informations disponibles. Le modèle permettrait, par exemple, de calculer en routine les transports de chaleur dans l'océan, et leur impact sur l'atmosphère, ou ceux de carbone ainsi que les variations temporelles de l'absorption du gaz carbonique anthropique. Les champs de courants du large issus de ce modèle seraient utiles à l'estimation des courants côtiers ou à la prévision des champs de tourbillons mésoéchelles dont les marines militaires ou marchandes peuvent avoir besoin. Le modèle pourrait être progressivement amélioré ; par exemple, il pourrait être couplé avec des modèles d'atmosphère, ce qui en ferait un véritable modèle de climat susceptible de fournir des prévisions saisonnières.

Les étapes préliminaires de ce projet sont engagées. Je suis persuadé que nous serons capables, d'ici quelques années, de répondre à la question : quel courant fera-t-il demain ?

# GLOSSAIRE

AABW : pour *Antarctic Bottom Water* ; *voir* eaux antarctiques de fond.

AAIW : pour *Antarctic Intermediate Water* ; *voir* eaux antarctiques intermédiaires.

ADCP : pour *Acoustic Doppler Current Profiler* ; instrument de mesure eulérienne des courants, utilisant l'effet Doppler dû au déplacement par les courants des particules réfléchissant un signal acoustique.

ADEOS : nom d'un satellite de la NASDA, l'agence spatiale japonaise, qui doit être lancé le 17 août 1996 ; il embarque notamment un instrument de mesure de la couleur de la mer (OCTS), un instrument français de mesure de la polarisation de la lumière visible (Polder) et un diffusiomètre de la NASA (NSCAT).

Advection : transport d'eau ou de propriétés par les courants ; l'effet moyen de l'advection par les petites structures est la diffusion turbulente.

Altimètre : instrument radar de mesure de la distance entre un satellite et la surface de la mer ; il permet la mesure de la topographie dynamique et de la hauteur significative des vagues.

Anthropique : d'origine humaine ; le gaz carbonique anthropique est le gaz carbonique injecté par l'activité humaine dans l'atmosphère.

Anticyclonique : décrit une structure de courant tournant dans le sens des aiguilles d'une montre.

Argos : système de positionnement et de transmission de données par satellite ; *voir aussi* système Doppler.

Assimilation : méthode mathématique consistant à contraindre un modèle dynamique à s'approcher des observations, en ajustant ses conditions initiales ou la valeur de ses paramètres ; à rapprocher des méthodes inverses.

Autotrophe : se dit d'une espèce biologique (phytoplancton ou bactérie) produisant elle-même sa matière organique à partir de sels minéraux ; la photosynthèse est réalisée par des espèces autotrophes.

Barocline : terme désignant des courants variables avec la profondeur.

Baromètre inverse : terme désignant la réponse à l'équilibre du niveau de la mer aux variations de la pression atmosphérique (enfoncement d'1 cm pour une élévation de 1 mbar de la pression).

Barotrope : terme désignant des courants homogènes sur la verticale ; les courants barotropes ne peuvent pas être estimés par hydrographie ; on parle de mode barotrope pour décrire la moyenne des courants sur la verticale.

Bathymétrie : désigne la topographie du fond des océans.

Bathysonde : instrument fixé au bout d'un câble électroporteur permettant de relever un profil hydrographique continu à l'aide d'une sonde CTD.

Benthique : relatif au fond des océans ; on parle de biologie benthique ou de couche limite benthique.

Biais d'état de mer : biais de mesure de hauteur altimétrique de la mer dû à la diffusion des impulsions radars lors de leur réflexion à la surface, qui est plus importante par les crêtes des vagues que par leurs creux.

Bicarbonate : $HCO_3^-$, forme minérale dissoute du carbone.

Bilan E-P : bilan d'eau douce à la surface de l'océan, résultant de la différence entre l'évaporation et les précipitations.

Carbonate : $CO_3^{--}$, forme minérale dissoute du carbone.

Carbonate de calcium : $CaCO_3$, essentiellement produit par l'activité biologique dans l'océan.

Carbone minéral dissous : total des formes minérales dissoutes du carbone (carbonate, bicarbonate et gaz carbonique), en équilibre chimique entre elles.

Carbone organique dissous : ensemble de molécules organiques dissoutes dans l'océan, pour la plupart produites par l'activité biologique.

Carotène : pigment lié à l'activité biologique dans l'océan ; détecté avec la chlorophylle par mesure satellite de la couleur de la mer.

CFC : abréviation de chlorofluorocarbures, aussi appelés fréons.

CFC-11 : pour $CCl_3F$.

Charge : *voir* effet de charge des marées.

Chlorinité : mesure de l'abondance de l'ion chlorure dans l'océan (55 % du sel dissous) ; cette mesure ne s'utilise plus mais a longtemps servi à déterminer la salinité de l'eau de mer.

Chlorophylle : pigment du phytoplancton détectable par mesure de la couleur de la mer depuis l'espace.

Circulation thermohaline : circulation profonde de l'océan trouvant son énergie dans les différences de densité induites par les variations de température et de salinité ; cette circulation explique les masses d'eaux profondes.

Clivar : pour *Climate Variability* ; programme du PMRC destiné à l'étude de la variabilité du climat.

CMO : *voir* couche de mélange océanique.

CNES : Centre national d'études spatiales.

COD : *voir* carbone organique dissous.

Conservatif : *voir* traceur conservatif.

Convection profonde : processus de convection verticale, pouvant atteindre plusieurs milliers de mètres de profondeur et constituant le principal mécanisme d'alimentation des eaux profondes depuis la surface.

Convergence : terme désignant des courants horizontaux rapprochant les particules d'eau les unes des autres ; une convergence doit s'accompagner d'un enfoncement d'eau ou *downwelling*.

*Conveyor belt* : terme anglais désignant schématiquement le transport d'eau de l'Atlantique vers le Pacifique en profondeur et son retour en surface.

Corrections atmosphériques et ionosphériques : correction des effets de propagation du signal électromagnétique émis par un radar, dus à la vapeur d'eau et aux gaz atmosphériques ou aux électrons de l'ionosphère ; cette correction est utilisée plus particulièrement pour la correction des mesures de hauteur de la mer par un altimètre satellite.

Couche d'Ekman : couche de surface de la mer dans laquelle se fait sentir la tension du vent et où se fait le transport d'Ekman.

Couche euphotique : couche de surface de la mer délimitée par la profondeur à laquelle on mesure 1 % de la lumière du Soleil pénétrant sous la surface.

Couche de mélange océanique : couche de la surface de la mer, homogénéisée par la turbulence induite par la tension du vent et au travers de laquelle se font les échanges entre océan et atmosphère.

Couleur de la mer : désigne le spectre de la lumière du Soleil rétrodiffusée dans l'océan de surface par l'eau et les pigments (chlorophylle et carotène) ; ce spectre est mesurable par satellite.

Courant de frontière ouest : terme désignant les courants intenses s'écoulant dans tous les gyres le long des frontières ouest des bassins.

Courant inertiel : courant dont l'accélération est seulement due aux forces de Coriolis.

Courantomètre : instrument fixé à une ligne de mouillage et fournissant une mesure eulérienne des courants.

Courantomètre Doppler : *voir* ADCP.

CNRS/INSU : Centre national de la recherche scientifique, dont une partie des programmes est gérée par l'Institut national des sciences de l'univers.

$C_T$ : *voir* carbone minéral dissous.

CTD : pour *Conductivity, Temperature, Density* ; ensemble de sondes de mesure en continu de la température, de la salinité et de la pression, généralement fixées sur un câble électroporteur ; *voir aussi* bathysonde.

Cyclonique : décrit une structure de courant qui s'effectue dans le sens contraire des aiguilles d'une montre.

$\delta^{13}C$ : notation exprimant l'écart entre la composition isotopique du carbone ($^{13}C/^{12}C$) et la valeur d'un standard, exprimé en pour mille.

$\Delta^{14}C$ : notation exprimant l'écart entre le rapport isotopique $^{14}C/^{12}C$ et la valeur d'un standard, corrigé du fractionnement isotopique à l'aide de $\delta^{13}C$ et exprimé en pour mille.

Densité potentielle : densité de l'eau calculée à partir de la pression, de la salinité et de la température potentielle.

Déviation de Coriolis : *voir* force de Coriolis.

Diagenèse : transformation des sédiments, en particulier entre le dépôt des particules biogéniques et la constitution de couches sédimentaires consolidées.

Diagramme T-S : diagramme dans lequel on porte la température potentielle de l'eau (T) par rapport à sa salinité (S) ; ce diagramme permet notamment d'identifier les masses d'eaux océaniques.

Diapycnal : terme désignant la direction orthogonale aux couches isopycnales ; le mélange diapycnal est faible à cause de la stratification de l'océan.

Diffusiomètre : instrument radar de mesure du signal rétrodiffusé par les vagues capillaires à la surface de la mer ; il permet la mesure de la vitesse et de la direction du vent depuis l'espace.

Diffusion turbulente : effet moyen de l'advection par les fluctuations de petites structures, qui ressemble à une diffusion à l'échelle des bassins.

Diffusivité : coefficient de proportionnalité entre un flux de diffusion et un gradient de propriété ; dans l'océan, les diffusivités sont turbulentes et très anisotropes.

Divergence : terme désignant des courants horizontaux éloignant les particules d'eau les unes des autres ; une divergence doit s'accompagner d'une remontée d'eau ou *upwelling.*

Doppler : *voir* système Doppler.

Doris : réseau de poursuite de satellites, destiné au calcul précis de leur orbite, constitué d'un ensemble d'environ cinquante balises émettant un signal radioélectrique en direction du satellite ; *voir aussi* système Doppler.

Dorsales médio-océaniques : chaîne de montagnes du fond des océans, le long desquelles se forme la croûte océanique par activité volcanique ; la profondeur des dorsales est environ de 2 600 m contre près de 6 000 m pour les plaines abyssales situées de part et d'autre.

*Downwelling* : terme anglais non traduit décrivant un enfoncement d'eau vers les couches profondes.

Eau antarctique de fond : masse d'eau de température inférieure à 0°C et de salinité voisine de 34,7 ups, s'écoulant au fond des océans en provenance de la périphérie du continent Antarctique.

Eau antarctique intermédiaire : masse d'eau de température égale à 2,2°C et de salinité proche de 33,8 ups, en provenance de la périphérie du courant antarctique circumpolaire et s'écoulant vers 1 000 m de profondeur.

Eau de subsurface : terme vague désignant les eaux situées sous la couche de mélange océanique.

Eau méditerranéenne : masse d'eau de température proche de 12°C et de salinité proche de 36,5 ups, s'écoulant vers 1 200 m de profondeur au sortir du détroit de Gibraltar.

Eau modale : couches d'eau relativement homogènes et peu stables sur la verticale, identifiées par des maxima de volumes d'eau de subsurface ayant des propriétés T-S données et formées en fin d'hiver par subduction des isopycnes.

Eau profonde : terme vague désignant les eaux de l'océan situées sous la thermocline.

Eau profonde nord-atlantique : masse d'eau de température proche de 3°C et de salinité voisine de 34,9 ups, provenant des mers de Norvège, du Groenland et du Labrador, et s'écoulant vers 3 000 m de profondeur.

Effet de charge des marées : réponse élastique de la lithosphère à la charge des marées océaniques ; l'amplitude de l'effet de charge vaut environ 6 % de l'amplitude des marées.

El Niño : voir ENSO.

ENSO : pour *El Niño-Southern Oscillation* ; instabilité couplée de l'océan Pacifique tropical et de l'atmosphère, constituée d'une phase chaude (El Niño) suivie d'une phase froide (La Niña ou El Viejo), étudiée dans le cadre des programmes TOGA et Clivar.

Envisat : nom d'un satellite de l'Agence spatiale européenne, qui doit être lancé en 1999 en emportant des instruments d'observation de la Terre, dont un SAR, des radiomètres et un altimètre.

E-P : *voir* bilan E-P.

Équations primitives : l'expression désigne l'ensemble des équations décrivant la circulation des océans en réponse à ses forçages, incluant la partie dynamique et les effets thermodynamiques.

Équilibre géostrophique : équilibre entre les gradients horizontaux de pression et les forces de Coriolis dans l'océan ; en très bonne approximation, les courants du large sont en équilibre géostrophique.

ERS (ERS-1 et ERS-2) : nom de deux satellites de l'Agence spatiale européenne, lancés respectivement en juillet 1991 et mars 1995 et destinés à l'observation de la Terre ; ils embarquent notamment des radiomètres infrarouges (l'ATSR) et micro-ondes, un diffusiomètre, un SAR et un altimètre.

État de la mer : désigne les vagues excitées par le vent local et la houle, qui se propage au loin ; les états de mer sont prévus par la « météo marine ».

Eulérien : *voir* courantomètre.

Eumetsat : agence chargée de gérer les satellites météorologiques européens, créée en 1986.

Eutrophe : désigne un milieu riche en nutriments et de production biologique élevée ; dans ce cas, le développement du système trophique n'est pas limité par les nutriments.

*Expendable Bathythermograph* : *voir* XBT.

Flotteurs : instruments dérivant à la surface ou en profondeur dans l'océan, dont la trajectoire fournit une description lagrangienne des courants.

Flux de chaleur entrant : flux de chaleur entrant dans l'océan, désignant en général le seul flux de chaleur du Soleil.

Flux de chaleur sortant : flux de chaleur sortant de l'océan, désignant en général la somme des flux infrarouges, de conduction et de chaleur latente d'évaporation de l'eau.

Forçages : terme générique désignant les flux de chaleur et d'eau douce entre l'océan et l'atmosphère, la tension du vent, les anomalies de gravité, etc., qui entretiennent les courants océaniques.

Force de Coriolis : effet de la rotation de la Terre sur les courants ; elle se traduit essentiellement par une déviation des courants vers la droite dans l'hémisphère Nord ; la force de Coriolis augmente avec la latitude.

Géodésie : science des formes et des mouvements de la Terre.

Géoïde : surface équipotentielle du champ de gravité de la Terre ; si l'océan était homogène et au repos, sa surface suivrait un géoïde ; elle en diffère par la topographie dynamique.

Geosecs : pour *Geochemical Sections* ; programme américain des années 70, destiné à la cartographie de nombreux traceurs dans l'océan.

Géostrophie : *voir* équilibre géostrophique.

GLOBEC : pour *Global Ocean Ecosystem* ; programme du PIGB destiné à l'étude de l'écosystème marin et de sa variabilité.

GOOS : pour *Global Ocean Observing System* ; organisation internationale préparant un système global d'observation et de modélisation des paramètres océaniques, nécessaires à la surveillance opérationnelle de l'océan.

GPS : pour *Global Positioning System* ; système de mesure de position à l'aide de signaux radioélectriques émis depuis un ensemble d'environ vingt-cinq satellites en orbite vers 17 000 km d'altitude ; le GPS est entretenu par les militaires des États-Unis ; *voir aussi* système Doppler.

GTC : masse de carbone valant $10^{12}$ kg de carbone.

Gyres : le terme décrit la circulation des courants en grandes boucles horizontales ; en surface, il est possible d'identifier surtout les gyres anticycloniques subtropicaux et les gyres cycloniques subpolaires.

Hauteur stérique : élévation du niveau de la mer au-dessus d'une référence, due aux anomalies de température et de salinité de l'eau.

Hétérotrophe : se dit d'une espèce biologique (animal ou bactérie) qui tire sa production de matière organique d'autres espèces ou de leurs déchets ; une espèce hétérotrophe n'est pas capable de photosynthèse.

Hydrographie : caractérisation de l'eau par sa température, sa salinité et sa pression ; on parle de stations hydrographiques (mesure du profil hydrographique en un point), de section hydrographique (ensemble de stations, généralement entre deux frontières de l'océan) ou de campagne hydrographique (expédition océanographique destinée à faire des relevés hydrographiques).

IFREMER : Institut français de recherche pour l'exploitation de la mer.

IGBP : pour *International Geosphere-Biosphere Programme* ; *voir* PIGB.

Inertiel : *voir* courant inertiel ou termes inertiels.

Intensification des courants de frontière ouest : *voir* courant de frontière ouest.

Inverse : *voir* problème inverse.

Isopycne : terme désignant un niveau de densité donné ; les transports et les mélanges dans l'océan se font principalement dans des couches isopycnales.

Jason : nom d'un projet de satellite altimétrique franco-américain, destiné à la succession de Topex-Poséidon en 1999.

Jebar : pour *Joint Effect of Baroclinicity and Bottom Relief* ; désigne l'effet conjoint de la pente de la bathymétrie et de la structure de la thermocline sur la circulation thermohaline et des gyres.

J-GOFS : pour *Joint Global Ocean Flux Study*, programme faisant partie du PIGB, destiné à l'étude du cycle océanique du carbone.

Lagrangien : *voir* flotteurs.

La Niña : *voir* ENSO.

LOICZ : pour *Land-Ocean Interaction through the Coastal Zone* ; programme du PIGB destiné à l'étude des interactions continents-océan.

Marégraphe : instrument de mesure *in situ* du niveau de la mer, par rapport à une référence locale.

Masse d'eau : terme désignant une zone de l'océan où la température et la salinité prennent des valeurs caractéristiques, correspondant à des extrêmes dans le diagramme T-S.

Méridien : dans la direction nord-sud.

Mésoéchelle : échelle de la circulation océanique proche de l'échelle minimale à laquelle l'équilibre géostrophique est respecté, voisine de 200 km aux latitudes tempérées.

Micro-ondes : *voir* radiomètre micro-ondes.

Modale : *voir* eaux modales.

MODE : pour *Mid-Ocean Dynamics Experiment* ; expérience américaine et soviétique des années 70, destinée à l'étude de la circulation mésoéchelle de l'océan en mer des Sargasses.

Mouillage : système constitué d'un câble tiré vers la surface par des flotteurs et fixé à un lest posé au fond par l'intermédiaire d'un largueur déclenchable par un signal acoustique ; on y fixe des instruments comme des courantomètres, des chaînes de thermistance ou des pièges à particules.

NADW : pour *North Atlantic Deep Water* ; *voir* eaux profondes nord-atlantiques.

Nitracline : décrit l'augmentation de concentration de nitrates avec la profondeur, généralement située sous la couche de mélange océanique.

Nitrates : espèce ionique $NO_3^-$.

Niveau de compensation des carbonates : profondeur au-delà de laquelle la sédimentation du carbonate de calcium devient moins rapide que sa redissolution.

Nutriments : *voir* sels nutritifs.

Océan sud : terme vague désignant la partie de l'océan située au sud du front subtropical de l'hémisphère Sud, c'est-à-dire approximativement au sud de 40°S.

Oligotrophe : désigne un milieu pauvre en nutriments et de faible production biologique ; le développement du système trophique est alors limité par la disponibilité des sels nutritifs.

Ondes de Kelvin : ondes s'écoulant le long des frontières d'un bassin ou de l'équateur, solutions des équations quasi géostrophiques linéaires.

Ondes de Rossby : ondes se propageant vers l'ouest, solutions des équations quasi géostrophiques linéaires.

Ondes internes : ondes se propageant à l'intérieur d'un milieu stratifié ; dans l'océan, le déferlement des ondes internes contribue au mélange diapycnal.

Orbitographie : méthode de détermination de l'orbite d'un satellite, basé sur un système de mesure (comme Doris, par exemple) et sur le calcul des équations de la dynamique du satellite.

Particules biogéniques : particules en suspension ou en chute libre dans l'océan, créées par l'activité biologique.

$P_{CO_2}$ : pression partielle de gaz carbonique dissous dans l'eau ; *voir* pression partielle de gaz dissous.

Phytoplancton : terme générique désignant l'ensemble des espèces planctoniques qui sont des plantes ; le phytoplancton est responsable de la réaction chlorophyllienne.

Piège à particules : instrument ressemblant à un entonnoir, fixé à un mouillage ou dérivant en profondeur, permettant de récolter les particules biogéniques tombant dans la colonne d'eau.

PIGB : pour Programme international géosphère-biosphère ; programme international de recherche sur l'environnement.

PMRC : pour Programme mondial de recherche sur le climat ; aussi appelé WCRP.

Pompage d'Ekman : advection verticale d'eau, résultant de la convergence ou de la divergence des transports de surface induits par la tension du vent.

Pression partielle de gaz dissous : équivalent à la concentration d'un gaz dissous dans l'eau, obtenue en divisant celle-ci par la solubilité du gaz.

Primitives : *voir* équations primitives.

Problème inverse : nom générique d'une approche consistant à estimer les termes des équations à partir des observations, en contraste avec la méthode directe qui estime la valeur des observations à partir des équations décrivant l'objet étudié ; en océanographie, ce terme est employé pour décrire l'estimation des courants à partir des données hydrologiques ou de traceurs.

Production exportée : fraction de la production primaire exportée hors de la couche euphotique ; en moyenne, la production exportée est égale à la production nouvelle.

Production nouvelle : production d'espèces autotrophes faite à partir de sels minéraux ; elle est estimée à partir de leur consommation de nitrates.

Production primaire : somme de la production nouvelle et de la production régénérée des espèces autotrophes.

Production régénérée : production d'espèces autotrophes faites à partir d'ammoniac, lui-même produit par régénération de matière biogénique.

Quasi géostrophique : se dit d'une description des petites perturbations de courants en équilibre géostrophique.

Radiomètre infrarouge : instrument satellite de mesure du rayonnement infrarouge émis par l'océan ; il permet la détection de la température de surface de la mer.

Radiomètre micro-ondes : instrument satellite de mesure du rayonnement émis par l'océan dans les longueurs d'ondes centimétriques ; il permet notamment l'estimation de la vapeur d'eau atmosphérique ou la cartographie de l'étendue des glaces de mer.

Radiomètre visible : instrument satellite de mesure du spectre de lumière visible sortant de l'océan ; il permet la détection des pigments du phytoplancton.

Rapport de Redfield : rapport de concentration des éléments dans la matière biogénique ; cette notion est surtout utilisée par le rapport des éléments C, N et P.

Rebond postglaciaire : variation du niveau des continents résultant de la fonte des calottes polaires à la fin de la dernière période glaciaire.

Recirculation : terme décrivant les retours d'eau situés au nord et au sud des grands courants de frontière ouest des gyres subtropicaux.

Redfield : *voir* rapport de Redfield.

Régions subpolaires : zones approximativement comprises entre 40° et 60° de latitude, où l'on rencontre les gyres cycloniques subpolaires.

Régions subtropicales : zones approximativement comprises entre 20° et 40° de latitude, où l'on trouve les gyres anticycloniques subtropicaux.

Réserve alcaline des carbonates : mesure des charges portées par les ions carbonates et bicarbonates.

Salinomètre : instrument de mesure de la conductivité de l'eau de mer, permettant d'en déduire la salinité ; il sert principalement à étalonner les sondes de conductivité des CTD.

SAR ou Radar à ouverture synthétique : instrument radar mesurant le même signal qu'un diffusiomètre, mais dont les données sont traitées de façon à simuler une très grande antenne, ce qui permet d'atteindre une résolution de l'ordre de 30 m.

Sels nutritifs : le terme désigne l'ensemble des espèces chimiques nécessaires au développement de l'activité biologique ; il est plus particulièrement utilisé pour parler des nitrates, des phosphates et de la silice dissoute.

SHOM : Service hydrographique et océanographique de la marine.

SMP : abréviation de source moins puits ; elle décrit les processus d'addition ou de soustraction des éléments dissous, qui s'ajoutent aux effets d'advection et de mélange dans l'océan.

SOLAS : pour *Surface Ocean and Lower Atmosphere* ; projet de programme du PIGB, destiné à l'étude des relations entre la biogéochimie marine et le climat, *via* les échanges entre océan et atmosphère.

Solubilité : paramètre thermodynamique mesurant la capacité d'un gaz à se dissoudre ; dans l'eau, la solubilité augmente quand la température diminue.

Sous-courant équatorial : courant s'écoulant vers l'est, le long de l'équateur et sous la surface.

Sous-courant de frontière ouest : courant intense s'écoulant le long des frontières ouest des bassins dans les masses d'eaux profondes.

Stérique : *voir* hauteur stérique.

Stratification : terme décrivant les variations de densité avec la profondeur ; en général, l'océan est stratifié de façon stable, ce qui signifie que les couches de densité plus élevée sont situées sous les couches de plus faible densité.

Subduction des isopycnes : processus selon lequel des eaux de surface froides situées à la base de la couche de mélange hivernale des régions subpolaires sont advectées vers l'équateur sous les couches de surface chaudes des régions subtropicales ; ce mécanisme est à l'origine de la formation des eaux modales.

Subpolaires : *voir* régions subpolaires.

Subtropical : *voir* régions subtropicales.

Sv : *voir* Sverdrup.

Sverdrup : unité de mesure des transports d'eau dans l'océan et valant $10^6$ $m^3/s$.

Système Doppler : système d'orbitographie ou de positionnement par mesure de décalage Doppler de la fréquence de signaux radioélectriques émis par des balises au sol ou par des satellites, qui permet de déterminer la vitesse relative du satellite dans la direction de visée entre l'émetteur et le récepteur ; Tranet ou le GPS sont des systèmes Doppler « descendants », le signal étant émis depuis des satellites vers le sol ; Argos et Doris sont des systèmes « ascendants », dont les balises émettent vers les satellites ; le système allemand Prare utilisé à bord des satellites ERS est un système aller et retour.

Température potentielle : température de l'eau, corrigée de l'effet de compression adiabatique entre sa pression et une pression de référence ; elle est utilisée plus spécifiquement pour une pression de référence égale à la pression atmosphérique ; *voir aussi* densité potentielle.

Temps de résidence : temps caractéristique de séjour de l'eau ou d'une propriété dissoute dans un réservoir.

Tension du vent : définit l'effet de friction du vent à la surface de la mer qui excite les courants ; elle a la dimension d'une pression.

Termes inertiels : termes des équations de la dynamique traduisant l'advection des gradients de courant.

Thermocline (ou thermocline principale) : couche de l'océan où la température décroît rapidement, généralement située à plusieurs centaines de mètres de profondeur ; elle tend à séparer la circulation de surface forcée par le vent de la circulation thermohaline profonde.

Thermocline saisonnière : couche de l'océan située à la base de la couche de mélange océanique, où se rencontre un gradient vertical de température ; la thermocline saisonnière est bien marquée en été.

Thermohaline : *voir* circulation thermohaline.

TOGA : pour *Tropical Ocean and Global Atmosphere* ; programme du PMRC destiné à l'étude des interactions de l'océan tropical et de l'atmosphère, essentiellement du phénomène ENSO.

Topex-Poséidon : nom d'un satellite altimétrique franco-américain, lancé le 10 août 1992, optimisé par la détermination de la topographie dynamique des océans.

Topographie dynamique : topographie du niveau de la mer au-dessus d'un géoïde, résultant des forçages et permettant d'estimer les gradients horizontaux de pression et les courants géostrophiques ; on mesure la topographie dynamique par altimétrie satellite.

Tourbillon : terme utilisé dans le texte pour décrire la structure horizontale des champs de courant ou de vent ; mathématiquement, ce terme correspond à la composante verticale du rotationnel du champ de courant ou de vent ; un tourbillon décrit une structure mésoéchelle de l'océan.

Tourbillon planétaire : effet de la variation des forces de Coriolis avec la latitude sur la structure du champ de courant.

Tourbillon potentiel : combinaison du tourbillon propre du champ de courant, du tourbillon planétaire et de l'effet d'étirement de la colonne d'eau ; en l'absence de forçage ou de friction, le tourbillon potentiel est conservé lors du mouvement de l'eau.

Traceur : terme générique désignant des espèces chimiques dont le comportement peut être utilisé pour décrire quantitativement un processus naturel ; les traceurs sont en général en faible concentration (éléments en traces) ; les plus utiles sont les traceurs radioactifs ou radiogéniques car ils constituent un chronomètre des processus qu'ils tracent.

Traceur conservatif : traceur qui n'est pas affecté par des termes de production ou de disparition *in situ* (termes SMP) ; pour la circulation des océans, la température et la salinité sont des traceurs conservatifs ; pour les particules détritiques provenant des continents, l'aluminium est un traceur conservatif.

Traceur transitoire : traceur présent en concentration variable dans le temps ; les espèces chimiques injectées par l'homme dans l'environnement, comme les CFC, constituent d'excellents traceurs transitoires de la circulation océanique.

Tranet : système de poursuite Doppler des satellites, entretenu par les militaires des États-Unis depuis les années 60.

Transport d'Ekman : transport horizontal induit par la tension du vent dans une couche de surface de l'océan appelée couche d'Ekman.

T-S : *voir* diagramme T-S.

Turbulence : terme générique décrivant l'ensemble des processus de fluctuations de petite dimension dans l'océan, jusqu'à la mésoéchelle ; la turbulence océanique effectue le mélange des eaux et ressemble à une diffusion efficace à l'échelle des bassins.

Unité pratique de salinité : unité utilisée actuellement pour exprimer la salinité de l'eau de mer, mesurée par conductivité ; une ups est approximativement égale à 1 mg/g de sel dissous.

Ups : *voir* unité pratique de salinité.

*Upwelling* : terme anglais non traduit, décrivant une remontée d'eau profonde vers la surface.

Ventilation de la thermocline : processus de renouvellement des eaux de la thermocline par transport isopycnal.

WCRP : pour *World Climate Research Programme* ; *voir* PMRC.
WOCE : pour *World Ocean Circulation Experiment* ; programme du PMRC destiné à l'étude de la circulation moyenne des océans.

XBT : sonde perdable reliée à un navire par un fil de cuivre, qui permet la mesure de la température dans les premières centaines de mètres de l'océan, lorsque le navire est en route.

Zonal : dans la direction est-ouest.
Zone de convergence intertropicale : zone de rencontre des alizés du sud-est et des alizés du nord-est, vers 5° à 10°N.
Zooplancton : terme générique désignant l'ensemble des espèces de plancton qui sont des animaux ; le zooplancton se nourrit généralement par « broutage » du phytoplancton ou des particules ; selon sa taille, on parle de macroplancton, de microplancton, voire de picoplancton.

# BIBLIOGRAPHIE


BOORSTIN, D., *Les Découvreurs*, Robert Laffont, 1992.

BROECKER, W.S., et PENG, T.H., *Tracers in the Sea*, Eldigio Press, 1982.

CARLIER, C., et GILLI, M., *Les Trente Premières Années du CNES, 1962-1992*, La Documentation française, 1994.

CAZENAVE, A., et FEIGL, K., *Formes et mouvements de la Terre, satellites et géodésie*, Belin, 1994.

COPIN-MONTÉGUT, G., *Physico-chimie de l'eau de mer*, *Oceanis*, Institut océanographique, 1989.

GILL, A.E., *Atmosphere-Ocean Dynamics*, Academic Press, 1982.

HOUGHTON, J.T., *et al.*, *Climate Change*, The IPCC Scientific Assessment, Cambridge University Press, 1990.

JACQUES, G., et TRÉGUER, P., *Écosystèmes pélagiques marins*, Masson, 1986.

LALLI, C.M., et PARSONS, T.R., *Biological Ocenography ; An Introduction*, Pergamon Press, 1993.

*Le Monde diplomatique*, « Les mers, avenir de l'Europe », coll. « Savoirs » n° 1, 1992.

LLIBOUTRY, L., *Sciences géométriques et télédétection,* Masson, 1991.

MINSTER, J.-F., *Les Océans*, Flammarion, coll. « Dominos » n° 33, 1994.

MOREL, P., et DUPLESSY, J.-C., *Gros Temps sur la planète*, Odile Jacob, 1990.

Open University Course Team, *Ocean Circulation*, Pergamon Press, 1991.

PAPON, P., *Le Sixième Continent*, *géopolitique des océans*, Odile Jacob, 1996.

PEDLOSKY, J., *Geophysical Fluid Dynamics*, Springer Verlag, 1987.

POND, S., et PICKARD G., *Introductory Dynamical Oceanography*, Pergamon Press, 1983.

RASOOL, I., *Système Terre*, Flammarion, coll. « Dominos » n° 12, 1993.

REYSS, D., *Dans la nuit des abysses*, Gallimard, coll. « Découvertes » n° 78, 1990.

SADOURNY, R., *Le Climat de la Terre*, Flammarion, coll. « Dominos » n° 28, 1994.

STOMMEL, H., *The Gulf Stream. A Physical and Dynamical Description*, University of California Press, 1965.

SVERDRUP, H.U., JOHNSON, M.W., et FLEMING, R.H., *The Oceans. Their Physics, Chemistry and General Biology*, Prentice Hall, 1942.

THURMAN, H.V., *Essentials of Oceanography*, MacMillan, 1993.

WARREN, B.A., et WUNSCH, C., (ed.), *Evolution of Physical Oceanography*, MIT Press, Cambridge, 1981.

## TABLE



*Chapitre premier*

### COURANTS ET MASSES D'EAU PREMIÈRE DESCRIPTION DE L'OCÉAN



*Chapitre II*

### L'OCÉAN EN ÉQUILIBRE AVEC SES FORÇAGES

*Chapitre III*

## D'HÉRODOTE À HENRY STOMMEL : BRÈVE HISTOIRE DE L'OCÉANOGRAPHIE



*Chapitre IV*

## UN OCÉAN DYNAMIQUE EN INTERACTION AVEC L'ATMOSPHÈRE

*Chapitre V*

TOPEX-POSÉIDON, L'ALTIMÉTRIE SATELLITE ET LA CIRCULATION DES OCÉANS

*(en collaboration avec Michel Lefebvre)*



*Chapitre VI*

NOUVELLES TECHNIQUES DE L'OCÉANOGRAPHIE

*Chapitre VII*

## LE CYCLE OCÉANIQUE DU CARBONE



*Chapitre VIII*

## PROCESSUS BIOGÉOCHIMIQUES À LA SURFACE DE L'OCÉAN ET VARIABILITÉ DU CYCLE DU CARBONE



*Chapitre IX*

## LES TRACEURS OCÉANIQUES : UN AUTRE REGARD SUR LA CIRCULATION

*Chapitre X*

## ABSORPTION PAR L'OCÉAN DU GAZ CARBONIQUE RÉSULTANT DES ACTIVITÉS HUMAINES



*Chapitre XI*

## LE NIVEAU DES MERS, LE RÉCHAUFFEMENT DU CLIMAT ET LES CALOTTES POLAIRES

*Chapitre XII*

## LES GRANDS PROGRAMMES INTERNATIONAUX D'OBSERVATION DE L'OCÉAN



*Chapitre XIII*

## VERS UNE OCÉANOGRAPHIE OPÉRATIONNELLE

CET OUVRAGE
A ÉTÉ TRANSCODÉ
ET ACHEVÉ D'IMPRIMER
SUR ROTO-PAGE
PAR L'IMPRIMERIE FLOCH
À MAYENNE EN AVRIL 1997

N° d'éd. FU 122501. N° d'impr. 41087.
D.L. : mai 1997.
*(Imprimé en France)*